LA CASA DE
RIVERTON

Kate Morton nació en Australia en 1976. Tras estudiar arte dramático y literatura, emprendió su doctorado en la Universidad de Queensland. Actualmente vive en Brisbane con su marido y su hijo. Su primera novela, *La casa de Riverton*, se publicó con enorme éxito en 29 países y alcanzó el número uno en muchos de ellos. Sólo en el Reino Unido ha vendido más de 600.000 ejemplares y ha recibido excelentes críticas en los medios más importantes. Es también autora de *Las horas distantes* y del bestseller *El jardín olvidado* (Suma, 2010).

www.katemorton.com

KATE MORTON

LA CASA DE
RIVERTON

Traducción de Luisa Borovsky

punto de lectura

© Título original: *The Shifting Fog*
© 2006, Kate Morton
© Traducción: 2006, Luisa Borovsky
© De esta edición:
2011, Santillana Ediciones Generales, S.L.
Torrelaguna, 60. 28043 Madrid (España)
Teléfono 91 744 90 60
www.puntodelectura.com

ISBN: 978-84-663-2506-6
Depósito legal: B-29.250-2011
Impreso en España – Printed in Spain

Diseño de cubierta: © Opal Works
Diseño de interiores: © Raquel Cané

Primera edición: junio 2011
Segunda edición: junio 2011
Tercera edición: julio 2011
Cuarta edición: julio 2011

Impreso por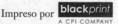

Todos los derechos reservados. Esta publicación
no puede ser reproducida, ni en todo ni en parte,
ni registrada en o transmitida por, un sistema de
recuperación de información, en ninguna forma
ni por ningún medio, sea mecánico, fotoquímico,
electrónico, magnético, electroóptico, por fotocopia,
o cualquier otro, sin el permiso previo por escrito
de la editorial.

Para Davin

LA CASA DE RIVERTON

BORRADOR DEFINITIVO

Guión de la película.
Versión final, noviembre de 1998, páginas 1 a 4

LA CASA DE RIVERTON © 1998
Autora y directora: Ursula Ryan

MÚSICA: Tema nostálgico y evocador, del estilo de moda durante la Primera Guerra Mundial y la posguerra. Romántico, con un matiz inquietante.

1. EXTERIOR. ESCENA FINAL EN UN CAMINO RURAL AL ANOCHECER

A ambos lados del camino se extienden interminables prados verdes. Son las ocho de la tarde. El sol estival, aún visible en el horizonte, se resiste a morir. Finalmente desaparece. Como un brillante escarabajo negro, un automóvil de la década de 1920 avanza velozmente por el sendero. Pasa a toda prisa entre viejos setos de zarzamoras teñidos de azul por el ocaso y coronados por cañas que se arquean sobre el camino.

La brillante luz de los faros vibra mientras el automóvil se desplaza rápidamente por la superficie irregular de la calzada. Nos acercamos poco a poco, hasta ponernos a la par. Tras el último rayo de sol, la noche cae sobre nosotros. La luna llena irrumpe tímidamente, proyectando franjas de luz blanca sobre el brillante capó negro.

Echamos un vistazo al interior del automóvil; en la tenue luz distinguimos vagamente el perfil de sus ocupantes: un HOMBRE y una MUJER vestidos de fiesta. El hombre va conduciendo. Las lentejuelas del traje de la mujer brillan con el resplandor de la luna. Los dos van fumando, la punta incandescente de los cigarrillos se asemeja a la luz de los faros. La MUJER ríe un comentario del HOMBRE; al echar la cabeza hacia atrás la boa de plumas deja a la vista su cuello pálido y delgado.

Llegan a una gran verja de hierro, la entrada a un túnel formado por árboles altos y oscuros. El automóvil recorre la vereda, avanzando por el umbrío y frondoso corredor. Miramos a través del parabrisas, hasta que de pronto dejamos atrás el denso follaje. Hemos llegado al destino.

Una gran mansión de estilo inglés surge imponente en la colina: a lo largo de la fachada se ven doce ventanas resplandecientes; tres mansardas y chimeneas se distinguen en el tejado de pizarra. En el centro del amplio y cuidado jardín, iluminado con farolas, se erige una gran fuente de mármol ornamentada con hormigas gigantes, águilas y dragones que, como si fueran llamas, lanzan chorros de agua a cien pies de altura.

Desde nuestra posición, observamos cómo el automóvil continúa sin nosotros, gira y se detiene en la entrada de la casa. Un joven LACAYO abre la puerta y extiende su brazo para ayudar a la mujer a bajar del coche.

SUBTÍTULO: Mansión Riverton, Inglaterra. Verano de 1924.

2. INTERIOR. SALA DE LOS CRIADOS, DE NOCHE

La cálida y oscura sala de los sirvientes de la mansión Riverton. En el ambiente se percibe el nerviosismo de los preparativos. Nuestra perspectiva está al nivel de los tobillos, mientras los atareados sirvientes recorren en todas direcciones el suelo de mármol gris. Como sonido de fondo se oyen las órdenes impartidas a los sirvientes —los de menor rango están siendo reprendidos— mezclándose con el ruido de las botellas de champán al descorcharse. Suena el timbre llamando al personal de servicio. Todavía con la cámara a la altura del tobillo, seguimos los pasos de una CRIADA que se dirige a la escalera.

3. INTERIOR. HUECO DE LA ESCALERA, DE NOCHE

Subimos por la tenebrosa escalera detrás de la CRIADA. Un leve tintineo nos indica que su bandeja está llena de copas de champán. A cada paso, nuestra visión va ascendiendo de los delgados tobillos a los pliegues de una falda negra, los picos del coqueto lazo blanco de su delantal, los rizos rubios que caen sobre el cuello de su uniforme. Por fin podemos ver lo mismo que ella.

Los sonidos de la sala de los sirvientes se desvanecen a medida que se hacen audibles la música y las risas de la fiesta. En lo alto de la escalera, la puerta se abre ante nosotros.

4. INTERIOR. SALÓN PRINCIPAL, DE NOCHE

La luz nos deslumbra en cuanto entramos en el gran salón de mármol. Del alto cielorraso pende una resplandeciente araña de cristal. El MAYORDOMO abre la puerta de entrada para dar la bienvenida a los elegantes invitados que vimos llegar en el automóvil. Sin embargo no nos detenemos, cruzamos la sala hasta la parte posterior, donde están las grandes puertas de estilo francés que comunican con la TERRAZA.

5. EXTERIOR. TERRAZA, DE NOCHE

Las puertas se abren con ímpetu. El volumen de la música y las risas va en aumento: la fiesta está en pleno apogeo. El ambiente posee el lujo propio de la posguerra. Lentejuelas, plumas, sedas se extienden hasta donde la visión pueda abarcar. Vistosos farolillos chinos, colgados en el jardín, se mecen en la suave brisa veraniega. Una BANDA DE JAZZ toca un charlestón y las mujeres bailan. Nos abrimos paso entre una multitud de rostros sonrientes, que miran en nuestra dirección mientras beben las copas de champán que la criada les ofrece de la bandeja: una mujer con labios pintados de rojo, un hombre gordo de mejillas sonrosadas a causa de la excitación y el alcohol, una anciana delgada cubierta de joyas que sostiene una larga y fina boquilla de cigarrillo mientras lanza con indolencia volutas de humo.

Resuena un formidable ESTAMPIDO y todos miran hacia arriba: el cielo nocturno se llena de brillantes fuegos artificiales. Se oyen gritos de regocijo y algunos aplausos. Los fuegos en espiral de las girándulas se reflejan en los rostros, la banda sigue tocando y las mujeres bailan, con pasos cada vez más rápidos.

CORTE HACIA:

6. EXTERIOR. EL LAGO, DE NOCHE

A medio kilómetro de allí, un JOVEN está junto a la orilla más oscura del lago Riverton. Atrás quedan los ruidos de la fiesta. El joven mira el cielo. Nos acercamos, observamos el reflejo rojizo de los fuegos artificiales en su bello rostro. Aun cuando está elegantemente vestido, hay algo indómito en él. Su cabello castaño está despeinado y le cae sobre la frente, amenazando con ocultar los ojos oscuros que recorren enajenados el cielo nocturno. El joven baja la vista y mira más allá del lugar donde estamos, como si tratara de descubrir a alguien oculto entre las sombras. Sus ojos están húmedos; su actitud, súbitamente alerta. Despega los labios, como si se dispusiera a hablar, pero no lo hace. Suspira.

Se oye un CHASQUIDO. Bajamos la mirada. El joven aferra una pistola en su mano temblorosa. La levanta, fuera de escena. La mano que permanece junto al cuerpo se estremece y luego queda rígida. La pistola dispara y cae en el suelo fangoso. Una mujer grita. La velada musical sigue su curso.

FUNDIDO EN NEGRO.
TÍTULO DE LA ESCENA: «LA CASA DE RIVERTON».

LA CARTA

URSULA RYAN
FOCUS FILM PRODUCTIONS
513478 WEST HOLLYWOOD BLDV.
WEST HOLLYWOOD, LA
CAL. 90216 USA

DOÑA GRACE BRADLEY
HEATHVIEW NURSING HOME
1564 WILLOW ROAD
SAFFRON GREEN
ESSEX

27 de enero de 1999

Estimada señora Bradley:

Le ruego sepa disculpar que le escriba nuevamente. El motivo es que no he recibido aún respuesta a mi última carta, donde le refería el proyecto del film en el que estoy trabajando: *La casa de Riverton*.

La película narra una historia de amor: la relación del poeta R. S. Hunter con las hermanas Hartford, y su suicidio en 1924. Si bien contamos con autorización para filmar escenas de exteriores en la mansión Riverton, rodaremos las escenas de interiores en los estudios.

Estamos en condiciones de recrear muchos de los escenarios a partir de fotografías y descripciones. No obstante, apreciaría el asesoramiento de alguien con conocimientos directos del tema. Esta película es una pasión personal y no soportaría la posibilidad de incurrir en errores, ni siquiera los más insignificantes, con respecto al contexto histórico. Por ese motivo le estaría muy agradecida si aceptara supervisar la escenografía.

Encontré su nombre (su apellido de soltera) en una lista, entre una pila de cuadernos donados al Museo de Essex. No habría descubierto su conexión con Grace Reeves si no hubiera leído una entrevista a su nieto, Marcus McCourt, publicada en el *Spectator,* en la que él menciona brevemente la relación histórica de su familia con la villa de Saffron Green.

Le adjunto, para su consideración, un artículo reciente del *Sunday Times* acerca de mis anteriores películas y una nota promocional sobre *La casa de Riverton* que apareció en *Los Angeles Film Weekly.* Como advertirá, hemos logrado comprometer a buenos actores para protagonizar los papeles de Hunter, Emmeline Hartford y Hannah Luxton, incluyendo a Gwyneth Paltrow, quien acaba de recibir un premio Golden Globe por su trabajo en *Shakespeare enamorado.*

Le pido disculpas por esta intromisión, pero comenzaremos a rodar a finales de febrero en los estudios Shepperton, al norte de Londres, y estoy sumamente interesada en ponerme en contacto con usted. Tengo la esperanza de que le interese colaborar con nosotros en este proyecto. Puede escribirme a la dirección de doña Jan Ryan, 5/45 Lancaster Court, Fulham, Londres SW6.

Respetuosamente suya,

URSULA RYAN

Capítulo 1

LOS FANTASMAS SE AGITAN

El pasado noviembre tuve una pesadilla.

Estaba en el año 1924 y me encontraba nuevamente en Riverton. Todas las puertas estaban abiertas de par en par, la brisa del verano hacía flamear las cortinas de seda. En lo alto de la colina, bajo un antiguo arce, había una orquesta de la que llegaba la cadenciosa música de los violines. Las risas y el entrechocar de los vasos resonaban en el aire y el azul del cielo era de aquellos de los que pensábamos que la guerra había destruido para siempre. Un lacayo, con su elegante uniforme blanco y negro, vertía champán desde lo alto de una torre de copas de cristal y todos aplaudían, disfrutando del espléndido derroche.

Me vi a mí misma, como sucede en los sueños, moviéndome lentamente —mucho más lentamente que en la realidad— entre los invitados que formaban una masa borrosa de seda y lentejuelas.

Buscaba a alguien.

De repente el panorama cambió y me encontré junto al pabellón de verano, pero no era Riverton, no podía serlo. No era el edificio nuevo y resplandeciente que Teddy había diseñado, sino una antigua estructura con paredes por las que trepaba la hiedra, invadiendo ventanas y rodeando las columnas.

Alguien me estaba llamando. Una voz familiar de mujer llegaba desde la orilla del lago situado tras el edificio. Bajé la cuesta apartando con las manos las ramas más altas. Una silueta estaba en cuclillas en la orilla.

Era Hannah, con su vestido de novia. Su rostro pálido surgió de las sombras. El barro le salpicaba la frente ensuciando las rosas que la adornaban. Me miró. Su voz me heló la sangre.

—Llegas muy tarde —advirtió, y señaló mis manos—. Llegas demasiado tarde.

Miré mis jóvenes manos, impregnadas del oscuro barro del lago, y en ellas, el frío cadáver de un perro de caza.

Por supuesto, sé lo que motivó ese sueño: la carta de una cineasta. Últimamente no recibo muchas cartas; ocasionalmente, una postal de un amigo con un exagerado sentido del deber para contarme que está de vacaciones; una comunicación formal del banco donde tengo mis ahorros; una invitación al bautizo de un niño cuyos padres, descubro con sorpresa, ya han dejado de ser niños.

La carta de Ursula había llegado un martes por la mañana, a finales de noviembre, y cuando Sylvia vino a hacer mi cama la trajo consigo. Levantó sus cejas exageradamente delineadas y agitó el sobre.

—Tiene correo. Por el sello, parece venir de Estados Unidos. ¿Tal vez su nieto? —La ceja izquierda se arqueó enfatizando la interrogación y la voz se transformó en un ronco susurro—. Algo terrible. Sencillamente terrible. Y él... un joven tan bueno.

Cuando Sylvia terminó de lamentarse, le di las gracias por la carta. Me cae simpática. Es una de las pocas personas capaces de descubrir, más allá de las arrugas de mi cara, la persona de veinte años que habita en mí. No obstante, me niego a entablar con ella una conversación sobre Marcus.

Le pedí que abriera las cortinas. Ella frunció los labios un instante, antes de emprenderla con otro de sus temas favoritos: el clima, la probabilidad de que nevara en Navidad, los estragos que eso causaría a los internos artríticos. Hice los comentarios de rigor, pero mi mente estaba ocupada en el sobre que tenía en el regazo, preguntándose acerca de la escritura despareja, los sellos de otro país, los bordes desgastados que hablaban de una larga travesía.

—Bueno, ¿quiere que le lea la carta para que sus ojos no se cansen? —sugirió Sylvia, dando a las almohadas el voluntarioso toque final que las dejaría mullidas.

—No, gracias. ¿Podría en cambio alcanzarme las gafas?

Cuando por fin se fue, tras prometer que regresaría para ayudarme a vestirme una vez finalizada su ronda, extraje la carta del sobre. Las manos me temblaban mientras me preguntaba si, por fin, él regresaría.

Pero la carta no era de Marcus sino de una joven que estaba haciendo una película sobre el pasado. Me pedía que supervisara los escenarios y juzgara su autenticidad, que recordara objetos y lugares de tiempos lejanos. Como si no hubiera pasado toda la vida tratando de olvidar.

Ignoré la carta. La plegué cuidadosa y serenamente, guardándola dentro de un libro que hacía tiempo había desistido de leer. Y después suspiré. No era la primera vez que recordaba lo que había sucedido con Robbie y las hermanas Hartford en Riverton. Una vez vi la última parte de un documental en la televisión. Algo que estaba mirando Ruth, acerca de corresponsales de guerra. Cuando la cara de Robbie llenó la pantalla y su nombre apareció escrito debajo en una tipografía sencilla, se me erizó la piel. Pero eso fue todo. Ruth no se inmutó, el narrador continuó, y yo seguí secando los platos de la cena.

En otra ocasión, mientras leía en el periódico la guía de programas de televisión, mis ojos toparon con un nombre familiar. Uno de los programas conmemoraba los setenta años de la cinematografía británica. Me fijé en la hora en que se emitiría. Mi corazón estaba alborotado, dudaba si me atrevería a verlo. Al final fue una verdadera decepción. Casi no mencionaban a Emmeline. Sólo mostraron algunas fotos publicitarias —ninguna de ellas reflejaba su verdadera belleza— y un fragmento de una de sus películas mudas, *La dama espera,* donde aparecía muy rara: con mejillas hundidas y movimientos torpes, como los de una marioneta. No se hacía referencia a otros filmes, a los que habían causado el escándalo. Supongo que no los consideraban dignos de mención en estos días promiscuos e indulgentes.

Pero, si bien ya me había encontrado con esos recuerdos con anterioridad, la carta de Ursula me resultó perturbadora. Era la primera vez, en casi setenta años, que alguien me asociaba con esos hechos cayendo en la cuenta de que una joven llamada Grace Reeves estuvo ese verano en Riverton. En cierto modo aquello me hizo sentir vulnerable, identificable. Culpable.

No. Mi decisión era categórica. No respondería a la carta.

Y así fue.

No obstante, me sucedió algo curioso. Los recuerdos que durante largo tiempo había arrinconado en los oscuros confines de mi mente encontraron grietas por donde filtrarse. Las imágenes surgieron con una claridad que me dejó pasmada, con total nitidez, como si el tiempo no hubiera pasado. Tras las primeras y tímidas gotas siguió el diluvio: conversaciones enteras, palabra por palabra, con sus más mínimos matices. Las escenas se desarrollaban como en una película.

Yo misma me sorprendí. Las polillas han abierto agujeros en mis recuerdos recientes; sin embargo, el pasado lejano está claro y nítido. Últimamente los fantasmas de aquella época me visitan a menudo y me asombra descubrir que no me preocupan demasiado. Al menos, no tanto como suponía. En efecto, los espectros de los que he tratado de escapar toda mi vida se han convertido casi en un consuelo, algo que agradezco. Espero ansiosa su aparición, como si fueran protagonistas de una de esas series de las que siempre habla Sylvia, y que le hacen completar sus rondas a toda prisa para poder verlas en la sala principal. Había olvidado —o eso creía— que en medio de la oscuridad quedaban recuerdos brillantes.

La semana pasada, cuando llegó la segunda carta, el mismo fino papel escrito con la misma letra garabateada, supe que diría «sí», que aceptaría inspeccionar los escenarios. Sentía curiosidad, algo que no había experimentado desde hacía tiempo. No hay muchas cosas que despierten curiosidad a los noventa y ocho años, pero quería conocer a esa Ursula Ryan que planeaba revivirlos a todos, que tanto se apasionaba con esa historia.

De modo que le escribí una carta, le pedí a Sylvia que la enviara y acordamos una cita.

Capítulo 2

EL SALÓN

Esta mañana, cuando desperté, descubrí que durante la noche el hilo que me había tenido en vilo toda la semana se había convertido en nudo. Sylvia me ayudó a ponerme un vestido de seda nuevo, el que Ruth me compró para Navidad, y a cambiar mis zapatillas por el par de zapatos de calle que habitualmente languidecen en mi guardarropa. El cuero estaba rígido y Sylvia tuvo que esforzarse para poder calzármelos, pero ése es el precio del decoro. Soy demasiado vieja para aprender nuevos hábitos y no tolero la propensión de los internos más jóvenes a usar sus zapatillas cuando salen.

Mi cabello, que siempre fue claro, es ahora blanco como el algodón, y muy quebradizo. Su debilidad aumenta con el paso de los días y tengo la certeza de que una mañana me despertaré y comprobaré que he perdido hasta el último pelo; sólo encontraré en mi almohada unas hebras blancas que se esfumarán ante mis ojos. Tal vez no muera nunca, sino que simplemente continuaré consumiéndome hasta que un día, cuando el viento del norte sople, me transporte de aquí para fundirme en parte del cielo.

Los cosméticos devolvieron algo de vida a mis mejillas, pero estuve atenta a no abusar de ellos. Debo ser cauta para no parecer un modelo de funeraria. Sylvia siempre se ofrece a «maquillarme un poco» pero considerando su afición por los párpados sombreados de púrpura y el lápiz labial de colores estridentes temo que el resultado sea catastrófico.

Con cierto esfuerzo abroché el relicario de oro. Su elegancia decimonónica resultó incongruente con mi sencilla vestimenta. Lo enderecé, mientras me preguntaba si era presuntuoso y qué diría Ruth al verme.

Miré hacia abajo. El pequeño marco de plata que está sobre mi tocador tiene una foto de mi boda. Preferiría no tenerla allí —hace tanto tiempo de aquello, y el matrimonio duró tan poco, pobre John...— pero es un gesto de consideración hacia Ruth. Supongo que a ella le agrada creer que lo echo de menos.

Sylvia me ayudó a llegar hasta el salón de visitas —todavía me irrita llamarlo de esa manera— donde estaba servido el desayuno, y donde esperaría a Ruth, que —pese a creer que estaba cometiendo un error— había accedido a llevarme a los estudios Shepperton. Le pedí a Sylvia que me dejara en la mesa que estaba en el rincón y me trajera un zumo. Después ocupé mi tiempo leyendo nuevamente la carta de Ursula.

Ruth llegó a las ocho y media en punto. Posiblemente tuviera dudas acerca de lo atinado de la excursión, pero es y siempre ha sido empedernidamente puntual. He oído que los niños nacidos en tiempos difíciles nunca se libran de esa atmósfera asfixiante y Ruth —una niña de la segunda guerra— confirma la regla. Es muy diferente de Sylvia, que tan sólo con quince años menos va de aquí para allá con faldas ajustadas, se ríe sin recato y cambia el color de su cabello cada vez que cambia de «novio».

Esa mañana Ruth atravesó la sala, bien vestida, inmaculadamente acicalada, pero más rígida que una escoba.

—Buenos días, mamá —saludó, rozando mi mejilla con sus labios fríos. Luego echó un vistazo al vaso medio vacío que tenía delante de mí—. ¿Ya has terminado tu desayuno? Espero que hayas tomado algo más aparte de eso. Es probable que encontremos tráfico en el camino y no tengamos tiempo de parar. —Miró su reloj—. ¿Necesitas pasar al baño?

Negué con la cabeza mientras me preguntaba en qué momento me había convertido en la hija.

—Llevas el relicario de papá. Hacía años que no lo veía —comentó, acercándose para enderezármelo y asintiendo en señal de aprobación—. Era apuesto, ¿verdad?

Asentí a mi vez, conmovida por el hecho de que las pequeñas mentiras dichas a los niños sean incondicionalmente creídas. Sentí una corriente de afecto hacia mi quisquillosa hija, y contuve rápidamente la mustia y antigua culpa que siempre aflora cuando miro su cara ansiosa.

Ella me cogió del brazo, lo enlazó con el suyo y puso el bastón en mi otra mano. Muchos de los internos prefieren andadores o incluso sillas de ruedas con motor, pero yo aún me siento cómoda con mi bastón y soy un animal de costumbres que no encuentra motivo para reemplazarlo por algo más costoso.

Ruth puso en marcha el motor de su coche y nos hundimos en el tráfico que avanzaba lentamente. Es una buena chica mi Ruth: fuerte y leal. Ese día se había vestido muy formal, como si fuera a visitar a su abogado o al médico. Sabía que lo haría. Querría dar una buena impresión. Mostrarle a esa directora de cine que, más allá de lo que su madre hubiera hecho en el pasado, Ruth Bradley McCourt era un miembro respetable de la clase media.

Viajamos un trecho en silencio. Luego Ruth se puso a sintonizar la radio. Sus dedos parecían los de una anciana; vi sus nudillos hinchados a través de los cuales esa mañana habría pasado trabajosamente los anillos. Es sorprendente advertir cómo envejece una hija. Miré mis manos, cruzadas sobre el regazo. Unas manos tan ocupadas en el pasado —dedicadas tanto a tareas menores como a otras complejas—, que ahora yacían grises, fláccidas e inertes. Por fin Ruth eligió un programa de música clásica. Durante un rato el locutor habló, un tanto estúpidamente, sobre su fin de semana. Luego comenzó la música de Chopin. Fue una coincidencia, por supuesto, que precisamente ese día yo escuchara el vals en do sostenido menor.

Ruth detuvo el coche frente a unos edificios enormes, blancos y cuadrados como hangares de aviones. Apagó el motor y se quedó sentada un instante, mirando hacia adelante.

—No sé por qué tienes que hacer esto —declaró serenamente, con los labios entrecerrados—. Has logrado tanto en tu vida, has viajado, estudiado, criado una hija... ¿Por qué quieres ser recordada por lo que fuiste hace tanto tiempo?

Ella no esperaba una respuesta y yo no se la di. De pronto Ruth suspiró, salió rápidamente del coche, sacó mi bastón del maletero y sin decir una palabra me ayudó a bajar.

Ursula estaba esperándonos: era una chiquilla con el cabello rubio muy largo y liso que le caía sobre la espalda y un tupido flequillo cubriéndole la frente. La clase de chica a la que podía haberse calificado de poco agraciada si no hubiera sido bendecida con unos maravillosos ojos negros que recordaban un antiguo retrato al óleo: redondos, profundos y expresivos, con el nítido matiz de la pintura fresca.

Sonrió, hizo un gesto de saludo y se acercó presurosa a nosotras; tomó mi mano, la que tenía enlazada al brazo de Ruth, y la agitó entusiasta.

—Señora Bradley, me siento tan feliz de que haya accedido a ayudarme...

—Grace —corregí, antes de que Ruth se adelantara a pronunciar «doctora»—. Me llamo Grace.

—Grace —Ursula sonrió—, no encuentro palabras para explicarle la emoción que me causó saber que vendría.

Su acento era inglés, algo que me sorprendió porque el domicilio que figuraba en su carta era estadounidense.

—Muchas gracias por haber actuado de chófer —añadió luego, dirigiéndose a Ruth.

Sentí que el cuerpo de Ruth se apretaba contra el mío.

—¿Acaso podía haber metido a mi madre en un autobús?

Ursula rió. Me agradó comprobar que los jóvenes tienen mucha facilidad para interpretar una actitud poco amistosa como una ironía.

—Entremos, hace frío aquí afuera. Disculpen todo este alboroto. Comenzaremos a rodar la semana próxima y la gente está muy nerviosa intentando tener todo listo para entonces. Esperaba que pudiera reunirse con nuestra escenógrafa pero ha tenido que ir a Londres a conseguir unas telas. Tal vez todavía esté aquí cuando ella regrese. Tengan cuidado al atravesar la puerta, hay un pequeño escalón.

Ella y Ruth me condujeron afanosamente hacia un vestíbulo y luego a lo largo de un oscuro corredor en el que se alineaban sucesivas puertas. Algunas estaban entreabiertas y miré hacia adentro; vislumbré misteriosas siluetas frente a brillantes pantallas de monitor. Nada allí se parecía al estudio de grabación donde había estado con Emmeline muchos años atrás.

—Aquí es —anunció Ursula cuando llegamos a la última puerta—. Entremos, pediré que nos traigan té.

En cuanto abrió la puerta, fui catapultada a través del umbral hacia mi pasado.

Era el salón de Riverton. Incluso el empapelado era el mismo: «Tulipanes brillantes», un diseño *art nouveau* rojo borgoña del Silver Studio, tan flamante como el día en que los empapeladores llegaron desde Londres. En el centro, frente a la chimenea, un sofá Chesterfield tapizado en cuero, cubierto con sedas de la India, iguales a las que el abuelo de Hannah y Emmeline, lord Ashbury, había traído del extranjero cuando era un joven oficial de la armada. El reloj del barco estaba en el lugar habitual, sobre la repisa de la chimenea, junto al candelabro de Waterford. Alguien se había tomado el enorme trabajo de conseguir ese objeto, pero a cada segundo se revelaba su falsedad. Aun ahora, unos ochenta años después, recuerdo el sonido del reloj de la sala. El modo serenamente insistente de marcar el paso del tiempo: paciente, certero, frío, como si de alguna manera hubiera sabido, incluso entonces, que el tiempo no era amigo de quienes vivían en aquella casa.

Ruth me acompañó hasta el sillón y me dejó allí con el encargo de que permaneciera sentada mientras ella averiguaba dónde estaban los baños «por si fuera necesario». Detrás de mí había gran ajetreo. Algunas personas arrastraban enormes reflectores con patas como de insecto; alguien, en algún lugar, reía. Pero dejé que mi mente vagara. Pensaba en la última vez que estuve en ese salón —el real, no esa escenografía—, el día que supe que me iría de Riverton y jamás regresaría.

Se lo anuncié a Teddy. No le gustó nada, pero para entonces había perdido la autoridad que alguna vez tuvo. Los hechos se la habían arrebatado. Tenía la atónita palidez de un capitán que, consciente de que su barco se hunde, es incapaz de evitarlo. Me pidió que me quedara, me imploró, por lealtad hacia Hannah, alegó, ya que él no me inspiraba ese sentimiento. Y casi lo hice. Casi.

Ruth me dio un golpecito para llamarme la atención.

—Mamá, Ursula está hablándote.

—Lo siento, no me he dado cuenta.

—Mamá es un poco sorda —apuntó Ruth—. Algo previsible a su edad. He tratado de que la examinaran, pero es de lo más obstinada.

Soy obstinada, lo sé. Pero no soy sorda y no me gusta que la gente suponga que lo soy. Mi visión es escasa sin gafas, me canso con facilidad, ya no tengo un solo diente propio y sobrevivo gracias a un cóctel de píldoras, pero puedo oír tan bien como siempre. Lo que sucede es que con la edad he aprendido a escuchar sólo lo que deseo oír.

—Le estaba diciendo, señora Bradley, Grace, que debe de ser extraño volver al pasado. Bueno, a una especie de pasado. Eso seguramente habrá disparado todo tipo de recuerdos.

—Sí —respondí, con una voz deliberadamente tenue—. Así es.

—Me complace saberlo —declaró Ursula, sonriente—. Lo consideraré una señal de que lo estamos haciendo bien.

—Oh, sí.

—¿Hay alguna cosa que esté fuera de lugar? ¿Hemos olvidado algo?

Miré ese escenario de nuevo. Me detuve minuciosamente en los detalles, en el conjunto de símbolos heráldicos colocados junto a la puerta: en el centro, un cardo escocés semejante al grabado de mi relicario.

Sin embargo, faltaba *algo*. A pesar de su fidelidad, el escenario estaba extrañamente desprovisto de atmósfera. Como una pieza de museo, parecía decir: «Esto es el pasado, interesante, pero lejano y muerto».

Y, como una pieza de museo, carecía de vida.

Desde luego, era comprensible. Para mí, los años veinte son la época de mi juventud: una época de emoción, confusión, dicha y horror. Para los escenógrafos, la década de 1920 es historia antigua. Un periodo que debe ser cuidadosamente investigado y reconstruido, que les requiere prestar tanta atención a los detalles curiosos como si estuvieran diseñando un castillo medieval.

Advertí que Ursula me miraba, esperando con entusiasmo mi veredicto.

—Es perfecto —repuse por fin—. Todo está en su lugar.

Luego ella añadió algo que me sobresaltó:

—Salvo la familia.

—Sí —afirmé—. Salvo la familia. —Mientras parpadeaba, por un momento pude verla. Emmeline, tendida en el sofá, todo piernas y pestañas; Hannah leyendo con el ceño fruncido uno de los libros de la biblioteca; Teddy caminando sobre la alfombra de Besarabia.

—Tengo la impresión de que Emmeline llevó una vida muy entretenida —opinó Ursula.

—Sí.

—La investigación sobre ella fue sencilla. Su nombre aparece prácticamente en todas las crónicas de sociedad de entonces. Por no mencionar las cartas y los diarios íntimos de la mitad de los hombres solteros de la época.

—Siempre fue popular —observé, después de asentir con la cabeza.

Medio ocultos por el flequillo, los ojos de Ursula me miraban.

—Pero definir el personaje de Hannah no fue tan fácil.

—¿No? —pregunté, después de aclarar la voz.

—Era más misteriosa. No se trata de que los periódicos no la mencionaran; que lo hacían. También tenía sus admiradores. Sin embargo, aparentemente no eran muchas las personas que realmente la conocían. La admiraban, incluso la veneraban, pero en el fondo no sabían nada de ella.

Pensé en Hannah. La hermosa, inteligente, anhelante Hannah.

—Era una personalidad compleja.

—Sí —asintió Ursula—, ésa fue mi impresión.

—Una de ellas se casó con un estadounidense, ¿verdad? —preguntó Ruth, que había estado escuchando.

La miré, sorprendida. Siempre se había propuesto *no* saber absolutamente nada sobre los Hartford.

Ella me devolvió la mirada.

—He estado leyendo algunas cosas.

Eso significaba que se había preparado para la ocasión, sin importar cuán desagradable le resultara el asunto.

Ruth volvió a dirigirse a Ursula y habló cautelosamente, arriesgándose a cometer un error.

—Creo que se casó después de la guerra. ¿Cuál de las dos fue?

—Hannah. —Por fin lo había hecho. Había dicho su nombre en voz alta.

—¿Qué ocurrió con la otra hermana? —continuó Ruth—. ¿Emmeline se casó alguna vez?

—No —respondí—. Estuvo comprometida.

—Innumerables veces —acotó Ursula, sonriendo—. Por lo visto no podía decidirse por un solo hombre.

Pero lo hizo. Finalmente lo hizo.

—Supongo que jamás sabremos con exactitud qué ocurrió esa noche —opinó Ursula.

—No. —Mis pies cansados comenzaban a protestar a causa de los zapatos de cuero. Por la noche estarían hinchados. Sylvia gruñiría y luego insistiría en que los pusiera en remojo—. Supongo que no.

Ruth se irguió en su asiento.

—Pero seguramente *usted* sabrá lo que ocurrió, señorita Ryan. Después de todo, es el tema de su película.

—Desde luego —contestó Ursula—. Sé lo fundamental. Mi bisabuela tenía parentesco político con las hermanas Hartford y estaba en Riverton esa noche. Su relato se ha convertido en una suerte de leyenda familiar que pasó de una generación a otra. Mi bisabuela se lo contó a mi abuela, ella a mi madre, y por fin llegó hasta mí. En realidad, he oído la historia muchas veces. Me causó una enorme impresión y siempre supe que algún día la transformaría en una película —explicó sonriendo, mientras se encogía de hombros—. Sin embargo, hay algunos agujeros en la historia. Tengo muchas carpetas con material que obtuve en mi investigación. Los informes policiales y los periódicos están repletos de datos, pero todo es de segunda mano. Y sospecho que además la información ha sido duramente censurada. Desgraciadamente, las dos personas que fueron testigos del suicidio han muerto hace años.

—Debo decir que me parece un tema algo morboso para una película —comentó Ruth.

—Por el contrario, es fascinante —rebatió Ursula—. Una prometedora figura de la poesía inglesa se mata una noche, junto a un oscuro lago, en el transcurso de una fiesta de la alta sociedad. Los únicos testigos son dos hermosas hermanas que desde entonces no vuelven a dirigirse la palabra. Una, su novia. La otra, según se rumoreaba, su amante. Es terriblemente romántico.

Los nudos de mi estómago se aflojaron un poco. De modo que ella pensaba abordar el núcleo de la historia de la manera habitual. Me pregunté por qué había supuesto otra cosa. Y también: qué equivocado sentido de la lealtad había hecho que me preocupara tanto; por qué, después de tantos años, todavía me preocupaba lo que la gente pudiera pensar.

Pero lo sabía. El señor Hamilton me lo había dicho el día de mi partida, cuando estaba de pie en el escalón superior de la entrada de servicio, con la bolsa de cuero donde había guardado mis escasas pertenencias, mientras la señora Townsend lloraba en la cocina. Me dijo que era algo que llevaba en mi sangre, que lo mismo había sucedido con mi madre, y antes de ella, con sus padres; que era una estúpida por haber decidido partir, por no valorar un buen puesto, con una buena familia. Había criticado la pérdida de lealtad y orgullo que caracterizaban al pueblo inglés y había jurado que no permitiría que esa actitud se infiltrara en Riverton: no habíamos luchado y ganado la guerra para después abandonar nuestras tradiciones.

En ese momento sentí pena por él, tan rígido, tan seguro de que al dejar el servicio elegía el camino de la ruina moral y económica. Sólo mucho tiempo después comencé a comprender cuán aterrorizado debía de estar, cuán despiadados debían de haberle parecido los rápidos cambios sociales que lo cercaban y le mordían los talones. Cuán desesperadamente ansiaba mantener las antiguas usanzas y certezas.

Pero en parte había estado en lo cierto. No en cuanto a las consecuencias ruinosas; mis finanzas y mi moral no empeoraron por haber abandonado Riverton. Sin embargo, una parte de mí nunca se iría de esa casa o, más bien, una parte de esa casa nunca me dejaría. Durante años, el olor a Giffen —el producto que se usaba para pulir la plata—, el ruido de los neumáticos sobre la grava, el sonido de algún timbre me devolvían a mis catorce años, al cansancio después de un largo día de trabajo, a la taza de chocolate en el comedor de servicio mientras el señor Hamilton leía en voz alta algunos pasajes de *The Times* —aquellos que consideraba adecuados para nuestros impresionables oídos—, Myra fruncía el ceño ante algún comentario irreverente de Alfred y la señora Townsend roncaba suavemente en la mecedora, con sus agujas de tejer y la madeja apoyadas sobre su generoso regazo.

—Aquí está —indicó Ursula—. Gracias, Tony.

Junto a mí había aparecido un joven, trayendo una improvisada bandeja con tazas y un viejo tarro de mermelada lleno de azúcar. Dejó su carga en la mesa auxiliar donde Ursula comenzó a servirla. Ruth me pasó una de las tazas.

—Mamá, ¿qué es esto? —preguntó mientras sacaba un pañuelo y lo pasaba por mi cara—. ¿No te sientes bien?

Yo sentía que mis mejillas estaban húmedas.

Era el efecto del olor del té y de estar allí, en esa habitación, sentada en ese sofá. Era el peso de los recuerdos lejanos. De los secretos largamente guardados. El choque de pasado y presente.

—Grace, ¿puedo hacer algo por usted? —Esta vez era Ursula quien hablaba—. Tal vez desee que apaguemos la calefacción.

—Voy a tener que llevarla a casa —anunció Ruth—. Sabía que no era una buena idea. Es demasiado para ella.

Sí. Quería volver a casa. Estar en casa. Me sentía flotar. El bastón guiaba mi mano. Las voces se arremolinaban a mi alrededor.

—Lo siento —repuse, a nadie en particular—. Es sólo que estoy cansada. Muy cansada. Desde hace años.

Me dolían los pies que protestaban por su confinamiento. Una persona atenta —Ursula quizá— tendió su mano para sostenerme y aferró mi brazo. Un viento frío golpeó mis mejillas húmedas.

Poco después me encontré en el coche de Ruth. Las casas, los árboles, las señales del camino iban quedando vertiginosamente atrás.

—No te preocupes, mamá. Ya ha pasado todo —aseguró Ruth—. Me siento responsable. No debí haberte llevado.

Posé mi mano en su brazo. Percibí su nerviosismo.

—Debí haber confiado en mi instinto —prosiguió—. Fue una estupidez de mi parte.

Cerré los ojos. Escuché el zumbido del radiador, la cadencia del limpiaparabrisas, el rumor del tráfico.

—Eso es, trata de descansar un poco —indicó Ruth—. Pronto estarás en casa. No tendrás que volver más a ese lugar.

Sonreí, sentí que me relajaba.

Es demasiado tarde. Estoy en casa. Estoy de vuelta.

The Braintree Daily Herald

17 DE ENERO DE 1925

Identificado el cuerpo hallado en Preston's Gorge: una beldad local muerta

El cuerpo encontrado ayer por la mañana en Preston's Gorge ha sido identificado como el de una bella dama y actriz de cine de la zona, la honorable señorita Emmeline Hartford, de veintiún años de edad. La señorita Hartford viajaba de Londres a Colchester cuando su automóvil chocó con un árbol y rodó cuesta abajo hacia el desfiladero.

En Godley House, la casa de la señora Frances Vickers, una amiga de la infancia de la señorita Hartford, esperaban su llegada el domingo por la tarde. Ante la demora, la señora Vickers dio aviso a la policía.

El juez de instrucción llevará a cabo una investigación para determinar la causa del accidente, pero la policía no sospecha que se trate de un crimen. De acuerdo con los testigos, lo más probable es que el accidente fuera resultado de la alta velocidad y del suelo resbaladizo a causa del hielo.

La hermana mayor de la señorita Hartford es la honorable señora Hannah Luxton, quien está casada con el diputado del Partido Conservador por Saffron Walden, el señor Theodore Luxton. Tanto el señor como la señora Luxton han evitado hacer comentarios. No obstante, los abogados de la familia, Gifford and Jones, han hecho pública una declaración en su nombre, en la que hablan de su conmoción y solicitan respeto a su privacidad.

Ésta no es la primera tragedia que acaece a la familia en los últimos tiempos. El verano pasado la señorita Emmeline Hartford y la señora Hannah Luxton fueron desafortunados testigos del suicidio de lord Robert S. Hunter en la finca Riverton. Poco tiempo antes, en reconocimiento a su obra poética, lord Hunter había recibido el premio de literatura que otorga *The Times*.

Capítulo 3

EL CUARTO DE LOS NIÑOS

Hace una mañana templada, anticipo de la primavera, y estoy sentada en el banco de hierro del jardín, debajo del olmo. Me hace bien tomar un poco de aire fresco —eso dice Sylvia—, de modo que aquí estoy, escondiendo el rostro ante el tímido sol invernal y volviendo a mostrarlo, como si arrullara a un bebé; mis mejillas están tan frías y mustias como un par de melocotones dejados demasiado tiempo en la nevera.

He estado pensando en aquel día, cuando comencé a trabajar en Riverton. Puedo recordarlo con claridad. Los años transcurridos se pliegan como el fuelle de un acordeón y estoy en junio de 1914. Vuelvo a tener catorce años: ingenua, torpe, aterrorizada, subo detrás de Myra un tramo de escalera tras otro. A cada paso su falda produce un enérgico frufrú que suena como una crítica a mi inexperiencia. Yo la sigo afanosamente. El asa de mi maleta me corta los dedos. Pierdo de vista a Myra cuando gira para subir un tramo más, confío en que el siseo de su falda me indicará el camino.

Al llegar al final de la escalera, Myra continuó por un oscuro corredor de techo bajo, y se detuvo por fin, con un nítido taconazo, ante una pequeña puerta. Se volvió y frunció el ceño mientras yo avanzaba renqueando hacia ella. Sus ojos, tan oscuros como su cabello, lanzaban una mirada reprobatoria.

—¿Qué demonios te pasa? —preguntó, con un inglés apocado, incapaz de disimular la modulación irlandesa de las vocales—. No sabía que fueras tan lenta. La señora Townsend nunca lo mencionó, estoy segura.

—No soy lenta. Es por la maleta. Pesa mucho.

—Nunca he visto semejantes aspavientos —protestó Myra—. No sé qué clase de criada esperas ser si no puedes llevar una maleta con ropa sin quejarte. Ruega que el señor Hamilton no te vea arrastrando la aspiradora como un saco de harina.

Abrió la puerta. La habitación era pequeña y austera e, inexplicablemente, olía a patatas. Pero la mitad —una cama de hierro, una cómoda y una silla— sería para mí.

—Y bien, aquél es tu lado —señaló, apuntando con la cabeza hacia el extremo de la cama—. Yo ocupo éste y agradeceré que no toques nada. —Myra pasó sus dedos por la superficie de su cómoda, acarició un crucifijo, una Biblia y un cepillo para el cabello—. Aquí no se toleran los dedos pegajosos. Ahora deshaz tu maleta, ponte el uniforme y baja para comenzar con tus tareas. No te entretengas en el camino y, por amor de Dios, no salgas de la zona de servicio. Hoy a mediodía llega el amo y se servirá un almuerzo. Todos estaremos ocupados en atenderlo. Lo último que necesito es tener que vigilarte. Espero que no seas una holgazana.

—No, Myra —contesté, comprendiendo su insinuación de que yo pudiera ser una ladrona.

—Bien, eso ya lo veremos —replicó meneando la cabeza—. No entiendo, les informé de que necesitaba una chica nueva y, ¿qué me envían?: no tienes experiencia, tampoco referencias, y a juzgar por tu aspecto, eres una holgazana.

—No soy...

—Shhh —refutó Myra y pateó el suelo para indicarme que me callara.

—La señora Townsend comenta que tu madre era rápida y hábil y que de tal palo, tal astilla. Todo lo que puedo decirte es que, por tu bien, espero que sea cierto. Lady Violet no estará dispuesta a soportar holgazanas como tú ni tampoco yo.

En un último gesto desdeñoso, Myra meneó la cabeza, giró sobre sus talones y me dejó a solas en esa oscura y diminuta habitación del piso alto de la casa.

Fru fru, fru fru, fru fru...

Escuché conteniendo el aliento.

Por fin, cuando el sonido se perdió, fui de puntillas hacia la puerta, la cerré y me dediqué a observar mi nuevo hogar.

No había mucho que ver. Pasé la mano por la cama, agachando la cabeza en la parte abuhardillada. Sobre el colchón había una manta gris; uno de los extremos había sido remendado por una mano competente. En la pared se veía el único atisbo de decoración de toda la habitación: una pequeña pintura enmarcada, que ilustraba una rudimentaria escena de caza, un ciervo atravesado por una flecha, de cuyo flanco herido manaba sangre. Aparté rápidamente la mirada del animal agonizante.

Me senté con cuidado, sigilosamente, temiendo arrugar la funda del mullido colchón. El chirrido de los muelles de la cama me hizo dar un respingo, me sentí reprendida y el rubor subió por mis mejillas.

Una estrecha ventana proyectaba un rayo de luz polvoriento. Me arrodillé en la silla para mirar hacia fuera.

La habitación estaba en la parte trasera de la casa, y a gran altura. Podía ver todo el sendero que atravesaba el jardín de rosas y continuaba por las glorietas, hacia la fuente que estaba al sur. Sabía que más allá estaba el lago y hacia el otro lado el pueblo donde había pasado mis primeros catorce años. Imaginaba a mi madre sentada junto a la ventana de la cocina, donde había más luz, con la espalda encorvada sobre la ropa que zurcía.

Me pregunté cómo se estaría arreglando sin mí. En los últimos tiempos había empeorado. Por las noches la oía quejarse en su cama, a causa del dolor de los agarrotados huesos de su columna. A veces amanecía con los dedos tan rígidos que tenía que ayudarla a sumergirlos en agua tibia y frotarlos contra los míos para que al menos pudiera coger un carrete de hilo de su costurero. La señora Rodgers, una vecina del pueblo, iría a verla todos los días y el buhonero pasaba por allí dos veces por semana pero, aun así, mi madre pasaría muchísimo tiempo sola. Era poco probable que pudiera continuar con el zurcido sin mí. ¿Qué haría para conseguir dinero? Mi escaso salario ayudaría, pero ¿no habría sido mejor que me quedara con ella?

Sin embargo, ella había insistido en que solicitara ese empleo. Se negó a escuchar mis argumentos en contra. Sólo meneó la cabeza y me recordó que la suya era la voz de la experiencia. Había oído que buscaban una chica y estaba segura de que yo sería la persona indi-

cada. No dijo una palabra acerca de cómo lo supo. Uno de los típi-
cos secretos de mi madre.

—No está lejos —apuntó—. Podrás venir a casa y ayudarme
en tus días libres.

Seguramente mi expresión me traicionó y dejó en evidencia mi
reparo ante esa idea, porque ella extendió su mano para tocar mi mejilla. Era un gesto poco habitual, que yo no esperaba. La sorpresa de
sentir sus manos ásperas, sus uñas melladas por las agujas, me estremeció.

—Bueno, bueno, niña. Sabías que el tiempo pasaría y tendrías
que encontrar un empleo. Es por tu bien. Una oportunidad. Ya verás.
No hay muchos lugares donde acepten a una muchacha tan joven. Lord
Ashbury y lady Violet no son malas personas. Y el señor Hamilton
puede parecer estricto pero en el fondo no es más que un hombre justo. También la señora Townsend. Si trabajas mucho y cumples con lo
que se te ordene no tendrás problemas. —Me pellizcó fuertemente la
mejilla con sus dedos temblorosos—. Y no olvides cuál es tu lugar, Grace. Hay muchas jovencitas que se meten en líos por ese motivo.

Yo había prometido cumplir lo que me pedía, y el sábado siguiente, vestida con mi ropa de domingo, subí caminando la colina
hacia la gran mansión donde me entrevistaría lady Violet.

Éste es un hogar pequeño y tranquilo, me contó ésta; sólo
vivían allí su esposo, lord Ashbury, que pasaba la mayor parte del
tiempo ocupado con sus negocios y clubes, y ella misma. Sus dos hijos, el mayor James y el señor Frederick, ya eran adultos y vivían en
sus respectivas casas junto a sus familias. No obstante, solían ir de
visita, y si mi trabajo era satisfactorio y decidían que siguiera formando parte del servicio, seguramente los vería. Por ser sólo ellos
los habitantes permanentes de Riverton se bastaban sin un adminis-
trador y dejaban en las diestras manos del señor Hamilton la dirección de las tareas. La señora Townsend, la cocinera, estaba a cargo
de las cuestiones concernientes a la cocina. Si ellos me aprobaban,
ésa era recomendación suficiente para que conservara mi puesto.

Lady Violet hizo una pausa y me miró detenidamente, de una
manera que me hizo sentir atrapada, como un ratón en un frasco
de vidrio. Sin duda había advertido que el bajo de mi vestido tenía
las marcas de las veces que habíamos adecuado su largo a mi creciente
estatura; que el pequeño zurcido de mis medias, donde se rozaban

con los zapatos, se estaba desgastando; que mi cuello y mis orejas eran demasiado largos.

Luego había parpadeado y sonreído, con una sonrisa que dio a sus ojos el aspecto de gélidas medias lunas.

—Bien, tu aspecto es limpio, y el señor Hamilton dice que sabes coser.

Ella se puso de pie mientras yo asentía, alejándose en dirección al escritorio, mientras arrastraba ligeramente su mano por el borde de la silla.

—¿Cómo está tu madre? —había preguntado, sin volverse a mirarme—. ¿Sabías que también ella sirvió en esta casa?

A lo cual le respondí que lo sabía y que mi madre estaba bien, «gracias por su interés», e incluso me acordé de llamarla *madame*.

Aparentemente había dicho lo correcto, porque inmediatamente después me ofreció quince libras al año para que comenzara a trabajar al día siguiente e hizo sonar la campanilla para que Myra me acompañara hasta la salida.

Aparté mi cara de la ventana, borré la marca que había dejado mi aliento y bajé.

Mi maleta estaba donde la había dejado caer, junto a la cama de Myra. La arrastré hacia la cómoda que me correspondía. Traté de no mirar al ciervo sangrante, inmortalizado en su terrible instante final, mientras guardaba en el primer cajón mi escasa ropa: dos faldas, dos blusas y un par de medias negras que mi madre me había dejado que zurciera para que las aprovechara en el invierno. Luego eché un vistazo a la puerta y con el corazón palpitante descargué mi cargamento secreto.

Eran tres volúmenes en total. Tapas verdes, con las puntas arqueadas y letras impresas en dorado algo desvaídas. Los escondí en la parte posterior del último cajón y las cubrí con mi mantón, doblándolo cuidadosamente para dejarlos completamente ocultos. El señor Hamilton había sido claro: se aceptaba la Sagrada Biblia pero cualquier otro material de lectura podía ser considerado perjudicial y debía ser presentado ante él para que diera su aprobación, a riesgo de ser incautado. Yo no era una rebelde —más bien lo contrario, tenía un férreo sentido del deber—, pero me resultaba inconcebible vivir sin Holmes y Watson.

Guardé la maleta debajo de la cama.

Un uniforme colgaba del gancho que estaba detrás de la puerta: falda negra, delantal blanco, cofia de encaje. Me lo puse, sintiéndome como una niña que había descubierto el guardarropa de su madre. La falda era rígida al tacto y el cuello me arañaba la nuca; largas horas de uso lo habían moldeado a la medida de una persona más grande que yo. Cuando até el delantal una minúscula polilla blanca salió revoloteando en busca de un nuevo lugar donde esconderse, entre las vigas del techo. Anhelé volar junto a ella.

La cofia de encaje blanco estaba almidonada para que la parte delantera quedara erguida. Usé el espejo colocado sobre la cómoda de Myra para asegurarme de que estuviera derecha y para acomodar mi cabello claro sobre las orejas, como me había enseñado mi madre. La jovencita del espejo me llamó la atención, y pensé que su cara era muy seria. Es un sentimiento extraño el que surge en las raras ocasiones en que captamos nuestra propia imagen inmóvil. Un momento imprevisto, libre de artificio, en el que incluso olvidamos engañarnos a nosotros mismos.

* * *

Sylvia me ha traído una taza de té humeante y una porción de budín de limón. Se sienta junto a mí en el banco de hierro y echando un vistazo a la oficina saca un paquete de cigarrillos. (Es curioso el modo en que mi evidente necesidad de aire fresco parece coincidir siempre con su necesidad de una pausa encubierta para fumar un pitillo). Me ofrece uno. No acepto, como de costumbre, y ella alega, como hace siempre:

—A su edad tal vez sea lo mejor. Fumaré uno por usted.

Está guapa esta mañana, se ha hecho algo distinto en el cabello. Se lo digo. Ella asiente, echa una bocanada de humo e inclina la cabeza. Una larga cola de caballo aparece sobre su hombro.

—Son extensiones —explica—. He querido ponérmelas desde hace tiempo y pensé: la vida es demasiado corta para no ser glamurosa. Parece cabello auténtico, ¿verdad?

Tardo en responder, y ella supone que es señal de consentimiento.

—Porque lo es, es cabello verdadero, como el que usan los famosos. Tóquelo.

—Por Dios —exclamo, acariciando la gruesa cola de caballo—, es cabello auténtico.

—Hoy todo es posible —comenta Sylvia. Al agitar su cigarrillo, advierto que sus labios han dejado en él un anillo húmedo de color púrpura—. Por supuesto, eso cuesta. Afortunadamente tenía guardado un poco para algún momento de necesidad.

Sylvia sonríe. Brilla como una ciruela madura y adivino el motivo que justifica su nueva imagen. Como era previsible, surge del bolsillo de su blusa.

—Anthony —indica sonriente.

Comienzo una representación: me pongo las gafas, miro la imagen de un hombre maduro, con bigotes canosos.

—Parece adorable.

—Oh, Grace —exclama Sylvia suspirando de felicidad—, lo es. Sólo hemos ido a tomar el té un par de veces pero tengo un buen presentimiento. Es realmente un caballero, no como esos vagos con los que he salido anteriormente. Me abre la puerta, me trae flores, me arrima la silla cuando salimos. Un caballero como los de antes.

Esto último, debo decirlo, se agrega para complacerme, dado que se supone que los ancianos no pueden evitar emocionarse con lo anticuado.

—¿A qué se dedica? —le pregunto.

—Da clases en un instituto. De Historia e Inglés. Es terriblemente inteligente. Y solidario, también. Trabaja como voluntario para la Academia de Historia. Dice que su hobby es investigar acerca de todos esos lores, duques y duquesas. Sabe muchas cosas sobre esa familia que usted conocía, la que vivía en la gran casa cercana a Hastings Hill... —Sylvia se detiene y entrecierra los ojos mientras mira hacia la oficina. Luego pone los ojos en blanco—. Oh, Dios. Es la enfermera Ratchet. Ya debería estar haciendo mi ronda para servir el té. Seguramente Bertie Sinclair se ha quejado otra vez. Creo que se haría a sí mismo un favor si se privara de un bizcocho de vez en cuando. —Apaga rauda el cigarrillo y envuelve la colilla en un pañuelo de papel—. En fin, la maldad no descansa. ¿Le traigo algo antes de atender a los demás? Apenas ha probado su té.

Le aseguro que estoy bien, y ella corre por el jardín. La cola de caballo acompaña el movimiento de sus caderas.

Es bueno que me atiendan, que me traigan el té. Me gusta pensar que me he ganado este pequeño lujo. El señor sabe cuántas veces me ha tocado servirlo. A veces me entretengo imaginando cómo le habría ido a Sylvia sirviendo en Riverton. El silencioso y obediente recato del servicio doméstico no va con ella. Es demasiado campechana; no agacharía la cabeza por más que la reprendieran sobre su «lugar». No, Myra no habría encontrado en Sylvia una alumna tan dócil como yo.

La comparación difícilmente sería justa, lo sé. La gente ha cambiado mucho. El siglo nos ha aporreado y magullado. Incluso los jóvenes y privilegiados de hoy usan su cinismo como una insignia, con su mirada vacía y la mente llena de cosas que nunca quisieron saber.

Es una de las razones por las cuales nunca he hablado sobre las Hartford y Robbie Hunter y lo que ocurrió entre ellos. Y eso, a pesar de que algunas veces consideré la posibilidad de hacerlo, de librarme de esa carga. A Ruth. O más probablemente a Marcus. Pero, antes de comenzar, de alguna manera supe que eran demasiado jóvenes para comprender. Que me mirarían y harían preguntas tales como «¿Por qué ella simplemente no...?», y «¿Por qué no podían...?». Y que mi respuesta inevitablemente los desilusionaría: «Eran otros tiempos».

Por supuesto, aun entonces percibíamos claras señales de progreso. La primera guerra —la Gran Guerra— trastocó absolutamente todo. Cuando, tras la guerra, el nuevo personal comenzó a llegar (y a despedirse, como suele suceder), lleno de ideas sobre salarios mínimos y días de descanso, nos causó gran conmoción. Antes de eso, sólo había una manera de concebir el mundo, sus diferencias eran simples e intrínsecas.

Durante mi primera mañana en Riverton, el señor Hamilton me pidió que fuera a su despacho, una suerte de oficina contigua a la sala de los sirvientes, donde lo encontré encorvado, planchando *The Times* para evitar que la tinta le manchara los dedos. Se irguió, enderezando la montura redondeada de sus gafas sobre el tabique de su larga y brillante nariz, que siempre me recordó un apagavelas. Mi iniciación en los «usos y costumbres» era algo tan importante que la señora Townsend había interrumpido excepcionalmente su tarea —estaba asando la carne del almuerzo— para presenciarla. El señor Hamilton inspeccionó minuciosamente mi uniforme. Luego, aparentemente satisfecho, comenzó su lección acerca de la diferencia entre nosotros y ellos.

—Nunca olvides —declaró gravemente— que eres realmente afortunada por haber sido invitada a servir en una gran casa como ésta. Y junto con la buena fortuna llega la responsabilidad. Todos los aspectos de tu conducta se reflejan en la familia y debes hacerles justicia: guardar sus secretos y merecer su confianza. Recuerda que el amo es siempre quien más sabe. Obsérvalo, a él y a su familia. Sírvelos con obediencia, solicitud y gratitud. Sabrás que tu trabajo está bien hecho cuando pase desapercibido, que logras el éxito cuando tu persona parezca invisible.

El señor Hamilton miró hacia arriba, observó el aire que flotaba encima de mi cabeza, con su piel saludablemente rosada bañada de emoción.

—Y no olvides nunca, Grace, el honor que te conceden al permitirte servir en su casa.

Puedo imaginar qué habría dicho Sylvia ante esto. Ciertamente, no habría aceptado las instrucciones como yo hice. No habría sentido su rostro paralizado por la gratitud y la vaga e indefinible emoción de haber sido ascendida un escalón en la jerarquía del mundo.

Giré en el banco y noté que se había olvidado la fotografía: ese nuevo hombre que la tenía fascinada con su conversación sobre historia, aficionado a recopilar datos sobre la aristocracia. Conozco a las personas como él, esas que guardan recortes de prensa y fotografías para esbozar complejos árboles genealógicos de familias a las que no tienen acceso.

Tal vez suene desdeñosa pero no lo soy. Me interesa, e incluso me intriga, saber de qué modo el tiempo borra las vidas reales y deja sólo vagas impresiones. La carne y el espíritu se desvanecen, sólo quedan los nombres y los datos.

Cierro los ojos otra vez. El sol ha aparecido y ahora mis mejillas están tibias.

Los compañeros de Riverton han muerto hace mucho tiempo. Mientras que a mí la edad me ha marchitado, ellos permanecen eternamente juveniles, eternamente bellos.

Tal parece que me estoy volviendo sentimental y romántica. Porque ellos no son jóvenes ni bellos. Están muertos. Enterrados.

No son nada. Meras imágenes que rondan los recuerdos de aquellos que alguna vez los conocimos.

Pero, por supuesto, quienes viven en la memoria jamás están realmente muertos.

* * *

La primera vez que vi a Hannah, Emmeline y su hermano David, conversaban sobre los efectos de la lepra en el rostro humano. Para entonces ya llevaban una semana en Riverton —visitaban el lugar todos los años durante el verano— pero hasta ese momento yo sólo había captado ocasionales ráfagas de sus risas y los ecos de pasos apresurados sobre la chirriante estructura de la vieja mansión.

Myra había insistido en que yo era demasiado inexperta para confiarme tareas que implicaran conocimiento del protocolo social —aun cuando tuviera que tratar con los más jóvenes— y me había destinado a trabajos que me mantuvieran alejada de los visitantes. Mientras los otros sirvientes se preparaban para la llegada de los invitados adultos, que se produciría en dos semanas, yo era responsable del cuarto de los niños.

En rigor, ya eran demasiado grandes para necesitar ese cuarto, según apuntó Myra, y probablemente no lo usarían, pero era una tradición, y en consecuencia la amplia habitación del segundo piso, en el extremo del ala este, debía ser ventilada y aseada, y las flores que la adornaban debían reemplazarse a diario.

Puedo describir esa habitación, pero me temo que ninguna descripción logrará transmitir la extraña atracción que ejercía sobre mí. Era grande, rectangular y sombría, y mostraba la palidez de un decoroso abandono. La impresión era desoladora. Como en los viejos cuentos, parecía haber caído sobre ella un hechizo, una maldición que la había mantenido dormida durante un siglo. La atmósfera pesada, densa y fría parecía suspendida sobre los objetos. Y en la casa de muñecas que estaba junto a la chimenea se veía la mesa servida para una fiesta cuyos invitados jamás llegarían. El empapelado de la pared, en su día de listas azules y blancas, se había transformado con el tiempo y la humedad en un gris opaco; el papel estaba manchado en algunas partes y despegado en otras. Escenas desvaídas de los cuentos de Hans Christian Andersen colgaban de una de las paredes: el

41

valiente soldado de plomo lanzándose al fuego, la bella joven de zapatos rojos, la pequeña sirena que añoraba su pasado. En su lugar se percibían fantasmagóricas presencias infantiles, olía a moho y a polvo acumulado durante mucho tiempo. Estaba difusamente vivo.

Había una chimenea tiznada de hollín, y un sillón de cuero delante de unas enormes ventanas con forma de arco en la pared adyacente. Si uno se subía al oscuro banco de madera y miraba a través de los cristales sellados con plomo, podía distinguir un patio donde dos leones de cobre montaban guardia sobre sus desgastados pedestales, contemplando el cementerio construido en el valle que estaba más abajo.

Un extenuado caballo de madera descansaba junto a la ventana. Majestuoso, moteado de gris, sus bondadosos ojos negros parecían agradecer que les hubiera quitado el polvo. Y a su lado, en silenciosa comunión, estaba *Raverley*. El negro y curtido perro de caza que había pertenecido a lord Ashbury cuando era un niño. Había muerto tras quedar una de sus patas aprisionada en una trampa. El taxidermista había hecho un buen trabajo intentando disimular la herida pero ningún artificio era capaz de ocultar lo que acechaba detrás. Yo solía cubrir a *Raverley* mientras trabajaba. Dejaba caer sobre él una funda, que apenas me permitía fingir que no estaba allí, con la herida abierta debajo de su piel remendada, mirándome con sus ojos vidriosos y opacos.

Pero a pesar de todo aquello —de *Raverley,* del olor que delataba el lento deterioro, del empapelado desgastado— el cuarto de los niños se convirtió en mi lugar favorito. Día tras día, tal como estaba previsto, lo encontraba vacío. Los niños se entretenían en otro lugar de la finca. Yo solía hacer mis tareas habituales a toda prisa para disponer de algunos minutos y entretenerme allí a solas. Lejos de las constantes observaciones de Myra, del adusto gesto de reprobación del señor Hamilton, de la sospechosa camaradería de los otros sirvientes, que me hacía pensar que aún tenía mucho que aprender. Allí dejaba de contener el aliento, disfrutaba de la soledad e imaginaba que la habitación era mía.

En ella había libros, en abundancia, más de los que jamás había visto juntos: aventuras, relatos, cuentos de hadas se amontonaban en altos estantes a cada lado de la chimenea. Una vez me atreví a coger uno, que elegí por la sencilla razón de que me atrajo particularmente su lomo. Pasé mi mano por la antigua cubierta, lo abrí y leí atentamente el nombre impreso: Timothy Hartford. Después pasé las gruesas páginas, respiré el polvo mohoso que se desprendía de ellas y fui transportada a otra época y a otro lugar.

Había aprendido a leer en la escuela del pueblo y mi maestra, la señorita Ruby, contenta por haber encontrado en una alumna un interés tan poco frecuente, había comenzado a prestarme libros de su propia biblioteca: *Jane Eyre, Frankenstein, El castillo de Otranto*. Cuando se los devolvía, comentábamos nuestros pasajes favoritos. Fue la señorita Ruby quien me sugirió que debía ser maestra. Mi madre no se mostró demasiado complacida cuando se lo conté. A su juicio las grandes ideas que la señorita Ruby sembraba en mi cabeza no nos darían de comer. Poco tiempo después me envió a la colina de Riverton, hacia Myra y el señor Hamilton, hacia la habitación de los niños.

Y durante algún tiempo ésa fue mi habitación, y sus libros fueron míos.

Pero un día apareció la niebla y comenzó a llover. Mientras iba presurosa por el pasillo entusiasmada con la idea de examinar una enciclopedia ilustrada para niños que había descubierto el día anterior, me detuve abruptamente. Se oían voces provenientes de la habitación. Me dije que seguramente era el viento, que traía el eco desde otro lugar de la casa. Una ilusión. Pero cuando abrí la puerta y escudriñé el interior sentí el impacto. Allí había gente. Jóvenes, que armonizaban a la perfección con ese lugar encantador.

Y en ese instante, sin señal o ceremonia alguna, la habitación dejó de ser mía. Me quedé inmóvil, paralizada por la indecisión, dudando sobre la conveniencia de seguir con mis tareas o regresar más tarde. Volví a observarlos, intimidada por sus risas; por sus voces claras y seguras; por sus cabellos brillantes, con trenzas aún más brillantes.

Tomé la decisión cuando vi las flores marchitas en el jarrón, sobre la chimenea. Durante la noche los pétalos habían caído y se habían desparramado a su alrededor; pensé que me reprenderían por eso. No podía arriesgarme a que Myra los viera. Ella había sido muy clara al explicarme mis obligaciones, asegurándose de que las comprendiera: si defraudaba a mis superiores, mi madre se enteraría.

Recordé las instrucciones del señor Hamilton. Aferrando el recogedor y la escoba junto al pecho me acerqué de puntillas hasta la chimenea, concentrada en ser invisible. No tuve que esforzarme. Esos jóvenes estaban habituados a compartir su casa con un ejército de seres invisibles. Me ignoraron, mientras yo simulaba ignorarlos.

Eran dos chicas y un chico. La menor rondaría los diez años, el mayor no llegaba a los dieciséis. Los tres tenían los rasgos característicos de los Ashbury: el cabello dorado y los ojos del color azul nítido y claro de la porcelana Wedgwood, herencia de la madre de lord Ashbury, una danesa que —según contaba Myra— se había casado por amor, por lo que le habían dejado sin dote y desheredado. Sin embargo, añadía también Myra, el que ríe último ríe mejor, porque cuando el hermano de su esposo murió ella se convirtió en lady Ashbury y así pasó a formar parte de la nobleza británica.

La niña más alta, de pie en el centro de la habitación, blandía un puñado de papeles donde, según proclamaba, se detallaban los síntomas de la lepra. La menor estaba sentada en el suelo, con las piernas cruzadas; miraba a su hermana con sus grandes ojos azules, mientras rodeaba distraídamente con el brazo el cuello de *Raverley*. Me sorprendió y me espantó a la vez ver que lo habían arrastrado desde su rincón para hacerlo extrañamente partícipe de la escena. El chico, arrodillado en el banco que estaba junto a la ventana, miraba a través de la niebla, en dirección al cementerio.

—Entonces, Emmeline, vuelves el rostro y miras al auditorio: tu cara estará completamente atacada por la lepra —apuntó la niña más alta, regodeándose.

—¿Qué es la lepra?

—Una enfermedad de la piel —explicó la mayor—. Úlceras y supuraciones, normalmente.

—Tal vez tendríamos que hacer que se pudra su nariz, Hannah —propuso el chico, guiñando el ojo a Emmeline.

—No —gimió ella.

—No seas tan infantil, Emmeline. No lo haremos de verdad —repuso Hannah—. Fabricaremos una máscara. Algo horrendo. Trataré de encontrar en la biblioteca algún libro de medicina que tenga ilustraciones.

—No entiendo por qué tengo que ser yo la leprosa —se quejó Emmeline.

—Considéralo la voluntad de Dios —le aconsejó Hannah—. Él lo escribió.

—Pero ¿por qué tengo que hacer el papel de Miriam? ¿No puedo interpretar otro?

—No hay otros papeles —indicó Hannah—. David será Aarón porque es el más alto, y yo seré Dios.

—¿No puedo ser Dios?

—A decir verdad, no. Tú querías el papel principal.

—Lo quería, y lo quiero —confirmó Emmeline.

—En ese caso... Dios ni siquiera estará sobre el escenario —explicó Hannah—. Yo recitaré mi parte detrás de la cortina.

—Podría interpretar a Moisés —propuso Emmeline—. *Raverley* puede ser Miriam.

—No harás el papel de Moisés —refutó Hannah—. Necesitamos a una verdadera Miriam. Ella es mucho más importante que Moisés, que sólo dice una frase. Ésa es la razón para incluir a *Raverley*. Yo puedo decir su frase desde detrás de la cortina, puedo incluso eliminar el personaje de Moisés.

—Tal vez podamos representar otra escena —sugirió esperanzada Emmeline—. Una con María y el niño Jesús.

Hannah resopló fastidiada.

Los jóvenes ensayaban una obra. Alfred, el lacayo, me había contado que el fin de semana habría un recital familiar en la ribera. Era una tradición: algunos miembros de la familia cantaban, otros recitaban poesía y los niños siempre representaban una escena del libro predilecto de su abuela.

—Hemos elegido esta escena porque es importante —afirmó Hannah.

—*Tú* la has elegido porque dices que es importante —replicó Emmeline.

—Exactamente —corroboró Hannah—. Se trata de un padre que tiene dos tipos de reglas: unas para sus hijos y otras para sus hijas.

—Me parece absolutamente razonable —opinó irónicamente David.

Hannah lo ignoró.

—Miriam y Aarón son culpables de lo mismo: opinar sobre la boda de su hermana.

—¿Qué dicen?

—No es importante, sólo están...

—¿Dicen cosas mezquinas?

—No, y ésa no es la cuestión. Lo importante es que Dios decide que Miriam debe ser castigada con la lepra mientras que Aarón no recibe más que un sermón. ¿Eso te parece justo, Emme?

—¿Moisés se casó con una mujer africana? —preguntó Emmeline.

Hannah meneó la cabeza, exasperada. Observé que lo hacía a menudo. En la impetuosa energía que animaba los movimientos de sus largas extremidades se reflejaba su frustración. Emmeline, por el contrario, tenía la calculada actitud de una muñeca dotada de vida. Los rasgos de ambas hermanas, similares si se los consideraba individualmente —dos narices ligeramente aguileñas, dos pares de ojos intensamente azules, dos hermosas bocas— se volvían singulares en el rostro de cada una de ellas. Mientras Hannah daba la impresión de una bella reina, apasionada, misteriosa, cautivadora, Emmeline era una belleza más accesible. Aunque todavía era casi una niña, había algo en sus labios, entreabiertos cuando estaba en silencio, en sus ojos enormes, que me recordaba una sofisticada fotografía que había visto una vez, cuando cayó del bolsillo del buhonero.

—Y bien. Lo hizo, ¿verdad?

—Sí, Emme —respondió David, riendo—. Moisés se casó con una mujer etíope. Hannah está frustrada sencillamente porque nosotros no compartimos su pasión por el sufragio femenino.

—¡Hannah! No hablará en serio, ¿no? Tú no estás a favor del sufragio femenino, ¿verdad?

—Pues claro que estoy a favor —afirmó Hannah—. Y también tú.

Emmeline bajó la voz.

—¿Papá lo sabe? Si lo supiera se pondría furioso.

—Bah —refutó Hannah—. Papá es un gatito.

—Yo lo veo más como un león —opinó Emmeline, con los labios temblorosos—. Por favor, Hannah, no hagas que se enfade.

—En tu lugar no me preocuparía, Emme —aseguró David—. En este momento, estar a favor del sufragio femenino está de moda entre las mujeres de la alta sociedad.

Emmeline lo miró incrédula.

—Fanny jamás ha comentado nada.

—Toda la gente importante lucirá su traje de etiqueta cuando haga su debut la próxima temporada —concluyó David.

Emmeline lo miró con los ojos muy abiertos.

Yo escuchaba desde mi lugar, junto a la biblioteca, preguntándome de qué hablaban. Nunca había oído la palabra «sufragio» pero tenía una vaga idea. Debía de ser una clase de enfermedad, como la que había aquejado a la señora Nammersmith, en el pueblo, cuando se quitó el corsé en la procesión de Pascua y su esposo tuvo que llevarla a Londres para que la atendieran en un hospital.

—Eres un maldito provocador —le reprendió Hannah—. Que papá sea tan injusto como para impedir que Emmeline y yo vayamos al colegio no significa que debas hacernos parecer estúpidas a cada momento.

—No lo hago —contestó David, sentado en la caja de los juguetes, mientras apartaba un rizo de sus ojos.

Yo inspiré profundamente, él era tan guapo y rubio como sus hermanas.

—De todos modos, no os estáis perdiendo mucho. La escuela no es tan importante como creéis.

—Oh —exclamó Hannah, levantando la ceja en señal de desconfianza—. Pues a menudo pareces complacerte en demostrar cuánto me estoy perdiendo. —Sus ojos se abrieron exageradamente; parecían dos lunas azules y gélidas. La emoción impregnaba su voz—. ¿Acaso has hecho algo terrible por lo que vayas a ser expulsado?

—Por supuesto que no —respondió rápidamente David—. Sólo pienso que estudiar no es la única manera de aprender. Mi amigo Hunter sostiene que la vida misma es la mejor educación.

—¿Hunter?

—Ingresó este año en Eton. Su padre es una especie de científico. Por lo visto ha descubierto algo lo suficientemente importante para que el rey le otorgue el título de marqués. Está un poco loco. También Robert, si creyera lo que dicen los otros chicos, pero a mí me parece que es genial.

—Bueno —repuso Hannah—, tu loco amigo Robert Hunter es afortunado. Puede darse el lujo de desdeñar su educación. Pero ¿cómo se supone que me convertiré en una respetable autora teatral si papá insiste en mantenerme en la ignorancia? —Hannah suspiró, frustrada—. Desearía ser un chico.

—Si tuviera que ir al colegio, lo detestaría —declaró Emmeline—. También detestaría ser hombre. No tendría vestidos, los sombreros serían de lo más aburridos, tendría que hablar todo el tiempo de política y deportes...

—Me encantaría hablar de política —afirmó Hannah, con tanta vehemencia que algunos cabellos se soltaron de sus rizos cuidadosamente peinados—. Empezaría por hacer que Herbert Asquith concediera a las mujeres el derecho de votar. Incluso a las jóvenes.

David sonrió.

—Podrías ser la primera autora teatral que se convirtiera en primer ministro de Gran Bretaña.

—Creía que ibas a ser arqueóloga —recordó Emmeline—, como Gertrude Bell.

—Política, arqueóloga, puedo ser ambas cosas. Estamos en el siglo XX. —Hannah frunció el ceño—. Si tan sólo papá me permitiera recibir una educación adecuada...

—Ya sabes lo que piensa sobre la educación de las niñas —apuntó David.

Emmeline expresó su acuerdo con una frase hecha:

—El sufragio femenino conduce a la perdición. De todos modos, papá dice que la señorita Prince nos da toda la educación que necesitamos.

—Lo dice porque espera que nos convierta en aburridas esposas de hombres aburridos, que hablan correctamente francés, tocan aceptablemente el piano y tienen la cortesía de perder en el extravagante juego del bridge. De ese modo causaremos menos problemas.

—Papá afirma que a nadie le gusta una mujer que piensa demasiado —señaló Emmeline.

David puso los ojos en blanco.

—Como esa mujer canadiense que lo apartó de las minas de oro con sus discursos políticos. Nos perjudicó a todos.

—*No quiero* agradarle a todo el mundo —aclaró Hannah aguzando tercamente el mentón—. Tendría una pobre opinión de mí si eso ocurriera.

—Alégrate entonces —declaró David—. Puedo decirte a ciencia cierta que a un buen número de nuestros amigos no les agradas.

Hannah frunció el ceño, pero su gesto se suavizó al asomar una leve sonrisa.

—Hoy no asistiré a sus apestosas lecciones. Estoy harta de recitar «La dama de Shallot» mientras ella estruja su pañuelo y lloriquea.

—Ella llora por su propio amor frustrado —precisó Emmeline suspirando.

Hannah entornó los ojos con fastidio.

—Es la verdad —insistió Emmeline—. Lo escuché cuando la abuela se lo contaba a lady Clem. Antes de trabajar en nuestra casa, la señorita Prince estaba comprometida e iba a casarse.

—Supongo que él recapacitó —ironizó Hannah.

—Se casó con su hermana.

La frase de Emmeline acalló a Hannah, pero sólo un instante.

—Ella debió haberlo demandado por no cumplir con su compromiso.

—Lady Clem dice que debía haber exigido una reparación aún mayor, pero la abuela cree que la señorita Prince no quiso causarle problemas.

—Entonces es una estúpida —declaró Hannah—. Está mejor lejos de él.

—Qué romántico —comentó maliciosamente David—. La pobre dama está desesperadamente enamorada de un hombre que no puede tener y a ti te molesta leerle de vez en cuando un triste poema. Crueldad, ése es tu nombre, Hannah.

—No soy cruel sino práctica —puntualizó Hannah con firmeza—. El romanticismo hace que las personas se comporten tontamente y pierdan la dignidad.

David sonreía divertido, como un hermano mayor convencido de que con el tiempo Hannah cambiaría su manera de pensar.

—Es la verdad —afirmó obstinadamente Hannah—. La señorita Prince debería dejar de sufrir y comenzar a ocupar su mente, y la nuestra, en cosas de interés, como la construcción de las pirámides, la ciudad perdida de la Atlántida, las hazañas de los vikingos...

Emmeline bostezó y David alzó sus manos indicando que se daba por vencido.

—Estamos perdiendo el tiempo —señaló Hannah, mientras recogía sus papeles—. Volvamos al momento en que Miriam enferma de lepra.

—Lo hemos ensayado cientos de veces —indicó Emmeline—. ¿No podemos hacer otra cosa?

—¿Como qué?

Emmeline se encogió de hombros, dudando.

—No lo sé. —Su mirada se desvió hacia David—. ¿Podemos jugar El Juego?

No. Aquél no era momento para El Juego. Era sólo el juego. Un juego. Hasta donde yo podía comprender esa mañana, Emmeline podía referirse al juego de partir castañas, a las canicas o a las tabas. Pasaría algún tiempo hasta que El Juego se inscribiera con letras mayúsculas en mi mente y pudiera asociarlo con secretos, fantasías y aventuras inimaginables. Esa mañana húmeda y gris, mientras las gotas golpeaban los cristales de la habitación de los niños, ni siquiera podía sospecharlo.

Oculta detrás del sillón recogía los pétalos secos que se habían desparramado mientras pensaba cómo sería tener hermanos. Siempre había deseado tener uno. Se lo había dicho una vez a mi madre; le había preguntado si podía tener una hermana. Alguien con quien conversar y tener una relación de complicidad, con quien compartir secretos y soñar. Tan grande era el valor que le asignaba a la relación fraternal que incluso deseaba tener alguien con quien pelear. Mi madre se había reído, pero sin ganas, y había dicho que no cometería dos veces el mismo error.

Me preguntaba qué se sentiría al pertenecer a un grupo, al encarar el mundo como miembro de una tribu donde los demás eran, de hecho, aliados. Pensaba en eso mientras limpiaba distraídamente el sillón, cuando algo se movió debajo de mi trapo. Una manta se agitó y una voz femenina gruñó:

—¿Qué pasa? ¡Hannah! ¡David!

Esa mujer era la vejez personificada. Estaba hundida entre los almohadones, oculta a la vista. Debía de ser Nanny. Había oído hablar sobre ella en voz baja y reverente en distintos lugares de la casa. Ella había criado al propio lord Ashbury cuando era un niño y era una institución familiar tan venerable como la casa misma.

Me quedé paralizada, con el trapo en la mano, ante la mirada de tres pares de claros ojos azules.

—¿Hannah? ¿Qué ocurre? —repitió la anciana.

—Nada, Nanny —contestó Hannah—. Sólo estamos ensayando para el recital. Lo haremos en voz más baja desde ahora.

—Tened cuidado de no alterar demasiado a *Raverley*, encerradlo dentro.

—Sí, Nanny —declaró Hannah, cuya voz denotaba tanta sensibilidad como temperamento—. Nos aseguraremos de que esté bien y tranquilo. —Volvió a envolver a la diminuta anciana con la manta—. Eso es, Nanny querida, descanse.

—Bueno —susurró Nanny, adormilada—, dormiré un rato.

Sus ojos se cerraron y en unos instantes su respiración se tornó profunda y regular.

Yo contenía el aliento, esperando que uno de los niños hablara. Los tres continuaban mirándome con ojos muy abiertos. Los segundos pasaban lentamente, y mientras tanto me vi a mí misma haciendo frente a Myra o, peor aún, al señor Hamilton, que me pedían explicaciones: ¿cómo había interrumpido el sueño de Nanny? Y acto seguido de vuelta en casa, despedida y sin referencias, frente al rostro disgustado de mi madre.

Pero ellos no me reprendieron, no me miraron con el ceño fruncido, no me criticaron. Hicieron algo mucho más imprevisible: se dejaron llevar por su impulso y rieron estridentemente, abiertamente. Se desternillaban de risa dejando ver su complicidad.

Yo permanecí de pie, observándolos, en actitud de alerta. Su reacción me inquietaba más que el silencio que la había precedido. No pude evitar que mis labios temblaran.

Por fin la mayor de las niñas logró hablar.

—Soy Hannah —se presentó, secándose los ojos—. ¿Nos conocemos?

Respiré profundamente e hice una reverencia.

—No, señora. Soy Grace.

Emmeline rió socarronamente.

—Ella no es «señora». Es, simplemente, señorita.

—Soy Grace, señorita —corregí, evitando mirarla, e hice una nueva reverencia.

—Me suena tu cara —insistió Hannah—. ¿Estás segura de no haber estado aquí en Pascua?

—Sí, señorita. Empecé a trabajar aquí hace un mes.

—No pareces tener edad suficiente para ser criada —afirmó Emmeline.

—Tengo catorce años, señorita.

—Qué coincidencia, también yo —señaló Hannah—. Emmeline tiene diez y David es prácticamente un anciano de dieciséis.

—¿Y siempre sacudes el polvo de la cabeza de las personas mientras duermen, Grace? —preguntó entonces David.

Emmeline comenzó a reír nuevamente.

—Oh, no, señor. Sólo esta vez.

—Qué lástima —declaró David—. Así nos evitaríamos tener que bañarnos.

Yo me sentí cohibida. Mis mejillas ardían. Nunca antes había estado frente a un verdadero caballero. No uno de mi edad, del tipo que podía hacer que mi corazón se desbocara cuando hablaba de darse un baño. Es extraño. Ahora soy una anciana, y sin embargo, cuando pienso en David, el eco de aquellas viejas sensaciones vuelve a surgir dentro de mí. Entonces siento que todavía no estoy muerta.

—No le hagas caso —me aconsejó Hannah—. Se cree muy gracioso.

—Sí, señorita.

Hannah me observó burlonamente, como si quisiera decirme algo más, pero antes de que pudiera hacerlo se oyó el ruido de pasos rápidos y suaves que subían las escaleras y avanzaban por el pasillo. *Tap, tap, tap, tap...*

Emmeline corrió hacia la puerta y miró a través del ojo de la cerradura.

—Es la señorita Prince —anunció, mirando a Hannah—. Viene hacia aquí.

—Rápido —susurró decididamente Hannah—. O nos torturará con Tennyson.

Oí pasos veloces y faldas que crujían. Antes de que pudiera darme cuenta de lo que ocurría los tres habían desaparecido. La puerta se abrió de pronto y entró una ráfaga de aire frío y húmedo. Una figura remilgada entró en la habitación.

La señorita Prince observó detenidamente la sala; por fin su mirada se posó sobre mí.

—Tú —demandó—, ¿has visto a los niños? Llegan tarde a su clase. Los he estado esperando en la biblioteca durante diez minutos.

Yo no era una mentirosa, y no puedo explicar qué me llevó a hacerlo. Pero en ese momento, mientras la señorita Prince me miraba a través de sus gafas, no lo pensé dos veces.

—No, señorita Prince —contesté. No los he visto desde hace rato.

—¿Estás segura?

—Sí, señorita.

Ella seguía mirándome fijamente.

—Estoy segura de haber oído voces en esta habitación.

—Sólo la mía, señorita. Estaba cantando.

—¿Cantando?

—Sí, señorita.

El silencio parecía prolongarse eternamente. Sólo se quebró cuando la señorita Prince golpeó tres veces la palma de su mano con el puntero y comenzó a recorrer lentamente el perímetro de la habitación. *Tap... tap... tap... tap...*

Cuando llegó a la casa de muñecas advertí que el lazo de la falda de Emmeline quedaba a la vista. Tragué saliva.

—Yo..., ahora que lo pienso creo haberlos visto cuando miré por la ventana. Estaban en el cobertizo de los botes. Junto al lago.

—Junto al lago —repitió la señorita Prince. Se dirigió hacia las ventanas de estilo francés y trató de distinguirlos entre la niebla. La luz caía sobre su pálido rostro—. «Donde los sauces palidecen, tiemblan los álamos, las leves brisas se estremecen y ensombrecen».

En aquel momento yo no conocía los poemas de Tennyson. Sin embargo, pensé que había hecho una bonita descripción del lago.

—Sí, señorita —repuse.

Un instante después ella se volvió hacia mí.

—Le pediré al jardinero que vaya a buscarlos. ¿Cuál es su nombre?

—Dudley, señorita.

—Le pediré a Dudley que los traiga. No debemos olvidar que la puntualidad es una virtud inestimable.

—No, señorita —convine, haciendo una reverencia.

La señorita Prince atravesó indiferente la habitación y cerró la puerta detrás de ella.

Los niños aparecieron como por arte de magia; se habían ocultado en la casa de muñecas, detrás de las cortinas polvorientas.

Hannah me sonrió, pero yo no podía comprender qué me había pasado. Por qué lo había hecho. Estaba confundida, avergonzada, excitada. Hice una reverencia y salí apresuradamente. Mientras huía por el pasillo sentía que mis mejillas ardían. Ansiaba encontrarme otra vez a salvo, en la sala de los sirvientes, lejos de esos raros y extravagantes niños-adultos y de los extraños sentimientos que despertaban en mí.

Capítulo 4

A LA ESPERA DEL RECITAL

P odía oír a Myra, que me llamaba mientras yo bajaba corriendo las escaleras hacia la sombría sala de los sirvientes. Me detuve al llegar abajo, para que mis ojos se adaptaran a la oscuridad, y luego me apresuré a ir a la cocina. En un caldero de cobre hervía a fuego lento una pata de jamón, impregnando la atmósfera con su aroma. Katie, la fregona, limpiaba sartenes, mientras miraba sin ver los cristales empañados de la ventana. Supuse que la señora Townsend estaba echándose su siesta vespertina antes de que la Señora llamara para la hora del té. Encontré a Myra sentada a la mesa del comedor de servicio, rodeada de jarrones, candelabros, fuentes y copas.

—Por fin apareces —espetó. Tenía el ceño fruncido y sus ojos parecían dos oscuras hendiduras—. Estaba empezando a pensar que tendría que ir a ver qué hacías. Bueno, mocita, no te quedes ahí de pie. Busca un trapo y ayúdame a pulir —ordenó, indicándome que me sentara frente a ella.

Lo hice, y elegí una jarra redondeada que no había visto la luz del día desde el verano anterior. Mientras frotaba las manchas, mi mente seguía en el cuarto de los niños, escaleras arriba. Los imaginaba riendo, bromeando, jugando. Me sentía como si me hubieran obligado a interrumpir demasiado pronto la lectura mágica y excitante de un hermoso libro. Había asignado un extraño encanto a los niños Hartford.

—Con firmeza —indicó Myra, arrancándome el trapo de la mano—. Son las mejores piezas de plata de Su Señoría. Ruega para que el señor Hamilton no te pille rayándolas de esa manera.

Myra tomó la jarra que yo estaba limpiando, la sostuvo frente a mí y comenzó a frotarla con decididos movimientos circulares.

—Así. ¿Ves cómo se hace? Con suavidad, en una sola dirección.

Asentí y volví a mi tarea de pulir la jarra. Me moría de ganas de hacer montones de preguntas sobre los Hartford. Según presentía, Myra podía responderlas. Sin embargo, no me atrevía a formularlas. Estaba en sus manos, lo sabía. Y sospechaba que, por su naturaleza, se ocuparía de que en el futuro mis tareas me alejaran del cuarto de los niños si advertía que, más allá de la satisfacción de la labor cumplida, eso me causaba placer.

Pero, como un enamorado, yo le otorgaba a los asuntos ordinarios un significado especial y estaba ávida de conocer hasta el menor detalle acerca de esos niños. Pensaba en mis libros, escondidos en el ático, en el modo en que Sherlock Holmes podía lograr que las personas dijeran lo que nunca hubieran querido confesar por medio de un astuto interrogatorio. Respiré hondo.

—Myra...

—¿Mmm...?

—¿Cómo es el hijo de lord Ashbury?

Los negros ojos de Myra centellearon.

—¿El mayor James? Oh, es un buen...

—No —interrumpí—. No me refiero al mayor.

Ya había oído hablar de él. Era imposible pasar un día en Riverton sin oír hablar del mayor de los hijos de lord Ashbury, el último de una larga sucesión de hombres de la familia Hartford en asistir a Eton y luego a Sandhurst. Su retrato estaba colgado junto al de su padre —a continuación de la fila de padres que lo precedían—, en lo alto del hueco de la escalera principal, desde donde dominaba el vestíbulo. La cabeza erguida, las brillantes medallas, los fríos ojos azules. Era el orgullo de todo Riverton. Un héroe de la guerra de los Bóers. El futuro lord Ashbury.

Yo me refería a Frederick, el «papá» del que se hablaba en el cuarto de los niños, que parecía inspirar en ellos una mezcla de afecto y respeto reverencial. El segundo hijo de lord Ashbury, cuya sola mención hacía que los amigos de lady Violet tendieran a menear la cabeza y que Su Señoría murmurara, con su copa de jerez en mano.

Myra abrió la boca y volvió a cerrarla. Me recordó esos peces que la corriente trae hasta la orilla del lago.

—No hagas preguntas, y no te contaré mentiras —dijo por fin, alzando el jarrón hacia la luz para inspeccionarlo.

Terminé con la jarra y tomé una fuente. Así eran las cosas con Myra. Tenía una personalidad notablemente caprichosa. Unas veces era comunicativa sin la menor reserva; otras, absurdamente hermética.

Accedió a hablar tan sólo cuando el reloj de la pared señaló que habían pasado cinco minutos, seguramente sin más razón que ésa.

—Supongo que has oído hablar a alguno de los lacayos, ¿verdad? Alfred, sin duda. Estos criados son unos charlatanes. —Tomó otro florero y me observó con desconfianza—. ¿Entonces tu madre nunca te contó nada de la familia?

Negué con la cabeza y Myra arqueó su fina ceja incrédulamente, como si fuera casi imposible que las personas tuvieran temas de conversación que no se relacionaran con la familia de Riverton.

De hecho, mi madre siempre había mantenido la boca deliberadamente cerrada en lo concerniente a esa casa. Cuando era más pequeña la había sondeado, deseosa de escuchar sus relatos sobre la antigua mansión de la colina. En el pueblo circulaban infinidad de historias acerca de ella y yo estaba ansiosa por tener mis propios chismes para intercambiarlos con los otros niños. Pero ella siempre se limitaba a menear la cabeza y a recordarme que la curiosidad mató al gato.

Por fin, Myra habló.

—El señor Frederick... ¿por dónde empezar? —Myra reanudó el bruñido de la plata y continuó hablando entre suspiros—. No es una mala persona. Es muy distinto de su hermano, no ha nacido para ser un héroe, pero no es malo. A decir verdad, la mayoría de nosotros, los de aquí abajo, le tenemos cariño. Según la señora Townsend, siempre fue un pícaro, lleno de ideas extravagantes y cuentos chinos. Y siempre muy amable con los sirvientes.

—¿Es verdad que fue minero?

Esa peligrosa actividad parecía apropiada para la persona que Myra había descrito. De alguna manera confirmaba que los niños Hartford tenían un padre interesante. El mío siempre había sido una decepción: una figura sin rostro que se desvaneció en el aire antes de que yo naciera, y volvía a materializarse sólo cuando mi madre y su hermana cuchicheaban acaloradamente sobre él.

—Durante una época —prosiguió Myra—, se dedicó a tantas cosas que he perdido la cuenta. Nunca ha sido una persona estable nuestro señor Frederick. Nunca se ha adaptado a los demás. Primero fue la plantación de té en Ceilán. Después, la búsqueda de oro en Canadá. Más tarde decidió que iba a hacer fortuna imprimiendo periódicos. Ahora son los automóviles. Que Dios lo bendiga.

—¿Vende automóviles?

—Los fabrica; en realidad, lo hacen quienes trabajan para él. Ha comprado una fábrica cerca de Ipswich.

—Ipswich. ¿Es allí donde vive con su familia? —pregunté, orientando la conversación hacia los niños.

Myra no mordió el anzuelo. Estaba concentrada en sus propios pensamientos.

—Con un poco de suerte, tal vez esta idea funcione. Dios sabe cuánto le complacería a Su Señoría obtener ganancias por el dinero que invierte.

Parpadeé, sin entender a qué se refería. Antes de que pudiera pedirle una aclaración Myra continuó.

—De todos modos, lo verás muy pronto. Llega el martes próximo, junto con el mayor y lady Jemina —afirmó con una rara sonrisa, de aprobación, más que de alegría—. No recuerdo un solo mes de agosto en que la familia no se haya reunido para la ceremonia a la orilla del lago. Ninguno de ellos imaginaría siquiera la posibilidad de perderse la cena de celebración del verano. Es una tradición para la gente de aquí.

—Como el recital —apunté osadamente, evitando mirarla.

—Veo que alguien ya ha estado chismeando contigo sobre el recital, ¿verdad? —observó Myra levantando una ceja.

Ignoré su desagradable comentario. Myra no estaba habituada a que le arrebataran el primer puesto a la hora de divulgar chismes.

—Alfred dijo que los sirvientes estaban invitados a ver el recital —mentí.

—¡Lacayos! —Myra meneó la cabeza con altanería—. Si quieres saber la verdad, jovencita, nunca prestes atención a un lacayo. ¡Invitados! A los sirvientes se les *permite* ver el recital, un gesto muy considerado por parte del amo. Él sabe cuánto significa la familia para todos nosotros, los de aquí abajo, cuánto disfrutamos viendo cómo crecen los más jóvenes.

Myra volvió a dirigir su atención al jarrón que tenía sobre la falda. Yo contuve el aliento, deseando que continuara. Después de un rato, que me pareció una eternidad, lo hizo.

—Este año será la cuarta vez que se represente una obra de teatro. Es así desde que la señorita Hannah cumplió diez años y comenzó a decir que quería ser directora teatral. —Myra asintió con la cabeza—. Todo un personaje, la señorita Hannah. Ella y su padre son tan parecidos como dos huevos.

—¿Cómo? —pregunté.

Myra hizo una pausa para explicarlo.

—Les apasiona viajar —declaró por fin—, los dos tienen infinidad de ideas modernas e ingeniosas, no sé cuál de ellos es más testarudo.

Lo comentó deliberadamente, acentuando cada adjetivo, como advirtiéndome que esas cualidades, si bien eran extravagancias aceptables para los que vivían arriba, no serían toleradas entre las personas de mi condición.

Durante toda mi vida había recibido de mi madre lecciones semejantes. Asentí sabiamente mientras ella proseguía.

—Ellos normalmente se llevan de maravilla, pero cuando no es así, no hay un alma que no se entere. Nadie puede irritar tanto al señor Frederick como la señorita Hannah. Ya desde muy pequeña sabía exactamente cómo sacarlo de quicio. Era una niñita temible, de gran carácter. Recuerdo que una vez estaba terriblemente disgustada con él por algún motivo y se le ocurrió darle un susto tremendo.

—¿Qué hizo?

—Déjame recordar... El señorito David estaba recibiendo clases de equitación. Así comenzó todo. A la señorita Hannah no le hacía la menor gracia que la dejaran de lado. Logró escabullirse de Nanny y, junto con la señorita Emmeline, se alejó rumbo a los terrenos donde los granjeros estaban cosechando manzanas. —Myra meneó la cabeza—. La señorita Hannah convenció a la señorita Emmeline para que se escondiera en un granero. Supongo que no le debió de resultar difícil. La señorita Hannah es muy persuasiva, y además a su hermana la hacía verdaderamente feliz la posibilidad de darse un festín con todas esas manzanas recién cosechadas. Inmediatamente después, la señorita Hannah regresó a casa resoplando y jadeando como si hubiera corrido para salvar su vida, llamando al señor Frederick. En ese momento yo estaba en el comedor, poniendo la mesa para el almuerzo, y oí a la señorita Hannah contarle que dos forasteros de piel oscura las habían encontrado en los huertos. Dijo que habían alabado la belleza de Emmeline proponiendo llevarla a hacer un largo viaje por mar. La señorita Hannah no podía asegurarlo, pero creía que eran tratantes de blancas.

Asombrada por la audacia de Hannah, no pude contener una exclamación.

—¿Qué pasó luego?

Myra se entusiasmó con el solemne relato de aquellos secretos.

—Bueno, el señor Frederick siempre había estado alerta respecto a los tratantes de blancas. Primero su cara empalideció, luego se puso roja y antes de que pudiéramos contar hasta tres cargó a la señorita Hannah en brazos y salió en dirección a los huertos. Bertie Timmins, que ese día estaba cosechando manzanas, nos contó que el señor Frederick llegó en un estado lamentable. Comenzó a gritar órdenes para formar una cuadrilla que saliera en busca de la señorita Emmeline, secuestrada por dos hombres de piel oscura. Buscaron por todas partes, se dispersaron en todas direcciones, pero ninguno vio a dos hombres de piel oscura con una niña rubia.

—¿Cómo la encontraron?

—No lo hicieron. Finalmente ella los encontró. Había pasado una hora, más o menos, cuando la señorita Emmeline, aburrida de estar escondida e indigestada con las manzanas, salió corriendo del granero preguntándose por qué habría tanto alboroto y por qué la señorita Hannah no había ido a buscarla.

—¿El señor Frederick se disgustó mucho?

—Oh, sí —aseguró Myra enfáticamente, puliendo con fuerza—. Aunque no por mucho tiempo. Nunca puede estar enfadado con ella durante mucho tiempo. Los dos están muy unidos. Ella tendría que hacer algo terrible para que su padre se pusiera en su contra. —Myra alzó el reluciente florero; después lo puso junto a los otros objetos ya bruñidos; dejó su trapo en la mesa, inclinó la cabeza y masajeó su delgado cuello—. De todos modos, por lo que oí, el señor Frederick sólo recibió un poco de su propia medicina.

—¿Por qué? —pregunté—. ¿Qué hizo?

Myra echó un vistazo hacia la cocina, comprobando con satisfacción que Katie no podía oírla. Allí abajo, en Riverton, había un orden establecido desde hacía tiempo, arraigado y perfeccionado a lo largo de siglos de servicio. Si bien yo era la criada de menor rango —objeto de reprimendas, y sólo apta para realizar tareas menores—, Katie, la fregona, era objeto de desprecio. Me gustaría decir que esa infundada falta de equidad me irritaba; que aun cuando no me indignara, al menos era consciente de su injusticia. Pero hacerlo significaría adjudicar a la jovencita que era entonces una empatía que no poseía. En cambio, disfrutaba del mínimo privilegio al que accedía gracias a mi posición. Dios sabe que ya había suficientes personas por encima de mí.

—Nuestro señor Frederick le dio muchos disgustos a sus padres cuando era un muchacho —prosiguió Myra entre dientes—. Era tan impetuoso que lord Ashbury lo envió a Radley sólo para que no desprestigiara a su hermano en Eton. Llegado el momento, tampoco lo enviaron a Sandhurst, aunque estaba previsto que fuera oficial de la Armada.

Yo asimilaba la información mientras Myra continuaba.

—Es comprensible, por supuesto, considerando que el mayor James estaba haciendo una gran carrera en las fuerzas armadas. Es poco lo que se necesita para manchar el nombre de una familia. No querían correr riesgos. —Myra dejó de masajearse el cuello y tomó un salero ennegrecido—. No tiene importancia. Todo fue para bien. Él tiene sus automóviles y tres hermosos hijos. Podrás comprobarlo durante la representación.

—¿Los hijos del mayor James actuarán junto con los del señor Frederick?

La expresión de Myra se ensombreció.

—¿Cómo puedes pensar algo así, niña? —espetó en voz baja.

El aire se volvió denso. Había dicho algo impropio. Myra me fulminó con la mirada, obligándome a desviar la vista. Había pulido la fuente que tenía en mis manos hasta dejarla brillante y pude ver en ella cómo mis mejillas se sonrojaban.

—El mayor no tiene hijos. Y no los tendrá —siseó Myra y me quitó el trapo; sus dedos largos y finos rozaron los míos—. Ahora ocúpate de tus tareas. Con tu cháchara no me dejas trabajar.

* * *

Uno de los aspectos más difíciles de comenzar a servir en Riverton era que se daba por sentado que automáticamente estaría al tanto de todos los pormenores acerca del funcionamiento de la casa y los hábitos de la familia. Sabía que en parte se debía a que mi madre había trabajado aquí antes de que yo naciera. El señor Hamilton, la señora Townsend y Myra suponían —infundadamente— que ya me habían enseñado lo que necesitaba saber sobre Riverton y los Hartford, y que me harían sentir estúpida si me viera obligada a confesar mi ignorancia. En particular, Myra —si la explicación no convenía a algún fin personal— solía insistir muy despectivamente en que, por supuesto, yo sabía que a la Señora le gustaba que las ventanas quedaran entreabiertas unos cuatro dedos, sin importar qué día hiciera. Debía de haberlo olvidado o, peor aún, me hacía la tonta con toda intención.

Myra esperaba que yo supiera lo que había ocurrido con los hijos del mayor y nada de lo que pudiera decirle lograba convencerla de que no era así. Por eso, a lo largo de las dos semanas que siguieron a nuestra conversación, la evité tanto como fue posible, teniendo en cuenta que vivíamos y trabajábamos juntas. Por la noche, mientras Myra se preparaba para acostarse, yo me quedaba quieta en la cama, fingiendo dormir. Era un alivio que ella apagara la vela y el cuadro del ciervo agonizante desapareciera en la oscuridad. Durante el día, cuando nos cruzábamos en la sala de los sirvientes, Myra alzaba desdeñosamente la nariz y yo respondía a su actitud según se esperaba, mirando el suelo.

Afortunadamente, hubo infinidad de cosas que nos mantuvieron ocupadas mientras preparábamos el recibimiento de los invitados adultos de lord Ashbury. Teníamos que abrir y ventilar las habitaciones de huéspedes del ala este, quitar las fundas y lustrar los muebles. Había que traer la mejor ropa de cama de las enormes cajas guardadas en el ático, remendarla donde la hubiera atacado la polilla y luego lavarla en grandes tinas de cobre. Como llovía y no fue posible usar las largas cuerdas para tender ropa de detrás de la casa, hubo que tenderlas en el cuarto de secado que se utilizaba en invierno; estaba en el ático, junto a los dormitorios del personal de servicio femenino, donde el tiro de la chimenea de la cocina —que subía por la pared y atravesaba el techo para salir por el tejado— siempre irradiaba calor.

Y allí fue donde aprendí nuevas pistas sobre El Juego. Porque dado que llovía y la señorita Prince estaba decidida a enseñar a los niños Hartford los mejores versos de Tennyson, éstos acabaron buscando sitios cada vez más recónditos donde esconderse. El más alejado de la pequeña biblioteca donde recibían sus clases fue el armario del lavadero, entre la tina y la chimenea. Y por tanto, allí se establecieron.

Yo nunca los vi jugar. Regla número uno: El Juego era secreto. Pero escuchaba, estaba atenta y una o dos veces la tentación me venció y, después de asegurarme de que no había nadie rondando, espié dentro del armario. Así lo supe.

El Juego era antiguo. Llevaban años jugándolo. Aunque en realidad sería más correcto decir «viviéndolo». Lo llevaban viviendo años. Porque El Juego era mucho más de lo que su nombre insinuaba. Era una compleja fantasía, un mundo alternativo adonde ellos escapaban.

No había disfraces, espadas, sombreros con plumas. Nada que indicara que se trataba de un juego. Ésa era su naturaleza. Era secreto. Todo el equipo estaba en el arcón, un baúl lacado en negro que algún antepasado había traído de China, como parte del botín de sus exploraciones y saqueos. Era del tamaño de una caja de sombreros cuadrada —ni muy grande, ni muy pequeña— y la tapa tenía incrustaciones de piedras semipreciosas que formaban una escena: un río, un puente que lo cruzaba, un templete en una de las orillas, sauces que se inclinaban desde el barranco, hacia la ribera. Sobre el puente se veían tres siluetas y un pájaro solitario volaba sobre ellas.

El arcón que los tres custodiaban celosamente contenía todos los elementos necesarios para El Juego. Porque aunque les exigía correr, esconderse y batallar, el verdadero placer era otro. Regla número dos: todos los viajes, aventuras, exploraciones y avistamientos debían ser registrados. Los niños se metían apresuradamente dentro, exaltados ante el peligro, para registrar sus últimas aventuras en forma de mapas y diagramas, códigos y dibujos, piezas teatrales y libros.

Los libros eran miniaturas encuadernadas con hilo, la escritura era tan pequeña y apretada que había que mirarlos detenidamente para descifrarlos. Se titulaban: *La huida de Koshei, el inmortal; El encuentro con Balam y su oso; El viaje a la tierra de los tratantes de blancas*. Algunos estaban escritos en un código que yo no podía comprender, aunque si hubiera tenido tiempo de investigar, sin duda hubiera encontrado la clave, escrita en papel y guardada en el baúl.

El juego propiamente dicho era simple. En realidad, lo habían inventado Hannah y David, que por ser los mayores eran los instigadores de la aventura. Ellos decidían qué lugar era propicio para explorar. Los dos habían formado un gobierno con nueve consejeros, un ecléctico grupo de ilustres victorianos mezclados con antiguos faraones egipcios. Nunca había más de nueve consejeros a la vez y si la historia proporcionaba una nueva figura demasiado atractiva para negarle la admisión, uno de los miembros originales debía morir o ser destituido. (La muerte siempre acontecía en cumplimiento del deber, y era solemnemente anunciada en uno de los minúsculos periódicos que se guardaban en el arcón).

Junto con los consejeros, cada uno representaba su propio papel. Hannah era Nefertiti y David se transformaba en Charles Darwin. Emmeline, que sólo tenía cuatro años cuando se establecieron las reglas, había elegido ser la reina Victoria. Una elección poco atractiva a juicio de sus hermanos, aunque comprensible teniendo en cuenta la corta edad de Emmeline, que, por cierto, no era el compañero de juegos más apropiado. No obstante, Victoria fue admitida en El Juego, generalmente en calidad de víctima de un secuestro que daba lugar a un peligroso rescate. Mientras Hannah y David escribían sus relatos, a Emmeline se le permitía decorar los diagramas y sombrear los mapas: azul para el océano, púrpura para las profundidades, verde y amarillo para la tierra.

En ocasiones David no estaba disponible. Si la lluvia amainaba durante una hora, se escurría para jugar a las canicas con los otros niños de la finca o se dedicaba a practicar en el piano. Entonces Hannah se aliaba con Emmeline. Las dos se escondían en el armario de la ropa de cama con una provisión de terrones de azúcar robados de la despensa de la señora Townsend e inventaban nombres especiales, en idiomas secretos, para describir al traidor que había huido. Pero por mucho que lo desearan, nunca jugaban El Juego sin David. No podían siquiera imaginarlo.

Regla número tres: los participantes no podían ser sino tres, ni más ni menos. Tres. Un número favorecido tanto por el arte como por la ciencia: tres son los colores primarios, los puntos necesarios para determinar la ubicación de un objeto en el espacio, las notas que forman un acorde. Tres son los vértices del triángulo, la primera figura geométrica: un hecho incontrovertible, dos puntos no pueden definir una superficie. Los vértices de un triángulo pueden moverse, pueden variar sus lealtades, la distancia entre dos de ellos puede disminuir a medida que se alejan del tercero, pero juntos siempre definen un triángulo. Autosuficiente, real, completo.

Aprendí las reglas de El Juego porque las leí. Escritas con letra prolija e infantil en un papel amarillento, oculto debajo de la tapa del arcón. Siempre las recordaré. Cada uno de ellos las había firmado: *Por acuerdo general, este tercer día de abril de 1908, David Hartford, Hannah Hartford* —y por fin, con una letra más grande y apretada— las iniciales *E. H.*

Para los niños las reglas eran algo serio y El Juego requería de un sentido del deber que los adultos no habrían comprendido. A menos, por supuesto, que se tratara de los sirvientes, cuyo conocimiento del deber era indiscutible.

De modo que eso era. Sólo un juego de niños. Y no el único al que jugaban. Finalmente crecieron, lo olvidaron, lo dejaron atrás. O eso pensaron. Cuando los conocí, estaba en sus últimos estertores. La Historia intervendría en él: la aventura real, las huidas de verdad, la adolescencia acechaba sonriente desde un rincón.

Tan sólo un juego de niños y sin embargo... ¿Lo que finalmente sucedió habría sido posible sin él?

* * *

Amaneció el día en que llegaban los invitados y se me otorgó permiso especial —con la condición de que hubiera completado mis tareas— para observarlos desde el balcón del primer piso. Al caer la noche, con la cara apretada entre dos barrotes de la balaustrada, esperé ansiosamente que los neumáticos de los automóviles hicieran crujir la grava de la entrada.

Las primeras en llegar fueron lady Clementine Boyle, una amiga de la familia con el esplendor y el brillo de la anterior reina, y la señorita Frances Dawkins, a la que todos llamaban Fanny: una joven flacucha y parlanchina, que había quedado a cargo de lady Clementine cuando sus padres murieron en el naufragio del *Titanic* y que, según se rumoreaba, con sus diecisiete años estaba enérgicamente dedicada a encontrar un marido. De acuerdo con las palabras de Myra, lady Violet deseaba fervientemente que Fanny formara pareja con su hijo viudo, el señor Frederick, aunque él era completamente indiferente al respecto.

El señor Hamilton las condujo al salón, donde lord y lady Ashbury los esperaban, y anunció su llegada con una elegante reverencia. Las observé sin ser vista mientras desaparecían en la habitación, lady Clementine en primer lugar, Fanny detrás. Me llamó la atención la bandeja de cócteles del señor Hamilton, donde las redondeadas copas de brandy se disputaban el espacio con las aflautadas copas de champán.

El señor Hamilton regresó al vestíbulo. Estaba estirando los puños de su traje —un gesto habitual en él— cuando llegaron el mayor y su esposa. Ella era una mujer de poca estatura, regordeta, con cabello castaño. En su rostro, si bien tenía un gesto amable, estaba grabado el dolor. Por supuesto, sólo retrospectivamente puedo describirla de esa manera, pero incluso en ese momento supuse que era víctima de alguna desgracia. Myra podía no estar dispuesta a divulgar el misterio de los hijos del mayor, pero mi joven imaginación, alimentada por novelas góticas, era terreno fértil para intuirlo. Además, por aquel entonces, los sutiles matices que intervenían en la atracción entre un hombre y una mujer eran algo ajeno a mí, y sólo podía atribuir a una tragedia que un hombre tan alto y apuesto como el mayor estuviera casado con una mujer tan fea. Imaginaba que alguna vez debió de ser encantadora, hasta que alguna terrible penuria se abatió sobre ella y le arrebató toda la belleza y juventud que había poseído.

El mayor, aún más adusto de lo que sugería su retrato, preguntó —como era su costumbre— por la salud del señor Hamilton, echó una mirada de amo y señor al vestíbulo y guió a Jemina hacia el salón. Antes de que desaparecieran detrás de la puerta, vi su mano tiernamente apoyada en la espalda de su esposa, un gesto que de alguna manera no armonizaba con su porte, y que jamás he olvidado.

Mis piernas ya estaban agarrotadas por estar en cuclillas cuando por fin oí que el automóvil del señor Frederick se acercaba por el sendero de grava. El señor Hamilton miró el reloj con un gesto de reprobación y luego abrió la puerta de entrada.

El señor Frederick era más bajo de lo que esperaba; ostensiblemente más bajo que su hermano. Pero no pude distinguir sus rasgos más allá de la montura de sus gafas. Porque aun cuando se había quitado el sombrero, se alisaba con la mano el cabello claro sin levantar la cabeza.

Sólo cuando el señor Hamilton abrió la puerta del salón y anunció su llegada, el señor Frederick parpadeó y su mirada cambió de dirección: paseó vacilante por la habitación, registrando los mármoles, los retratos, el hogar de su juventud, antes de posarse en el balcón donde me había apostado. Y en ese instante fugaz, antes de que fuera tragado por la ruidosa habitación, su rostro empalideció como si hubiera visto un fantasma.

* * *

La semana pasó velozmente. Con tantos huéspedes en la casa, estuve ocupada aseando las habitaciones, llevando bandejas con té, poniendo la mesa para los almuerzos. Me gustaba. No me amedrentaba el trabajo: mi madre se había asegurado de que así fuera. Además, anhelaba que llegara el fin de semana, y con él, el recital. Porque mientras los demás sirvientes estaban concentrados en la cena de celebración del verano, yo sólo podía pensar en el recital. Desde la llegada de los adultos apenas había visto a los niños. La niebla se había esfumado, dejando paso a cielos claros y días templados, demasiado hermosos para desperdiciarlos entre cuatro paredes. Todos los días, mientras iba por el pasillo hacia el cuarto de los niños, contenía el aliento esperando encontrarlos allí, pero el tiempo siguió siendo bueno y ese año no volvieron a usar la habitación. Se llevaron sus ruidos, sus travesuras y su Juego fuera de la casa.

Y sin ellos la habitación perdió su encanto. La quietud se transformó en vacío y la pequeña llama de placer que yo había alimentado fue apagándose. Hacía rápidamente mis tareas, colocaba los libros en los estantes sin echar más que un vistazo a su interior, ya no prestaba atención a los ojos del caballo de madera. Sólo pensaba qué estarían haciendo ellos. Y cuando terminaba, me iba a cumplir con el resto de mis obligaciones. A veces, cuando retiraba la bandeja del desayuno de alguna de las habitaciones del segundo piso, o me llevaba las aguas menores, el sonido de risas lejanas me hacía asomarme a la ventana donde los veía, a lo lejos, caminando hacia el lago, batiéndose en duelo con largos palos mientras se perdían de vista por el sendero.

Abajo, el señor Hamilton había instado a los sirvientes a desarrollar una actividad frenética. Era la manera de poner a prueba un buen equipo, por no mencionar al propio mayordomo, servir a los huéspedes de la casa. Ninguna orden estaba de más. Debíamos funcionar como un mecanismo perfectamente engrasado, responder a la altura de cada desafío, superar cada una de las expectativas del amo. Sería una semana de triunfos que culminaría con la cena de celebración del verano.

El fervor del señor Hamilton era contagioso. Incluso el ánimo de Myra experimentó una leve euforia concediéndonos una especie de tregua. A regañadientes me propuso que la ayudara a limpiar el salón. Me recordó que habitualmente no me correspondía ocuparme de los salones principales, pero gracias a la visita de los familiares del amo se me concedía el privilegio —bajo estricta vigilancia— de realizar esas comprometidas tareas. De ese modo, a mi ya abultada carga de obligaciones se agregó esa dudosa prebenda, y a diario acompañaba a Myra al salón donde los adultos tomaban té y hablaban de asuntos que poco me interesaban: excursiones de fin de semana al campo, política europea, y sobre la muerte de un desafortunado austriaco al que habían asesinado de un tiro en un lugar lejano.

El día del recital, el domingo 2 de agosto de 1914 —recuerdo la fecha, aunque no tanto por el recital en sí mismo sino por lo que sucedió después—, coincidió con mi tarde libre y la primera visita a mi madre desde que había comenzado a trabajar en Riverton. Al terminar esa mañana mis quehaceres, me quité el uniforme y me vestí con ropa de calle. La noté inusitadamente rígida y extraña. Me cepillé mi melena clara, rizada allí donde había estado recogida en una trenza, y volví a trenzarla. Me preguntaba si mi aspecto habría cambiado. ¿Qué pensaría mi madre? Sólo había estado lejos de ella cinco semanas; sin embargo, me sentía inexplicablemente distinta.

Al bajar la escalera de servicio en dirección a la cocina me topé con la señora Townsend, quien me puso un paquete en las manos.

—Ve y llévale esto a tu madre, para el té —indicó en voz baja—. No es más que un poco de tarta de crema de limón y un par de rebanadas de budín Victoria.

La miré desconcertada ante su desacostumbrada generosidad. La señora Townsend estaba tan orgullosa de su ordenada y minuciosa economía doméstica como de la altura de su soufflé.

Miré hacia el hueco de la escalera.

—Pero ¿está segura de que la Señora...? —objeté en voz tan baja que era casi un susurro.

—No te preocupes por la Señora. Habrá suficiente para ella y lady Clementine. Quédate tranquila y dile a tu madre que aquí en la colina cuidamos de ti —me indicó la señora Townsend. Luego se sacudió el delantal, echó los redondos hombros hacia atrás, con lo que su pecho pareció aún más grande que de costumbre, y meneó la cabeza—. Una buena chica, tu madre. No es culpable de nada que no haya sucedido miles de veces antes.

Entonces dio media vuelta y se dirigió a la cocina, tan inesperadamente como había aparecido, dejándome sola en la oscura antesala, mientras me preguntaba qué había querido decir.

Sus palabras dieron vueltas en mi cabeza durante todo el trayecto al pueblo. No era la primera vez que la señora Townsend me desconcertaba con muestras de afecto hacia mi madre. Mi asombro me hacía sentir desleal, pero sus recuerdos sobre aquella persona de buen talante raramente coincidían con la madre que yo conocía, con su malhumor y silencios.

Ella me esperaba en la puerta. Sin apenas pestañear hasta que me vio.

—Comenzaba a pensar que te habías olvidado de mí.

—Lo siento, no podía desatender mis obligaciones.

—Espero que hayas tenido tiempo para ir a la iglesia esta mañana.

—Sí, madre. Todos los del servicio hemos ido a la iglesia de Riverton.

—Lo sé, mi niña. He asistido a misa en esa iglesia mucho antes que tú. —Entonces miró mis manos—. ¿Qué traes?

—De parte de la señora Townsend —expliqué y le pasé el paquete—. Me preguntó por ti.

Mi madre ojeó el contenido mordiéndose el interior del carrillo.

—Esta noche tendré ardor de estómago —comentó y volvió a envolverlo—. De todos modos, es un gesto amable de su parte. —Se dio la vuelta y abrió la puerta—. Entra, puedes prepararme un poco de té y contarme qué ha sucedido durante este tiempo.

Casi no recuerdo de qué hablamos porque esa tarde conversé sin tener conciencia de que lo hacía. Mi mente no estaba en la pequeña y triste cocina de mi madre, sino en el salón de baile de la colina, donde horas antes había ayudado a Myra a poner las sillas en fila y a colgar las cortinas doradas del arco del escenario.

Y durante el rato que mi madre me tuvo haciendo tareas, mantuve el ojo atento al reloj de la cocina, a las rígidas agujas que hacían su recorrido y se acercaban a las cinco, la hora del recital.

Era tarde cuando nos despedimos. Cuando llegué al portal de Riverton el sol ya estaba bajo. Avancé por el estrecho camino hacia la casa. Árboles magníficos, herencia de los lejanos antepasados de lord Ashbury, se alineaban a cada lado. La parte más alta de sus copas se unía formando un arco, las ramas más lejanas se enlazaban convirtiendo el sendero en un túnel umbrío y susurrante.

Mientras avanzaba hacia la luz vespertina vi que el sol se ocultaba detrás del tejado, arrojando sobre la casa un resplandor malva y anaranjado. Atravesé los jardines, pasé por la fuente de Eros y Psique, en dirección al jardín de rosas de lady Violet, y fui hacia la puerta trasera. La sala de los sirvientes estaba vacía y mientras quebrantaba la regla de oro del señor Hamilton y corría por el pasillo de piedra, oía el eco de mis zapatos. Pasé por la cocina; la mesa de trabajo de la señora Townsend estaba cubierta por una colección de pasteles de riñones. Subí las escaleras.

Reinaba un silencio inquietante. Todos estaban presenciando el recital. Cuando llegué a la puerta dorada del salón de baile me arreglé el cabello, me alisé la falda y me deslicé por la habitación a oscuras. Ocupé mi lugar en la pared lateral, junto a los demás sirvientes.

Capítulo 5

TODO LO BUENO

N o había imaginado que la sala estaría tan oscura. Era el primer recital al que asistía, aunque una vez —cuando acompañé a mi madre a visitar a su hermana Dee, en Brighton— contemplé parte de un espectáculo de títeres.

Las ventanas se habían cubierto con cortinas negras. Cuatro focos recuperados en el ático proporcionaban toda la iluminación, proyectando hacia arriba una luz amarilla que rodeaba a los actores de un halo fantasmal.

Fanny estaba allí, cantando los compases finales de «The Wedding Glide» entre caídas de ojos y exagerados gorgoritos. Cuando atacó las últimas notas la audiencia respondió con una ronda de afables aplausos. Ella sonrió e hizo una tímida reverencia. Su coquetería fue, en cierto modo, menoscabada por las protuberancias que sobresalían del telón de fondo, los codos en movimiento y los elementos de utilería pertenecientes al próximo acto.

Fanny abandonó la escena por la derecha. Emmeline y David, vestidos con togas, hicieron su aparición por la izquierda. Llevaban tres largos postes de madera y un lienzo, con los que rápidamente montaron una tienda algo torcida, aunque útil a sus fines. Se arrodillaron en su interior y permanecieron en esa posición mientras entre el auditorio surgían murmullos.

Desde otro lugar se oyó una voz: «Damas y caballeros. Una escena del Libro de los Números».

Murmullo de aprobación.

La voz prosiguió: «Imaginemos que estamos en la Antigüedad. Una familia ha armado su tienda en la ladera de la montaña. Hermana y hermano se reúnen en privado para conversar sobre el reciente casamiento de su otro hermano».

Ronda de suaves aplausos.

Entonces habló Emmeline. Su voz denotaba petulancia.

—Hermano, ¿qué es lo que ha hecho Moisés?

—Ha tomado una esposa —replicó David, con un matiz de incredulidad.

—Pero ella no es de los nuestros —alegó Emmeline, mirando al público.

—No —respondió David—. Estás en lo cierto, hermana, porque es etíope.

Emmeline meneó la cabeza y adoptó una expresión de exagerada preocupación.

—Se ha casado sin el consentimiento de la tribu. ¿Qué va a ser de él?

Súbitamente una voz clara y potente tronó desde detrás del escenario, amplificada como si viajara a través del espacio (más probablemente, a través de un rollo de cartón).

—¡Aarón! ¡Miriam!

Emmeline logró una convincente expresión de terror.

—Soy Dios, vuestro Padre. Id los dos al tabernáculo donde se reúnen mis fieles.

Emmeline y David acataron la orden. Salieron de la tienda y fueron arrastrando los pies hacia el borde del escenario. Los focos titilantes arrojaban un ejército de sombras sobre el lienzo que estaba detrás.

Mis ojos se habían acostumbrado a la oscuridad y podía identificar el perfil familiar de algunos miembros del auditorio. En primera fila estaban las damas con sus elegantes trajes, entre ellas lady Clementine, con sus mejillas caídas, y lady Violet con un sombrero de plumas. Un par de filas más atrás, el mayor y su esposa. Más cerca de mí, el señor Frederick —con la cabeza en alto y las piernas cruzadas— miraba atentamente hacia adelante. Observé su perfil. Algo lo hacía parecer diferente. La media luz titilante daba a sus mandíbulas una apariencia cadavérica y a sus ojos, un brillo vidrioso. Sus ojos. No usaba gafas. Nunca le había visto sin ellas.

Dios comenzó a exponer su castigo y volví a prestar atención a lo que ocurría en el escenario.

—Miriam y Aarón, ¿por qué habéis hablado indolentemente en contra de Moisés, mi servidor?

—Os pedimos perdón, Padre —repuso Emmeline—, sólo estábamos...

—Basta ya. Habéis despertado mi ira.

Se oyó el ruido de un trueno (creo que fue un tambor), y el auditorio dio un respingo. Una nube de humo surgió tras el telón de fondo, expandiéndose sobre el escenario.

Se oyó una exclamación de lady Violet. David susurró desde el escenario: «Está todo en orden, abuela, es parte del espectáculo».

Hubo una oleada de alegres carcajadas.

—Habéis despertado mi ira —volvió a decir Hannah, en tono implacable, para silenciar al auditorio—. Hija...

Emmeline se apartó del público y giró para observar la nube que se disipaba.

—¡Vos, seréis una leprosa!

Emmeline se cubrió la cara con las manos.

—¡No! —gritó, y adoptó una trágica pose antes de dirigirse hacia el público para exhibir su condición.

Gritos ahogados de todo el auditorio.

Los actores finalmente habían decidido no utilizar una máscara, sino embadurnar la cara de Emmeline con un poco de mermelada de fresas y crema para lograr el truculento efecto.

—Esos diablillos —se oyó susurrar, ofendida, a la señora Townsend— me dijeron que querían mermelada para los bollos.

—Hijo —prosiguió Hannah después de una acertada pausa dramática—. Sois culpable del mismo pecado, pero aun así no puedo dirigir mi ira contra vos.

—Os lo agradezco, Padre —contestó David.

—¿Tendréis presente que no debéis volver a criticar a la esposa de vuestro hermano?

—Sí, mi Señor.

—Entonces podéis partir.

—¡Ay, mi Señor! —clamó David, ocultando una sonrisa mientras extendía sus brazos hacia Emmeline—. Os lo ruego, devolved ahora la salud a mi hermana.

La audiencia esperaba en silencio la respuesta de Dios.

—No, no lo haré. Ella permanecerá fuera del campamento por siete días. Sólo entonces se le permitirá regresar.

Mientras Emmeline caía de rodillas y David apoyaba una mano en su hombro, Hannah apareció desde la izquierda en el escenario. El público contuvo la respiración. Estaba impecablemente vestida con prendas de hombre: traje, sombrero de copa, bastón, reloj de bolsillo y, sobre la nariz, las gafas del señor Frederick. Caminó hacia el centro del escenario, haciendo girar su bastón como un dandi. Al hablar, imitó espléndidamente la voz de su padre.

—Mi hija aprenderá que existen unas reglas para las mujeres y otras para los hombres —declaró. Luego suspiró profundamente y se enderezó el sombrero—. De otro modo, estaría dando lugar a la perdición a la que conduce el sufragio femenino.

La audiencia, boquiabierta, permaneció en un silencio electrizado. La tensión fue pasando de fila en fila.

Los sirvientes estaban igualmente escandalizados. Incluso en la oscuridad pude advertir que el rostro del señor Hamilton empalidecía. Excepcionalmente había perdido de vista el protocolo para cumplir con su indomable sentido del deber sirviendo de sostén a la señora Townsend, a quien —antes de haberse recuperado del todo por el desperdicio de su mermelada— le habían fallado las rodillas y se había desplomado.

Mis ojos buscaron al señor Frederick. Quieto en su asiento, estaba rígido como la pértiga de un bote. Mientras lo miraba sus hombros comenzaron a sacudirse y temí que estuviera al borde de uno de los ataques a los que Myra se había referido. En el escenario, los niños permanecieron inmóviles como figuras de un retablo, o figuritas en una casa de muñecas, observando al público al tiempo que eran observados por él.

Hannah fue un modelo de compostura. La inocencia grabada en su rostro. Por un instante me pareció que me miraba, y creí ver el atisbo de una sonrisa en sus labios. No pude evitarlo y le respondí, temerosa, con otra sonrisa. Dejé de hacerlo cuando Myra, en la oscuridad, me miró por el rabillo del ojo y me dio un pellizco en el brazo.

Hannah, radiante, se cogió de la mano de Emmeline y David. Los tres atravesaron el escenario y se inclinaron para saludar. Al hacerlo, un pegote de mermelada y crema cayó de la nariz de Emmeline y aterrizó chisporroteando en un foco que estaba a poca distancia de ella.

—Qué coincidencia —se oyó decir a una voz aflautada desde el auditorio, la de lady Clementine—. Un conocido tenía a su vez un conocido con lepra en India, a quien se le cayó la nariz así, cuando se afeitaba.

Para el señor Frederick fue demasiado. Miró a Hannah y comenzó a reír. Nunca había oído una risa como aquélla: su absoluta sinceridad la hacía contagiosa. Uno por uno, los demás lo siguieron, aunque noté que lady Violet no se les unió.

No pude reprimir mi propia risa —una espontánea oleada liberadora— hasta que Myra siseó en mi oreja:

—Suficiente, señorita. Puedes venir a ayudarme con la cena.

Me perdí el resto del recital, pero ya había visto lo que deseaba. Mientras salíamos de la sala y avanzábamos por el pasillo, oí que los aplausos se apagaban y la función continuaba. Me sentí impulsada por una extraña energía.

* * *

Para cuando el recital llegó a su fin ya habíamos llevado la cena informal que había preparado la señora Townsend y las bandejas con café al salón, y habíamos sacudido los almohadones del sofá para que estuvieran mullidos. Los invitados habían comenzado a llegar, uno tras otro, en el orden señalado por el protocolo. Primero, lady Violet y el mayor James; luego, lord Ashbury y lady Clementine; los siguieron el señor Frederick con Jemina y Fanny. Los niños Hartford, según suponía, todavía estaban arriba.

Cuando tomaron asiento Myra dispuso la bandeja de café de modo que lady Violet pudiera servirlo. Mientras los invitados conversaban animadamente a su alrededor, lady Violet se inclinó hacia el sillón del señor Frederick y le susurró con leve sonrisa:

—Consientes demasiado a esos niños, Frederick.

El señor Frederick apretó los labios. Según pude percibir, no era la primera vez que recibía esa crítica.

—Ahora sus travesuras pueden parecerte divertidas, pero llegará el día en que te arrepentirás de tu indulgencia. Los has dejado crecer como seres incivilizados. En especial, a Hannah. Sería mejor que esa niña fuera menos inteligente y más educada —agregó lady Violet, sin dejar de mirar el café que servía.

Una vez soltada su invectiva, lady Violet se irguió, recuperó su expresión cordial, y le pasó una taza de café a lady Clementine.

Como era habitual por aquellos días, la conversación giró sobre los conflictos en Europa y la posibilidad de que Gran Bretaña entrara en guerra.

—Habrá guerra, siempre sucede igual —declaró lady Clementine, con toda naturalidad, mientras tomaba la taza de café y hundía su trasero en el sillón preferido de lady Violet—. Y todos sufriremos, hombres, mujeres y niños —agregó alzando la voz—. Los alemanes no son civilizados, como nosotros. Saquearán nuestro campo, matarán a nuestros niños en su lecho y someterán a las honestas mujeres inglesas, para que procreen pequeños alemanes. Recordad mis palabras, porque rara vez me equivoco. Estaremos en guerra antes de que termine el verano.

—Sin duda exageras, Clementine —indicó lady Violet—. La guerra, si se declara, no será tan terrible. No olvidemos que son tiempos modernos.

—Así es —coincidió lord Ashbury—. Será una guerra del siglo XX. Además, no existe un alemán que pueda con un inglés.

—Tal vez no sea correcto decirlo, pero desearía que entráramos en guerra —comentó Fanny, agitando sus rizos mientras se sentaba en uno de los extremos de la *chaise longue*—. Por supuesto, no habrá saqueos y asesinatos, tía, ni sometimiento de mujeres —aclaró luego dirigiéndose a lady Clementine—. Eso no me agradaría, pero sí, en cambio, ver caballeros con uniforme. —Después de mirar furtivamente al mayor James volvió a dirigirse al grupo—. He recibido hoy una carta de mi amiga Margery... ¿La recuerdas, verdad, tía Clem?

Lady Clementine agitó sus pesados párpados.

—Desgraciadamente. Una jovencita tonta con modales provincianos. —Luego se inclinó hacia lady Violet—. Criada en Belfast, ¿sabes?, una irlandesa católica, nada menos.

Observé a Myra, que ofrecía terrones de azúcar, y noté que su espalda se tensaba. Ella percibió mi mirada y me la devolvió severamente con el ceño fruncido.

—Bien —continuó Fanny—, Margery fue de vacaciones con su familia a la playa y a su vuelta encontraron la estación con los trenes abarrotados de reservistas que volvían a sus cuarteles. Es muy emocionante.

—Fanny, querida —intervino lady Violet, levantando la vista de la cafetera—, me parece que no hay cosa de peor gusto que desear una guerra tan sólo por diversión. ¿Estás de acuerdo, mi querido James?

El mayor, de pie junto a la chimenea apagada, se irguió.

—Si bien no coincido con las motivaciones de Fanny, debo decir que comparto su sentimiento. Yo, por lo pronto, espero que entremos en guerra. Todo el continente se está convirtiendo en un *deplorable* caos. Disculpadme por usar palabras tan duras, madre, lady Clem, pero así es. Es necesario que la buena y antigua Britania intervenga y ponga orden. Que les dé a esos alemanes una buena sacudida.

Una aclamación general recorrió la sala. Jemina tomó el brazo del mayor, sus pequeños ojos se encendieron y lo miraron con adoración.

El viejo lord Ashbury fumaba su pipa entusiasmado.

—Es como una competición —proclamó apoyándose en el respaldo—. Nada como una guerra para distinguir a los hombres de los niños.

El señor Frederick se revolvió en su asiento, tomó el café que lady Violet le ofreció y se dedicó a cargar tabaco en su pipa.

—¿Qué dices tú, Frederick? —preguntó tímidamente Fanny—. ¿Qué harás si llega la guerra? No dejarás de fabricar automóviles, ¿verdad? Sería una vergüenza que ya no hubiera hermosos vehículos tan sólo por culpa de una tonta guerra. No me agradaría tener que volver a viajar en carruaje.

El señor Frederick, incómodo por el flirteo de Fanny, apartó una hebra de tabaco de su pantalón y respondió:

—Yo no me preocuparía. Los automóviles son el futuro —aseguró y comprimió el tabaco en la pipa—. Dios no permita que una guerra genere molestias a damas tontas y ociosas —murmuró después para sí.

En ese momento la puerta se abrió. Con los rostros todavía exultantes, Hannah, Emmeline y David se dispersaron por la sala.

Las niñas se habían cambiado y volvían a lucir sus blancos vestidos con cuello marinero.

—¡Qué bonito espectáculo! —aclamó lord Ashbury—. No pude oír una palabra, pero fue muy bueno.

—Muy bien, niños —felicitó lady Violet—. Aunque tal vez deberíais permitir que la abuela os ayude en la selección de los textos el año próximo.

—¿Y a ti, papá? —preguntó ansiosamente Hannah—. ¿Te gustó la obra?

El señor Frederick eludió la mirada de su madre.

—Ya discutiremos más tarde los creativos añadidos, ¿de acuerdo?

—David, ¿tú qué opinas? —gorjeó Fanny—. Estábamos hablando de la guerra. ¿Te alistarías si Gran Bretaña entra en guerra? Creo que serías un valiente oficial.

David tomó la taza de café que lady Violet le ofrecía y se sentó.

—No había pensado en eso —repuso, arrugando la nariz—. Imagino que acabaré haciéndolo. Dicen que es una gran oportunidad para un joven que busca aventuras. —David miró a Hannah y le guiñó un ojo. La ocasión era propicia para burlarse de ella—. Me temo que es sólo para chicos, Hannah.

Fanny lanzó una carcajada estentórea que hizo parpadear a lady Clementine.

—Oh, David, qué tonto. Hannah no desearía ir a la guerra. Qué absurdo.

—Desde luego que querría —replicó decididamente Hannah.

—Pero, querida niña —intervino la desconcertada lady Violet—, no tendrías ropa apropiada para la batalla.

—Puede usar pantalones y botas de montar —opinó Fanny.

—O un disfraz —aventuró Emmeline—. Como el que ha utilizado en la obra. Aunque tal vez sin el sombrero.

El señor Frederick advirtió la mirada reprobatoria de su madre y se aclaró la voz.

—Si bien el atuendo de Hannah es un dilema capaz de generar brillantes especulaciones, debo recordaros que es un punto fuera de discusión. Ni ella ni David irán a la guerra. Las niñas no combaten y David aún no ha terminado sus estudios. Ya encontrará otro modo de servir al rey y al país. —Entonces se dirigió a su hijo—.

Cuando hayas completado tus cursos en Eton y hayas pasado por Sandhurst será diferente.

—*Si* es que puedo completar mis cursos en Eton e ir a Sandhurst —advirtió David con firmeza.

La sala quedó en silencio. Algunos carraspearon. El señor Frederick dio unos golpecitos con la cuchara en la taza. Después de una pausa prolongada, declaró:

—David está bromeando. ¿No es cierto, hijo? —El silencio seguía extendiéndose—. ¿Eh?

David parpadeó lentamente. Vi que su mandíbula temblaba casi imperceptiblemente.

—Sí —confirmó por fin—. Por supuesto. Sólo trataba de quitarle solemnidad a toda esta conversación sobre la guerra. Supongo que no ha tenido gracia. Mis disculpas, abuelo, abuela. —David les miró uno por uno y yo noté que Hannah le retorcía la mano.

Lady Violet sonrió.

—Estoy totalmente de acuerdo contigo, David. No hablemos de una guerra que nunca llegará. Sigamos probando las deliciosas tartaletas de la señora Townsend —concluyó, haciendo una seña a Myra, que volvió a pasar la bandeja entre los invitados.

Por un rato estuvieron sentados, degustando los pastelillos. El reloj de barco que estaba sobre la chimenea siguió marcando la hora hasta que alguien logró encontrar un tema tan cautivador como la guerra. Por fin, lady Clementine señaló:

—Ni siquiera se trata de las batallas. En época de guerra, los verdaderos asesinos son las enfermedades. El campo de batalla, por supuesto, es un verdadero caldo de cultivo de todo tipo de pestes foráneas. Ya lo veréis —agregó en tono adusto—, cuando la guerra llegue, traerá la sífilis con ella.

—Si llega —puntualizó David.

—¿Pero cómo lo sabremos? —preguntó Emmeline, con los ojos azules muy abiertos—. ¿Alguien del gobierno vendrá y nos lo dirá?

Lord Ashbury se tragó una tartaleta entera.

—Uno de los socios de mi club comentó que el anuncio podría hacerse en cualquier momento.

—Me siento como una niña en vísperas de Navidad —declaró Fanny, entrelazando los dedos—. Añorando que llegue el día, ansiosa por despertar y abrir los regalos.

—Yo no estaría tan entusiasmado —intervino el mayor—. Si Gran Bretaña entra en guerra es probable que termine en pocos meses. A lo sumo, para Navidad.

—No obstante —anunció lady Clementine— lo primero que haré mañana será escribir a lord Gifford para comentarle qué programa prefiero para mi funeral. Les sugiero a todos hacer lo mismo antes de que sea demasiado tarde.

Nunca antes había oído que una persona hablara sobre su propio funeral, mucho menos que lo planificara. De hecho, mi madre me había dicho que traía muy mala suerte y que se debía arrojar sal por encima de los hombros para atraer la buena fortuna.

Miré sorprendida a lady Clementine. Myra había mencionado su funesta sensibilidad. Abajo se rumoreaba que se había inclinado en la cuna de la recién nacida Emmeline y había declarado con total naturalidad que a un bebé tan hermoso seguramente no le quedaba mucha vida por delante. Aun así, yo estaba impresionada.

Los Hartford, por el contrario, estaban claramente habituados a sus nefastos pronunciamientos, porque ninguno de ellos se inmutó.

Los ojos de Hannah se abrieron en un gesto de burla.

—No estará insinuando que no confía en que nosotros haremos cuanto podamos por ocuparnos del asunto lo mejor posible, ¿verdad, lady Clementine? —Luego sonrió dulcemente y tomó la mano de la anciana—. Por lo pronto, yo me atrevo a garantizarle que le organizaría la despedida que merece.

—En realidad —resopló lady Clementine—, es conveniente planificar esos acontecimientos por ti misma, nunca se sabe en qué manos recaerá la tarea. Además, soy muy particular en lo que atañe a este tipo de ceremonia. La he estado planificando durante años.

—¿Es eso cierto? —preguntó lady Violet, genuinamente interesada.

—Oh, sí —respondió lady Clementine—. Es uno de los actos públicos más importantes de la vida de una persona y el mío será realmente espectacular.

—Lo tendré en cuenta —observó secamente Hannah.

—También tú podrías hacer tu planificación —sugirió lady Clementine—. No se puede correr el riesgo de dar una mala impresión en estos días. Las personas no son tan piadosas como solían serlo y nadie quiere recibir una crítica desfavorable.

—No creí que apreciara las críticas de los periódicos, lady Clementine. —El comentario de Hannah hizo que su padre frunciera el ceño.

—En general, no lo hago —aclaró. Luego, con un dedo profusamente enjoyado, apuntó sucesivamente a Hannah, a Emmeline y a Fanny—. Además del matrimonio, para una dama el obituario es la única oportunidad de que su nombre aparezca en el periódico. Y que Dios se apiade de ella si la prensa se ensaña con su funeral, porque no tendrá una segunda oportunidad —agregó, mirando al cielo.

* * *

Después del triunfo teatral, sólo quedaba la cena de celebración del verano para que la visita fuera considerada como un éxito absoluto. Sería el punto culminante de los festejos de la semana. Una extravagancia final antes de que los huéspedes partieran y la serenidad retornara una vez más a Riverton. Los invitados a la cena —entre los que, según había divulgado la señora Townsend, se contaba lord Ponsonby, uno de los primos del rey— llegarían desde lugares tan distantes como Londres. Myra y yo, bajo la atenta supervisión del señor Hamilton, habíamos pasado toda la tarde poniendo la mesa en el comedor.

Los comensales eran veinte. A medida que iba disponiendo los cubiertos, Myra los nombraba en voz alta: cuchara para sopa; cuchillo y tenedor para pescado; dos cuchillos; dos tenedores grandes; cuatro copas de cristal para vino, de distintas medidas.

Mientras recorríamos la mesa, el señor Hamilton nos seguía con su cinta métrica y una servilleta, asegurándose de que todos los servicios guardaran la distancia correcta y de verse reflejado en cada cuchara. En el centro del blanco mantel de lino dispusimos hojas de hiedra y rosas rojas alrededor de brillantes frutas confitadas. Me gustaban esos adornos. Eran muy hermosos y armonizaban a la perfección con la mejor vajilla de la Señora —regalo de boda, apuntó Myra—, una porcelana húngara pintada a mano con parra, manzanas y peonías púrpura, fileteada en oro.

Colocamos las tarjetas de posición —escritas a mano con la cuidada caligrafía de lady Violet— de acuerdo con el orden que ella minuciosamente había dispuesto. Según me advirtió Myra, no podíamos subestimar la importancia de la ubicación. En efecto, de acuerdo con su opinión, el éxito o el fracaso de una cena residía por entero en la ubicación de los invitados en torno a la mesa. Era evidente que lady Violet no era tan sólo una «buena» anfitriona. Había ganado su reputación de ser «la mejor» gracias a su habilidad, en primer lugar, para invitar a las personas adecuadas, y en segundo término, para ubicarlas prudentemente, intercalando comensales inteligentes y entretenidos entre las figuras prominentes pero aburridas.

Lamento decir que no fui testigo de la cena, esa noche de pleno verano de 1914, porque así como ocuparse de la limpieza del salón era un privilegio, servir la mesa era el más alto honor, sin duda fuera del alcance de mi modesta posición. En aquella ocasión, para gran pesar de Myra, incluso a ella le fue negado ese placer, debido a que se sabía que lord Ponsonby aborrecía que las mujeres sirvieran la mesa. El señor Hamilton la tranquilizó decidiendo que ella formaría parte del servicio de todos modos, aunque oculta en un recoveco del comedor, para recibir los platos que él y Alfred retiraran, y meterlos en el montaplatos. Según el razonamiento de Myra, eso le garantizaba al menos un modo de acceder parcialmente a los temas de conversación del banquete. Podría saber de qué se hablaba, aun cuando no fuera capaz de distinguir a los interlocutores.

Mi deber, indicó el señor Hamilton, era quedarme abajo, para recibir los platos. Así lo hice, tratando de no pensar en las bromas de Alfred acerca de que me habían adjudicado el compañero más apropiado. Siempre estaba bromeando: sus burlas eran muy ingeniosas y los demás miembros del servicio se reían abiertamente, pero yo era muy ingenua y estaba habituada a contener mis emociones. Inevitablemente, me cohibía cuando la atención se posaba sobre mí.

Observé maravillada cómo las tandas de magníficos platos que desfilaban uno tras otro desaparecían en la tolva que los llevaba hacia arriba —sucedáneo de sopa de tortuga, pescado, mollejas, codornices, espárragos, patatas, tartas de albaricoque, natillas— para ser reemplazados por fuentes vacías y platos sucios.

Mientras arriba, en el comedor, los invitados estaban exultantes, abajo los vapores y silbidos de la cocina recordaban a esas nuevas y brillantes locomotoras que habían comenzado a atravesar el pueblo. La señora Townsend revoloteaba entre su mesa de trabajo, balanceando su considerable peso a una velocidad frenética, regando la crujiente corteza dorada de sus pasteles hasta que las gotas de sudor corrían por sus mejillas enrojecidas, dando palmadas y gruñendo, en un estudiado espectáculo de falsa modestia. La única persona que parecía inmune al contagioso entusiasmo era la desdichada Katie, que mostraba el sufrimiento en el rostro: había pasado la primera mitad del día pelando infinidad de patatas y la segunda, fregando infinidad de sartenes.

Por fin, cuando las cafeteras, las jarras de crema y los azucareros ya habían sido enviados arriba en una bandeja de plata, la señora Townsend se desató el delantal, lo cual era para todos nosotros una señal de que el trabajo de esa noche había concluido. Lo colgó entonces de un gancho que estaba junto a la cocina y se recogió de nuevo los largos mechones grises que se habían soltado de su moño en lo alto de la cabeza.

—Katie —llamó, secándose la frente acalorada—. ¿Katie? —La señora Townsend meneó la cabeza—. No lo entiendo. Esa chica siempre anda por ahí pero nunca la encuentro. —Entonces se tambaleó hasta la mesa de los sirvientes, se acomodó en su silla y suspiró.

Katie apareció en el vano de la puerta, estrujando un paño que chorreaba.

—Sí, señora Townsend.

—Oh, Katie. ¿En qué estás pensando, niña? —increpó la señora Townsend señalando el suelo.

—En nada, señora Townsend.

—En nada bueno. Estás mojando todo. —La cocinera meneó la cabeza y suspiró una vez más—. Ahora ve y busca un trapo para secarlo. El señor Hamilton pedirá tu cabeza si ve este desorden.

—Sí, señora Townsend.

—Y cuando hayas terminado, puedes preparar un buen chocolate caliente para todos nosotros.

Katie volvió a la cocina arrastrando los pies. A punto estuvo de chocar con Alfred, que bajaba la escalera moviendo ampulosamente los brazos y las piernas.

—Uf, Katie, presta atención, tienes suerte de que no te haya atropellado. —Luego giró y sonrió socarronamente, con el rostro tan limpio y entusiasta como el de un bebé.

—Buenas noches, señoras.

La señora Townsend se quitó las gafas.

—¿Todo bien, Alfred?

—Todo bien, señora Townsend —respondió, abriendo sus ojos castaños.

—¿Entonces? —preguntó la cocinera golpeteando con los dedos—. Nos tienes a todos intrigados.

Yo ocupé mi lugar, me quité los zapatos y estiré los tobillos. Alfred tenía veinte años, era alto, sus manos eran hermosas y su voz, cálida. Había servido a lord y lady Ashbury desde que comenzara a trabajar. Creo que la señora Townsend sentía especial simpatía por él, aunque nunca hablaba mucho sobre sí misma y, en consecuencia, yo no me atrevía a preguntar.

—¿Intrigados? No entiendo a qué se refiere, señora Townsend —repuso Alfred.

Ella meneó la cabeza.

—Ve a contarle a tu abuela que no sabes a qué me refiero. ¿Cómo ha ido todo? ¿Dijeron algo que pueda ser de mi interés?

—Oh, señora Townsend. No debería hablar hasta que el señor Hamilton baje. No sería correcto, ¿verdad?

—Escúchame, muchacho. Sólo te estoy preguntando si los invitados de lord y lady Ashbury disfrutaron de la comida. No creo que eso le importe al señor Hamilton, ¿estás de acuerdo?

—En realidad, no podría decirlo, señora Townsend —declaró Alfred guiñándome el ojo, por lo que tuve que contener la risa—, aunque pude advertir que lord Ponsonby se sirvió una segunda ración de sus patatas.

La señora Townsend sonrió, mirando sus manos nudosas, y asintió como para sí misma.

—Oí decir a la señora Davis, que cocina para lord y lady Bassingstoke, que lord Ponsonby tiene especial debilidad por las patatas a la crema.

—¿Debilidad? Los demás pueden considerarse afortunados si les dejó probar algo.

La señora Townsend no dijo nada pero sus ojos brillaron.

—Alfred, no seas malvado. Si el señor Hamilton te oyera decir tales cosas...

—¿Si el señor Hamilton oyera qué? —quiso saber Myra, que apareció en ese momento en la puerta. Luego tomó asiento y se quitó la cofia.

—Le estaba contando a la señora Townsend cuánto disfrutaron de su cena las damas y los caballeros —explicó Alfred.

Myra puso los ojos en blanco.

—Nunca he visto que los platos regresaran tan vacíos. Grace puede dar fe de lo que digo.

Yo asentí y ella continuó.

—Es mérito del señor Hamilton, por supuesto, pero diría que usted se ha superado, señora Townsend.

La cocinera se arregló la blusa que cubría su busto prominente.

—Bueno, por supuesto —concedió con aire de suficiencia—, nosotros hicimos nuestra parte.

El tintinear de la porcelana nos hizo mirar hacia la puerta. Katie avanzaba lentamente, asiendo con fuerza una bandeja con tazas de té. En cada paso el chocolate se derramaba y encharcaba los platos.

—Oh, Katie —exclamó Myra cuando la fregona dejó la bandeja en la mesa—, mira qué desastre. Vea lo que ha hecho, señora Townsend.

La cocinera miró hacia el techo con desesperación.

—A veces creo que pierdo mi tiempo con esa chica.

—Oh, señora Townsend —se quejó Katie—. Me esfuerzo por hacerlo bien, en verdad lo hago. No quería...

—¿Querías qué, Katie? —preguntó el señor Hamilton, que bajaba la escalera y entraba en la sala—. ¿Qué has hecho ahora?

—Nada, señor Hamilton. Sólo trataba de traer el chocolate.

—Y lo has traído, tonta —intercedió la señora Townsend—. Ahora regresa y termina con esos platos. Seguramente el agua se ha enfriado. Ve a ver cómo está.

La señora Townsend meneó la cabeza cuando Katie se marchó. Luego se dirigió sonriente al señor Hamilton.

—Entonces, ¿ya se han ido todos, señor Hamilton?

—Así es, señora Townsend. Acabo de ver a los últimos invitados, lord y lady Denys, subiendo a su automóvil.

—¿Y la familia?

—Las damas se han ido a dormir. Su Señoría, el mayor y el señor Frederick están terminando su jerez en el salón y se retirarán a descansar en breve.

El señor Hamilton apoyó las manos en el respaldo de su silla e hizo una pausa, mirando a lo lejos, como lo hacía cuando estaba a punto de dar una información importante. Los demás permanecimos sentados, esperando. El señor Hamilton se aclaró la voz.

—Todos deben estar sumamente orgullosos. La cena ha sido un gran éxito y el Señor y la Señora están verdaderamente complacidos —anunció, esbozando una remilgada sonrisa—. El Señor ha tenido la amabilidad de permitirnos abrir una botella de champán y compartirla como muestra de su aprecio.

Se oyó una ráfaga de aplausos entusiastas mientras el señor Hamilton traía una botella de la bodega y Myra buscaba unas copas. Yo estaba sentada en silencio, esperando que se me permitiera beber una copa. Todo aquello era nuevo para mí. Mi madre y yo nunca tuvimos muchos motivos que celebrar.

Cuando llenó la última copa, el señor Hamilton miró, a través de sus gafas y su larga nariz, en mi dirección.

—Sí —declaró por fin—, creo que incluso tú puedes beber una copita, joven Grace. No todas las noches el amo nos hace un obsequio tan espléndido.

Tomé agradecida la copa que el señor Hamilton sostenía en su mano.

—Un brindis —propuso—. Por todos los que vivimos y servimos en esta casa. Por una vida larga y piadosa.

Entrechocamos nuestras copas y yo me apoyé en el respaldo de la silla, sorbiendo el champán y saboreando la acidez de las burbujas en los labios. A lo largo de mi larga vida, siempre que he tenido ocasión de beber champán, he recordado esa primera vez en la sala de los sirvientes en Riverton. Es una energía singular la que acompaña un éxito compartido y los elogios de lord Ashbury nos habían llenado de entusiasmo, dando calor a nuestras mejillas y alegrando nuestros corazones. Alfred me sonrió por encima de su copa y yo le respondí con una sonrisa tímida. Escuché a los demás mientras relataban los hechos de la noche sin dejar detalle: los diamantes de lady Denys, los modernos puntos de vista de lord Harcourt acerca del matrimonio, la debilidad de lord Ponsonby por las patatas a la crema.

Un timbre estridente me sobresaltó, sacándome de la diversión. Todos los que estábamos sentados a la mesa nos quedamos mudos. Nos miramos desconcertados, hasta que el señor Hamilton saltó de su silla.

—Qué raro. Es el teléfono —señaló y salió apresuradamente de la sala.

Lord Ashbury tenía una de las primeras instalaciones telefónicas de Inglaterra, un hecho del cual todos los que servíamos en la casa nos sentíamos inmensamente orgullosos. El principal aparato receptor estaba en el despacho del señor Hamilton para que, en las inquietantes ocasiones en las que sonaba, él tuviera acceso directo y pudiera transferir la llamada a la planta alta. A pesar de que el sistema estaba bien organizado, esas ocasiones eran escasas, dado que lamentablemente eran pocos los amigos de lord y lady Ashbury que tenían teléfono propio. No obstante, el aparato despertaba un respeto casi religioso proporcionando un motivo más que suficiente para invitar a los sirvientes de los visitantes al lugar donde podían ver por sí mismos el sagrado objeto y, consecuentemente, apreciar la superioridad de los señores de Riverton.

No era sorprendente que la campanilla del teléfono nos dejara a todos sin habla. Y dado que era tan tarde, la sorpresa se convertía en aprensión. Permanecimos muy quietos, con los oídos tensos, conteniendo la respiración.

—Diga —respondió el señor Hamilton—. ¿Diga?

Katie llegó a la sala.

—Me pareció oír algo. Oh, están todos tomando champán.

—Shhh —respondimos al unísono.

Katie se sentó y se dedicó a mordisquear sus estropeadas uñas.

Desde la antesala se oyó la voz del señor Hamilton.

—Sí, ésta es la casa de lord Ashbury... ¿El mayor Hartford? Sí, el mayor Hartford está aquí visitando a sus padres... Sí, señor, ya mismo. ¿Quién lo llama? Aguarde un momento, capitán Brown, mientras transfiero la llamada.

—Alguien pregunta por el mayor —murmuró la señora Townsend en tono cómplice.

Continuamos atentos. Desde donde yo estaba sentada apenas se podía distinguir el perfil del señor Hamilton a través de la puerta abierta, el cuello rígido, el rictus afligido.

—Disculpe, señor —comenzó el señor Hamilton—, siento mucho interrumpir su velada, señor, pero el mayor tiene una llamada telefónica. Es el capitán Brown, desde Londres, señor.

El señor Hamilton calló, pero siguió al aparato. Tenía el hábito de mantenerse a la escucha durante un momento, para asegurarse de que el destinatario hubiera descolgado el auricular y la comunicación no se hubiera cortado. Mientras esperaba, atento, advertí que sus dedos apretaban el teléfono. ¿Es un recuerdo auténtico? ¿O es tal vez fruto de una mirada retrospectiva la que me hace decir que su cuerpo estaba tenso y su respiración acelerada?

Cortó cuidadosamente, en silencio, y se alisó el frac. Regresó lentamente a su lugar en la cabecera de la mesa y permaneció de pie, asiendo con las manos el respaldo de la silla. Recorrió la mesa con la mirada, deteniéndose en cada uno de nosotros. Por fin dijo, en tono grave:

—Nuestros peores presentimientos se han hecho realidad. Esta noche, a las once en punto, Gran Bretaña ha entrado en guerra. Que Dios se apiade de nosotros.

* * *

Estoy llorando. Después de todos estos años he comenzado a llorar por ellos. Es extraño. Fue hace tanto tiempo, ellos no eran mi familia, y sin embargo tibias lágrimas escapan de mis ojos, surcando las arrugas de mi cara hasta que el aire fresco y pertinaz las seque.

Sylvia está nuevamente conmigo. Ha traído un pañuelo de papel y lo usa para secarme alegremente la cara. Para ella estas lágrimas se deben, simplemente, a conductos que no funcionan correctamente. Otra inevitable e inocua señal de mi edad.

Ella no sabe que lloro porque todo cambió desde ese instante. Que, así como cuando vuelvo a leer mis libros favoritos una pequeña porción de mí espera que el final sea diferente, me descubro esperando, contra toda esperanza, que la guerra nunca llegue. Que esta vez, de algún modo, nos deje estar.

Mistery Maker Trade Magazine

INVIERNO, 1998

BREVES
Muere la esposa de un escritor:
Se interrumpe la saga de las novelas del inspector Adams

Londres. Los admiradores que aguardan ansiosos la sexta entrega de las novelas del popular inspector Adams tienen por delante una larga espera. Según se dice, el autor Marcus McCourt ha interrumpido la escritura de la novela *Muerte en el Cauldron* después de que un aneurisma causara la súbita muerte de su esposa Rebecca McCourt, en el mes de octubre.

No ha sido posible obtener declaraciones de McCourt, pero una fuente cercana a la pareja ha revelado a *Mistery Maker* que el novelista, habitualmente accesible, se niega a hablar sobre la muerte de su esposa, y que desde entonces experimenta un bloqueo que le impide escribir. La editorial que publica las obras de McCourt en Gran Bretaña, Raymes & Stockwell, se ha negado también a hacer comentarios.

Las primeras cinco novelas de McCourt que tienen como protagonista al inspector Adams han sido recientemente adquiridas por Foreman Lewis, una editorial de los Estados Unidos, por una suma que no se dio a conocer, aunque se sabe que ronda las siete cifras. *El crimen lo revelará* será publicada por el sello Hocador y se prevé que salga a la venta en los Estados Unidos en el otoño de 1999. Es posible encargar ejemplares a través de Amazon.

Rebecca McCourt también era escritora. Su primera novela, *Purgatorio*, es una ficción inspirada en la historia de la décima sinfonía, inconclusa, de Gustav Mahler y estuvo entre las obras preseleccionadas para el premio de literatura Orange.

Marcus y Rebecca McCourt se habían separado recientemente.

Capítulo 6

SAFFRON HIGH STREET

S igue lloviendo. Comienzo a sentir un dolor punzante en las vértebras lumbares, más sensibles que un barómetro. Anoche no pude dormir, me dolía todo el cuerpo. Un hueso gemía su dolor al otro, musitándole cuentos de una agilidad perdida hacía largo tiempo. Me encorvé y doblé mi rígido y viejo esqueleto, tratando inútilmente de conciliar el sueño. El fastidio se convirtió en frustración, después en aburrimiento, y finalmente en terror. Me aterrorizaba que la noche no terminara nunca y que pudiera quedar atrapada para siempre en su largo y solitario túnel.

Tras largo rato, debí de quedarme dormida, porque esta mañana desperté, y hasta donde sé una cosa no puede ocurrir sin la otra. Estaba quieta en la cama, con mi camisón enrollado en la cintura, la piel sudorosa después del esfuerzo nocturno, cuando una joven con la blusa remangada y una larga y delgada trenza que le rozaba los pantalones vaqueros entró en mi habitación y abrió las cortinas, dejando entrar un haz de luz. No era Sylvia, y en consecuencia supe que era domingo.

La joven —llamada Helen, leí su nombre en su placa de identificación— me metió en la ducha, tomándome del brazo para sostenerme. Sus uñas pintadas de morado se hundían en mi paliducha y fláccida piel. La trenza dio un coletazo sobre uno de los hombros cuando me enjabonaba el torso y las extremidades, tratando de eliminar la película de sudor de la noche, al tiempo que tarareaba una melodía desconocida. Cuando consideró que mi grado de higiene era adecuado, me sentó en la silla de plástico y me dejó sola para que me remojara debajo del agua tibia de la ducha. Yo me aferré con ambas manos a la barra que estaba debajo, y me incliné hacia delante, suspirando mientras el agua caía sobre mi agarrotada espalda proporcionándome alivio.

Con la ayuda de Helen me sequé, vestí, maquillé y arreglé, y a las siete y media estaba sentada en la sala de estar. Tuve tiempo de tomar una taza de té con una tostada correosa antes de que Ruth llegara para llevarme a la iglesia.

No soy demasiado religiosa. En realidad, tuve épocas en que la fe me abandonó, como cuando clamaba por un Padre benévolo, incapaz de permitir que sus hijos fueran sometidos a los horrores terrenales. Pero hice las paces con Dios hace mucho tiempo. La edad es una gran moderadora. Ahora nuestra relación es cordial. No hablamos a menudo, pero sé dónde encontrarlo.

Estamos en Cuaresma, el periodo de meditación y arrepentimiento que precede a la Pascua, y esta mañana el púlpito de la iglesia estaba revestido de púrpura. El sermón, acerca de la culpa y el perdón, fue bastante agradable (muy apropiado, considerando el esfuerzo que he decidido asumir). El pastor leyó el versículo 14, 6 del Evangelio según San Juan. Instó a los fieles a no sucumbir ante los alarmistas que predican la catástrofe del fin del milenio y a descubrir en cambio la paz interior a través de Cristo. «Yo soy el camino, la verdad y la vida. Nadie está junto al Padre salvo yo», recitó. Y luego nos sugirió que, en los albores de un nuevo milenio, tomáramos como ejemplo la fe de los apóstoles en Cristo. Con la excepción de Judas, por supuesto: no parece muy recomendable que traicionara a Cristo por treinta monedas de plata y luego se ahorcara.

Al salir de la iglesia, Ruth y yo solemos recorrer a pie el corto trayecto desde High Street hasta el café de Maggie. Siempre vamos allí, aunque Maggie se marchó del pueblo con una maleta y el mejor amigo de su esposo hace muchos años. Esta mañana, mientras avanzaba lentamente por la empinada cuesta de Church Street, del brazo de Ruth, observé los primeros brotes que, impacientes, asoman en los setos de zarzamoras alineados a ambos lados del sendero. La rueda ha vuelto a girar y la primavera está próxima.

Descansamos un momento en el banco de madera que está debajo del olmo centenario, cuyo gigantesco tronco marca el cruce de

Church Street y Saffron High Street. El sol invernal parpadeaba a través del encaje de sus ramas desnudas, desentumeciendo mi espalda. Qué extraños son estos días claros y brillantes de finales de invierno, en que es posible sentir frío y calor al mismo tiempo.

Cuando era joven, caballos, carruajes y coches tirados por caballos recorrían estas calles. Después de la guerra, lo hacían también los automóviles: Austen y Ford T, cuyos conductores, con ojos desorbitados, hacían sonar las bocinas. Los caminos eran polvorientos, llenos de baches y estiércol. Las niñeras empujaban afanosamente enormes cochecitos con ruedas y los pilluelos de ojos inexpresivos vendían periódicos en las esquinas.

La vendedora de sal siempre se instalaba en la esquina, donde ahora está la gasolinera. Vera Pipp, se llamaba: una figura enjuta con un gorro de tela y una fina pipa de cerámica siempre colgando de sus labios. Yo solía esconderme detrás de la falda de mi madre, mirando con ojos asombrados a la señora Pipp, que usaba un gran gancho para cargar los bloques de sal en su carro y luego, con una sierra y cuchillo, los transformaba en piezas más pequeñas. Solía aparecer en mis pesadillas, con su pipa y su brillante gancho.

Al otro lado de la calle estaba la tienda de empeño, con tres llamativas esferas metálicas en el escaparate, como era habitual en todos los pueblos de Gran Bretaña de principios de siglo. Mi madre y yo la visitábamos todos los lunes para cambiar nuestros mejores vestidos de domingo por unos pocos chelines. El viernes, cuando la tienda de confección le pagaba a mi madre por su costura, ella me enviaba allí otra vez a retirar las prendas, para que pudiéramos vestirnos y acudir a la iglesia.

La tienda de comestibles era mi favorita. Ahora es un local donde se hacen fotocopias. Fue la última en desaparecer diez o veinte años atrás, cuando se construyó el supermercado en Bridge Road. En mi época la atendían un hombre alto y delgado de marcado acento y cejas aún más marcadas, y su regordeta esposa, que se ocupaba de satisfacer los pedidos de los clientes, por extravagantes que fueran. Incluso durante la guerra el señor Georgias era capaz de proveernos de un paquete de té adicional sin incremento de precio alguno. Para mis jóvenes ojos la tienda era el país de las maravillas. Solía mirar a través de la vitrina, las brillantes cajas de flan y gelatina en polvo marca Bird o las de bizcochos McVitie & Price, ordenadas cuidadosamente en pirámides. La clase de lujos que nunca tuvimos en casa. Dentro, sobre amplios y pulidos mostradores, se veían piezas amarillas de manteca y queso, cajas de huevos frescos —a veces, todavía tibios— y alubias secas, que se pesaban en balanzas de metal. Algunos días, los menos, mi madre llevaba de casa un recipiente que el señor Georgias llenaba de melaza oscura con un cucharón.

Ruth me tomó del brazo y me puso de pie. Seguimos caminando por Saffron High Street hacia el descolorido toldo rojo y blanco del café de Maggie. El menú, escrito con trazo irregular en una pizarra, lucía su acostumbrada y variopinta combinación de modernas especialidades —*cappuccino grande,* hamburguesas de pollo estilo cajún, pizzas con tomates desecados— pero nosotras pedimos lo de siempre, dos tazas de té *English breakfast* y un bizcocho para compartir. Nos sentamos en la mesa junto a la ventana.

La chica que nos atendió era nueva, tanto en la cafetería como en el oficio, sospeché, a juzgar por la torpeza con que aferraba una taza en cada mano mientras el plato de bizcocho se balanceaba a causa de la temblorosa muñeca.

Ruth le dirigió una mirada de desaprobación, alzando las cejas al ver los charcos de té que inevitablemente se formaron en los platos. No obstante, se contuvo piadosamente, sus labios permanecieron cerrados mientras trataba de secar el desastre con servilletas de papel.

Bebimos el té como de costumbre, en silencio, hasta que por fin Ruth deslizó su plato a través de la mesa.

—Come mi parte también. Estás muy delgada.

Quise recordarle la observación de la señora Simpson —una mujer nunca puede ser demasiado rica o demasiado delgada— pero creí mejor no hacerlo. El sentido del humor de Ruth jamás había abundado y últimamente la había abandonado por completo.

Estoy delgada. Me ha abandonado el apetito. No se debe a que no tenga hambre sino a que no siento los gustos. Y cuando nuestra última papila gustativa deja de funcionar, sucede lo mismo con cualquier estímulo que pueda inducirnos a comer. Es una ironía. Después de haberme esforzado desesperadamente en mi juventud para lograr el ideal de moda de entonces —palidez, brazos finos, pechos pequeños— me ha tocado en suerte ahora. Sin embargo, estoy convencida de que me queda tan bien como, en su momento, a Coco Chanel.

Ruth se seca la boca, persiguiendo una miga invisible. Luego se aclara la voz, dobla su servilleta en dos pliegues y la pone debajo del cuchillo.

—Necesito que me preparen una receta en la farmacia —declara—. ¿Te importa esperar aquí?

—¿Una receta? ¿Por qué? ¿Qué te ocurre?

Aunque Ruth tiene más de sesenta años y es madre de un hombre maduro, mi corazón da un vuelco.

—Nada, de verdad —contesta, en actitud tensa. Luego agrega en voz baja—. Sólo se trata de algo que me ayude a dormir.

Asiento. Las dos sabemos por qué no duerme. Es algo que está presente, sentado entre nosotras, una tristeza compartida. Nos une el silencioso acuerdo de no hablar de ello. De él.

Ruth se apresura a llenar el instante de silencio.

—Quédate aquí, no tardaré, sólo tengo que cruzar la calle. Aquí dentro se está bien, con la calefacción —indica. Toma su cartera y su abrigo, y se queda observándome unos segundos—. ¿No se te ocurrirá salir, verdad?

Niego con la cabeza mientras ella se dirige rápidamente a la puerta. Ruth tiene el temor pertinaz de que yo desaparezca si me deja sola. Me pregunto adónde imagina que iría tan ansiosamente.

Miro a través de la ventana hasta que ella se pierde entre la gente que pasa a toda prisa. Personas con diferentes siluetas y estaturas, y de diferentes colores, también, por estos días, aun aquí, en Saffron. ¿Qué habría dicho la señora Townsend?

Un niño de mejillas rosadas anda por ahí, robusto como un zepelín, arrastrado por una madre atareada. El niño, o la niña, es difícil distinguirlo, me mira con sus grandes ojos redondos, libre de la presión social que obliga a sonreír a la mayoría de los adultos. Me asaltan los recuerdos. Alguna vez, hace tiempo, yo fui esa niña. Mi propia madre me arrastraba detrás de ella mientras avanzaba presurosa por la calle. El recuerdo se vuelve nítido. Habíamos pasado por este mismo lugar, aunque entonces no era un café sino una carnicería. Las piezas de carne se alineaban sobre bloques de mármol blanco a lo largo de la vitrina; en el suelo espolvoreado con serrín se veían esqueletos de vaca. El señor Hobbins, el carnicero, me había saludado con la mano, y recordé mi deseo de que mi madre se detuviera, para que lleváramos a casa un codillo de cerdo con el que hacer una apetitosa sopa.

Me entretuve en el escaparate, esperanzada, imaginando el guiso —cerdo, puerro y patatas— burbujeando sobre nuestra cocina de leña, llenando el diminuto espacio con su sabroso vapor. Casi podía olerlo. Mi percepción era tan vívida que me causaba dolor.

Pero mi madre no se detuvo. Ni siquiera dudó. Mientras el taptap de sus tacones se alejaba cada vez más, me invadió un impulso irrefrenable de asustarla, de castigarla porque éramos pobres, de hacerle creer que me había perdido.

Me quedé donde estaba, segura de que advertiría enseguida que no estaba junto a ella y regresaría rápidamente. Tal vez, sólo tal vez, el alivio la abrumaría y decidiría comprar el codillo.

De pronto algo me arrancó de allí y me arrastró en dirección contraria a la de mi madre. Me llevó un momento comprender lo que sucedía: el botón de mi abrigo había quedado enredado en la correa del bolso de una dama elegante, que briosamente me alejaba del lugar. Recuerdo nítidamente que estiré mi pequeña mano para tocar su generoso y abultado trasero —la timidez me lo impidió— mientras mis pies pedaleaban tenazmente para seguirle el paso. Cuando la dama cruzó la calle, involuntariamente la seguí. Comencé a llorar. Me había perdido. Cada paso presuroso me alejaba de mi madre. No volvería a verla. En cambio, quedaría a merced de esa extraña dama de extravagantes prendas.

De pronto, al otro lado de la calle, vi a mi madre dando grandes zancadas entre las personas que iban de compras. ¡Qué alivio! Traté de llamarla pero me lo impedían mis propios sollozos. Agité los brazos y grité entrecortadamente, mientras las lágrimas seguían fluyendo copiosamente.

Entonces mi madre giró y me vio. Su rostro se demudó. Su mano delgada se posó en su pecho plano. En un instante estaba a mi lado. La otra señora, hasta ese momento ignorante del polizón que arrastraba, había sido alertada por el alboroto. Giró y nos miró, a mi madre, alta, con el rostro demacrado y la falda descolorida, y al pichón bañado en lágrimas en que seguramente me había convertido. Entonces recogió su bolso y lo aferró contra el pecho, horrorizada.

—¡Vete! ¡Aléjate de mí o llamaré al agente de policía!

Un grupo de personas, intuyendo que se avecinaba algo emocionante, comenzó a formar un círculo en torno a nosotras. Mi madre se disculpó con la dama, que la miraba como a un ratón en la despensa. Mi madre trató de explicarle lo que había ocurrido, pero la señora seguía apartándose. Yo no tenía más opción que seguirla, lo que hizo que ella chillara más alto. Por fin apareció el agente de policía y preguntó qué era todo ese escándalo.

—Esta mocosa pretendía robarme la cartera —afirmó la dama, agitando el dedo en mi dirección.

—¿Es eso cierto? —preguntó el policía.

Negué con la cabeza, aún con un hilo de voz, segura de que iban a arrestarme.

Entonces mi madre explicó lo sucedido con mi botón y la correa del bolso y el agente de policía asintió. La dama frunció dubitativamente el ceño. Luego todos miraron hacia abajo, observando la correa y mi botón, que en efecto estaba enredado en ella. El agente de policía le pidió a mi madre que me desenganchara.

Ella desenredó el botón, le dio las gracias, se disculpó una vez más con la señora y luego me miró. Yo estaba expectante, ¿cuál sería su reacción, la risa o el llanto? Ambas cosas, pero no en ese momento.

Me cogió por el abrigo marrón y me alejó de la multitud que se dispersaba. Se detuvo en cuanto doblamos la esquina de Railway Street. Cuando el tren que se dirigía a Londres salió de la estación, me miró y susurró:

—Maldita niña. Pensé que te había perdido. Acabarás matándome, ¿me oyes? ¿Es eso lo que quieres? ¿Matar a tu propia madre? —Luego me enderezó el abrigo, meneó la cabeza y me tomó de la mano, apretándola con tanta fuerza que me hizo daño—. Dios mío, ayúdame. A veces desearía haberte dejado en el orfanato.

Mi madre solía mencionar esas palabras cuando yo hacía travesuras y sin duda la amenaza contenía más de un ápice de verdad. Por cierto, muchos estarían de acuerdo en que habría sido mejor que me hubiera dejado en el orfanato. Nada era tan contundente como el embarazo para que una mujer perdiera su puesto entre el personal de servicio y desde mi nacimiento la vida de mi madre había transcurrido entre privaciones y dificultades.

Me habían contado tantas veces cómo me había librado del orfanato que solía creer que conocía la historia antes de nacer. El viaje de mi madre en tren hacia Russell Square, en Londres, llevándome envuelta dentro de su abrigo para protegerme del frío, se había convertido para nosotras en una especie de leyenda. El recorrido a pie por Grenville Street hacia Guilford Street, las personas que a su paso meneaban la cabeza, sabiendo muy bien adónde se dirigía con su pequeño paquete. La manera en que ella había reconocido el edificio del orfanato desde lejos, mientras avanzaba por la calle, por la aglomeración de mujeres jóvenes como ella que se arremolinaban en la entrada, balanceándose aturdidas con sus llorosos bebés. Y entonces fue cuando sucedió lo más importante: de pronto una voz, clara como el día (la de Dios, según mi madre; bobadas, opinaba mi tía Dee), le pidió que diera media vuelta, que su deber era conservar a su pequeña hija. El instante, de acuerdo con la tradición familiar, al que yo debía estar eternamente agradecida.

Esa mañana, el día del botón y la correa, las palabras de mi madre sobre el orfanato me hicieron callar. Pero no como ella creía —por estar reflexionando sobre la buena fortuna que me había evitado esa reclusión—, sino porque estaba recorriendo el ya explorado sendero de una de mis fantasías infantiles preferidas. Disfrutaba enormemente imaginándome en el hogar de niños abandonados Coram, cantando entre otros niños. Habría tenido montones de hermanos y hermanas con quienes jugar, no sólo una madre cansada y malhumorada, cuyo rostro estaba surcado por las desilusiones. Una de las cuales, me temía, era yo.

Sentí que alguien estaba detrás de mí y regresé por el largo túnel de la memoria. Me volví para mirar a la joven a mi lado y un segundo después la reconocí: era la camarera que nos había traído el té. Me observaba expectante. Yo la miré parpadeando.

—Creo que mi hija ya ha pagado la cuenta.

—Oh, sí —repuso la jovencita con voz suave y acento irlandés—, lo ha hecho. Pagó cuando pidieron.

Sin embargo, no se movía de su lugar.

—¿Hay alguna otra cosa que quiera decirme? —pregunté.

Ella tragó saliva.

—Es sólo que Sue, que trabaja en la cocina, dice que usted es la abuela de..., es decir, que su nieto es Marcus McCourt, y para ser sinceros, yo soy su más ferviente admiradora. Sencillamente adoro al inspector Adams. He leído cada uno de los libros —afirmó.

Marcus. La pequeña polilla de la pena revoloteó en mi pecho, como siempre que alguien pronuncia su nombre.

—Me alegra saberlo. Mi nieto se sentiría halagado —contesté, con una sonrisa.

—Me apenó tanto cuando leí lo de su esposa...

Asentí con la cabeza. Ella dudó y yo me preparé para oír las preguntas que —bien lo sabía— sobrevendrían, como siempre: ¿continuaba escribiendo la nueva novela del inspector Adams? ¿Se publicaría en breve? Sin embargo, me sorprendió que el decoro o la timidez vencieran a la curiosidad.

—Bueno, me alegra haberla conocido —declaró la joven—. Debo volver al trabajo, antes de que Sue se ponga como loca. —Ya se dirigía hacia la cocina cuando se volvió—. Se lo dirá, ¿verdad? Dígale que sus libros son muy importantes para mí, y para todos sus admiradores.

Le di mi palabra, aunque no sabía cuándo podría cumplirla. Como la mayoría de las personas de su generación, Marcus es un trotamundos. Pero a diferencia de sus coetáneos, no ansía aventuras sino distracción. Ha desaparecido en la nube de su propio sufrimiento y desconozco cuál es su paradero. Han pasado meses desde la última vez que tuve noticias suyas, cuando me envió desde California una postal de la Estatua de la Libertad que simplemente decía «Feliz cumpleaños», firmado «M».

Pero no se trata sólo del dolor. La culpa lo persigue. Una culpa injustificada por la muerte de Rebecca. Se culpa a sí mismo, cree que si no la hubiera abandonado las cosas habrían sido diferentes. Me preocupa Marcus. Comprendo muy bien la peculiar clase de culpa que experimentan los sobrevivientes de una tragedia.

A través de la ventana puedo ver a Ruth, que está enfrente, enredada en una conversación con el pastor y su esposa, y aún no había llegado a la farmacia. Con gran esfuerzo me deslizo hasta el borde de la silla, me cuelgo el bolso del brazo y aferro mi bastón. Con piernas temblorosas, me pongo de pie. Hay un asunto que atender.

* * *

El señor Butler tiene un comercio de artículos para caballero con una minúscula fachada en la calle principal. Apenas un atisbo de toldo rayado encajonado entre la panadería y una tienda que vende velas e incienso. Pero más allá de la puerta de madera roja, con su brillante aldabón de metal y su timbre plateado, uno se encuentra con una multitud de variados productos desparramados por su modesto interior. Corbatas y sombreros de hombre, mochilas para escolares, maletas de cuero o palos de hockey, se disputan el espacio del local estrecho y largo.

El señor Butler es un hombre de baja estatura, de unos cuarenta y cinco años, con una calva incipiente y, según puedo observar, una cintura que tiende a desaparecer. Recuerdo a su padre, aunque no se lo digo. He aprendido que a los jóvenes les incomodan las historias de tiempos pasados. Esa mañana me sonríe, observándome a través de sus gafas, y afirma que me ve muy bien. Cuando era más joven —incluso durante mi octava década de vida— la vanidad me habría inducido a creerle. Ahora entiendo esos comentarios como amables expresiones de sorpresa que surgen cuando las personas comprueban que aún estoy viva. De todos modos se lo agradezco —sé que lo hace con buena intención— y le pregunto si tiene una grabadora.

—¿Para escuchar música? —pregunta el señor Butler.

—Quiero hablar, grabar mis palabras —le respondo.

El señor Butler duda, probablemente se pregunta qué deseo contarle a la grabadora. Luego saca un pequeño objeto negro del mostrador.

—Esto debería servirle. Lo llaman *walkman,* todos los chicos de ahora lo usan.

—Sí —asiento esperanzada—, eso parece ser lo que necesito.

Seguramente él nota mi inexperiencia, porque empieza a explicarme su funcionamiento.

—Es fácil. Pulse esta tecla, y luego hable aquí —indica, inclinándose hacia delante, mientras me señala un panel de metal perforado en uno de los laterales del aparato. Casi puedo sentir el olor a alcanfor de su traje—. Aquí está el micrófono.

Ruth todavía no ha regresado de la farmacia cuando vuelvo al café de Maggie. En lugar de arriesgarme a que la camarera me haga más preguntas, me envuelvo en mi abrigo y me acurruco en el banco de la parada de autobús. Tanta actividad me ha dejado sin aliento.

Una fresca brisa arrastra consigo envoltorios de golosinas, hojas secas y una pluma de pato marrón verdosa. Danzan a lo largo de la calle, se detienen y se arremolinan con cada nueva ráfaga.

Pensé en Marcus, deambulando por todo el planeta, atrapado por una melodía descompasada de la que no puede escapar. En los últimos tiempos no me cuesta demasiado tener presente a Marcus. Por las noches, mientras el sueño revolotea alrededor de mis visiones como una polilla polvorienta, él invade constantemente mis pensamientos. Como una mustia flor de verano atrapada entre las imágenes de Hannah y Emmeline, y de Riverton, mi nieto, más allá del tiempo y el espacio. Un instante es un niño con la piel sudorosa y los ojos grandes y al siguiente un hombre adulto, consumido por el amor y su pérdida.

Quiero volver a ver su rostro. Tocarlo. Su rostro adorable y familiar, tallado, como todos los rostros, por las manos eficientes de la historia, que habla de la influencia de sus antecesores y de un pasado del que poco sabe.

Volverá algún día, no lo dudo, porque el hogar es un imán que atrae incluso a sus hijos más indiferentes. Pero no puedo adivinar si ocurrirá mañana o dentro de años. Y no tengo tiempo para esperarle. Me encuentro en una fría sala, aguardando a que llegue mi hora, temblando mientras los fantasmas y los ecos de antiguas voces se alejan.

Ése es el motivo por el cual he decidido grabarle una cinta. Tal vez más de una. Voy a contarle un secreto, un antiguo secreto, largamente guardado. Algo que sólo yo sé.

Al principio pensé en escribir, pero cuando encontré una resma de papel amarillento y un bolígrafo negro, los dedos no me respondieron. Y no deseo colaboradores inútiles, incapaces de transformar mis pensamientos en una legible telaraña de garabatos.

Fue Sylvia quien me sugirió una grabadora. Se fijó en mi hoja escrita durante uno de sus arrebatos compulsivos de limpieza, surgido para escabullirse de las demandas de un paciente al que no toleraba.

—¿Ha estado dibujando? —preguntó, mientras sostenía el papel delante de ella y lo inclinaba, junto con su cabeza—. Muy moderno. Bonito. ¿Qué se supone que es?

—Una carta —contesté.

Entonces me dijo cuál era el método que utilizaba Bertie Sinclair: grababa las cartas y las recibía en casetes que podía oír en su magnetófono.

—Eso no quiere decir que desde que lo hace se haya vuelto más tolerable ni menos exigente. Pero si empieza a quejarse de su lumbago, no tengo más que hacer funcionar su grabadora y dejarlo escuchando una de sus cintas, feliz como una alondra.

En el banco de la parada del autobús, jugueteo con el paquete entre las manos, entusiasmada con las cosas que me permitirá hacer no bien llegue a casa.

Ruth me hace señas desde el otro lado de la calle, insinúa una sonrisa adusta y comienza a cruzar el paso de peatones mientras guarda un paquete de la farmacia en su bolso.

—Mamá —me reprende cuando está cerca—. ¿Qué estás haciendo aquí afuera? Hace frío. —Rápidamente mira a ambos lados—. La gente creerá que te he dejado esperando en este lugar. —Entonces me levanta y me lleva de vuelta a su coche. Mis mullidas suelas avanzan silenciosas junto a los tacones de sus zapatos de vestir.

* * *

En el camino de regreso a Heathview contemplo a través de la ventanilla la interminable fila de casas alineadas en las calles de piedra gris. En una de ellas, a mitad de camino, silenciosamente acurrucada entre otras dos idénticas, está la casa donde nací. Miro a Ruth, pero no sé si se da cuenta. No tiene motivo para hacerlo, por supuesto. Todos los domingos recorremos el mismo trayecto.

Mientras serpentea el estrecho sendero y el pueblo se convierte en campo, contengo el aliento —sólo un poco— como siempre hago.

Más allá de Bridge Road doblamos la esquina y allí está. La entrada a Riverton. Las puertas enrejadas, tan altas como postes de alumbrado, la entrada al susurrante túnel de árboles centenarios. Está pintada de blanco, en lugar del brillante plateado del año anterior. Ahora, junto a las letras de hierro fundido que dicen «Riverton», hay un cartel donde se lee: «Abierto al público de marzo a octubre, de 10.00 a 16.00. Entrada: Adultos, 4 libras; niños, 2 libras. Sólo visitas guiadas».

* * *

He tenido que practicar un poco hasta aprender a utilizar la grabadora. Afortunadamente, conté con la ayuda de Sylvia, quien sostuvo el aparato frente a mi boca y me indicó que dijera lo primero que me viniera a la cabeza: «Hola, hola, habla Grace Bradley... probando, uno, dos, tres».

Sylvia apartó el *walkman* y sonrió burlona.

—Muy profesional. —Luego pulsó una tecla y se oyó un zumbido—. Estoy rebobinando para que podamos escuchar lo que ha grabado.

Un *clic* indicó que la cinta había vuelto al punto inicial. Sylvia pulsó la tecla *«play»* y ambas esperamos.

Era la voz de la ancianidad: desvaída, gastada, casi imperceptible. Una pálida cinta deshilachada, donde sólo sobrevivían unas frágiles hebras plateadas. Apenas unas motas de mí, de mi verdadera voz, la que oigo en mi mente y en mis sueños.

—Genial —exclamó Sylvia—. Ya puede hacerlo sola. Llámeme si necesita ayuda.

Cuando se disponía a partir sentí una acuciante inquietud.

—Sylvia...

Ella se volvió para mirarme.

—¿Qué pasa, querida?

—¿Qué voy a decir?

—Bueno, no lo sé —repuso, y rió—. Imagine que él está nuevamente sentado junto a usted y dígale sencillamente lo que piensa.

Y así lo hice, Marcus. Imaginé que te habías tendido en el extremo de mi cama, como te gustaba hacer cuando eras pequeño, y comencé a hablar. Te conté lo de la película y Ursula. Fui cautelosa acerca de tu madre, sólo dije que te echa de menos, que ansía verte.

Y te revelé los recuerdos que han estado acechándome. No todos, no es mi objetivo aburrirte con historias del pasado. En cambio, sí te dije que, curiosamente, tengo la sensación de que se están convirtiendo en algo más real que mi vida; te hablé del modo en que inadvertidamente me evado y de la decepción que siento cuando al abrir los ojos descubro que estoy de vuelta en 1999; de cómo está cambiando mi conciencia del tiempo y de que estoy comenzando a sentirme más cómoda en el pasado y como un visitante en esta extraña y pálida experiencia a la que los seres humanos hemos acordado llamar el presente.

Me divierte estar sentada a solas en mi habitación, hablando con una pequeña caja negra. Al principio susurraba, me preocupaba que otros pudieran oír, que mi voz y sus secretos se escurrieran por el pasillo y la sala de estar, como la sirena de un barco que flota desamparada hacia un puerto extranjero. Pero cuando la jefa de las enfermeras llegó con mis opiáceos, su aspecto de sorpresa me tranquilizó.

Ella ya se ha ido. He dejado las píldoras en el alféizar de la ventana que está a mi lado. Las tomaré más tarde, por ahora necesito tener la mente clara. No importa que la espalda me duela tanto o más que la propia historia.

Estoy a solas otra vez, mirando cómo el sol cae sobre el jardín. Me gusta seguir su recorrido mientras se desliza silenciosamente detrás de la hilera de árboles cercanos. Hoy me distraigo y me pierdo su último adiós. Cuando mis ojos se abren, el instante ha pasado y la brillante medialuna ha desaparecido, dejando el cielo desolado: sólo queda un frío y pálido reflejo azul lacerado por blancas y gélidas vetas. Hasta el jardín tiembla en la súbita oscuridad. A lo lejos un tren serpentea en medio de la niebla del valle, los frenos chirrían cuando gira hacia el pueblo. Miro mi reloj de pared. Es el tren de las cinco de la tarde, repleto de personas que regresan de su trabajo en Chelmsford, en Brentwood e incluso en Londres.

En mi mente aparece la imagen de la estación. Tal vez no como verdaderamente es, sino como era. El enorme reloj redondo pende sobre el andén, su esfera incólume y sus diligentes agujas. Un duro recordatorio de que el Tiempo y los trenes no esperan a ningún hombre. Es probable que haya sido reemplazado por un titilante marcador digital. No puedo saberlo. Ha pasado mucho tiempo desde la última vez que estuve en la estación.

La recuerdo tal como era la mañana que despedimos a Alfred cuando se fue a la guerra. Banderines triangulares de papel, rojas y azules, agitándose en la brisa, enamorados abrazados, niños que corrían de un lado a otro haciendo sonar silbatos de hojalata y ondeando banderas del Reino Unido. Los jóvenes —esos *jóvenes*— lucían radiantes y ansiosos con sus uniformes nuevos y sus botas lustradas. Y serpenteando por la vía, el tren, reluciente, ansioso por empezar a andar, por hacer desaparecer como por arte de magia a sus pasajeros llevándolos hacia un infierno de lodo y muerte.

Pero ya basta de detalles. Daré un gran salto hacia adelante.

«Las lámparas se apagan en toda Europa.
No volveremos a verlas encendidas
en lo que nos resta de vida».

LORD GREY, MINISTRO DE ASUNTOS EXTERIORES DE GRAN BRETAÑA
3 de agosto de 1914

Capítulo 7

EN EL OESTE

A medida que pasaban los días y el año 1914 se deslizaba hacia el siguiente, se esfumaban las posibilidades de que la guerra terminara para Navidad. Un certero disparo había estremecido las llanuras de Europa y el dormido gigante del rencor, alimentado durante siglos, había despertado. El mayor Hartford había sido convocado, desempolvado junto con otros héroes de campañas olvidadas hacía tiempo. Lord Ashbury se había mudado a su apartamento de Londres y se había alistado como voluntario en la milicia de Bloomsbury. El señor Frederick, no apto para el servicio militar debido a que había enfermado de neumonía en el invierno de 1910, dejó de fabricar automóviles para producir en cambio aviones de combate y el gobierno lo condecoró por su valiosa contribución a una industria vital en tiempos de guerra. Era un escaso consuelo, opinaba Myra, que sabía cosas tales como que el señor Frederick siempre había soñado con formar parte de las filas militares.

La historia sostiene que en el transcurso de 1915 comenzó a aclararse el verdadero carácter de la guerra. Pero la historia es un cronista muy poco fiable: el cruel recurso de la mirada retrospectiva hace que sus protagonistas queden en ridículo. Porque mientras en Francia los jóvenes afrontaban peligros que jamás habrían imaginado, en Riverton ese año transcurrió de manera muy semejante al anterior. Estábamos al tanto, por supuesto, de que el frente occidental estaba en un *impasse* —el señor Hamilton nos mantenía bien informados gracias a su minuciosa lectura de truculentos pasajes del periódico—; a decir verdad existían muy pocos obstáculos que impidieran que la gente siguiera criticando la guerra, pero las críticas eran atenuadas por el enorme torrente de objetivos que el conflicto había proporcionado a aquellos para quienes la vida cotidiana se había convertido en algo aburrido, los que agradecían el nuevo escenario en el que podían demostrar su valor.

Lady Violet creó y formó parte de numerosos comités: desde los que se ocupaban de ofrecer el alojamiento apropiado a correctos refugiados belgas hasta los que organizaban reuniones a la hora del té para oficiales que estaban de permiso. Todas las jovencitas de Gran Bretaña y también algunos niños hicieron su contribución a la defensa de la nación. Ante un mar de dificultades alzaron sus agujas de tejer para producir un aluvión de bufandas y calcetines para los muchachos del frente. Fanny, que no sabía tejer pero estaba ansiosa por impresionar al señor Frederick con su patriotismo, se lanzó a coordinar esas iniciativas, organizando el embalaje de las prendas tejidas y el envío de los paquetes a Francia. Incluso lady Clementine demostró un raro espíritu solidario, alojando en su casa a uno de los ciudadanos belgas protegidos por lady Violet, una anciana que no hablaba un buen inglés pero tenía modales lo suficientemente educados para disimularlo, y a la que lady Clementine procedió a interrogar sobre los detalles más espantosos de la invasión.

A medida que se acercaba el mes de diciembre, lady Jemina, Fanny y los niños Hartford fueron convocados a Riverton. Lady Violet estaba decidida a celebrar allí las tradicionales fiestas de Navidad. Fanny habría preferido permanecer en Londres —un lugar mucho más emocionante— pero no fue capaz de rechazar la invitación de una mujer con cuyo hijo esperaba casarse (sin importar que el hijo en cuestión estuviera instalado en otro lugar y mal predispuesto hacia ella). Por tanto, no le quedó más alternativa que armarse de valor y viajar a Essex para pasar unas largas semanas de invierno en el campo. Logró mostrarse tan aburrida como sólo pueden estarlo los niños más pequeños y pasó el tiempo arrastrándose de una habitación a otra y posando afectadamente, ante la escasa posibilidad de que el señor Frederick regresara imprevistamente a casa.

Jemina no salía bien parada si se la comparaba con Fanny. Estaba más gorda y fea que el año anterior. Sin embargo, había un aspecto en el cual la hacía sombra: no sólo estaba casada, sino que era la esposa de un héroe. Cuando llegaban cartas del mayor, el señor Hamilton se las llevaba solemnemente en una bandeja de plata. Jemina representaba entonces su estudiado papel de Esposa de un Militar. Recibía la carta con una graciosa inclinación de cabeza, la observaba un instante con los párpados respetuosamente bajos, suspiraba como dándose ánimos a sí misma, para finalmente abrir el sobre y absorber su precioso contenido. La carta era leída entonces, con el tono solemne que requerían las circunstancias, a un auditorio cautivado (y cautivo).

Mientras tanto, escaleras arriba, para Hannah y Emmeline el tiempo se hacía interminable. Habían llegado a Riverton hacía dos semanas, pero el hostil clima las obligó a quedarse dentro de la casa, sin lecciones que las entretuvieran (la señorita Prince estaba dedicada a tareas de voluntariado relacionadas con la guerra). Ya habían agotado todo lo que se les permitía hacer. Habían jugado a todos los juegos que conocían —a hacer nidos con hilos, a las tabas, al minero (que hasta donde yo podía comprender, requería que una de ellas arañara el brazo de la otra hasta que la sangre o el aburrimiento vencieran), habían hecho de pinches de la señora Townsend —que preparaba el banquete de la cena de Navidad— hasta que enfermaron por comer la masa cruda que habían robado a escondidas, y finalmente habían obligado a Nanny a que les abriera el ático para que pudieran explorar entre sus olvidados y polvorientos tesoros. Pero lo que añoraban era El Juego. (Yo había visto a Hannah investigando en el arcón chino, volviendo a leer viejas aventuras cuando creía que nadie la miraba). Y para eso necesitaban a David, que todavía permanecería una semana más en Eton.

Una tarde, a finales de noviembre, cuando subí a lavar los manteles más delicados para la cena de Navidad, Emmeline entró en el lavadero. Se detuvo un momento, recorrió la habitación con la mirada, y luego fue hacia el armario de las sábanas. Abrió la puerta y el halo de luz que proyectaba su vela se reflejó en el suelo.

—Ja, ja —proclamó triunfante—. *Sabía* que estarías aquí.

Mostró las manos y estiró los dedos para dejar a la vista dos blancos y pegajosos bastones de caramelo.

—De parte de la señora Townsend.

Un largo brazo apareció desde el oscuro interior del armario y se replegó después de tomar su bastón.

Emmeline lamió su pegajoso regalo.

—Estoy aburrida. ¿Qué estás haciendo?

—Estoy leyendo —fue la respuesta.

Silencio.

Emmeline miró dentro del armario y arrugó la nariz.

—*La guerra de los mundos*. ¿Otra vez?

No hubo respuesta.

Emmeline dio un largo y abstraído lametazo a su caramelo, lo observó desde todos los ángulos y quitó una hebra de algodón que se había adherido.

—Eh —exclamó de pronto—, cuando David llegue podríamos ir a Marte.

Silencio.

—Habrá marcianos buenos y malos y peligros inesperados.

Como todas las hermanas menores, Emmeline se había especializado en detectar las predilecciones de sus hermanos. No necesitaba mirarlos para saber que había dado en el blanco.

—Lo someteremos a la decisión del consejo —se oyó decir desde el armario.

Emmeline chilló emocionada, unió sus pegajosas manos y alzó su pie calzado con botas para entrar en el armario.

—¿Y podemos decirle a David que fue idea mía?

—Cuidado, la vela está encendida.

—Puedo pintar el mapa de rojo en lugar de verde. ¿Es verdad que en Marte los árboles son rojos?

—Por supuesto que lo son. También el agua, el suelo, los canales y los cráteres.

—¿Cráteres?

—Agujeros grandes, profundos y oscuros donde los marcianos guardan a sus niños. —Desde el interior del armario surgió una mano que comenzó a cerrar la puerta.

—¿Son como pozos? —preguntó Emmeline.

—Pero más profundos y más oscuros.

—¿Por qué guardan allí a los niños?

—Para que nadie vea los horrendos experimentos que han realizado con ellos.

—¿Qué clase de experimentos? —inquirió Emmeline con un hilo de voz.

—Ya lo descubrirás —respondió Hannah—. Si David llega *alguna vez*.

* * *

Abajo, como siempre, nuestras vidas reflejaban como un turbio espejo las de quienes vivían arriba. Una noche, cuando todos los habitantes de la casa ya se habían ido a dormir, los sirvientes nos reunimos junto al fuego que ardía vigorosamente en nuestra salita. El señor Hamilton y la señora Townsend, como los topes que sujetan los libros en un estante, se sentaron en los extremos. Myra, Katie y yo nos agrupamos en el medio, en las sillas donde nos sentábamos a cenar, mirando con ojos bizcos las bufandas que tejíamos a la centelleante luz del fuego. Un viento frío azotaba los cristales de la ventana, provocando con sus ráfagas indómitas que los tarros de conservas de la señora Townsend temblaran en el estante de la cocina.

El señor Hamilton meneó la cabeza y apartó *The Times*. Se quitó las gafas y se frotó los ojos.

—¿Siguen las malas noticias? —preguntó la señora Townsend, alzando la vista del menú de Navidad que estaba planificando. El calor del fuego le había enrojecido las mejillas.

—Cada vez peores, señora Townsend. —El señor Hamilton volvió a ponerse las gafas—. Más bajas en Ypres. —Se levantó de la silla y fue hacia la pared en la que había colgado un mapa de Europa, donde se veía una docena de alfileres de colores que representaban distintos ejércitos y campañas. Quitó un alfiler azul de un lugar de Francia y lo reemplazó por uno amarillo—. Esto no me gusta nada —murmuró para sus adentros.

La señora Townsend suspiró.

—Tampoco a mí me gusta nada *esto*. —Señaló dando golpecitos con el lápiz en el menú—. ¿Cómo se supone que puedo preparar la cena de Navidad para la familia sin manteca, té o siquiera pavo, por mencionar algunos ingredientes?

—¿No habrá pavo, señora Townsend? —intervino Katie.

—Ni un ala.

—¿Y qué servirá?

La señora Townsend meneó la cabeza.

—No te alarmes. Algo se me ocurrirá, jovencita. Siempre lo hago, ¿no es cierto?

—Sí, señora Townsend —asintió seriamente Katie—. Ciertamente así es.

La señora Townsend miró hacia abajo, satisfecha. En las palabras de Katie no había ironía. Volvió a prestar atención al menú.

Yo trataba de concentrarme en mi labor pero no logré completar tres filas sin que se soltara algún punto en cada una de ellas. Lo dejé, frustrada, y me puse de pie. Algo había estado rondándome toda la noche. Algo de lo que había sido testigo en el pueblo y que no había logrado comprender.

Me alisé el delantal y me acerqué al señor Hamilton que, según me pareció, ya lo sabía todo.

—¿Señor Hamilton? —comencé tímidamente.

Él se volvió hacia mí. Me observó por encima de sus gafas. Aún sostenía un alfiler azul entre dos uñas puntiagudas.

—¿Qué sucede, Grace?

Yo volví a mirar hacia el lugar donde los demás estaban entretenidos en una animada conversación.

—Y bien, niña. ¿Te ha comido la lengua el gato?

Carraspeé nerviosa.

—No, señor Hamilton, es sólo que... quería preguntarle algo. Se trata de algo que vi hoy en el pueblo.

—¿Sí? Habla, niña.

Miré hacia la puerta.

—¿Dónde está Alfred, señor Hamilton?

Él frunció el ceño.

—Arriba, sirviendo jerez. ¿Por qué? ¿Qué tiene que ver Alfred con todo esto?

—Es sólo que lo vi hoy en el pueblo.

—Sí, le mandé a hacer un recado.

—Lo sé, señor Hamilton, lo vi en McWhirter, cuando salía del almacén. —Apreté los labios. No lograba vencer la enorme reticencia que me impedía continuar—. Le dieron una pluma blanca, señor Hamilton.

—¿Una pluma blanca?

El señor Hamilton abrió mucho los ojos y su mano bajó lentamente hasta quedar a un lado del cuerpo.

Asentí. Recordé que la conducta de Alfred había cambiado en los últimos tiempos, ya no mostraba esa actitud desenfadada. Ese día, en el pueblo, se quedó azorado con la pluma en la mano, mientras la gente que pasaba a su lado se detenía y susurraba con expresión de complicidad. Alfred había bajado la vista y había salido apresuradamente, encorvado y con la cabeza gacha.

—¿Una pluma blanca? —Para mi bochorno, el señor Hamilton lo repitió con voz lo suficientemente alta como para llamar la atención de los demás.

—¿Qué sucede, señor Hamilton? —preguntó la señora Townsend mirando por encima de sus gafas.

Él se pasó la mano por la mejilla y los labios, y meneó incrédulo la cabeza.

—Le han dado una pluma blanca a Alfred.

—¡No! —La señora Townsend se llevó la mano regordeta a la mejilla—. Es imposible que le dieran una pluma blanca. No a nuestro Alfred —exclamó con voz entrecortada.

—¿Cómo lo sabe? —preguntó Myra.

—Grace lo ha visto esta mañana en el pueblo —explicó el señor Hamilton.

Asentí. Los latidos de mi corazón comenzaron a acelerarse. Tenía la desagradable sensación de haber abierto una caja de Pandora que contenía el secreto de otra persona y no poder cerrarla.

—Es absurdo —declaró el señor Hamilton, enderezándose el chaleco. Luego regresó a su silla y se acomodó las patillas de las gafas sobre las orejas—. Alfred no es un cobarde. Todos los días contribuye con el país en guerra, ayuda a mantener esta casa en funcionamiento. Tiene un puesto importante en casa de una familia importante.

—Pero no es lo mismo que ir al frente, ¿verdad, señor Hamilton? —preguntó Katie.

—Sin duda lo es —aseguró enfáticamente el señor Hamilton—. Cada uno de nosotros tiene un papel en esta guerra, Katie, incluso tú. Nuestro deber es preservar las costumbres de este gran país para que cuando los soldados regresen victoriosos, la sociedad que recuerdan esté esperándolos.

—Entonces, ¿cuando lavo las sartenes y cacerolas estoy contribuyendo a los fines de la guerra? —preguntó Katie maravillada.

—No si los lavas de esa manera —alegó la señora Townsend.

—Sí, Katie —confirmó el señor Hamilton—. Cumpliendo con tus deberes y tejiendo las bufandas estás haciendo tu parte. Todos lo hacemos —agregó, mirándonos a Myra y a mí.

—A decir verdad, no parece suficiente —admitió Myra, con la cabeza gacha.

—¿Qué dices, Myra?

Myra dejó de tejer y apoyó sus huesudas manos en el regazo.

—Bueno —prosiguió cautelosamente—. Por ejemplo, Alfred es un hombre joven y saludable. Seguramente sería de mayor provecho si ayudara a los otros muchachos que están allí en Francia. Cualquiera puede servir jerez.

El señor Hamilton empalideció.

—¿Cualquiera puede servir jerez? Tú deberías saber mejor que nadie que el servicio doméstico es una actividad para la que no todos son aptos, Myra.

Myra se ruborizó.

—Por supuesto, señor Hamilton, no quise sugerir que fuera de otro modo —se disculpó, jugueteando con los nudillos de sus dedos—. Supongo... que yo misma me he sentido algo inútil últimamente.

El señor Hamilton iba a condenar esos sentimientos cuando de pronto se oyeron los pasos de Alfred que bajaban la escalera y entraban en la salita. La boca del señor Hamilton se cerró y todos guardamos un silencio cómplice.

—Alfred —exclamó por fin la señora Townsend—, ¿por qué motivo bajas la escalera a esa velocidad? —Luego miró a su alrededor hasta que me encontró—. Has asustado a la buena de Grace. La pobre niña casi se muere del susto.

Le sonreí débilmente a Alfred. No me había asustado en lo más mínimo, tan sólo me había sorprendido, como a los demás. Y me sentía apenada. No debía haber preguntado al señor Hamilton acerca de la pluma. Le estaba tomando cariño a Alfred. Era una persona de buen corazón y a menudo dedicaba parte de su tiempo a sacarme de mi aislamiento. Al comentar su humillación a sus espaldas, de algún modo lo había hecho pasar por tonto.

—Lo siento, Grace. Es sólo que el amo David ha llegado.

—Sí —confirmó el señor Hamilton mirando su reloj—, era lo previsto. Dawkins fue a buscarlo a la estación porque sabíamos que llegaría en el tren de las diez. La señora Townsend tiene preparada su cena. Puedes ocuparte de llevársela.

Alfred asintió y trató de serenarse.

—Lo sé, señor Hamilton —contestó y tragó saliva—. Es sólo que alguien ha llegado con él. Una persona de Eton. Creo que es el hijo de lord Hunter.

* * *

Hago una pausa. Una vez me dijiste que, en la mayoría de los relatos, cuando se llega a un punto ya no hay retorno. Cuando los personajes principales han hecho su aparición en escena y sólo queda desarrollar el drama, el narrador pierde el control y los protagonistas comienzan a moverse a su propio arbitrio.

La presencia de Robbie Hunter en esta historia la lleva al borde del Rubicón. ¿Lo cruzaré? Tal vez aún no sea demasiado tarde para regresar. Para envolverlos amablemente a todos ellos con papel de seda, y guardarlos en los compartimentos de mi memoria.

Sonrío. Ya no soy capaz de detener esta historia, como no puedo detener el transcurso del tiempo. No soy lo suficientemente romántica como para imaginar que la historia misma es quien desea ser contada, pero sí lo suficientemente honesta como para saber que quiero contarla yo.

Así pues, Robbie Hunter.

* * *

A la mañana siguiente, temprano, el señor Hamilton me pidió que fuera a su despacho. Cerró suavemente la puerta tras él y me otorgó un dudoso honor. Todos los inviernos los diez mil ejemplares entre libros, revistas y manuscritos que albergaba la biblioteca de Riverton se sacaban de los estantes, se limpiaban y volvían a ponerse en su lugar. Ese rito anual se realizaba desde 1846, cuando la madre de lord Ashbury lo instituyó. Según contaba Myra la exasperaba el polvo, y ciertamente tenía razones para que así fuera. Una noche, a finales del otoño, el hermano menor de lord Ashbury —a quien le faltaba apenas un mes para cumplir tres años y era el favorito de todos los que lo conocían— se quedó dormido y ya nunca despertó de su sueño. Aunque nunca encontró un médico que apoyara su argumento, la madre del niño estaba convencida de que la humedad y el polvo acumulado durante años, suspendidos en el aire, le habían causado la muerte. Culpaba en especial a la biblioteca, porque allí era donde sus dos hijos habían pasado ese fatídico día jugando, imaginando que eran exploradores entre los mapas y las cartas de navegación que describían los viajes de remotos antepasados.

Lady Gytha Ashbury no era una persona con cuyos sentimientos se pudiera jugar. Decidió dejar de lado su dolor, con el mismo coraje y determinación que había demostrado al estar dispuesta a abandonar su tierra natal, su familia y a perder su dote por amor. De inmediato declaró la guerra. Reunió a sus tropas y fue su comandante en la empresa de desterrar a los insidiosos adversarios. Durante una semana, limpiaron día y noche hasta que finalmente se declaró satisfecha: había desaparecido hasta la última mota de polvo. Sólo entonces pudo llorar a su pequeño hijo.

Desde aquel día, todos los años, cuando las últimas hojas caían de los árboles, volvía a realizarse, escrupulosamente, el mismo ritual. La costumbre había perdurado aun después de la muerte de lady Gytha. Y en 1915 fui yo la encargada de honrar la memoria de la anterior lady Ashbury (en parte, estoy segura, como castigo por haber observado a Alfred en el pueblo el día anterior: el señor Hamilton no me agradecía que hubiera llevado a Riverton el fantasma de la guerra).

—Durante esta semana estarás dispensada de cumplir con tus obligaciones habituales, Grace —me anunció, sentado frente a su escritorio, esbozando una leve sonrisa—. Todas las mañanas irás directamente a la biblioteca, comenzarás por la parte más alta y seguirás hacia los estantes de la parte inferior.

Luego me sugirió que me proveyera de un par de guantes de algodón, un paño húmedo y mucha paciencia para asumir la tediosa tarea.

—Recuerda, Grace —indicó, con las manos firmemente apoyadas en el escritorio, los dedos muy separados—, que para lord Ashbury la cuestión del polvo es algo muy serio. Se te ha encomendado una tarea de gran responsabilidad, por la que deberías sentirte agradecida.

Un golpe en la puerta interrumpió la homilía.

—Adelante —gritó el mayordomo, frunciendo su larga nariz.

La puerta se abrió y Myra entró precipitadamente, moviendo su delgada figura como si fuera una araña.

—Señor Hamilton, venga rápido, arriba ocurre algo que necesita de su inmediata intervención.

Él se puso de pie con presteza, tomó su chaqueta negra que estaba colgada de un gancho en la puerta y subió velozmente la escalera. Myra y yo lo seguimos.

Allí, en el vestíbulo de la entrada principal, estaba Dudley, el jardinero, jugueteando torpemente con su sombrero de lana entre las manos agrietadas. A sus pies, todavía rebosante de savia, había un enorme abeto de Noruega, recién sacado de la tierra.

—Señor Dudley, ¿qué está haciendo aquí? —preguntó el señor Hamilton.

—He traído el árbol de Navidad, señor Hamilton.

—Eso está a la vista, pero ¿qué está haciendo usted *aquí*? —volvió a preguntar, señalando el enorme vestíbulo—. Y aún más importante, qué está haciendo *esto* aquí. Es enorme —agregó, dirigiendo la mirada al árbol.

—Sí, es una belleza —convino gravemente Dudley, observando el árbol como si mirara a su amada—. Lo he cuidado durante años, me he tomado mi tiempo para dejar que alcanzara todo su esplendor. Ya ha crecido suficiente para esta Navidad —afirmó mirando solemnemente al señor Hamilton—, tal vez un poco de más.

El señor Hamilton se volvió hacia Myra.

—En el nombre de Dios, ¿qué está sucediendo?

Myra tenía los puños crispados a ambos lados del cuerpo, los labios apretados de rabia.

—No cabe, señor Hamilton. Dudley trató de meterlo en el salón, donde siempre ponemos el árbol de Navidad, pero es demasiado alto, mide casi tres palmos más.

—¿No lo midió? —preguntó el mayordomo al jardinero.

—Oh, sí, señor —repuso Dudley—, pero nunca he sido bueno para el cálculo.

—Entonces, tome su sierra y corte lo que sea necesario, hombre.

El señor Dudley meneó la cabeza con tristeza.

—Lo haría, señor, pero me temo que es necesario cortar un buen trozo. El tronco ya no puede ser más corto y no puedo serrar

115

la copa, ¿verdad? ¿Dónde pondríamos entonces al hermoso ángel? —preguntó consternado.

Todos permanecimos inmóviles, considerando su argumento. Los segundos transcurrían lentamente en el marmóreo vestíbulo. Sabíamos que la familia haría su aparición de un momento a otro para desayunar. Por fin, el señor Hamilton se pronunció:

—Entonces, supongo que no tiene solución. Podar la copa y dejar al ángel sin colocar no tiene sentido. Por esta vez tendremos que prescindir de la tradición y poner el árbol en la biblioteca.

—¿En la biblioteca, señor Hamilton? —exclamó Myra.

—Sí, bajo la cúpula de cristal —afirmó—. Donde esté seguro y pueda lucir en todo su esplendor —agregó, lanzando una mirada fulminante a Dudley.

De modo que la mañana del 1 de diciembre de 1915, cuando yo estaba en lo más alto de la biblioteca, limpiando el estante más remoto, predispuesta a pasar una semana quitando el polvo a los libros, un abeto en todo su esplendor se erigió majestuoso en el centro de aquel salón de lectura, con las ramas superiores apuntando en éxtasis hacia el cielo. Yo, que estaba a la altura de su cúspide, percibí el penetrante olor de la resina que impregnaba cálidamente la indolente atmósfera del lugar.

La biblioteca de Riverton se prolongaba largamente hacia lo alto, por encima del propio tejado, y era difícil no distraerse. La reticencia a comenzar el trabajo rápidamente se asociaba a la tendencia de dejar la tarea para más tarde. La visión del salón a mis pies era impresionante. Es una verdad universal que, sin importar lo conocida que sea una escena, al observarla desde arriba se experimenta algo parecido a una revelación. Yo me quedé mirando el panorama, más allá del árbol.

La biblioteca, habitualmente tan enorme e imponente, adquiría el aspecto de una escenografía. Los objetos de costumbre —el gran piano Steinway, el escritorio de cedro, el globo terráqueo de lord Ashbury— se veían repentinamente pequeños, parecían imitaciones de sí mismos, y daban la impresión de haber sido dispuestos para armonizar con un elenco que aún no había hecho su aparición en escena.

Especialmente la zona de lectura parecía anticipar una representación teatral, con el espacio central flanqueado por los sillones —tapizados con bellas telas, diseño de William Morris—, el rectángulo de luz invernal que caía sobre el piano y la alfombra oriental: elementos de utilería esperando pacientemente que los actores ocuparan sus lugares. Me preguntaba qué clase de obra se representaría en un escenario como ése. ¿Una comedia, una tragedia, una obra basada en la vida cotidiana?

Podría haber pasado así todo el día, sumida en especulaciones y posponiendo mis obligaciones. Pero una persistente voz interior resonaba en mis oídos. Era la voz del señor Hamilton, recordándome que, como era bien sabido, lord Ashbury solía hacer inspecciones al azar para verificar si en la biblioteca había polvo. De modo que, con gran esfuerzo, abandoné mis pensamientos y tomé el primer libro. Le quité el polvo de la tapa, la contratapa y el lomo, lo dejé nuevamente en su lugar y tomé el siguiente.

A media mañana había terminado de limpiar cinco de los diez estantes superiores y me disponía a comenzar el siguiente. Por fin había llegado a los de la parte inferior donde podría trabajar sentada. Después de quitar el polvo a cientos de libros, mis manos habían adquirido destreza y hacían automáticamente su tarea, lo que fue una bendición, porque mi mente se había entumecido y no era capaz de pensar.

Ya había desempolvado el sexto libro del sexto estante cuando una nota impertinente, aguda y súbita, alteró el silencio de la sala. Involuntariamente giré y miré hacia abajo, más allá del árbol.

De pie junto al piano, un joven al que jamás había visto paseaba silenciosamente sus dedos por las teclas de marfil. Sin embargo, ya entonces sabía quién era: el amigo del amo David, de Eton. El hijo de lord Hunter, que había llegado la noche anterior.

Era bien parecido, algo común en un joven, pero había en él algo más. Hay personas que se caracterizan por los sonidos y movimientos que producen, pero la suya era la belleza de la quietud. Solo en la sala, con los ojos graves y oscuros debajo de las cejas igualmente oscuras, daba la impresión de cargar con un penoso pasado, profundamente doloroso, del que no podía librarse. Era alto y delgado, aunque no tanto como para tener un aspecto desgarbado. El cabello castaño era más largo de lo que dictaba la moda, y algunos mechones le rozaban el cuello y los pómulos.

Lo observé desde mi privilegiada tribuna mientras inspeccionaba la biblioteca, lenta, deliberadamente. Por fin su mirada se posó en una pintura. Un lienzo azul con trazos negros que mostraba la figura agachada de una mujer, con la espalda hacia el artista. La obra estaba colgada, furtivamente, entre dos voluminosos jarrones chinos blancos y azules.

Él avanzó y se quedó ante la pintura para estudiarla de cerca. Su actitud, profundamente absorta, le daba un aspecto fascinante y mi noción de lo correcto no pudo acallar mi curiosidad. Los libros del noveno estante languidecían, con el lomo cubierto del polvo acumulado durante el año, mientras yo lo observaba.

Él se inclinó hacia atrás, casi imperceptiblemente; luego otra vez hacia adelante, totalmente concentrado. Noté que los largos dedos caían a los lados de su cuerpo, inertes.

Aún estaba allí, con la cabeza inclinada hacia un lado, estudiando la pintura, cuando la puerta de la biblioteca se abrió y apareció Hannah, aferrando el arcón chino.

—¡David, por fin! Hemos tenido la mejor de las ideas. Esta vez podemos ir a...

Hannah interrumpió la frase, sorprendida, cuando Robbie se volvió para mirarla. Lentamente se dibujó en sus labios una sonrisa que lo transformó. Desapareció de su rostro todo atisbo de melancolía. No habría imaginado que eso fuera posible. Libre de su actitud grave, su rostro era infantil, suave, casi bello.

—Perdóname —se excusó Hannah, con las mejillas teñidas de rosa por la sorpresa y salpicadas por hebras de cabello claro que el moño no lograba sujetar—. No sabía que estuvieras aquí —aclaró, dejando el arcón en una esquina del salón mientras se alisaba el delantal blanco.

—Estás perdonada.

Robbie le dedicó una sonrisa, más fugaz que la primera, y volvió a prestar atención a la pintura.

Hannah lo observaba, mientras él permanecía de espaldas a ella. El desconcierto le hacía mover las manos como escurridizas estrellas de mar. Al igual que yo, esperaba que Robbie se volviera hacia ella, la mirara, le tomara la mano y la llamara por su nombre, tan sólo por cortesía.

—Transmitir tanto con tan poco —fue lo que Robbie finalmente dijo.

Hannah miró hacia la pintura pero la espalda de Robbie le impidió ver y no pudo dar su opinión. Confundida, suspiró profundamente.

—Es asombroso —continuó Robbie—. ¿No crees?

Ante su impertinencia, Hannah no tuvo más alternativa que coincidir, y se ubicó junto a él, frente a la pintura.

—Al abuelo nunca le gustó demasiado —señaló, intentando parecer simpática—. Piensa que es triste e indecente. Por eso lo oculta en este lugar.

—¿Te parece triste e indecente?

Hannah miró la obra como si lo hiciera por primera vez.

—Triste, tal vez. Pero no indecente.

Robbie asintió.

—Nada tan honesto puede ser indecente.

Hannah lo miró de soslayo. Yo esperaba que le preguntara quién era, cómo había llegado hasta la biblioteca de su abuelo para admirar ese cuadro. Ella abrió la boca, pero no logró pronunciar una palabra.

—¿Por qué tu abuelo lo tiene aquí a la vista si lo considera indecente? —preguntó Robbie.

—Es un regalo —explicó Hannah, complacida porque estaba en condiciones de responder a la pregunta—. De un importante conde español que vino aquí a participar en una cacería. La pintura es española, ¿sabes?

—Sí, Picasso. He visto sus obras.

Hannah levantó una ceja y Robbie sonrió.

—En un libro que me enseñó mi madre. Ella nació en España. Tenía allí su familia.

—España —repitió Hannah maravillada—. ¿Has estado en Cuenca? ¿En Sevilla? ¿Has visitado el Alcázar?

—No —contestó Robbie—, pero con todo lo que mi madre me ha contado, me parece como si ya los conociera. Siempre me prometía que volveríamos allí algún día, juntos. Que, como pájaros, huiríamos del invierno inglés.

—¿Este invierno, tal vez?

Robbie miró a Hannah desconcertado.

—Lo siento, supuse que lo sabías. Mi madre ha muerto.

La puerta se abrió y por ella entró David. Yo tenía el corazón agarrotado.

—Veo que os habéis conocido —señaló con una sonrisa desganada.

Me pareció que David había crecido desde la última vez. O puede que no fuera algo tan simple, sino su manera de caminar, de conducirse, lo que lo hacía parecer mayor, más adulto, menos familiar.

Hannah asintió con la cabeza y se apartó molesta hacia un lado. Miraba a Robbie. Tenía planeado hablar, poner en orden las cosas entre ellos, pero la oportunidad pasó muy velozmente. La puerta se abrió y Emmeline irrumpió en la habitación.

—¡David, por fin! —exclamó—. Hemos estado tan aburridas, ansiosas por jugar El Juego. Hannah y yo ya hemos decidido, o casi, adónde ir. —Emmeline miró a su alrededor y vio a Robbie—. Hola, ¿quién eres tú?

—Robbie Hunter —le presentó David—. A Hannah ya la has conocido; ésta es mi hermana menor, Emmeline. Robbie ha venido de Eton.

—¿Te quedarás a pasar el fin de semana? —preguntó Emmeline, mirando de reojo a Hannah.

—Un poco más, si me lo permitís —respondió Robbie.

—Robbie no tenía planes para la Navidad —explicó David—. Pensé que también podría pasarla aquí, con nosotros.

—¿Todas las vacaciones de Navidad? —inquirió Hannah.

David asintió.

—Nos vendrá bien tener otras compañías. Si no, nos volveremos locos.

Desde mi lugar, pude percibir la irritación de Hannah. Sus manos se habían posado en el arcón chino. Pensaba en El Juego. Regla número tres: sólo tres pueden jugarlo. Los episodios imaginados, las aventuras previstas se esfumaban. Hannah le lanzó a David una mirada claramente acusadora, que él fingió no advertir.

—Fijaos en la altura de este árbol —señaló David con renovada alegría—. Deberíamos empezar a adornarlo ya si queremos que esté terminado para la Navidad.

Sus hermanas permanecieron en su lugar.

—Ven, Emmeline. —David cogió la caja de adornos que estaba en el suelo y la puso sobre la mesa, evitando cruzar su mirada con la de Hannah—. Muéstrale a Robbie cómo se hace —la animó.

Emmeline miró a Hannah, que, según yo podía apreciar, estaba desolada. Ella compartía su decepción, había ansiado jugar El Juego. Pero también era la menor de los tres, había crecido desempeñando el rol de convidado de piedra de sus hermanos mayores. Y ahora David la había elegido para secundarlo. La oportunidad de formar un dúo a expensas de un tercero era irresistible. El afecto de David, su compañía, eran demasiado preciosos para rechazarlos.

Lanzó una mirada furtiva a Hannah. Luego le sonrió a David. Tomó el paquete que él sostenía y comenzó a desenvolver carámbanos de vidrio, y a alcanzárselos para que se los describiera a Robbie.

Hannah supo que había sido vencida. Mientras Emmeline exclamaba con cada objeto que extraían, ella se irguió —con la dignidad del derrotado— y salió de la habitación llevándose el arcón chino. David tuvo el decoro de mirarla avergonzado.

Cuando regresó, con las manos vacías, Emmeline le dijo:

—Hannah, es increíble, Robbie dice que nunca ha visto un querubín de Dresde.

Hannah caminó con el cuerpo rígido hacia la alfombra y se arrodilló. David se sentó al piano. Estiró los dedos a unos centímetros del teclado de marfil, los bajó lentamente hacia las teclas y con suaves escalas persuadió al instrumento para que volviera a la vida. Sólo cuando constató que tanto el piano como quienes lo escuchábamos estábamos serenos y confiados comenzó a tocar una pieza que, en mi opinión, es de las más hermosas que se hayan escrito jamás: el vals en do sostenido menor de Chopin.

Aun cuando ahora parece imposible, ese día en la biblioteca fue la primera vez que oí música, verdadera música. Tenía vagos recuerdos de mi madre cantándome cuando era muy pequeña, antes de que le doliera la espalda y dejara de hacerlo. Y del señor Connelly, que vivía enfrente: los viernes por la noche, cuando habiendo bebido de más en el pub agarraba su flauta y tocaba lacrimógenas canciones irlandesas. Pero nunca algo como aquello.

Apoyé la mejilla contra la barandilla y cerré los ojos, abandonándome a las gloriosas y emotivas notas. No puedo decir si verdaderamente era un buen pianista, ¿con quién podía compararlo? Pero para mí era perfecto, como todo en los buenos recuerdos.

Mientras la nota final seguía vibrando en el aire soleado, oí que Emmeline decía:

—Ahora déjame tocar algo, David. Esa música no es apropiada para la Navidad.

Abrí los ojos cuando ella comenzó a ejecutar con eficacia *Adeste fideles*. Tocaba bastante bien, la música era bonita, pero el encantamiento se había roto.

—¿Sabes tocar? —preguntó Robbie mirando a Hannah, que estaba sentada con las piernas cruzadas en el suelo, llamativamente callada.

David rió.

—Hannah tiene muchas habilidades, pero el oído musical no está entre ellas. Aunque —añadió burlón—, quién sabe, después de todas las lecciones secretas que, según he oído, han estado recibiendo en el pueblo...

Hannah miró a Emmeline, que se encogió de hombros, arrepentida.

—Se me escapó.

—Prefiero las palabras —precisó fríamente Hannah, mientras desenvolvía un paquete de soldados de plomo y los acomodaba en su falda—. Son más apropiadas para expresar mis deseos.

—Robbie también escribe. Es un poeta condenadamente bueno. Este año el *College Chronicle* publicó algunos de sus poemas —comentó David, sosteniendo una esfera de cristal que descomponía los colores de la luz y lanzaba sus destellos en la alfombra—. ¿Cómo era aquel que me gustaba..., ese del templo que se derrumba?

La puerta se abrió en ese momento ahogando la respuesta de Robbie. Apareció Alfred, que traía en una bandeja pan de jengibre con forma de figuritas, frutas escarchadas y cucuruchos de papel llenos de nueces.

—Perdón, señorita —interrumpió Alfred, dejando la bandeja en la mesa de las bebidas—. La señora Townsend envía esto para ustedes.

—Oh, qué encanto —exclamó Emmeline, y sin terminar de tocar la canción se apresuró a devorar una ciruela escarchada.

Al girar hacia la puerta para retirarse, Alfred miró subrepticiamente hacia la estantería y se cruzó con mis indiscretos ojos. Esperó el momento en que los niños Hartford volvieron a prestar atención al árbol, se deslizó por detrás y trepó por la escalera hasta donde yo estaba.

—¿Cómo te va con esto? —susurró, asomando la cabeza a través del peldaño.

—Bien —respondí. Había pasado tanto tiempo en silencio que mi propia voz me sonó extraña. Contemplé con cargo de conciencia el libro que estaba en mi regazo, el lugar vacío en el estante, los seis libros que lo precedían.

Él miró en la misma dirección y alzó sus cejas.

—Por suerte estoy aquí para ayudarte.

—Pero ¿el señor Hamilton no...?

—No creo que me eche de menos si falto durante media hora, más o menos —aseguró Alfred. Sonriendo, señaló el otro extremo del estante—. Comenzaré desde ese lado, podemos encontrarnos en el medio.

Asentí, con una mezcla de gratitud y recelo.

Alfred sacó un trapo del bolsillo de su chaqueta y un libro del estante. Se sentó en el suelo de la galería de la biblioteca. Yo lo observaba. Parecía ensimismado en su tarea: metódicamente giraba el libro para limpiar el polvo de todas sus caras, lo devolvía al estante y tomaba el siguiente. Allí sentado con las piernas cruzadas, concentrado en su trabajo, con el cabello castaño —habitualmente tan prolijo— cayendo hacia adelante, balanceándose al ritmo de sus brazos, parecía un niño que por arte de magia había alcanzado el tamaño de un hombre adulto.

Alfred miró hacia un lado justo cuando yo giraba la cabeza y nuestras miradas se cruzaron. Su expresión hizo que me recorriera un escalofrío por la piel. A mi pesar, me sonrojé. ¿Creería que había estado espiándolo? ¿Seguía observándome? No me atreví a comprobarlo, ante la posibilidad de que él malinterpretara mi actitud. No obstante, la piel se me erizaba al imaginar su mirada.

Desde hacía unos días siempre sucedía lo mismo: entre nosotros se creaba algo que me sentía incapaz de definir. La confianza que habitualmente existía entre nosotros se había evaporado, dando paso a la torpeza, a una confusa tendencia a los gestos equivocados y los malentendidos. Me preguntaba si se debía al episodio de la pluma. Tal vez me había visto en la calle, o peor aún, se había enterado de que fui yo quien le delató ante el señor Hamilton y los demás miembros del servicio.

Me dediqué a lustrar ampulosamente el libro que tenía en mi regazo y miré fijamente, a través de las rejas, hacia el nivel inferior. Tal vez si ignoraba a Alfred, la incomodidad pasaría tan inadvertida como el tiempo.

Cuando volví a observar a los niños Hartford, lo que ocurría entre ellos me resultó ajeno: como un espectador que se duerme durante una representación y al despertar descubre que el escenario ha cambiado y el diálogo ha seguido su curso, me concentré en sus voces, extrañas y remotas, flotando en la diáfana luz invernal.

Emmeline le ofrecía a Robbie la bandeja con dulces que había enviado la señora Townsend y los hermanos mayores hablaban sobre la guerra.

Hannah levantó la vista de la estrella plateada que estaba colocando en una de las ramas del abeto.

—Pero ¿cuándo te irás?

—A principios del año próximo —informó David. La emoción le coloreaba las mejillas.

—Pero ¿desde cuándo... has...?

David se encogió de hombros.

—He estado pensando en ello durante años. Ya me conoces, quiero vivir una gran aventura.

Hannah miró a su hermano. Se había sentido decepcionada ante la inesperada presencia de Robbie y la imposibilidad de jugar El Juego, pero le dolía mucho más profundamente esta nueva traición. Su voz era fría.

—¿Papá lo sabe?

—No exactamente.

—No te dejará ir —advirtió Hannah, con gran alivio y certeza en la voz.

—No tendrá alternativa —replicó David—. No sabrá que me he ido hasta que haya llegado sano y salvo a territorio francés.

—¿Y si lo descubre?

—No lo hará, porque nadie va a decírselo —afirmó David mirando fijamente a su hermana—. De todos modos, aunque encuentre los mejores argumentos, no puede detenerme. No se lo permitiré. No voy a desperdiciar mi vida sólo porque él lo hizo. Soy un hombre, es hora de que papá lo acepte. Sólo porque él tuvo una vida miserable...

—David —le increpó bruscamente Hannah.

—Es cierto, por más que no quieras verlo. Toda su vida ha estado dominado por la abuela. Se casó con una mujer que no lo toleraba. Fracasa en todos los negocios que emprende...

—David —repitió Hannah.

Yo percibí su indignación. Ella miró a Emmeline; comprobó aliviada que no podía oírlos.

—No tienes lealtad. Deberías sentirte avergonzado.

David miró a Hannah a los ojos y bajó la voz.

—No permitiré que me haga víctima de su resentimiento. Es lamentable.

—¿De qué estáis hablando? —interrumpió la voz de Emmeline, acercándose con un puñado de almendras garrapiñadas—. ¿No estaréis peleándoos, verdad? —preguntó frunciendo el ceño.

—No, por supuesto —respondió David, sonriendo débilmente mientras su hermana le dirigía una mirada fulminante—. Sólo le estaba diciendo a Hannah que me voy a Francia. A la guerra.

—Qué emocionante —exclamó Emmeline—. ¿Irás tú también, Robbie?

Robbie asintió.

—Debí haberlo adivinado —comentó Hannah.

David la ignoró.

—Alguien tiene que cuidar de este muchacho —declaró mirando a Robbie con una sonrisa—. No puedo permitir que se quede con toda la diversión para él solo.

Mientras hablaba, advertí algo en su mirada. ¿Admiración? ¿Afecto tal vez?

Hannah también debió de notarlo. Apretó los labios. Ya sabía a quién culpar por la traición de David.

—Robbie va a la guerra para huir de su padre —explicó David.

—¿Por qué? —preguntó Emmeline con asombro—. ¿Qué ha hecho?

Robbie se encogió de hombros.

—La lista es larga y me resulta muy penoso enumerarla.

—Podrías darnos una pista —sugirió Emmeline. De repente sus ojos se abrieron como platos—. ¡Ya sé! Te amenazó con borrarte de su testamento.

Robbie lanzó una carcajada seca, desprovista de humor.

—No es eso —afirmó, haciendo girar un carámbano de cristal entre los dedos—. Es precisamente lo contrario.

Emmeline frunció el ceño.

—¿Te amenaza con incluirte en su testamento?

—Pretende que juguemos a ser una familia feliz.

—¿No quieres ser feliz? —preguntó Hannah con frialdad.

—No quiero una familia —afirmó Robbie—. Prefiero estar solo.

Emmeline puso los ojos en blanco.

—No soportaría estar sola, sin Hannah o David, y papá, por supuesto.

—Para la gente como vosotros es distinto —respondió serenamente Robbie—. Tu familia no te ha hecho daño.

—¿Y la tuya sí? —quiso saber Hannah.

Se hizo un silencio, durante el cual todas las miradas, incluida la mía, se dirigieron a Robbie. Contuve el aliento. Ya estaba enterada de lo de su padre. La noche de su imprevista llegada a Riverton, mientras el señor Hamilton y la señora Townsend comenzaban con el aluvión de preparativos para la comida y el alojamiento, Myra me había confiado lo que sabía.

Robbie era hijo de lord Hasting Hunter, un científico a quien se le había concedido el título nobiliario hacía poco tiempo, y que debía su fama y fortuna al descubrimiento de un nuevo tejido que podía fabricarse sin algodón. Había comprado una gran mansión en las afueras de Cambridge, donde uno de los cuartos estaba destinado a realizar sus experimentos, y junto con su esposa se había dedicado a llevar la vida de la aristocracia terrateniente. El chico, según me había informado Myra, era fruto de una relación amorosa de lord Hunter con su criada, una joven española que apenas hablaba inglés. Al abultarse su vientre, se cansó de ella, aunque se había comprometido a no despedirla y a educar al niño a cambio de su silencio. Ese silencio había sido la causa de su locura, que la había llevado finalmente a quitarse la vida. Eso es lo que se decía.

Era una vergüenza, había dicho Myra, suspirando y meneando la cabeza. Una criada maltratada, un niño criado sin padre. ¿Quién no simpatizaría con ellos? De todos modos —había continuado Myra lanzándome una mirada de complicidad—, la Señora no apreciaría a este inesperado huésped. Cada uno debe estar en el lugar que le corresponde.

La intención de sus palabras había sido clara: había títulos y títulos, aquellos que denotaban un linaje, y otros que relucían llamativamente, como un automóvil nuevo. Robbie Hunter era hijo —sin importar que fuera ilegítimo— de un lord que había conseguido recientemente su título. No era lo suficientemente bueno para personas como los Hartford, y en consecuencia, tampoco para nosotros.

—¿Y bien? —insistió Emmeline—. Cuéntanos. ¿Qué es eso tan terrible que ha hecho tu padre?

—¿Qué es esto, la Inquisición? —terció David sonriendo. Luego se dirigió a Robbie—. Te pido disculpas, Hunter. Son un par de entrometidas. No están acostumbradas a recibir visitas.

Emmeline sonrió y le arrojó un montón de papel. Cayó a poca distancia de su objetivo para perderse en la montaña de papeles que se había formado debajo del árbol.

—Está bien —repuso Robbie, irguiéndose y apartando un mechón de sus ojos—. Desde la muerte de mi madre, mi padre me ha reconocido, llamándome a su lado.

—¿Te ha reconocido? —preguntó Emmeline, frunciendo el ceño.

—Y yo no deseo ser reconocido. No por él.

—Pero ¿por qué quiere hacerlo?

—Después de condenarme alegremente a una vida de ignominia, ahora descubre que necesita un heredero. Parece que su nueva esposa no puede darle uno.

Emmeline miró a sus hermanos pidiendo que le tradujeran esas últimas palabras.

—Por eso Robbie se va a la guerra, para ser libre.

—Siento lo de tu madre —murmuró Hannah a regañadientes.

—Oh, sí —coincidió Emmeline, reflejando en su rostro infantil todo un modelo de ensayada simpatía—. Debes de añorarla terriblemente. Yo añoro horrores a nuestra madre, y ni siquiera la conocí —suspiró—. Y ahora vas a la guerra para escapar de la crueldad de tu padre. Parece una novela.

—Un melodrama —precisó Hannah.

—Una historia romántica —concluyó ansiosamente Emmeline. Las velas del paquete que estaba desenvolviendo cayeron en su falda, liberando su aroma de pino y canela—. La abuela dice que todos los hombres tienen el deber de ir a la guerra. Y que los que se quedan en casa son unos vagos y unos bellacos.

Arriba, en la galería, sentí que se me erizaba la piel. Eché un vistazo a Alfred y rápidamente aparté la mirada cuando éste me pilló. Sus mejillas encendidas, su cabeza gacha —como aquel día en el pueblo— indicaban que se reprochaba a sí mismo su actitud. Se puso de pie súbitamente y dejó caer el trapo con el que limpiaba. Cuando me acerqué para alcanzárselo meneó la cabeza, se negó a mirarme y murmuró algo acerca de que el señor Hamilton estaría preguntándose dónde estaba. Lo miré desconsolada mientras bajaba la escalera y salía de la biblioteca sin que los niños Hartford lo advirtieran. Luego maldije mi falta de autocontrol.

Emmeline, que estaba junto al árbol, miró a Hannah.

—La abuela está muy decepcionada con papá. Cree que para él las cosas son fáciles.

—No tiene motivo para estarlo —repuso acaloradamente Hannah—. Y para papá las cosas ciertamente no son fáciles. Él habría estado allí el primero si hubiera podido.

Un pesado silencio se apoderó del salón. Pude sentir mi propia respiración, que la solidaridad con Hannah había acelerado.

—No la tomes conmigo —indicó Emmeline enfurruñada—. No fui yo sino la abuela quien lo dijo.

—Vieja bruja —espetó Hannah con furia—. Papá trata de contribuir a la guerra como puede, igual que todos nosotros.

—A Hannah le gustaría venir con nosotros al frente —explicó David a Robbie—. Ella y papá sencillamente no entienden que la guerra no es un lugar para mujeres y ancianos enfermos de los pulmones.

—Eso es basura —opinó Hannah.

—¿Qué es basura? ¿Qué la guerra no es para mujeres y ancianos o que te gustaría poder combatir?

—Sabes que sería de tanta utilidad como tú. Siempre he sido buena para tomar decisiones estratégicas, tú mismo lo dijiste.

—Esto es real, Hannah —recalcó de pronto David—. Es una guerra: con armas verdaderas, balas verdaderas y enemigos verdaderos. No es una ficción, no es un juego de niños.

Yo seguí respirando agitadamente. Hannah tenía la expresión de quien ha recibido una bofetada.

—No puedes vivir toda la vida en un mundo de fantasía —continuó David—. No puedes pasar el resto de tus días inventando aventuras, escribiendo sobre cosas que en realidad nunca ocurrieron, representando un personaje ficticio.

—¡David! —gritó Emmeline. Luego miró a Robbie y nuevamente a su hermano—. Regla número uno: El Juego es secreto —recordó, con el labio inferior tembloroso.

David la miró y su expresión se suavizó.

—Tienes razón. Lo siento, Emme.

—Es secreto —susurró ella—, es importante.

—Por supuesto que lo es. Vamos, no te enfades —alegó, acariciando el cabello de Emmeline. Luego se inclinó para mirar dentro de la caja de adornos.

—¡Eh! Mirad a quién he encontrado. Es Mabel.

David sostuvo en alto un ángel de cristal de Núremberg, con alas estriadas, una arrugada túnica dorada y un piadoso rostro de cera.

—Es tu preferido, ¿verdad? ¿Lo pongo en la cúspide?

—¿Puedo hacerlo yo este año? —preguntó Emmeline, secándose los ojos. Aunque seguía disgustada, no quiso dejar pasar la oportunidad.

David miró a Hannah, que fingía inspeccionar la palma de su mano.

—¿Qué dices, Hannah? ¿Alguna objeción?

Hannah le dirigió una mirada directa y gélida.

—Por favor —suplicó Emmeline dando saltos, en medio de un revuelo de enaguas y envoltorios de papel—. Siempre lo habéis hecho vosotros. Nunca me ha tocado a mí. Ya no soy un bebé.

David fingió estar meditándolo.

—¿Cuántos años tienes ahora?

—Once.

—Once..., prácticamente doce.

Emmeline asintió con impaciencia.

—Muy bien —concedió por fin David.

Sonrió a Robbie y asintió.

—¿Me das la mano?

Entre los dos acercaron la escalera al árbol y afirmaron la base entre los papeles arrugados que estaban desparramados por el suelo.

—¡Oh! —Emmeline, entre risitas nerviosas, comenzó a trepar, aferrando el ángel con una mano—. Soy como Jack trepando por los tallos de la planta de habichuelas.

Emmeline siguió subiendo y cuando le faltaban dos escalones para llegar al último estiró la mano que sostenía el ángel, tratando de llegar a la cúspide del árbol, que aún estaba fuera de su alcance.

—No me intimidarás —farfulló entre dientes y miró las tres caras que desde abajo la observaban—. Ya casi estoy. Sólo uno más.

—Con cuidado —le advirtió David—. ¿Hay algo en lo que puedas apoyarte?

Emmeline estiró su mano libre y se aferró a una rama del abeto. Luego hizo lo mismo con la otra mano. Muy lentamente, subió el pie izquierdo y lo puso atentamente en el escalón superior.

Contuve el aliento cuando levantó el pie derecho. Sonreía triunfante, estirándose para colocar a Mabel en su trono, cuando súbitamente todos cerramos los ojos. En su cara se reflejó la sorpresa, y luego el pánico, cuando su pie se deslizó y su cuerpo empezó a caer.

Abrí la boca para gritarle que tuviera cuidado pero era demasiado tarde. Con un alarido que me erizó la piel, cayó como una muñeca de trapo en el suelo, un montón de enaguas blancas entre el papel de seda.

Por un instante todo y todos permanecimos quietos y en silencio. Luego sobrevinieron los inevitables ruidos, los movimientos, el pánico, la agitación.

David alzó a Emmeline en brazos.

—¿Emme? ¿Estás bien, Emme? —Luego echó un vistazo al ángel caído. El ala de cristal estaba manchada de sangre—. Oh, Dios. Se ha cortado con esto.

Hannah estaba de rodillas.

—Es la muñeca —advirtió y miró a su alrededor. Sus ojos encontraron a Robbie—. Ve a buscar ayuda.

Bajé de la escalera de la biblioteca, con el corazón galopante.

—Yo iré, señorita —anuncié mientras salía por la puerta.

Corrí por el pasillo, incapaz de borrar de mi mente la imagen del cuerpo inmóvil de Emmeline. Su respiración entrecortada era una acusación. Había caído por mi culpa. Mi cara era lo último que habría esperado ver al llegar a lo alto del árbol. Si no hubiera sido tan impertinente, si no la hubiera sorprendido...

Al llegar a la escalera de servicio me topé con Myra.

—Mira por dónde vas —me reprendió.

—Myra —balbucí casi sin aliento—. Ayuda, se está desangrando.

—No entiendo nada de lo que dices, muchacha —señaló Myra con disgusto—. Deja de farfullar. ¿Quién se desangra?

—La señorita Emmeline. Se ha caído... en la biblioteca... de la escalera. El amo David y Robert Hunter...

—¡Debí haberlo adivinado! —Myra giró sobre sus talones y fue hacia la sala de los sirvientes—. ¡Ese chico! Tenía un presentimiento. Llegar así, sin anunciarse. Sencillamente no está bien.

Traté de explicar que Robbie no había tenido nada que ver con el accidente pero Myra no escuchaba. Bajó las escaleras, entró en la cocina y tomó el botiquín del aparador.

—Sé por experiencia que sujetos con un aspecto como el suyo siempre causan problemas.

—Pero, Myra, no fue su culpa.

—¿No fue su culpa? Sólo ha estado aquí una noche y mira lo que ha ocurrido.

Me di por vencida. No podía defenderlo. Aún no había recuperado el aliento y era improbable que cambiara de idea por lo que yo pudiera decir o hacer.

Myra cogió el alcohol y las vendas y subió velozmente la escalera. Yo me esforzaba por seguir su delgada y eficiente figura, mientras oía el eco de sus zapatos negros en la oscura y estrecha sala. Ella lo haría mejor. Sabía cómo poner las cosas en orden.

Para cuando llegamos a la biblioteca era demasiado tarde.

Emmeline estaba en el centro del salón, con una valiente sonrisa en su lánguido rostro. La flanqueaban sus hermanos. David le acariciaba el brazo sano. Su brazo herido, vendado con una tela blanca —según advertí, cortada de su enagua—, yacía sobre su regazo. Robbie Hunter estaba cerca, pero solo.

—Estoy bien —declaró Emmeline, mirándonos. Luego sus ojos enrojecidos se dirigieron a Robbie—. El señor Hunter se ocupó de todo. Siempre le estaré agradecida.

—Todos nos sentimos agradecidos —confirmó Hannah, mirando a su hermana.

David asintió.

—Verdaderamente impresionante, Hunter. ¿Dónde aprendiste a hacerlo?

—Mi tío es médico. Pensé seguir esa carrera, pero no me gusta la sangre.

David observó los trozos de tela manchados de sangre tirados en el suelo.

—Lo hiciste bien, simulaste todo lo contrario. —Luego se dirigió a Emmeline y le acarició el cabello—. Afortunadamente no eres como los primos, Emme. Un corte espantoso como ése...

Emmeline no daba muestras de haberlo oído. La mirada que le dedicaba a Robbie era muy similar a la que Dudley le había dedicado a su árbol.

A sus pies, olvidado, el ángel de Navidad languidecía, con el rostro estoico, las alas rotas y el vestido dorado manchado de sangre.

Un aeroplano para combatir los zepelines

LA PROPUESTA DEL SEÑOR HARTFORD
(crónica de nuestro corresponsal)

IPSWICH, 24 DE FEBRERO

El señor Frederick Hartford, quien mañana ofrecerá una importante disertación sobre la defensa aérea de Gran Bretaña en el Parlamento, me confió hoy algunas de sus opiniones al respecto, en Ipswich, lugar donde se halla su fábrica de automóviles.

El señor Hartford, hermano del mayor James Hartford e hijo de lord Herbert Hartford de Ashbury, cree que los ataques con zepelines pueden ser rechazados si se construye un nuevo tipo de aeroplano ligero y rápido de un solo tripulante, semejante al que a principios de este mes propuso el señor Louis Blériot en el *Petit Journal*.

Por ser muy liviano, este nuevo modelo podrá elevarse a gran velocidad. Estará equipado con metralletas y bombas, que podrán ser disparadas tan pronto se detecte un zepelín en vuelo, e incorporará reflectores. Este equipamiento pesa menos que un pasajero.

El señor Hartford no apuesta por la construcción de zepelines porque, en su opinión, son torpes y vulnerables. A propósito de esto último, por ejemplo, puede decirse que únicamente pueden actuar durante la noche.

Si el Parlamento da el visto bueno, el señor Hartford planea suspender temporalmente la fabricación de automóviles para dedicarse a los aviones ligeros.

Asimismo, mañana hablará en el Parlamento el empresario don Simion Luxton, igualmente interesado en el tema de la defensa aérea. El pasado año, el señor Luxton compró dos pequeñas fábricas de automóviles en Gran Bretaña y más recientemente adquirió una fábrica de aviones cerca de Cambridge. El señor Luxton ya ha comenzado a fabricar aviones de guerra.

El señor Hartford y el señor Luxton representan la antigua y la nueva imagen de Gran Bretaña. En tanto el linaje de los Ashbury puede rastrearse hasta épocas tan lejanas como el reinado de Enrique VII, el señor Luxton es nieto de un minero de Yorkshire que fundó su propia empresa dirigiéndola con gran éxito. Está casado con la señora Luxton, una ciudadana estadounidense heredera de la fortuna del emporio farmacéutico Stevenson.

Capítulo 8

HASTA QUE VOLVAMOS A VERNOS

E sa noche, en el ático, Myra y yo nos acurrucábamos en un desesperado intento por protegernos del aire gélido. El sol invernal había caído y un viento furioso se abatía sobre los vértices del tejado filtrándose entre las grietas de la pared.

—Dicen que nevará antes de fin de año —susurró Myra estirando su manta hasta el mentón—. Y debo decir que creo que así será.

—El ruido del viento parece el llanto de un bebé —apunté.

—No, se parece a todo menos a eso —precisó Myra.

Y esa noche fue cuando me contó la historia de los hijos del mayor y Jemina. Los dos niños cuya sangre se negó a coagular, que habían muerto uno tras otro y yacían en tumbas cercanas en el frío suelo del cementerio de Riverton.

El primero, Timmy, se había caído del caballo cuando paseaba junto a su padre por los terrenos de Riverton.

Había agonizado durante cuatro días con sus noches, hasta que su diminuta alma encontró descanso y su familia por fin dejó de llorar. Estaba blanco como el papel, toda su sangre acumulada en el hombro inflamado, ansiosa por escapar.

Recordé el libro del cuarto de los niños, con su bello lomo, donde estaba escrito el nombre de Timothy Hartford.

—Sus gritos fueron tan atronadores que no pudimos evitar oírlos —recordó Myra, girando el pie para dejar salir el aire frío—, pero nada comparado con los de ella.

—¿Los de quién? —pregunté en voz baja.

—Los de su madre, Jemina. Comenzaron cuando se llevaron de aquí al pequeño y no cesaron durante una semana. Si hubieras oído ese lamento... Un dolor que haría encanecer el cabello. No comía, no bebía, su palidez llegó a igualar a la del pobre hijo muerto, Dios lo tenga en su gloria.

Temblé. Traté de hacer concordar esa descripción con la de la mujer poco agraciada y regordeta, que parecía demasiado vulgar para experimentar semejante sufrimiento.

—Dijiste hijos. ¿Qué ocurrió con los otros?

—Otro —aclaró Myra—. Adam. Vivió más que Timmy. Todos creíamos que se había salvado de la maldición. Pobre chico, no fue así. Lo habían protegido mucho más que a su hermano. Su madre no le permitía más actividad que leer en la biblioteca. No quería cometer dos veces el mismo error. —Myra suspiró y flexionó las rodillas, acercándolas al pecho para combatir el frío—. Pero no hay en este mundo una madre que pueda evitar que su hijo haga una travesura cuando se lo propone.

—¿Cuál fue su travesura, la que le causó la muerte?

—No hizo más que subir las escaleras. Ocurrió en la casa del mayor en Buckinghamshire. Yo no lo vi, pero Sarah, la criada de la casa, estaba limpiando la sala y lo contempló con sus propios ojos. Contó que el niño estaba corriendo muy rápido, que tropezó y se resbaló. Nada más. Aparentemente no se había lastimado, porque pudo ponerse de pie y seguir andando. Pero esa noche su rodilla se hinchó como un melón maduro, tal como había ocurrido con el hombro de Timmy, y más tarde comenzó a llorar.

—¿También agonizó durante días, como su hermano?

—No, no fue así con Adam —explicó Myra bajando la voz—. El pobre gritó agonizante casi toda la noche llamando a su madre, rogándole que lo librara del dolor. En la casa nadie pegó ojo esa noche, ni siquiera el señor Barker, el mozo de cuadra, que era medio sordo. Todos se quedaron en sus camas escuchando los gritos de dolor del niño. El mayor veló junto a su puerta toda la noche, demostró gran valentía y no derramó una sola lágrima.

Luego, justo antes de que amaneciera, según dijo Sarah, los gritos cesaron súbitamente y en la casa reinó un silencio mortal. Por la mañana, cuando ella le llevó al niño la bandeja con el desayuno, encontró a Jemina acostada en su cama. Tenía a su hijo en brazos, con el rostro tan sereno como el de un ángel, como si sólo estuviera dormido.

—¿Gritaba, como la otra vez?

—No. Sarah dijo que se la veía casi tan serena como a su hijo. Tal vez porque el niño había dejado de sufrir. La noche había terminado y ella lo había visto partir a un lugar mejor, donde las dificultades y las penas ya no podrían acosarlo.

Consideré la situación que Myra había descrito. La súbita interrupción de los gritos del niño. El alivio de la madre.

—Myra —murmuré lentamente—, ¿no crees que...?

—Creo que fue una bendición que el niño muriera más rápidamente que su hermano, eso es lo que creo —me interrumpió Myra.

Nos quedamos en silencio, y por un instante pensé que Myra se había dormido. Pero su respiración no era profunda, por lo que creí que sólo simulaba dormir. Estiré mi manta hasta el cuello y cerré los ojos, tratando de no imaginar escenas con niños gimientes y madres desesperadas.

Ya estaba abandonándome al sueño cuando el susurro de mi compañera rasgó el aire helado.

—Ahora está esperando otro hijo. Nacerá en agosto. Debes multiplicar tus rezos, ¿me oyes? Especialmente ahora, en Navidad, cuando Dios está más cerca de nosotros. —Inesperadamente, Myra se había vuelto piadosa—. Debes rogar que esta vez traiga al mundo un niño saludable. Uno que no se desangre y muera a tan temprana edad —concluyó dándose vuelta y enrollándose en la manta.

* * *

La Navidad pasó, la biblioteca de lord Ashbury fue declarada libre de polvo, y la mañana del 27 de diciembre, desafiando al frío, me dirigí a Saffron Green para cumplir un encargo de la señora Townsend. Lady Ashbury estaba planeando organizar un almuerzo de fin de año, con la esperanza de conseguir apoyo para su comité de ayuda a los refugiados belgas. Myra la había oído decir que tenía interés en ampliar la iniciativa a expatriados franceses y portugueses en caso de que fuera necesario.

De acuerdo con las palabras de la señora Townsend, no había modo más seguro de impresionar en un almuerzo que ofrecer la auténtica pastelería griega de la señora Georgias. No todo el mundo podía deleitarse con algo así, agregaba dándose aires de grandeza, en particular en esos tiempos difíciles. A mí me tocó ir hasta la tienda de comestibles y preguntar por el pedido especial de la señora Townsend.

A pesar del aire glacial, me gustó la idea de ir al pueblo. Después de días de preparativos para las fiestas —primero la Navidad y luego el Año Nuevo—, agradecía poder salir, estar sola, pasar una mañana lejos de la implacable mirada escrutadora de Myra. Porque, después de algunos meses de relativa tranquilidad, había surgido en ella un especial interés por mis tareas y no dejaba de observarme, reprenderme y corregirme. Tenía la desagradable sensación de que me estaban preparando para una instancia distinta, aún incierta.

Además, tenía un motivo secreto para alegrarme por salir al pueblo. Se había publicado la cuarta novela de Sherlock Holmes, de Arthur Conan Doyle, y yo había acordado con el mercachifle que me reservaría un ejemplar. Me había costado seis meses ahorrar el dinero, aquél sería el primer libro nuevo de mi propiedad. *El valle del miedo*. El título en sí mismo ya anticipaba una historia emocionante.

Sabía que el vendedor ambulante vivía con su esposa y sus seis hijos en una modesta casa de piedra gris que formaba parte de una sucesión de otras tantas, idénticas a ella. La calle estaba en un lóbrego barrio ubicado detrás de la estación de tren, donde el olor a carbón quemado estaba suspendido en el aire. Los adoquines estaban ennegrecidos y los postes de alumbrado, cubiertos por una película de hollín. Golpeé cautelosa la ruinosa puerta y retrocedí para esperar. Un niño de unos tres años, con unos zapatos polvorientos y un jersey raído, se sentó en el escalón y se dedicó a golpear el tubo de desagüe con un palo. Sus rodillas desnudas estaban cubiertas de costras azuladas a causa del frío.

Volví a golpear, esta vez más fuerte. Por fin la puerta se abrió y apareció una mujer con un ajustado delantal, bajo el cual sobresalía el vientre que mostraba su preñez. En la cadera llevaba un niño con los ojos enrojecidos. Sin decir nada, me lanzó una lánguida mirada mientras yo trataba de encontrar las palabras para dirigirme a ella.

—Hola —saludé en un tono que había aprendido de Myra—. Soy Grace Reeves. Estoy buscando al señor Jones.

Ella permaneció en silencio.

—Soy una cliente. He venido a comprar... ¿un libro? —Mi voz insegura, delataba un matiz de interrogación no buscado.

Imperceptiblemente, en señal de conformidad, sus ojos parpadearon. La mujer alzó un poco más al bebé sobre su cadera huesuda y señaló con la cabeza la habitación que tenía detrás.

—Está al fondo.

Se apartó un poco y yo me apreté para abrirme paso, en la única dirección posible en esa diminuta casa. Tras la puerta estaba la cocina, impregnada por el olor fétido de la leche rancia. Dos niños pequeños, mugrientos a causa de la pobreza, estaban sentados a la mesa haciendo rodar un par de piedras por la deteriorada superficie de madera de pino. El más alto de los dos hizo rodar la suya hasta que chocó con la de su hermano y me miró con sus ojos como lunas llenas en el rostro demacrado.

—¿Buscas a mi papá?

Asentí.

—Está afuera, engrasando el carro.

Debí de parecerle desorientada, porque apuntó con su pequeño dedo en dirección a una puerta de madera que estaba junto a los fogones.

Asentí otra vez y traté de sonreír.

—Pronto comenzaré a trabajar con él, cuando cumpla ocho años —anunció el niño, mientras volvía a concentrarse en su piedra, y se preparaba para un nuevo lanzamiento.

—Tienes suerte —intervino, celoso, el más pequeño.

El mayor se encogió de hombros.

—Alguien tiene que ocuparse de las cosas cuando él no esté y tú eres muy pequeño.

Yo me dirigí a la puerta y la abrí.

Detrás de una cuerda para colgar ropa de la que pendía una hilera de camisas y pañales manchados de amarillo, estaba el mercachifle, encorvado, inspeccionando las ruedas de su carromato.

—Maldita cosa —refunfuñó entre dientes.

Cuando me oyó carraspear, volvió precipitadamente la cabeza y se golpeó contra uno de los palos que servían para tirar del carro.

—Mierda —soltó, y con la pipa colgando del labio inferior, echó un vistazo hacia donde yo estaba.

Traté de recuperar el estilo de Myra sin éxito y tuve que conformarme con la voz que me salió.

—Soy Grace. He venido por el libro. —Esperé la respuesta, que no llegó, y continué—: El de sir Arthur Conan Doyle.

Él se apoyó en el carro.

—Sé quién eres —afirmó y exhaló el dulce aroma del tabaco que se quemaba en su pipa. Luego se limpió las manos de grasa en el pantalón y me miró—. Estoy reparando mi carro para que al chico le resulte más fácil manejarlo.

—¿Cuándo parte?

El hombre miró al cielo, más allá de la hilera de ropa colgada, con sus fantasmagóricas manchas amarillentas.

—El mes próximo, con la infantería de marina —declaró tocándose la frente con su mano sucia—. Siempre quise conocer el océano, desde que era niño.

Cuando me miró, algo en su expresión, una especie de desolación, me hizo apartar la vista. A través de la ventana de la cocina vi a la mujer, al bebé, y a los dos niños observándonos. El relieve del cristal, sucio de hollín, hacía que sus rostros parecieran reflejos en una charca de agua estancada.

El mercachifle miró en la misma dirección.

—Un hombre puede ganarse la vida en la marina. Si tiene suerte —afirmó. Después de tirar su trapo al suelo se dirigió al interior de la casa—. Ven, el libro está aquí.

Completamos la transacción en la diminuta habitación que daba al frente y después me acompañó a la puerta. Tuve cuidado de no mirar a los lados, para no ver los rostros hambrientos que, sabía, me estaban observando. Cuando bajé los escalones de la entrada oí que el hijo mayor decía:

—¿Qué compró esa señora, papi? ¿Compró jabón? Olía como el jabón. Es una buena señora, ¿verdad, papi?

Caminé lo más rápido que pude, aunque evité correr. Quería alejarme de esa casa y sus niños, que creían que yo, una vulgar criada, era una verdadera dama.

Me sentí aliviada al doblar la esquina hacia Railway Street y dejar atrás el opresivo hedor del carbón y la pobreza. Las privaciones no eran para mí algo ajeno —muchas veces mi madre y yo tuvimos que arreglarnos como pudimos— pero podía advertir que Riverton me había cambiado. Me había acostumbrado a su abrigo, su comodidad, su abundancia. Esas cosas habían comenzado a formar parte de mis expectativas. El viento helado azotaba mis mejillas, y mientras avanzaba presurosa y cruzaba la calle detrás del carro del lechero, tomé la decisión de no renunciar a ellas. Nunca perdería mi puesto, como había hecho mi madre.

Justo antes de llegar a la intersección con High Street, me escondí en un oscuro hueco, bajo un toldo de tela, y me acurruqué junto a una brillante puerta negra con una placa metálica. Mi aliento se quedó suspendido en el aire, blanco y frío, mientras buscaba el objeto comprado en mi abrigo y me quitaba los guantes.

En casa del vendedor apenas había mirado el libro; y no pude comprobar si era el título pedido. Ahora podía estudiar minuciosamente la cubierta, recorrer con los dedos el lomo de cuero y el relieve de las letras que formaban el título: *El valle del miedo*. Susurré para mis adentros esas inquietantes palabras. Luego levanté el libro a la altura de mi nariz y aspiré el olor a tinta de sus páginas. El aroma de lo posible.

Guardé el preciado y prohibido bien dentro del forro de mi abrigo y lo apreté contra mi pecho. Mi primer libro nuevo. Mi primer objeto nuevo. Sólo tenía que deslizarlo en el cajón del ático sin despertar las sospechas del señor Hamilton o confirmar las de Myra. Obligué a los guantes a volver a cubrir mis dedos entumecidos, contemplé con ojos entrecerrados el resplandor helado de la calle y emprendí el camino, chocando de frente con una joven dama que se dirigía a la entrada cubierta por el toldo.

—Oh, perdóneme —declaró, sorprendida—. ¡Qué torpe soy!

Cuando la miré, mis mejillas ardieron: era Hannah.

—Espere... —pidió un poco desconcertada—. La conozco... usted trabaja para mi abuelo.

—Sí, señorita. Soy Grace, señorita.

—Grace. —Mi nombre fluyó de sus labios.

—Sí, señorita. —Debajo del abrigo, mi corazón tamborileaba sobre el libro.

Ella se aflojó la bufanda azul dejando a la vista un retazo de piel blanca como la nieve.

—Una vez nos salvaste de morir a manos de la poesía romántica.

—Sí, señorita.

Hannah miró hacia la calle, donde el viento gélido transformaba el aire en aguanieve, e involuntariamente se estremeció de frío.

—Hace un día muy desapacible para salir.

—Sí, señorita —respondí.

—No me hubiera atrevido a desafiar este clima —añadió, mirándome con las mejillas congestionadas— si no hubiera acordado una lección de música adicional.

—Tampoco yo, señorita, si no tuviera que recoger el pedido de la señora Townsend. Hojaldres para el almuerzo de Año Nuevo.

Hannah observó mis manos vacías, y luego el lugar del que yo había salido.

—Un extraño sitio para comprar dulces.

Seguí su mirada. En la placa metálica de la puerta negra se leía «Señora Dove, Escuela de Secretarias». Traté de encontrar una respuesta. Nada podía explicar mi presencia en ese lugar. Nada, excepto la verdad. No podía arriesgarme a que descubrieran lo que había comprado. El señor Hamilton había dejado bien claras las normas respecto al material de lectura. Pero ¿qué otra cosa podía decir? Corría el riesgo de perder mi puesto si Hannah le decía a lady Violet que yo recibía clases sin autorización.

Antes de que pudiera inventar una excusa, Hannah se aclaró la voz y jugueteó con un paquete envuelto en papel manila.

—Bueno... —dijo. La palabra quedó suspendida en el aire, entre nosotras dos.

Esperé apesadumbrada la acusación que sobrevendría.

Hannah cambió de lugar, enderezó el cuello y me miró de frente. Permaneció así un momento y por fin habló.

—Bueno, Grace —declaró con firmeza—, por lo que parece cada una de nosotras tiene un secreto.

Me quedé tan atónita que al principio no pude responder. Mi nerviosismo me había impedido comprender que ella se sentía igual que yo. Tragué saliva, y aferré el borde de mi oculta carga.

—Señorita...

Ella asintió y luego hizo algo que me confundió: se acercó a mí y tomó vehementemente mi mano.

—Te felicito, Grace.

—¿En serio, señorita?

—Lo sé, porque he hecho lo mismo —confesó señalando su paquete y me dirigió una mirada emocionada—. Aquí no hay partituras, Grace.

—¿No, señorita?

—Y la verdad es que no recibo clases de música —explicó, abriendo los ojos—. Aprender cosas por placer, en tiempos como éstos. ¿Puedes siquiera imaginar algo así?

Yo negué con la cabeza, perpleja.

Ella se inclinó hacia delante y me preguntó con actitud cómplice:

—¿Qué prefieres? ¿La dactilografía o la taquigrafía?

—No sabría decirle, señorita.

Ella asintió.

—Por supuesto, tienes razón. Es tonto hablar de preferencias. Una cosa es tan importante como la otra —afirmó y sonrió levemente—. Aunque debo admitir cierta predilección por la taquigrafía. Tiene algo divertido, es como...

—¿Un código secreto? —pregunté, recordando el arcón chino.

—Sí —respondió con los ojos brillantes—, eso es, exactamente. Un código secreto. Un misterio.

—Sí, señorita.

Entonces se irguió y con la cabeza señaló la puerta.

—Bien, será mejor que entre. La señorita Dove estará pendiente de mi llegada y no me atrevo a hacerla esperar. Como sabrás, la impuntualidad la enfurece.

Hice una reverencia y caminé hasta quedar fuera de la protección del toldo.

—¿Grace?

Giré, parpadeando a causa del aguanieve.

—¿Señorita?

Ella se llevó un dedo a los labios.

—Ahora compartimos un secreto.

Asentí y nos miramos fijamente para sellar nuestro acuerdo hasta que, aparentemente satisfecha, ella sonrió y desapareció detrás de la puerta negra de la señora Dove.

* * *

El 31 de diciembre, cuando 1915 agotaba sus últimos minutos, los sirvientes nos reunimos en torno a la mesa de nuestra sala para recibir el Año Nuevo. Lord Ashbury nos había permitido beber una botella de champán y dos de cerveza y la señora Townsend había transformado en un banquete los escasos víveres de la mermada despensa. Todos nos apiñamos cuando el reloj marcó el último minuto y brindamos cuando señaló el inicio del Año Nuevo. El señor Hamilton nos guió para entonar las conmovedoras estrofas de «Auld Lang Syne». Luego la conversación giró, como es costumbre, acerca de los planes y promesas para el nuevo año. Katie ya nos había informado sobre su decisión de no volver a picotear pastel de la despensa cuando Alfred hizo su anuncio.

—Me he alistado —informó mirando directamente al señor Hamilton—. Iré a la guerra.

Contuve el aliento. Los demás permanecieron en silencio, esperando la reacción del señor Hamilton. Por fin, el mayordomo habló.

—Bien, Alfred —declaró y sus labios se estiraron dibujando una sonrisa poco alentadora—, es una decisión muy importante que, por supuesto, transmitiré al amo en tu nombre, aunque no creo que él desee tu partida.

Alfred tragó saliva.

—Gracias, señor Hamilton, pero yo mismo hablé con él cuando llegó de Londres. Me dijo que hacía lo correcto y me deseó suerte.

El mayordomo asimiló sus palabras. Sus ojos parpadearon ante lo que percibió como una actitud desafiante por parte de Alfred.

—Desde luego, lo correcto.

—Partiré en marzo —continuó tímidamente Alfred—. En primer lugar deberé completar un periodo de entrenamiento.

—¿Y luego qué? —preguntó la señora Townsend, que finalmente lograba pronunciar palabra, con las manos firmemente apoyadas en sus acolchadas caderas.

—Luego... —una sonrisa de emoción surgió en los labios de Alfred— supongo que luego iré a Francia.

—Bien —declaró formalmente el señor Hamilton, recuperando la compostura—, esto merece un brindis. —Se puso de pie y levantó su copa. Los demás le imitamos, vacilantes—. Por Alfred, para que regrese junto a nosotros tan feliz y saludable como ahora.

—Sí, sí —afirmó la señora Townsend, incapaz de disimular su orgullo—. Y cuanto antes, mejor.

—No tan pronto, señora Townsend —apuntó Alfred con una sonrisa burlona—. Quiero vivir algunas aventuras.

—Hazlo y cuídate, hijo —concedió la cocinera con los ojos brillantes.

Mientras los demás volvían a llenar sus copas, Alfred se dirigió a mí.

—Pongo mi granito de arena para defender el país, Grace.

Asentí, deseando que supiera que nunca fue un cobarde, que jamás pensé eso de él.

—¿Me escribirás, Grace? Prométemelo.

—Por supuesto, lo haré.

Él me sonrió y sentí que el calor subía por mis mejillas.

—Yo también tengo novedades para anunciar en este festejo —intervino Myra, dando unos golpecitos a su copa para pedir silencio.

—No irás a casarte, ¿verdad, Myra? —preguntó Katie con la voz entrecortada.

—No, por supuesto —respondió Myra con cara de pocos amigos.

—¿De qué se trata entonces? —quiso saber la señora Townsend—. ¿Vas a decirnos que tú también nos dejas? No creo que pueda soportarlo.

—No exactamente —indicó Myra—. Me he ofrecido en la estación del pueblo para ser guarda de tren. He estado buscando una manera de servir a la causa y vi el anuncio en el periódico que el señor Hamilton nos leyó la semana pasada. Ya he hablado con la Señora, quien declaró estar de acuerdo en tanto pudiera seguir en mi puesto. Opinó que el hecho de que el servicio se esfuerce por contribuir con los objetivos de la guerra es un reflejo del espíritu que anima esta casa.

—En efecto —asintió el señor Hamilton—, así es, en tanto el servicio siga haciendo su contribución *dentro* de la casa. —Se quitó las gafas, se frotó cansinamente el tabique de su larga nariz, volvió a colocárselas, y me dirigió una mirada severa—. Lo siento por ti, muchacha. Dado que Alfred se marcha a la guerra y Myra tiene dos trabajos, sobre tus hombros recaerá una gran responsabilidad. No tengo probabilidad alguna de encontrar una persona que nos ayude. No en este momento. Deberás hacerte cargo de una gran parte del trabajo de la casa hasta que las cosas vuelvan a la normalidad. ¿Lo comprendes?

—Sí, señor Hamilton —asentí solemnemente, mientras caía en la cuenta de por qué últimamente Myra había empleado su tiempo en verificar mi eficiencia. Había estado instruyéndome para que ocupara su lugar, con el fin de que le resultara más sencillo obtener autorización para trabajar fuera de la casa.

El señor Hamilton meneó la cabeza y se frotó las sienes.

—Tendrás que atender la mesa, ocuparte de los salones, servir el té. Y tendrás que ayudar a vestir a las señoritas Hannah y Emmeline mientras estén aquí.

Su letanía de tareas continuó pero ya no lo escuché. Me excitaba demasiado la perspectiva de que entre mis nuevas responsabilidades estuvieran las hermanas Hartford. Después de mi encuentro casual con Hannah en el pueblo, había aumentado la fascinación que me producían ambas, pero sobre todo ella. En mi imaginación, alimentada por revistas sensacionalistas e historias de misterios, era una heroína hermosa, inteligente y valiente.

Aunque en aquel momento no podría haberlo expresado en esos términos, percibo ahora la naturaleza de esa atracción. Éramos dos jóvenes de la misma edad, vivíamos en la misma casa, en el mismo país, y vislumbraba en Hannah brillantes perspectivas que yo jamás podría tener.

* * *

La primera jornada como voluntaria de Myra estaba prevista para el viernes siguiente. Eso nos dejaba un tiempo escaso y precioso para ponerme al tanto de mis nuevas obligaciones. Todas las noches mi sueño era interrumpido por un pinchazo en el tobillo o un codazo en las rodillas, seguidos de instrucciones demasiado importantes para correr el riesgo de que las hubiera olvidado al llegar el día.

Pasé en vela la mayor parte de la noche del jueves. Mi mente luchaba tenazmente para librarse del sueño. A las cinco en punto, con el estómago revuelto, apoyé suavemente mi pie desnudo en el frío suelo de madera, y me puse los leotardos, el vestido y el delantal.

Hice mis tareas habituales en un suspiro. Luego regresé a la sala de los sirvientes y esperé. Me senté a la mesa. Mis dedos estaban demasiado tensos para tejer, de modo que escuché cómo el reloj marcaba lentamente los minutos.

A las 9.30 el señor Hamilton comprobó que la hora de su reloj coincidiera con la que marcaba el reloj de pared. Eso me recordó que debía retirar las bandejas del desayuno y ayudar a las jovencitas a vestirse. Bullía anticipadamente de entusiasmo.

Sus habitaciones estaban arriba, junto al cuarto de juegos. Golpeé una vez, rápidamente y sin hacer demasiado ruido, por mera formalidad, tal como me había indicado Myra. Luego abrí la puerta del dormitorio de Hannah. Era la primera vez que veía la habitación Shakespeare. Myra, reacia a perder el control, había insistido en llevar ella misma las bandejas del desayuno antes de partir hacia la estación.

Era oscura, por efecto del empapelado descolorido y los pesados muebles. La cama, la mesilla y el dosel eran de caoba tallada. Una alfombra color bermellón cubría el suelo, casi hasta el zócalo. En la pared, sobre la cabecera, había tres cuadros a los que la habitación debía su nombre, dado que —según había dicho Myra— correspondían a sendas heroínas de obras teatrales escritas por el mejor dramaturgo inglés de todos los tiempos. Yo di por ciertas sus palabras, aunque ninguna de ellas me pareció especialmente heroica. La primera estaba tendida en el suelo, sosteniendo ante sí un frasco que contenía un líquido. La segunda estaba sentada en una silla, y a lo lejos se veían dos hombres, uno de piel blanca y otro de piel negra. La tercera, tendida en un arroyo, con el largo cabello flotando hacia atrás, salpicado de flores silvestres.

Cuando me acerqué, Hannah ya se había levantado. Estaba sentada frente al tocador con un camisón de algodón blanco, el empeine de los pálidos pies apoyado en la alfombra, como si rezara, y la cabeza inclinada sobre una carta. Tuve la sensación de verla por primera vez. Myra había abierto las cortinas y un débil rayo de sol entraba por la ventana iluminando la espalda de Hannah para jugar con sus largas trenzas rubias. Ella no advirtió mi presencia.

Yo carraspeé y ella me miró.

—Grace —enunció, con toda naturalidad—. Myra me informó de que la reemplazarías mientras ella está cumpliendo con su trabajo en la estación.

—Sí, señorita.

—¿No va a ser mucho ocuparse de las tareas de Myra además de las tuyas?

—Oh, no, señorita, en absoluto.

Hannah se inclinó hacia mí y bajó la voz.

—Debes de estar muy ocupada. Pero ¿cumples ante todo con las clases de la señorita Dove?

Por un instante no supe qué decir. ¿Quién era la señorita Dove y por qué motivo me daría clases? Entonces recordé: la escuela de secretarias del pueblo.

—Trato de cumplir, señorita —contesté, y tragué saliva, deseosa de cambiar de tema—. ¿Comienzo por su cabello, señorita?

—Sí —dijo Hannah, afirmando enfáticamente con la cabeza—. Por supuesto, haces bien al no hablar de eso, Grace. Yo debería ser más cuidadosa —agregó, tratando de no sonreír, aunque cuando estaba a punto de lograrlo, rió abiertamente—. Es sólo que... es un alivio tener a alguien con quien compartirlo.

—Sí, señorita —asentí solemnemente, disimulando mi inquietud.

Por fin, con una sonrisa cómplice, ella se llevó un dedo a los labios indicando silencio, y volvió a leer la carta.

Tomé un cepillo de madreperla del tocador y de pie detrás de ella miré el espejo oval. Al ver que seguía leyendo me atreví a observarla. La luz de la ventana le alumbraba el rostro y proyectaba un reflejo etéreo. Podía distinguir la retícula de sus venas, apenas visibles bajo la piel blanca, comprobar cómo se movían sus ojos debajo de los bellos párpados mientras leía.

Ella se revolvió y yo dejé de mirarla. Deshice las cintas de sus trenzas y las solté. Desenredé el cabello largo y ondulado y comencé a cepillarlo.

Hannah dobló la carta por la mitad y la dejó debajo de una bombonera de cristal que estaba sobre el tocador. Se miró en el espejo, cerró la boca y dirigió su vista a la ventana.

—Mi hermano se marcha a Francia —comentó con aspereza—. A pelear en la guerra.

—¿De verdad, señorita?

—Él y su amigo Robert Hunter. —Pronunció ese nombre con disgusto y rozó el borde de la carta—. El pobre papá no lo sabe. No debemos decírselo.

Cepillé rítmicamente, contando en silencio. (Myra había dicho que lo hiciera cien veces y que se daría cuenta si me había saltado alguna).

—Me gustaría ir —continuó entonces Hannah.

—¿A la guerra, señorita?

—Sí. El mundo está cambiando, Grace, y quiero verlo. —Hannah me observó a través del espejo. La luz del sol animaba sus ojos azules moteados de amarillo—. Quiero experimentar la sensación de que la vida me transforme —declaró luego, como si recitara un verso aprendido de memoria.

—¿La transforme?

Yo no podía imaginar que ella deseara una vida distinta de la que Dios tan generosamente le había concedido.

—Que me transforme, Grace. Así como algunas personas pueden sentir que las transforma la música u otro arte, quiero vivir una gran experiencia que me aleje de mi vida habitual. —Entonces volvió a mirarme, con ojos brillantes—. ¿Nunca has sentido algo así? ¿No has querido más de lo que la vida te ha dado?

La miré un instante, reconfortada por la vaga sensación de haber sido destinataria de una confidencia, y desconcertada porque parecía requerir alguna señal de reciprocidad que yo, desafortunadamente, no estaba en condiciones de ofrecer. El problema era, sencillamente, que no la comprendía. Los sentimientos que Hannah describía eran para mí un idioma desconocido. La vida había sido buena conmigo. No tenía duda. El señor Hamilton no dejaba de recordarme cuán afortunada era por tener ese puesto y lo mismo hacía mi madre. No lograba encontrar una respuesta y Hannah seguía mirándome, expectante.

Abrí la boca, mi lengua produjo un chasquido prometedor, pero las palabras no salieron.

Ella suspiró y se encogió de hombros. En su boca se dibujó una leve sonrisa de desilusión.

—No, por supuesto. Lo siento, Grace, te he desconcertado.

Cuando Hannah miró en otra dirección me oí decir:

—Alguna vez pensé que me gustaría ser detective, señorita.

—¿Detective? —Sus ojos se encontraron con los míos en el espejo—. ¿Cómo el señor Bucket en *La casa desolada*?

—No conozco al señor Bucket, señorita. Pensaba en Sherlock Holmes.

—¿De verdad? ¿Detective?

Asentí.

—¿Alguien que encuentra pistas y descubre cómo se cometieron los crímenes?

Asentí otra vez.

—Bien —exclamó, de lo más complacida—. Estaba equivocada. Sabes lo que quiero decir.

Dicho lo cual, volvió a mirar por la ventana, sonriendo levemente.

No supe cómo había sucedido, por qué mi impulsiva respuesta le había agradado tanto, aunque tampoco me importaba especialmente. Todo lo que sabía era que en ese momento disfrutaba de la agradable sensación de haber establecido un vínculo.

Dejé el cepillo en el tocador y me pasé las manos por el delantal.

—Myra me indicó que hoy usaría su traje de paseo, señorita.

Tomé el traje del guardarropa, lo llevé hacia el tocador y sostuve la falda para que Hannah pudiera entrar en ella.

En ese momento una puerta empapelada que estaba junto a la cabecera de la cama se abrió y apareció Emmeline. Desde el lugar donde estaba arrodillada, sosteniendo la falda de Hannah, la vi cruzar la habitación. La de Emmeline era un tipo de belleza que no armonizaba con su edad. Algo en sus grandes ojos azules, sus labios carnosos, incluso la manera de bostezar, daban impresión de vaga madurez.

—¿Cómo está tu brazo? —se interesó Hannah, apoyando una mano en mi hombro para equilibrarse y dando un paso para ponerse la falda.

Seguí mirando hacia abajo. Deseaba que el brazo de Emmeline estuviera bien y que no recordara mi participación en su caída. De hecho, si lo recordaba, no lo demostró. Sólo se encogió de hombros, se tocó distraídamente la muñeca vendada y dijo:

—No me duele, me dejo la venda para impresionar.

Hannah miró hacia la pared. Yo recogí su camisón y deslicé el corpiño del traje por encima de su cabeza.

—Tal vez te quede una cicatriz, ¿sabes? —insinuó provocadoramente.

—Lo sé —afirmó Emmeline, sentándose en el extremo de la cama de su hermana—. Al principio no me gustaba la idea, pero Robbie dijo que era una herida de guerra, y que me daría personalidad.

—¿Eso dijo? —preguntó Hannah, mordaz.

—Señaló que la gente interesante siempre tiene personalidad.

Abroché el primer botón para ajustar el corpiño de Hannah.

—Vendrá a pasear con nosotros esta mañana —anunció Emmeline, golpeteando la cama con los pies—. Le ha pedido a David que le mostremos el lago.

—Sin duda pasaréis una mañana encantadora.

—¿No vendrás? Es el primer día templado desde hace semanas. Dijiste que si pasabas más tiempo aquí adentro te volverías loca.

—He cambiado de idea —contestó Hannah con displicencia.

Emmeline permaneció en silencio un momento. Luego dijo:

—David tenía razón.

Yo, que continuaba abotonando el corpiño, advertí la tensión en el cuerpo de Hannah.

—¿A qué te refieres?

—David le contó a Robbie que eras obstinada, que, si te lo proponías, pasarías todo el invierno encerrada para evitar encontrarte con él.

Por un momento, Hannah no supo qué decir.

—Bueno, pues dile a David que se equivoca. No estoy evitando a Robbie, en absoluto. Tengo cosas que hacer aquí. Cosas importantes, de las que no estáis al tanto.

—¿Como sentarte en el cuarto de juegos, sufriendo, mientras lees otra vez las cosas que hay en el arcón?

—¡Eres una fisgona! —protestó Hannah indignada—. ¿Te sorprende que desee tener privacidad? Pues te equivocas, como de costumbre. No me dedicaré a revisar el arcón. Ya no está allí.

—¿Qué dices?

—Lo he escondido.

—¿Dónde?

—Te lo diré la próxima vez que juguemos.

—Pero es probable que no juguemos durante todo el invierno. No podemos hacerlo sin que se entere Robbie.

—Entonces te lo diré el próximo verano. No lo echarás de menos. Tú y David tenéis montones de cosas que hacer ahora que el señor Hunter está aquí.

—¿Por qué no te agrada Robbie?

Se produjo una extraña tregua, una pausa forzada en la conversación, durante la cual sentí que era el centro de atención y pude oír mi propia respiración y los latidos de mi corazón.

—No lo sé —reconoció Hannah por fin—. Desde que llegó a esta casa todo ha sido diferente. Parece como si todo hubiera desaparecido, esfumado antes de comprender siquiera de qué se trata. ¿Por qué te agrada a ti? —preguntó alargando el brazo para que yo colocara el encaje del puño.

Emmeline se encogió de hombros.

—Porque es divertido, inteligente. Porque a David le agrada especialmente. Porque me salvó la vida.

—Lo sobreestimas. —Hannah inspiró cuando llegué al último botón—. Sólo desgarró la tela de tu vestido y con ella te vendó la muñeca —señaló, girándose para mirar a su hermana.

Emmeline se llevó la mano a la boca, abrió mucho los ojos y comenzó a reír.

—¿Qué pasa? ¿De qué te ríes? —preguntó Hannah y a continuación se encorvó para verse en el espejo—. Oh —exclamó, frunciendo el ceño.

Emmeline, sin dejar de reír, se dejó caer sobre las almohadas de Hannah.

—Tienes el aspecto de un niño pobre del pueblo, ese al que su madre le hace usar prendas demasiado pequeñas.

—Eres cruel, Emme —replicó Hannah, pero no pudo contener la risa. Miró su imagen en el espejo y movió los hombros tratando de estirar el corpiño—. Y también mentirosa. Ese pobre chico nunca tuvo un aspecto tan ridículo. Evidentemente he crecido desde el verano pasado —agregó mirándose de costado.

—Sí, estás más *alta,* eres afortunada —opinó Emmeline observando el apretado pecho de su hermana.

—Bien, está claro que no puedo usar esto.

—Si papá se interesara por nosotras tanto como por su fábrica, se daría cuenta de que necesitamos ropa nueva.

—Se esfuerza por hacer lo mejor.

—Detesto ver lo peor de él. Si no estamos atentas, haremos nuestra presentación en sociedad con vestidos marineros.

Hannah se encogió de hombros.

—Me tiene sin cuidado. Es una ceremonia estúpida y pasada de moda —declaró, y volvió a mirarse en el espejo mientras trataba de estirar su corpiño—. De todos modos, tengo que escribirle y preguntarle si podemos tener vestidos nuevos.

—Sí, y no delantales, sino verdaderos vestidos, como los de Fanny —propuso Emmeline.

—Bueno... hoy tendré que conformarme con un delantal. Esto no me sirve —sentenció Hannah y arqueó las cejas—. Me pregunto qué dirá Myra cuando sepa que no hemos respetado sus normas.

—No le agradará, señorita —opiné, retribuyendo la sonrisa de Hannah en el espejo mientras le desabotonaba el traje.

Emmeline me miró, inclinó la cabeza y parpadeó.

—¿Quién es?

—Es Grace —dijo Hannah—. ¿La recuerdas? Ella nos salvó de la señorita Prince el verano pasado.

—¿Myra está enferma?

—No, señorita. Está en el pueblo, trabajando en la estación como voluntaria, por la guerra —expliqué.

Hannah alzó una ceja.

—Lo siento por el inocente pasajero que pierda su billete.

—Sí, señorita.

—Grace nos vestirá mientras Myra esté en la estación —le indicó Hannah a Emmeline—. ¿No crees que es más agradable que sea alguien de nuestra edad?

Hice una reverencia y salí de la habitación, con el corazón agitado. Una parte de mí deseaba que la guerra nunca terminara.

* * *

Alfred se fue a la guerra una fría y clara mañana de marzo. El cielo estaba limpio y el aire cargado de promesas de aventura. Mientras caminábamos desde Riverton hacia el pueblo, me sentí extrañamente emprendedora. El señor Hamilton y la señora Townsend se ocuparían de que en la casa todo siguiera su curso. Myra, Katie y yo habíamos obtenido autorización especial —con la condición de que hubiéramos completado nuestras tareas— para acompañar a Alfred a la estación. Era un deber cívico, nos había dicho el señor Hamilton, ofrecer apoyo moral a los jóvenes que servían al país.

No obstante, ese apoyo moral tenía sus límites. Bajo ninguna circunstancia podíamos entablar conversación con los soldados, para quienes tres jóvenes como nosotras resultaban presa fácil.

Me sentí importante, caminando por High Street con mi mejor vestido, acompañada por uno de los miembros del ejército de su majestad. Tengo la certeza de que no era la única que experimentaba esa emoción. Advertí que Myra había puesto especial atención a su peinado. Había recogido en un rodete la negra cola de caballo, como lo hacía la Señora. Incluso Katie se había esforzado en domar sus rizos rebeldes.

Cuando llegamos, la estación estaba repleta de soldados y de personas que acudían a despedirlos. El centro de reclutamiento de Saffron Green, que se negaba a perder la supremacía en el asunto, había organizado una campaña para promover el alistamiento el mes anterior, y todavía podían verse en los postes de alumbrado los carteles con la fotografía de lord Kitchener señalando con el índice. Los muchachos de Saffron formarían un batallón especial. Todos estarían juntos. Según nos dijo Alfred, era lo mejor: los hombres que vivirían y lucharían juntos ya se conocían.

En lo alto, sobre las vías del tren, el viento hacía flamear las hileras de banderines triangulares, rojos y azules. Debajo de ellos, los enamorados se abrazaban, las madres alisaban los uniformes nuevos y brillantes y los padres no podían ocultar su orgullo. Los niños corrían de un lado a otro, en medio de la multitud, haciendo sonar silbatos y agitando banderas de Gran Bretaña.

El tren aguardaba reluciente y de tanto en tanto soltaba impaciente un vanidoso chorro de vapor.

Alfred caminó un trecho a lo largo del andén llevando su equipaje y por fin se detuvo.

—Bien, chicas —señaló mientras apoyaba su carga en el suelo y miraba a su alrededor—. Éste parece el mejor lugar.

Asentimos, dejándonos llevar por el ambiente festivo. En un extremo del andén, donde se habían reunido los oficiales, tocaba una banda. Myra hizo un saludo oficial a un adusto guarda que la contestó con una formal inclinación de cabeza.

—Alfred —anunció tímidamente Katie—, tengo algo para ti.

—¿De verdad, Katie? Es muy amable de tu parte —le respondió, presentándole la mejilla.

—Oh, Alfred —exclamó ella, enrojeciendo como un tomate—, no me refería a un beso.

Alfred nos guiñó el ojo a Myra y a mí.

—Bueno, me desilusionas, Katie. Aquí me tienes, creyendo que ibas a darme algo que cuando esté lejos, al otro lado del mar, me permitiera recordar el lugar de donde partí.

—Así es. Es esto —afirmó y le entregó una servilleta de té.

Alfred arqueó una ceja.

—¿Una servilleta de té, Katie? Sin duda me recordará el lugar de donde partí.

—No es una servilleta. Es decir, sí lo es, pero sólo el envoltorio. Mira dentro.

Alfred abrió el paquete y quedaron a la vista tres rebanadas del budín Victoria de la señora Townsend.

—Debido al racionamiento no hay crema y manteca, pero no está mal.

—¿Cómo lo sabes, Katie? —preguntó bruscamente Myra—. A la señora Townsend no le alegrará comprobar que has estado husmeando otra vez en su despensa.

—Sólo quería hacerle un regalo a Alfred —respondió Katie frunciendo el labio inferior.

—Supongo que tienes razón, aunque sólo por esta vez; la guerra lo justifica —declaró Myra, con un tono más suave. Luego se dirigió a Alfred—. Grace y yo también tenemos algo para ti, Alfred. ¿Verdad, Grace?

Yo no le prestaba atención. Al final del andén —entre un mar de jóvenes oficiales con elegantes uniformes nuevos— había distinguido un par de rostros familiares: Emmeline estaba junto a Dawkins, el chófer de lord Ashbury.

—¿Grace? —volvió a decir Myra tomándome del brazo—. Le estaba contando a Alfred lo de nuestro regalo.

—Oh, sí —contesté, y saqué de mi bolso un paquete envuelto en papel manila que le entregué a Alfred.

Él lo abrió cuidadosamente y sonrió al ver el contenido.

—Yo tejí los calcetines y Myra la bufanda —expliqué.

—Estupendo —dijo Alfred, inspeccionando las prendas—. Tienen muy buen aspecto —declaró y tomando entre sus manos los calcetines, se dirigió a mí—. Sin duda os recordaré, a las tres, cuando esté abrigado y los demás muchachos tengan frío. Me envidiarán por mis tres chicas, las mejores de toda Inglaterra.

Alfred guardó los regalos, plegó prolijamente el papel y me lo devolvió.

—Ten, Grace. La señora Townsend estará como loca buscando el resto de su budín. No me gustaría que también le falte el papel de hornear.

Asentí y mientras ponía el papel en mi cartera sentí que sus ojos se clavaban en mí.

—No te olvidarás de escribirme, ¿verdad, Grace?

—No, Alfred, no me olvidaré de ti —contesté, meneando la cabeza.

—Eso espero, porque de lo contrario ya verás cuando regrese. Voy a extrañarte —confesó—. A las tres —agregó mirando a Myra y Katie.

—Oh, Alfred —exclamó Katie emocionada—. Mira a todos esos muchachos tan elegantes con sus nuevos uniformes. ¿Son todos de Saffron?

Mientras Alfred señalaba a algunos de los jóvenes que había conocido en el centro de reclutamiento, yo volví a prestar atención a las vías, y a Emmeline, que saludaba a otro grupo y se iba. Dos de los jóvenes oficiales giraron para mirarla y pude distinguirlos: eran David y Robbie Hunter. ¿Dónde estaba Hannah? Estiré el cuello tratando de verla. Había hecho lo posible por evitar a David y Robbie durante todo el invierno, pero ¿era capaz de no despedirlos cuando se iban a la guerra?

—... y ése es Rufus —explicaba Alfred, señalando a un soldado enjuto con una dentadura prominente—. Es el hijo del trapero. Rufus solía ayudarlo, pero sabe que tiene más probabilidades de comer todos los días en el ejército.

—Eso vale para un buhonero —opinó Myra—, pero tú no puedes decir que no vivieras bien en Riverton.

—Oh, no —repuso Alfred, sonriendo—. No tengo quejas al respecto. La señora T., lord Ashbury y lady Violet nos mantienen bien alimentados. Aunque la verdad es que me agobiaba estar encerrado. Quiero pasar una temporada al aire libre.

Oímos sobrevolar un aeroplano, un Blériot XI-2, según señaló Alfred, y la multitud le dirigió un caluroso saludo. En el andén se percibía la emoción que nos embargaba a todos. El guarda, una remota mancha blanca y negra, hizo sonar su silbato. Su voz a través del megáfono invitó a los pasajeros a subir al tren.

—Bueno —anunció Alfred esbozando una sonrisa—. Me voy.

En el final de la estación apareció la figura de Hannah. Su mirada recorrió el gentío y se detuvo, vacilante, cuando distinguió a David. Se abrió paso entre la multitud y no se detuvo hasta llegar al lugar donde estaba su hermano. Permaneció inmóvil un instante y luego, sin decir una palabra, sacó algo de su bolso y se lo entregó. Yo sabía lo que era. Lo había visto esa mañana en su habitación: *Viaje a través del Rubicón*. Era uno de los pequeños libros de El Juego, una de sus aventuras favoritas, cuidadosamente redactada, ilustrada y encuadernada con hilo. Hannah lo había puesto en un sobre y lo había atado.

David miró el paquete, y luego a su hermana. Lo guardó en el bolsillo de su chaqueta, y lo acarició. Luego estiró los brazos y tomó las manos de Hannah entre las suyas. Parecía querer abrazarla, besar sus mejillas, pero se abstuvo, los hermanos no tenían por costumbre hacer esas demostraciones de afecto. Sólo se acercó a ella y le dijo algo. Entonces ambos miraron a Emmeline, y Hannah asintió con la cabeza.

David se dirigió después a Robbie. El joven miró a Hannah y ella buscó nuevamente algo en su bolso. Comprendí que era un regalo para él. Seguramente David le había dicho que también Robbie necesitaba un amuleto.

La voz de Alfred en mi oído desvió mi errática atención.

—Adiós, Grace —declaró, casi rozándome el cuello con los labios—. Te agradezco sinceramente tu regalo.

Mientras Alfred cargaba su macuto al hombro y se dirigía al tren, yo me llevé la mano a la oreja, que conservaba el calor de sus palabras. Cuando llegó a la puerta del vagón y subió el escalón, se volvió para mirarnos por encima de las cabezas de los otros soldados.

—Deseadme suerte —pidió y desapareció, empujado por sus compañeros, ansiosos por entrar en el tren.

Yo lo despedí con la mano.

—Buena suerte —grité a los desconocidos que partían. De pronto comprendí la sensación de vacío que la ausencia de Alfred produciría en Riverton.

David y Robbie viajarían en primera clase, junto a los oficiales. Dawkins caminaba detrás de ellos llevando el equipaje de David. Había menos oficiales que soldados de infantería, por lo que encontraron asiento sin dificultad, a diferencia de Alfred, que tuvo que disputar un lugar para viajar de pie en el vagón. Los rostros de ambos asomaron por la ventana.

Se oyó la campana y el tren escupió su vapor, que llenó el andén. Los ejes comenzaron a moverse para tomar impulso y el convoy comenzó a avanzar lentamente.

Hannah lo siguió por el andén, aún buscando en su bolso, aparentemente sin resultado. Por fin, miró el tren que aceleraba, se quitó el lazo de satén blanco del cabello y lo depositó en la anhelante mano de Robbie.

Miré hacia adelante, mis ojos distinguieron una figura inmóvil en medio de la frenética multitud. Era Emmeline, que agitaba un pañuelo blanco, pero no a modo de despedida. Sus grandes ojos y su sonrisa habían dejado paso a una expresión de incertidumbre.

Permaneció allí, de puntillas, mirando la multitud. Sin duda deseaba decir adiós a David y a Robbie Hunter.

En ese momento, alzó ansiosa el rostro. Comprendí que había visto a Hannah.

Pero era demasiado tarde. Mientras se abría paso entre la multitud, y sus gritos eran ahogados por el ruido de la locomotora, los silbatos y los saludos, vi cómo Hannah, que seguía corriendo junto a los muchachos, con el largo cabello suelto, desaparecía detrás de la nube de vapor del tren.

LA CASA DE RIVERTON

PARTE

Mansión Riverton, Saffron Green, Essex

La mansión Riverton, una granja de estilo isabelino diseñada por John Thorpe, fue «aburguesada» en el siglo XVIII por el octavo conde de Ashbury, quien le añadió dos alas, transformando así el edificio principal en una cómoda mansión. En el siglo XIX, cuando se impuso el concepto victoriano de casa de campo de fin de semana, Riverton volvió a ser objeto de reformas a cargo del arquitecto Thomas Cubitt. Se agregó un tercer nivel para dotarla de un mayor número de habitaciones de huéspedes. Y de acuerdo con la idea victoriana de que los sirvientes debían mantenerse invisibles, se construyó en el ático toda una «madriguera» de habitaciones de servicio, además de una escalera que las comunicaba directamente con la cocina.

Las imponentes ruinas de la, por entonces, majestuosa mansión se hallan rodeadas de magníficos jardines diseñados por sir Joseph Paxton. En ellos se encuentran dos enormes fuentes de piedra. La más grande, que representa a Eros y Psique, ha sido recientemente restaurada. Si bien ahora su funcionamiento está controlado por una bomba eléctrica programada, originalmente el agua era bombeada por un motor ubicado en una sala subterránea, del cual se decía que al funcionar hacía «tanto ruido como un tren expreso», debido a los ciento veinte chorros ocultos entre las estatuas de hormigas gigantes, águilas, dragones, seres monstruosos del mundo subterráneo, cupidos y dioses que lanzaban agua a treinta metros de altura.

La otra fuente, más pequeña, se encuentra al final del Camino Largo que está detrás de la casa y representa la Caída de Ícaro. Más allá de ésta, encontramos el lago y la casa de verano, cuya construcción fue encargada en 1923 por el entonces propietario de Riverton, el señor Theodore Luxton, sustituyendo al cobertizo para botes que existía originalmente en ese lugar. Ya en este siglo, el lago se hizo tristemente célebre como el lugar donde se suicidó el poeta Robert S. Hunter en 1924, durante la fiesta de celebración del verano que anualmente se realizaba en Riverton.

Las sucesivas generaciones de habitantes de Riverton también contribuyeron en el diseño de los jardines. Lady Gytha Ashbury, la esposa danesa de lord Herbert, creó la zona de arbustos podados remedando distintas siluetas, rodeados por setos de tejos enanos, que aún se conoce como Jardín Egeskov (en homenaje a un castillo en Dinamarca que pertenecía a la familia política de lord Ashbury). Y lady Violet, esposa del undécimo lord Ashbury, agregó una rosaleda en el jardín trasero.

Después del devastador incendio ocurrido en 1938, la finca Riverton y sus jardines entraron en un largo periodo de decadencia. La finca fue donada a Patrimonio Cultural de Inglaterra en 1974 y desde ese momento está en proceso de restauración. Los jardines de los sectores norte y sur, incluyendo la fuente de Eros y Psique, han sido recientemente restaurados, dado que forman parte del plan de recuperación de jardines considerados patrimonio cultural inglés que dirige la institución. La fuente de Ícaro y el pabellón de verano, a los que se accede por el Camino Largo, están siendo reformados en la actualidad.

En la iglesia de Riverton, situada en un pintoresco valle vecino a la casa, durante los meses de verano está abierta una casa de té (cuyo servicio no está a cargo de Patrimonio Cultural). La finca Riverton tiene además una maravillosa tienda de regalos.

Para obtener información sobre los espectáculos de las fuentes, por favor, llame al 01277 876857.

Capítulo 9

EL VEINTE DE JULIO

Voy a aparecer en la película. No yo, sino una jovencita que interpreta ese papel. Por lo visto, haber sobrevivido hasta hoy me convierte en una curiosidad digna de ser exhibida, sin importar cuál fuera mi grado de conexión con los hechos.

Hace dos días recibí una llamada telefónica de Ursula, la joven cineasta de figura delgada y largo cabello ceniciento, preguntándome si aceptaría reunirme con la actriz que tendrá el dudoso honor de hacer de «Primera doncella», ahora rebautizada «Grace».

Vendrán aquí, a Heathview. No es que sea el lugar más propicio para una cita, pero carezco del ánimo y la energía necesarios para recorrer un largo trayecto y no estoy dispuesta a hacer ese esfuerzo.

De modo que aquí estoy. Sentada en la silla de mi habitación, esperando.

Oigo que llaman a la puerta. Miro el reloj: las nueve y media. Son puntuales. Advierto que contengo el aliento y me pregunto por qué.

Ya están en la habitación —mi habitación— Sylvia, Ursula y la joven encargada de representar el papel de Grace.

—Buenos días, Grace —saluda Ursula, sonriéndome bajo su flequillo color trigo. Después hace algo imprevisto: se inclina hacia mí y me besa en la mejilla. Siento sus cálidos labios en mi piel seca y grisácea.

Mi voz no logra salir de la garganta.

Ursula se sienta en el extremo de mi cama, sobre la manta —un atrevimiento que, según descubro con sorpresa, no me molesta— y me toma la mano.

—Grace, ella es Keira Parker —anuncia, y gira para dedicarle una sonrisa a la joven que está detrás de mí—. Hará de usted en la película.

La joven, Keira, surge de la oscuridad. Tiene unos diecisiete años, y descubro asombrada su simétrica belleza. El cabello rubio que le llega a los omóplatos está recogido en una cola de caballo; el rostro oval; los labios carnosos pintados con lápiz de labios brillante; los ojos azules debajo de las cejas claras. Un rostro hecho para vender chocolates.

Me aclaro la garganta, no olvido los modales.

—Tome asiento, por favor —la invito, señalando la silla de plástico marrón que Sylvia se ha anticipado a traer desde el comedor.

Keira se sienta con delicadeza. Cruza las delgadas piernas enfundadas en unos vaqueros y mira subrepticiamente hacia la izquierda, donde está mi tocador. Los vaqueros están raídos, deshilachados. Sylvia me ha dicho que los harapos ya no son indicio de pobreza sino de estilo. Keira sonríe impasible, mientras su mirada recorre mis pertenencias. De pronto, recuerda que debe ser amable:

—Gracias por recibirme, Grace.

Me resulta humillante que me llame por mi nombre de pila. Pero me reprendo a mí misma y me obligo a ser razonable. Si se hubiera dirigido a mí invocando mi título o diciendo mi apellido habría insistido en que esas formalidades no eran necesarias.

Veo que Sylvia todavía ronda cerca de la puerta abierta, quitando el polvo del marco con un trapo, una diligencia con la que trata de disimular su curiosidad. Le encantan los actores de cine y los ídolos del fútbol.

—Sylvia, querida, ¿podríamos ofrecer un té a nuestras invitadas?

La cara de Sylvia es un modelo de intachable devoción.

—¿Té?

—Con unos bizcochos. ¿Puede ser?

—Por supuesto —responde, guardando con desgana su trapo en el bolsillo.

Miro a Ursula.

—Sí, por favor, té blanco —pide ella.

Sylvia se dirige a Keira.

—¿Y usted, señorita Parker?

Percibo nerviosismo en la voz de Sylvia y veo que sus mejillas se tiñen de un rojo intenso. Comprendo entonces que la joven actriz debe de ser una figura conocida para ella.

—Té verde con limón —contesta Keira bostezando.

—Té verde —repite lentamente Sylvia, como si de repente hubiera descubierto el misterio del origen del universo—. Limón —vuelve a decir, mientras permanece inmóvil en el vano de la puerta.

—Gracias, Sylvia, para mí, lo de siempre —le indico.

—Muy bien —contesta Sylvia parpadeando, como si se hubiera roto el hechizo, retirándose finalmente. La puerta se cierra detrás de ella y me quedo a solas con mis dos invitadas.

De inmediato lamento que Sylvia no esté conmigo. Se apodera de mí la sensación súbita e irracional de que su presencia evitará que el pasado regrese.

Pero se ha ido, y las tres permanecemos un momento en silencio. Le echo otro vistazo a Keira, observo su rostro, trato de reconocer a la joven que fui en sus bellos rasgos. De pronto una difusa y amortiguada melodía rompe el silencio.

—Perdón —dice Ursula mientras busca algo en su bolso—. Creía haberle quitado el sonido. —Saca entonces un pequeño teléfono móvil de color negro y los *crescendos* quedan interrumpidos cuando ella pulsa una tecla—. Lo siento mucho —repite, sonriendo con incomodidad. Luego mira el visor de su teléfono y la consternación le nubla el rostro—. ¿Me disculpan un momento?

Keira y yo asentimos y Ursula sale de la habitación con el teléfono en la oreja.

Cuando la puerta se cierra me dirijo a mi joven entrevistadora.

—Bien, supongo que debemos comenzar.

Ella asiente casi imperceptiblemente y saca de su gran bolso una carpeta. La abre y toma un montón de papeles, sujetos con un clip. Por el aspecto del texto deduzco que se trata de un guión: puedo distinguir palabras en letras mayúsculas, resaltadas en negrita, en medio de la página, seguidas de largos párrafos escritos con una tipografía común.

Después de pasar algunas páginas, Keira se detiene.

—Me interesaría saber cómo era su relación con la familia Hartford. Con las chicas.

Asiento. Es justamente lo que había sospechado.

—El mío no es un papel protagonista —señala Keira—. No tengo grandes diálogos, pero aparezco en muchas de las escenas del principio. Sirviendo bebidas y ese tipo de cosas, como usted sabe.

Vuelvo a asentir.

—De todos modos, Ursula pensó que sería una buena idea que conversara con usted sobre las chicas Hartford. Que me dijera qué pensaba de ellas. Así podría encontrar mi *motivación*. —Keira enfatiza esta última palabra, como si fuera un término extranjero con el que tal vez yo no estoy familiarizada. Luego endereza la espalda y su expresión se cubre de una pátina de fortaleza—. Aunque el mío no sea un papel principal, es importante que mi interpretación sea sólida. Nunca se sabe quién puede ser el espectador.

—Por supuesto.

—Nicole Kidman obtuvo su papel en *Días de trueno,* sólo porque Tom Cruise la vio en un film australiano.

Intuyo que ese hecho y esos nombres deberían significar algo importante para mí, por lo que asiento, y ella continúa.

—Por eso necesito que me diga cómo se sentía con respecto a su trabajo, y a las chicas. —Keira se inclina y me mira con sus ojos azules semejantes al frío cristal veneciano—. Para mí es una ventaja... que usted todavía... quiero decir, que el hecho de que aún esté...

—Viva. Sí, lo imagino —respondo, enternecida por su candor—. ¿Qué es exactamente lo que desearía saber?

Ella sonríe aliviada. El curso de nuestra conversación ha amortiguado su falta de tacto.

—Bueno —masculla, recorriendo con la vista la hoja de papel que descansa sobre sus rodillas—, le haré primero las preguntas más obvias.

Mi corazón se acelera. He decidido responder honestamente, sin importar cuál sea la pregunta. Un juego de ruleta para mi propio entretenimiento.

—¿Le gustaba ser sirvienta?

—Sí, durante un tiempo —contesto con una exhalación que es más que un suspiro.

Keira me mira incrédula.

—¿De verdad? No puedo imaginar que alguien disfrute estando a disposición de la gente todo el día. ¿Qué era lo que le gustaba de su trabajo?

—Todos se convirtieron en una familia para mí. Disfrutaba de su camaradería.

—Cuando dice «todos», ¿se refiere a Emmeline y Hannah? —me pregunta con ojos ávidos.

—No, me refiero a mis compañeros de la servidumbre.

—¡Oh! —exclama Keira, desilusionada.

Sin duda ella había vislumbrado la posibilidad de un rol más importante para sí misma, lo que habría supuesto un reajuste en el guión: Grace, la criada, dejaría de ser un mero observador, para convertirse en un miembro secreto del círculo de las hermanas Hartford. Es joven, por supuesto, y proviene de un mundo diferente. No concibe el hecho de que no se puedan cruzar determinados límites.

—Está bien —alega entonces—, pero dado que no hay escenas con otros actores que representen el papel de sirvientes, no me sirve de mucho. —Recorre con su bolígrafo la lista de preguntas—. ¿Había algo que le desagradara especialmente de su trabajo?

Despertar día tras día con el alba; el dormitorio abuhardillado, que era un horno en verano y un congelador en invierno; las manos enrojecidas de lavar ropa; el dolor de espalda después de hacer la limpieza; el cansancio que me llegaba hasta la médula de los huesos.

—Era agotador. Los días eran largos y muy ajetreados. No tenía demasiado tiempo para mí misma.

—Sí, he estado ensayando a partir de esa idea. Apenas me ha hecho falta actuar. Después de un día de ensayo, mis brazos estaban llenos de moretones por llevar esa maldita bandeja de aquí para allá.

—Lo que más me dolía eran los pies —explico—, pero sólo al principio. Y en cuanto cumplí los dieciséis tuve zapatos nuevos.

Keira pasa la página del guión, escribe algo con letra redondeada y asiente.

—Bien, eso me sirve —afirma. Sigue haciendo garabatos y termina moviendo ampulosamente el bolígrafo—. Con respecto a este tema, es suficiente. Ahora me interesaría saber cosas sobre Emmeline. Es decir, qué sentía hacia ella.

Vacilo unos segundos, preguntándome por dónde empezar.

—Es que compartimos algunas escenas y no estoy segura de lo que debo transmitir —aclara Keira.

—¿Qué tipo de escenas? —pregunto con curiosidad.

—Bueno, por ejemplo, en una de ellas Emmeline conoce a R. S. Hunter, junto al lago, se resbala y está a punto de ahogarse. Yo tengo que...

—¿En el lago? Pero no es allí donde se conocieron, sino en la biblioteca. Era invierno, estaban...

—¿En la biblioteca? —pregunta Keira frunciendo su perfecta nariz—. No es sorprendente que el guionista haya cambiado la escena. No hay dinamismo en una habitación llena de libros viejos. De este modo funciona realmente bien, dado que el lago es el lugar donde él se suicidó. Así, el final de la historia está presente en el comienzo. Resulta muy romántico, como en la película de Baz Lurhmann, *Romeo y Julieta* —me asegura.

Tendré que creerlo.

—En fin, lo que importa es que yo voy corriendo a la casa en busca de ayuda y, cuando regreso, él ya la ha rescatado y reanimado. La actriz debe mirarlo como si estuviera tan absorta que es incapaz de advertir que todos hemos ido a salvarla. —Keira hace una pausa y me mira fijamente, satisfecha con su explicación de la escena—. ¿Le parece que yo, es decir, Grace, debería sobreactuar un poco?

Como me demoro en responder, ella continúa.

—No, claro. Debe ser una reacción sutil, ya sabe.

Keira resopla suavemente, levanta la cabeza de modo que la nariz apunta hacia el cielo, y suspira. No comprendo que me está dedicando una improvisada interpretación hasta que su expresión se desvanece y la reemplaza una mirada asombrada que se dirige a mí.

—¿Así?

Dudo. Elijo cuidadosamente mis palabras.

—Por supuesto, depende de usted el modo de interpretar su papel. De interpretar a Grace. Pero dado que se trata de mí, me resulta imposible imaginar que en 1915 hubiese reaccionado... —No logro encontrar palabras para calificar su interpretación, por lo que hago un gesto con la mano.

La mirada de la joven actriz parece indicar que no he captado un matiz fundamental.

—¿Pero no cree que sería un poco desconsiderado no agradecerle a Grace haber ido tan rápidamente a buscar ayuda? Me sentiría estúpida si tuviera que salir corriendo y regresar sólo para quedarme ahí como una estatua.

Suspiro.

—Tal vez tenga razón, pero en aquella época ésa era una de las características de servir en una casa. Lo extraño habría sido que ella se comportara de otra manera. ¿Lo comprende?

Ella duda.

—No se esperaba que ella reaccionara de otra manera —le indico.

—Pero usted tuvo que haber *sentido* algo.

—Por supuesto, pero no lo demostré —explico, imprevistamente abrumada por el disgusto que me causa hablar de esa muerte.

—¿Nunca? —Keira no quiere mi respuesta, no la espera, y eso me complace, porque no deseo dársela. Ella hace un mohín—. El concepto mismo del servicio me parece ridículo. Que una persona tenga que hacer la voluntad de otra.

—Era otra época —respondo sencillamente.

—Es lo mismo que dice Ursula —la joven suspira—. No me resulta demasiado útil. La actuación tiene que plasmar reacciones y es un poco difícil crear un personaje interesante cuando la indicación del director de escena es «no reaccionar». Me siento como una figura de cartón, que sólo recita «sí, señorita», «no, señorita».

—Debe de ser difícil.

—Mi intención inicial fue presentarme para el papel de Emmeline —me comenta en tono de confidencia—. Ése sí es un papel soñado. Un personaje tan interesante y elegante, una actriz que muere en un accidente automovilístico. Debería ver la escenografía.

Me abstengo de recordarle que ya la vi cuando estuve en los estudios donde se rueda la película.

—Querían alguien más popular —explica, bajando la vista para observar sus uñas—. Mi audición les gustó mucho, el productor me hizo incluso volver dos veces. Según él me parezco a Emmeline mucho más que Gwyneth Paltrow —alega, pronunciando el nombre de la otra actriz con una expresión desdeñosa que ensombrece momentáneamente su belleza—. Sólo me supera en que ha recibido una nominación de la Academia de Hollywood para el Oscar y todo el mundo sabe que a los actores británicos les cuesta el doble obtener ese premio. Especialmente si tienen que empezar haciendo series para televisión.

Puedo percibir su decepción y no la culpo. Diría que fueron muchas las ocasiones en las que yo habría preferido ser Emmeline en lugar de la criada.

—De todos modos —añade con disgusto—, hago el papel de Grace, y debo hacerlo lo mejor posible. Además, Ursula me prometió que me haría una entrevista especial para el lanzamiento en DVD, dado que soy la única actriz de la película que ha tenido la oportunidad de conocer al personaje real.

—Me alegra ser de utilidad en algo.

—Sí —asiente Keira, sin comprender mi ironía.

—¿Desea hacerme alguna otra pregunta?

—Déjeme ver.

La joven pasa una página y algo vuela hacia el suelo, como una enorme polilla gris que cae boca abajo. Cuando lo recoge, veo que se trata de una fotografía, siluetas en blanco y negro con rostros serios. Aun desde donde estoy me resulta familiar. La reconozco instantáneamente, como si fuera una película que he visto hace tiempo, un sueño, una pintura que revive con una sola imagen.

—¿Puedo verla? —pregunto, alargando mi mano.

Keira me da la fotografía, la deja sobre mis dedos nudosos. Nuestras manos se tocan por un segundo. Ella retira rápidamente la suya, como si temiera que pudiera contagiarle algo, la vejez, por ejemplo.

La fotografía es una copia. La superficie es lisa, fría, mate. La inclino para verla a la luz. Entrecierro los ojos y miro a través de las gafas.

Allí estamos. Los habitantes de Riverton en el verano de 1916.

Todos los años se tomaba una fotografía similar: lady Violet solía insistir en que así fuera. Un fotógrafo llegaba desde Londres para cumplir el encargo. Esperábamos ansiosos su llegada, y le recibíamos con toda la seriedad y la pompa que la ocasión merecía.

La fotografía en cuestión, dos filas de rostros serios mirando fijamente a la cámara con capuchón negro, era revelada manualmente, para, a continuación, ser expuesta sobre la repisa de la chimenea del salón durante un tiempo y, más tarde, añadida al álbum de recuerdos de la familia Hartford, junto con invitaciones, menús y recortes de periódicos.

Si se hubiera tratado de la fotografía de otro año, no habría reconocido la fecha. Pero esa imagen, en particular, es inolvidable por los hechos que la precedieron.

El señor Frederick está sentado en el centro, en primera fila; a un lado, su madre; al otro, Jemina. Ella está acurrucada, con un mantón negro sobre los hombros para disimular su avanzado embarazo. Hannah y Emmeline están sentadas en los extremos, como signos de paréntesis —uno más alto que el otro— con sendos vestidos negros. Vestidos nuevos, pero no de la clase que Emmeline había imaginado.

De pie, detrás del señor Frederick, en el centro de una sombría fila, se ve al señor Hamilton, con la señora Townsend y Myra a su lado. Katie y yo estamos detrás de las chicas Hartford. El señor Dawkins, el chófer, y el señor Dudley en ambos extremos. Las filas son distintas. Sólo Nanny ocupa un lugar entre las dos —no está claramente delante o atrás—, sentada en una de las sillas de mimbre del jardín de invierno.

Miro mi rostro serio, el tirante recogido del pelo le da a mi cabeza aspecto de alfiler, acentuando mis orejas demasiado largas. Estoy detrás de Hannah, con su cabello claro y rizado que contrasta con los bordes de mi vestido negro.

Todos tenemos una expresión solemne, una costumbre de la época, pero particularmente apropiada para esta fotografía. Los sirvientes están vestidos de negro, como siempre, pero también la familia. Porque ese verano compartían el duelo que atravesaba toda Inglaterra y todo el mundo.

Fue tomada el 20 de julio de 1916, al día siguiente del funeral de lord Ashbury y el mayor. El día que nació el bebé de Jemina y el día que conocimos la respuesta a la pregunta que estaba en boca de todos nosotros.

* * *

Aquél fue un verano terriblemente caluroso, el más sofocante que nadie pudiera recordar. Lejos quedaban los días grises del invierno, donde las noches se confundían con los días, y las semanas se sucedían, una tras otra, con sus largas jornadas y sus claros cielos azules. El amanecer llegaba temprano, limpio, brillante.

Esa mañana yo me había despertado más temprano que de costumbre. El sol alumbraba la copa de los abedules que bordeaban el lago y la luz, que penetraba por la ventana del ático, arrojaba un cálido rayo sobre mi cama, rozándome la cara. No me importaba. Era agradable despertar con luz en lugar de comenzar a trabajar en la fría oscuridad, mientras todos en la casa dormían. Para una criada, el sol del verano era una compañía permanente en sus actividades cotidianas.

Según estaba previsto, el fotógrafo llegaría a las nueve y media. A esa hora nos reunimos en el jardín frente a la casa. La atmósfera era opresiva; el sol, deslumbrante. La familia de golondrinas que había buscado refugio bajo el alero de Riverton nos observaba con curiosidad y en silencio, sin ánimo de piar. Incluso los árboles que se alineaban junto al camino estaban en silencio. Las frondosas copas permanecían inmóviles, como si trataran de conservar sus energías, aunque una ligera brisa las obligaba a emitir un susurro contrariado.

El fotógrafo, con la cara salpicada por gotas de sudor, nos fue colocando uno a uno. La familia, sentada. Los demás, de pie, detrás. Así permanecimos, con nuestras vestimentas negras, los ojos fijos en la cámara y la mente en el cementerio del valle.

Más tarde, reconfortados por el relativo frescor de los muros empedrados de la sala de los sirvientes, el señor Hamilton le pidió a Katie que sirviera limonada mientras los demás nos hundíamos lánguidamente en las sillas, alrededor de la mesa.

—Es el fin de una época, sin duda —declaró la señora Townsend secándose los ojos con un pañuelo. Había estado llorando casi todo el mes de julio, desde que se recibió la noticia de la muerte del mayor en Francia. Sólo se detuvo una vez, para tomar impulso, cuando lord Ashbury fue víctima de un ataque fatal, una semana después. Ahora no sólo derramaba lágrimas, sino que sus ojos habían caído en un estado de filtración permanente.

—El fin de una época —repitió el señor Hamilton, que estaba sentado frente a ella—. Así es, señora Townsend.

—Cuando pienso en Su Señoría...

Las palabras de la cocinera se volvieron inaudibles. Meneó la cabeza, apoyó los codos en la mesa y ocultó el rostro hinchado entre las manos.

—El ataque fue repentino.

—¿Ataque? —preguntó la señora Townsend, levantando la cara—. Llámenlo así si quieren, pero él murió de tristeza. Créanme si les digo que no pudo tolerar perder a su hijo de esa manera.

—Tiene razón, señora Townsend —convino Myra, anudándose al cuello el pañuelo del uniforme de guarda de tren—. Él y el mayor estaban muy unidos.

—¡El mayor! —Los ojos de la señora Townsend volvieron a llenarse de lágrimas y le tembló el labio inferior—. Querido muchacho. Pensar que ha muerto de esa manera. En alguna espantosa marisma de Francia.

—El Somme —apunté, saboreando la redondez de la palabra, su sonido premonitorio. Recordaba la última carta de Alfred, las finas y mugrientas cuartillas que olían a un lugar lejano. Había llegado dos días antes; una semana después de que la enviara desde Francia. Pese al tono aparentemente trivial de sus comentarios, había algo en ellos, en su vaguedad y en sus silencios, que me inquietó—. ¿Es ése el lugar donde está Alfred, señor Hamilton?

—Por lo que he oído en el pueblo, diría que sí, jovencita. Al parecer los muchachos de Saffron están todos allí.

Katie llegó con la bandeja de limonadas.

—Señor Hamilton, ¿y si Alfred...?

—Katie —la interrumpió bruscamente Myra, mirándome, mientras la señora Townsend se llevaba la mano a la boca—. Ocúpate de ver dónde pones esa bandeja y cierra el pico.

El señor Hamilton frunció la boca.

—No se preocupen por Alfred. Es una persona saludable y de gran temple. Los que dan las órdenes saben lo que hacen. No enviarán a Alfred ni a sus compañeros al combate si no están seguros de su capacidad para defender al rey y al país.

—Eso no significa que no pueda morir —opinó Katie enfurruñada—. Así ocurrió con el mayor, y es un héroe.

—¡Katie! —El rostro del señor Hamilton adquirió el color del ruibarbo cocido cuando la señora Townsend sollozó—. Un poco de respeto. —Luego bajó el tono de la voz hasta convertirlo en un susurro vacilante—. Después de todo lo que la familia ha tenido que soportar estas últimas semanas —comentó meneando la cabeza y enderezándose las gafas—. Quítate de mi vista, jovencita. Vuelve al fregadero y...

La frase quedó inconclusa. El mayordomo miró a la señora Townsend, pidiendo su ayuda. Ella alzó la cara hinchada y dijo entre sollozos:

—Y limpia todas mis cacerolas y sartenes. Incluso las viejas, las que están afuera.

Permanecimos en silencio mientras Katie salía hacia el fregadero. La tonta de Katie, con sus comentarios sobre la muerte... Alfred sabía cómo cuidarse. Siempre lo decía en sus cartas. Me recomendaba que no me acostumbrara demasiado a sus tareas porque en cualquier momento estaría de regreso para ocuparse nuevamente de ellas. Me pedía que conservara su puesto. Pensé entonces en algo más que Alfred había dicho. Algo que me preocupaba sobre todas las cosas.

—Señor Hamilton —intervine lentamente—, no pretendo ser irrespetuosa, pero he estado preguntándome cómo nos afectará todo esto a nosotros. ¿Quién quedará a cargo de la casa ahora que lord Ashbury...?

—Seguramente será el señor Frederick —comentó Myra—. Ahora es el único hijo de lord Ashbury.

—No —objetó la señora Townsend, mirando al señor Hamilton—. Será el hijo del mayor, ¿verdad? Cuando nazca. Es el heredero del título.

—Diría que todo depende... —declaró gravemente el señor Hamilton.

—¿De qué? —preguntó Myra.

—De que el hijo que espera Jemina sea niño o niña —respondió el mayordomo recorriendo nuestros rostros con la mirada.

La mención de su nombre fue suficiente para que la señora Townsend comenzara a llorar otra vez.

—La pobrecita... Perder a su esposo cuando está a punto de nacer su hijo. No es justo.

—Supongo que hay muchas otras como ella en Inglaterra —señaló Myra, meneando la cabeza.

—Pero no es lo mismo —precisó la señora Townsend—. No es lo mismo que le ocurra a uno de los nuestros.

El tercer timbre sonó en el estante contiguo a la escalera. La señora Townsend dio un salto.

—¡Oh, Dios! —exclamó, llevándose la mano a su abundante pecho.

—La puerta de entrada —sentenció el señor Hamilton, poniéndose de pie y colocando meticulosamente su silla debajo de la mesa—. Sin duda es lord Gifford, que viene a leer el testamento.

Entonces se alisó la chaqueta y se arregló el cuello. Antes de subir la escalera, me miró por encima de las gafas.

—Lady Ashbury pedirá el té en cualquier momento, Grace. Cuando lo hayas preparado, llévale una jarra de limonada a las señoritas Hannah y Emmeline.

Cuando el mayordomo desapareció en la escalera, la señora Townsend se puso rápidamente una mano sobre el corazón.

—Mis nervios ya no son lo que eran —confesó tristemente.

—El calor no ayuda —la consoló Myra y consultó el reloj de pared—. Apenas son las diez y media. Lady Violet no pedirá el almuerzo hasta dentro de dos horas. ¿Por qué no adelanta su hora de descanso? Grace puede ocuparse del té.

Asentí, complacida ante la posibilidad de hacer algo que alejara mis pensamientos del sufrimiento que invadía toda la casa. De la guerra. De Alfred.

La señora Townsend dejó de observar a Myra y posó sus ojos en mí.

La expresión de Myra se endureció, pero su voz sonaba más suave que de costumbre.

—Vamos, señora Townsend, se sentirá mejor después de descansar. Me aseguraré de que todo esté en orden antes de irme a la estación.

Se oyó el segundo timbre, el que correspondía al salón, y la señora Townsend volvió a sobresaltarse. Aceptó, con una mezcla de alivio y resignación.

—De acuerdo —accedió y se dirigió a mí—. Pero despertadme si es necesario, ¿entendido?

* * *

Subí la oscura escalera de servicio llevando la bandeja y llegué al salón. De inmediato me asaltó la claridad y el calor. A pesar de que —respetando el estricto duelo victoriano indicado por lady Violet— las cortinas de todas las ventanas de la casa estaban echadas, no hubo forma de cubrir el montante elíptico de la puerta principal, por donde la luz penetraba sin restricciones. Me recordó la cámara del fotógrafo. La habitación era una ráfaga de luz y de vida en medio de una caja negra cubierta por un velo.

Crucé el salón en dirección al salón y abrí la puerta. La atmósfera del lugar era densa, el aire caliente de principios del verano estaba estancado a causa del duelo. Las enormes puertas francesas permanecían cerradas. Las pesadas cortinas de damasco y las interiores, de seda, entumecidas. De pie en el umbral de la puerta, dudé. Algo en esa habitación me impedía seguir, algo que no tenía que ver con la oscuridad o el calor.

Cuando mis ojos se acostumbraron, comencé a distinguir la sombría escena. Lord Gifford, un hombre rubicundo de edad avanzada, estaba sentado en el sillón que solía ocupar lord Ashbury, con una carpeta de cuero negro abierta sobre su generoso regazo. Estaba leyendo en voz alta, deleitándose con el eco que su voz provocaba en la oscura sala. En la mesa de cedro próxima a él, una elegante lámpara de metal con una pantalla de damasco floreado proyectaba un nítido haz de luz suave.

Jemina y lady Violet, las dos viudas, se habían sentado frente a él. Me pareció que milady había empequeñecido desde que la vi por última vez, esa misma mañana. Era una diminuta figura con un vestido de crepé negro y el rostro oculto tras un velo de encaje. Jemina también estaba vestida de negro, un color que destacaba su rostro ceniciento. Las manos, habitualmente regordetas, parecían pequeñas y frágiles mientras acariciaban distraídamente el vientre abultado. Lady Clementine se había retirado a su habitación pero Fanny —que seguía persiguiendo al señor Frederick con el objetivo de casarse con él— había sido autorizada a estar presente, y se la veía sentada con petulancia al otro lado de lady Violet, con ensayado gesto de consternación.

Sobre la mesa estaban las flores que yo había cortado de los jardines de la finca esa misma mañana: pimpollos de rododendro rosado, clemátides blancas y ramilletes de jazmines se apretaban un tanto mustios en el jarrón, tristemente abatidos. La fragancia de jazmín inundaba la habitación cerrada, volviéndola sofocante.

Al otro lado de la mesa estaba el señor Frederick, de pie, con la mano apoyada en la chimenea, alto y tieso.

En la semipenumbra, su rostro resultaba tan impasible como el de un muñeco de cera, sus ojos fijos, su expresión pétrea. El débil resplandor de la lámpara proyectaba una sombra sobre uno de sus ojos. El otro, aunque yo sabía que era azul, se veía negro, atento a su presa. Al fijarme mejor, comprendí que me miraba a mí.

Hizo una seña con los dedos de la mano que tenía apoyada. Un gesto sutil, que no habría advertido si el resto de su cuerpo no hubiera estado tan quieto. Me pidió que dejara la bandeja junto a él. Miré a lady Violet, tan desconcertada debido a esa modificación del orden estipulado como yo a causa de la perturbadora actitud del señor Frederick. Ella no me prestaba atención, de modo que hice lo que él indicó, tratando de no mirarlo. Cuando dejé la bandeja en la mesa, me señaló con la cabeza la tetera, lo cual significaba que debía servir el té. Luego volvió a prestar atención a lord Gifford.

Nunca antes había servido el té en la sala, para la Señora. Me sentía insegura, no sabía cómo proceder. Agradecí la oscuridad y tomé la jarra de leche mientras lord Gifford seguía hablando.

—... en efecto, aparte de las excepciones ya especificadas, todas las posesiones de lord Ashbury, así como su título, pasarían a su hijo mayor y heredero, el mayor James Hartford...

En ese punto lord Gifford hizo una pausa. Jemina trató de ahogar, penosamente, un sollozo.

Junto a mí, Frederick carraspeó. Entendí que era su manera de expresar impaciencia. Al tiempo que no dejaba de vigilar mis movimientos, mientras vertía la leche en la última taza. Su mentón sobresalía del cuello en una actitud de severa autoridad. Exhaló larga y estudiadamente. Sus dedos tamborilearon ágiles en la repisa de la chimenea y dijo:

—Prosiga, lord Gifford.

Lord Gifford se revolvió en el asiento de lord Ashbury y el cuero crujió, expresando su dolor por la partida del amo. El anciano se aclaró la garganta, y alzó la voz.

—... dado que no se produjeron modificaciones después de la muerte del mayor Hartford, las propiedades serán heredadas, de acuerdo con las antiguas leyes del mayorazgo, por el mayor de sus hijos varones. —Aquí lord Gifford se detuvo para mirar por encima de sus gafas el vientre de Jemina, y luego continuó—. En caso de que el mayor Hartford no tuviera hijos varones supervivientes, las propiedades y título pasarían al segundo hijo de lord Ashbury, el señor Frederick Hartford.

Lord Gifford levantó la vista. La luz de la lámpara se reflejó en los cristales de sus gafas.

—Tal parece que tenemos un compás de espera por delante.

Dicho lo cual, hizo una pausa y aproveché la oportunidad para ofrecer el té a las damas. Jemina tomó automáticamente su taza, sin mirarme, y la apoyó en su regazo. Lady Violet me hizo una seña, indicándome que podía retirarme. Sólo Fanny cogió con cierto interés el plato y la taza que le ofrecía.

—Lord Gifford —dijo el señor Frederick con voz serena—, ¿cómo prefiere el té?

—Con leche, pero sin azúcar —contestó el anciano, separando con los dedos el cuello de su camisa de la piel sudorosa.

Yo tomé cuidadosamente la tetera y comencé a servir, tratando de que no soltara chorros de vapor. Le pasé a lord Gifford la taza y el plato, que él tomó sin mirarme—. ¿Los negocios andan bien, Frederick? —preguntó disponiéndose a sorber su té.

Con el rabillo del ojo vi que el señor Frederick asentía.

—Bastante bien, lord Gifford. Mis hombres han pasado de la fabricación de automóviles a la de aeroplanos y nos hemos presentado a una licitación para obtener otro contrato del Ministerio de Guerra.

Lord Gifford arqueó una ceja.

—Espero que el amigo Luxton no se postule —advirtió riendo con satisfacción—. Se dice que ha fabricado aviones para todos los hombres, mujeres y niños de Gran Bretaña.

—No voy a negar que ha fabricado numerosos aviones, lord Gifford, pero yo no volaría en uno de ellos.

—¿No?

—Producción en serie —declaró el señor Frederick a modo de explicación—. La gente trabaja demasiado rápido, tratando de seguir el ritmo de las cintas transportadoras, sin tiempo para verificar que las cosas se hayan hecho correctamente.

—Al ministerio no parece importarle.

—Al ministerio sólo le importan los números, pero una vez que vean la calidad de nuestra producción dejarán de encargar esas chatarras de Luxton —aseguró el señor Frederick, riendo con estridencia.

No pude evitarlo y lo miré. Me pareció que, teniendo en cuenta que era un hombre que había perdido a su padre y a su único hermano en cuestión de días, lo sobrellevaba notablemente bien. Demasiado bien, pensé, y comencé a dudar de la cariñosa descripción que Myra había hecho de él y de la devoción de Hannah. Estaba más cerca de la opinión de David, que lo había definido como un hombre insignificante y amargado.

—¿Alguna noticia del joven David? —preguntó lord Gifford.

Cuando le alcancé el té, el señor Frederick movió bruscamente el brazo, haciendo caer la taza y su humeante contenido en la alfombra de Besarabia.

—Oh, lo siento, señor —me disculpé, incapaz de evitar que la perturbación asomara en mis mejillas.

Él me observó, descifró algo en la expresión de mi cara. Despegó los labios para decir algo, pero cambió de idea.

Un brusco gemido de Jemina atrajo la atención de todos los presentes. Ella se aferró al brazo del sillón, se irguió, y pasó las manos por su tenso vientre.

—¿Qué sucede? —se oyó decir a lady Violet detrás de su velo de encaje.

Jemina no respondió, concentrada —o al menos eso parecía— en una silenciosa comunicación con su bebé. Miraba fijamente hacia adelante, sin ver, mientras seguía acariciando su vientre.

—¿Jemina? —volvió a preguntar lady Violet. La preocupación le helaba la voz, ya alterada por la pérdida de sus seres queridos.

Jemina inclinó la cabeza, como si se dispusiera a escucharla.

—Ha dejado de moverse —anunció, casi en un susurro. Su respiración era agitada—. Ha estado inquieto todo el tiempo, pero ahora se ha parado.

—Debes ir a descansar —le aconsejó lady Violet—. Es este dichoso calor —aseguró, tragando saliva—. Este dichoso calor... —repitió y miró a su alrededor buscando a alguien que corroborara su opinión—. Eso, y ... —agregó, meneando la cabeza. Luego cerró la boca, incapaz, tal vez, de pronunciar la última frase—. Eso es todo. —Y reuniendo todo su coraje, se irguió, y le ordenó a Jemina con firmeza—: Debes descansar.

—No —repuso Jemina con labios temblorosos—. Quiero estar aquí. Por James y por ti.

Lady Violet apartó suavemente las manos de Jemina de su vientre y las tomó entre las suyas.

—Lo sé —aseguró y alargó su mano para acariciar levemente el desvaído cabello castaño de Jemina. Era un simple gesto, pero me recordó que lady Violet también era madre. Sin moverse, me indicó:

—Grace, acompaña a Jemina a su habitación para que pueda descansar. Deja todo esto. Hamilton lo recogerá más tarde.

—Sí, señora —contesté haciendo una reverencia.

Fui hacia Jemina y la ayudé a ponerse de pie. Agradecí la oportunidad de alejarme de esa habitación y de su sufrimiento.

Mientras salía con Jemina a mi lado, comprendí cuál era la diferencia que había notado en la sala, además de la oscuridad y el calor. El reloj que estaba sobre la chimenea, que habitualmente marcaba los segundos con indiferente regularidad, estaba en silencio. Sus finas agujas negras se habían detenido dibujando un arabesco. Siguiendo las instrucciones de lady Ashbury, todos los relojes marcaban las cinco menos diez, la hora en que su esposo había muerto.

Capítulo 10

LA CAÍDA DE ÍCARO

Dejé a Jemina instalada en su habitación y regresé a la sala de los sirvientes, donde el señor Hamilton inspeccionaba las ollas y sartenes que Katie había estado fregando. Levantó la vista de la sartén de cobre, la preferida de la señora Townsend, para decirme que las hermanas Hartford estaban junto al antiguo cobertizo de los botes y que debía llevarles el almuerzo junto con la limonada. Agradecí que aún no se hubiera enterado del té derramado. Fui al cuarto de la nevera para buscar una jarra de limonada, la puse en una bandeja, con dos vasos altos y un plato de canapés preparados por la señora Townsend, y salí por la puerta de servicio.

Al llegar al escalón superior me detuve, parpadeando ante la claridad mientras mis ojos se acostumbraban al resplandor. Después de un mes sin lluvias, los colores del terreno que rodeaba la casa se habían desteñido. El sol estaba alto y sus rayos caían perpendiculares, decolorándolo aún más, dando al jardín el brumoso aspecto de las acuarelas que lady Violet tenía en su tocador.

A pesar de la cofia, la parte del cuero cabelludo que quedaba al descubierto se abrasó en un instante.

Crucé el Prado del Teatro, donde la hierba recién segada dejaba sentir su sedante aroma. Dudley estaba por allí, en cuclillas, podando los bordillos. Las cuchillas de sus tijeras brillaban bajo las manchas de savia verde.

Seguramente oyó que me acercaba, porque se volvió y entrecerró los ojos tratando de enfocarme.

—Hace calor —declaró, poniendo su mano a modo de visera sobre los ojos.

—Tanto que se podrían freír huevos en la vía del tren —comenté, citando una frase de Myra y dudando sobre si la había empleado de forma adecuada.

Al final del jardín, una serie de escalones de piedra gris conducían a la rosaleda de lady Ashbury. Capullos rosados y blancos se abrazaban en las glorietas, animadas por el zumbido de las diligentes abejas que rondaban sus centros amarillos.

Pasé por debajo de la enredadera, abrí el pestillo de la verja y seguí por el Camino Largo, un sendero de adoquines grises construido entre hojas de sedum amarillas y blancas. Hacia la mitad del camino, los altos setos de carpes daban paso a los tejos enanos que bordeaban el Jardín Egeskov. La silueta de dos árboles podados me hizo parpadear al sentir que cobraban vida ante mis ojos; luego me sonreí a mí misma y a la pareja de iracundos patos, ánades reales con plumas verdes que habían remontado vuelo desde el lago para llegar hasta allí, desde donde me miraban con sus brillantes ojos negros.

Al final del Jardín Egeskov estaba la segunda verja, la hermana ignorada (siempre hay una hermana ignorada), invadida por jazmines. Enfrente, la fuente de Ícaro, y más allá, junto al lago, el cobertizo de los botes.

El pestillo de la verja estaba oxidado y tuve que dejar mi bandeja para destrabarlo. La apoyé en el suelo, entre un grupo de fresales, y presioné la puerta para abrirlo.

Si bien Eros y Psique se alzaban, grandiosos, magníficos, en el jardín que estaba al frente de la casa —como un anticipo de la grandeza del propio edificio—, la fuente más pequeña tenía algo especial —un matiz de misterio y melancolía— oculto bajo la soleada claridad del jardín sur.

La fuente circular de piedra tenía dos pies de altura, y veinte de extensión máxima. Estaba cubierta por diminutos azulejos de vidrio de color azul cielo, como el collar de zafiros de Ceilán que lord Ashbury le había traído a lady Violet al regresar del Lejano Oriente.

En el centro se erigía un enorme y escarpado bloque de mármol rojizo, que duplicaba la altura de un hombre. Era ancho en la base y se afinaba hacia la cúspide. Equidistante entre ambas se destacaba —tallada en mármol blanco que contrastaba con el bloque rojizo— la figura de Ícaro tendido, en tamaño real. Las alas de pálido mármol, tallado a imitación de las plumas, estaban amarradas a los brazos extendidos y caían hacia atrás, rozando la piedra.

De la fuente surgían tres ninfas inclinadas hacia el héroe caído. Largas cabelleras rodeaban sus rostros angelicales. Una de ellas llevaba un arpa de pequeño tamaño, otra lucía una corona de hojas de hiedra y la tercera abrazaba el torso de Ícaro con sus níveas manos, tratando de levantarlo.

En ese momento, una pareja de aviones de color púrpura —indiferentes a la belleza de la escultura— bajaron en picado y se posaron sobre el bloque de mármol, antes de volver a emprender el vuelo para rozar la superficie del estanque y llenar su pico de agua. Mientras los observaba, el calor agobiante hizo surgir súbitamente en mí el imperioso deseo de hundir mi mano en el agua fresca. Miré hacia atrás, en dirección a la casa, ya lejana, demasiado sumida en su dolor para advertir que una criada, al fondo del jardín sur, hacía una pausa para refrescarse.

Dejé la bandeja en el borde de la fuente y apoyé tímidamente en los azulejos una de mis rodillas acaloradas, cubierta por las medias negras. Me incliné hacia adelante, extendí la mano hacia el agua donde se reflejaba el sol, y la aparté cuando sentí el primer contacto. Me remangué y volví a alargar la mano, lista para sumergir el brazo.

Entonces oí una risa, que resonó como música tintineante en el sereno día estival.

Permanecí inmóvil, escuchando. Incliné la cabeza y miré más allá de la estatua.

Pude distinguir a Hannah y Emmeline, pero no en el cobertizo de los botes, sino sentadas al otro lado, en el borde de la fuente. Mi sorpresa se acrecentó: ambas se habían quitado los vestidos de luto y sólo llevaban puesta la enagua, la prenda interior que cubría el corsé y los calzones con puntilla de encaje. También se habían deshecho de sus botas, que estaban olvidadas en el sendero de piedra. El cabello recogido en una larga trenza brillaba con el sol. Volví a mirar hacia la casa, sorprendida por su osadía. Me preguntaba si mi presencia podía considerarse una forma de complicidad, y en ese caso, si eso me preocupaba o si deseaba que así fuera.

Emmeline estaba acostada boca arriba, con los pies juntos, las piernas flexionadas. Las rodillas, tan blancas como su enagua, saludaban al claro cielo azul. Había doblado un brazo para permitir que su cabeza descansara sobre él. El otro —mostrando una piel pálida y blanca, que no parecía conocer el sol— se extendía hacia el agua. La muñeca giraba dibujando perezosamente un ocho en la superficie y provocando minúsculas olas.

Hannah estaba sentada a su lado, con una pierna ligeramente curvada y la otra flexionada de tal modo que podía apoyar el mentón en la rodilla. Los tobillos jugaban indolentemente en el agua. Los brazos rodeaban la pierna flexionada y en una de las manos sostenía una hoja de papel increíblemente fina, casi transparente bajo el resplandor del sol.

Yo saqué el brazo del agua, me arreglé la manga y recuperé la compostura. Eché un último vistazo a los destellos de la fuente y tomé otra vez la bandeja.

Cuando estuve más cerca de las hermanas, pude oír su conversación.

—... creo que es espantosamente obcecado —declaró Emmeline. Luego se metió en la boca una fresa del montón que habían recogido y arrojó el tallo hacia el jardín.

Hannah se encogió de hombros.

—Papá siempre ha sido muy testarudo.

—De todos modos, su rotunda negativa es una estupidez. Si David tiene entusiasmo suficiente para escribirnos desde Francia, lo menos que puede hacer es leer lo que nos cuenta.

Hannah miró hacia la escultura. Al inclinar la cabeza el brillo titilante de las olas de la fuente se reflejó en su rostro.

—David ha hecho quedar a papá como un tonto, haciendo a sus espaldas justo lo que le había pedido que no hiciera.

—Bah, de eso ha pasado casi un año.

—Papá no perdona fácilmente. Y David lo sabe.

—Pero es una carta tan divertida... Vuelve a leer la parte en la que cuenta el lío con la comida, lo del budín.

—*No* pienso leerla otra vez. No debería haberlo hecho las primeras tres veces. Es demasiado vulgar para oídos inocentes. —Hannah sostuvo la carta frente a sí, y su sombra se proyectó sobre la cara de su hermana—. Aquí, por ejemplo, lee tú misma. Hay una ilustración muy elocuente en la segunda página.

Una cálida brisa agitó el papel y pude distinguir las líneas negras de un dibujo en el extremo superior.

Mis pasos resonaron en las blancas piedras del sendero y atrajeron la atención de Emmeline, que me vio, de pie detrás de Hannah.

—¡Limonada! —exclamó, olvidando por completo la carta, y levantando el brazo que tenía en el agua—. ¡Qué bien!, me muero de sed.

Hannah se volvió hacia mí, y guardó la carta en su corsé.

—Grace —saludó sonriente.

—Estamos tratando de escondernos del viejo verde —explicó Emmeline, mientras se sentaba de espaldas a la fuente—. Oh, este sol es delicioso, se me ha ido directamente a la cabeza.

—Y a las mejillas —agregó Hannah.

Emmeline alzó la cara hacia el sol y cerró los ojos.

—No me importa. Quiero que todo el año sea verano.

—¿Lord Gifford ya se ha ido, Grace? —preguntó Hannah.

—No podría asegurarlo, señorita —contesté, apoyando la bandeja en el borde de la fuente—, pero diría que sí. Estaba en el salón hace un rato, cuando serví el té, y la Señora no dijo que tuviera previsto quedarse.

—Espero que no —declaró Hannah—. Ya hay suficientes cosas desagradables en este momento, sin necesidad de que él ande buscando pretextos para mirar mi vestido toda la tarde.

Junto a un macizo de madreselvas rosadas y amarillas había una pequeña mesa de jardín de hierro forjado. La acerqué a la fuente para servir el almuerzo. Afirmé sus patas curvas entre las piedras del sendero, apoyé la bandeja y comencé a servir la limonada.

Hannah sostenía el tallo de una fresa y lo hacía girar entre el dedo pulgar y el índice.

—¿Pudiste oír algo de lo que dijo lord Gifford? —inquirió.

Dudé. Se suponía que yo no escuchaba lo que se decía mientras servía el té.

—Sobre las propiedades del abuelo, sobre Riverton —especificó. No me miraba, por lo que sospeché que se sentía tan incómoda por preguntarlo como yo por tener que responder.

Tragué saliva y dejé la jarra en la mesa.

—No estoy segura, señorita...

—¡Lo oyó! —exclamó Emmeline—, lo sé porque se ha sonrojado. ¿Lo oíste, verdad? —preguntó inclinándose hacia mí—. Bien, dinos, ¿qué sucederá? ¿Será para papá? ¿Nos quedaremos aquí?

—No lo sé, señorita —repuse, encogiéndome, como lo hacía cada vez que me enfrentaba a la altivez de Emmeline—. Nadie lo sabe.

Emmeline tomó un vaso de limonada.

—Alguien debe de saberlo —indicó altanera—. Lord Gifford, seguramente. ¿Por qué ha venido si no? ¿Qué otro motivo podría traerlo hasta aquí, aparte de hablar acerca del testamento del abuelo?

—Lo que quiero decir, señorita, es que depende.

—¿De qué?

—Del bebé de la tía Jemina —afirmó entonces Hannah, y me miró—. ¿Es así, Grace?

—Sí, señorita —reconocí serenamente—, al menos creo que es lo que dijeron.

—¿Del bebé de la tía Jemina? —preguntó Emmeline.

—Si es un varón —explicó pensativa Hannah— todo le corresponde a él. Si no, papá será lord Ashbury.

Emmeline, que acababa de llevarse una fresa a la boca, se tapó los labios con la mano y rió.

—¿Te imaginas a papá siendo dueño de la finca? Es *demasiado* torpe. —El lazo de seda que ceñía su enagua se había enganchado en el borde de la fuente, deshilachándose. Una larga hebra zigzagueaba por su pierna. Debía tenerlo presente para zurcirlo más tarde—. ¿Crees que él quiere que nosotras vivamos aquí?

Oh, sí, pensé para mis adentros. Deseaba que así fuera. Riverton había estado sumamente silencioso durante el año anterior. No había nada que hacer salvo volver a quitar el polvo de las habitaciones vacías y tratar de no pensar demasiado en los que aún seguían luchando en la guerra.

—No —aseveró Hannah con firmeza—. Papá no toleraría estar lejos de su fábrica.

—No lo sé —opinó Emmeline—, si hay algo que papá adora más que a su fábrica es Riverton. Entre todos los lugares del mundo, es su preferido. Aunque ¿por qué alguien desearía quedarse en medio de la nada, sin tener con quién hablar? —se preguntó, mirando al cielo. Luego hizo una pausa—. Hannah, ¿sabes en qué he estado pensando? —preguntó excitada—. Si papá fuera un lord, nos convertiríamos en miembros de la nobleza, ¿verdad?

—Supongo que sí —dijo Hannah—. ¿Qué importancia tiene?

De un salto, Emmeline se puso de pie y puso los ojos en blanco.

—Una gran importancia —afirmó. Entonces dejó su vaso en la mesa y volvió a subir al borde de la fuente.

—La honorable Emmeline Hartford, de la mansión Riverton. Suena bien, ¿no crees?

Emmeline giró para hacer una reverencia a su reflejo en el agua. Parpadeó y tendió su mano.

—Encantada de conocerlo, apuesto caballero. Soy la Honorable Emmeline Hartford.

Luego rió, divertida con su propia ocurrencia, y comenzó a caminar por el borde de azulejos, con los brazos extendidos para equilibrarse, al tiempo que repetía su fórmula de presentación entre nuevas carcajadas.

Hannah la miró un momento, perpleja.

—¿Tienes hermanas, Grace?

—No, señorita. Tampoco hermanos.

—¿En serio? —preguntó, como si jamás hubiera considerado que fuera posible vivir sin hermanos.

—No he sido demasiado afortunada, señorita. Somos sólo mi madre y yo.

Ella me miró, entrecerrando los ojos ante la luz del sol.

—Tu madre. ¿Ella trabajó en esta casa?

Más que una pregunta, era una afirmación.

—Sí, señorita. Hasta que yo nací, señorita.

—Te pareces mucho a ella. Me refiero a tu aspecto físico.

Sus palabras me desconcertaron.

—¿Perdón, señorita?

—La vi en el álbum de recuerdos de la abuela. En una de esas fotografías de todos los inquilinos de la casa, tomada el siglo pasado.

Sin duda Hannah percibió mi confusión, porque se apresuró a decir:

—No estaba buscando esa fotografía, Grace. Trataba de encontrar un retrato de mi propia madre, cuando inesperadamente apareció. Me impresionó el parecido que tiene contigo. El mismo rostro hermoso, los mismos ojos bondadosos.

Yo nunca había visto una foto de mi madre en su juventud. La descripción de Hannah era tan diferente de la madre que yo conocía, que me asaltó un repentino e irrefrenable anhelo de verla por mí misma. Sabía dónde estaba guardado el álbum de recuerdos de lady Ashbury: en el cajón de la izquierda de su escritorio. Y desde que Myra trabajaba fuera de la casa, habían sido muchas las ocasiones en que me había quedado a solas mientras limpiaba la sala. Si me aseguraba de que los demás estuvieran ocupados en otro lugar y actuaba con rapidez, seguramente no sería difícil echar un vistazo. Pero me pregunté si me atrevería a hacerlo.

—¿Por qué no regresó a Riverton después de tu nacimiento?

—No era posible, señorita. No podía regresar con un bebé.

—Estoy segura de que la abuela ya había admitido madres con hijos entre el servicio —declaró, y sonrió—. Imagínate, podríamos habernos conocido cuando éramos niñas. —Hannah frunció ligeramente el ceño y miró el agua de la fuente—. Tal vez no era feliz aquí y no deseaba regresar.

—No lo sé, señorita —repuse, inexplicablemente molesta por tener que hablar sobre mi madre con Hannah—. Ella no habla nunca de ese tema.

—¿Está sirviendo en otra casa?

—Ahora hace trabajos de costura, señorita. En el pueblo.

—¿Trabaja para sí misma?

—Sí, señorita —confirmé, aunque nunca lo había visto de esa manera.

Hannah asintió.

—Eso debe de proporcionar cierta satisfacción.

La miré. No sabía si estaba bromeando. No obstante, su expresión era seria, reflexiva.

—No lo sé, señorita —contesté, vacilante—. Voy a verla esta tarde. Si lo desea puedo preguntárselo.

Los ojos de Hannah adquirieron un aspecto nebuloso, como si sus pensamientos estuvieran muy lejos. Cuando me miró, las sombras se disiparon.

—No, no tiene importancia. ¿Has recibido noticias de Alfred? —me preguntó, rozando con el dedo el borde de la carta de David, que seguía guardada en su enagua.

—Sí, señorita —contesté, feliz de poder cambiar de tema. Alfred era terreno seguro. Formaba parte del universo de la casa—. Recibí una carta la semana pasada. Le darán permiso en septiembre y vendrá a vernos. Es decir, espero que así sea.

—Septiembre. No falta mucho. Seguramente te alegrará la idea de verlo.

—Sí, señorita. Sin duda.

Hannah me dirigió una sonrisa cómplice y me ruboricé.

—Lo que quiero decir, señorita, es que todos sus compañeros nos alegraremos de verlo.

—Por supuesto, Alfred es un muchacho encantador.

Mis mejillas se tiñeron de rojo, porque Hannah había adivinado.

Si bien seguían llegando cartas de Alfred para todo el servicio, cada vez más a menudo venían dirigidas sólo a mí. También el contenido había variado. Los temas relativos a la guerra eran reemplazados por chismes acerca de la casa y otras cosas, secretas: lo mucho que me echaba de menos, cuánto me necesitaba, el futuro... De pronto parpadeé y pregunté:

—¿Y el amo David, señorita? ¿Regresará pronto?

—No dice nada —declaró. Entonces pasó su mano sobre la superficie tallada de su relicario, echó un vistazo a Emmeline y bajó la voz—. A veces creo que nunca volverá.

—Oh, no, señorita —me apresuré a decir—. No debe pensar así. Estoy segura de que no ocurrirá nada...

Su risa me desconcertó.

—No me refiero a eso, Grace. Lo que quiero decir es que, ahora que ha logrado escapar, no creo que desee volver al redil. Con nosotros. Se quedará en Londres, estudiará piano y se convertirá en un gran músico. Tendrá una vida llena de romanticismo, de emoción, de aventura, como los juegos que solíamos jugar... —Señaló echando un vistazo a la casa y su sonrisa se desvaneció. Después suspiró largamente—. A veces...

Esas palabras quedaron flotando entre nosotras, aletargadas, pesadas, rotundas. Esperé la conclusión de la frase, que no llegó. No se me ocurría nada que decir, de modo que actué como mejor sabía: guardé silencio y rellené su vaso con la limonada restante.

Entonces ella me miró y me ofreció su vaso.

—Grace, toma.

—Oh, no, señorita. Gracias, señorita. Estoy bien.

—No es cierto. Tus mejillas están casi tan rojas como las de Emmeline. Ten —ofreció y me pasó su vaso.

Miré a Emmeline, que del otro lado de la fuente arrojaba madreselvas rosadas y amarillas para que flotaran en el agua.

—De verdad, señorita, yo...

—Grace, hace calor. Insisto —apremió, con tono severo.

Suspiré y cogí el vaso. Estaba frío, tentadoramente frío. Lo acerqué a los labios y bebí apenas un sorbo cuando a mis espaldas se oyó una exclamación. Hannah y yo nos volvimos para ver de qué se trataba. Miré hacia arriba, entrecerrando los ojos. El sol había comenzado a deslizarse hacia el oeste y el aire era pesado.

Emmeline había trepado hasta la mitad de la estatua y estaba agazapada en una cornisa junto a Ícaro. Se había soltado la melena rubia, colocándose un ramillete de clemátides blancas detrás de la oreja. El borde mojado de su enagua se había pegado a sus piernas.

En la cálida y blanca luz del mediodía, Emmeline parecía formar parte de la escultura, como una ninfa acuática más que hubiese cobrado vida. Nos hizo señas y le dijo a Hannah:

—Ven, sube, desde aquí se ve todo el camino hacia el lago.

—Ya lo he visto —respondió Hannah—. Fui yo quien te lo mostré, ¿recuerdas?

Un zumbido atronó en el cielo. Era un aeroplano que volaba sobre nosotras. No reconocí el modelo. Alfred lo habría sabido.

Hannah lo siguió con la vista hasta que desapareció, perdido en un punto diminuto, en el resplandor del sol. Continuó observando el cielo vacío, el sol que no dejaba de brillar, que no se preocupaba por la guerra que arrasaba el continente vecino. De pronto se puso de pie, y con paso decidido se dirigió al banco del jardín donde había dejado su ropa. Cuando cogió su vestido negro, dejé la limonada y me acerqué a ayudarla.

—¿Qué haces? —le preguntó Emmeline.

—Me visto.

—¿Por qué?

—Hay algo que debo hacer en casa. —Hannah hizo una pausa y se arregló el corsé—. Una tarea de la señorita Prince, verbos en francés.

—¿Desde cuándo? Estamos de vacaciones —observó Emmeline frunciendo la nariz.

—Le pedí que me dejara deberes.

—No lo hiciste.

—Lo hice.

—Bien, entonces yo también voy —declaró Emmeline sin moverse de su lugar.

—Muy bien —repuso fríamente Hannah—. Si te aburres, probablemente lord Gifford todavía esté en casa para hacerte compañía —agregó y se sentó a atarse los cordones de sus botas.

—Venga —insistió Emmeline, enfurruñada—, dime de qué se trata. Sabes que puedo guardar un secreto.

—Gracias a Dios —exclamó Hannah—. No me gustaría que nadie supiera que estoy practicando los verbos en francés.

Emmeline se sentó, observó a Hannah y comenzó a golpetear con sus piernas una de las alas de mármol de la estatua.

—¿Me *juras* que eso es lo que harás? —preguntó inclinando la cabeza.

—Lo *juro*. Voy a casa a hacer unas traducciones —aseguró y me dirigió una mirada furtiva. Entonces comprendí que había dicho una verdad a medias. Iba a traducir, pero no escribiría en francés sino en taquigrafía. Miré al suelo, desproporcionadamente feliz en mi papel de cómplice.

Emmeline agotó sus últimos recursos. Meneó lentamente la cabeza y entrecerró los ojos.

—Mentir es pecado mortal, lo sabes.

—Sí, niña piadosa —respondió Hannah, riendo.

Emmeline cruzó los brazos.

—Bien, sigue guardando tus tontos secretos. No me importa.

—Me alegra que lo entiendas. Gracias por la limonada, Grace.

Hannah me sonrió, le correspondí y luego ella se alejó hacia el Camino Largo.

—Lo descubriré, lo sabes —gritó Emmeline—. Siempre lo hago.

No hubo respuesta. Emmeline resopló y cuando me volví para mirarla vi que las flores blancas que habían decorado su cabello estaban desparramadas sobre las piedras.

—¿Ese vaso de limonada es para mí? —preguntó, mirándome con disgusto—. Estoy sedienta.

* * *

Esa tarde la visita a mi madre fue breve y, salvo por un detalle, no habría sido digna de recordar.

Habitualmente, mi madre y yo nos sentábamos en la cocina. Era el lugar donde había mejor luz para coser y donde solíamos pasar la mayor parte del tiempo antes de que yo comenzara a trabajar en Riverton. Sin embargo, ese día, cuando me recibió en la entrada, me llevó a la pequeña sala de estar contigua a la cocina. Sorprendida, me pregunté si no tendría otro invitado, porque raramente utilizaba esa habitación, que reservaba para las visitas importantes, como el doctor Arthur o el pastor de la iglesia. Me senté en una mesa junto a la ventana y esperé a que trajera el té.

Mi madre se había esforzado para que la sala luciera de la mejor manera posible, como advertí por algunos detalles. En la mesa que estaba junto a la pared había un jarrón que había pertenecido a mi abuela, de porcelana blanca con tulipanes pintados en el frente, conteniendo orgulloso un puñado de margaritas mustias. Y el almohadón que solía enrollar para usar detrás de la espalda mientras trabajaba estaba mullido y cuidadosamente colocado en medio del sofá. Como un astuto impostor, sentado allí todo orondo, contemplando el mundo como si su única función fuera decorativa.

Aunque la sala estaba particularmente limpia —años de servicio doméstico le habían permitido a mi madre lograr niveles de excelencia— no la recordaba tan pequeña y fea. Las paredes amarillas, que alguna vez tuvieron un aspecto alegre, se veían descoloridas, y combadas hacia dentro, como si únicamente la presencia del viejo sofá y las sillas las salvaran del derrumbe. Los cuadros, marinas que habían inspirado muchas de mis fantasías infantiles, habían perdido su magia, y me parecían deslucidos y mal enmarcados.

Mi madre trajo el té y se sentó frente a mí. La observé mientras lo servía. Sólo había dos tazas, es decir, que no habría otros invitados. El arreglo de la habitación, las flores, el almohadón mullido..., eran para mí.

Tomé la taza que me ofrecía y advertí que estaba mellada en el borde. Era una falla diminuta, pero el señor Hamilton jamás la habría tolerado. En Riverton no se admitían tazas desportilladas, ni siquiera para la servidumbre.

Mi madre sostuvo su taza con las dos manos y vi que sus dedos se montaban uno sobre el otro. En esas condiciones, no entendía cómo podía coser. Me preguntaba desde cuándo estaría tan mal y cómo se ganaba la vida. Todas las semanas yo le enviaba una parte de mi sueldo, pero seguramente no era suficiente. Abordé cautelosamente el tema.

—No es asunto tuyo —respondió—. Me las apaño.

—Pero, madre, deberías habérmelo dicho. Puedo enviarte más dinero. No tengo en qué gastarlo.

Su rostro demacrado oscilaba entre la actitud defensiva y la derrota. Por fin, suspiró.

—Eres una buena chica, Grace. Estás cumpliendo con tu deber. No tienes que preocuparte por la mala fortuna de tu madre.

—Por supuesto que sí.

—Sólo te pido que te asegures de no cometer los mismos errores.

Me armé de valor, y me atreví a preguntar suavemente:

—¿Qué errores, madre?

Ella miró hacia otro lado. Yo esperé, con el corazón trémulo, mientras ella se mordía el agrietado labio inferior. Me preguntaba si por fin me confiaría los secretos que desde siempre habían estado silenciosamente presentes entre nosotras.

—Shhh —fue todo lo que dijo, mirándome a la cara, como si diera un portazo que cerraba la posibilidad de acceder al tema. Luego irguió el mentón y me preguntó, como de costumbre, por la casa y la familia.

¿Qué esperaba? ¿Un cambio repentino, absolutamente singular, en los hábitos de mi madre? ¿Una confesión de sus desgracias pasadas que explicara su aspereza, que nos permitiera tener la comprensión mutua que nunca habíamos logrado?

Tal vez sí. Ya sabes, era joven. Ésa es mi única excusa.

Pero ésta es una historia real, no una ficción, y por lo tanto no debe sorprenderte que aquello que yo esperaba no se hiciera realidad. En cambio, tragué el amargo bocado de la desilusión y le hablé de las muertes, sin que pudiera evitar el tono petulante de mi voz mientras relataba las recientes desgracias de la familia. Primero el mayor; el rostro sombrío con que el señor Hamilton había recibido el telegrama ribeteado en negro; los dedos de Jemina, tan temblorosos que no le permitían abrirlo; y luego lord Ashbury, apenas unos días más tarde.

Mi madre meneó lentamente la cabeza, un gesto que destacaba su cuello delgado, y dejó su taza de té.

—Eso he oído decir, aunque no sabía en qué medida los chismes eran ciertos. Sabes tan bien como yo cuánto le gusta cotillear a la gente de este pueblo.

Asentí.

—¿Cuál fue entonces la causa de la muerte de lord Ashbury? —pregunté.

—El señor Hamilton dice que fue una acumulación de todo. En parte, un ataque, y en parte, el calor.

Mi madre asentía mientras se mordía el carrillo.

—¿Y qué opina la señora Townsend?

—Que no fue por nada de eso. Cree que, sencillamente, murió de pena. —Bajé la voz, y adopté el mismo tono reverente que había utilizado la señora Townsend—. Dice que la muerte del mayor destruyó el corazón de Su Señoría. Que cuando lo mataron todas las esperanzas y los sueños de su padre cayeron con él en suelo francés.

Mi madre sonrió, pero el suyo no era un gesto de felicidad. Meneó lentamente la cabeza, miró la pared que tenía delante, sus pinturas con escenas de mares lejanos.

—Pobre, pobre señor Frederick —comentó.

Sus palabras me sorprendieron. Al principio pensé que había oído mal, o que ella se había equivocado al pronunciar su nombre, porque no comprendía a qué se refería. Pobre lord Ashbury. Pobre lady Violet. Pobre Jemina. ¿Pero Frederick?

—No debes preocuparte por él —señalé—, es probable que herede la casa.

—Para ser feliz no basta la riqueza, niña.

No me gustaba que mi madre hablara sobre la felicidad. La palabra carecía de significado cuando ella la pronunciaba. Con la amargura que reflejaban sus ojos y su casa vacía, era la persona menos indicada para aconsejar sobre el tema. De alguna manera, me sentí reprendida por una ofensa que no supe identificar.

—Trata de decírselo a Fanny —respondí, molesta.

Mi madre frunció el ceño. Comprendí que no sabía de quién hablaba.

—Oh —dije, con una inexplicable alegría—. Lo olvidé, no la conoces. Es la protegida de lady Clementine; pretende casarse con el señor Frederick.

Mi madre me miró y empalideció.

—¿Casarse? ¿Con Frederick?

Asentí.

—Fanny lleva persiguiéndolo durante todo el año.

—¿Y aun así él no le ha propuesto matrimonio?

—No, pero es sólo cuestión de tiempo.

—¿Quién piensa eso? ¿La señora Townsend?

—Myra.

Mi madre se recuperó, esbozó una ligera sonrisa.

—Esa Myra se equivoca. Frederick no volverá a casarse. No después de Penelope.

—Myra no suele equivocarse.

—En esto, se equivoca —afirmó mi madre cruzando los brazos.

Me agradó su certeza. Sentí que sabía mejor que yo lo que sucedía en la casa.

—La señora Townsend está de acuerdo con ella. Dice que lady Violet aprueba esa unión y que, aunque aparentemente al señor Frederick no le importe demasiado la opinión de su madre, en las cuestiones importantes jamás se atrevería a contrariarla.

—No —reconoció mi madre. En su rostro apareció una sonrisa, que luego se desvaneció—. Supongo que no se atrevería —repitió y miró hacia la ventana abierta, por donde se veía el muro de piedra gris de la casa vecina—. Es sólo que, volver a casarse... nunca pensé que lo haría.

Su voz había perdido firmeza. Me sentí mal. Avergonzada de mi deseo de poner a mi madre en su lugar. Seguramente le había tenido cariño a Penelope, la madre de Hannah y Emmeline. ¿Qué otra cosa podía explicar su rechazo a la idea de que el señor Frederick reemplazara a su esposa muerta, su desaliento cuando yo insistí en que era verdad?

Puse mi mano sobre las suyas.

—Tienes razón, madre. He hablado de más. No podemos saberlo.

Mi madre no dijo nada.

Me incliné más hacia ella.

—Y a decir verdad, no hay indicios de que el señor Frederick sienta algo por Fanny. Mira con más adoración a su fusta que a ella.

Mi broma fue un intento de halagarla y me sentí mejor cuando me miró. Sentí, además, una sorpresa indefinible, porque en ese momento, con el sol de la tarde acariciándole la mejilla y tornando de un matiz verdoso sus ojos castaños, mi madre me pareció casi bella. Una palabra que jamás habría creído apropiada para ella. Limpia y pulcra, tal vez, pero nunca bella.

Pensé en las palabras de Hannah, en lo que me había dicho sobre la fotografía de mi madre, y eso terminó de convencerme: tenía que verla por mí misma. Ver qué clase de persona era esa joven a la que Hannah había calificado de bella y a la que la señora Townsend recordaba con tanto cariño.

—Siempre fue un gran jinete —declaró, apoyando su taza en el alféizar. Luego, para mi asombro, tomó mi mano entre las suyas y acarició mis palmas agrietadas.

—Cuéntame más sobre tus tareas. Por lo que se ve, te han tenido terriblemente ocupada por allí.

—No está tan mal —empecé, conmovida por su raro gesto de afecto—. La limpieza y el lavado de la ropa no son muy interesantes, pero hay otras tareas menos pesadas.

Ella inclinó la cabeza en señal de interrogación.

—Myra ha estado tan ocupada con su trabajo de guarda de tren que he tenido que ocuparme de la mayor parte del trabajo de la casa.

—¿Te gusta lo que haces, mi niña? ¿Allí, en esa gran casa? —me preguntó con voz serena.

Asentí.

—¿Y qué es lo que te gusta de todo eso?

Estar en habitaciones decoradas con delicadas porcelanas y pinturas y tapices. Escuchar cómo Hannah y Emmeline bromean, juegan y sueñan, pensé. Pero de pronto recordé cómo se había sentido mi madre un rato antes y de inmediato encontré una manera de complacerla.

—Me hace feliz —afirmé, admitiendo algo que ni siquiera me había atrevido a reconocer—. Espero convertirme en una verdadera doncella algún día.

Mi madre me miró y frunció ligeramente el ceño.

—Es una buena manera de forjarse un futuro, mi niña —aseveró, en voz baja—. Pero la felicidad necesita del calor del propio hogar. No puede tomarse de jardines ajenos.

* * *

El comentario de mi madre seguía rondando en mi cabeza mientras caminaba de regreso a Riverton, a última hora de la tarde. Sin duda, me aconsejaba que no olvidara cuál era mi lugar. Ya me había aleccionado sobre ese tema más de una vez. Quería que tuviera presente que sólo encontraría felicidad junto al carbón que ardía en el hogar de la sala de los sirvientes, no en las delicadas perlas del tocador de una dama. Pero los Hartford no eran extraños. Y si yo obtenía algún placer al trabajar junto a ellos, escuchar sus conversaciones, apreciar sus hermosos vestidos, ¿qué mal podía causarme todo aquello?

Sus celos me habían impactado. Ella envidiaba mi lugar en esa gran casa. Estaba claro que le había tenido cariño a Penelope, la madre de las chicas, porque ¿qué otra cosa podía explicar su reacción cuando mencioné que el señor Frederick volvería a casarse? Y verme en la posición que ella alguna vez tuvo le recordaba que se había visto obligada a abandonarla. ¿Realmente no había tenido otra alternativa? Hannah había dicho que lady Violet había admitido antes madres con hijos. Por otra parte, si a mi madre le molestaba que yo hubiera ocupado su lugar, ¿por qué había insistido tanto en que ingresara en el servicio de Riverton?

Disgustada, di un puntapié a un terrón del suelo que ya había aflojado el casco de un caballo. Era imposible. Nunca lograría desenredar los nudos y los secretos que mi madre había tejido entre nosotras. Pero si ella no consideraba apropiado revelarlos, y se limitaba a ofrecerme herméticos discursos acerca de la mala fortuna y a recordarme cuál era mi lugar, ¿cómo podía esperarse que respondiera a sus expectativas?

Respiré profundamente. No era posible. Mi madre no me dejaba más alternativa que emprender mi propio camino y eso era lo que estaba decidida a hacer. Y si eso significaba aspirar a subir un escalón en la jerarquía del servicio, así sería. Salí del sendero flanqueado por árboles y me detuve un instante para observar la casa. El sol se había ocultado. Riverton estaba a oscuras. Parecía un enorme abejorro negro posado en la colina, acurrucado en el bosque, y en su propia pena. Pero aun así, me invadió una agradable sensación de certeza. Por primera vez en mi vida me sentía segura. En algún lugar, entre el pueblo y Riverton, había perdido la sensación de que, si no me aferraba a ella con todas mis fuerzas, me liquidarían.

Entré en la oscura sala de los sirvientes y me dirigí hacia el sombrío pasillo. Mis pasos resonaron en el frío suelo de piedra. Cuando llegué a la cocina, todo estaba en silencio. El aroma de la carne guisada trepaba por las paredes pero no vi a nadie por allí. Detrás de mí, en el comedor, se oía claramente el tictac de las agujas del reloj. Miré a través de la puerta. Nadie. En la mesa, una solitaria taza de té descansaba sobre su plato, servida para un ser invisible. Me quité el sombrero, lo colgué en un gancho de la pared y me alisé la falda. Mi suspiro reverberó en las paredes silenciosas. Sonreí. Nunca había tenido esa zona de la casa sólo para mí.

Miré el reloj. No me esperaban hasta dentro de media hora. Decidí que tomaría una taza de té. La que me había servido mi madre me había dejado un gusto amargo.

En la mesa de la cocina encontré la tetera todavía tibia, con su cubierta de lana.

La puse sobre el fogón y cogí una taza. La olla silbaba ruidosamente cuando apareció Myra, que se asombró al verme.

—Es Jemina —anunció—. El bebé está en camino.

—Si no lo esperaba hasta septiembre.

—Ya, pero eso él no lo sabe —repuso, arrojándome una pequeña toalla—. Lleva arriba esto y un recipiente con agua fría. No puedo encontrar a los demás y alguien que llamar al médico.

—Pero no llevo el uniforme...

—No creo que a la madre o al niño les importe —señaló Myra y desapareció en el despacho del señor Hamilton para llamar por teléfono.

—Pero ¿qué debo decir? —pregunté a la habitación vacía, a mí misma, a la toalla que tenía en la mano—. ¿Qué hago?

Myra asomó la cabeza por el vano de la puerta.

—Bueno, no lo sé. Tendrás que inventar algo —contestó, agitando una mano en el aire—. Simplemente dile que todo está en orden.

Puse la toalla sobre mi hombro, llené un recipiente con agua y subí, siguiendo las indicaciones de Myra. Me temblaban las manos y vertí algunas gotas de agua en la alfombra del pasillo formando oscuras manchas de color bermellón.

Cuando llegué a la habitación de Jemina, vacilé. Desde el otro lado de la sólida puerta llegaba un quejido ahogado. Inspiré profundamente, golpeé y entré.

La habitación estaba a oscuras, salvo por un potente rayo que se colaba entre las cortinas tímidamente abiertas. El haz de luz estaba salpicado con motas de polvo. La cama de caoba era una masa oscura en el centro de la habitación, donde Jemina estaba tendida, muy quieta, respirando trabajosamente.

Me acerqué a la cama y me agaché tímidamente junto a ella. Dejé el recipiente en la pequeña mesilla.

Jemina gimió y yo me mordí el labio. No sabía qué hacer.

—Está bien —susurré suavemente, como mi madre me decía cuando tuve escarlatina—. Está bien.

Ella se estremeció, y dio tres bocanadas de aire, apretando los ojos cerrados.

—Todo irá bien —repetí. Humedecí la toalla en el agua y la doblé para ponerla sobre su frente.

—James...—le oí decir—. James... —El nombre sonaba hermoso en sus labios.

No había nada que pudiera decir ante eso, por lo que permanecí en silencio.

Se sucedieron más quejidos, más gemidos. Ella se retorcía, llorando sobre la almohada. Sus dedos buscaban un imposible consuelo en la sábana vacía que estaba a su lado.

Luego volvió la serenidad. Su respiración se sosegó.

Le quité el paño de la frente. El calor de su piel lo había entibiado. Lo sumergí nuevamente en la palangana con agua, lo escurrí, volví a plegarlo y me acerqué para ponerlo otra vez sobre su frente.

Jemina abrió los ojos, parpadeó, trató de reconocer mi cara en la oscuridad.

—Hannah —farfulló, suspirando.

Su error me sorprendió. Y me agradó infinitamente. Abrí la boca para corregirla pero me contuve cuando ella alargó su brazo y tomó mi mano.

—Qué bien que estés aquí —declaró, apretándome los dedos—, tengo tanto miedo, no puedo sentir nada.

—Todo está en orden. El bebé está descansando.

Mis palabras parecieron calmarla un poco.

—Sí, siempre es así justo antes de que nazca. Es sólo que... Es demasiado pronto —dijo y giró la cabeza. Cuando volvió a hablar su voz era tan débil que tuve que esforzarme por entenderla—. Todos quieren que sea un niño, pero no puedo. No puedo perder otro.

—Eso no sucederá —señalé, con la esperanza de que así fuera.

—Sobre mi familia pesa una maldición —afirmó, con el rostro todavía oculto en la almohada—. Mi madre me lo advirtió, pero no la creí.

Pensé que había perdido el juicio. Que el dolor la había trastornado volviéndola presa de supersticiones.

—Las maldiciones no existen —indiqué suavemente.

Oí un ruido, una mezcla de risa y sollozo.

—Oh, sí. Es la misma que mató al hijo de nuestra querida y difunta reina. La maldición hace que se desangren. —Jemina se quedó quieta, se pasó la mano por el vientre y giró para mirarme. Su voz era apenas más que un susurro—. Pero las niñas... la maldición no cae sobre ellas.

La puerta se abrió. Myra apareció, seguida por un hombre de mediana edad y una expresión de permanente censura, que resultó ser el médico, aunque no era el doctor Arthur, el médico del pueblo. Acomodamos las almohadas, Jemina se enderezó y encendimos una luz. En determinado momento advertí que había recuperado mi mano. Después me apartaron de la cama y me expulsaron de la habitación.

Las horas pasaron, anocheció, y yo esperé, dando vueltas por la cocina rogando que todo saliera bien. Aun cuando tenía montones de cosas que hacer para entretenerme, el tiempo parecía haberse detenido. Debía servir la cena, abrir las camas, recoger la ropa limpia para el día siguiente. Pero todo el tiempo mi mente seguía junto a Jemina.

Por fin, cuando a través de la ventana de la cocina vi el último resplandor del sol ocultándose en el oeste, detrás del bosque, se oyeron los pasos de Myra bajando la escalera, con el recipiente y la toalla en la mano.

Habíamos terminado de cenar y aún estábamos sentados a la mesa.

—¿Y bien? —preguntó la señora Townsend, aferrando ansiosamente el pañuelo junto a su pecho.

—Bien... —repitió Myra, dejando la palangana y la toalla en la mesa de la cocina. Luego nos miró sin poder contener una sonrisa—.

A las ocho y veintiséis minutos la madre ha dado a luz a un bebé, pequeño, pero saludable.

Aguardé impaciente.

—Sin embargo, no puedo evitar sentir cierta pena por ella —agregó Myra levantando las cejas—. Es una niña.

* * *

Eran las diez en punto cuando regresé, después de recoger la bandeja de la cena de Jemina. Se había quedado dormida, con la pequeña Gytha arropada entre sus brazos. Antes de apagar la lámpara que estaba junto a la cama, me detuve un momento para mirar a la minúscula niña: los labios fruncidos, un mechón de cabello rojizo, los ojos cerrados con fuerza. No era una heredera sino un bebé, que viviría, crecería, amaría. Y un día, tal vez, tendría sus propios hijos.

Salí de la habitación de puntillas, llevando la bandeja. Sólo mi lámpara alumbraba el oscuro pasillo, y mi sombra se proyectaba sobre la fila de retratos que colgaban de las paredes. Mientras el nuevo miembro de la familia dormía profundamente al otro lado de la puerta, unos cuantos antepasados Hartford hacían su silenciosa vigilia, observando serenamente la entrada de una casa que alguna vez les perteneció.

Cuando pasé junto al salón principal advertí que una tenue luz se filtraba por debajo de la puerta. En medio de las dramáticas circunstancias de la noche, el señor Hamilton se había olvidado de apagar la lámpara. Gracias a Dios, sólo yo lo había visto. A pesar de la bendición del nacimiento de su nueva nieta, lady Violet se habría puesto furiosa si hubiera descubierto que se violaban sus normas sobre el luto.

Abrí la puerta, y me detuve, petrificada.

Allí, en el sillón de su padre, estaba el señor Frederick. El nuevo lord Ashbury.

Tenía las piernas cruzadas y la cabeza apoyada en una mano, de modo que su rostro quedaba oculto.

En la mano izquierda tenía la carta de David. Pude reconocerla por el inconfundible dibujo del extremo superior. La carta que Hannah había leído junto a la fuente, la que había hecho reír nerviosamente a Emmeline.

La espalda del señor Frederick se estremecía. A primera vista podría haberse dicho que también él reía. Entonces escuché un sonido que nunca he olvidado. Que jamás olvidaré. Un sollozo ahogado, gutural, profundo, inconscientemente lúgubre. Permanecí allí un instante, incapaz de moverme. Después me di la vuelta, fui hacia la puerta y la cerré tras de mí, para no seguir siendo un oculto espectador de su pena.

* * *

Un golpe en la puerta me devuelve a la realidad. Es 1999, estoy en mi habitación de Heathview. La fotografía, con nuestros rostros graves e inconscientes, sigue en mis manos. La joven actriz, sentada en su silla marrón, observa las puntas de su largo cabello. ¿Durante cuánto tiempo he estado ausente? Miro el reloj. Acaban de dar las diez. ¿Es posible? ¿Es posible que las barreras de la memoria se hayan desvanecido, que las imágenes y fantasmas del pasado se hayan materializado, y que aun así el tiempo no haya pasado?

La puerta se abre y Ursula vuelve a la habitación. Sylvia entra inmediatamente después, balanceando tres tazas de té en una bandeja de plata, algo más llamativa que la habitual, de plástico.

—Lo siento mucho —dice Ursula volviendo a sentarse en el extremo de mi cama—. No suelo hacer esto. Era urgente.

En un primer momento, no comprendo a qué se refiere. Luego veo que tiene en la mano el teléfono móvil.

Sylvia me alcanza una taza de té y camina alrededor de mi silla para ofrecerle otra taza humeante a Keira.

—Espero que hayan comenzado la entrevista sin mí —señala Ursula.

Keira sonríe y se encoge de hombros.

—Hace tiempo que hemos terminado.

—¿De verdad? —pregunta Ursula, abriendo los ojos por debajo de su espeso flequillo—. No puedo creerlo. Me he perdido toda la entrevista. Tenía mucha curiosidad por escuchar los recuerdos de Grace.

Sylvia pone una mano en mi frente.

—Parece un poco febril. ¿Necesita algún analgésico?

—Estoy perfectamente bien.

Sylvia arquea una ceja.

—Estoy bien —repito, con toda la firmeza que puedo reunir.

Sylvia no me cree, menea la cabeza y deja oír una interjección. Sé que se está frotando las manos. Sé que piensa: «Por el momento, ya verás luego». No duda que estaré pidiendo un calmante para el dolor antes de que mis invitadas hayan subido a su automóvil. No puedo negarlo. Tal vez tenga razón.

Keira toma un sorbo de té verde y deja la taza sobre mi tocador. ¿Hay un baño?

Puedo sentir que los ojos de Sylvia me perforan.

—Sylvia —intervengo, con voz ronca—, ¿puedes acompañar a Keira hasta el aseo del pasillo?

Sylvia apenas puede contenerse.

—Por supuesto —contesta. Y aunque no puedo verla, sé que está pavoneándose—. Es por aquí, señorita Parker.

Cuando la puerta se cierra, Ursula me sonríe.

—Le agradezco que haya recibido a Keira. Es la hija de un amigo del productor y estoy obligada a prestarle especial atención. —Entonces mira hacia la puerta, baja la voz y elige cuidadosamente sus palabras—. No es mala chica, pero le falta un poco de... tacto.

—No lo he notado.

Ursula ríe.

—Es lo que ocurre cuando se tienen padres que trabajan en esta industria. Estos chicos ven que sus padres reciben premios por ser ricos, famosos y guapos. ¿Quién puede culparlos por querer lo mismo?

—Es lógico.

—No obstante, me hubiera gustado poder hacer de carabina.

—Si no deja de disculparse, conseguirá convencerme de que ha hecho algo incorrecto. Me recuerda a mi nieto.

Ursula parece avergonzada y advierto que hay algo distinto en sus ojos oscuros. Una sombra que no había percibido antes.

—¿Ha resuelto sus problemas? ¿Los del teléfono? —pregunto.

Ella suspira y asiente.

—Sí.

Luego hace una pausa. Yo permanezco en silencio, esperando que siga hablando. Hace ya tiempo que aprendí que el silencio invita a hacer todo tipo de confidencias.

—Tengo un hijo —explica—, Finn. —El nombre deja en sus labios una sonrisa, mezcla de tristeza y alegría—. El sábado pasado cumplió tres años. —Por un instante su mirada se aparta de mi cara y vaga por el borde de la taza de té con la que juguetea—. Su padre..., él y yo nunca... —Ursula golpea dos veces su taza con la uña y vuelve a mirarme—. Sólo estamos Finn y yo. Fue mi madre quien llamó por teléfono. Ella se ocupa de él mientras se rueda la película. Por lo visto, el niño se ha caído.

—¿Está bien?

—Sí, tiene un esguince en la muñeca. El médico se la ha vendado. Está bien —asegura sonriendo, pero sus ojos se llenan de lágrimas—. Lo siento, no sé qué me pasa..., todo ha ido bien, no sé por qué lloro.

—Está preocupada —indico, mirándola— y aliviada.

—Sí —reconoce, y de pronto parece muy joven y frágil—. Y me siento culpable.

—¿Culpable?

—Sí —asegura, pero no entra en detalles. Saca de su bolso un pañuelo de papel y se seca los ojos—. Es fácil hablar con usted. Me recuerda a mi abuela.

—Debe de ser una mujer encantadora.

Ursula ríe.

—Sí —afirma, llevándose el pañuelo a la nariz—. Por Dios, debo de tener un aspecto terrible. Discúlpeme por molestarla con todo esto, Grace.

—Ya vuelve a disculparse. Insisto en que no lo haga.

Se oyen pasos. Ursula mira hacia la puerta y se suena la nariz.

—Al menos permítame darle las gracias. Por recibirnos, por conversar con Keira. Por escucharme.

—Me ha gustado hacerlo —declaro, y me sorprendo de que sea verdad—. No suelo recibir muchas visitas últimamente.

La puerta se abre y ella se pone de pie. Se inclina hacia mí y me da un beso en la mejilla.

—Volveré pronto —promete, apretándome suavemente la muñeca.

Me siento infinitamente complacida.

BORRADOR DEFINITIVO

Guión de la película.
Versión final, noviembre de 1998, páginas 43-54

LA CASA DE RIVERTON © 1998
Autora y directora: Ursula Ryan

SUBTÍTULO: Alrededores de Passchendaele, Bélgica, octubre de 1917.

45. INTERIOR. GRANJA ABANDONADA, DE NOCHE

Anochece y llueve copiosamente. Tres jóvenes soldados con uniformes sucios buscan refugio en las ruinas de una granja en Bélgica. Han caminado todo el día tras haberse separado de su división en una frenética retirada de la línea de combate. Están cansados y desmoralizados. La granja en la que se cobijan es la misma donde se alojaron treinta días antes, de camino al frente. La familia Duchesne huyó de allí cuando el combate llegó al pueblo.

Una vela chispea en el suelo de madera desnuda, proyectando largas sombras de bordes irregulares en las paredes de la cocina abandonada. Todavía pueden apreciarse ecos de su vida anterior: una olla junto al fregadero; una fina cuerda delante de la cocina con ropa colgada; un juguete de madera.

Uno de los soldados —un australiano, perteneciente al cuerpo de infantería, de nombre FRED— se agazapa junto al hueco de la pared donde alguna vez hubo una puerta, mientras coloca su arma en un lado. A lo lejos se oye ruido de artillería. Llueve a cántaros sobre el suelo ya embarrado, desbordando las zanjas. Aparece una rata y olisquea una gran mancha en el uniforme del soldado. Es sangre, negra y putrefacta por el paso del tiempo.

En la cocina un oficial se sienta en el suelo, apoyando la pierna contra una mesa. DAVID HARTFORD lee una carta, el papel muy fino y manchado sugiere que la ha leído muchas veces. Dormido junto a su pierna estirada está el perro escuálido que los ha seguido todo el día.

El tercer hombre, ROBBIE HUNTER, surge de una de las habitaciones. Trae un gramófono, mantas y algunos discos polvorientos. Deja su carga en la mesa de la cocina y comienza a buscar en las alacenas. Al fondo de la despensa encuentra algo. Se vuelve y nos acercamos lentamente. Está más delgado. El hastío le ha dado a sus rasgos una expresión grave. Tiene ojeras. La lluvia y la caminata le han enredado el cabello. Sostiene un cigarrillo entre los labios.

DAVID (*Sin darse la vuelta*): ¿Has encontrado algo?

ROBBIE: Pan duro como una piedra, pero pan al fin.

DAVID: ¿Alguna otra cosa? ¿Algo de beber?

ROBBIE tarda en responder.

ROBBIE: Música. He encontrado música.

DAVID se vuelve y ve el gramófono. No es fácil descifrar su expresión, una combinación de placer y tristeza. Dejamos de enfocar su cara, pasamos al brazo y de allí a las manos. Los dedos de una de ellas están vendados con una venda improvisada y sucia.

DAVID: Bueno... ¿a qué estás esperando?

Robbie pone un disco en el gramófono y comienza a oírse el chisporroteo del *Claro de luna* de Debussy.

Robbie se acerca a David llevando las mantas y el pan. Camina con cuidado, afirmándose en el suelo. El desmoronamiento de la trinchera le ha dejado más heridas de las que confiesa. David tiene los ojos cerrados.

Robbie toma una navaja de su mochila y comienza la difícil tarea de cortar el pan en porciones. Lo logra, deja una porción en el suelo, junto a David. Le arroja otra a Fred, que está en la puerta. Hambriento, Fred trata de morderla.

Robbie, aún fumando su cigarrillo, le ofrece un poco de pan al perro, que lo huele, mira a Robbie y luego se va. Robbie se quita los zapatos y las medias húmedas. Tiene los pies sucios y con ampollas.

De pronto se oyen disparos. David abre repentinamente los ojos. A través del vano de la puerta vemos el fuego de la batalla en el horizonte. El ruido es terrible. La furia de las explosiones es todo un contraste con la música de Debussy.

Volvemos a las caras de los hombres, los tres con ojos muy abiertos, el reflejo de las explosiones en sus mejillas.

Por fin ceden los disparos. Vuelve el silencio y se apagan las brillantes luces. Sus rostros retornan a la oscuridad. El disco termina.

Fred *(Aún mirando el lejano campo de batalla):* Pobres cabrones.

David: Estarán arrastrándose por tierra de nadie. Los que quedan. Recogiendo los cuerpos.

Fred *(Temblando):* Me hace sentir culpable no estar allí para ayudar. Y agradecido.

Robbie se pone de pie y va hacia la puerta.

Robbie: Yo te reemplazaré. Estás cansado.

Fred: Igual que tú. No puedo entenderlo. No has dormido durante días, desde que él (señala a David) te sacó de esa trinchera. Aún no comprendo cómo saliste de allí.

Robbie *(Rápidamente):* Estoy bien.

Fred *(Temblando):* Todo tuyo, compañero.
Fred se aleja y se sienta en el suelo junto a David. Acomoda una de las mantas sobre sus piernas, aferrando todavía su arma contra el pecho. David saca de su mochila un mazo de cartas.

David: Vamos, Fred. ¿Una partidita rápida antes de que te duermas?

Fred: No sé decir que no al juego. Mantiene la mente ocupada.

David le entrega el mazo a Fred. Señala su propia mano vendada.

David: Baraja tú.

Fred: ¿Y él?

David: Robbie no juega. No quiere sacar el as de picas.

Fred: ¿Qué tiene en contra del as de picas?

David *(Lisa y llanamente):* Es la carta de la muerte.

Fred suelta una carcajada. La conmoción de las semanas pasadas se manifiesta como una especie de histeria.

Fred: ¡Bastardo supersticioso! ¿Qué tiene en contra de la muerte? Todo en el mundo está muerto. Dios está muerto. Sólo quedan los que están enterrados. Y nosotros tres.

ROBBIE está sentado junto al vano de la puerta, mirando hacia el frente. El perro se ha acercado para tenderse en el suelo junto a él.

ROBBIE *(Cita para sí mismo a William Blake):* Sin saberlo, somos socios del Demonio.

FRED *(Escuchando sin querer):* ¡Lo sabemos muy bien! Un hombre no tiene más que pisar esta tierra dejada de la mano de Dios para saber que el Demonio dirige este espectáculo.

Mientras DAVID y FRED siguen jugando a las cartas ROBBIE enciende otro cigarrillo y saca del bolsillo una pequeña libreta y un bolígrafo. Mientras escribe, vemos sus recuerdos de la batalla.

ROBBIE *(Voz en off):* El mundo se ha vuelto loco. El horror se ha vuelto algo común.
Hombres, mujeres y niños son masacrados a diario. Abandonados donde están, o evaporados sin dejar rastro. Un cabello, un hueso, el botón de una camisa. La civilización parece haber muerto. Porque ¿cómo puede seguir existiendo?

Se oye un ronquido. ROBBIE deja de escribir. El perro ha apoyado la cabeza en su pierna. Duerme profundamente. Mueve los párpados mientras sueña.

Vemos la cara de ROBBIE, iluminada por la vela, mientras observa al perro. Lenta, cautelosamente, ROBBIE extiende una mano y la apoya suavemente en el vientre del animal. La mano de ROBBIE tiembla. Sonríe débilmente.

ROBBIE *(Voz en off):* Y aun en medio del horror, el inocente encuentra consuelo en el sueño.

EXTERIOR. GRANJA ABANDONADA, POR LA MAÑANA

Es de día. Un débil rayo de sol asoma entre las nubes. La lluvia nocturna gotea desde las hojas de los árboles. El suelo tiene una nueva y gruesa capa de barro. Los pájaros han salido de sus refugios y se llaman unos a otros. Los tres SOLDADOS están de pie fuera de la granja, con las mochilas a la espalda.

DAVID sostiene una brújula en la mano que no está vendada. Mira a su alrededor, señala en la dirección donde se veía el fuego de artillería la noche anterior.

DAVID: Hacia el este. Debe de ser Passchendaele.

ROBBIE asiente con gesto grave. Entorna los ojos y mira el horizonte.

ROBBIE: Hacia el este, entonces.

Parten. El perro los sigue.

INFORME COMPLETO DE LA TRÁGICA MUERTE DEL CAPITÁN DAVID HARTFORD

Octubre de 1917

Estimado lord Ashbury,

Tengo el terrible deber de informarle sobre la triste noticia de la muerte de su hijo David. Comprendo que en estas circunstancias poco pueden hacer las palabras por atenuar su pena y su dolor, pero en calidad de oficial superior inmediato de su hijo, y de persona que lo ha conocido y admirado, quiero hacerle llegar mis más sinceras condolencias por su tremenda pérdida.

Deseo también informarle acerca de la valiente actitud que demostró su hijo, con la esperanza de que pueda darle algún consuelo saber que vivió y murió como un caballero y un soldado. El día anterior a su muerte, comandaba un grupo de hombres a quienes se les había encomendado una tarea de reconocimiento de importancia vital. Esa noche él decidió dirigir a sus hombres en una misión fundamental para localizar al enemigo. Le complacerá saber que gracias al excelente liderazgo de su hijo y el buen trabajo de los hombres a su cargo, logramos nuestro objetivo.

Los hombres que acompañaban a su hijo me han informado de que entre las tres y las cuatro de la mañana del 12 de octubre, mientras regresaban al Cuartel General, los sorprendió la repentina muerte del soldado David Hartford. La esquirla de un proyectil cayó sobre él matándolo instantáneamente. Nuestro único consuelo es que no sintió ningún dolor.

Fue sepultado al amanecer en el sector norte del pueblo de Passchendaele, un nombre, lord Ashbury, que será largamente recordado en la historia de las fuerzas armadas británicas. El lugar de su última morada fue escenario de una de las más gloriosas victorias de nuestro país. En la 4ª División de Essex lo echaremos de menos terriblemente.

Si hay algo que pueda hacer por usted, por favor, no dude en decírmelo.

Sinceramente suyo.

TENIENTE CORONEL LLOYD AUDEN THOMAS

Capítulo 11

LA FOTOGRAFÍA

E s una hermosa mañana de marzo. Los claveles bajo mi ventana han florecido, inundando la habitación de su aroma dulce y embriagador. Si me inclino hacia el alféizar y miro hacia el parterre, puedo ver los pétalos superiores, que brillan bajo el sol. A continuación se abrirán las flores del melocotonero, y luego el jazmín. Todos los años sucede lo mismo, y así continuará en los años venideros. Mucho después de que yo ya no esté aquí para disfrutarlas. Serán eternamente frescas, eternamente esperanzadoras, siempre inocentes.

He estado pensando en mi madre. En la fotografía del álbum de recuerdos de lady Violet. Porque la vi, ¿sabes? Unos meses después de que Hannah la mencionara por primera vez, ese día de verano junto a la fuente.

Era el mes de septiembre de 1916. El señor Frederick había heredado la propiedad de su padre. Lady Violet, en una impecable demostración de etiqueta, según dijo Myra, había desalojado Riverton para fijar su residencia en su casa del centro de Londres, y las chicas Hartford habían sido enviadas por tiempo indefinido para ayudarla a establecerse en su nuevo hogar.

En aquella época los sirvientes éramos un equipo minúsculo: Myra estaba más ocupada que nunca en el pueblo, y Alfred, cuyo permiso había esperado expectante, finalmente no regresó. En aquel momento aquello nos confundió. Sabíamos que había vuelto a Gran Bretaña, sus cartas aseguraban que no estaba herido, pero sin embargo esos días los pasó en un hospital militar. Incluso el señor Hamilton estaba desconcertado. Dedicó mucho tiempo a pensar en el asunto, sentado frente a su escritorio, analizando la carta de Alfred, hasta que una noche salió de allí, se frotó los ojos por debajo de las gafas e hizo su declaración. La única explicación era que Alfred estaba involucrado en una misión secreta de la que no podía hablar. Parecía un argumento razonable. ¿Qué otra cosa podía explicar que un hospital alojara a un hombre que no estaba herido?

Y de ese modo el tema se dio por zanjado. No se habló mucho más al respecto y a principios del otoño de 1916, cuando afuera las hojas caían y el suelo comenzaba a endurecerse para afrontar el frío que se avecinaba, me encontré a solas en el salón de Riverton.

Había limpiado la chimenea, había vuelto a encender el fuego y estaba terminando de quitar el polvo. Había pasado el trapo por la tapa del escritorio, había repasado los bordes y había lustrado los herrajes de los cajones hasta verlos brillar. Eran las tareas rutinarias que se realizaban un día sí y otro no, con la regularidad del día que sucede a la noche, y aquella mañana no fue la excepción. Sin embargo, cuando mis dedos llegaron al cajón superior se rezagaron, deteniéndose en seco. Como si hubieran vislumbrado antes que yo el propósito furtivo que revoloteaba en mi pensamiento, se negaron a seguir con la limpieza.

Me senté un momento, desconcertada, incapaz de moverme. Entonces percibí los sonidos que me rodeaban. El viento arrastrando las hojas que chocaban contra las ventanas. El reloj sobre la chimenea marcando persistentemente los segundos. Mi respiración, acelerada por la expectativa.

Mis dedos, indefensos, temblaban. Suavemente, empecé a abrir el cajón.

Sólo entonces comprendí lo que me proponía hacer. Actuaba con lentitud, cuidadosamente, y al mismo tiempo observaba mis movimientos.

El cajón se desplazó hasta la mitad de sus guías, y al inclinarse su contenido se deslizó hacia adelante.

Me detuve. Escuché. Comprobé con alivio que seguía estando sola. Entonces miré en su interior.

Allí, debajo de un juego de plumas y un par de guantes estaba el álbum de recuerdos de lady Violet.

No tenía tiempo que perder. El cajón acusador estaba abierto, los latidos de mi corazón retumbaban en mis oídos. Saqué el álbum y lo apoyé en el suelo.

Pasé las páginas con fotografías, invitaciones, menús, anotaciones, observando las fechas: 1896, 1897, 1898...

Allí estaba: la fotografía de los habitantes de Riverton tomada en 1899. La imagen era similar; las proporciones, diferentes. Dos largas filas de sirvientes mirando al frente complementaban la primera fila, formada por los miembros de la familia: lord y lady Ashbury, el mayor con su uniforme, el señor Frederick —mucho más joven y menos ajado—, Jemina, y una mujer desconocida que supuse sería Penelope, la difunta esposa del señor Frederick. Ambas damas lucían el vientre abultado. Comprendí que uno de esos bultos era Hannah; el otro, el desdichado niño que un día moriría desangrado. Un niño solitario estaba en el extremo de la fila, junto a Nanny (que ya entonces era anciana). Un niño pequeño y rubio: David. Lleno de vida y de luz, felizmente inconsciente de lo que el futuro le deparaba.

Dejé que la mirada se dirigiera hacia las filas del personal de servicio. El señor Hamilton, la señora Townsend, Myra...

Contuve el aliento. Observé la mirada de una joven criada. No me equivocaba. No porque se pareciera a mi madre, sino porque, por el contrario, se parecía a mí. El cabello y los ojos eran más oscuros, pero la similitud era asombrosa. El mismo cuello largo, el mentón con un hoyuelo, las cejas curvadas que sugerían un estado de permanente reflexión.

Sin embargo, lo más sorprendente, mucho más que nuestro parecido, era que mi madre sonreía. Pero no con una sonrisa alborozada o formal. Era más sutil, apenas un gesto trémulo, que alguien que no la conociera podría interpretar como un simple efecto de la luz. Pero yo sabía descifrarla. Mi madre sonreía para sus adentros. Como quien tiene un secreto.

* * *

Te pido disculpas por la interrupción, Marcus, pero he tenido una visita inesperada. Estaba aquí sentada, admirando los claveles, hablándote sobre mi madre, cuando llamaron a la puerta. Supuse que sería Sylvia, que venía a hablarme sobre su amigo, o a quejarse por alguno de los otros residentes, pero en cambio era Ursula, la cineasta. Seguramente ya te he hablado de ella.

—Espero no molestarla —declaró Ursula.

—No —respondí, dejando mi *walkman*.

—No voy a quitarle mucho tiempo. Estaba por el vecindario y me pareció mal volver a Londres sin pasar a verla.

—Ha estado en la casa.

Ella asintió.

—Hemos estado rodando una escena en los jardines, la luz era magnífica.

Le pregunté de qué escena se trataba, sentía curiosidad por saber qué parte de la historia habían reconstruido.

—Era una escena romántica, un cortejo, en realidad, una de mis favoritas —afirmó sonrojándose y meneó la cabeza haciendo que su flequillo cayera como un telón—. Sé que es una tontería. Yo escribí el guión, sabía que las palabras eran simples letras negras sobre papel blanco, garabatos que corregí cientos de veces, pero aun así me conmovió escucharlas de boca de los actores.

—Es una romántica —señalé.

—Supongo que sí —confesó, inclinando la cabeza—. Es ridículo, ¿verdad? No conocí al verdadero Robbie Hunter. Creé una semblanza de él a partir de su poesía, de lo que otros han escrito sobre su persona. Sin embargo, descubro... —en este punto Ursula se interrumpió y levantó las cejas, el gesto parecía indicar que reprobaba su propia actitud— que estoy enamorada de un personaje que yo misma he inventado.

—¿Y cómo es su Robbie?

—Apasionado, creativo, leal —explicó mientras reflexionaba apoyando el mentón en la mano—. Pero creo que lo más admirable es su esperanza. Esa esperanza crispada. La gente dice que era un poeta de la desilusión, pero yo no lo creo. Siempre he encontrado algo positivo en sus poemas. El modo en que era capaz de encontrar la esperanza en medio de los horrores. —Ursula meneó la cabeza, entrecerrando los ojos con empatía—. Tiene que haber sido imposible expresarlo con palabras. Un joven sensible en medio de un conflicto tan devastador. Es un milagro que algunos de ellos pudieran reanudar su vida, volver al lugar de partida, amar otra vez.

—Una vez fui amada por un hombre así —confesé—, que también fue a la guerra, y con quien me escribía. A través de sus cartas comprendí lo que sentía por él. Y lo que él sentía por mí.

—¿Había cambiado cuando regresó?

—Oh, sí —reconocí suavemente—. Nadie regresó igual a como se había ido.

—¿Cuándo murió su esposo?

Tardé un momento en comprender a qué se refería.

—Oh, no —aclaré—, no era mi esposo, Alfred y yo nunca nos casamos.

—Lo siento, pensé...

Ursula fue hacia la fotografía de boda que estaba en mi tocador.

—Ése no es Alfred, es John, el padre de Ruth. Él sí fue mi marido. Aunque Dios sabe que cometimos un error al casarnos.

Ursula enarcó las cejas como interrogándome.

—John era un excelente bailarín de vals, y un magnífico amante, pero no un buen esposo. Diría que yo tampoco fui una buena esposa. Nunca tuve interés en casarme, no estaba en absoluto preparada para hacerlo.

Ursula se puso de pie y cogió la fotografía. Pasó el índice distraídamente por la parte superior.

—Era muy apuesto.

—Sí. Ése era su atractivo, supongo.

—¿También él era arqueólogo?

—No, por Dios, John era funcionario.

Ursula dejó la fotografía en su lugar y me miró.

—Creí que se habían conocido en el trabajo, o en la universidad.

Negué con la cabeza. En 1938, cuando nos conocimos, si alguien hubiera sugerido que algún día yo iría a la universidad y me convertiría en arqueóloga habría llamado a un loquero. Trabajaba en un restaurante, el Lyons' Corner House, en el Strand, donde servía incontables platos de pescado frito a incontables clientes. La señora Havers regentaba el lugar, y le gustó la idea de contratar a una mujer. Solía decir a quien quisiera oírla que nadie sabía pulir los cubiertos tan bien como las jóvenes que provenían del servicio doméstico.

—John y yo nos conocimos por casualidad, en un salón de baile.

Yo había aceptado, a regañadientes, acompañar a ese lugar a una chica del trabajo, otra camarera: Nancy Everidge, un nombre que jamás he olvidado. Es extraño, ella no significaba nada para mí. Sólo era una persona con la que trabajaba, la evitaba siempre que podía, aunque no era fácil. Era una de esas mujeres que no dejan a nadie en paz. Una entrometida. Tenía que saberlo todo sobre la vida de los demás. No podía quedarse al margen. Seguramente creía que yo no era muy sociable —porque no me juntaba con las otras chicas los lunes por la mañana, cuando comentaban su fin de semana—, y comenzó a invitarme para que fuera con ella a bailar. No se dio por vencida hasta que acepté ir con ella al Marshall's Club un viernes por la noche.

Suspiré.

—La chica con la que yo había quedado no apareció.

—¿Y John? —preguntó Ursula.

—Sí —dije, recordando el ambiente viciado de humo, el banco en el rincón donde me senté a disgusto, mientras miraba a la muchedumbre tratando de encontrar a Nancy. Cuando volvimos a vernos me dio un montón de excusas y disculpas, pero ya era demasiado tarde. Lo hecho, hecho estaba. En lugar de encontrarme con ella, encontré a John.

—Y se enamoró.

—Quedé embarazada.

La boca de Ursula dibujó una «o» que indicaba que había comprendido.

—Me di cuenta cuatro meses después de nuestro encuentro. Nos casamos al mes siguiente. Así se hacían las cosas en aquella época —expliqué, cambiando de posición para apoyar las vértebras lumbares en una almohada—. Por suerte para nosotros, la guerra intervino y nos libró de la farsa.

—¿Él fue a la guerra?

—Ambos. John se alistó y yo fui a trabajar en un hospital de campaña en Francia.

—¿Qué pasó con Ruth? —preguntó Ursula, confundida.

—Fue evacuada y pasó la guerra en la casa de un anciano pastor anglicano y su esposa.

—¿Toda la guerra? —exclamó Ursula, impresionada—. ¿Cómo pudo soportarlo?

—La visitaba cuando tenía permiso y periódicamente recibía cartas con chismes de pueblo, necedades de púlpito y comentarios desabridos sobre los niños que vivían allí.

Ursula no dejaba de menear la cabeza. El ceño fruncido expresaba su consternación.

—No puedo imaginar algo así... cuatro años separada de tu hija...

No supe qué decir, cómo explicarlo. ¿Cómo comenzar la confesión de que el amor maternal no es algo instintivo? ¿Cómo decirle que al principio Ruth me parecía una extraña, que ese inevitable sentimiento que une a madres e hijos, sobre el que se han escrito libros y se han fabricado mitos, nunca formó parte de mí?

Tal vez había agotado mi capacidad de empatía con Hannah y la gente de Riverton. Me sentía bien entre extraños, podía consolarlos, alentarlos, incluso ayudarlos a morir. Pero me resultaba difícil establecer vínculos íntimos. Prefería las amistades ocasionales. Estaba absolutamente incapacitada para afrontar las exigencias emocionales de la maternidad.

Ursula me eximió de dar más explicaciones.

—Supongo que la guerra imponía sacrificios —señaló, y apretó mi mano.

Sonreí, tratando de no sentirme hipócrita. Me preguntaba qué pensaría ella si hubiera sabido que lejos de lamentar mi decisión de apartarme de Ruth, la disfruté. Que después de haber deambulado durante una década por empleos tediosos y relaciones huecas, sin poder dejar atrás lo sucedido en Riverton, encontré en la guerra mi camino.

—Entonces, al terminar la guerra decidió ser arqueóloga.

—Sí —afirmé con voz ronca—. Después de la guerra.

—¿Por qué eligió la arqueología?

La respuesta es tan complicada que sólo pude decir:

—Fue una revelación.

Aquello le encantó.

—¿De verdad? ¿Durante la guerra?

—Entre tanta muerte, tanta destrucción, de alguna manera las cosas para mí se aclararon.

—Sí, entiendo.

—Me encontré preguntándome acerca de lo efímero de la existencia. Pensaba que algún día la gente habría olvidado todo lo sucedido: la guerra, la muerte, la destrucción. Tal vez eso ocurriera al cabo de cientos o miles de años, pero finalmente los hechos se desvanecerían, serían parte del pasado. En la imaginación de la gente, su salvajismo y sus horrores serían reemplazados por los que aún estaban por llegar.

—Es difícil de imaginar —declaró Ursula meneando la cabeza.

—Pero no es difícil que suceda. Las guerras púnicas de Cartago, la guerra del Peloponeso, la batalla de Artemisium, todas han quedado reducidas a episodios de los libros de historia. —Me detuve un instante. La vehemencia me había cansado, me había dejado sin aliento. No estoy acostumbrada a conversar tan seguido. Cuando volví a hablar mi voz sonó aflautada—. Descubrir el pasado, conocerlo, se convirtió para mí en una obsesión.

Ursula sonrió, sus ojos brillaban.

—Comprendo exactamente a qué se refiere. Ése es el motivo por el que me dedico a filmar películas históricas. Usted descubre el pasado y yo trato de recrearlo.

—Sí —confirmé, y comprendí que hasta entonces no lo había pensado en esos términos.

—La admiro, Grace. Ha hecho grandes cosas en su vida.

—Ilusiones pasajeras —aseguré, encogiéndome de hombros—. Dele a alguien más tiempo libre, y verá cómo lo aprovecha mejor.

—Es usted demasiado modesta —comentó Ursula, riendo—. Seguramente no fue fácil. Una mujer en la década de los cincuenta, una madre, tratando de completar su educación secundaria. ¿La apoyó su esposo?

—Para entonces estaba sola.

—Pero ¿cómo lo hizo?

—Durante largo tiempo me dediqué a estudiar a tiempo parcial. Durante el día Ruth estaba en la escuela y, además, tuve una vecina encantadora, la señora Finbar, que se quedaba con ella por la noche mientras yo trabajaba. Afortunadamente, no necesité hacerme cargo de los gastos de su educación.

—¿Una beca?

—En cierto modo. Recibí inesperadamente un dinero.

—Su esposo —aventuró Ursula frunciendo los ojos a modo de condolencia—. ¿Murió en la guerra?

—No, lo que murió fue nuestro matrimonio.

La mirada de Ursula se dirigió nuevamente hacia la fotografía de mi boda.

—Nos divorciamos cuando él regresó a Londres. Para entonces los tiempos habían cambiado. Todos habíamos visto y padecido muchas cosas. Me pareció absurdo continuar unida a un esposo que me era indiferente. Él se marchó a los Estados Unidos y se casó con la hermana de un soldado estadounidense, al que había conocido en Francia. El pobre murió poco después en un accidente de tráfico.

—Lo siento —dijo Ursula meneando la cabeza.

—No lo sienta, no por mí. Fue hace mucho tiempo, apenas lo recuerdo. Aparece esporádicamente en mi memoria, casi como un sueño. Es Ruth quien lo añora. Nunca me ha perdonado.

—Ella habría querido que siguieran juntos.

Asentí. Dios sabe que mi incapacidad de proveerle de una figura paterna es uno de los dolores que desde siempre han pesado en nuestra relación.

Ursula suspiró.

—Me pregunto si Finn sentirá lo mismo algún día.

—¿Usted y el padre...?

—No habría funcionado —aseguró, con tanta firmeza que me pareció mejor no seguir indagando—. Finn y yo estamos mejor así.

—¿Dónde está Finn ahora?

—Mi madre se ocupa de él. Iban a tomar un helado al parque, es lo último que sé de ellos. —Ursula giró el reloj de pulsera para ver la hora—. ¡Por Dios! No creí que fuera tan tarde. Será mejor que vaya a reemplazarla.

—Estoy segura de que no es necesario. Abuelos y nietos mantienen una relación especial, mucho más simple.

Me pregunto si es siempre así. Tal vez. Un hijo manipula a su antojo una parte de nuestro corazón. Un nieto es diferente. En la relación no intervienen la culpa y la responsabilidad propias de la maternidad. Se ama con libertad.

Cuando naciste, Marcus, quedé conmocionada. Mis sentimientos fueron una hermosa sorpresa. Partes de mí que se habían clausurado decenas de años antes, de las que me había acostumbrado a prescindir, despertaron de pronto. Te sentí parte de mí. Te amé con una intensidad casi dolorosa.

A medida que crecías, te convertiste en mi pequeño amigo. Me seguías por la casa, reclamabas tu propio espacio en mi estudio y explorabas los mapas y las láminas que había traído de mis viajes. Me hacías preguntas, muchas preguntas que nunca me cansaba de responder. De hecho, presumo de ser artífice, en alguna medida, del hombre en el que te has convertido, de tus cualidades y tus logros.

—Tienen que estar por aquí —comentó Ursula, buscando las llaves de su coche en el bolso.

En cuanto vi que se disponía a partir me asaltó el súbito impulso de obligarla a quedarse.

—¿Sabe que tengo un nieto? Marcus. Escribe novelas de misterio.

—Lo sé —indicó sonriente cuando dejó de hurgar en el bolso—. He leído sus libros.

—¿Los ha leído? —le pregunté, gratamente sorprendida.

—Sí, son muy buenos.

—¿Puede guardar un secreto?

Ella asintió con entusiasmo y se acercó a mí.

—Yo no los he leído —susurré—, no del todo.

—Prometo no contarlo —repuso Ursula entre risas.

—Estoy muy orgullosa de él. Lo he intentado, de verdad. Empiezo a leer cada una de sus novelas con gran entusiasmo, pero no importa cuánto las disfrute, sólo consigo llegar hasta la mitad. Adoro los buenos libros de misterio, los de Agatha Christie y otros similares, pero me temo que mi estómago es frágil. Esas descripciones sangrientas tan de moda hoy día no son para mí.

—¡Y trabajó en un hospital de campaña!

—Sí, pero la guerra es una cosa; y el asesinato, otra muy distinta.

—Tal vez el próximo libro...

—Tal vez. Aunque no sé cuándo tendré esa oportunidad.

—¿No está escribiendo?

—Ha sufrido una pérdida hace poco.

—Leí lo de su esposa. Lo siento mucho. Fue un aneurisma, ¿verdad?

—Sí, algo increíblemente repentino.

—Mi padre murió de la misma manera. Yo tenía catorce años. Estaba fuera, en un campamento escolar. No me lo dijeron hasta que regresé a casa.

—Qué terrible.

—Me había peleado con él antes de irme al campamento. Por algún motivo ridículo que ya ni siquiera recuerdo. Al marcharme cerré de un portazo la puerta del coche y no me volví a mirarlo.

—Era joven. Todos los jóvenes hacen lo mismo.

—Sigo pensando en él todos los días. —Ursula cerró los ojos, los apretó y los volvió a abrir, alejando los recuerdos—. ¿Cómo está Marcus?

—Lo lleva muy mal. Se siente culpable.

Ursula asintió. No parecía sorprendida. Comprendía qué es la culpa y cómo funciona.

—No sé dónde está —agregué.

Ursula me miró, frunciendo el ceño.

—¿A qué se refiere?

—Ha desaparecido. Ruth y yo no sabemos dónde vive. Ha estado viajando casi todo el año.

—¿Pero está bien? ¿Han tenido alguna noticia de él? ¿Una llamada telefónica? ¿Una carta? —preguntó Ursula, tratando de leer la respuesta en mis ojos.

—Sólo postales. Ha enviado algunas postales. Pero sin domicilio al cual responder. Me temo que no quiere que lo encontremos.

—Grace, cuánto lo siento —declaró, mirándome con sus ojos bondadosos.

—También yo.

Entonces le hablé sobre las grabaciones. Sobre lo mucho que necesito encontrarte. Y le dije que no se me ocurre qué más hacer aparte de eso.

—Es perfecto —aseguró Ursula enfáticamente—. ¿Adónde las envía?

—Tengo una dirección en California, de un antiguo amigo suyo. Las envío allí, pero no sé si él las recibe.

—Apuesto a que sí.

Yo necesitaba oír algo más que meras formalidades, palabras bien intencionadas.

—¿De verdad lo cree?

—Desde luego —aseguró con voz firme, llena de la certeza propia de la juventud—. Lo creo, y sé que volverá. Sólo necesita espacio y tiempo para comprender que no fue culpa suya. Que él nada podía hacer para cambiar las cosas. —Entonces se puso de pie, cogió mi *walkman* y lo dejó suavemente en mi regazo—. Siga hablando con él, Grace —aconsejó, y me dio un beso en la mejilla—. Él vendrá. Ya lo verá.

* * *

¿Dónde estaba? ¿En 1915? No, en 1916. La guerra arrasaba el territorio de Flandes, el mayor y lord Ashbury ya estaban al abrigo de sus tumbas, y aún transcurrirían dos largos años de masacre, de devastación. Jóvenes de todos los confines del planeta bailaban el sangriento vals de la muerte. El mayor, luego David...

No. No tengo la fortaleza ni el deseo de revivirlo. Lo que he dicho es suficiente. En cambio, tomaré impulso y recordaré: «Era noviembre de 1918...», y como por arte de magia así será.

Regresaremos a Riverton. Hannah y Emmeline, que habían pasado los dos últimos años de guerra en Londres, en la casa de lady Violet, acaban de llegar para vivir junto a su padre. Pero han cambiado. Han crecido desde la última vez que hablamos. Hannah tiene dieciocho años, está a punto de hacer su presentación en sociedad. Emmeline tiene catorce, y se asoma al umbral del mundo de los adultos, al que está impaciente por unirse.

Aquellos juegos, los que solían jugar dos años antes, ya no existen. Desde la muerte de David, El Juego también ha muerto. (Regla número tres: Los jugadores sólo pueden ser tres; ni más, ni menos).

Una de las primeras cosas que hace Hannah al volver a Riverton es recuperar el arcón chino que está en el ático. La veo hacerlo, aunque ella no lo sabe. La sigo mientras lo coloca cuidadosamente en una bolsa de tela y lo lleva al lago, eludiendo a Emmeline.

Me oculto en el trecho donde el sendero que va de la fuente de Ícaro hasta el lago se hace más angosto y la observo mientras lleva su bolsa por la orilla del lago, hacia el cobertizo de los botes. Se detiene un momento, mira a su alrededor, y yo me agacho entre los arbustos para que no me descubra.

Va hacia la loma, se queda de pie de espaldas a la cresta, y adelanta un pie de modo que el tacón de una de sus botas toque la punta de la otra. Sigue hacia el lago, cuenta tres pasos y se detiene. Repite esos movimientos tres veces. Después se arrodilla en el suelo y abre la bolsa. Saca una pequeña pala, que seguramente cogió cuando Dudley no la veía.

Comienza a cavar. Es difícil al principio, porque la orilla del lago está cubierta de cantos rodados, pero poco después llega hasta la tierra que está debajo y puede trabajar más rápido. No interrumpe su tarea hasta que el montículo de tierra que se ha formado a su lado tiene unos treinta centímetros de altura.

Entonces saca de la bolsa el arcón chino y lo introduce en el agujero. Está a punto de cubrirlo con tierra pero duda. Recupera el arcón, lo abre, saca uno de los pequeños libros que guarda en su interior. Abre el relicario que lleva colgado al cuello y oculta el libro. Luego vuelve a poner la caja en el agujero y la entierra.

La dejo a solas a la orilla del lago. El señor Hamilton se preguntará dónde estoy y no está de humor para tolerar faltas. La cocina de Riverton bulle de excitación con los preparativos para la primera celebración desde que comenzara la guerra, y el mayordomo nos ha recalcado que los invitados de esta noche, empresarios e inversionistas, son «Muy Importantes para el Futuro de la Familia».

Y lo eran. Jamás habríamos imaginado cuán importantes.

Capítulo 12

NUEVO

D inero fresco —declaró la señora Townsend dirigiéndonos una mirada cómplice a Myra, al señor Hamilton, y por último a mí. Estaba inclinada sobre la mesa de pino venciendo la resistencia de una bola de masa con su rodillo de mármol. Se detuvo y se secó la frente, dejando una estela de harina sobre sus cejas—. Los norteamericanos son expertos en hacer eso —sentenció, con un tono neutro.

—Sí, señora Townsend —aseveró el señor Hamilton, observando el salero y el pimentero de plata que debían ser lustrados—, pero aunque es cierto que la señora Luxton es miembro de la familia Stevenson de Nueva York, creo que estará de acuerdo conmigo en que el señor Luxton es tan inglés como usted o yo. Según *The Times,* es del norte del país. —El señor Hamilton miró a la cocinera por encima de la media montura de sus gafas—. Un hombre que se ha hecho a sí mismo.

—Hecho a sí mismo, no me cabe duda —resopló la señora Townsend—. Y supongo que su casamiento con una joven de familia rica no ha tenido nada que ver, claro.

—Si bien el señor Luxton se casó con la heredera de una familia adinerada —respondió remilgadamente el señor Hamilton—, ciertamente ha hecho su parte para acrecentar su fortuna. Nadie puede negar que es un empresario brillante. Son pocas las ramas de la industria que no haya abarcado: textil, manufacturas, productos farmacéuticos. Especialmente desde la guerra.

—No me importa que sea dueño de media Inglaterra —protestó la señora Townsend—. Eso no cambia el hecho de que sea un nuevo rico —advirtió, señalándonos sucesivamente con el rodillo—. Un nuevo rico que anda a la caza de aristócratas.

—Al menos ellos *tienen* dinero —replicó Myra—. Creo que por aquí agradeceremos el cambio.

El señor Hamilton se irguió y me dirigió una mirada adusta, aun cuando no había sido yo quien pronunció la frase. Durante la guerra, Myra había pasado la mayor parte del tiempo trabajando fuera de casa y eso la había cambiado. Seguía tan eficiente como siempre, pero cuando nos sentábamos en torno a la mesa de los sirvientes y hablábamos de nuestro mundo, ella expresaba su crítica, era más propensa a cuestionar el modo en que se hacían las cosas. Yo, por el contrario, aún no había sido corrompida por fuerzas externas. Y como buen pastor, el señor Hamilton había decidido que era mejor renunciar a una oveja descarriada que descuidar el rebaño. Por lo tanto, no me quitaba los ojos de encima.

—Me sorprendes, Myra —objetó, mirándome—, sabes que los negocios del amo no son asunto nuestro.

—Lo siento, señor Hamilton —contestó Myra, aunque en su voz no había indicios de arrepentimiento—. Todo lo que sé es que desde que el señor Frederick heredó Riverton ha estado clausurando salones sin cesar. Por no hablar de que ha vendido todos los muebles del ala oeste. El escritorio de caoba, la cama danesa con dosel de lady Ashbury. Dudley dice que pronto venderá los caballos —agregó echándome un vistazo por encima del paño que usaba para lustrar.

—Su Señoría es, sencillamente, prudente —afirmó el señor Hamilton, dirigiéndose a Myra para fundamentar su defensa—. Las habitaciones del ala oeste fueron clausuradas porque tú estabas ocupada con el trabajo en la estación y Alfred en el extranjero. Era demasiado trabajo para que la joven Grace pudiera hacerlo sin ayuda. En cuanto a los caballos, ¿para qué los necesita, si tiene sus excelentes automóviles?

Las preguntas quedaron flotando en la fría atmósfera invernal. El mayordomo se quitó las gafas, buscó un paño y las limpió con gesto triunfal. Luego volvió a ponérselas y prosiguió.

—Para tu información, los establos serán convertidos en unas flamantes cocheras. Las más grandes de todo Essex.

Myra no se sorprendió.

—Sin embargo —apuntó en voz más baja— en el pueblo hay rumores...

—Infundados.

—¿Qué clase de rumores? —preguntó la señora Townsend, mientras sus generosos pechos se balanceaban con cada movimiento de su rodillo—. ¿Acerca de los negocios del amo?

Vimos sombras que se movían en la escalera. Apareció ante nosotros una mujer delgada de mediana edad.

—Señorita Starling...—balbuceó el señor Hamilton—. No la había visto. Venga, Grace le preparará una taza de té —y me miró, con la boca tan prieta como un monedero—. Una taza de té para la señorita Starling, Grace —ordenó, dirigiéndose a la cocina.

La señorita Starling carraspeó antes de salir del descansillo de la escalera y dirigirse de puntillas con una pequeña máquina de escribir bajo su pecoso brazo hasta la silla más cercana.

Lucy Starling era la secretaria del señor Frederick. En un principio había sido contratada para la fábrica de Ipswich. Cuando la guerra terminó y la familia se estableció de forma permanente en Riverton, ella comenzó a acudir dos veces por semana a la finca para trabajar en el estudio del señor Frederick. Su aspecto era totalmente anodino. Cabello castaño claro oculto bajo un modesto sombrero de paja, falda de colores sobrios, marrón o verde oliva, una sencilla blusa blanca. Su único adorno, un pequeño camafeo blanco, parecía resaltar su vulgaridad dejando tristemente a la vista el sencillo pasador de plata.

Había perdido a su novio en el Saliente de Ypres y su duelo no era más digno de mención que su vestimenta. Su dolor, por excesivamente razonable, no despertaba sentimientos de solidaridad. Myra, que sabía de esas cosas, dijo que era una verdadera lástima que hubiera perdido a un hombre que estaba dispuesto a casarse con ella, porque un rayo no cae dos veces en el mismo lugar, y con su aspecto y su edad, lo más probable era que terminara sus días como una solterona. Más aún, agregó sabiamente, teníamos que estar especialmente atentos a que no faltara nada arriba, dado que era probable que a la señorita Starling el futuro le resultara indiferente.

Myra no era la única que sospechaba de la señorita Starling. La llegada de esa mujer silenciosa, apocada y, sin duda, escrupulosa creó entre el servicio un revuelo que ahora resultaría inimaginable.

Su actitud nos desorientaba. No era correcto, según decía la señora Townsend, que una jovencita de la clase media se tomara ciertas libertades en la casa, como sentarse en el estudio del amo, y que anduviera por ahí con una actitud engreída que no condecía con su posición. Y aunque con su débil y pálido cabello castaño, sus vestidos hechos en casa y su tímida sonrisa dudosamente podía acusarse a la señorita Starling de ser engreída, yo comprendía la incomodidad de la señora Townsend. Los límites entre los de arriba y los de abajo, que habían estado claramente delineados, habían comenzado a desdibujarse con la llegada de la señorita Starling. Porque si bien no podíamos considerarla una de Ellos, tampoco era una de los Nuestros.

Esa tarde, con su presencia en la sala de los sirvientes las mejillas del señor Hamilton se convirtieron en cerezas y sus dedos comenzaron a pasearse nerviosamente por la solapa. La singular posición de la señorita Starling desconcertaba particularmente al señor Hamilton, que veía en la pobre y fiable mecanógrafa un adversario. Si bien en calidad de mayordomo era el jefe de los sirvientes, responsable de supervisar el funcionamiento de toda la casa, una secretaria personal tenía acceso a los flamantes secretos de los negocios de la familia.

El señor Hamilton sacó su reloj de oro del bolsillo y ampulosamente comparó la hora con la que marcaba el reloj de pared. Estaba inmensamente orgulloso de ese reloj, un regalo del difunto lord Ashbury que lograba devolverle la serenidad y lo ayudaba a conservar su autoridad en momentos de tensión o incomodidad. Luego recorrió su esfera con su pulgar pálido y firme y por fin preguntó:

—¿Dónde está Alfred?

—Poniendo la mesa, señor Hamilton —respondí, aliviada. El tenso silencio finalmente se había evaporado.

—¿Todavía? —el señor Hamilton cerró bruscamente el reloj, complacido al ver que su agitación podía centrarse en algo concreto—. Ha pasado casi un cuarto de hora desde que lo envié con las copas de brandy. Me gustaría saber qué le han estado enseñando a ese chico en el ejército. Desde su regreso ha estado tan errático como una pluma.

Me estremecí como si la crítica se hubiera dirigido a mí.

—Suele sucederle a los que vuelven. Algunos de los que llegan a la estación tienen un aspecto muy extraño —comentó Myra, dejando de lustrar las copas de vino mientras buscaba las palabras adecuadas—. Parecen nerviosos y un poco irritables.

—En efecto —asintió la señora Townsend, meneando la cabeza—. Necesita alimentarse bien. Creo que tú estarías igual si hubieras sobrevivido con las raciones del ejército, comida enlatada y carne en conserva.

La señorita Starling se aclaró la voz y comentó con cuidada dicción:

—Lo llaman trauma de guerra, según creo. —Miró tímidamente a su alrededor, mientras nosotros permanecíamos en silencio—. Al menos eso es lo que he leído. Afecta a muchos hombres. Tal vez Alfred esté entre ellos.

Mi mano resbaló y las hojas de té negro cayeron sobre la mesa de pino de la cocina.

La señora Townsend dejó su rodillo y se remangó los puños enharinados. Tenía las mejillas encendidas.

—Escúcheme —espetó, con una autoridad que sólo detentan las madres y los policías—. No toleraré que esas palabras se pronuncien en mi cocina. Alfred no tiene ningún problema que mis comidas no puedan solucionar.

—Por supuesto que no, señora Townsend —corroboré, echando un vistazo a la señorita Starling—. Alfred estará como nuevo en cuanto haya comido alguno de sus excelentes platos.

—Después de los submarinos alemanes y el racionamiento, mis cenas ya no pueden compararse con las de antes, es cierto —alegó la señora Townsend mirando a la secretaria. Y añadió con voz trémula—: Pero sé bien lo que le gusta al joven Alfred.

—Por supuesto —aseveró la señorita Starling, mientras sus mejillas empalidecían, y se destacaban sus pecas—. No quise sugerir... —Sin encontrar las palabras apropiadas, su boca siguió gesticulando, hasta que los labios dibujaron una leve sonrisa—. Sin duda usted conoce mejor a Alfred.

La señora Townsend asintió suavemente, enfatizando su actitud con un nuevo ataque a la masa del pastel. La cargada atmósfera se aligeró un poco y el señor Hamilton se dirigió a mí. La tensión de la tarde se reflejaba en su rostro.

—Termina con eso, niña —ordenó cansinamente—. Y luego puedes ir a ayudar arriba. Las jóvenes tienen que vestirse para la cena. Pero no te entretengas demasiado. Todavía hay que colocar las tarjetas de posición y los arreglos florales en la mesa.

* * *

Cuando, al finalizar la guerra, el señor Frederick y sus hijas se establecieron permanentemente en Riverton, Hannah y Emmeline eligieron nuevas habitaciones en el ala este. Habían dejado de ser huéspedes y esa actitud, subrayó Myra, era tan sólo un paso necesario para reafirmar su condición de residentes. Desde la habitación de Emmeline se veía el jardín que estaba al frente de la casa, con la fuente de Eros y Psique, mientras que Hannah prefirió la más pequeña, que tenía vistas a la rosaleda, y más allá, al lago. Las dos habitaciones estaban comunicadas por una pequeña sala de estar, a la que siempre se había denominado «sala borgoña», aunque nunca pude explicarme el motivo, dado que las paredes lucían un pálido color azul y las cortinas, un diseño floral de Sanderson de tonos azules y rosados.

La habitación no daba muestra alguna de tener nuevos habitantes. Por el contrario, conservaba el sello característico del antiguo morador que había supervisado su decoración. Estaba cómodamente equipada con una *chaise longue* rosácea debajo de una ventana y un escritorio de cedro debajo de la otra. Junto a la puerta del vestíbulo, un sillón señorial tapizado con otro diseño Sanderson de color azul. Sobre una pequeña mesa de cedro, como si sus tímidos pétalos rojos no se atrevieran a abrirse por completo, se veía la única innovación del lugar: un gramófono, que por su misma novedad parecía sonrojar a los recatados muebles antiguos.

Mientras avanzaba por el sombrío pasillo, los nostálgicos compases de una canción que me resultaba familiar se filtraban por la rendija de la puerta cerrada, mezclándose con el aire añejo y frío que rozaba los zócalos. «Si fueras la única mujer del mundo, y yo el único hombre...».

Era la canción favorita de Emmeline, la que se oía sin cesar desde que llegara de Londres. En las dependencias de los sirvientes todos la cantábamos. Incluso habíamos oído al señor Hamilton silbándola en su despacho.

Llamé a la puerta, entré, crucé la alfombra que alguna vez fuera digna de elogio y me ocupé de ordenar la pila de sedas y satenes amontonados sobre el sillón. Me gustaba esa tarea. Sin embargo, aun cuando había añorado que las chicas regresaran, tras los dos años de ausencia la familiaridad que antes había sentido al servirlas se había evaporado. Una silenciosa revolución había tenido lugar: las dos niñas con delantales y trajes de paseo demasiado pequeños habían sido reemplazadas por dos jovencitas. Volví a actuar con timidez frente a ellas.

Y había algo más, algo vago e irritante. Donde antes había tres, sólo quedaban dos. La muerte de David había deshecho el triángulo abriendo una grieta invisible. Dos puntos son inestables. Sin un ancla, nada puede evitar que vayan en direcciones opuestas. Si están unidos por una cuerda, finalmente ésta se cortará y los extremos se separarán. Si es elástica, seguirán alejándose, más y más, hasta que la cuerda llegue al límite de su tensión y las impulse de vuelta al lugar de partida con tal velocidad que no podrán evitar un choque devastador.

Hannah estaba tendida en la *chaise longue* con un libro en la mano y el ceño ligeramente fruncido. Con la mano libre se cubría la oreja, en un vano intento de protegerse de la ruidosa efervescencia del disco.

El libro era *Retrato del artista adolescente,* el último de James Joyce. Leí el título en el lomo, aunque no me estaba permitido. Hannah estaba cautivada con su lectura desde que llegaron.

Emmeline, de pie en el centro de la habitación, se miraba en un espejo de cuerpo entero que habían traído de otro dormitorio. Sostenía por la cintura un vestido que hasta entonces no le había visto, de tafetán rosado con volantes en el bajo. Supuse que era otro de los regalos de su abuela, comprado con la firme convicción de que, dada la escasez de candidatos para el casamiento, no había que desperdiciar ninguna oportunidad.

El último resplandor de sol invernal brilló a través de la ventana de estilo francés, y como arrobado tiñó de dorado los bucles de Emmeline, cayendo en ángulo recto a sus pies. Ella, sin apreciar tales sutilezas, se balanceaba haciendo crujir el tafetán rosado, mientras oía la grabación y cantaba, con una hermosa voz teñida por su propio anhelo de vivir un romance. Cuando la última nota se esfumó, junto con el rayo de sol, el disco siguió girando y chocando con la púa. Emmeline dejó el vestido en el sillón vacío y giró por la habitación. Luego colocó nuevamente el brazo del gramófono sobre el borde del disco.

Hannah levantó la vista de su libro. Su larga melena había desaparecido en Londres, junto con los últimos rastros de infancia. En ese momento las suaves ondas doradas de su cabello le llegaban a los hombros.

—Otra vez no, Emmeline —suplicó, con el ceño fruncido—. Pon otra cosa. *Lo que sea.*

—Pero es mi preferida.

—Esta semana.

Emmeline adoptó una actitud histriónica.

—¿Cómo crees que se sentiría el pobre Stephen si supiera que no quieres escuchar su disco? Fue un regalo. Lo menos que puedes hacer es disfrutarlo.

—Ya lo hemos disfrutado de sobra —declaró Hannah y en ese momento advirtió mi presencia—. ¿No estás de acuerdo, Grace?

Hice una reverencia y sentí que me ruborizaba. No sabía qué responder. Para no verme obligada a hacerlo, me dispuse a encender la lámpara de gas.

—Si yo tuviera un admirador como Stephen Hardcastle —comentó Emmeline con expresión soñadora— escucharía su disco cien veces al día.

—Stephen Hardcastle no es un admirador —aclaró Hannah. La mera sugerencia de que lo fuera parecía horrorizarla—. Lo conocemos desde siempre. Es un amigo, el ahijado de lady Clem.

—Ahijado o no, no creo que llamara todos los días a la casa de Kensington cuando estaba de permiso sólo porque deseaba saber si lady Clem se encontraba bien, ¿verdad?

—¿Cómo puedo saberlo? Están muy unidos —exclamó Hannah, algo irritada.

—Hannah, tanta lectura no te ayuda a ver las cosas, incluso Fanny lo ha notado.

Emmeline dio vueltas a la manivela del gramófono y dejó caer la aguja para que el disco comenzara a girar una vez más. Mientras la sentimental melodía se hacía cada vez más audible, se volvió hacia su hermana y declaró:

—Stephen esperaba que tú le hicieras una *promesa.*

Hannah dobló la esquina de la página que estaba leyendo; luego volvió a desplegarlo, recorriendo con el dedo la marca que había dejado.

—Ya sabes, una promesa de matrimonio —precisó ávidamente Emmeline.

Contuve el aliento. No sabía que Hannah hubiese recibido una propuesta para casarse.

—No soy estúpida —contestó Hannah, sin dejar de mirar la pestaña triangular que tenía bajo el dedo—. Sé lo que esperaba.

—Entonces, ¿por qué no...?

—No iba a prometer algo que no podía cumplir —señaló rápidamente Hannah.

—No puedes ser tan dura. ¿Qué daño podías hacerle riéndote de sus bromas, dejando que susurrara sus tonterías en tu oído? Siempre decías que había que contribuir con los objetivos de la guerra. Si no fueras tan tozuda podrías haberle dado hermosos recuerdos para llevarse al frente.

Hannah puso una señal de tela en la página que estaba leyendo y dejó el libro a un lado, sobre la *chaise longue*.

—¿Y qué le habría dicho a su regreso? ¿Que en realidad él no me importaba?

Durante un instante la convicción de Emmeline pareció esfumarse. Luego resucitó.

—De eso se trata. Stephen Hardcastle no ha regresado.

—Todavía puede hacerlo.

A Emmeline no le quedó otro remedio que encogerse de hombros.

—Todo es posible. Pero, si lo hace, supongo que estará demasiado ocupado festejando su buena fortuna como para preocuparse por ti.

Un silencio pertinaz se interpuso entre las hermanas. La habitación misma parecía tomar partido: las paredes y cortinas se replegaban hacia el rincón de Hannah; el gramófono daba generoso apoyo a Emmeline.

Emmeline se echó sobre el hombro la larga cola de caballo rematada en bucles y comenzó a juguetear con ella. Tomó el cepillo, que estaba en el suelo, debajo del espejo, y la recorrió con largas pasadas. Las cerdas murmuraban llamativamente. Hannah la observó un rato, con el rostro nublado por una expresión que no podía descifrar —exasperación, tal vez, o incredulidad— antes de volver a concentrarse en Joyce.

Levanté el vestido de tafetán rosado que estaba en el sillón.

—¿Éste es el que usará esta noche, señorita? —pregunté suavemente.

Emmeline dio un salto.

—No tienes que aparecer de repente. Casi me matas del susto.

—Lo lamento, señorita —dije, sintiendo que el calor y el rubor subían por mis mejillas. Eché un vistazo a Hannah. Aparentemente no había oído lo sucedido—. ¿Éste es el vestido que ha elegido, señorita?

—Sí, es ése. —Emmeline se mordió ligeramente el labio inferior—. Al menos, eso creo —añadió. Luego observó el vestido, lo cogió y agitó sus volantes—. Hannah, ¿qué te parece? ¿Azul o rosa?

—Azul.

—¿Seguro? —preguntó Emmeline a su hermana, sorprendida—. Creí que era mejor el rosa.

—Entonces el rosa.

—Ni siquiera estás mirando.

Hannah la miró a regañadientes.

—Cualquiera —repuso y dejó escapar un suspiro de frustración—. Los dos están bien.

Emmeline suspiró, molesta.

—Será mejor que traigas el vestido azul. Tengo que volver a mirarlo.

Hice una reverencia y fui hacia el dormitorio. Cuando llegué al guardarropa oí que Emmeline decía:

—Es importante, Hannah. Esta noche asistiré por primera vez a una cena y quiero parecer sofisticada. Tú deberías hacer lo mismo. Los Luxton son norteamericanos.

—¿Y qué?

—No querrás que piensen que no somos refinadas.

—No me preocupa demasiado lo que piensen.

—Pero deberías. Son muy importantes para la empresa de papá. —Emmeline bajó la voz y yo me quedé muy quieta, con la cara oculta entre los vestidos, tratando de comprender lo que decía—. Le oí hablar de ello con la abuela.

—Escuchas las conversaciones de otros a escondidas —la acusó Hannah—, ¡y la abuela creyendo que yo soy la malvada!

—Muy bien —declaró Emmeline, con voz de indiferencia—. Me lo callaré, entonces.

—Por mucho que te esfuerces, no lo conseguirás —advirtió tranquilamente Hannah—. Puedo verlo en tu cara. Estás ansiosa por contarme lo que oíste.

Emmeline se tomó un momento para disfrutar del botín obtenido con sus malas artes.

—Está bien. Ya que insistes, te lo diré —consintió, y luego carraspeó dándose aires de importancia—. Todo empezó porque la abuela decía que la guerra había tenido consecuencias trágicas para esta familia. Que los alemanes le habían arrebatado a los Ashbury su futuro y que el abuelo se revolvería en su tumba si supiera cómo están las cosas. Papá trató de convencerla de que la situación no era tan desesperada pero la abuela no escuchaba. Dijo que tenía edad suficiente para discernir lo que sucedía y que la situación no podía calificarse de otra forma, dado que papá sería el último lord Ashbury si no tenía herederos que lo sucedieran. La abuela declaró que era una vergüenza que papá no hubiera hecho lo que debía, es decir, que no se hubiera casado con Fanny cuando tuvo oportunidad de hacerlo.

»Papá se puso insolente y le dijo que si bien había perdido a su heredero, todavía tenía su fábrica y que ella no tenía por qué seguir preocupándose, que él se ocuparía de todo. Sin embargo, la abuela no se tranquilizó. Dijo que los abogados estaban empezando a hacer preguntas.

»Entonces papá guardó silencio un rato y yo empecé a preocuparme. Pensé que estaría de pie y que iría hacia la puerta y me descubriría. Casi reí de alivio cuando volvió a hablar, y comprendí que todavía estaba en su silla.

—Sí, sí, ¿y qué fue lo que dijo?

Emmeline continuó con la actitud sutilmente optimista de un actor que está a punto de terminar un complicado discurso.

—Contestó que si bien era cierto que las cosas se habían puesto difíciles a causa de la guerra, había desistido de fabricar aviones y había retomado la fabricación de automóviles. Los malditos abogados, él los calificó de esa manera, podrían cobrar su dinero. Explicó que un conocido suyo, fabricante de aviones durante la guerra, le había ofrecido invertir en su fábrica y que lo ayudaría a que fuera más rentable. Se trataba del señor Simion Luxton, una persona con contactos entre los empresarios y el gobierno. —Emmeline suspiró triunfante. Había pronunciado con éxito su monólogo—. Y así terminó la conversación, o casi. Nunca oí a papá tan apurado como cuando la abuela mencionó a los abogados. Entonces decidí que haría todo lo posible para ayudarlo a causar buena impresión al señor Luxton, y que pueda conservar su fábrica.

—No sabía que tuvieras tanto interés por él.

—Por supuesto que lo tengo —aseguró Emmeline remilgadamente—. Y no tienes por qué disgustarte conmigo sólo porque esta vez sepa más que tú.

Después de un rato, Hannah dijo:

—Supongo que la súbita y ardiente devoción que te despiertan los negocios de papá no tiene nada que ver con el hijo de Luxton, el joven de la fotografía en el periódico que tanto alborotó a Fanny.

—¿Theodore Luxton? ¿Está invitado a la cena? No tenía la menor idea —contestó Emmeline, aunque en su voz se percibía cierta alegría.

—Eres demasiado joven para él. Tiene unos treinta años.

—Tengo casi quince, y todo el mundo dice que parezco mayor. Además, Fanny piensa que algunos hombres prefieren casarse con mujeres menores de dieciocho.

—Sí, hombres raros, que prefieren casarse con una niña en lugar de con una mujer.

—Tengo edad suficiente para enamorarme, ¿sabes? Julieta sólo tenía catorce años.

—Y mira lo que le pasó.

—Eso fue sólo un malentendido. Si ella y Romeo se hubieran casado y sus tontos y ancianos padres hubieran dejado de causarles problemas, estoy segura de que habrían sido felices para siempre. —Emmeline suspiró—. Estoy impaciente por casarme.

—El matrimonio es mucho más que tener un hombre apuesto con quien bailar —afirmó Hannah—. Hay otras cosas, como sabes.

El gramófono había terminado de tocar la canción, pero el disco seguía girando.

—¿Qué otras cosas?

Mis mejillas, apoyadas en la fría seda de los vestidos de Emmeline, se entibiaron.

—Cosas privadas —explicó Hannah—. Intimidades.

—Oh —exclamó Emmeline—. *Intimidades*. Pobre Fanny. —Su voz era casi inaudible.

Se hizo un silencio durante el cual las tres reflexionamos sobre el infortunio de la pobre Fanny, recién casada y atrapada en su luna de miel con un Hombre Extraño.

Yo ya no era totalmente inexperta en esos terrores. Unos meses antes, en el pueblo, Rufus —el hijo del carnicero, que era retrasado mental— me había seguido por un callejón y me había acorralado contra una pared. Con sus dedos pringosos de carne y sus uñas sucias de sangre había tratado de meter sus manos bajo mi enagua. Al principio me había paralizado pero después recordé que tenía una pata de cordero en mi bolsa de redecilla. La levanté y la dejé caer con fuerza sobre su cabeza. Me soltó, pero no sin antes deslizar sus dedos por mis partes íntimas. El recuerdo me hizo temblar durante todo el camino de regreso y pasaron varios días hasta que pude dormirme sin revivir la experiencia, preguntándome qué habría pasado si no hubiera actuado a tiempo.

—Hannah, ¿a qué te refieres exactamente con «intimidades»? —preguntó Emmeline.

—Bueno... son demostraciones de amor —respondió Hannah con naturalidad—. Muy placenteras, creo, si las compartes con un hombre del que estás fervientemente enamorada; inconcebiblemente desagradables con cualquier otro.

—Sí, pero ¿en qué consisten, *exactamente*?

Otro silencio.

—Tú tampoco lo sabes. Se lee en tu cara.

—Bueno... no exactamente.

—Le preguntaré a Fanny cuando regrese. Para entonces tendrá que saberlo.

Pasé las yemas de los dedos por las hermosas telas del guardarropa de Emmeline, buscando el vestido azul. Me preguntaba si lo que había dicho Hannah era verdad. Si las mismas cosas que Rufus había intentado hacer conmigo podrían haber sido placenteras si hubieran provenido de otro hombre. Pensé en las ocasiones en que Alfred se había acercado a mí en la sala de los sirvientes, en la sensación extraña, aunque no desagradable, que me había invadido.

—De todos modos, no he dicho que quisiera casarme *inmediatamente* —nuevamente se oyó la voz de Emmeline—. Sólo me refería a que Theodore Luxton es muy bien parecido.

—Muy rico, querrás decir.

—En realidad, es lo mismo.

—Tienes suerte de que papá te haya permitido asistir a la cena. Cuando yo tenía catorce años, jamás lo habría admitido.

—Casi quince.

—Supongo que de algún modo tenía que reunir cierto número de comensales.

—Sí. Gracias a Dios Fanny aceptó casarse con ese terrible pelmazo y gracias a Dios él decidió que pasaran la luna de miel en Italia. Si hubieran estado por aquí, habría cenado con Nanny en el cuarto de los niños.

—Prefiero la compañía de Nanny a la de esos norteamericanos conocidos de papá.

—Tonterías.

—Sería feliz si pudiera quedarme leyendo mi libro.

—Mentirosa. Has elegido tu vestido de satén color marfil, aquel que Fanny se negó tan categóricamente a que llevaras cuando conocimos al pesado de su marido. No lo usarías si no estuvieras tan entusiasmada como yo.

Se hizo un silencio.

—¡Ja! ¡Tengo razón, te estás riendo! —exclamó Emmeline.

—De acuerdo, estoy deseando que llegue la cena. Pero no porque me interese la opinión que tengan de mí unos norteamericanos ricos que jamás he visto.

—¿No?

—No.

Las tablas del suelo crujieron cuando una de las chicas cruzó la habitación y detuvo el disco que seguía girando tambaleante en el gramófono.

—Pues dudo que sea el menú que la señora Townsend vaya a preparar con el racionamiento lo que te entusiasme —advirtió Emmeline.

—Pobre señora Townsend. Hace lo que puede —la defendió Hannah. Luego hizo una pausa, durante la cual permanecí muy quieta, expectante, escuchando. Cuando por fin Hannah habló, su voz era serena, pero había en ella un atisbo de emoción—. Esta noche voy a preguntarle a papá cuándo puedo volver a Londres.

Dentro del armario, ahogué un grito. Acababan de regresar, no podía imaginar que Hannah pudiera partir tan pronto.

—¿A casa de la abuela? —preguntó Emmeline.

—No, a vivir sola en un apartamento.

—¿Un *apartamento*? ¿Por qué demonios quieres vivir en un apartamento?

—Te vas a reír. Quiero trabajar en una oficina.

Emmeline no se rió.

—¿Qué clase de trabajo?

—Trabajo de oficina, escribir a máquina, archivar papeles, tomar notas en taquigrafía.

—Pero tú no sabes taquigrafía. —Emmeline se interrumpió y suspiró. Por fin comprendía—. Sabes taquigrafía. Esos papeles que encontré la semana pasada en realidad no eran jeroglíficos egipcios.

—No.

—Has estado aprendiendo taquigrafía. En secreto. —La voz de Emmeline adquirió un matiz de indignación—. ¿Te ha enseñado la señorita Prince?

—No, por Dios. ¿Acaso la señorita Prince es capaz de enseñar algo útil? Jamás.

—¿Dónde entonces?

—En la escuela de secretarias del pueblo.

—¿Cuándo?

—Empecé hace mucho tiempo, al comienzo de la guerra. Me sentía inútil y me parecía que era una buena manera de contribuir con los objetivos de la guerra. Cuando nos fuimos a vivir con la abuela pensé que podría conseguir trabajo, habiendo tantas oficinas en Londres, pero las cosas no salieron como tenía previsto. Cuando por fin pude librarme de la abuela para buscarlo, no me cogieron. Alegaron que era muy joven. Pero ahora tengo dieciocho. Encontraré un empleo. He practicado mucho y soy muy rápida.

—¿Quién más lo sabe?

—Nadie más que tú.

Oculta entre los vestidos, mientras Hannah seguía destacando las virtudes de su formación, sentí que perdía algo. Una confidencia, largo tiempo guardada. Sentí cómo se alejaba, flotando entre

240

las sedas y los satenes, hasta aterrizar entre las silenciosas motas de polvo del oscuro suelo del guardarropa donde se desvaneció.

—¿Y bien? —estaba diciendo Hannah—. ¿No te parece emocionante?

Emmeline resopló.

—Me parece artero. Y estúpido. Y lo mismo le parecerá a papá. Una cosa es el trabajo voluntario durante la guerra, pero esto... Es *ridículo,* y harías bien en quitártelo de la cabeza. Papá nunca te dará su autorización.

—Por eso se lo diré durante la cena. Es la ocasión perfecta. Si está rodeado de otras personas, tendrá que decir que sí. Especialmente si son norteamericanos, ellos tienen ideas muy modernas.

—No puedo creer que seas capaz de hacerlo —señaló Emmeline enfurecida.

—No sé por qué estás tan disgustada.

—Porque... no es... —Emmeline buscaba un argumento adecuado—. Porque se supone que esta noche eres la anfitriona y en lugar de asegurarte de que la velada transcurra tranquilamente vas a avergonzar a papá. Harás una escena frente a los Luxton.

—No voy a hacer una escena.

—Siempre dices una cosa y luego haces otra. ¿Por qué no puedes ser sencillamente...?

—¿Normal?

—Te has vuelto completamente loca. ¿A quién puede interesarle trabajar en una oficina?

—Quiero conocer el mundo. Viajar.

—¿A Londres?

—Es el primer paso. Quiero ser independiente. Conocer gente interesante.

—Más interesante que yo, quieres decir.

—No seas tonta. Me refiero simplemente a personas diferentes, que tengan cosas inteligentes que contar. Cosas que no haya oído antes. Quiero ser libre, Emme. Estar abierta a cualquier aventura que pueda presentarse.

Miré el reloj que estaba en la pared del dormitorio de Emmeline. Eran las cuatro en punto. El señor Hamilton me haría una escena si no bajaba rápidamente. Pero tenía que oír más, saber cuál era exactamente la naturaleza de las aventuras que Hannah deseaba vivir. Tomé la decisión más arriesgada. Cerré el armario, me colgué el vestido azul del brazo y fui vacilante hacia la puerta.

Emmeline seguía sentada en el suelo, con el cepillo en la mano.

—¿Por qué no vas a pasar una temporada con amigos de papá en algún lugar? Yo también podría ir. A casa de los Rothermere, en París.

—¿Y tolerar que lady Rothermere vigile cada uno de mis pasos? ¿O peor aún, que me endilgue a esa espantosa hija suya? —El rostro de Hannah era un modelo de desdén—. Eso está muy lejos de ser independiente.

—También trabajar en una oficina.

—Tal vez, pero tengo que conseguir dinero de alguna manera. No voy a mendigar ni a robar, y no conozco a nadie a quien pueda pedírselo prestado.

—¿Y papá?

—Ya oíste a la abuela. Algunas personas se han enriquecido con la guerra, pero papá no es uno de ellos.

—Bueno, pienso que es una idea horrible. Es, sencillamente, descabellada. Papá nunca lo permitirá... Y la abuela... —Emmeline tomó aire, exhaló profundamente y dejó caer los hombros. Cuando volvió a hablar su voz sonó débil e infantil—. No quiero que me dejes. —Sus ojos buscaron los de Hannah—. Primero David, y ahora tú.

El nombre de su hermano fue un golpe para Hannah. No era un secreto que ella había llorado más que nadie por su muerte. Todavía estaban en Londres cuando llegó la horrenda nota con ribete negro. Por aquellos días las noticias viajaban a través de las dependencias de los criados de toda Inglaterra y así supimos del alarmante desánimo de la señorita Hannah. Causó mucha preocupación que se negara a comer. La señora Townsend quiso prepararle tartas de frambuesas, sus favoritas, para enviárselas a Londres.

Indiferente al efecto que había producido al mencionar a David o enteramente consciente de él, Emmeline continuó.

—¿Qué haré, sola en esta enorme casa?

—No estarás sola —apuntó serenamente Hannah—. Papá estará aquí para acompañarte.

—Menudo consuelo. Sabes perfectamente que a él no le importo.

—Le importas mucho, Emme, como todos nosotros —aseguró Hannah con firmeza.

Emmeline echó un vistazo por encima del hombro y yo me acurruqué contra el vano de la puerta.

—Pero en realidad no le gusto. No le agrada mi personalidad. No tanto como la tuya.

Hannah abrió la boca para decir algo, pero Emmeline se apresuró a continuar.

—No finjas no saberlo. He visto de qué manera me mira cuando cree que no puedo verlo. Desconcertado, como si no supiera exactamente quién soy. —Los ojos de Emmeline se pusieron vidriosos, pero no lloró. Su voz era un susurro—. Es porque me culpa por la muerte de nuestra madre.

Hannah se sonrojó.

—No es cierto. No te atrevas a decir eso. Nadie te culpa por la muerte de nuestra madre.

—Papá me culpa.

—No lo hace.

—Oí que la abuela le decía a lady Clem que papá nunca volvió a ser el mismo después de lo que le ocurrió a nuestra madre. —Emmeline hablaba con una firmeza que me sorprendió—. No quiero que me dejes —suplicó, y levantándose del suelo, se fue a sentar junto a Hannah y le cogió la mano. Un gesto inusual que aparentemente debió impresionar a Hannah casi tanto como a mí—. Por favor —rogó y comenzó a llorar.

Permanecieron sentadas una junto a otra. Emmeline sollozaba. Sus últimas palabras habían quedado flotando en el aire. La expresión de Hannah mostraba su terquedad habitual, pero detrás de las mandíbulas firmes, de la boca obstinada, percibí algo más. Un nuevo aspecto, que no tenía nada que ver con la lógica adquisición de la madurez.

Entonces comprendí. Ella había pasado a ser la mayor y había heredado la imprecisa, despiadada y no deseada responsabilidad que implicaba su jerarquía dentro de la familia.

Hannah miró a Emmeline y adoptó una actitud alegre.

—Vamos, cálmate —repuso, dando unos golpecitos en la mano de Emmeline—. No querrás sentarte a la mesa con los ojos enrojecidos.

Volví a mirar el reloj. Las cuatro y cuarto. El señor Hamilton debía de estar bufando. No tenía modo de remediarlo...

Regresé a la habitación con el vestido colgado del brazo.

—Su vestido, señorita —dije a Emmeline.

Ella no me respondió. Yo fingí no ver las lágrimas que humedecían sus mejillas. Me concentré en el vestido, arreglé una puntilla de encaje.

—Ponte el rosa, Emme —sugirió suavemente Hannah—. Es el que mejor te queda.

Emmeline seguía inmóvil.

Miré a Hannah pidiendo instrucciones. Ella asintió.

—El rosa.

—¿Y usted, señorita?

Eligió el vestido de satén color marfil, tal como había anticipado Emmeline.

—¿Estarás aquí esta noche, Grace? —preguntó Hannah mientras yo iba al guardarropa para buscar su hermoso vestido de seda y el corsé.

—No lo creo, señorita. Alfred ha sido desmovilizado. Él ayudará al señor Hamilton y a Myra en la mesa.

—Ah, claro. —Hannah volvió a tomar su libro, lo abrió, lo cerró, pasó sus dedos suavemente por el lomo. Luego me preguntó con voz cautelosa—: Pensaba preguntártelo. ¿Cómo está Alfred?

—Está bien, señorita. Tuvo un resfriado cuando llegó pero la señora Townsend lo curó con un poco de limón y ha estado bien desde entonces.

—Ella no se refiere a su estado *físico* —intervino inesperadamente Emmeline—, sino a cómo está su cabeza.

—¿Su cabeza, señorita? —pregunté a Hannah, que fruncía ligeramente el ceño mirando a Emmeline.

—Sí —indicó Emmeline dirigiéndose a mí con los ojos enrojecidos—. Ayer, mientras servía el té, se comportó de una manera sumamente peculiar. Estaba pasando los dulces, como de costumbre, cuando de pronto la bandeja comenzó a temblar. Hacía un sonido hueco, sobrenatural —recordó riéndose—. Le temblaba el brazo. Yo esperé a que se quedara quieto para coger una tartaleta de limón pero parecía que no lograba controlarlo. Entonces, la bandeja se deslizó dejando caer una auténtica avalancha de budín Victoria sobre

244

mi mejor vestido. Al principio me disgusté bastante, era en verdad una gran torpeza y el vestido podía haberse estropeado para siempre, pero cuando vi que él seguía allí de pie, con una extraña expresión en la cara, me asusté. —Emmeline se encogió de hombros—. Por fin pudo dominarse y limpió el desastre que había causado. Pero el daño estaba hecho. Tuvo suerte de que yo fuera la única víctima. Papá no habría sido tan indulgente. Y lo sería aún menos si volviera a suceder esta noche —afirmó y me miró fijamente con sus fríos ojos azules—. ¿No crees que suceda, verdad?

—No podría decirlo, señorita —admití, desconcertada. Era la primera noticia que tenía del suceso—. Es decir, no creo que suceda, señorita. Estoy segura de que Alfred está bien.

—Por supuesto —se apresuró a decir Hannah—. No fue más que un accidente. El regreso a casa después de tanto tiempo puede implicar ciertos ajustes. Y esas bandejas parecen terriblemente pesadas, en especial cuando las carga la señora Townsend. Estoy segura de que está tratando de engordarnos a todos.

Hannah sonreía, pero el atisbo de preocupación seguía rondando su frente.

—Sí, señorita —corroboré.

Hannah asintió, dando por terminado el asunto.

—Ahora vamos a ponernos estos vestidos, e interpretar el papel de hijas conscientes de sus deberes frente a los norteamericanos de papá, como es debido.

Capítulo 13

LA CENA

Mientras recorría el pasillo y bajaba las escaleras volví a repasar lo narrado por Emmeline. Pero tras muchas reflexiones, llegaba siempre a la misma conclusión. Algo sucedía. La torpeza no era un rasgo propio de Alfred. Desde que yo había llegado a Riverton, sólo recordaba un par de ocasiones en las que podía reprochársele algo. Una vez, en un apuro, había usado la bandeja de las bebidas para servir la comida; otra, se había retirado porque tenía gripe. Pero esto era diferente. ¿Volcar todo el contenido de la bandeja? Era casi imposible imaginarlo.

Además, no creía que el episodio fuera ficticio. ¿Qué razón podría tener Emmeline para inventar algo semejante? Había ocurrido y la razón debía de ser la que sugería Hannah. Un accidente, un momento de distracción en que el sol le cegó, un ligero movimiento de la muñeca, una bandeja resbaladiza. Nadie estaba a salvo de que le sucediera, en particular, como había señalado Hannah, una persona que había estado lejos durante unos años y había perdido práctica.

Pero, aunque deseaba creer en esa sencilla explicación, no podía. Porque, en un recoveco de mi mente, estaban acumulados una serie de incidentes similares, o, más precisamente, de detalles sospechosos: malas interpretaciones a preguntas bienintencionadas sobre su salud, reacciones exageradas a supuestas críticas, ceños fruncidos donde antes había risas. En efecto, un aire de extraña irritabilidad acompañaba a Alfred en todo lo que hacía.

Para ser honesta, yo lo había percibido desde la noche misma de su regreso. Habíamos organizado un pequeño festejo. La señora Townsend había preparado una cena especial y el señor Hamilton había obtenido permiso para abrir una botella de vino del amo. Habíamos pasado buena parte de la tarde poniendo la mesa de nuestro comedor, riendo mientras disponíamos de distintas maneras los utensilios tratando de encontrarles la ubicación que más le gustara a Alfred. Creo que esa noche todos estábamos un poco borrachos de alegría, aunque nadie tanto como yo.

Cuando llegó la hora esperada fingimos mal que bien una actitud espontánea. Nuestras miradas expectantes se cruzaban, nuestros oídos registraban cada ruido que llegaba desde el exterior. Por fin, el crujido de la grava, las voces amortiguadas, la puerta de un automóvil que se cerraba. Los pasos que se acercaban. El señor Hamilton se puso de pie, se alisó la chaqueta y se situó junto a la entrada. Un momento de ansioso silencio precedió el golpe en la puerta. Al abrirse, todos nos arrojamos sobre él.

No fue algo dramático. Alfred no salió corriendo, no se disgustó, no se encogió de miedo. Dejó que me llevara su sombrero y luego se quedó de pie, incómodo, en el vano de la puerta, como si temiera entrar. Obligó a sus labios a sonreír. La señora Townsend lo abrazó y lo arrastró a través del umbral como si fuera una pesada alfombra enrollada. Lo condujo hacia su lugar de invitado de honor, a la derecha del señor Hamilton, y todos comenzamos a hablar al mismo tiempo, a reír, a gritar, a hacer un repaso de los hechos sucedidos en los dos últimos años. Todos, excepto Alfred. Lo intentó. Asintió cuando fue necesario, respondió preguntas, incluso trató de sonreír una o dos veces más. Pero sus respuestas eran las de un extraño, similares a las de uno de aquellos belgas de lady Violet, premeditadas para complacer a un auditorio.

No sólo yo lo advertí. Vi la expresión de incomodidad del señor Hamilton, el gesto de rechazo de Myra. Pero nunca hablamos de ello, salvo aquel día en que los Luxton vinieron a cenar, cuando la señorita Starling tuvo el mal tino de dar su opinión. Lo que ocurrió esa noche y las demás observaciones que yo hiciera desde la llegada de Alfred permanecían latentes. Todos entramos en la inercia y fuimos cómplices en un pacto de silencio, simulando que todo era normal. El mundo había cambiado, y Alfred con él.

Cuando llegué al pie de la escalera, el señor Hamilton levantó la vista de la mesa de trabajo.

—¡Grace! Son las cuatro y media y no hay ninguna tarjeta de posición en la mesa. ¿Cómo crees que se sentirán los invitados sin ellas?

Supuse que les resultaría mucho más agradable elegir dónde sentarse en vez de tener un sitio asignado. Pero yo no era Myra y todavía no había aprendido a defenderme.

—No muy bien, señor Hamilton.

—En efecto, no muy bien —afirmó y puso en mis manos un montón de tarjetas con los nombres y un plano con la distribución—. Grace, si ves a Alfred, pregúntale si sería tan amable de bajar. Ni siquiera ha comenzado a preparar el café —agregó cuando me disponía a salir.

* * *

A falta de una anfitriona adecuada, Hannah —con alegre desconcierto— se había visto obligada a decidir la posición de los invitados. El plano de la mesa fue rápidamente dibujado en una hoja de papel cuadriculado, con los bordes serrados por haber sido arrancado de un cuaderno.

Las mismas tarjetas, con el escudo de los Ashbury grabado en relieve en el extremo superior izquierdo, habían sido escritas a mano. No tenían el estilo de las de lady Violet, pero de todos modos servirían a su propósito, armonizando con la austera mesa propuesta por el señor Frederick. De hecho, para eterno disgusto del señor Hamilton, el señor Frederick había decidido cenar «en familia» (en lugar de elegir la formalidad del «estilo ruso» al cual estábamos acostumbrados), y él mismo trocearía el faisán. Si bien la señora Townsend estaba horrorizada, Myra, renovada por su temporada fuera de casa, aprobó silenciosamente la decisión, destacando que seguramente el amo habría tenido en cuenta las preferencias de los invitados norteamericanos.

No me correspondía opinar, pero prefería esta manera más moderna. Sin los centros de mesa, con sus bandejas recargadas de dulces y sus extravagantes fuentes de frutas, la mesa tenía un descuidado refinamiento que me agradaba: la austera blancura del mantel almidonado en los ángulos, las plateadas líneas de los cubiertos y los centelleantes juegos de cristalería.

Observé de cerca. La huella de un pulgar manchaba el borde de la copa de champán del señor Frederick. Eché el aliento sobre la ofensiva marca y la lustré rápidamente con el borde de mi delantal.

Tan concentrada estaba en mi tarea que di un salto cuando la puerta se abrió bruscamente.

—¡Alfred! —exclamé—. Me has asustado. Casi se me cae la copa.

—No deberías tocarlas. Yo soy el responsable de la cristalería —replicó, y en su frente apareció una arruga familiar.

—Había una huella —expliqué—. Ya sabes cómo es el señor Hamilton. Si la hubiera visto, te habría sacado las tripas para hacer ligas. Y no me gustaría verlo con ligas.

Con mi nota de humor traté de encubrir su fracaso. Pero la risa de Alfred había muerto en alguna trinchera de Francia y sus labios sólo pudieron esbozar una mueca.

—Pensaba lustrarlas después —aclaró Alfred.

—Bueno, ya no será necesario.

—No tienes por qué hacerlo —me señaló en tono mesurado.

—¿Hacer qué?

—Controlarme. Seguirme como si fueras mi sombra.

—No lo hago. Sólo estaba colocando las tarjetas de posición y vi la huella en la copa.

—Te dije que lo haría más tarde.

—De acuerdo —repuse serenamente, dejando la copa en su lugar.

Alfred dejó oír un brusco gruñido de satisfacción y sacó un paño del bolsillo.

Yo jugueteaba con las tarjetas, aunque ya estaban prácticamente dispuestas en la mesa, y simulé no mirarlo.

Tenía los hombros encorvados, el derecho rígidamente alzado para mantenerse de espaldas a mí. Me rogaba que lo dejara a solas, pero las malditas campanas de las buenas intenciones sonaban a todo volumen en mis oídos. Tal vez, si consiguiera averiguar, si supiera qué era lo que lo afectaba, podría ayudarlo. ¿Quién mejor que yo? Seguramente el vínculo que se había creado entre nosotros mientras él estaba lejos no era producto de mi imaginación. Él lo había dicho expresamente en sus cartas. Me aclaré la voz para hablar, y comencé a decir suavemente:

—Sé lo que ocurrió ayer.

Él no dio señales de haberme oído. Siguió concentrado en la copa que estaba lustrando.

Repetí en un tono más alto:

—Sé lo que ocurrió ayer. En el salón.

Alfred se detuvo. Se quedó muy quieto, con la copa en la mano. Mis ofensivas palabras quedaron suspendidas entre nosotros como la niebla y me invadió un abrumador deseo de retractarme.

Su voz era mortalmente serena.

—La pequeña señorita te ha ido con el cuento, ¿verdad?

—No.

—Apuesto a que se ha reído de mí.

—Oh, no —me apresuré a decir—. Por el contrario, estaba preocupada por ti. —Tragué saliva y me atreví a decir—: Yo también estoy preocupada por ti.

Alfred me miró fijamente a través del mechón de pelo que le había resbalado mientras lustraba la copa. En su boca se dibujaban minúsculos surcos que expresaban su disgusto.

—¿Preocupada por mí?

Su tono extraño, crispado, me causaba recelo. No obstante, no podía reprimir la urgencia por aclarar las cosas.

—Es sólo que... no es propio de ti dejar caer una bandeja y no mencionarlo. Pensé que tenías miedo de que el señor Hamilton lo descubriera. Pero estoy segura de que él no se disgustaría. Todos cometemos errores en nuestro trabajo.

Alfred me miró y por un instante pensé que se iba a echar a reír. Pero, en cambio, en su rostro apareció un gesto despectivo.

—Niña tonta —espetó—. Crees que me preocupa que unas tartas terminen en el suelo.

—Alfred...

—¿Crees que no sé hacer mi trabajo? ¿Después de haber estado donde estuve?

—No he dicho que...

—Pero es lo que todos pensáis, ¿verdad? Puedo sentir cómo me miráis, me vigiláis, esperando a que cometa un error. Pues bien, podéis dejar de esperar y ahorraros las preocupaciones. No me pasa nada, ¿me oyes? ¡Nada!

Me ardían los ojos. Su tono áspero me había erizado la piel.

—Sólo quería ayudar —susurré.

—¿Ayudar? —Rió amargamente—. ¿Qué te hace creer que puedes ayudarme?

—Bueno, Alfred —alegué tímidamente, tratando de comprender a qué se refería—. Tú y yo... somos... Como dijiste en tus cartas...

—Olvida lo que dije.

—Pero Alfred...

—No te acerques a mí, Grace —declaró fríamente, volviendo a dirigir su atención a las copas—. Nunca te he pedido ayuda. No la necesito y no la quiero. Vamos, sal de aquí y déjame seguir con mi trabajo.

Mis mejillas ardían, por la desilusión, por el recuerdo del enfrentamiento, pero, sobre todo, por la vergüenza. Había creído ver un vínculo donde no existía. Estando a solas, había comenzado a pensar incluso en un futuro junto a Alfred. El cortejo, el casamiento, tal vez incluso nuestra propia familia. Y ahora comprendía que había confundido su nostalgia con un sentimiento más fuerte.

Pasé en la cocina la primera parte de la noche. Si a la señora Townsend le intrigó el origen de mi súbito interés por los detalles de la preparación del faisán, prefirió no preguntar. Lo rocié con mantequilla, lo deshuesé e incluso ayudé con el relleno. Hice todo lo posible para que no me enviaran nuevamente arriba, donde Alfred estaba sirviendo la mesa.

Mi táctica iba por buen camino hasta que el señor Hamilton puso en mis manos una bandeja con la coctelera.

—Pero, señor Hamilton —protesté desconsolada—, estoy ayudando a la señora Townsend con la comida.

A través de las gafas, los ojos del señor Hamilton brillaron ante lo que percibió como una actitud desafiante.

—Y yo te estoy diciendo que lleves los cócteles.

—Pero Alfred...

—Alfred está ocupado en el comedor. Rápido, niña. No hagas esperar al amo.

* * *

A pesar de que los invitados eran pocos —seis en total—, el salón, cargado de voces y de un calor inusual, parecía estar lleno. El señor Frederick, ansioso por causar una buena impresión, había insistido en reforzar la calefacción, y el señor Hamilton, para estar a la altura de sus demandas, había alquilado dos estufas de queroseno.

Un perfume de mujer particularmente fuerte se había propagado por la cálida atmósfera y amenazaba con saturar la sala y a sus ocupantes.

Primero distinguí al señor Frederick, vestido con su traje de noche negro. Estaba casi tan apuesto como en su día el mayor, aunque más delgado y menos rígido. De pie junto al escritorio de madera, hablaba con un hombre ufano de cabello entrecano que rodeaba, como una corona, su brillante calva.

El hombre señalaba un jarrón de porcelana.

—Vi uno así en Sotheby's —afirmaba con acento de burgués del norte de Inglaterra mezclado con algo más—. Idéntico —agregó, y se inclinó hacia él—, vale unos cuantos billetes, amigo.

El señor Frederick dio una respuesta vaga.

—No lo sé, mi bisabuelo lo trajo de la India, desde entonces ha estado ahí.

—¿Has oído, Estella? —gritó Simion Luxton a su pálida esposa, que estaba en el otro extremo de la sala, sentada en el sofá, entre Emmeline y Hannah—. Frederick dice que ha pertenecido a la familia desde hace varias generaciones. Lo usa como pisapapeles.

Estella Luxton le dedicó a su esposo una sonrisa indulgente. Entre ellos había una comunicación silenciosa, establecida a lo largo de años de vida en común. En esa instantánea mirada percibí que su matrimonio perduraba por motivos prácticos. Era una relación simbiótica cuya utilidad había sobrevivido largamente a la pasión.

Habiendo cumplido con su esposo, Estella volvió a prestar atención a Emmeline, en quien había descubierto un miembro entusiasta de la alta sociedad. En tanto el cabello de su esposo era escaso, el de Estella, del color del peltre, lucía un peinado muy vistoso. Estaba recogido en un tirante moño, de forma notablemente norteamericana. Me recordaba una fotografía que el señor Hamilton había puesto en el tablón mural de nuestra sala, un rascacielos de Nueva York rodeado de andamios: elaborado e impresionante, aunque no precisamente atractivo. Emmeline comentó algo que hizo sonreír a Estella y me quedé fascinada por la extraordinaria blancura de sus dientes.

Fui rodeando la sala para dejar la bandeja con los cócteles en el carrito, debajo de la ventana, e hice una reverencia de rutina. El hijo del señor Luxton estaba sentado en el sillón, escuchando a medias mientras Emmeline y Estella conversaban extasiadas sobre la próxima temporada campestre.

Theodore —Teddy, como después nos acostumbramos a llamarlo— era tan atractivo como podían serlo todos los hombres ricos de aquella época. La seguridad en sí mismo acrecentaba su figura, creando un halo de encanto e inteligencia, que dotaba a sus ojos de un aire de sagacidad, e inducía a desestimar rápidamente cualquier indicio de inteligencia mediocre.

Tenía el cabello negro, casi tanto como su traje impecablemente planchado, y usaba un distinguido bigote que le daba el aspecto de un actor de cine. Inmediatamente le encontré parecido con Douglas Fairbanks y me ruboricé. Su sonrisa era amplia y franca, sus dientes aún más blancos que los de su madre. Supuse que el agua de Estados Unidos tendría alguna propiedad que hacía que la dentadura de sus nativos fuera tan blanca como el collar de perlas que, por encima de la cadena de oro de su relicario, rodeaba el cuello de Hannah.

Mientras Estella se dedicaba a hacer una detallada descripción del último baile organizado por lady Hamilton —con un acento metálico que jamás había oído—, la mirada de Teddy comenzó a recorrer la sala. Al advertir que su invitado no tenía con qué entretenerse, el señor Frederick le hizo un nervioso gesto a Hannah, que carraspeó y dijo sin gran entusiasmo:

—Confío en que su viaje haya sido placentero.

—Muy placentero —contestó Teddy con una sonrisa espontánea—. Aunque, sin duda, mis padres darían una respuesta diferente. No toleran el movimiento del barco. Se sintieron indispuestos desde que zarpamos de Nueva York hasta que llegamos a Bristol.

Hannah tomó un sorbo de su cóctel y luego dio otro acartonado ejemplo de diálogo cordial.

—¿Cuánto tiempo se quedarán en Inglaterra?

—Me temo que para mí la visita será breve. La semana próxima parto hacia el continente, con destino a Egipto.

—Egipto —coreó Hannah abriendo los ojos.

—Sí, tengo asuntos que atender allí —comentó Teddy riendo.

—¿Va a visitar las pirámides?

—No en esta ocasión. Estaré unos días en El Cairo y luego iré a Florencia.

—Espantoso lugar —apuntó Simion en voz alta, sentándose en el otro sillón—. Lleno de palomas y extranjeros. Prefiero la vieja Inglaterra.

El señor Hamilton me señaló la copa de Simion, que estaba casi vacía a pesar de que la había llenado poco antes. Me acerqué a él con la coctelera. Mientras llenaba nuevamente su copa podía sentir los ojos de ese hombre clavados en mí.

—Este país proporciona algunos placeres inigualables —comentó inclinándose ligeramente de modo que su cálido brazo me rozó el muslo—. Aunque me he esforzado, no he podido encontrarlos en ningún otro lugar.

Tuve que concentrarme para permanecer inexpresiva y no volcar atropelladamente el líquido. El tiempo se hizo eterno hasta que la copa por fin estuvo llena y pude apartarme. Al rodear el sillón vi que Hannah fruncía el ceño mirando hacia el lugar donde yo había estado.

—Mi esposo adora Inglaterra —comentó Estella con tono inexpresivo.

—Caza, tiro al blanco, golf —prosiguió Simion—. Nadie supera en esas cosas a los ingleses —opinó. Luego bebió un trago de su cóctel y apoyó la espalda en el respaldo del sillón—. Pero creo que lo mejor de todo es su modo de pensar. Hay dos clases de ingleses: los que han nacido para dar órdenes —en ese momento su mirada cruzó la sala y se encontró con la mía— y los que han nacido para cumplirlas.

La expresión de Hannah se endureció.

—Eso asegura que todo funcione correctamente —continuó Simion—. Lamentablemente, no ocurre lo mismo en los Estados Unidos. El chico que limpia zapatos en una esquina tal vez sueña con tener su propia empresa. Y pocas cosas pueden poner tan condenadamente nervioso a un hombre como toda una población de trabajadores con un grado irracional de... —la palabra estuvo rondando por su boca unos instantes hasta que se decidió a pronunciarla— de *ambición*.

—Inimaginable, un trabajador que tiene la expectativa de que su vida sea algo más que oler los pies de otro hombre —ironizó Hannah.

—Abominable —observó Simion, sin comprender el tono mordaz de Hannah.

—Deberían comprender —la voz de Hannah había subido un semitono— que sólo los afortunados tienen derecho a ambicionar algo.

El señor Frederick lanzó una mirada de advertencia a su hija.

—Si lo hicieran, nos ahorrarían muchas molestias —convino Simion—. No hay más que fijarse en los bolcheviques para comprender cuán peligrosa puede ser esa gente cuando adopta ciertas ideas acerca de su lugar en la sociedad.

—¿Un hombre no debería tratar de progresar? —preguntó Hannah.

Teddy, el hijo del señor Luxton, no dejaba de mirar a Hannah. Una leve sonrisa se dibujaba bajo su bigote.

—Sí, mi padre está de acuerdo en que un hombre debe progresar, ¿verdad, papá? Oí hablar sobre eso cuando era niño.

—Mi abuelo dejó de ser minero gracias a su firme voluntad —declaró Simion—. Y ahora podemos ver en qué se ha convertido la familia Luxton.

—Una transformación admirable —aseveró Hannah, sonriendo irónicamente—, aunque no todos son capaces de conseguirla, ¿verdad, señor Luxton?

—Así es, en efecto.

El señor Frederick, ansioso por salir de las arenas movedizas, carraspeó con impaciencia y miró al señor Hamilton.

El mayordomo asintió imperceptiblemente y se acercó a Hannah.

—La mesa está servida, señorita. —Luego me miró y me hizo una seña para que volviera a la sala de los sirvientes. Al salir oí la voz de Hannah.

—Perfecto, ¿cenamos?

* * *

Los platos: crema de guisantes verdes, pescado y faisán, fueron servidos uno tras otro. Myra apareció algunas veces en la sala de los sirvientes para informar sobre el progreso de la velada. Aunque hacía su trabajo a ritmo frenético, la señora Townsend nunca estaba demasiado ocupada como para perderse los últimos detalles acerca de las habilidades de Hannah como anfitriona. Asintió cuando Myra dijo que, si bien la señorita Hannah lo estaba haciendo bien, su estilo no era tan encantador como el de su abuela.

—Por supuesto —afirmó la señora Townsend con la frente perlada de sudor—. Es *natural*, tratándose de lady Violet. No habría tolerado que sus fiestas no fueran perfectas. La señorita Hannah mejorará con la práctica. Nunca será la anfitriona *perfecta*, pero sin duda lo hará bien. Lo lleva en la sangre.

—Tal vez tenga razón, señora Townsend —admitió Myra. Luego enderezó el lazo del delantal y bajó la voz—. En tanto no se deje llevar por esas... *ideas modernas*.

—¿Qué clase de ideas modernas? —pregunté.

—Bueno, siempre fue una niña inteligente —se lamentó la señora Townsend—. Sin duda todos esos libros siembran ideas en la mente de una jovencita.

—¿Qué clase de ideas modernas? —repetí.

—Las olvidará cuando se case. Ten presentes mis palabras —le aseguró la señora Townsend a Myra.

—No me cabe duda de que está en lo cierto, señora Townsend.

—¿Qué clase de ideas modernas? —insistí con impaciencia.

—Algunas jóvenes no saben lo que necesitan hasta que encuentran el esposo adecuado —continuó la señora Townsend.

Ya no pude tolerarlo más.

—La señorita Hannah no va a casarse. Nunca. La oí decirlo. Va a viajar por el mundo, va a llevar una vida aventurera.

Myra carraspeó y la señora Townsend me miró fijamente.

—¿De qué hablas, tonta? —me preguntó la cocinera presionando mi frente con su mano—. Te has vuelto loca, dices cosas sin sentido, como Katie. Por supuesto que la señorita Hannah se casará. Es el objetivo de todas las jóvenes que hacen su presentación en sociedad: casarse pronto y espléndidamente. Más aún, es su deber, ahora que el pobre amo David...

—Myra —llamó el señor Hamilton, que bajaba apresuradamente la escalera—, ¿dónde está ese champán?

Oímos la voz de Katie antes de que su corta figura asomara del cuarto de la nevera aferrando torpemente las botellas entre los brazos y el cuerpo.

—Lo tengo yo, señor Hamilton —declaró, con una gran sonrisa—. Los demás estaban demasiado ocupados discutiendo.

—Bien, rápido, entonces —ordenó el señor Hamilton—. Los invitados del amo están sedientos. —Entonces se acercó a la cocina y nos miró acusadoramente—. No es propio de ti distraerte de tus deberes, Myra.

—Aquí las tiene, señor Hamilton —dijo Katie.

—Ve arriba, Myra —ordenó desdeñoso el señor Hamilton—. Ahora ya estoy aquí y puedo llevarlas yo mismo.

Myra me miró y subió la escalera.

—En realidad, señora Townsend —advirtió el señor Hamilton—, no debería entretener aquí a Myra. Como bien sabe, esta noche necesitamos que todos estén disponibles. ¿Puedo preguntar cuál era el tema que debían discutir con tanta urgencia?

—Ninguno, señor Hamilton —respondió la señora Townsend, evitando mirarme—. No fue en absoluto una discusión, sino un tema que nos concierne a Myra, a Grace y a mí.

—Estaban hablando de la señorita Hannah —acusó Katie—. Las oí.

—Silencio, Katie —ordenó el señor Hamilton.

—Pero yo...

—¡Katie! —gritó la señora Townsend—. Es suficiente. Y por amor de Dios, deja esas botellas para que el señor Hamilton pueda llevarlas arriba.

Katie puso las botellas en la mesa de la cocina.

El señor Hamilton recordó la tarea que tenía pendiente e interrumpió el interrogatorio para descorchar las botellas. A pesar de su destreza el corcho se empecinaba en permanecer en su lugar, hasta que de pronto... *¡Pum!*

El corcho salió disparado, chocó con la lámpara, que explotó y se hizo añicos aterrizando en la salsa de caramelo de la señora Townsend. El champán rociaba la cara del señor Hamilton con triunfal efervescencia.

—¡Katie, eres una inútil! —exclamó la señora Townsend—. Has agitado las botellas.

—Lo siento, señora Townsend —dijo Katie, con la risa nerviosa que la solía acometer cuando estaba en una situación difícil—. Sólo intentaba hacer las cosas rápido, como pidió el señor Hamilton.

—Hay que ir despacio si se tiene prisa, Katie —recomendó el señor Hamilton. El champán que resbalaba por su cara le restaba seriedad a la admonición.

—Venga, señor Hamilton. —La señora Townsend tomó una punta de su delantal para secar la brillante nariz del mayordomo—. Déjeme ayudarlo.

—Señora Townsend —señaló Katie, sin abandonar sus risitas—, le ha dejado la cara llena de harina.

—¡Katie! —vociferó el señor Hamilton, limpiándose la cara con un pañuelo que había aparecido en medio del revuelo—. Eres una *tonta*. En todos los años que has pasado aquí no has desarrollado una pizca de inteligencia. A veces me pregunto por qué seguimos tolerando que...

Antes de distinguir su figura oí la ronca y agitada respiración de Alfred, por encima de la reprimenda del señor Hamilton, el alboroto de la señora Townsend y las excusas de Katie. Aunque después me contó que había bajado para averiguar por qué el señor Hamilton se demoraba, en ese momento estaba al pie de la escalera, tan quieto y pálido como una estatua de mármol o un fantasma.

Cuando nuestras miradas se cruzaron el hechizo se rompió. Él giró sobre sus talones y desapareció en el pasillo. Oímos sus pasos sobre la piedra, atravesando la puerta trasera para perderse en la oscuridad.

Todos permanecimos atentos y en silencio. El señor Hamilton hizo un movimiento. Tal vez consideró la posibilidad de seguirlo, pero el deber era su único amo. Volvió a limpiarse la cara con el pañuelo y nos miró con los labios apretados, que dibujaban una fina línea de resignado cumplimiento del deber.

Cuando me disponía a salir para buscar a Alfred, el señor Hamilton anunció:

—Grace, ponte tu mejor delantal. Te necesitamos arriba.

* * *

En el comedor, me situé entre el *chiffonier* y el sillón Luis XIV. En la pared contraria Myra levantó las cejas. No tenía manera de contarle todo lo sucedido abajo —no sabía siquiera si era posible explicarlo—, por lo que me limité a alzar levemente los hombros y luego miré hacia otro lado. Me preguntaba dónde estaría Alfred y si alguna vez volvería a ser el mismo de antes.

Los comensales estaban terminando el plato de faisán y el aire se estremecía con el amable tintineo de los cubiertos sobre la porcelana china.

—En fin —sentenció Estella—, esto estaba... —hizo una pausa apenas perceptible— sencillamente delicioso.

Miré su perfil, los movimientos de su mandíbula mientras pronunciaba cada palabra, exprimiendo toda la vitalidad que contenían antes de dejar que salieran por sus generosos labios carmesí. Recuerdo particularmente sus labios, porque sólo ella los tenía pintados. Emmeline jamás dejaría de lamentar que el señor Frederick tuviera ideas tan definidas acerca del maquillaje y de las mujeres que lo llevaban.

Estella apartó a un lado los restos de faisán, apoyó los cubiertos en el plato y se limpió la boca en la blanca servilleta de lino dejando restos de lápiz labial, que después yo tendría que lavar.

—Unos sabores tan inusuales... —señaló sonriente al señor Frederick—. Seguramente no debe de ser sencillo lograrlo en épocas de escasez.

Myra alzó las cejas. Era casi inimaginable que un invitado emitiera un juicio explícito sobre la comida. De hecho, hacer abiertamente ese tipo de comentarios era algo rayano en la descortesía. Podían interpretarse fácilmente como evidencia de desconcierto o, peor aún, de alivio. Deberíamos ser cautelosas al contárselo a la señora Townsend.

El señor Frederick, tan asombrado como nosotras, pronunció un encendido discurso sobre la insuperable habilidad de la señora Townsend para cocinar aun en esas condiciones, durante el cual Estella aprovechó para examinar el comedor. En primer lugar su mirada se entretuvo en las molduras que adornaban las paredes y el techo, continuando por el friso de William Morris, antes de posarse, por fin, en el escudo de los Ashbury. Parecía estar haciendo inventario, mientras en su mejilla se percibían los rápidos movimientos de la lengua, que trataba de soltarse un trozo de comida atrapado entre sus resplandecientes dientes.

La conversación trivial propia de las reuniones sociales no era el fuerte del señor Frederick. Sus comentarios, a poco de comenzar, se convirtieron en una isla desierta de donde no parecía posible escapar. Empezó a titubear. Dirigió la mirada hacia sus contertulios, pero Estella, Simion, Teddy y Emmeline habían encontrado su propio modo de entretenerse. Casi se había resignado a su destino cuando encontró un aliado en Hannah. Intercambiaron miradas y, mientras su metódica descripción de las tortas sin manteca de la señora Townsend llegaba al final, ella se aclaró la voz.

—Señora Luxton, usted mencionó antes a su hija. ¿No los ha acompañado en este viaje?

—No —respondió rápidamente Estella, volviendo a prestar atención a lo que ocurría en la mesa.

Simion levantó la vista de su plato de faisán y gruñó.

—Hace tiempo que Deborah no nos acompaña. Tiene responsabilidades en casa. Cuestiones de *trabajo* —indicó con tono inquietante.

En Hannah resurgió un genuino interés.

—¿Ella trabaja?

—En algo relacionado con la publicidad —explicó Simion tragando un enorme bocado de faisán—. No estoy al tanto de los detalles.

—Deborah es columnista de modas de *Women's Style* —informó Estella—. Todos los meses escribe un artículo.

—Ridículo. —El cuerpo de Simion se estremeció y tuvo un acceso de hipo que terminó en un eructo—. Tonterías sobre zapatos, vestidos y otras extravagancias.

—Pero, papá —intervino Teddy con una leve sonrisa—, la columna de Debbie es muy popular. Ejerce una gran influencia en la manera de vestir de las damas de la alta sociedad de Nueva York.

—¡Uff! Tiene suerte de que sus hijas no le den esos disgustos, Frederick. —Simion apartó su plato manchado de salsa—. Trabajar, qué ocurrencia. Las jóvenes inglesas son mucho más sensatas.

Era la oportunidad perfecta y Hannah lo sabía. Contuve el aliento. Me preguntaba si sus ansias de aventura vencerían. Deseaba que no, que atendiera al ruego de Emmeline y se quedara en Riverton. Ya tenía bastante con Alfred, no era capaz siquiera de pensar que Hannah también pudiera desaparecer.

Ella y su hermana intercambiaron una mirada y, antes de que Hannah tuviera oportunidad de hablar, Emmeline —con la voz clara y cantarina con que se instruía a las jóvenes para conversar con invitados— se apresuró a decir:

—Yo jamás lo haría. Trabajar es poco respetable, ¿verdad, papá?

—Estaría dispuesto a arrancarme el corazón antes de ver a alguna de mis hijas trabajando —respondió el señor Frederick con toda naturalidad.

Hannah apretó los labios.

—Mi corazón estuvo a punto de romperse —reconoció Simion. Luego miró a Emmeline—. Cuánto desearía que mi Deborah pensara como usted.

Emmeline sonrió. En su rostro floreció precozmente una belleza madura que casi me avergonzaba observar.

—Bueno, Simion —lo aplacó Estella—, sabes que Deborah no habría aceptado ese trabajo sin tu autorización —afirmó y luego le dedicó una exagerada sonrisa a los demás—. Jamás podría decirle que no a su hija.

Simion bufó, pero no la contradijo.

—Mamá tiene razón, papá —intercedió entonces Teddy—. Hacer algún trabajo es lo que se estila entre la gente bien de Nueva York. Deborah es joven y aún no está casada. Ya sentará la cabeza a su debido tiempo.

—Habría preferido la corrección en lugar de elegancia. Pero así es la sociedad moderna. Todos quieren ser considerados gente refinada. Es culpa de la guerra. —Nadie más que yo pudo ver que Simion deslizó sus dedos debajo de la cintura de sus ajustados pantalones, para proveer a su estómago de un espacio que le permitiera respirar—. Mi único consuelo es que gana mucho dinero —señaló, y al recordar su tema favorito, sonrió—. Frederick, ¿qué piensa de las penalidades que, según se dice, le impondrán a la pobre Alemania?

Mientras la conversación seguía su curso, Emmeline miró discretamente a Hannah, que mantenía el mentón erguido, y seguía el diálogo con la vista. Su rostro era un modelo de serenidad. Me preguntaba si finalmente se atrevería a hablar. Tal vez había cambiado de idea después de la intervención de Emmeline. Tal vez fue producto de mi imaginación su leve estremecimiento cuando la oportunidad desapareció como si súbitamente se la tragara la chimenea.

—Me dan un poco de pena los alemanes —afirmó Simion—. Entre ellos hay mucha gente admirable. Son excelentes empleados, ¿no es así, Frederick?

—En mi fábrica no tengo empleados alemanes —aseguró Frederick.

—Ése es su primer error. No encontrará una raza más aplicada en el trabajo. Carecen de sentido del humor, sin duda, pero son meticulosos.

—Yo estoy satisfecho con mis empleados ingleses.

—Su nacionalismo es admirable, Frederick. Pero no le hará prevalecer a expensas de la empresa, ¿verdad?

—A mi hijo lo mató un proyectil alemán —declaró el señor Frederick, apoyando los dedos separados y tensos en el borde de la mesa.

La observación hizo desaparecer toda su afabilidad.

El señor Hamilton advirtió mi expresión y nos hizo una seña a Myra y a mí para que interrumpiéramos la tensión recogiendo los platos. Habíamos recorrido la mitad de la mesa cuando Teddy carraspeó y dijo:

—Nuestras más profundas condolencias, lord Ashbury. Nos han contado lo que le sucedió a su hijo David. En el White aseguran que era un buen hombre.

—Un chico.

—¿Qué?

—Mi hijo era un chico.

—Desde luego —corrigió Teddy—, un buen chico.

Estella alargó una mano regordeta por encima de la mesa y la posó lánguidamente en la muñeca del señor Frederick.

—No sé cómo ha podido soportarlo, Frederick. No me atrevo a pensar qué haría si perdiera a mi Teddy. Todos los días agradezco que haya decidido librar la guerra desde casa, junto a sus amigos políticos.

Estella, con expresión desvalida, miraba alternativamente a su anfitrión y a su esposo, quien tuvo el decoro de mostrarse algo turbado.

—Estamos en deuda con ellos —declaró Simion—. Jóvenes como su David estuvieron dispuestos a cualquier sacrificio. Nos corresponde a nosotros probar que no han muerto en vano, debemos prosperar en los negocios y devolver a este gran país el lugar que merece.

Los claros ojos del señor Frederick miraron fijamente a Simion. Por primera vez percibí que parpadeaba con disgusto.

—En efecto, así es.

Dejé los platos en el montacargas y tiré de la cuerda para enviarlos abajo. Luego me incliné hacia el hueco, tratando de escuchar si la voz de Alfred estaba entre los lejanos ecos que llegaban desde la cocina. Deseaba que ya estuviera de regreso del lugar al que había huido tan velozmente. Oí el ruido de los platos, la voz zumbona de Katie y la reprimenda de la señora Townsend. Por fin, con una sacudida, las cuerdas comenzaron a moverse y el montacargas regresó cargado con frutas, natillas y sirope de caramelo.

La conversación seguía girando en torno a los negocios. Yo estaba asombrada. Según decía Myra, no se debía hablar de negocios en la mesa. Era un tema reservado a los hombres, que podían abordarlo después de la cena. No obstante, Simion no estaba dispuesto a dejar de lado un asunto que le interesaba.

—Con los tiempos que corren, los negocios deben pensarse a gran escala —opinó, irguiéndose con autoridad—. Cuanto más se produce, más sencillo es seguir aumentando la producción.

El señor Frederick asintió. La incomodidad que le causaba transgredir las convenciones era eclipsada rápidamente por el interés que habitualmente le despertaba hablar de su fábrica.

—Tengo algunos buenos obreros. Verdaderamente buenos. Si capacitamos a los demás...

—Es una pérdida de tiempo y de dinero —afirmó Simion y su palma golpeó la mesa con una vehemencia que me hizo saltar. Estuve a punto de derramar el caramelo que le estaba sirviendo—. ¡Mecanización! Ésa es la solución del futuro.

—¿Líneas de montaje?

Simion guiñó el ojo.

—Imprimen velocidad a los hombres más lentos, evidenciando incluso a los más veloces.

—Me temo que no tengo ventas suficientes para mantener en funcionamiento las líneas de montaje —admitió el señor Frederick—. No hay en Gran Bretaña tantas personas que puedan pagar mis automóviles.

—Precisamente a eso me refiero —aseveró Simion. El entusiasmo y el licor mezclados le daban a su cara un brillo carmesí—. El montaje en cadena permite bajar los precios. Venderá más.

—Las líneas de montaje no harán bajar el coste de las piezas.

—Use otras.

—Uso las mejores.

El señor Luxton fue presa de un ataque de risa del que aparentemente jamás podría recuperarse.

—Me cae bien, Frederick —dijo por fin—. Es un idealista. Un *perfeccionista*. —El adjetivo fue pronunciado con la exultante satisfacción de un extranjero que ha recordado correctamente una palabra poco común. Luego apoyó los codos en la mesa, apuntó con un grueso dedo a su anfitrión y preguntó con seriedad—: Pero, Frederick, ¿quiere hacer automóviles o dinero?

El señor Frederick parpadeó.

—No lo sé, yo...

—Creo que mi padre está sugiriendo que debe elegir —acotó mesuradamente Teddy que hasta entonces había seguido el diálogo con cierta reserva, pero en ese momento, casi disculpándose, había decidido intervenir—. Hay dos mercados para sus automóviles. El de los pocos compradores exigentes que pueden pagar lo mejor...

—O la franja en expansión de los consumidores de la clase media con aspiraciones —interrumpió Simion—. Es su fábrica y su decisión. Nosotros sólo tenemos una participación minoritaria —explicó. Luego se apoyó en el respaldo de la silla, se desabrochó un botón de la chaqueta y espiró complacido—. Pero usted sabe a qué mercado me dirijo.

—La clase media —coreó el señor Frederick, frunciendo levemente el ceño, como si por primera vez comprendiera que esa clase existía más allá de los tratados de teoría social.

—La clase media —repitió Simion—. Hasta ahora no ha sido explotada y sus filas se están engrosando. Si no encontramos el modo de llevarnos su dinero, ellos encontrarán el modo de llevarse el nuestro —afirmó y meneó la cabeza—. Como si los obreros no causaran suficientes problemas.

Frederick frunció el ceño, dubitativo.

—Sindicatos —gruñó Simion—. Asesinos de empresas. No descansarán hasta que se hayan apropiado de los medios de producción y nos dejen fuera de combate. Especialmente a las pequeñas empresas como la suya.

—Mi padre ha ilustrado muy vívidamente la situación —comentó Teddy con sonrisa insegura.

—Es así como veo las cosas —aseguró Simion.

—¿Y usted? —preguntó Frederick a Teddy—. ¿También ve una amenaza en los sindicatos?

—Creo que pueden adaptarse.

—Tonterías —opinó Simion, saboreando un sorbo de vino dulce—. Teddy es un moderado —señaló con desdén—. Estella y yo no logramos entender de quién ha podido heredar eso.

—Papá, por favor, soy un conservador.

—Con ideas utópicas.

—Simplemente propongo que escuchemos a las dos partes.

—A su debido tiempo comprenderá —declaró Simion meneando la cabeza—. Una vez que le muerdan la mano aquellos a los que ha alimentado como un tonto —aseguró. Luego se quitó las gafas y siguió con su lección—. Creo que no comprende cuán vulnerable sería, Frederick, si ocurriera algo imprevisto. El otro día conversaba con Ford, con Henry Ford... —En ese punto Simion hizo una pausa, ignoro si por motivos éticos o retóricos—. No debería divulgarlo —agregó, haciéndome una seña para que le acercara un cenicero—, tan sólo diré que en las actuales circunstancias debe orientar su empresa hacia la rentabilidad. Y cuanto antes. —El empresario parpadeó—. Sé lo que me va a decir. Que no quiere venderme un porcentaje mayor, pero si las cosas siguieran el rumbo que han tomado en Rusia, y hay ciertos indicios de que es posible, sólo un gran margen de ganancia puede protegerlo. —El señor Luxton tomó un cigarro de la caja de plata que le ofrecía el señor Hamilton—. Y usted debe estar protegido, ¿verdad? Usted y sus encantadoras hijas. ¿Quién si no cuidará de ellas? —preguntó, sonriendo a Hannah y Emmeline—. Por no mencionar esta gran mansión. ¿Desde cuándo dijo que pertenece a su familia? —inquirió como si la pregunta fuera resultado de una súbita curiosidad.

—No lo he dicho. —En la voz del señor Frederick se advirtió un matiz de recelo que trató de disipar rápidamente—. Trescientos años.

—Y bien —intervino Estella con voz arrulladora—. ¿Acaso eso no significa algo? Yo *adoro* la historia de Inglaterra. Las familias antiguas, como la suya, son fascinantes. Uno de mis pasatiempos favoritos es leer sobre ellas.

Fascinantes. Como una pintura, pensé. O un libro antiguo. Valiosas por su singularidad, pero sin utilidad real.

—Tal vez nosotras podríamos retirarnos al salón mientras los hombres siguen conversando de negocios —sugirió Estella—. Me encantaría escuchar la historia de los Ashbury.

Hannah fingió una expresión de amable aceptación, pero pude percibir su ansiedad. Estaba a merced del enemigo. Deseaba quedarse allí y oír más, pero sabía que su deber de anfitriona era retirarse con las damas al salón y esperar a los hombres.

—Sí, por supuesto —contestó—. Aunque me temo que no podremos contarle mucho más de lo que pueda encontrar en las genealogías que publica Debrett.

Los hombres se pusieron en pie. Simion tomó la mano de Hannah y Frederick ayudó a Estella. Simion recorrió el rostro y la joven figura de Hannah, sin poder ocultar su aprobación. Besó el dorso de su mano con los labios húmedos. Ella disimuló su disgusto. Luego siguió a Estella y Emmeline, que se dirigían a la puerta, y cuando estaba a punto de salir me miró de reojo. La fachada que había construido se desvaneció súbitamente cuando me sacó la lengua y puso los ojos en blanco antes de desaparecer hacia la sala.

Cuando los hombres volvieron a sentarse y reanudaron su conversación de negocios, el señor Hamilton apareció detrás de mí.

—Puedes irte, Grace —susurró—. Myra y yo terminaremos con esto. —Luego añadió mirándome—: Y busca a Alfred. No podemos permitir que uno de los invitados del amo se asome a la ventana y descubra a uno de los sirvientes paseando por el jardín.

* * *

Desde el rellano de piedra que conducía a la escalera trasera, escudriñé en la oscuridad. La luna bañaba de reflejos plateados la hierba, transformando los rosales silvestres de la pérgola en terroríficos esqueletos.

Los diseminados rosales, gloriosos durante el día, parecían un torpe grupo de ancianas huesudas y solitarias.

Por fin, en el último peldaño de la escalera distinguí una sombra que no era proyectada por ninguna de las plantas del jardín.

Me armé de valor y me deslicé en la oscuridad. A cada paso el aire se volvía más frío y desapacible. Llegué al último escalón y me detuve junto a él, pero Alfred no dio señal alguna de advertir mi presencia.

—Me envía el señor Hamilton —anuncié con cautela—. No pienses que te estoy siguiendo.

No obtuve respuesta.

—Y no me ignores. Si quieres que me vaya dímelo y lo haré.

Alfred siguió mirando los espigados árboles del Camino Largo.

—¡Alfred!

Mi voz quebró el frío.

—Todos pensáis que soy el mismo Alfred que se fue de aquí —declaró suavemente—. Las personas parecen reconocerme, por lo que mi aspecto físico debe de ser casi el mismo. Pero en muchos otros aspectos soy diferente, Grace.

Sus palabras me desconcertaron. Me había preparado para otro ataque, para que volviera a pedirme que lo dejara en paz. Su voz se convirtió en un susurro y tuve que acercarme más para oírlo. Le temblaba el labio inferior; no supe precisar si a causa del frío.

—Los veo, Grace, durante el día no es tan grave, pero por la noche, los veo y los oigo. En el salón, en la cocina, en las calles del pueblo. Dicen mi nombre. Pero cuando me vuelvo para mirarlos... no están... todos están...

Habría deseado saber quiénes eran «ellos», pero no se me ocurrió cómo preguntarlo. Me senté. La gélida noche había transformado la piedra de los escalones en hielo. Bajo la falda y los calzones mis piernas se entumecieron.

—Hace mucho frío —indiqué—. Vamos adentro y te prepararé una taza de chocolate.

Él no dio señales de oírme y continuó mirando la oscuridad.

—¿Alfred?

Rocé su mano con la yema de los dedos e impulsivamente los apoyé sobre los suyos.

—No. —Alfred retrocedió, sorprendido. Yo crucé las manos sobre el regazo. Mis mejillas ardían como si me hubiera abofeteado—. No lo hagas.

Alfred apretó los párpados. Yo observé su cara, preguntándome qué habían visto esos ojos cerrados para tener que ocultarse tan frenéticamente bajo los párpados blanqueados por la luna.

Entonces me miró y contuve el aliento. Tal vez fuera un efecto nocturno, pero sus ojos —pozos oscuros y profundos— me parecieron vacíos. Me miraba sin ver, como si buscara algo, tal vez la respuesta a una pregunta no formulada. Cuando habló su voz sonó suave.

—Pensaba que a mi regreso... —La frase inconclusa quedó flotando en la noche—. Tenía tantos deseos de verte... Los doctores dijeron que si me mantenía ocupado...

De su garganta salió un ruido seco, un chasquido.

La coraza que protegía su cara se desmoronó, arrugándose como una bolsa de papel, y comenzó a llorar. Se cubrió la cara con ambas manos tratando inútilmente de ocultarse.

—No, no... No me mires, por favor, Grace, por favor... Soy un cobarde.

—No eres un cobarde —declaré con firmeza.

—¿Por qué entonces no consigo quitármelo de la cabeza? Es lo único que quiero —gritó y comenzó a pegarse en las sienes con una ferocidad que me alarmó.

—¡Basta, Alfred! —Traté de sujetarle las manos pero no pude apartarlas de su cara. Aguardé, mientras su cuerpo se estremecía, maldiciendo mi ineptitud. Por fin pareció calmarse un poco.

—Dime qué es lo que ves —le pedí.

Él me miró pero no dijo nada. Y por un instante vislumbré lo que él percibía en mí. Entre su experiencia y la mía había un abismo. Supe que no me contaría nada de lo que había visto. De algún modo comprendí que ciertas imágenes, ciertos sonidos, no pueden ser compartidos, y no pueden ser olvidados. Perduran en la conciencia hasta que, poco a poco, se retiran a los pliegues más profundos de la memoria, cayendo temporalmente en el olvido.

En consecuencia, no volví a preguntar. Puse mi mano en su mejilla y suavemente guié su cabeza hacia mi hombro. Me quedé muy quieta mientras su cuerpo se estremecía contra el mío.

Y así, juntos, permanecimos sentados en la escalera.

Capítulo 14

UN ESPOSO APROPIADO

Hannah y Teddy contrajeron matrimonio el primer sábado de marzo de 1919. Fue una hermosa ceremonia, en la pequeña iglesia de Riverton. Los Luxton hubieran preferido que se celebrara en Londres, para que asistiera toda la gente importante del mundo empresarial, pero el señor Frederick se mostró muy obstinado, y dado que en los meses anteriores había sufrido muchos golpes, nadie tenía demasiadas ganas de discutir. De modo que así se hizo. Hannah se casó en la pequeña iglesia del valle, al igual que sus abuelos y sus padres.

Llovía. Para la señora Townsend era augurio de que tendrían muchos hijos. Para Myra, era el llanto de los antiguos enamorados. Las fotografías de la boda estaban salpicadas de paraguas negros. Después, cuando la pareja se instaló en una casa en la ciudad, en Grosvenor Square, una de esas fotografías ocupó un lugar en el escritorio del cuarto de estar. Los seis alineados: en el centro, Hannah y Teddy. A un lado, Simion y Estella, sonrientes. Al otro, el señor Frederick y Emmeline, inexpresivos.

¿Te sorprende el que pudiese haber ocurrido tal cosa?

Hannah, tan firmemente opuesta al matrimonio, tan llena de otras ambiciones. Y Teddy, sensible, agradable incluso, pero no la clase de hombre que pudiera hacer perder la cabeza a Hannah.

En realidad no fue tan complicado. Este tipo de cosas raramente lo son. Fue uno de esos casos en los que sencillamente los astros se alinearon.

269

La mañana siguiente a la cena, los Luxton partieron hacia Londres. Tenían compromisos de negocios. Si por casualidad les dedicamos alguno de nuestros pensamientos, fue para dar por sentado que jamás volveríamos a verlos.

Nuestro interés ya se había desplazado al próximo gran acontecimiento. Porque la semana siguiente un grupo de mujeres indomables llegó a Riverton, con la pesada responsabilidad de supervisar la presentación de Hannah en sociedad. Enero era el momento cumbre de los bailes campestres, y por ello parecía impensable que, por no organizarlo con debida anticipación, se viera obligada a compartir la fecha con otro baile, más importante. En consecuencia, se había fijado la fecha para el 20 de enero y las invitaciones se enviaron con mucha antelación.

Una mañana, a comienzos del nuevo año, yo servía el té a lady Clementine y la viuda lady Ashbury. Estaban en el salón, sentadas una junto a la otra en el sofá, con la agenda abierta sobre su regazo.

—Cincuenta estará bien —opinó lady Violet—. No hay nada peor que un baile desierto.

—Excepto uno multitudinario —precisó lady Clementine con disgusto—. Pero eso hoy en día no sucede.

Lady Violet miró su lista de invitados. Un rastro de insatisfacción se plasmó en sus labios.

—¡Ay, querida! ¿Qué vamos a hacer con la escasez?

—La señora Townsend estará a la altura de las circunstancias —repuso lady Clementine—. Como siempre.

—No me refiero a la comida, Clem, sino a los hombres. ¿Dónde encontraremos más hombres?

Lady Clementine se inclinó para observar la lista de invitados. Meneó la cabeza disgustada.

—Es un absoluto crimen. Eso es. Un terrible inconveniente. Las mejores semillas de Inglaterra se pudren en unos campos franceses olvidados de la mano de Dios, mientras nuestras jóvenes se quedan colgadas, sin una sola pareja de baile entre todas ellas. Es un complot, te lo aseguro. Un complot alemán —declaró lady Clem, abriendo los ojos como platos—, para impedir que la aristocracia inglesa prolifere.

—Pero seguramente conoces a alguien a quien podamos invitar, Clem. Has dado muestras de ser buena celestina.

—Puedo considerarme afortunada por haber encontrado a ese chiflado para Fanny —admitió lady Clementine, palpando su empolvada papada—. Es una verdadera lástima que Frederick nunca se mostrara interesado. Las cosas habrían sido mucho más simples. En su lugar, tuve que contentarme con cualquier cosa.

—Mi nieta no se contentará con cualquier cosa —advirtió lady Violet—. El futuro de esta familia depende de su matrimonio —afirmó, con un suspiro consternado que se convirtió en una tos y estremeció su delgada silueta.

—A Hannah le irá mejor que a la simplona de Fanny —aventuró confiada lady Clementine—. A diferencia de mi protegida, tu nieta ha sido bendecida con inteligencia, belleza y encanto.

—Y con la inclinación a no aprovecharlas. Frederick ha consentido mucho a esas niñas. Han tenido excesiva libertad y una educación insuficiente. En especial, Hannah. Esa jovencita está llena de escandalosas ideas de independencia.

—Independencia... —repitió lady Clementine con disgusto.

—Sí, no tiene prisa por casarse. Me lo dijo hace tiempo, cuando estuvo en Londres.

—¿En serio?

—Me miró a los ojos, y con exasperante cortesía me dijo que no le importaba en lo más mínimo que nos tomáramos tanto trabajo para organizar su presentación en sociedad.

—¡Qué descaro!

—Señaló que sería un desperdicio organizar un baile para ella porque no tenía intención de formar parte de la alta sociedad, a pesar de estar en edad de hacerlo. Lo encuentra... —lady Violet agitó los párpados— aburrido y sin sentido.

—No puedo creerlo —declaró lady Clementine.

—Es cierto.

—¿Y qué es lo que se propone? ¿Quedarse aquí, en la casa de su padre, y convertirse en una solterona?

Lady Clementine era incapaz de imaginar otra posibilidad. Lady Violet meneó la cabeza. La desesperación la hizo encorvarse.

Lady Clementine observó que era necesario alentarla de algún modo y dio un golpecito en la mano de lady Violet.

—Vamos, vamos, querida Violet. Tu nieta todavía es joven. Tiene tiempo por delante para cambiar de idea —aseguró e inclinó la cabeza—. Creo recordar que tú tenías cierto espíritu liberal a su edad y lo dejaste de lado. Hannah también lo hará.

—Deberá hacerlo —precisó solemnemente lady Violet.

Lady Clementine percibió su desesperación.

—No hay una razón *específica* por la cual deba encontrar pareja tan rápido —afirmó y entrecerró los ojos—. ¿La hay acaso?

Lady Violet suspiró.

—¡Sí la hay! —exclamó lady Clementine abriendo los ojos con asombro.

—Es Frederick. Sus malditos automóviles. Esta semana los abogados me enviaron una carta. Ha pedido más dinero prestado.

—¿Sin consultártelo? —preguntó ávidamente lady Clementine—. Por Dios...

—Diría que no le convenía hacerlo. Ya sabe lo que pienso. Vivimos una época de inestabilidad. Temo que hipoteque nuestro futuro por su fábrica. Ya ha vendido la residencia de Yorkshire para pagar los impuestos de sucesión.

Lady Clementine chasqueó la lengua en señal de desaprobación.

—Debería haber vendido esa fábrica. Y no se trata de que no haya recibido ofertas. Ese socio suyo, el señor Luxton, desea aumentar su participación en la sociedad. Pero en lo que se refiere a la independencia, las ideas de Frederick son peores que las de Hannah. No parece comprender cuáles son las obligaciones que le impone su posición. —Lady Violet meneó la cabeza y suspiró—. Sin embargo, no puedo culparlo. Nunca imaginamos que ocuparía ese lugar. —Y entonces se lamentó como de costumbre—. Si James estuviera aquí...

—Bueno, bueno —repuso lady Clementine—. Seguramente Frederick logrará que su fábrica sea un éxito. Ahora todos quieren tener un automóvil. Todos los hombres van como locos conduciéndolos. El otro día casi me aplastan cuando cruzaba la calle saliendo de Kensington Place.

—Clem, ¿te lastimaron?

—Esta vez salí ilesa —declaró lady Clementine con absoluta naturalidad—. Pero la próxima no seré tan afortunada. Una muerte de lo más horripilante, puedo asegurártelo —agregó arqueando una ceja—. Estuve hablando largamente con el doctor Carmichael sobre el tipo de lesiones que pueden causar.

—Terrible —constató lady Violet meneando distraídamente la cabeza. Luego suspiró—. Si al menos Frederick volviera a casarse no me preocuparía tanto por Hannah.

—¿Hay alguna probabilidad? —preguntó lady Clementine.

—Lo dudo. Como sabes, ha demostrado escaso interés en tener otra esposa. A decir verdad, tampoco demostraba suficiente interés por su primera mujer. Estaba demasiado ocupado con... —lady Violet me echó un vistazo y yo me concentré en tender prolijamente el mantel para servir el té—, con ese asunto infame —concluyó meneando la cabeza y frunciendo los labios—. No tendrá más hijos, es inútil pensar en otra posibilidad.

—Entonces nos queda Hannah —afirmó lady Clementine bebiendo un sorbo de té.

—Sí —suspiró molesta lady Violet, alisando su falda de satén verde claro—. Lo siento, Clem. Este resfriado me pone de mal humor. No logro desprenderme del rencor que me ha acompañado últimamente. No soy una persona supersticiosa, lo sabes, pero tengo una sensación de lo más extraña. Te reirás, pero presiento una catástrofe inminente.

—¿Sí?

La conversación había llegado al tema favorito de lady Clementine.

—No es nada concreto. Sólo una sensación —explicó lady Violet mientras se echaba el chal sobre los hombros. Se la veía frágil—. No obstante, no voy a sentarme a mirar cómo esta familia se desintegra. Lograré que Hannah encuentre el esposo que merece, aunque sea lo último que haga. Y si es posible, *antes* de acompañar a Jemina a los Estados Unidos.

—Olvidé que vais a viajar a Nueva York. Es bueno que su hermano se haga cargo de ellas.

—Sí, aunque las echaré de menos. La pequeña Gytha se parece mucho a James.

—Nunca me han gustado demasiado los bebés —confesó lady Clementine con desdén—, siempre lloriqueando y vomitando. —Un estremecimiento hizo temblar su doble mentón. Luego alisó la página de su libreta y dio unos golpecitos en la página en blanco con la pluma—. ¿Cuánto tiempo nos queda entonces para encontrar un marido apropiado?

—Un mes. Partimos el 4 de febrero.

Lady Clementine escribió la fecha en la página de su dietario y luego se puso súbitamente en pie.

—¡Oh, Violet! Se me ocurre una idea inmejorable. ¿Dices que Hannah está decidida a ser independiente?

La sola mención de esa palabra hizo parpadear a lady Violet.

—Sí.

—Tal vez alguien podría suministrarle amablemente ciertas explicaciones. Hacerle ver que el matrimonio es la mejor manera de ser independiente.

—Es tan obstinada como su padre —objetó lady Violet—. Me temo que no escuchará.

—No se trata de que nos escuche a ti o a mí. Conozco a alguien a quien podría hacer caso —afirmó lady Clem frunciendo los labios—. Sí, con un poco de entrenamiento, incluso *ella* sería capaz de lograrlo.

* * *

Unos días después, mientras su marido recorría alegremente el garaje del señor Frederick, Fanny se reunió con Hannah y Emmeline en la sala borgoña. Emmeline, entusiasmada ante la proximidad del festejo, había convencido a Fanny para que la ayudara a practicar sus pasos de baile. En el gramófono sonaba un vals y las dos giraban por la habitación, bromeando y riendo. Yo tenía que estar atenta para no chocar con ellas mientras limpiaba.

Hannah estaba sentada frente al escritorio, garabateando en su cuaderno, indiferente a la algarabía que la rodeaba. Después de la cena con los Luxton, cuando se hizo evidente que el sueño de conseguir trabajo dependía de una autorización que nunca obtendría, se había sumido en un estado de silenciosa inquietud. En tanto los preparativos del baile se agitaban a su alrededor, ella permanecía ajena a su desarrollo.

Tras una semana rumiando a solas, se pasó al otro extremo. Reanudó sus prácticas de taquigrafía, volcando frenéticamente a ese código los libros que tenía a mano. Si alguien se acercaba lo suficiente para advertirlo, ocultaba cautelosamente su trabajo. A esos periodos de actividad, demasiado intensos de mantener, le sucedían invariablemente otros de apatía. Suspiraba, soltaba el lápiz, apartaba los libros y permanecía sentada, inmóvil, esperando a que fuera la hora de comer, de cambiarse de traje, o que llegara alguna carta.

Por supuesto, mientras su cuerpo permanecía inmóvil, no ocurría lo mismo con su mente. Parecía estar tratando de resolver el acertijo de su vida. Ansiaba independencia y aventura, pero era una prisionera, diligentemente atendida, pero prisionera al fin. Para ser independiente era necesario tener dinero. Su padre no podía dárselo, dado que no lo tenía, y no estaba autorizada a trabajar.

¿Por qué no desafiaba a su progenitor? Podía huir de su casa, alejarse, unirse a un circo. Sencillamente porque había reglas y había que atenerse a ellas. Pocos años más tarde —tan sólo una década después— las cosas serían distintas. Las rígidas normas se desmoronarían con suma facilidad. Pero en ese momento Hannah estaba atrapada. Y en consecuencia, como el ruiseñor de Andersen, no podía salir de su jaula dorada, y la apatía le impedía cantar. Permanecía envuelta en una nube de hastío aguardando a que la siguiente oleada de acontecimientos la reclamara.

Esa mañana, en la sala borgoña, fue presa de este último estado. Sentada frente al escritorio, de espaldas a Emmeline y Fanny, transcribía a signos de taquigrafía la Enciclopedia Británica. Tan concentrada estaba que apenas se movió cuando Fanny gritó:

—¡Eres peor que un hipopótamo!

Mientras Emmeline, entre carcajadas, se desmoronaba en la *chaise longue,* Fanny se hundió en el sillón. Se quitó el zapato y se inclinó para inspeccionar el estado de su dedo.

—Seguramente se va a hinchar —afirmó disgustada.

Emmeline seguía riendo.

—Tal vez no pueda calzar ninguno de mis hermosos zapatos para el baile.

Cada protesta de Fanny no hacía más que provocar a Emmeline risas más estentóreas.

—Y bien —declaró Fanny indignada—, me has estropeado el dedo. Lo mínimo que podrías hacer es disculparte.

Emmeline trató de controlar su hilaridad.

—Lo... lo siento —balbuceó, mordiéndose el labio para contener la risa—. Pero no es mi culpa que insistas en poner tus pies en mi camino. Tal vez si no fueran tan grandes...

Un nuevo ataque de risa le impidió continuar.

—Debes saber —replicó Fanny, con el mentón tembloroso a causa de la rabia—, que el señor Collier, de Harrods, piensa que mis pies son hermosos.

—Es probable. Tal vez por hacer tus zapatos cobra el doble del precio que pagan otras damas.

—Eres una pequeña desagradecida...

—Vamos, Fanny —dijo Emmeline recuperando la compostura—. Tan sólo estoy bromeando. Por supuesto, lamento haberte pisado el dedo.

Fanny bufó.

—Probemos otra vez con el vals. Prometo estar más atenta.

—Será mejor parar —repuso Fanny enfurruñada—. Tengo que dejar el dedo quieto. No me sorprendería que se hubiera roto.

—No creo que sea nada serio. Apenas lo he pisado. Déjame ver.

Fanny flexionó la pierna y ocultó el pie debajo, impidiendo que Emmeline lo viera.

—Creo que ya has hecho más que suficiente.

Emmeline tamborileaba con los dedos en el brazo del sofá.

—Y bien, ¿cómo se supone que practicaré mis pasos de baile?

—No tienes que preocuparte. El tío abuelo Bernard está casi ciego. Y el primo segundo Jeremy estará demasiado entretenido contándote sus interminables historias de guerra. No lo notarán.

—No pretendo bailar con tíos abuelos —aseveró Emmeline.

—Me temo que no tendrás muchas más opciones —comentó Fanny.

—Eso lo veremos —declaró Emmeline, alzando las cejas con petulancia.

—¿Por qué? —preguntó Fanny frunciendo el ceño—. ¿Qué quieres decir?

Emmeline sonrió francamente.

—La abuela convenció a papá para que invitara a Theodore Luxton.

—¿Theodore Luxton va a venir? —exclamó Fanny ruborizándose.

—¿No es emocionante? —preguntó Emmeline, estrechando las manos de Fanny—. Papá no consideraba apropiado invitar al baile de Hannah a gente con la que tiene relaciones comerciales, pero la abuela insistió.

—¡Dios mío! —exclamó Fanny, sonrojada y aturdida—. Es emocionante. Algo distinto, una compañía sofisticada —agregó entre risitas nerviosas, dándose golpecitos en las mejillas—. Nada menos que Theodore Luxton.

—Ahora comprendes por qué tengo que aprender a bailar.

—Deberías haberlo tenido en cuenta antes de aplastarme el pie.

—Si papá nos permitiera tomar *verdaderas* lecciones en la escuela Vacani... Nadie querrá bailar conmigo si no conozco los pasos.

Los labios de Fanny casi dibujaron una sonrisa.

—Ciertamente no tienes dotes de bailarina, Emmeline. Pero no tienes que preocuparte. No te faltarán parejas en el baile.

—¿No? —preguntó Emmeline, con la fingida ingenuidad de quien está acostumbrado a recibir halagos.

Fanny se masajeó el pie.

—Todos los hombres que asistan a la fiesta tienen que invitar a bailar a las niñas de la casa. Incluidas las hipopótamas.

Emmeline endureció el gesto.

Animada por su pequeña victoria, Fanny continuó.

—Recuerdo mi presentación en sociedad como si fuera ayer —comentó, con la nostalgia propia de una mujer que duplicara su edad.

—Supongo que con tu encanto y tu gracia —señaló irónicamente Emmeline— tendrías una larga fila de apuestos hombres esperando para bailar contigo.

—En absoluto. No he vuelto a ver tantos ancianos ansiosos por darme pisotones y volver junto a sus esposas para dormir un poco. Jamás me sentí tan desilusionada. Todos los hombres interesantes estaban en la guerra. Gracias a Dios, la bronquitis había retenido aquí a Godfrey. De otro modo, nunca nos habríamos conocido.

—¿Fue un amor a primera vista?

Fanny frunció la nariz.

—Nada de eso. Godfrey se indispuso espantosamente y pasó la mayor parte de la noche en el baño. Según recuerdo, sólo bailamos una vez. Fue culpa de la *quenelle*. Con cada nueva vuelta, él fue poniéndose más verde, hasta que en medio del baile huyó despavorido. En ese momento me sentí muy disgustada y también avergonzada de que me hubiera dejado allí, plantada. No volví a verlo durante meses. Y luego, pasó un año antes de que nos casáramos. —Fanny suspiró y meneó la cabeza—. El año más largo de mi vida.

—¿Por qué?

—En cierto modo, yo había imaginado que después del baile de presentación mi vida sería diferente.

—¿Y no lo fue?

—Sí, pero no como yo deseaba. Fue horrible. Desde el punto de vista formal ya era una persona adulta, pero aun así, no podía ir a ningún lugar, o tomar ninguna decisión sin que lady Clementine o cualquier otra anciana se entrometiera en mis asuntos. La propuesta de matrimonio de Godfrey fue la respuesta a mis ruegos. Nunca me había sentido tan feliz.

—¿De verdad? —preguntó Emmeline frunciendo la nariz. Le resultaba difícil imaginar que Godfrey Vickers, un hombre abotagado, calvo y constantemente enfermo, pudiera ser la respuesta a los ruegos de alguna mujer.

Fanny echó un vistazo a Hannah, que aparentemente ajena a la conversación seguía con su impetuosa taquigrafía.

—¿Te he hablado alguna vez de mi luna de miel? —preguntó, volviendo a prestar atención a Emmeline.

—Sólo unas mil veces.

Fanny no se inmutó.

—Florencia es la ciudad extranjera más romántica que he visto.

—Es la única ciudad extranjera que conoces.

—Todas las noches, después de cenar, Godfrey y yo paseábamos por la ribera del Arno. Él me compró un collar muy hermoso en una pintoresca tienda del Ponte Vecchio. En Italia me sentí transformada, una persona totalmente distinta. Un día subimos al Forte di Belvedere y desde allí contemplamos toda la Toscana. Casi lloré de emoción ante tanta belleza. ¡Y los museos de arte! Lo que había que admirar era sencillamente *demasiado*. Godfrey prometió que volveríamos a Florencia en cuanto pudiéramos. —Fanny echó un vistazo hacia el escritorio donde Hannah seguía escribiendo—. Y la *gente* que se conoce al viajar es realmente fascinante. Uno de los pasajeros del barco se dirigía a El Cairo. Jamás podrías adivinar para qué iba a ese lugar: para hacer excavaciones y encontrar tesoros. Por lo visto, los antiguos egipcios solían ser enterrados junto con sus joyas. No entiendo el motivo, en mi opinión es un terrible desperdicio. El doctor Humphreys dijo que era algo relacionado con su religión. Nos contó historias sumamente emocionantes, e incluso nos invitó a ver sus excavaciones si íbamos a Egipto.

Hannah había dejado de escribir. Fanny reprimió una sonrisa de satisfacción.

—Godfrey sospechaba de él, temía que nos estuviera tomando el pelo, pero a mí me pareció una persona terriblemente interesante.

—¿Era apuesto? —preguntó Emmeline.

—Oh, sí —exclamó Fanny—. Él... —La recién casada hizo una pausa, recordó su papel y volvió a interpretarlo—. En los dos meses que llevo casada he vivido las experiencias más emocionantes de mi vida —comentó, mirando de soslayo a Hannah, y entonces soltó la carta del triunfo—. Es gracioso. Antes de casarme solía pensar que al tener marido sólo podría dedicarme a él. Ahora descubro que es todo lo contrario. Nunca me he sentido tan... independiente. Tengo mayor capacidad de decisión, nadie se altera si salgo a dar un paseo sola. De hecho, es probable que me pidan que sea vuestra acompañante hasta que os caséis. Tenéis suerte de tener cerca a alguien como yo, en lugar de que os endilguen una vieja aburrida.

Emmeline alzó las cejas pero Fanny no la vio. Estaba observando a Hannah, que había dejado su lápiz junto al libro. Sus ojos parpadearon con satisfacción.

—En fin —concluyó, calzándose el zapato en el pie lastimado—, he disfrutado mucho de tu amena compañía. Ahora debo irme. Mi esposo ya habrá terminado su paseo y estoy deseando mantener una conversación... *adulta*.

Luego sonrió dulcemente y salió de la habitación, con la cabeza bien alta, su apostura apenas empañada por la leve cojera.

En tanto Emmeline ponía otro disco en el gramófono y danzaba por la sala al compás de la música, Hannah permaneció sentada frente al escritorio, dándole la espalda. Tenía las manos unidas, formando un puente sobre el que descansaba su mentón, y miraba a través de la ventana los campos que se extendían hasta la

279

línea del horizonte. De pie detrás de ella, mientras limpiaba la cornisa, pude ver su débil reflejo en el cristal: estaba absorta en sus pensamientos.

* * *

Los invitados llegaron la semana siguiente. Como era habitual, se sumieron de inmediato en el disfrute de las actividades que sus anfitriones les propusieron. Algunos recorrieron la propiedad, otros jugaron al bridge en la biblioteca y los más enérgicos practicaron esgrima en el gimnasio.

Después del hercúleo esfuerzo que le había supuesto la organización del baile, la salud de lady Violet empeoró y tuvo que guardar cama. Lady Clementine buscó otras compañías. Atraída por los destellos y los sonidos de las espadas que chocaban, se sentó pesadamente en un sillón de cuero desde donde podía ver a los esgrimistas. Esa tarde, cuando le serví el té, estaba en medio de una amena conversación con Simion Luxton.

—Para ser norteamericano, su hijo es bueno en esgrima —declaró lady Clementine, señalando a uno de los hombres con máscara.

—Tal vez se exprese como un norteamericano, lady Clementine, pero puedo asegurarle que es un inglés de cabo a rabo.

—¿Sí?

—Se bate como un inglés —vociferó Simion—, engañosamente simple. Y con la misma sencillez lo veré incorporarse al Parlamento en las próximas elecciones.

—Me he enterado de su candidatura. Supongo que estará muy contento.

Simion adoptó un aire más ufano que el habitual.

—Mi hijo tiene un prometedor futuro.

—Sin duda, reúne casi todas las cualidades que nosotros, los conservadores, esperamos de un miembro del Parlamento. En el último té de las Mujeres Conservadoras comentamos, precisamente, la falta de hombres capaces, sólidos, que puedan representar a Asquith.
—La mirada halagadora de lady Clementine volvió a dirigirse a Teddy—. Su hijo puede ser precisamente la figura que necesitamos. Yo me sentiré más que feliz de respaldarlo si confirmo que lo

es —afirmó, bebiendo su té—. Por supuesto, está el pequeño problema de su esposa.

—No hay tal problema —aseguró Simion con displicencia—. Teddy no tiene esposa.

—Precisamente a eso me refiero, señor Luxton.

Simion frunció el ceño.

—No todas las damas son tan liberales como yo —explicó lady Clementine—. La soltería de su hijo podría dar indicios de cierta debilidad de carácter. Los valores familiares son muy importantes para nosotros. Un hombre de cierta edad sin esposa... la gente empezará a hacerse preguntas.

—Simplemente no ha encontrado la mujer apropiada para casarse.

—Por supuesto, señor Luxton. Usted y yo lo sabemos, pero habrá señoras que... al mirar a su hijo verán a un hombre apuesto, que tiene mucho que ofrecer, y aun así sigue soltero. No puede culparlas si empiezan a preguntarse cuál es el motivo. Si, por ejemplo, se debe a que no le interesan las mujeres.

Lady Clementine levantó las cejas, en un gesto significativo. Simion se sonrojó.

—Mi hijo no es... Ningún hombre de la familia Luxton ha sido acusado jamás de...

—Desde luego, señor Luxton —repuso suavemente lady Clementine—, y no es ésa mi opinión, como comprenderá. Sólo estoy comentando lo que piensan algunas de nuestras damas. Les gusta comprobar que un hombre es un hombre. No un esteta —agregó, sonriendo tímidamente. Luego se acomodó las gafas—. De todos modos, es un asunto menor, y hay tiempo de sobra. Todavía es joven. ¿Qué años tiene, veinticinco?

—Treinta y uno —indicó Simion.

—Oh, entonces no es tan joven. Jamás lo habría imaginado.

Lady Clementine sabía cuándo dejar que el silencio hablara por ella. Volvió a prestar atención a los espadachines.

—Puedo garantizarle, lady Clementine, que Teddy no tiene problema alguno —aseguró Simion—. Tiene mucho éxito con las mujeres. Elegirá esposa cuando lo considere oportuno.

—Me alegra escucharlo, señor Luxton —declaró lady Clementine, que seguía mirando a los duelistas. Luego bebió un sorbo de té—. Sólo espero que, por su bien, eso suceda pronto. Y que elija a la joven apropiada.

Simion alzó inquisitivamente una ceja.

—Nosotros, los ingleses, somos sumamente nacionalistas. Su hijo tiene muchas virtudes pero algunas personas, particularmente en el Partido Conservador, pueden considerarlo un poco *nuevo*. Espero que cuando elija esposa, ella aporte al matrimonio algo más que su honorable persona.

—¿Qué puede ser más importante para una novia que su honor, lady Clementine?

—Su nombre, su familia, su linaje. —Lady Clementine dirigió una mirada al contrincante de Teddy, que con una estocada ganó el juego—. Si bien en el Nuevo Mundo esas cosas pueden pasarse por alto, aquí, en Inglaterra, son muy importantes.

—Junto con la virtud de la joven, por supuesto.

—Por supuesto.

—Y su honorabilidad.

—Ciertamente —aseveró lady Clementine con menos convicción.

—Nada de mujeres modernas para mi hijo, lady Clementine —afirmó Simion, humedeciéndose los labios—. A nosotros, los Luxton, nos gusta que nuestras mujeres sepan quién manda.

—Comprendo, señor Luxton —indicó lady Clementine.

La lucha había terminado. Simion aplaudió.

—Si tan sólo supiera dónde encontrar una joven apropiada...

—¿No cree que a menudo lo que buscamos está justo delante de nuestras narices, señor Luxton? —preguntó lady Clementine sin dejar de mirar hacia el gimnasio.

—Sí, lady Clementine —afirmó Simion con una sonrisa casi imperceptible—. Sin duda, creo que así es.

* * *

Ese día no fui requerida para servir la cena, por lo que no volví a ver a Teddy y a su padre durante el resto del día. Myra nos contó que los vio discutiendo acaloradamente en el pasillo a altas horas de la noche. No obstante, aun cuando realmente hubieran discutido, el sábado por la mañana Teddy estaba de tan buen humor como siempre.

Cuando fui a controlar la chimenea del salón, él estaba sentado en el sillón leyendo el periódico de la mañana, y tratando de mantenerse serio mientras lady Clementine se quejaba de los arreglos florales. Acababan de llegar de Braintree, exhibiendo resplandecientes rosas en lugar de las prometidas dalias, lo cual no le hizo ninguna gracia.

—Tú —me increpó agitando un tallo de rosa—, ve sin dilación a buscar a la señorita Hartford. Debe verlos por sí misma.

—Creo que la señorita Hartford tiene previsto salir a cabalgar esta mañana, lady Clementine —señalé.

—Como si tiene previsto correr el Grand National. Los arreglos precisan de su atención.

En consecuencia, mientras las otras jóvenes tomaban su desayuno en la cama, pensando en el baile de esa noche, Hannah fue requerida en el salón. Media hora antes yo la había ayudado a ponerse el traje de montar. Llegó con el aspecto de un zorro acorralado, ansioso por huir. Mientras lady Clementine protestaba encolerizada, Hannah —a quien rosas o dalias le resultaban indiferentes— se limitó a asentir con gesto desconcertado y, de tanto en tanto, a mirar ansiosa y furtivamente el reloj de barco.

—Pero ¿qué podemos hacer? —Lady Clementine estaba llegando al final de su sermón—. Es demasiado tarde para encargar otras.

Hannah logró dejar de lado sus preocupaciones para prestar atención a las palabras de la anciana.

—Supongo que tendremos que contentarnos con lo que tenemos —adujo, simulando que era capaz de afrontar la situación con entereza.

—¿Pero podrás tolerarlo?

Hannah fingió resignación.

—Si es preciso, lo haré —afirmó. Durante unos segundos esperó una nueva pregunta. Luego, añadió alegremente—: Bien, si eso es todo...

—Ven conmigo arriba —la interrumpió lady Clementine—, te mostraré qué espantosas quedan en el salón de baile. No vas a creerlo.

Mientras lady Clementine seguía desmereciendo los arreglos florales, el desánimo comenzó a abrumar a Hannah. Sus ojos se pusieron vidriosos ante la mera insinuación de que la discusión sobre el tema se prolongaría.

Teddy se aclaró la garganta, plegó el periódico y lo dejó en la mesa que estaba junto a su sillón.

—Es un hermoso día de invierno —afirmó, sin dirigirse a nadie en particular—. Me gustaría salir a cabalgar para conocer mejor la finca.

Teddy era uno de los pocos invitados a los cuales el señor Frederick había permitido el acceso a sus establos.

Lady Clementine se interrumpió en mitad de una frase. La perspectiva de un objetivo superior pareció brillar en sus ojos.

—Un paseo a caballo —repitió serenamente—, qué maravillosa idea, señor Luxton. ¿Verdad, Hannah?

Hannah miró sorprendida a Teddy, que le dirigió una sonrisa cómplice.

—Estaría muy honrado si me acompañara —declaró él.

Antes de que ella pudiera responderle, lady Clementine se adelantó.

—Por supuesto, faltaría más. Nos complacerá acompañarlo, señor Luxton, si no le molesta, por supuesto.

Teddy no se inmutó.

—Me consideraré afortunado de tener... dos... guías tan encantadoras.

—Tú, jovencita, pídele a la señora Townsend que nos prepare un refrigerio —me ordenó. Su gesto denotaba ansiedad. Luego volvió a dirigirse a Teddy—. También a mí me encanta cabalgar —indicó con una leve sonrisa.

Dudley nos contó después que parecían una extraña procesión mientras se acercaban al establo, más extraña todavía cuando todos estuvieron montados a caballo. Al verlos desaparecer hacia el oeste no pudo contener la risa. Lady Clementine hacía buena pareja con la vieja yegua del señor Frederick, que excedía incluso el contorno de su amazona.

El paseo duró dos horas. Cuando regresaron para almorzar Teddy estaba empapado; Hannah, terriblemente callada; y a lady Clementine se la veía tan satisfecha como a un gato frente a un cuenco lleno de crema. La propia Hannah me refirió lo que había ocurrido durante el paseo, aunque no antes de que transcurrieran muchos meses.

* * *

Salieron del establo en dirección oeste y atravesaron un claro. Luego bordearon el río, pasearon bajo las copas de las enormes hayas que se alineaban entre los juncos de la orilla. Ambas riberas lucían su manto invernal y no había señal alguna de los ciervos que solían pastar en ellas durante el verano.

El trío cabalgó un trecho en silencio. Hannah iba al frente, Teddy la seguía y lady Clementine cerraba la marcha. Las ramas secas chasqueaban bajo los cascos de los caballos. El río seguía impetuosamente su curso hacia el punto donde desembocaba en el Támesis. A lo lejos, un ciclista pedaleaba hacia el pueblo a toda velocidad.

Finalmente, Teddy puso su caballo a la par de Hannah y comentó con tono jovial:

—Es un verdadero placer estar aquí, señorita Hartford, debo agradecerle su amable invitación.

Hasta ese momento Hannah había estado disfrutando del silencio.

—Es a mi abuela a quien tiene que dar las gracias, señor Luxton. Yo no tengo mucho que ver con todo este asunto.

—Ah... —exclamó Teddy—, lo tendré en cuenta para darle las gracias a ella.

Hannah se compadeció de Teddy, quien sólo había intentado entablar conversación.

—¿Cuál es su ocupación, señor Luxton?

La pregunta de Hannah pareció aliviar a Teddy, que se apresuró a responder.

—Soy coleccionista.

—¿Qué colecciona?

—Objetos hermosos.

—Pensé que trabajaba con su padre.

Teddy se sacudió una hoja de abedul que le había caído en el hombro.

—En materia de negocios, mi padre y yo no coincidimos, señorita Hartford. Él no valora lo que no tenga relación directa con la acumulación de riqueza.

—¿Y usted, señor Luxton?

285

—Yo busco otro tipo de riqueza. La que proporcionan las nuevas experiencias. El siglo es joven, también yo. Hay demasiadas cosas fascinantes por descubrir, en vez de quedarse enclaustrado en el trabajo.

Hannah lo miró.

—Mi padre me ha contado que está emprendiendo la carrera política. Seguramente eso le impondrá cierta restricción a sus planes.

Teddy meneó la cabeza.

—La política me da más razones para ampliar mis horizontes. Los mejores líderes son aquellos que abren nuevas perspectivas, ¿no lo cree así?

Siguieron cabalgando un rato, hacia las praderas más alejadas, deteniéndose tan a menudo que la yegua rezagada pudo alcanzarlos. Cuando por fin llegaron a un claro, la yegua y lady Clementine se sintieron igualmente aliviadas: sus doloridas posaderas podrían descansar. Teddy ayudó a la anciana a bajar de su montura, extendió el mantel de picnic y dispuso las sillas plegables, mientras Hannah sacaba el termo del té y la comida.

Cuando terminaron los sándwiches de pepino y las bizcotelas, Hannah dijo:

—Creo que daré un paseo hasta el puente.

—¿El puente? —preguntó Teddy.

—El que está más allá de los árboles —explicó Hannah, poniéndose en pie—, donde el lago se hace más estrecho y se une con el arroyo.

—¿Le molestaría que la acompañara?

—En absoluto —respondió Hannah, aunque en realidad habría preferido estar sola.

Lady Clementine tuvo que elegir entre su obligación de carabina y su obligación para con su dolorido trasero. Tras reflexionar brevemente, anunció:

—Yo me quedaré aquí para vigilar los caballos. Pero no tardéis demasiado, me preocuparía. Hay muchos peligros en los bosques, como sabéis.

Hannah le dedicó una ligera sonrisa a Teddy y caminó hacia el puente. Él la siguió, guardando una caballerosa distancia.

—Señor Luxton, lamento que lady Clementine le haya impuesto su presencia esta mañana.

—No se preocupe, he disfrutado de la compañía —respondió Teddy y miró a Hannah—. Alguna más que otra.

Hannah, sin dejar de mirar hacia adelante, se apresuró a decir:

—Cuando era más pequeña, mis hermanos y yo solíamos venir al lago para jugar en el cobertizo de los botes y en el puente. Es un lugar mágico —afirmó mirándolo largamente de reojo.

—¿Un puente mágico? —preguntó incrédulo Teddy.

—Lo comprenderá en cuanto lo vea.

—¿Y a qué solían jugar en ese puente mágico?

—Solíamos turnarnos para cruzarlo corriendo —explicó Hannah mirándole—. Parece muy simple, lo sé. Pero éste no es un puente mágico cualquiera. Está gobernado por un espíritu del lago particularmente aterrador y vengativo.

—¿De verdad? —preguntó Teddy sonriendo.

—Generalmente lo cruzábamos sin problemas. Pero, de cuando en cuando, alguno de nosotros lo despertaba.

—¿Y qué ocurría entonces?

—Entonces se libraba un duelo a muerte —explicó Hannah con una sonrisa—. Su muerte, por supuesto. Nosotros éramos excelentes espadachines. Afortunadamente era inmortal, de lo contrario el juego no habría perdurado.

Al doblar un recodo, el desvencijado puente apareció frente a ellos, sobre un estrecho tramo del río.

—Allí está —señaló Hannah emocionada.

El puente llevaba tiempo en desuso. Otro, más grande y cercano al pueblo que podía ser transitado por automóviles, había usurpado su función. Estaba descascarillado y cubierto de musgo. Los juncos de la orilla se curvaban suavemente hacia el agua, donde en verano crecían libremente las flores silvestres.

—Me pregunto si el monstruo del lago estará hoy —comentó Teddy.

Hannah sonrió.

—No se preocupe. Si aparece, sé a qué atenerme.

—¿Se ha enfrentado ya con él?

—Enfrentado y vencido. No perdíamos ocasión de jugar por aquí. Aunque no siempre peleábamos con el monstruo del lago. A veces escribíamos cartas. Las convertíamos en barcos de papel y las arrojábamos al agua.

—¿Para qué?

—Para que llevaran nuestras peticiones hasta Londres.

—Por supuesto —sonrió Teddy—. ¿A quién le escribía?

Hannah alisó la hierba con el pie.

—Le parecerá tonto.

—Cuéntemelo.

Ella lo miró y le devolvió la sonrisa.

—Le escribía a Jane Digby. Siempre.

Teddy frunció el ceño.

—Ya sabe, lady Jane, la mujer que viajó a Arabia y dedicó su vida a explorar y conquistar territorios.

—Ah —asintió Teddy, haciendo memoria—. La fugitiva de triste fama. ¿Qué es lo que le contaba en sus mensajes?

—Solía pedirle que viniera a rescatarme. Le ofrecía mis servicios como devota esclava con la condición de que me llevara con ella en su próxima aventura.

—Pero seguramente cuando ustedes eran niños ella ya estaba...

—¿Muerta? Sí, por supuesto. Había muerto hacía tiempo. Pero por entonces yo no lo sabía. —Hannah miró de reojo a Teddy—. Si hubiera estado viva, sin duda mi plan no habría fallado.

—Sin duda —repuso él con maliciosa seriedad—. Habría venido hasta aquí para llevarla con ella a Arabia.

—Disfrazada de beduino, como siempre imaginé.

—Estoy seguro de que su padre no se habría preocupado en lo más mínimo.

Hannah rió.

—Me temo que sí; de hecho, lo hizo.

—¿Lo hizo?

—Uno de los arrendatarios de las granjas encontró una de las cartas y se la envió a papá. El granjero no sabía leer pero yo había dibujado el escudo de la familia y pensó que debía tratarse de algo importante. Creo que esperaba una recompensa.

—Me pregunto si la obtuvo.

—Puedo asegurarle que no. Papá se quedó lívido. Nunca pude discernir si lo que le molestó más fue mi deseo de buscar una compañía tan escandalosa o la impertinencia de mi carta. Sospecho que sobre todo le inquietaba la posibilidad de que mi abuela la encontrara. Ella siempre me consideró una chiquilla imprudente.

—Lo que algunos denominarían imprudente para otros puede ser vehemente.

Teddy la miró seria, decididamente. Hannah permaneció pensativa, aunque no pudo precisar sus propios pensamientos. Sintió que el rubor subía por sus mejillas y le dio la espalda. Sus dedos buscaron distracción en el matorral de juncos altos y finos que crecían en la orilla del río. Arrancó uno, e invadida de pronto por una extraña energía subió al puente. Arrojó el junco al río, y corrió al otro lado, para verlo reaparecer arrastrado por la corriente.

—Lleva mis ruegos a Londres —le gritó al perderlo de vista en una curva.

—¿Qué ha pedido? —preguntó Teddy.

Ella le sonrió y se inclinó hacia delante. En ese momento, intervino el destino. El cierre de su relicario, gastado por el uso, se soltó de la cadena, deslizándose por su pálido cuello y cayendo al agua. Hannah sintió que le faltaba algo, pero cuando comprendió de qué se trataba era demasiado tarde. Cuando se inclinó buscándolo, el relicario era poco más que un destello arrastrado por la corriente.

Bajó del puente y se abrió paso entre los juncos de la orilla, con la respiración entrecortada.

—¿Qué ocurre? —preguntó Teddy desconcertado.

—Mi relicario —se lamentó Hannah, y comenzó a desatarse las botas—. Se me ha caído... Mi hermano...

—¿Pudo ver hacia dónde iba?

—Hacia el centro —indicó Hannah y comenzó a pisar el musgo resbaladizo de la orilla. El borde de su falda se manchó de barro.

—Espere. —Teddy se quitó la chaqueta, la arrojó a la orilla y se deshizo de sus botas. Si bien el río en esa zona era angosto, también era profundo y el agua enseguida le llegó a los muslos.

Entretanto, lady Clementine había reflexionado sobre sus obligaciones, se había puesto de pie y caminaba cautelosamente sobre el terreno desigual, tratando de encontrar a sus dos jóvenes compañeros. Los divisó en el momento en que Teddy se sumergía en el agua.

—¿Qué sucede? —gritó lady Clementine—. Hace demasiado frío para nadar. —Una trémula alarma teñía su voz—. Podría morir.

Hannah, paralizada a causa del pánico, no respondió. Volvió a subir al puente, buscando desesperadamente el resplandor del broche para poder guiar a Teddy hacia él.

Teddy se sumergió y salió del agua varias veces, tratando de encontrar el objeto. Y cuando Hannah estaba a punto de perder toda esperanza, volvió a aparecer con el relicario brillando entre sus dedos.

Un acto verdaderamente heroico, además de sorprendente, tratándose de Teddy, un hombre más prudente que galante, a pesar de sus buenas intenciones. A lo largo de los años, cuando en las reuniones sociales la pareja contaba la historia de su compromiso, ésta fue adquiriendo un aspecto místico, incluso en el relato de Teddy. Como si él mismo, al igual que sus sonrientes invitados, fuera incapaz de creer que en realidad había sucedido. Pero el hecho fue real y sucedió en el momento preciso, ante la persona indicada, sobre quien tendría un efecto fatídico.

Cuando Hannah me lo contó, confesó que mientras él estaba de pie frente a ella, chorreando agua, aferrando el relicario en su mano, súbita y abrumadoramente percibió el atractivo físico de Teddy: la piel mojada, la manera en que la camisa le colgaba de los brazos, los ojos oscuros que la observaban triunfalmente. Nunca había sentido antes nada semejante, por supuesto. ¿Quién podría haber provocado ese sentimiento? Deseó que él la abrazara con la misma fuerza con que aferraba el relicario, que la estrechara hasta que el aire no pudiera entrar en sus pulmones.

Por supuesto, Teddy no hizo nada de eso. En cambio, sonrió orgulloso y le entregó el relicario. Ella lo recuperó agradecida y se alejó mientras él trataba de abrigarse torpemente con ropa seca sobre las prendas mojadas.

Pero para entonces la semilla había sido sembrada.

Capítulo 15

EL BAILE Y LO QUE SIGUIÓ

El baile de Hannah discurrió sobre ruedas. Los músicos y el champán llegaron según lo previsto y Dudley añadió todas las plantas de maceta que había en la finca para mejorar los poco atractivos arreglos florales. En cada extremo del salón las chimeneas encendidas generaban la ilusión de un invierno templado.

El salón mismo era todo brillo y esplendor. Los candelabros de cristal centelleaban, las baldosas blancas y negras brillaban, los invitados resplandecían. Agrupadas en el centro, veinticinco jovencitas sonreían nerviosas, orgullosas de sus delicados vestidos y sus guantes blancos, presumiendo de las antiguas y deslumbrantes joyas familiares. En el centro estaba Emmeline. Aunque con sus dieciséis años era menor que la mayoría de las asistentes, lady Clementine le había dado permiso para contarse entre ellas, creyendo que no había peligro de que monopolizara a los hombres casaderos ni atentara contra las oportunidades de las otras jóvenes.

Sentadas en sillas doradas colocadas a lo largo de las paredes, un batallón de carabinas cubiertas de pieles y bolsas de agua caliente en sus regazos vigilaban. Las más veteranas eran reconocibles porque habían traído material de lectura y útiles de hacer punto para entretenerse hasta altas horas de la madrugada.

Los hombres constituían un conjunto algo más heterogéneo. Una especie de milicia que respondía diligentemente a la «llamada a filas». Entre los pocos a quienes, en sentido estricto, cabía considerar «jóvenes» estaba el grupo, algo pálido, de los hermanos escoceses reclutados para la causa por el primo segundo de lady Violet, y los hijos de un noble terrateniente local prematuramente calvos, cuyos gustos, como rápidamente quedó en evidencia, no incluían a las mujeres. Junto a esa tosca asamblea de la baja nobleza provinciana, Teddy, con su cabello negro, su bigote de estrella de cine y su traje de corte americano, parecía incomparablemente sofisticado.

Mientras el olor del fuego crepitante llenaba el salón y las tonadas irlandesas dejaban paso a los valses vieneses, los tíos mayores se pusieron manos a la obra y escoltaron a las jóvenes que rodeaban el salón. Algunos, con gracia; otros, con gusto. La mayoría sin ninguna de esas cosas. Dado que lady Violet seguía en cama con fiebre, lady Clementine asumió su responsabilidad de carabina y se dedicó a observar a uno de los jóvenes escoceses de mejillas sonrosadas que se apresuraba a invitar a Hannah a bailar.

Teddy también había hecho su elección y le dirigió una amplia sonrisa a Emmeline, que aceptó, radiante. Ignorando el gesto de reprobación que le dirigía lady Clementine, hizo una reverencia, dejó caer un instante los párpados, para abrir luego teatralmente los ojos y erguirse. No le habían permitido aprender danzas, pero el dinero que el señor Frederick empleó en proporcionarles lecciones privadas de protocolo estaba bien invertido. Mientras se acercaban a la pista de baile, observé que se pegaba mucho a Teddy, escuchando embelesada cada una de sus palabras y riendo exageradamente sus bromas.

La noche siguió su curso, y las danzas fueron caldeando el ambiente. La leve acidez de la transpiración se mezcló con el humo de los troncos jóvenes. Cuando llegué con las tazas de crema de calabaza de la señora Townsend, los elegantes peinados habían comenzado a deshacerse y las mejillas estaban sonrosadas sin excepción. A juzgar por las apariencias, los invitados estaban disfrutando la velada, salvo el caso del esposo de Fanny que, abrumado por el barullo del festejo, se había retirado pretextando dolor de cabeza.

Cuando Myra me ordenó ir a ver a Dudley para pedirle más leña, agradecí la oportunidad de huir del nauseabundo calor del salón de baile. En el vestíbulo y en las escaleras se habían reunido grupitos de jóvenes que reían y murmuraban con sus tazas en la mano.

Salí al jardín por la puerta trasera. Estaba a mitad de camino cuando distinguí una figura solitaria de pie en la oscuridad.

Era Hannah. Inmóvil como una estatua, miraba el cielo nocturno. Sus hombros desnudos, bellos y pálidos a la luz de la luna, no se diferenciaban del blanco y resbaladizo satén de su vestido, de la seda de su estola. El cabello rubio, casi plateado en ese instante, coronaba su cabeza. Los rizos le rozaban la nuca. Las manos, cubiertas por guantes blancos, caían a los lados del cuerpo.

Seguramente tenía frío, de pie en el jardín en esa noche invernal, con una estola de seda como único abrigo. Necesitaba una chaqueta, o al menos una taza de sopa. Decidí que iría a buscar ambas cosas, pero antes de que pudiera moverme otra figura surgió de la oscuridad. Al principio pensé que era el señor Frederick, pero cuando se distinguió entre las sombras vi que era Teddy. Llegó al lugar donde estaba Hannah y dijo algo que no pude oír. Ella se volvió hacia él. La luz de la luna bañaba su cara, acariciaba sus labios serenamente entreabiertos.

Ella se estremeció levemente. Pensé que Teddy se quitaría la chaqueta para ponerla sobre los hombros de Hannah, como lo hacían los protagonistas de las novelas románticas que devoraba Emmeline. Pero no lo hizo, adoptó en cambio una actitud que impulsó a Hannah a mirar nuevamente el cielo: le tomó suavemente la mano y se acercó un poco. Ella se tensó cuando los dedos de Teddy tocaron los suyos. Él giró su mano para ver su pálida muñeca y luego la levantó muy lentamente y la llevó hacia su boca, mientras inclinaba la cabeza para que sus labios rozaran la fría piel que quedaba al descubierto entre los guantes y la estola.

Estaba a punto de besar su mano. Hannah no apartó el brazo, observando su cabello oscuro. Su pecho se movía al compás de su agitada respiración.

Temblé. Me pregunté si sus labios serían tibios, o su bigote áspero.

El instante se prolongó, luego Teddy se irguió y miró a Hannah. Sin soltar su mano, susurró algo, a lo cual ella asintió levemente.

Luego él se retiró. Ella lo vio alejarse. Sólo cuando lo perdió de vista, su mano libre se movió para aferrar la otra.

* * *

De madrugada, una vez que formalmente el baile llegó a su fin, ayudé a Hannah a cambiarse para dormir. Emmeline, ya dormida, soñaba con sedas, satenes y bailes. Hannah se sentó en silencio frente al tocador mientras yo le desabotonaba pacientemente los guantes. La temperatura de su cuerpo los había aflojado y pude quitárselos con los dedos, sin necesidad del utensilio al que había recurrido para ponérselos. Cuando llegué a las perlas que rodeaban su muñeca ella apartó la mano y anunció:

—Quiero contarte algo, Grace.

—Sí, señorita.

—No se lo he dicho a nadie —vaciló, miró hacia la puerta cerrada y bajó la voz—. Tienes que prometerme que no se lo contarás a Myra, a Alfred, ni a nadie.

—Sé guardar un secreto, señorita.

—Por supuesto. Ya lo has hecho en otras ocasiones. —Hannah inspiró profundamente—. El señor Luxton me ha propuesto matrimonio —reveló, con expresión desconcertada—. Dice que está enamorado de mí.

No supe qué responder. Fingir sorpresa era poco sincero. Volví a tomar su mano. Esta vez no opuso resistencia y continué con mi tarea.

—Eso es estupendo, señorita.

—Sí —repuso ella, mordiéndose la cara interna de la mejilla—. Supongo que lo es.

Cuando nuestros ojos se encontraron tuve la precisa sensación de no haber superado una especie de prueba. Aparté la mirada, deslicé el guante, que se desprendió de su mano como una segunda piel, y comencé con el otro. Ella observaba mis dedos sin decir nada. Algo se estremeció bajo la piel de su muñeca.

—Todavía no le he dado una respuesta —indicó, sin dejar de observarme, expectante. Yo seguía negándome a mirarla a los ojos.

—Sí, señorita —fue todo lo que respondí.

Mientras deslizaba el segundo guante, ella se contempló en el espejo.

—Dice que me ama. ¿Puedes imaginártelo?

Parecía observarse por primera vez, como si tratara de recordar sus rasgos temiendo que cuando volviera a verlos no los reconocería.

¿Por qué entonces no le conté lo que había oído? ¿Por qué no le hablé de las maquinaciones que condujeron a lo que ella creía una declaración espontánea? Supongo que se debió a que no creí que consideraría seriamente la propuesta. Era comprensible que las atenciones de Teddy la halagaran. Al fin y al cabo era apuesto y célebre. Pero Hannah había expresado claramente sus ideas acerca del matrimonio.

Tal vez yo estaba en lo cierto y en aquel momento ella no tenía intención de aceptar. Sólo estaba saboreando la emoción de haber sido elegida. Es difícil saberlo. En cualquier caso, poco importa. Porque más tarde, esa misma noche, sucedió algo que lo cambiaría todo.

* * *

Poco antes del amanecer, en medio de las verdes llanuras de Inglaterra, la fábrica del señor Frederick se incendió. Fue un fuego repentino, espectacular y absolutamente devastador. Según dijeron los periódicos, el edificio quedó totalmente destruido, sólo se salvó la estructura. La prima de la señora Townsend, que vivía cerca de Ipswich, le escribió para contarle que los automóviles que estaban dentro de la fábrica parecían esqueletos calcinados, cubiertos de hollín. Su carta decía que el olor a goma quemada continuó flotando en el pueblo mucho después de que se hubiera apagado la última llama.

Para cuando los bomberos llegaron, era demasiado tarde. Sólo pudieron sacudir la cabeza y lamentar el hecho, poco frecuente, de que una fábrica se incendiara en pleno invierno. En verano el sol calentaba el metal y bastaba con que alguna máquina se recalentara para que el entramado de madera se inflamara y el fuego se propagara por todo el edificio. Un infierno en invierno era algo prácticamente inimaginable. Dicho lo cual, llamaron a la policía.

En el pueblo cercano circulaban rumores sobre el señor Frederick y las dificultades que tenía para pagar a sus empleados. Su capataz, Jack Bridges, había esperado su último cheque durante un mes y —como le dijo a la señora Bridges, que a su vez se lo contó a las damas de su congregación religiosa, una de las cuales era la prima de la señora Townsend— si lord Ashbury no hubiera sido tan buena persona, él habría renunciado a su puesto y habría vuelto a trabajar en la fábrica de acero del pueblo vecino, donde el sindicato era fuerte y a los trabajadores se les pagaba un salario más alto que el estipulado por convenio.

Por supuesto, cuando estos detalles llegaron a Riverton ya había transcurrido más de una semana de la catástrofe. El incendio ocurrió el domingo, y los invitados al baile se quedaron hasta el lunes. La casa estaba llena de huéspedes que habían hecho un largo viaje en pleno invierno y estaban decididos a pasar unos días agradables. En consecuencia, nosotros seguimos adelante con nuestras tareas: limpiamos las habitaciones, servimos el té y las comidas.

No obstante, el señor Frederick no se sentía obligado a seguir actuando como si nada sucediera y, mientras sus huéspedes se entretenían en su casa, comían su comida, leían sus libros y criticaban su fábrica, él permaneció recluido en su estudio. Sólo cuando los últimos invitados se marcharon, salió y comenzó a vagar por la casa en silencio, como un fantasma, con el rostro tenso, atormentado por las cuentas impagadas y las perspectivas futuras. Una actitud que se volvió costumbre y lo acompañó hasta sus últimos días.

Los abogados comenzaron a hacer visitas regulares y se le pidió a la señorita Starling que se trasladara desde el pueblo para buscar en los archivos los documentos legales. Se rumoreó acerca de facturas de seguro impagadas, pero el señor Hamilton desestimó esos chismes y nos aconsejó que no diéramos crédito a las habladurías. Se trataba de algún malentendido, dado que el señor Frederick no era una persona que manejara irresponsablemente sus negocios. Al decir esto, la mirada del señor Hamilton se desviaba a la señorita Starling, de quien esperaba una confirmación que nunca llegaba. La diligente mujer pasaba los días en el estudio del señor Frederick, del que salía unas horas más tarde, con aspecto sombrío y semblante pálido, para almorzar con nosotros en el comedor de los sirvientes. Estábamos tan sorprendidos como molestos por su reserva. Jamás dijo una palabra de lo que ocurría en el estudio, a puerta cerrada.

Debíamos evitar que lady Violet, en su lecho de enferma, se enterara de las novedades. El doctor declaró que ya no podía hacer más por ella y que si valorábamos nuestra vida debíamos mantenernos alejados. Porque no le había atacado un simple resfriado sino una gripe particularmente virulenta, que según se decía había llegado desde España. Dios demostraba cruelmente su poder, reflexionó el médico: millones de buenas personas que habían sobrevivido durante los años de contienda morían en los albores de la paz.

Ante el desesperante estado de su amiga, la macabra afición de lady Clementine por la tragedia y la muerte se atemperó un poco, así como su miedo. Ignoró las advertencias del médico y se acomodó en un sillón junto a lady Violet, desde donde le comentaba despreocupadamente lo que sucedía más allá de las paredes de esa caldeada y oscura habitación. Le habló del éxito del baile, del horrible vestido que lució lady Pamela Wroth, y le susurró que tenía suficientes motivos para creer que Hannah no tardaría en comprometerse con el señor Theodore Luxton, heredero de la cuantiosa fortuna de su familia.

Tal vez lady Clementine sabía más de lo que decía, o quizá sólo quería infundir esperanzas a su amiga cuando más las necesitaba. En cualquier caso, tenía el don de adivinar: el compromiso fue anunciado a la mañana siguiente. Cuando la gripe la venció, lady Violet pudo abandonarse felizmente en brazos de la muerte.

Pero no todos recibieron la noticia con la misma satisfacción. Desde el momento en que se anunció el compromiso y los preparativos para el baile se transformaron en planes de boda, Emmeline comenzó a deambular por la casa con paso decidido y cara de pocos amigos. Era evidente que estaba celosa. ¿De quién? Para mí no estaba claro.

Una noche de febrero, mientras le cepillaba el cabello a Hannah, Emmeline se quedó de pie junto ella. Iba tomando, uno tras otro, los objetos que estaban sobre el tocador. En un momento, eligió un pequeño gorrión de porcelana, al que puso nuevamente en su lugar con excesiva brusquedad.

—Ten cuidado —señaló Hannah—, se va a romper.

Emmeline ignoró la advertencia. Tomó un broche de perlas y se lo prendió en el cabello.

—Prometiste que no te irías —espetó, dando a conocer tanto sus sentimientos como los míos.

Hannah se puso tensa. La tormenta por fin había estallado.

—Dije que no buscaría empleo y cumplí. Nunca dije que no me casaría.

Emmeline tomó un frasco de talco, se espolvoreó la muñeca y lo dejó en su lugar.

—Sí, lo dijiste.

—¿Cuándo?

—Continuamente —afirmó Emmeline oliendo su muñeca—. Decías continuamente que jamás te casarías.

—Eso era antes.

—¿Antes de qué?

Hannah no respondió.

Emmeline descubrió el relicario de Hannah sobre el tocador. Acarició con sus dedos la superficie tallada.

—¿Cómo puedes casarte con ese hombre?

—Pensé que te agradaba. A decir verdad, no parecías molesta cuando bailabas con él.

Emmeline se encogió de hombros.

—Entonces, ¿qué tiene de malo?

—Su padre, por ejemplo.

—No voy a casarme con su padre. Teddy es diferente. Quiere cambiar las cosas. Incluso cree que las mujeres deben tener derecho al voto.

—Pero tú no lo amas.

Hannah apenas dudó.

—Por supuesto que sí.

—¿Como Romeo y Julieta?

—No, pero...

—Entonces no deberías casarte con él —declaró y tomó el collar del que pendía el relicario.

—Nadie ama como Romeo y Julieta —alegó mesuradamente Hannah. Sus ojos estaban pendientes de la mano de Emmeline—. Son personajes de ficción.

—Yo sí.

—Es una pena. Mira lo que les sucedió a ellos.

—David no estaría de acuerdo —soltó Emmeline, comenzando a abrir el relicario.

Hannah se irguió y alargó la mano tratando de recuperarlo.

—Dámelo —pidió en voz baja.

—No. —De pronto los ojos de Emmeline se enrojecieron y se llenaron de lágrimas—. Él pensaría que estás escapando, que me abandonas.

Hannah trató de arrebatarle el relicario pero Emmeline fue más rápida y lo apartó.

—Dámelo —repitió Hannah.

—¡Él también era mío!

Emmeline arrojó el relicario sobre el tocador con toda su fuerza. Al chocar contra la superficie de madera, se abrió. Las tres quedamos paralizadas cuando de su interior emergió el minúsculo libro encuadernado a mano con la cubierta descolorida, que aterrizó junto al talco, dejando a la vista el título: *Batalla contra los jacobitas*.

Las tres permanecimos en silencio. Luego se oyó la voz de Emmeline. Era casi un susurro.

—Dijiste que no había quedado ninguno.

A continuación salió de la habitación de Hannah, cruzó la sala borgoña, llegó a su dormitorio y dio un portazo.

Yo retrocedí, con el cepillo en la mano, mientras Hannah recogía silenciosamente el relicario del lugar donde había caído: estaba abierto, con su pequeña bisagra dorada hacia arriba. Luego tomó el libro en miniatura y, dándole la vuelta, alisó la cubierta antes de colocarlo nuevamente en el hueco del relicario. Con sumo cuidado trató de cerrarlo, pero la bisagra se había roto.

Se miró un instante en el espejo y se puso de pie. Besó el relicario y lo dejó suavemente sobre el tocador. Recorrió suavemente con los dedos la superficie tallada. Y luego fue hacia la habitación de Emmeline.

Yo la seguí de puntillas. En la sala borgoña, fingí ordenar los vestidos que Emmeline había dejado desparramados y espié por el quicio de la puerta. Emmeline estaba tendida en la cama y Hannah, sentada a sus pies.

—Tienes razón —confirmó Hannah—, estoy huyendo.

No hubo respuesta.

—¿Alguna vez has tenido miedo de que el futuro no te ofrezca nada interesante?

Tampoco hubo respuesta.

—A veces, cuando recorro la casa, casi puedo sentir que de mis pies salen raíces que me atan a este lugar. No tolero pasar por el cementerio porque tengo miedo de ver mi nombre en una de las lápidas. —Hannah exhaló lentamente—. Teddy es mi oportunidad de ver el mundo, de viajar y conocer gente interesante.

Emmeline alzó su cara de la almohada.

—Sabía que no lo amabas.

—Pero me gusta.

—¿Te *gusta*?

La piel suave y tibia de la mejilla de Emmeline mostraba las marcas que había dejado la funda de la almohada.

—Algún día lo entenderás.

—No lo haré —refutó obstinadamente Emmeline. Volvió a gemir y sus ojos se llenaron nuevamente de lágrimas. Entonces lanzó su descorazonada queja—. Dijiste que querías aventuras.

—¿Qué es una aventura sino dar un paso hacia lo desconocido?

—Deberías esperar a encontrar un hombre al que ames.

—¿Y si nunca llega? ¿Si no soy capaz de amar de esa manera? Tal vez para enamorarse es necesario tener un don, igual que para montar a caballo, escalar o tocar el piano.

—No es así.

—¿Cómo puedes asegurarlo? Yo no soy como tú, Emmeline. Tú eres como nuestra madre. Yo me parezco más a papá. No soy buena sonriendo a la gente que no me agrada. El carrusel de la sociedad no me divierte. La mayoría de sus personajes me parecen tediosos. Si no me caso, mi vida consistirá en una de estas dos cosas: una eternidad de días solitarios en casa de papá, o una incesante sucesión de reuniones sociales bajo la custodia medieval de una carabina. Es como dijo Fanny...

—Fanny inventa cosas.

—Esto no —aseguró Hannah con firmeza—. El matrimonio será el comienzo de mi aventura.

Emmeline miró a su hermana. En su rostro vi a la niña de diez años que conocí en el cuarto de juegos.

—¿Y yo no tengo voz ni voto? ¿Debo quedarme aquí sola, con papá? Antes prefiero huir.

—Regresarías en menos de medio día —se mofó Hannah. Pero Emmeline no estaba de humor para bromas.

—Desde el incendio papá me da miedo —declaró Emmeline en voz baja—. No es... no es una persona normal.

—¡Qué ridiculez! Papá siempre está disgustado por algo. Es su modo de ser. —Hannah hizo una pausa y eligió cuidadosamente sus palabras—. De todos modos, no me sorprendería que pronto las cosas mejoraran.

—No veo de qué manera.

—Ya lo verás.

—¿Por qué? ¿Qué sabes?

Hannah dudó y yo me acerqué más a la puerta, ansiosa por saberlo.

—¿Qué es?

—Se supone que es un secreto.

—Sabes que puedo guardar un secreto.

Hannah suspiró. Sabía que no debía hablar, pero a pesar de sí misma, capituló.

—No debes decírselo a papá. No todavía. El padre de Teddy ha prometido que comprará la fábrica —explicó, y sonrió, a causa de los nervios y la emoción—. Lleva varias semanas en tratos con los abogados. Afirmó que si Teddy y yo nos casábamos, yo sería parte de su familia y, por tanto, sería su deber comprarla y reconstruirla.

—¿Y se la devolverá a papá?

El tono esperanzado de Hannah se acentuó.

—Eso no lo sé. Evidentemente le resultará muy costoso. Papá tenía gran cantidad de deudas.

—Oh.

—De todas formas, siempre será mejor que permitir que cualquier otro la compre. ¿No te parece?

Emmeline se encogió de hombros.

—Los hombres que trabajaban para papá conservarán su empleo. Y es probable que a él le ofrezcan un puesto directivo. Con un sueldo seguro.

—Por lo visto has logrado que todo se resuelva —advirtió Emmeline con amargura y le dio la espalda a su hermana.

—Sí. Creo que conseguiré que todo salga bien.

* * *

Emmeline no fue la única integrante de la familia Hartford a quien el compromiso no suscitó gran entusiasmo. Mientras en la casa los preparativos para la boda —que incluían vestidos, decorados, comidas— avanzaban a toda velocidad, Frederick continuó silencioso, sentado a solas en su estudio, con una permanente expresión de preocupación en el rostro. También parecía haber adelgazado. La pérdida de su fábrica y la muerte de su madre lo habían dejado sin palabras.

Aparentemente, también había contribuido la decisión de Hannah de casarse con Teddy.

La noche anterior a la boda, mientras yo estaba recogiendo la bandeja con la cena de Hannah, él entró en su habitación. Se sentó en la silla que estaba junto al tocador. Casi inmediatamente se puso de pie, caminó hacia la ventana y miró hacia el jardín. Hannah estaba en la cama, con su camisón blanco y almidonado; el cabello suelto y sedoso le caía sobre los hombros.

Observó a su padre. Su rostro se puso serio al ver su figura esquelética, sus hombros encorvados, el cabello, que en pocos meses había dejado de ser dorado para transformarse en plateado.

—No sería raro que lloviera mañana —declaró él por fin, aún mirando a través de la ventana.

—Siempre me ha gustado la lluvia.

El señor Frederick no respondió. Yo terminé de colocar las cosas en la bandeja.

—¿Necesita algo más, señorita?

Ella había olvidado que yo estaba allí.

—No, gracias —respondió y con un súbito movimiento alargó su brazo y tomó mi mano—. Te echaré de menos cuando me vaya, Grace.

—Sí señorita. —Hice una reverencia. Mis mejillas se encendieron por la emoción—. Yo también a usted. —Luego hice una reverencia al señor Frederick, que estaba de espaldas—. Buenas noches, señor.

Él no pareció oírme.

Me preguntaba por qué había ido a la habitación de Hannah. Qué tendría que decirle antes de su matrimonio que no pudiera esperar a la cena o a la sobremesa. Salí de la habitación, cerré la puerta detrás de mí, y entonces —me avergüenza decirlo— dejé la bandeja en el suelo y me quedé a escuchar.

Hubo un largo silencio, durante el cual temí que los muros fueran demasiado gruesos o la voz del señor Frederick demasiado débil. Después oí que él se aclaraba la garganta.

Habló rápidamente, en voz baja.

—Esperaba perder a Emmeline en cuanto tuviera edad suficiente, pero ¿a ti?

—No estás perdiéndome, papá.

—Sí —aseveró, subiendo abruptamente el volumen de su voz—. David, la fábrica, y ahora tú. Todo lo más preciado para mí...

—Frederick se controló y cuando volvió a hablar su voz era tan contenida que parecía a punto de quebrarse—. No ignoro mi responsabilidad en todo esto.

—¡Papá!

Hubo una pausa. Los resortes de la cama rechinaron. La voz del señor Frederick indicaba que había cambiado de posición. Supuse que se había sentado a los pies de la cama de Hannah.

—No te sientas obligada a hacerlo. Hay otras maneras.

—No sé de qué hablas...

Los resortes volvieron a rechinar. Él estaba nuevamente de pie.

—La mera idea de que vivas entre esa gente me hace hervir la sangre. No, es imposible. Debí haber intervenido antes de que todo el asunto se me fuera de las manos.

—Pa...

—No supe detener a tiempo a David, pero no pienso cometer dos veces el mismo error.

—Pa...

—No voy a permitir que tú...

—Papá —logró articular Hannah con una firmeza desconocida—. He tomado mi decisión.

—Cámbiala —bramó su padre.

—No.

Temí por ella. El temperamento del señor Frederick era ya una leyenda en Riverton. Se había negado a cualquier tipo de comunicación con David cuando su hijo se atrevió a desobedecerlo. ¿Qué haría frente a la abierta rebeldía de Hannah?

—¿Le dirías que no a tu padre? —preguntó con la voz temblorosa, lívido de furia.

—Sí, si creo que está equivocado.

—Eres una tonta empecinada.

—Como tú.

—Debido a tu insensatez, mi niña. Tu fuerza de voluntad siempre me ha llevado a ser indulgente, pero esto no lo toleraré.

—No es tu decisión, papá.

—Tú eres mi hija y harás lo que yo diga. —Tras una breve pausa, un involuntario matiz de desesperación coloreó su ira—. Te ordeno que no te cases con él.

—Papá...

—Cásate con él —el volumen de su voz se incrementó— y no serás bien recibida aquí.

Al otro lado de la puerta, me sentí horrorizada y asustada. Si bien comprendía los sentimientos del señor Frederick y compartía su deseo de conservar a Hannah en Riverton, también sabía que las amenazas no eran el modo de lograr que ella cambiara de idea.

—Buenas noches, papá —dijo por fin Hannah con absoluta firmeza.

—Tonta —le espetó su padre con el tono desconcertado de quien aún no puede creer que ha perdido la partida—. Niña obcecada y tonta.

Oí que sus pasos se acercaban y me apresuré a levantar la bandeja del suelo. Me disponía a alejarme de la puerta cuando Hannah dijo:

—Me llevaré a mi criada cuando me vaya.

Mi corazón dio un vuelco. Ella continuó.

—Myra se ocupará de Emmeline.

Yo estaba increíblemente complacida y feliz. Apenas si oí la réplica del señor Frederick.

—Ella lo apreciará —declaró, y cerró la puerta con tanta furia que por poco se me cae la bandeja mientras corría hacia la escalera—. Dios sabe que no la necesito aquí.

* * *

¿Por qué Hannah se casó con Teddy? ¿Lo amaba? Tal vez. Era joven e inexperta. ¿Con qué podía comparar sus sentimientos?

¿Creería, tal vez, que el matrimonio era su billete a la libertad? Sin duda. Lady Clementine, con ayuda de Fanny, se había ocupado de que así fuera.

Algunos pensaron que abandonaba un barco que se hundía. Pero los que murmuraban no la conocían. Ella estaba salvando el barco. O al menos, así lo creía.

¿Pensaba también en Emmeline? Según me dijo, se lo había prometido a David el día que se fue a la guerra. Considerando la situación del señor Frederick, el matrimonio con Teddy era una forma de cuidar a Emmeline. De asegurarle un futuro de relaciones y comodidad.

Hannah veía en el matrimonio una solución y así fue. Pero la forma en que las cosas se resolvieron no se ajustó a lo que ella había previsto.

De todos modos, para los menos cercanos la unión era perfecta. Simion y Estella Luxton estaban encantados, y lo mismo ocurría con el personal de servicio de Riverton. Incluso yo estaba feliz, dado que sabía que los acompañaría. Lady Violet y lady Clementine lo habían aprobado. A pesar de toda su rebeldía juvenil, Hannah iba a casarse y sin duda Teddy era mejor que cualquier otro candidato.

La boda se celebró un lluvioso sábado de marzo de 1919 y una semana después partimos hacia Londres. Hannah y Teddy en el automóvil que iba delante. Yo viajé en el segundo con el mayordomo de Teddy y el ajuar de Hannah.

El señor Frederick permaneció de pie en la escalera, rígido y pálido. Desde mi asiento del coche, sin que él pudiera verme, tuve, por primera vez, la oportunidad de observar detenidamente su rostro. Era un hermoso rostro patricio, aunque el sufrimiento lo había privado de expresión.

A su izquierda estaba alineado el personal, en orden de jerarquía descendente. Incluso Nanny había sido desenterrada del cuarto de los niños y estaba de pie junto al señor Hamilton, que la doblaba en estatura, derramando silenciosas lágrimas en un pañuelo blanco.

Sólo Emmeline faltó. Se había negado a ver partir a su hermana. No obstante, la vi justo antes de nuestra partida. Distinguí su pálido rostro detrás de uno de los ventanales del cuarto de los niños. Al menos me pareció verla. Tal vez fuera un efecto de la luz. O el fantasma de alguno de los niños que vagaban eternamente por esa habitación.

Ya me había despedido de mis compañeros y de Alfred. Desde aquella noche en la escalera del jardín habíamos hecho tímidos intentos de reparar el daño que mutuamente nos habíamos causado. Por aquellos días ambos éramos cautos, Alfred me trataba con una amable prudencia, que casi le hacía tan distante como su irritación. No obstante, le prometí que le escribiría. Y había obtenido de él la promesa de que también lo haría. Me había despedido de mi madre la semana anterior a la boda, cuando me entregó un paquete con algunas cosas: un chal que había tejido unos años antes y una bolsa con agujas e hilos para que pudiera seguir con mi costura. Enternecida, le di las gracias efusivamente, pero ella se encogió de hombros alegando que ya no le servían. No tenía probabilidad de usarlas, sus dedos estaban agarrotados e inútiles. Durante esa última visita me había preguntado sobre la boda, la fábrica del señor Frederick y la muerte de lady Violet. Me sorprendió que no le afectara la muerte de su antigua ama, puesto que sí lo sintió cuando supo que la esposa del señor Frederick había muerto. Esta vez su frialdad, su falta de emoción, indicaba todo lo contrario.

Pero en ese momento no quise preguntar, en mi mente no había lugar más que para Londres.

* * *

A lo lejos retumban los tambores. Me pregunto si tú también los oyes.

Has sido paciente y ya no tendrás que esperar mucho. Porque Robbie Hunter está a punto de irrumpir de nuevo en el mundo de Hannah. Sabías que lo haría, por supuesto, porque tiene que desempeñar su papel. Esto no es un cuento de hadas, ni una historia romántica. La boda no es el final feliz de esta historia. Es simplemente otro comienzo, el interludio a un nuevo capítulo.

En un sombrío rincón de Londres, Robbie Hunter espera. Se sacude las pesadillas y saca de su bolsillo un pequeño paquete, que lleva oculto en el interior de su abrigo desde los últimos días de la guerra, cuando prometió a un amigo agonizante que lo entregaría.

LA CASA DE RIVERTON

PARTE

3

The Times

6 DE JUNIO DE 1919

El Mercado de Bienes Raíces

LA PROPIEDAD DE LORD SUTHERLAND

Como ya reseñara *The Times* en el día de ayer, la principal transacción de esta semana ha sido la venta privada, a cargo de los señores Mabbett y Edge, de la mansión Haberdeen, el hogar de los antepasados de lord Sutherland. La casa, situada en el número diecisiete de Grosvenor Square, fue vendida al empresario S. Luxton, y será ocupada por el señor T. Luxton y su flamante esposa, la honorable Hannah Hartford, hija mayor de lord Ashbury.

El señor T. Luxton y la honorable H. Hartford, que contrajeron matrimonio el pasado mes de marzo en la mansión Riverton —la casa familiar de la novia, ubicada en las afueras del pueblo de Saffron Green—, se encuentran actualmente en Francia de luna de miel. A su regreso a Inglaterra, previsto para el próximo mes, residirán en la mansión Haberdeen, que será rebautizada como mansión Luxton.

El señor T. Luxton es el candidato del Partido Conservador para ocupar un escaño por Marsden, Londres este, y se presentará a las elecciones que se celebrarán en noviembre.

Capítulo 16

A LA CAZA DE MARIPOSAS

Un minibús nos ha traído a la feria de primavera. Somos ocho en total. Seis residentes, Sylvia y una enfermera a la que no he visto nunca, una joven con una fina trenza que se balancea sobre su espalda y le roza el cinturón. Supongo que ellos piensan que la salida nos viene bien. Sin embargo, ignoro cuál puede ser el beneficio de cambiar nuestro confortable entorno por una carpa de suelo embarrado llena de puestos donde venden pasteles, juguetes y jabones. Me habría hecho igualmente feliz quedarme en casa, lejos del bullicio.

Como todos los años, detrás del edificio del ayuntamiento se ha improvisado un escenario. Delante de él se han dispuesto sillas de plástico. Los otros residentes y la joven de la trenza se sientan junto al escenario y observan a un hombre que extrae pelotas de ping-pong numeradas de un cubo de metal. Yo prefiero quedarme aquí, en el banco de hierro que está junto al monumento a los caídos en la guerra. Me siento rara. Es el calor, estoy segura. Cuando me desperté esta mañana la almohada estaba húmeda y a lo largo del día no he podido desprenderme de una sensación extrañamente nebulosa. Mis pensamientos son esquivos. Surgen a gran velocidad, perfectamente definidos, y se escurren antes de que pueda aferrarlos debidamente, como si quisiera atrapar una mariposa. Ese revolotear me produce irritación.

Me sentaría bien una taza de té.

¿Dónde se ha metido Sylvia? ¿Me lo dijo? Estaba aquí hace un momento, iba a fumar un cigarrillo. Hablaba de su novio y de sus planes de vivir juntos. En su momento desaprobé esas relaciones que prescinden del casamiento, pero el tiempo tiene su propia manera de hacer que cambiemos nuestros puntos de vista acerca de muchas cosas.

La piel de mi empeine, que queda expuesta al sol, se está chamuscando. Pienso en deslizar los pies hacia la sombra, pero un irresistible masoquismo me tienta a dejarlos donde están. Más tarde Sylvia verá las partes enrojecidas de mis pies y advertirá que me ha dejado sola mucho tiempo.

Desde mi asiento veo el cementerio. En el sector Este se alinean los álamos, cuyas hojas nuevas se estremecen ante la menor brisa. Más allá de la fila de árboles, al otro lado de la loma, están las lápidas, entre ellas la de mi madre.

Ha pasado una eternidad desde que la sepultamos. Un invernal día de 1922, en que la tierra estaba helada, y mi gélida enagua me rozaba las medias. Entonces, la silueta de un hombre, apenas reconocible, se dibujó en la colina. Mi madre se llevó sus secretos con ella, a la tierra dura y fría, pero finalmente los descubrí. Sé mucho sobre secretos. Yo también los he tenido y supuse que cuanto más supiera sobre los secretos ajenos, mejor podría ocultar los propios.

Tengo calor. Hace demasiado calor para ser abril. Sin duda, el calentamiento global es la causa. El calentamiento global, el deshielo de los polos, el agujero de ozono, los alimentos manipulados genéticamente, entre otros males de la década de 1990. El mundo se ha convertido en un lugar hostil. Tampoco el agua de lluvia es segura en esta época, la llaman lluvia ácida.

Eso debe de ser lo que está erosionando el monumento. Uno de los perfiles de la estatua bajo la que me encuentro está dañado; la mejilla del soldado parece picada de viruela; la nariz ha sido devorada por el paso del tiempo. Me recuerda a una fruta caída, que termina roída por un animal carroñero.

El soldado sabe lo que significa el deber. A pesar de sus heridas continúa erguido sobre su monumento, como lo ha hecho durante ochenta años. El ojo solitario observa las llanuras, más allá del pueblo, su mirada vacua se proyecta allende Bridge Street, hacia el aparcamiento del nuevo centro comercial, un lugar digno de un héroe. Él es casi tan viejo como yo. ¿Se sentirá igual de cansado?

Él y su pedestal se han cubierto de musgo, plantas microscópicas proliferan entre los nombres cincelados de los muertos. David está allí, en la primera línea, con los otros oficiales. Y Rufus Smith, el hijo del trapero, muerto en Bélgica, asfixiado en el derrumbamiento de una trinchera. Más abajo, Raymond Jones, el vendedor ambulante del pueblo cuando yo era una niña. Sus hijos son ahora hombres. Ancianos, aunque más jóvenes que yo. Posiblemente estén muertos.

No me sorprendería que este soldado se desintegrara. No se puede pretender que un solo hombre resista la presión de un sinnúmero de tragedias personales, que soporte ser testigo de los casi infinitos ecos de la muerte.

Pero no está solo. Hay uno como él en cada pueblo de Inglaterra. Son las cicatrices de la guerra. Un rosario de heroicas señales diseminadas a lo largo del territorio en 1919, con la intención de curar las heridas. Por entonces teníamos una fe desmesurada en la Liga de las Naciones, en la posibilidad de un mundo civilizado. Ante una esperanza tan firme, los poetas de la desilusión estaban perdidos. Por cada T. S. Eliot, por cada R. S. Hunter, cincuenta jóvenes brillantes defendían los sueños de Tennyson sobre «el parlamento del hombre, la federación del mundo...».

No duró, por supuesto. No fue posible. La desilusión fue inevitable. A los años veinte les siguieron la depresión de los treinta y luego otra guerra. Y después de ella las cosas fueron diferentes. No hubo monumentos triunfales, desafiantes, que se salvaran de la nube en forma de hongo de la Segunda Guerra Mundial. La esperanza había perecido en las cámaras de gas de Polonia. Una nueva generación de heridos en el campo de batalla fue enviada de vuelta a casa y un segundo grupo de nombres, los hijos debajo de los padres, cincelado en las bases de las estatuas ya existentes. Y en la mente de todos, la triste certeza de que algún día los jóvenes volverían a caer.

Las guerras hacen que la historia parezca engañosamente simple. Proporcionan puntos de inflexión definidos, separaciones claras: antes y después; ganador y perdedor; bien y mal. La verdadera historia, el pasado, no se le parece, no es plana, no es lineal. No sigue una planificación. Es escurridiza, como un líquido, infinita e incognoscible, como el espacio. Y es modificable. Cuando creemos encontrar un patrón, la perspectiva cambia, aparece una versión alternativa, resurge un recuerdo largamente olvidado.

He tratado de concentrarme en los puntos de inflexión de la historia de Hannah y Teddy. Últimamente, todos los pensamientos me conducen a Hannah. Al mirar hacia atrás me resulta evidente: durante el primer año de su matrimonio determinados hechos fijaron los cimientos de lo que sucedería después. Entonces no podía verlo. En la vida real los puntos de inflexión son arteros, pasan imperceptiblemente a nuestro lado. Desperdiciamos oportunidades, sin darnos cuenta celebramos las catástrofes. Los puntos de inflexión sólo se descubren más tarde, cuando un narrador o un historiador trata de poner en orden las enmarañadas historias de una vida.

Me pregunto cómo se abordará el tema del matrimonio de Hannah en la película. Qué será lo que, a criterio de Ursula, provocó su infelicidad: que Deborah llegara de Nueva York, que Teddy perdiera las elecciones, que no tuvieran un heredero. ¿Estará de acuerdo en que los indicios estuvieron presentes desde la misma luna de miel? Las futuras fisuras eran visibles incluso en la nebulosa luz de París, como una mínima falla en aquellas diáfanas telas de los años veinte: hermosas, frívolas, tan finas que no se podía esperar que fueran duraderas.

* * *

Durante el verano de 1919, París se regodeaba en el calor optimista de la Conferencia de Paz de Versalles. Por las noches yo ayudaba a Hannah a desvestirse, tomaba uno de los vaporosos camisones verde claro, rosa o blanco (Teddy era un hombre al que le gustaba el brandy puro y las mujeres puras) mientras ella me contaba sobre los lugares que habían visitado y las cosas que habían visto. Habían subido a la Torre Eiffel, habían paseado por los Campos Elíseos, habían cenado en famosos restaurantes. Pero había otras cosas que atraían a Hannah.

—Los dibujos, Grace —me desveló una noche mientras le quitaba la ropa—. ¿Quién habría dicho que sería tan aficionada al dibujo?

Dibujos, artefactos, personas, aromas. Estaba ávida de nuevas experiencias. Tenía que recuperar años que consideraba desperdiciados, mientras esperaba que su vida comenzara. Había tanta gente con quien hablar: los ricos con los que se encontraban en restaurantes, los políticos que habían concebido el acuerdo de paz, los músicos callejeros que encontraba en sus paseos.

Teddy no era ciego a sus reacciones, a su tendencia a exagerar, a su inclinación al entusiasmo desmedido, pero adjudicaba esa vehemencia a la juventud. Era una característica, encantadora y desconcertante a partes iguales, que lograría superar con el paso del tiempo. Aunque no era eso lo que él esperaba de ella en ese momento; en esa etapa todavía estaba enamorado. Le había prometido que viajarían a Italia el año siguiente y que visitarían Pompeya, el museo de los Uffizi, el Coliseo. Por entonces, no había cosa que no fuera capaz de prometer. Porque Hannah era el espejo donde él se veía, no ya como el hijo de su padre —un hombre establecido, convencional, aburrido—, sino como el esposo de una mujer encantadora e impredecible.

Por su parte, Hannah no hablaba mucho de Teddy. Él era una herramienta, cuya existencia le hacía posible vivir aventuras. Lo cual no significaba que él no le gustara. Solía encontrarlo divertido (especialmente, cuando no intentaba serlo en absoluto), elocuente, una compañía nada desagradable. Los intereses de su esposo eran bastante menos variados que los propios, su inteligencia menos aguda, pero ella aprendió a halagar su ego cuando era necesario y buscó estímulo intelectual en otras personas. Y si eso no era amor, ¿qué importaba? Ella no sentía su ausencia, no entonces. ¿Quién necesitaba amor cuando había tantas otras cosas en su panorama?

Una mañana, cuando la luna de miel se acercaba a su fin, Teddy despertó con dolor de cabeza. Ya había tenido episodios similares, secuelas de una enfermedad de la infancia, y aunque infrecuentes, eran agudos. Todo lo que podía hacer era quedarse en cama, con la habitación a oscuras y silenciosa, y beber pequeñas cantidades de agua. La primera vez, Hannah se inquietó. En general, ella había estado a salvo de los incordios de las enfermedades.

Le propuso quedarse junto a él, pero Teddy era un hombre sensible, que no disfrutaba privando de placer a los demás. Le dijo que ella nada podía hacer, que era un crimen que no disfrutara sus últimos días en París.

Teddy me pidió que la acompañara, era inconcebible que una dama fuera vista sola por la calle, sin importar que estuviera casada.

Hannah no tenía deseos de recorrer tiendas y se había cansado de estar en lugares cerrados. Quería explorar, descubrir París a su modo. Salimos y comenzamos a caminar. Ella no llevaba un plano, sencillamente se dejaba llevar por su intuición.

—Ven, Grace —decía una y otra vez—. Veamos qué hay por aquí.

Finalmente llegamos a un callejón más oscuro y estrecho que los visitados con anterioridad. Un angosto atajo entre dos filas ininterrumpidas de edificios. Se oía música, que fluía hacia la calle. Había un olor vagamente familiar, algo comestible, tal vez podrido. Y había mucho movimiento, gente, voces. Hannah se detuvo en la entrada, meditó y luego comenzó a caminar por el callejón. No tuve opción y la seguí.

Era una comunidad de artistas. Ahora lo sé. He vivido en los años sesenta, he conocido Haight-Ashbury o Carnaby Street. Puedo identificar con facilidad el desaliño propio de la bohemia, los símbolos de la pobreza artística. Pero en ese momento todo era nuevo para mí. El único lugar que conocía era Saffron, donde la pobreza nada tenía que ver con lo artístico. Avanzamos por el callejón, atravesando pequeños puestos y puertas abiertas con sábanas tendidas para crear divisiones y ambientes. El humo que salía de unos palillos que se quemaban dejaba olor a almizcle. Un niño, con ojos enormes, dorados, espiaba inexpresivo a través de los postigos entreabiertos.

Un hombre sentado sobre almohadones rojos y dorados tocaba el clarinete. Por entonces, yo no sabía el nombre de ese instrumento, una vara negra con anillos y teclas brillantes a la que bauticé como serpiente. Cuando los dedos del hombre pulsaban las teclas dejaba oír una música que no podía identificar, y me hacía sentir vagamente incómoda. Me parecía que de algún modo describía cosas íntimas, peligrosas. Resultó ser jazz. Mucho se hablaría sobre esa música antes de que la década terminara.

A lo largo del callejón había mesas, y hombres sentados frente a ellas, leyendo, conversando o discutiendo. Bebían café y brebajes de colores misteriosos —sin duda, licores— que salían de extrañas botellas. A nuestro paso nos miraban, con interés o con indiferencia, no podría precisarlo. Yo trataba de no mirarles a los ojos. En silencio, rogaba que Hannah cambiara de idea, diera media vuelta y me llevara nuevamente a un lugar iluminado y seguro. Pero mientras mis fosas nasales se llenaban de un desagradable humo extraño y mis oídos de una música también desconocida, Hannah parecía flotar. Su atención estaba dirigida a otro lugar. En las paredes del callejón había pinturas, pero no como las de Riverton. Éstas eran dibujos de carboncillo, rostros, extremidades, ojos, nos miraban desde su lugar sobre los ladrillos.

Hannah se detuvo frente a un dibujo grande, el único que mostraba un solo personaje. Era una mujer sentada en una silla, no un sillón, una *chaise longue,* o la cama de un artista. Una simple silla de madera con gruesas patas. Tenía las rodillas separadas y miraba al frente. Estaba desnuda, era negra, el carboncillo brillaba. Desde la pintura, su rostro nos observaba: los ojos grandes, los pómulos prominentes, los labios fruncidos. El cabello recogido sobre la cabeza. Parecía una reina guerrera.

La pintura me impactó. Esperaba que Hannah reaccionara de la misma forma. Pero ella sintió algo diferente. Extendió su brazo y la tocó. Acarició la línea curva de la mejilla, inclinó su cabeza.

Junto a ella apareció un hombre.

—¿Le gusta? —preguntó con un acento pesado, y los párpados aún más pesados. No me gustaba la manera en que miraba a Hannah. Sabía que ella tenía dinero. Sus ropas la delataban.

Hannah parpadeó, como si hubiera despertado de un hechizo.

—Oh, sí —repuso suavemente.

—Tal vez quiera comprarla.

Hannah cerró la boca. Supe lo que estaba pensando: Teddy no lo aprobaría. Y no se equivocaba. Había algo en esa mujer, en esa pintura, que era peligroso, subversivo. Pero aun así Hannah quería comprarla. Por supuesto. Le recordaba el pasado, El Juego, Nefertiti. Un papel que ella había interpretado con la fresca vitalidad de la niñez. Asintió. Sí, le interesaba el cuadro.

El recelo me erizó la piel. El hombre permaneció inexpresivo. Llamó a alguien pero no obtuvo respuesta. Entonces, con un gesto, le indicó a Hannah que lo siguiera. Ambos parecían haberse olvidado de mí, pero les seguí hasta una pequeña puerta roja. El hombre la abrió. Era el estudio de un artista, apenas más que un oscuro agujero en la pared. Grandes franjas de empapelado verde, ya descolorido, estaban despegadas. El suelo —la parte que no estaba cubierta por cientos de hojas de papel dibujadas con carboncillo— era de piedra. En uno de los ángulos había un colchón cubierto por almohadones desteñidos y un edredón. Junto a los zócalos se amontonaban botellas de licor vacías.

Allí estaba la mujer de la pintura. Para mi horror, estaba desnuda. Nos miró con un interés que se extinguió rápidamente, y no dijo una palabra. Se puso de pie —era más alta que nosotras— y fue hacia la mesa. Algo en sus movimientos, su libertad, su indiferencia ante el hecho de que la observáramos, sus pechos, uno más grande que el otro, me ponía nerviosa. Esa gente no era como nosotros. Como yo. Ella encendió un cigarrillo y fumó mientras esperábamos. Yo aparté la mirada. Hannah no lo hizo.

—Las damas quieren comprar tu retrato —anunció el hombre.

La mujer negra miró a Hannah. Luego dijo algo en un idioma que yo no comprendía. No era francés. Parecía venir de un lugar más lejano.

El hombre rió.

—No está a la venta —le explicó a Hannah.

Luego se acercó a ella y le sujetó el mentón.

Yo me alarmé. Incluso Hannah se estremeció cuando él movió decididamente su cabeza de un lado a otro. Luego la soltó.

—Sólo aceptaremos una permuta.

—¿Una permuta?

—Su retrato —indicó el hombre con su pesado acento y se encogió de hombros—. Se lleva el de ella, nos deja el suyo.

La mera idea de que un retrato de Hannah —sólo Dios sabía en qué grado de desnudez— se exhibiera en ese misérrimo callejón de Francia, donde cualquiera podría verlo, era inconcebible.

—Debemos irnos, señora —señalé, con una firmeza que me sorprendió—. El señor Luxton nos está esperando.

Mi tono también sorprendió a Hannah, porque, para mi alivio, asintió.

—Sí, tienes razón, Grace.

Las dos nos dirigimos hacia la puerta, pero mientras esperaba que atravesara el umbral, ella se giró hacia el dibujante.

—Mañana —afirmó débilmente—. Regresaré mañana.

Mientras volvíamos al coche estuvimos en silencio. Pasé despierta esa noche, ansiosa y asustada, tratando de encontrar el modo de detenerla, con la certeza de que era mi deber. En aquella pintura había algo que me inquietaba, algo que se reflejó en Hannah mientras lo observaba: una chispa volvía a encenderse.

Desde mi cama oía los ruidos de la calle, que esa noche adquirían una maldad desconocida. Voces extrañas, palabras en lenguas extranjeras, la risa de una mujer en un apartamento vecino. Añoraba regresar a Inglaterra, a un lugar donde las reglas eran claras y todos sabían cuál era su lugar. Por supuesto, esa Inglaterra no existía, pero las horas de la noche tienen su modo de alentar cualquier esperanza.

Como suele suceder, por la mañana las cosas se pusieron en orden. Cuando fui a vestir a Hannah, Teddy ya estaba despierto, sentado en el sillón. Dijo que todavía le dolía la cabeza, pero ¿qué clase de marido sería si dejaba sola a su bella esposa el último día de su luna de miel? Sugirió ir de compras.

—Es nuestro último día, me gustaría que compraras algo que te recuerde nuestro paso por París.

Cuando regresaron, advertí que el cuadro no estaba entre los objetos que Hannah me pidió que enviara a Inglaterra. No puedo saber si Teddy se negó a comprarlo y ella se resignó, o si comprendió que lo mejor era no hacer esa petición, pero en todo caso me alegré. En cambio, Teddy le compró una estola de visón, con patas pequeñas y tiesas y opacos ojos negros.

Y así regresamos a Inglaterra.

* * *

Tengo sed. Hay alguien sentado a mi lado, pero no es Sylvia. Es una mujer embarazada que tiene a sus pies bolsas con muñecos de punto y dulces caseros. Le brilla la cara, el sudor le ha corrido el maquillaje dibujándole dos medialunas negras en los pómulos. Me mira. Sospecho que ha estado observándome durante algún tiempo.

Saludo con una inclinación de cabeza. Supongo que es lo que corresponde. Ella sigue observándome, como si esperara algo. Tiene la actitud concentrada de alguien que ha estado escuchando. ¿He hablado? ¿He dado un espectáculo? No lo sé. Cada vez puedo confiar menos en mí misma. Y no quiero sobresalir. Estoy acostumbrada a ser invisible.

—Hermoso día —dice por fin—. Bello y templado. —No cree lo que dice. Puedo ver las gotas de sudor en su frente, la mancha más oscura en la tela bajo sus pesados pechos.

—Hermoso —contesto—. Muy templado.

Ella sonríe desganadamente y mira hacia otro lado.

* * *

Regresamos a Londres el 2 de julio de 1919, el día del desfile de la Paz. El chófer se abrió paso entre automóviles, ómnibus y carruajes tirados por caballos, a lo largo de calles atestadas donde la muchedumbre agitaba banderas y arrojaba serpentinas. La tinta con que se había firmado el tratado todavía estaba fresca, sanciones que provocarían el resentimiento y las divisiones causantes de la siguiente guerra mundial, pero los que volvían a casa no lo sabían. No en ese momento. Sencillamente, estaban felices de que el viento del sur ya no arrastrara a través del canal el sonido de los disparos, de que no hubiera más jóvenes que murieran a manos de otros jóvenes en el territorio de Francia.

El automóvil me dejó, junto con el equipaje, en la casa del centro de Londres y siguió su camino. Simion y Estella esperaban a los recién casados para tomar el té. Hannah habría preferido ir directamente a su casa pero Teddy insistió, ocultando una sonrisa. Guardaba un as en la manga.

En la puerta principal apareció un lacayo. Tomó una maleta en cada mano y volvió a entrar en la casa. Dejó a mis pies el bolso con los objetos personales de Hannah. Me sorprendió. No esperaba que hubiera otros sirvientes, no todavía, y me pregunté quién lo habría contratado.

Permanecí de pie, respirando el aire de la calle. La gasolina se mezclaba con el olor ácido del estiércol. Alcé la vista para abarcar los seis pisos de la gran casa. Era de ladrillo marrón con columnas blancas a ambos lados de la puerta de entrada y formaba parte de una fila de viviendas idénticas. En una de las columnas blancas se veía el número escrito en negro: 17. Grosvenor Square, número diecisiete. Mi nuevo hogar, donde sería una verdadera doncella.

En la entrada de servicio había un tramo de escalera paralela a la calle, desde el nivel de la acera hacia el sótano, con una baranda de hierro negro. Tomé el bolso con las pertenencias de Hannah y me dirigí hacia allí.

La puerta estaba cerrada pero desde el interior se filtraban voces amortiguadas, aunque indiscutiblemente disgustadas. A través de la ventana del sótano vislumbré la espalda de una joven cuyos modales («insolente», la habría denominado la señora Townsend), junto con el manojo de bucles rubios que escapaban de su cofia, daban impresión de juventud. Discutía con un hombre gordo, de baja estatura, cuyo cuello desaparecía debajo de una mancha roja de indignación.

Coronó su triunfante frase final colgándose un bolso al hombro y se dirigió hacia la puerta. Antes de que pudiera moverme, la había abierto y nos miramos asombradas, como si nos viéramos reflejadas por un espejo deformante, como los que hay en las ferias de atracciones. Ella reaccionó primero. Rió con tanta espontaneidad que me roció el cuello con saliva.

—¡Y yo pensaba que era difícil conseguir criadas! —exclamó—. Bien, puedes quedarte con el puesto, te lo regalo. No tengo intención de vivir limpiando la mugre de casas ajenas por un mísero salario.

Luego atravesó la puerta y puso su maleta en la escalera. Desde el escalón superior se dio la vuelta y gritó:

—¡Despídame de Izzy Batterfield, y salude de mi parte a mademoiselle Isabella! —Y con una última cascada de risas, y un histriónico ondular de su falda, se fue. Antes de que pudiera responderle, explicarle que era una doncella, no una criada.

Golpeé la puerta, todavía entreabierta. No hubo respuesta, por lo que decidí entrar. El lugar tenía el inconfundible olor del líquido de pulir la plata (aunque no era Giffen), mezclado con olor a patatas, pero había algo más, algo subyacente que, aunque no era desagradable, hacía que nada me resultara familiar.

El hombre estaba sentado frente a la mesa. Detrás de él, una mujer enjuta apoyaba sobre sus hombros unas manos nudosas, con la piel enrojecida y agrietada alrededor de las uñas. Los dos se volvieron a mirarme al mismo tiempo. La mujer tenía un gran lunar negro debajo del ojo izquierdo.

—Buenas tardes —saludé—, soy...

—¿Buenas? He perdido tres criadas en apenas unas semanas. Hay una fiesta programada que comenzará dentro de dos horas, la señora Tibbit está más que retrasada ¿y usted quiere hacerme creer que es una buena tarde?

—Tranquilo —dijo la mujer, frunciendo los labios—. Esa Izzy era una loca. Quiere hacer carrera como adivina. Si tiene ese don, yo soy la Reina de Saba. Algún cliente descontento le dará su merecido. Ya verá como no me equivoco.

Había algo en su manera de hablar, una sonrisa cruel, que me hizo temblar. Me invadió el deseo de girar sobre mis talones y volver al lugar de donde había venido. Pero recordé el consejo del señor Hamilton sobre la importancia de la primera impresión. Me aclaré la voz y dije, con todo el aplomo que pude reunir:

—Mi nombre es Grace Bradley.

Ambos me miraron confundidos.

—Soy la doncella de la señora.

La mujer se irguió, entrecerró los ojos y replicó.

—La señora nunca mencionó a una nueva doncella.

Me desconcertó.

—¿No lo hizo? —balbuceé involuntariamente—. Estoy segura de que ella envió instrucciones por escrito desde París. Yo misma llevé la carta al correo.

—¿París? —se preguntaron mirándose mutuamente.

Entonces el hombre pareció recordar algo. Asintió rápidamente varias veces y apartó de sus hombros las manos de la mujer.

—Por supuesto. Estábamos esperándola. Soy el señor Boyle, el mayordomo de esta casa, y ella es la señora Tibbit.

Asentí, todavía confundida.

—Encantados de conocerla.

Por la manera en que seguían mirándome, me pregunté si ambos serían igual de simples.

—Estoy un poco cansada después del viaje —alegué lentamente—. ¿Serían tan amables de pedirle a una criada que me acompañe hasta mi habitación?

La señora Tibbit resopló. La piel que rodeaba el lunar se estremeció y se puso tensa.

—No hay criadas —explicó—. No todavía. La señora..., es decir, la señorita Deborah no ha podido encontrar una que quiera quedarse.

—Así es —confirmó el señor Boyle con los labios tensos, tan pálidos como su cara—. Y tenemos una fiesta prevista para esta noche. Todos tendrían que estar cumpliendo con sus obligaciones. La señorita Deborah no tolera la imperfección.

¿La señorita Deborah? ¿Quién era la señorita Deborah y por qué seguían llamándola «señora»?

Puse cara de pocos amigos.

—La señora Luxton, *mi* señora, no mencionó una fiesta.

—No, por supuesto. Es una sorpresa, para dar la bienvenida a casa al señor y la señora Luxton después de su luna de miel. La señorita Deborah ha estado planificándola durante semanas.

Cuando el coche que traía a Hannah y Teddy llegó, la fiesta estaba en su apogeo. El señor Boyle había dado instrucciones de que yo los recibiera en la entrada y los guiara hacia el salón de baile. Si bien esta tarea solía corresponder al mayordomo, la señorita Deborah había requerido su presencia en otro lugar.

Abrí la puerta y ellos entraron. Teddy, sonriente. Hannah, cansada, como era previsible después de una visita a Simion y Estella.

—Daría lo que fuera por un baño tibio —declaró Hannah.

—Ahora no, querida —pidió Teddy. Luego me entregó su abrigo y besó rápidamente a su esposa en la mejilla. Ella se estremeció ligeramente, como era habitual—. Antes, tengo una sorpresa para ti —anunció, adelantándose y frotándose las manos.

Hannah lo vio alejarse y levantó la vista para mirar el vestíbulo: las paredes recién pintadas de amarillo, la horrible araña moderna que pendía sobre la escalera, las macetas con palmeras que se combaban bajo hileras de luces de colores.

—Grace —murmuró Hannah atónita—, ¿qué demonios es todo esto?

A modo de disculpa me encogí de hombros. Estaba a punto de explicárselo cuando Teddy reapareció y la tomó del brazo.

—Ven por aquí, querida —indicó, conduciéndola hacia el salón de baile.

La puerta se abrió. Los ojos de Hannah se dilataron desmesuradamente cuando vio que el lugar estaba lleno de personas desconocidas. Luego se encendió una luz cegadora, y mientras yo dirigía la mirada a la araña refulgente percibí un movimiento detrás de mí, en la escalera. Se oyeron exclamaciones de admiración. En la mitad de la escalera vi una mujer esbelta, con el rostro huesudo enmarcado por el cabello rizado y oscuro. No era una cara bonita, pero tenía algo impactante. Una ilusión de belleza que más adelante reconocería como una característica de los nuevos ricos. Era alta, delgada, y adoptaba una postura que yo jamás había visto: echaba los hombros hacia adelante, de modo que su vestido de seda parecía a punto de caerse, escurriéndose por la columna vertebral. La pose era a la vez impactante y natural, desenfadada y artificial. Llevaba en los brazos una piel de color claro. Creí que era un manguito, hasta que ladró y comprendí que era un perro diminuto y esponjoso, tan blanco como el mejor delantal de la señora Townsend.

Aunque no la conocía, supe inmediatamente quién era. Hizo una pausa antes de deslizarse por los últimos escalones y abrirse paso entre el mar de invitados, como si se tratara de una coreografía.

—¡Dobby! —exclamó Teddy cuando ella se acercó. Una amplia sonrisa dibujó hoyuelos en su rostro sereno y bien parecido. Tomó las manos de su hermana y se inclinó hacia ella para darle un beso en la mejilla que ella le ofrecía.

La mujer sonrió.

—Bienvenido a casa, Tiddles —declaró jovialmente, con su acento neoyorquino, plano y enérgico. Su manera de hablar evitaba las modulaciones regulándolo de tal modo que lo ordinario pareciera extraordinario y viceversa—. He decorado la casa, como me pediste. Espero que no te moleste, me he tomado la libertad de invitar a lo mejor de Londres para que también la disfruten —agregó y saludó con la mano a una mujer elegantemente vestida a la que distinguió por encima del hombro de Hannah.

—¿Estás sorprendida, querida? —preguntó Teddy a su esposa—. Queríamos darte una sorpresa. Dobby y yo tramamos todo esto.

—¿Sorprendida? —repitió Hannah echándome un rápido vistazo—. Las palabras no alcanzan siquiera a describir cómo me siento.

Deborah sonrió, de ese modo sagaz tan propio de ella, y puso su mano sobre la muñeca de Hannah, una mano larga y pálida, cuya textura recordaba a la cera solidificada.

—Por fin nos conocemos. Sé que seremos grandes amigas.

* * *

El año 1920 empezó mal. Teddy perdió las elecciones. No fue culpa suya, simplemente no era el momento adecuado. La situación se tergiversó por culpa de la clase obrera y de sus detestables periódicos. Se hicieron sucias campañas contra los patronos, que después de la guerra fueron víctimas de falsas acusaciones. Tenían expectativas desmedidas. Debían andarse con ojo, si no querían que les sucediera lo mismo que a los irlandeses o los rusos. Sin embargo, el fiasco de Teddy no tenía importancia. Ya habría una nueva oportunidad. Le encontrarían una candidatura más segura. Si dejaba de lado las tontas ideas que confundían a los votantes conservadores, Simion se comprometía a que en menos de un año su hijo sería miembro del Parlamento.

Estella pensaba que Hannah debía tener un bebé, porque eso sería bueno para Teddy. Para que sus electores lo vieran como un hombre de familia. A menudo les recordaba que estaban casados y que como cualquier matrimonio, más tarde o más temprano, se esperaba que tuvieran hijos.

Teddy comenzó a trabajar con su padre. Todos estuvieron de acuerdo en que era lo mejor. Después de haber perdido las elecciones, había adquirido el aspecto de quien ha sobrevivido a un trauma. Como Alfred cuando regresó de la guerra.

Los hombres como Teddy no estaban acostumbrados a perder, pero deprimirse no era propio de los Luxton. Sus padres comenzaron a pasar mucho tiempo en la casa del número diecisiete, donde Simion a menudo contaba historias sobre su propio padre. El camino hacia la cima no admitía debilidades ni fracasos. El viaje de Teddy y Hannah a Italia se pospuso. Según Simion, podría dar la impresión de que Teddy huía del país y eso no le beneficiaría. La apariencia de éxito genera éxito. Además, Pompeya seguiría estando en el mismo lugar.

Mientras tanto, yo me esforzaba por adecuarme a la vida de Londres. Aprendí con rapidez mis nuevas tareas. El señor Hamilton me había dado incontables instrucciones antes de mi partida de Riverton —desde las obligaciones generales, como ocuparme del guardarropa de Hannah, hasta las más específicas, como asegurarme de que conservara su buen humor—, por lo que, en cuanto al trabajo, me sentía segura. Sin embargo, en mi nuevo ámbito doméstico estaba totalmente desorientada, abandonada a la deriva en el solitario mar de lo desconocido. Porque si bien no se trataba exactamente de personas pérfidas, la señora Tibbit y el señor Boyle ciertamente no eran francos. El intenso y evidente placer que les proporcionaba su mutua compañía era completamente excluyente. Es más, a la señora Tibbit concretamente parecía reconfortarle esa exclusión. La suya era una felicidad que se alimentaba con el descontento de los demás y si le negaban esa satisfacción no tenía escrúpulos en provocarle alguna desgracia a una víctima involuntaria. Rápidamente comprendí que la manera de sobrevivir en esa casa era acompañarme a mí misma, y cuidar mis espaldas. En buena medida, tuve éxito.

Un martes por la mañana encontré a Hannah sola, de pie en una de las habitaciones que daban al frente de la casa. Lloviznaba. Teddy acababa de marcharse al trabajo y ella contemplaba la calle a través de la ventana. Los paseantes caminaban presurosos de aquí para allá.

—¿Quiere tomar su té, señora? —pregunté.

No hubo respuesta.

—Tal vez prefiera que le traiga su bordado o que le pida al chófer que prepare el coche.

Cuando me acerqué comprendí que Hannah no me había oído. Estaba sumida en sus pensamientos y no era difícil para mí adivinarlos. Tenía una expresión que no le había visto desde que era una niña, cuando David se despedía antes de marcharse de Riverton para volver al colegio, un lugar que ella imaginaba lleno de aventuras, aprendizaje, desafíos.

Me aclaré la voz. Ella me miró y al verme se sonrió.

—Hola, Grace.

Volví a preguntarle dónde quería tomar el té.

—En la sala de estar —contestó—. Pero no es necesario que la señora Tibbit se moleste en hacerme bizcochos. No tengo hambre. Encuentro poco agradable comer a solas.

—¿Y después, señora? ¿Pido que traigan el coche?

—Si tengo que soportar una nueva vuelta alrededor del parque me volveré loca. No comprendo cómo las otras esposas lo aguantan. ¿Realmente no se les ocurre nada mejor que dar todos los días el mismo paseo?

—¿Le gustaría bordar, señora? —pregunté, aun sabiendo que no le apetecería. El carácter de Hannah nunca fue afín al bordado, la paciencia que se requería estaba en las antípodas de su temperamento.

—Voy a leer, Grace. Tengo un libro aquí —indicó y me mostró un viejo ejemplar de *Jane Eyre*.

—¿Otra vez, señora?

—Otra vez —repitió, encogiéndose de hombros.

No sabía por qué aquello me causaba tanta preocupación, pero sentí en mis oídos una campanilla de advertencia que no sabía cómo interpretar.

* * *

Teddy trabajaba mucho. Nunca supe exactamente qué hacían él y su padre, sólo que llevaban portafolios, hablaban en voz baja y recibían a «personas importantes». Respondiendo a las indicaciones de Teddy, Hannah se esforzaba por asistir a sus reuniones, mantener conversaciones triviales con las esposas de sus asociados o con las madres de los políticos. Entre los hombres, las conversaciones giraban siempre sobre los mismos temas: los negocios, el dinero, la amenaza que representaban las clases marginadas. Como todos los hombres de su clase, Teddy y Simion sentían una profunda desconfianza hacia aquellos que denominaban «bohemios».

Hannah habría preferido hablar de política con los hombres. A veces, cuando ella y Teddy se retiraban por la noche a sus dormitorios contiguos, le hacía preguntas sobre la declaración de la ley marcial en Irlanda. A su esposo le hacía gracia y le decía que no tenía que ocupar su bella cabeza con esas cosas. Para eso estaba él.

—Pero quiero saberlo. Me interesa —alegaba Hannah.

Teddy meneaba la cabeza.

—La política es un juego de hombres.

—Déjame jugar.

—Lo estás haciendo. Tú y yo somos un equipo. Tu trabajo es ocuparte de las esposas.

—Pero es aburrido. Ellas son aburridas. Quiero hablar de cosas importantes, no comprendo por qué no puedo hacerlo.

—Oh, querida —respondía sencillamente Teddy—, porque así son las reglas, no fui yo quien las hizo, pero debo atenerme a ellas. —Entonces sonreía y le daba unos golpecitos en el hombro—. No es tan malo. Al menos tienes a Dobby para ayudarte. Ella es una amiga, ¿verdad?

Hannah no tenía más opción que asentir a regañadientes. Era cierto, Deborah siempre estaba dispuesta a ayudar. Y seguiría haciéndolo, dado que había decidido no regresar a Nueva York. Una revista de Londres le había ofrecido un puesto para dirigir las páginas de moda de la alta sociedad. Una propuesta irresistible: adornar y dominar a todas las damas de su nueva ciudad. Se quedaría en casa de Teddy y Hannah hasta que encontrara un lugar apropiado para vivir sola. Como ella misma había dicho, no había razón para apresurarse. La casa del número diecisiete era un gran hogar, tenía habitaciones de sobra. Especialmente mientras no hubiera niños.

En noviembre de ese año, Emmeline fue a Londres para celebrar su dieciséis cumpleaños. Era su primera visita desde que Hannah y Teddy se habían casado. Hannah estaba ansiosa por verla. Pasó la mañana esperando en el salón. Corrió hacia la ventana cada vez que un automóvil disminuía la velocidad, sólo para regresar desilusionada a su sillón después de comprobar que había sido una falsa alarma.

Cuando por fin un coche se detuvo, estaba tan desanimada que no lo oyó. No advirtió que Emmeline había llegado hasta que Boyle golpeó la puerta y anunció:

—La señorita Emmeline ha venido a verla, señora.

Hannah dio un grito y de un salto se puso de pie. Boyle guió a Emmeline hacia la sala.

—¡Por fin! —exclamó Hannah abrazando con fuerza a su hermana—. Creí que no llegarías nunca. —Entonces retrocedió y se dirigió a mí—. Mira, Grace, ¿no está guapísima?

Emmeline sonrió a medias y rápidamente obligó a su boca a dibujar un gesto enfurruñado. A pesar de su expresión, o tal vez a causa de ella, estaba magnífica. Más alta y delgada. Y en su cara se distinguían nuevos ángulos que dirigían la atención hacia sus labios carnosos y sus grandes ojos redondos. Había logrado dominar esa expresión, mezcla de hastío y desdén, tan propia de sus circunstancias y su edad.

—Ven, siéntate —sugirió Hannah guiando a Emmeline hacia el sofá—. Pediré que traigan el té.

Emmeline se desplomó en un extremo del sofá. Cuando Hannah se alejó, se alisó la falda. Llevaba un vestido sencillo de la temporada anterior. Alguien había intentado reformarlo de acuerdo con la moda vigente, más suelto, sin conseguir ocultar su hechura original. Cuando Hannah regresó después de haber llamado al servicio, Emmeline dejó de preocuparse por su aspecto y recorrió la habitación con una mirada exageradamente desenfadada.

Hannah rió.

—Todo lo eligió Deborah. Es horrible, ¿verdad?

Emmeline alzó las cejas y asintió lentamente.

Hannah se sentó junto a ella.

—¡Qué alegría que estés aquí! Podemos hacer lo que te apetezca durante esta semana. Podemos tomar té con tortas de nuez en Gunther, ver algún espectáculo.

Emmeline se encogió de hombros, pero, según pude advertir, sus dedos habían vuelto a la tarea de alisar la falda.

—Podemos ir al museo, o echar un vistazo a Selfridge's —propuso. Luego titubeó. Emmeline asentía sin entusiasmo. Hannah rió insegura—. Acabas de llegar y ya estoy planificando toda la semana, no te he permitido decir una palabra, ni siquiera te he preguntado cómo estás.

Emmeline miró a su hermana.

—Me gusta tu vestido —dijo al fin. Luego cerró la boca, como si hubiera quebrantado un voto de silencio.

Esta vez fue Hannah quien se encogió de hombros.

—Oh, tengo un guardarropa lleno de ellos. Teddy me los envía cuando viaja. Cree que con un vestido nuevo me compensa por no haberme llevado con él. ¿Por qué una mujer desearía viajar al extranjero si no es para comprar vestidos? De modo que tengo un armario lleno y ningún lugar donde... —Hannah comprendió, se contuvo y sonrió—. Son demasiados vestidos para mí, no tendré ocasión de usarlos —afirmó y miró despreocupadamente a Emmeline—. ¿Te gustaría verlos? Tal vez haya alguno que te guste. Me harías un favor, ya no tengo sitio.

Emmeline la miró inmediatamente, incapaz de ocultar su interés.

—Supongo que podría, si con eso te soluciono algo.

Hannah logró que Emmeline añadiera diez vestidos parisinos a su equipaje y me encargó que mejorara los arreglos de los que había traído con ella. Me invadió la nostalgia por Riverton cuando deshice las descuidadas costuras de Myra, con la esperanza de que no se tomara mis puntadas como una ofensa personal.

A partir de entonces, las cosas entre las hermanas mejoraron: la depresión y la indiferencia de Emmeline se diluyeron, y hacia el final de la semana su relación era muy similar a la que siempre habían tenido. Volvieron a dejarse llevar por una espontánea amistad; las dos se sintieron aliviadas por haber recuperado el statu quo. También yo: últimamente Hannah estaba demasiado lánguida. Deseé que su estado de ánimo perdurara después de la visita.

El último día, Emmeline y Hannah estaban sentadas en ambos extremos del sofá de la sala de estar esperando a que llegara el coche desde Riverton. Deborah —a punto de salir para una reunión en su club de bridge— estaba sentada frente al escritorio, de espaldas a ellas, improvisando una nota de condolencia para un amigo de luto.

Emmeline, lujuriosamente recostada, suspiró con nostalgia.

—Podría tomar el té en Gunther todos los días y jamás me cansaría de sus tortas de nuez.

—Lo harías en cuanto perdieras tu fina y elegante cintura —declaró Deborah, rasgando el papel con la punta de su pluma.

Emmeline parpadeó para llamar la atención de Hannah, que contuvo la risa.

—¿Estás segura de que no quieres que me quede? —preguntó Emmeline—. Por mí no hay inconveniente.

—Dudo que papá esté de acuerdo.

—Bah —descartó Emmeline—. No le importará en lo más mínimo —aseguró e inclinó la cabeza—. Me las apañaría perfectamente con que me cedieras el armario de los abrigos, lo sabes. Ni siquiera te darías cuenta de que estoy aquí.

Hannah pareció considerar seriamente la posibilidad.

—Estarás muy aburrida sin mí, lo sabes —añadió Emmeline.

—Lo sé —afirmó Hannah—. ¿Encontraré alguna vez cosas que signifiquen para mí un estímulo permanente?

Emmeline rió y le arrojó un cojín a su hermana.

Hannah lo atajó y durante unos instantes se dedicó a colocar sus borlas.

—Emme... no hemos hablado de papá... ¿*cómo* está? —preguntó sin apartar la vista del cojín.

Hannah no dejaba de lamentar la tensa relación con su padre. En más de una ocasión yo había encontrado en su escritorio las primeras líneas de una carta, que nunca sería enviada.

—Papá sigue igual —repuso Emmeline encogiéndose de hombros—. El mismo de siempre.

—Ah... —suspiró Hannah apenada—, está bien. No había tenido noticias de él.

—No —Emmeline bostezó—, ya lo conoces. Sabes cuál es su actitud una vez que toma una decisión.

—Sí —asintió Hannah—. Sin embargo, supuse...

Su voz se fue apagando y por un instante todos permanecimos en silencio. Deborah estaba de espaldas, pero pude advertir que sus orejas estaban alertas como las de un pastor alemán atento. Seguramente Hannah también lo había notado porque se irguió y cambió de tema con fingida alegría.

—No sé por qué me he acordado. Por cierto, he pensado buscar algún trabajo cuando te vayas.

—¿Trabajo? ¿En una tienda de ropa? —preguntó Emmeline.

Deborah soltó una carcajada. Selló el sobre y lo agitó. Dejó de reír cuando vio la expresión de Hannah.

—¿Lo dices en serio?

—Hannah siempre habla en serio —comentó Emmeline.

—El otro día, cuando tú estabas en la peluquería de Oxford Street —le refirió a Emmeline—, vi una pequeña editorial, Blaxland's, con un anuncio en la ventana. Buscaban editores. —Hannah enderezó los hombros—. Me encanta leer, me interesa la política, en gramática y ortografía mis conocimientos superan los de la mayoría.

—No seas ridícula, querida —observó Deborah, al tiempo que me entregó la carta con la indicación de que la despacharan por correo esa misma mañana, y volvió a dirigirse a Hannah—. Nunca te contratarán.

—Ya lo han hecho —contestó Hannah—. Me ofrecí en ese mismo momento. El editor dijo que necesitaba con urgencia un nuevo colaborador.

Deborah inspiró profundamente y obligó a sus labios a esbozar una tenue sonrisa.

—Bien, es un tema que está más allá de toda discusión.

—¿Qué discusión? —preguntó Emmeline fingiendo sinceridad.

—Acerca de lo que es correcto —explicó Deborah.

—No veo qué tiene que ver eso. —Emmeline comenzó a reír—. ¿Tú qué opinas?

Deborah inspiró y se dirigió fríamente a Hannah.

—¿Blaxland's? ¿No son ellos los que publican esos asquerosos opúsculos rojos que los soldados distribuyen en las esquinas? —Luego entrecerró los ojos—. A mi hermano le dará un ataque.

—No lo creo —repuso Hannah—, a menudo Teddy se compadece de los que no tienen trabajo.

Los ojos de Deborah se abrieron ostentosamente, con el asombro de un depredador fugazmente compadecido por su presa.

—No lo entiendes. Tiddles no es tan tonto como para arriesgarse a perder el apoyo de sus futuros electores.

Y si no era así en ese momento, sin duda lo fue esa noche, después de que Deborah hablara con él.

—Además... —añadió poniéndose en pie con aire triunfal, y ajustándose el sombrero frente al espejo de la chimenea—, más allá de la compasión, es inconcebible que a él pueda agradarle que seas aliada de la misma gente que imprimió los subversivos artículos que le hicieron perder su escaño.

El rostro de Hannah se demudó. No lo había tenido en cuenta. Echó un vistazo a Emmeline, que solidariamente se encogió de hombros. Deborah observaba sus reacciones en el espejo. Contuvo las ganas de sonreír y se encaró con Hannah emitiendo un desaprobatorio chasquido con la lengua.

—¿Podrías ser tan desleal?

Hannah suspiró.

—Y mi pobre hermano creyendo que eres una ingenua —afirmó meneando la cabeza—. Se moriría del disgusto si se enterara de todo esto.

—Entonces no se lo digas.

—¿Crees que no debe saberlo? ¿Crees que no habrá cientos de personas a las que les encantará contarle que han visto tu nombre, *su* nombre, impreso en esos panfletos?

—Les diré que no puedo aceptar ese puesto —accedió serenamente Hannah y apartó el almohadón—. Pero buscaré otra cosa. Algo más apropiado.

—Querida niña —exclamó Deborah—, ¿cuándo vas a entenderlo? No existe un empleo apropiado para ti. ¿Qué impresión causará la noticia de que la esposa de Teddy trabaja? ¿Qué dirá la gente?

—Necesito hacer algo más que esperar todo el día en casa a que alguien llame.

—Por supuesto —concedió Deborah tomando el bolso que había dejado en el escritorio—. A nadie le gusta estar ocioso. Pero imagino que aquí hay más cosas que hacer aparte de sentarse a esperar. Como sabrás, una casa no funciona por inercia.

—No —reconoció Hannah—, y con gusto asumiría la dirección de esta casa.

—Será mejor que te dediques a lo que sabes hacer —sugirió Deborah dirigiéndose a la puerta—. Es lo que siempre aconsejo. —Entonces se detuvo, abrió la puerta, se volvió hacia Hannah y le dedicó una leve sonrisa—. Ya sé. No comprendo cómo no se me ocurrió antes. Te unirás a mi grupo de mujeres del Partido Conservador. Estamos buscando voluntarias para organizar nuestra próxima recepción. Podrías ayudarnos a escribir los sobres de las invitaciones. Y luego, hay que pintar los decorados.

Hannah y Emmeline se miraron cuando Boyle apareció en la puerta.

—El automóvil que viene a recoger a la señorita Emmeline ha llegado. ¿Le pido un taxi, señorita Deborah?

—No se moleste, Boyle —gorjeó Deborah—. Prefiero ir dando un paseo.

Boyle asintió y salió para verificar que el equipaje de Emmeline fuera cargado en el maletero.

—¡Es una idea perfecta! —se felicitó Deborah, con una amplia sonrisa—. Teddy se alegrará de saber que sus dos chicas pasan el tiempo juntas, y se convierten en verdaderas amigas. —Y agregó, en voz más baja—: De esta manera, jamás tendrá que enterarse de este desafortunado asunto.

Capítulo 17

EN LA MADRIGUERA

No seguiré esperando a Sylvia. Ya he esperado suficiente. Me conseguiré yo misma una taza de té. Los altavoces del improvisado escenario emiten una música enérgica, tintineante, ensordecedora. Un grupo de seis niñas está bailando. Están vestidas con prendas de licra negra y roja, muy similares a trajes de baño, y botas de tacón negras que les llegan a las rodillas. Me pregunto cómo pueden bailar con ese calzado. Recuerdo a los bailarines de mi juventud, el Hammersmith Palladion, la Dixieland Jazz Band, a Emmeline bailando el *shimmy*.

Apoyo los dedos en el brazo de la silla, me inclino hasta que mis codos se incrustan en mis costillas y trato de ponerme en pie. Me mareo, transfiero el peso del cuerpo al bastón y espero a que el paisaje deje de moverse. Bendito calor. Apoyo cautelosamente mi bastón en el suelo. La lluvia reciente lo ha ablandado y temo quedar atascada. Me guío por las huellas que han dejado otras personas. Es un procedimiento lento, pero seguro.

«Conozca su futuro... Se leen las palmas de las manos...»

No soporto a los adivinos. Una vez me dijeron que mi línea de la vida era corta. No pude desprenderme por completo de la vaga aprensión que me causó hasta que pasé holgadamente los sesenta años.

Sigo mi camino sin desviar la vista. Acepto resignadamente mi futuro. Es mi pasado el que me inquieta.

* * *

Hannah consultó a un adivino un miércoles por la mañana, a principios de 1921. Los miércoles eran sus días «relajados». Deborah almorzaba en el Savoy Grill y Teddy en el trabajo, con su padre. Para entonces, se había deshecho de su aspecto traumatizado. Parecía un hombre que despierta de un extraño sueño y se siente aliviado al comprobar que sigue siendo el mismo de siempre. Él y Simion compraban petróleo, neumáticos, tranvías y trenes. Simion decía que era fundamental erradicar los otros medios de transporte. Era la única forma de garantizar que la gente siempre tuviera necesidad de comprar los automóviles que él fabricaba. Hannah declaró que era vergonzoso, que prefería poder decidir, pero Teddy y Simion se rieron, alegando que la mayoría de las personas no estaban en condiciones de tomar decisiones sensatas y que era mejor que alguien las tomara por ellos.

Cinco minutos antes, una procesión de mujeres vestidas a la última había abandonado la casa del número diecisiete. Yo estaba recogiendo la mesa donde se había servido el té (nuestra quinta criada nos había abandonado, y todavía no teníamos sustituta). Sólo quedaban Hannah, lady Clementine y Fanny. Sentadas en los sillones, estaban terminando su té. Hannah golpeaba distraídamente el plato con su cuchara. Estaba ansiosa por verlas partir, aunque yo todavía no sabía cuál era el motivo.

—Realmente, querida —declaró lady Clementine mirando a Hannah por encima de su taza de té vacía— deberías pensar en formar una familia. —Volvió la vista a Fanny, que en respuesta se revolvió en su asiento, orgullosa de su considerable peso. Esperaba su segundo hijo—. Los hijos son buenos para el matrimonio, ¿verdad, Fanny?

Fanny asintió, pero no pudo hablar, porque tenía la boca llena de bizcocho.

—Si una mujer casada permanece demasiado tiempo sin hijos —advirtió lady Clementine con gesto adusto— la gente comienza a rumorear.

—Sin duda tiene razón —concedió Hannah—, pero la verdad es que no tendrían motivos para cuchichear. —Su tono era tan jovial que me estremecí. No era sencillo descubrir los conflictos que se ocultaban bajo esa fachada, las amargas discusiones que el tema provocaba. Lady Clementine miró a Fanny, y ésta alzó las cejas.

—¿Hay algún problema abajo?

Al principio pensé que se refería a la falta de criadas. Pero enseguida comprendí el verdadero significado cuando Fanny sugirió entusiasta:

—Puedes consultar con un médico. Un médico *de señoras*.

En realidad, era poco lo que Hannah podía decir. Aunque, por supuesto, podía decirles que se ocuparan de sus propios asuntos. Tal vez en otro momento lo habría hecho, pero el tiempo la había aplacado. Por lo tanto, guardó silencio. Se limitó a sonreír y a esperar que se marcharan.

Cuando eso sucedió, se desplomó nuevamente en el sofá.

—Por fin. Creí que no se irían nunca.

Acababa de colocar la última taza en la bandeja.

—Lamento que tengas que hacer esto, Grace —declaró Hannah observándome.

—No se preocupe, señora. Seguramente no será por mucho tiempo.

—Eso no importa, tú eres una doncella. Le recordaré a Deborah que es necesario encontrar una nueva criada.

Me demoré colocando las cucharas de té. Hannah no dejaba de mirarme.

—¿Puedes guardar un secreto, Grace?

—Bien sabe que sí, señora.

Sacó una hoja de periódico doblada que tenía escondida en la cintura de su falda, la desplegó y me la entregó.

—Lo encontré en la contraportada de uno de los periódicos de Boyle.

El anuncio decía: «Adivina. Renombrada espiritista, se comunica con los muertos. Predice el futuro».

Se lo devolví tan rápido como pude, y después me limpié las manos en el delantal. Entre los sirvientes había oído conversaciones sobre esos temas. Era la última moda, producto del dolor colectivo. Por aquellos días, todos querían que los seres queridos que habían muerto les dijeran una palabra de consuelo.

—Tengo una cita esta tarde —confesó Hannah.

No supe qué decir. Habría deseado que no me lo contara.

—Si me permite dar mi opinión, señora, no me llevo bien con el espiritismo y ese tipo de cosas.

—¿Lo dices en serio, Grace? —preguntó Hannah sorprendida—. De todas las personas que conozco tú eres la más abierta. Sir Arthur Conan Doyle lo practica, ¿sabes? Se comunica regularmente con su hijo Kingsley. Incluso hace sesiones de espiritismo en su casa.

No le dije que ya no era admiradora de Sherlock Holmes, que en Londres había descubierto a Agatha Christie.

—No es eso, señora —me apresuré a decir—. No se trata de que no crea.

—¿No?

—No, señora. Sí creo, ése es el problema. Pero no es algo natural. Se trata de los muertos. Es peligroso interferir.

Ella alzó las cejas. Reflexionó sobre mis palabras.

—Peligroso...

No había abordado el tema correctamente. Al mencionar el peligro la perspectiva se volvió más atractiva.

—Iré con usted, señora.

No se lo esperaba. No sabía si fastidiarse o conmoverse. Finalmente se permitió ambas emociones.

—No —refutó con cierta dureza—. No será necesario. Estaré bien. —Luego su voz se suavizó—. Es tu tarde libre, ¿verdad? Seguramente has planeado hacer algo que te guste. Algo mejor que acompañarme.

No respondí. Por supuesto, ella no tenía modo de saberlo. Mis planes eran secretos. Después de una intensa correspondencia, Alfred había sugerido que viajaría a Londres para verme. Durante los meses que había pasado lejos de Riverton me había sentido más sola de lo que esperaba. A pesar de la minuciosa preparación que recibí del señor Hamilton, el trabajo de una doncella implicaba ciertas presiones que no había previsto, especialmente teniendo en cuenta que Hannah no parecía tan feliz como correspondería a una recién casada. Y la afición de la señora Tibbit a crear problemas obligaba a que ningún miembro del servicio pudiera bajar la guardia lo suficiente como para disfrutar de la camaradería. Por primera vez en mi vida me sentí aislada. Y aunque estaba alerta para no malinterpretar las atentas palabras de Alfred (ya lo había hecho alguna vez), añoraba verlo.

Sin embargo, esa tarde seguí a Hannah. Tenía previsto encontrarme con Alfred al caer la tarde. Si me movía con rapidez, podría cerciorarme de que entraba y salía de aquel lugar en perfectas condiciones. Había oído suficientes relatos sobre sesiones de espiritismo y difícilmente me convencerían de que era un método sensato. La señora Tibbit contaba que su prima había estado poseída, y el señor Boyle conocía a un hombre a cuya esposa la habían desplumado y le habían cortado la garganta.

Y lo más importante, si bien no tenía una posición definida respecto de los espiritistas, sabía cuál era la clase de personas a las que atraían: seres infelices que trataban de conocer su futuro.

En los últimos tiempos, Hannah me tenía preocupada. Su expresión había cambiado.

Cuando se especulaba acerca del largo de las faldas que se usaría en la próxima temporada, asentía o sonreía, y tanto su boca como su mentón habían adquirido el hábito de cambiar de posición, como si degustara vagamente la amargura que, según temía, la invadiría cuando se acercara a la madurez.

* * *

En la calle había una niebla espesa, densa y gris. Seguí a Hannah por Aldwych como un detective sigue un rastro: atenta para no quedar demasiado rezagada, para no perderla de vista en medio de la niebla. En la esquina, un hombre con impermeable tocaba con la armónica «Keep the Home Fires Burning». Los soldados sin empleo estaban en todas partes, en cada callejón, debajo de cada puente, en la entrada de cada estación de tren. Hannah buscó una moneda en su bolso y la dejó caer en el platillo del hombre antes de seguir su camino.

Al doblar en Kean Street, Hannah se detuvo frente a una elegante casa de estilo eduardiano. Parecía bastante respetable, pero, como mi madre solía decir, las apariencias pueden ser engañosas. La observé mientras confirmaba la dirección del anuncio y tocaba el timbre. La puerta se abrió rápidamente, y, sin mirar atrás, desapareció de mi vista.

Seguí observando la fachada de la casa, preguntándome a qué piso se dirigía. Al tercero.

Un resplandor de la lámpara que teñía de amarillo los bordes desflecados de las cortinas me lo indicó. Me senté a esperar junto a un hombre tullido que vendía monos de hojalata a los que les daba cuerda mientras subían y bajaban por un pedazo de tela. Le pregunté cuántos había vendido. «Tres», me respondió.

Esperé más de una hora sentada en el escalón de cemento. Cuando Hannah reapareció, mis piernas estaban tan entumecidas que no podía ponerme de pie. Me acurruqué, rogando que no me viera. No lo hizo. No percibía lo que ocurría a su alrededor. De pie en el escalón superior, parecía aturdida. Su expresión era impávida, asombrada incluso, y parecía pegada al suelo. Pensé que la espiritista la había hipnotizado, haciendo oscilar frente a ella uno de esos relojes de bolsillo, como muestran las fotografías. Pensé en gritarle, cuando, de repente, inspiró profundamente, se estremeció y salió velozmente en dirección a casa.

Aquel nebuloso atardecer llegué tarde a mi cita con Alfred. No me retrasé demasiado, pero fue suficiente para que su rostro se mostrara primero preocupado antes de distinguirme, y después dolido.

—Grace...

Nos saludamos torpemente. Ambos tendimos nuestra mano al mismo tiempo para estrechar la del otro y nuestras muñecas chocaron. Entonces, él me tomó por el codo. Sonreí nerviosa, recuperé mi mano y la escondí debajo de la bufanda.

—Lamento haber llegado tarde, Alfred. Estaba cumpliendo con un encargo de la señora.

—¿No sabe que es tu tarde libre?

Alfred me parecía más alto de lo que recordaba. Su cara estaba más arrugada, pero aun así era muy agradable mirarlo.

—Sí, pero...

—Deberías haberle dicho lo que podía hacer con su encargo.

La reacción de Alfred no me sorprendió. Se sentía cada vez más frustrado por tener que trabajar como personal de servicio. En las cartas que me escribía desde Riverton, la distancia dejaba a la vista algo que no había advertido antes: en las descripciones de su vida cotidiana había un dejo de insatisfacción. Y en los últimos tiempos sus preguntas acerca de Londres, sus comentarios sobre Riverton, estaban salpicados con citas de libros y periódicos sobre clases, trabajadores y sindicatos.

—No eres una esclava —me advirtió—. Deberías haberte negado.

—Lo sé. No pensé que... el encargo fue más largo de lo que había previsto.

—Está bien —repuso. Su expresión se suavizó y recuperó su gesto habitual—. No es culpa tuya. Tratemos de aprovechar esta ocasión al máximo, antes de volver al yugo. ¿Hay algún lugar para comer antes de ir al cine?

La felicidad me inundó mientras caminábamos el uno junto al otro. Me sentía adulta y atrevida, paseando por la ciudad con un hombre como Alfred. Descubrí que deseaba que él me tomara del brazo para que la gente nos viera y creyera que estábamos casados.

—Pasé a ver a tu madre —dijo Alfred, interrumpiendo mis pensamientos—, como me pediste.

—Oh, Alfred, gracias. ¿No estaba mal, verdad?

—No especialmente, Grace. —Dudó un instante y miró hacia otro lado—. Pero, para serte sincero, tampoco muy bien. Tiene una tos terrible. Y se queja de dolor de espalda —agregó llevándose las manos a los bolsillos—. Artritis, ¿verdad?

Asentí.

—La atacó repentinamente cuando yo era una niña. Empeoró con mucha rapidez. El invierno es la peor época para ella.

—Una de mis tías está igual. Ha envejecido antes de tiempo. —Alfred meneó la cabeza—. Mala suerte.

Caminamos un trecho en silencio.

—Alfred, mi madre... ¿parece tener lo imprescindible? Carbón y ese tipo de cosas...

—Oh, sí. Eso no es problema. Tiene una buena pila de carbón —aseguró, y se inclinó para tocar mi hombro—, y la señora T. se asegura de mandarle regularmente un buen paquete con dulces.

—Bendita sea —exclamé con los ojos llenos de lágrimas de agradecimiento—. Y tú también, Alfred. Por ir a verla. Sé que ella lo valora, aun cuando no lo diga.

Alfred se encogió de hombros y alegó sinceramente:

—No lo hago para obtener la gratitud de tu madre, Grace. Lo hago por ti.

Una ola de felicidad encendió mis mejillas. Con mi mano enguantada, me toqué un lado de la cara y la apreté suavemente para absorber su calor.

—¿Y cómo están los demás en Saffron? ¿Están bien?

A Alfred le llevó un momento aceptar el cambio de tema.

—Bueno, tan bien como es posible. Me refiero a los de abajo. Con los de arriba ya es otra cosa.

—¿El señor Frederick? En su última carta Myra insinuaba que no estaba del todo bien.

Alfred meneó la cabeza.

—Desde que os marchasteis está muy pesimista. Debes de ocupar un lugar en su corazón —bromeó, y me empujó suavemente con el codo. No pude evitar sonreír.

—Extrañará a Hannah —indiqué.

—No está dispuesto a admitirlo.

—Ella también se siente mal.

Le hablé acerca de las numerosas cartas inconclusas que había encontrado, y que Hannah nunca se atrevió a enviar.

Alfred silbó y meneó la cabeza.

—Y luego dicen que debemos aprender de nuestros superiores. Creo que son ellos quienes tendrían que aprender algunas cosas de nosotros.

Seguí caminando, sin dejar de pensar en el malestar del señor Frederick.

—Tal vez si él y Hannah hicieran las paces...

Alfred se encogió de hombros.

—Para serte sincero, no me parece tan simple. Sin duda, él añora a Hannah. Pero no es sólo eso.

Lo miré, esperando que siguiera.

—Se trata también de sus automóviles. Ahora que no tiene su fábrica, parece no tener objetivos —apuntó, entrecerrando los ojos para ver en medio de la niebla—. Lo comprendo muy bien. Un hombre necesita sentirse útil.

—¿Emmeline le brinda algún consuelo?

—En mi opinión, se está convirtiendo en una señorita. Teniendo en cuenta el estado de su padre, ella se encarga de dirigir la casa. A él no parece importarle lo que ella hace. La mayor parte del tiempo, apenas si nota su presencia. —Dio un puntapié a un guijarro y lo siguió con la mirada hasta que rebotó y desapareció en la alcantarilla—. No, ya no es el mismo lugar. No desde que os fuisteis.

Yo estaba disfrutando de sus palabras cuando él hundió aún más las manos en los bolsillos y agregó:

—Oh, hablando de Riverton, jamás adivinarías a quién acabo de ver, hace un rato, mientras te esperaba.

—¿A quién?

—A la señorita Starling, Lucy Starling, la secretaria del señor Frederick.

Sentí una punzada de celos al oírle mencionar su nombre con tanta familiaridad. Lucy, un nombre escurridizo, misterioso, que sonaba a seda.

—¿La señorita Starling? ¿Aquí, en Londres?

—Dice que ahora vive aquí, en un apartamento en Hartley Street, justo a la vuelta de la esquina.

—¿Pero qué está haciendo aquí?

—Trabajar. Después del incendio de la fábrica del señor Frederick tuvo que buscarse otro empleo. Tu jefe, la nueva incorporación de la familia, no quiso conservarla. La lealtad no tiene valor para él. De todos modos, supongo que comprendió que habría muchas más posibilidades de conseguir trabajo en Londres que en Saffron. —Alfred me extendió un pedazo de papel blanco, tibio, con una esquina doblada por haber estado en su bolsillo—. Anoté su dirección, advirtiéndole que te la daría —explicó, y me miró de un modo que me hizo ruborizar otra vez—. Me quedaré más tranquilo sabiendo que tienes una amiga en Londres.

* * *

Estoy mareada. Mis pensamientos se mueven de atrás hacia adelante, de adentro hacia fuera, en la marea de la historia.

El centro cívico. Tal vez Sylvia está en ese lugar. Allí tiene que haber té. Las damas de caridad seguramente se han adueñado de la cocina, y están vendiendo pasteles y té aguado con palitos que suplen a las cucharas. Voy hacia el breve tramo de escalones de hormigón, con tanto equilibrio como me es posible.

Doy un paso, calculo mal y el borde de un escalón me lastima el tobillo. Me tambaleo. Alguien me agarra del brazo. Un hombre joven de piel oscura, cabello verde y un aro entre las fosas nasales.

—¿Está bien? —pregunta con voz suave y acento extranjero.

No puedo apartar mis ojos del anillo de su nariz y no puedo encontrar palabras para responderle.

—Está blanca como una pared. ¿Está sola? ¿Hay alguien a quien pueda llamar?

—¡Aquí está! —escucho. Es la voz de una mujer. Alguien a quien conozco—. ¡Paseando por ahí! Creí que la había perdido. —La mujer cloquea como una gallina vieja y apoya los puños cerrados un poco más arriba de la cintura, como si agitara unas alas carnosas—. ¿Qué demonios se proponía hacer?

—La encontré aquí —señala el hombre de pelo verde—. Casi se cae al subir la escalera.

—¿Conque ésas tenemos, niña traviesa? Le doy la espalda un minuto... Si no tiene más cuidado, me dará un ataque al corazón. No sé en qué estaba pensando.

Comienzo a hablarle, pero me detengo. No puedo recordar. Tengo la clara sensación de que buscaba algo, quería algo.

—Venga —ordena la mujer. Con sus dos manos sobre mis hombros me guía hacia la salida—. Anthony quiere conocerla.

La carpa es grande y blanca, tiene una especie de solapa abierta para permitir la entrada. Sobre ésta pende un cartel de tela pintada: Sociedad Histórica de Saffron Green. Sylvia maniobra para introducirme allí. Hace calor y huele a césped recién cortado. En el bastidor del techo han colocado un tubo de luz fluorescente, que emite un zumbido mientras proyecta su anestésico resplandor sobre las mesas y sillas de plástico.

—Allí está él —susurra Sylvia señalando a un hombre de aspecto tan común que lo hace parecer vagamente familiar. Cabello castaño con hebras grises, al igual que el bigote, mejillas rubicundas. Está conversando animadamente con una matrona vestida a la antigua. Sylvia se inclina hacia mí—. Le dije que era buena gente, ¿no?

Tengo calor y me duele el pie. Estoy aturdida. No sé de dónde surge la deliciosa necesidad de ser caprichosa.

—Quiero una taza de té.

Sylvia me mira y disimula rápidamente su asombro.

—Por supuesto, tesoro. Le traeré una, luego tengo algo especial para usted. Venga y siéntese. —Me acomoda en un asiento junto a un mostrador de arpillera y una pared cubierta con fotografías, y desaparece.

La fotografía es un arte cruel, irónico. Prolonga los momentos capturados hacia el futuro. Momentos que tenían derecho a evaporarse en el pasado, que sólo deberían existir en mi recuerdo, para ser vislumbrados a través de la niebla de los hechos posteriores. Las fotografías nos obligan a contemplar a las personas antes de que su destino las abrume, antes de que conozcan su final.

A primera vista son como una espuma de rostros blancos y faldas blancas en un mar sepia, pero al tratar de reconocerlos distingo algunas cosas, mientras las demás se esfuman. Primero, el pabellón de verano que Teddy diseñó y que se construyó cuando ellos se establecieron allí en 1924. La fotografía fue tomada ese año, a juzgar por las personas que están en primer plano. Teddy de pie junto a la escalera sin terminar, apoyado en una de las columnas de mármol blanco de la entrada. Cerca de allí, en una loma cubierta de hierba, hay una manta de picnic. Hannah y Emmeline están sentadas sobre ella, una junto a la otra, como rubios topes de un estante de biblioteca. Ambas con esa mirada lejana. Deborah está en primer plano, con su alta silueta y su postura tan chic, el cabello oscuro cayéndole sobre un ojo. En una mano tiene un cigarrillo. El humo da la impresión de que la foto fue tomada un día nublado. Si la escena no fuera tan reconocible, diría que había una quinta persona, oculta en la niebla. Por supuesto, no es así. No hay fotos de Robbie en Riverton. Sólo estuvo allí dos veces.

En la segunda fotografía no hay personas. Es lo que quedó de Riverton después de que el fuego la destruyera, antes de la segunda guerra. Toda el ala izquierda ha desaparecido, como si una poderosa excavadora hubiera bajado del cielo enterrando el cuarto de los niños, el comedor, el salón, los dormitorios de la familia. Las otras dependencias están calcinadas. Dicen que humeó durante varias semanas y que el olor del hollín se sintió en el pueblo durante meses. No lo presencié. En ese momento la guerra se avecinaba, Ruth había nacido y yo estaba en el umbral de una nueva vida.

Evito contemplar la tercera fotografía, asignarle un lugar en la historia. Puedo identificar fácilmente a los personajes, porque tienen vestidos de fiesta. En aquella época abundaban las fiestas, las personas iban todo el tiempo engalanadas, posando para las fotografías. En ésta, podrían estar saliendo hacia algún lugar, pero no es así. Sé dónde están, y sé lo que sucedió después. Recuerdo bien sus trajes. Recuerdo la sangre, el dibujo que formó al rociar su vestido claro, como si un frasco de tinta roja cayera desde gran altura. Nunca pude borrarlo por completo. Tampoco habría sido muy diferente si lo hubiera logrado. Simplemente, debí haberlo tirado. Ella nunca volvió a mirarlo, jamás volvió a usarlo.

En esta foto ellos no lo saben. Sonríen confiados. Hannah, Teddy y Emmeline sonríen a la cámara. Es «antes». Observo el rostro de Hannah, buscando algún indicio, una premonición. No lo encuentro, por supuesto. A lo sumo, es expectativa lo que veo en sus ojos. Aunque tal vez es producto de mi imaginación pues sé lo que sentía.

Hay alguien detrás de mí. Una mujer. Se inclina para ver la misma fotografía.

—¿No tienen precio, verdad? —indica—. Esos absurdos trajes. Un mundo diferente.

Ella no percibe las sombras que cruzan esos rostros. Sólo están en mi mente y en mis ojos. Sé lo que va a suceder, ese saber se desliza como escarcha por mis piernas.

No es eso. Un líquido frío y pegajoso supura de la herida provocada por el tropezón y se filtra hacia mi zapato.

Alguien me toca el hombro.

—¿Doctora Bradley?

Un hombre se inclina hacia mí. Su rostro sonriente está cerca del mío. Me toma la mano.

—¿Puedo llamarla Grace? Encantado de conocerla. Sylvia me ha hablado mucho de usted, es un verdadero placer.

¿Quién es este hombre que habla tan lentamente, alzando tanto la voz y estrechándome la mano con tanto fervor? ¿Qué le ha dicho Sylvia de mí? ¿Y por qué?

—... enseño inglés para ganarme la vida, pero mi pasión es la historia. Me gusta verme a mí mismo como un admirador de la historia local.

Sylvia surge por la entrada, con una taza de poliestireno en la mano.

—Aquí lo tiene.

Té. Justo lo que quería. Tomo un sorbo. Está tibio. Ya no puedo confiarme con los líquidos calientes. Me he quedado dormida inesperadamente demasiadas veces.

Sylvia se sienta en otra silla.

—¿Le ha contado Anthony lo de los testimonios? —me pregunta, mientras entorna con coquetería sus pintadas pestañas mirando a su novio—. ¿Se lo has contado?

—Todavía no.

—Anthony ha realizado en vídeo una serie de relatos sobre la historia de Saffron Green y sus habitantes. Piensa donarlo a la Sociedad Histórica —explica Sylvia y me dedica una amplia sonrisa—. Le han dado una beca y todo. Acaba de filmar a la señora Baker, aquí mismo.

Con ayuda de Anthony, ella sigue explicando, haciendo hincapié en determinados términos: transmisión oral, significado cultural, depósito de tiempo del milenio, la gente dentro de cien años...

En mis tiempos las personas guardaban sus historias para sí. No se les ocurría que a otros pudieran parecerles interesantes. Ahora todos escriben sus memorias, compiten por la infancia más infeliz, el padre más violento. Hace cuatro años, un estudiante de una escuela técnica local vino a Heathview a hacer preguntas. Un joven inquieto con acné y la desagradable costumbre de comerse las uñas mientras escuchaba. Trajo una pequeña grabadora con micrófono, y una carpeta de papel manila con una hoja de preguntas escritas a mano. Recorrió las habitaciones preguntando a los residentes si les molestaría responder a algunas preguntas. Muchos de ellos estaban exultantes ante la posibilidad de brindar su relato, de soltarse y dar a conocer su intimidad. Mavis Buddling, por ejemplo, se entretuvo con cuentos sobre un ficticio esposo heroico.

Supongo que debería sentirme feliz. En mi segunda vida, después de que todo terminara en Riverton, después de la segunda guerra, pasé buena parte de mi tiempo excavando por allí, tratando de descubrir las historias de las personas, de encontrar pruebas, de desenterrar huesos. Habría sido mucho más sencillo si cada uno de ellos hubiera estado provisto de una grabación de su historia personal, pero lo único que conseguí fue un millón de testimonios de ancianos quejándose por el precio que pagaban por los huevos treinta años antes. ¿En algún salón, en un enorme refugio subterráneo, con estantes de suelo a techo, estarán apiladas esas cintas? ¿Resonarán entre esas paredes los ecos de recuerdos triviales que nadie tiene tiempo de escuchar?

Sólo hay una persona a la que quiero contar mi historia. Una persona para la cual la estoy grabando. Espero que valga la pena. Ursula tiene razón: Marcus la escuchará y comprenderá. Mi propia culpa, y la explicación de sus motivos, lo liberarán.

* * *

La luz es brillante. Me siento como un ave en el horno: ardiendo, desplumada y observada.

¿Por qué acepté esto? ¿Lo acepté?

—¿Puede decir algo para que podamos ajustar el volumen?

Anthony está agachado detrás de un objeto negro. Supongo que es una cámara de vídeo.

—¿Qué debo decir? —Mi voz no parece mía.

—Una vez más.

—Me temo que en realidad no sé qué decir.

—Bien. —Anthony se aparta de la cámara—. Ya está. Deseaba hablar con usted —declara sonriendo—. Sylvia dice que trabajó en la mansión.

—Sí.

—No es necesario que se incline hacia el micrófono. La escucho muy bien desde donde está.

No había advertido que me estaba inclinando levemente hacia el respaldo curvo de la silla. Tengo la sensación de haber sido amonestada.

—Usted trabajó en Riverton.

La frase no precisa respuesta, pero no puedo dominar mi necesidad de completar, de especificar.

—Comencé en 1914, como criada.

Él se siente incómodo, por él o por mí, no lo sé.

—Sí, bien... —Anthony cambia de tema con rapidez—. ¿Trabajó para Theodore Luxton?

Pronuncia el nombre con cierto temblor, como si al invocar el fantasma de Teddy, su oprobio pudiera mancharlo.

—Sí.

—Excelente. ¿Lo conoció bien?

En realidad quiere saber si sé lo que pasaba a puerta cerrada. Temo desilusionarlo.

—No mucho. En aquel momento yo era la doncella de su esposa.

—En ese caso, tuvo algún tipo de relación con Theodore.

—No, en realidad no.

—Pero he leído que las dependencias de los sirvientes eran el centro de los chismes de la casa. Seguramente estaba al tanto de lo que ocurría.

—No, la mayor parte salió a la luz más tarde, por supuesto. Lo leí, como todo el mundo, en los periódicos. Visitas a Alemania, reuniones con Hitler. Nunca creí las acusaciones más graves. Ellos sólo admiraban el impulso que Hitler dio a las clases trabajadoras, su habilidad para desarrollar la industria. No imaginaban que eso se había conseguido a expensas del trabajo esclavo. Por entonces pocas personas lo sabían. La historia sería la encargada de demostrar que ese hombre era un loco.

—¿Qué sabe de la reunión con el embajador alemán en 1936?

—Para entonces ya no trabajaba en Riverton. Me había ido diez años antes.

Anthony interrumpe la filmación. Está desilusionado, tal como imaginé. El curso de sus preguntas ha sido injustamente cortado. Luego recupera algo de su interés.

—¿En 1926?

—En 1925.

—Entonces usted estuvo allí cuando ese hombre, ese poeta... ¿cómo se llamaba?... se suicidó.

La luz me da calor. Estoy cansada. Mi corazón se encoge un poco. O algo dentro de mi corazón palpita, una arteria gastada que deja de bombear sangre.

—Sí —me oigo decir.

Es un consuelo.

—Bien, ¿podemos hablar de eso?

Ahora puedo oír mi corazón. Late fatigosamente, con recelo.

—¿Grace?

—Está muy pálida.

Siento un vahído. Estoy muy cansada.

—¿Doctora Bradley?

—¿Grace? ¿Grace?

Un viento furioso preludio de una tormenta de verano avanza estruendosamente por un túnel hacia mí, cada vez más rápido. Es mi pasado y viene a buscarme. Está en todas partes. En mis oídos, debajo de mis párpados cerrados, comprimiendo mis costillas...

—Llamen a un médico. Que alguien pida una ambulancia.

Liberación. Desintegración. Un millón de minúsculas partículas caen a través del túnel del Tiempo.

—¿Grace? Está bien. Estará bien. Grace, ¿me oye?

Cascos de caballos sobre calles de adoquines, automóviles de marcas extranjeras, chicos que hacen repartos en bicicleta, institutrices que desfilan con cochecitos, combas para saltar, rayuelas, Greta Garbo, la Dixieland Jazz Band, Bee Jackson, el charlestón, Chanel número 5, *El misterioso caso de Styles,* F. Scott Fitzgerald...

—¡Grace!

¿Es ése mi nombre?

—¿Grace?

¿Es Sylvia? ¿Hannah?

—Se ha desmayado. Estaba sentada allí y...

—Apártese de ella un poco, para que podamos llevarla a la ambulancia.

Una nueva voz.

Una puerta se cierra.

Una sirena.

Movimiento.

—Grace... soy Sylvia. ¿Me oye? Aguante un poco, estoy con usted... vamos a casa... sólo aguante un poco más.

¿Aguantar? ¿El qué? Ah... la carta, por supuesto. La tengo en la mano. Hannah espera que le lleve la carta. Es invierno, la calle está helada y ha comenzado a nevar.

Capítulo 18

EN LAS PROFUNDIDADES

E s un crudo invierno y estoy corriendo. Puedo sentir la sangre espesa y caliente, corriendo rápidamente por mis venas, bajo mi rostro frío. El aire helado tensa la piel de mis mejillas, como si se hubiera encogido más que mi mandíbula. Cogida con alfileres, como diría Myra.

Aferro la carta entre mis dedos. Es pequeña. El sobre tiene las huellas del pulgar dejadas por su autor al tocar la tinta todavía húmeda. Está recién escrita.

Es una nota de un investigador. Un verdadero detective, con oficina en Surrey Street, secretaria en la entrada y máquina de escribir en su escritorio. Me encargaron recogerla personalmente porque —como poco— contiene información demasiado incendiaria para ser enviada por correo o ser transmitida por teléfono. Tenemos la esperanza de que la carta contenga datos sobre el paradero de Emmeline, que ha desaparecido. El asunto amenaza con convertirse en escándalo. Soy una de las pocas personas que lo saben.

Hace tres días el señor Frederick llamó por teléfono. Emmeline había pasado el fin de semana con amigos de la familia en una finca de Oxfordshire. Al parecer se había escabullido mientras sus anfitriones estaban en la iglesia del pueblo. Un coche la esperaba. Todo estaba planeado. Se rumorea que un hombre está involucrado en su fuga.

Me alegra ser la portadora del sobre —sé cuán importante es que encontremos a Emmeline—, pero, además, estoy excitada por otro motivo. Esta noche veré a Alfred, por primera vez desde aquel brumoso atardecer, muchos meses antes, cuando me dio la dirección de Lucy Starling y me dijo que se preocupaba por mí. Horas más tarde me acompañó hasta la puerta de casa. Desde entonces, en nuestras cartas hemos expresado nuestra creciente confianza (y cariño) y ahora, por fin, volveremos a vernos. Un verdadero compromiso. Alfred vendrá a Londres. Ha ahorrado de su sueldo y ha comprado dos entradas para ver *Princess Ida*. Por primera vez asistiré a un espectáculo teatral. He visto los carteles que lo anuncian en Haymarket, mientras cumplía un encargo de Hannah, o en alguna de mis tardes libres, pero nunca he estado en un teatro.

Es mi secreto. No se lo digo a Hannah, que ya tiene bastante en que pensar, ni a los demás sirvientes de la casa del número diecisiete. El gusto por mortificarnos de la señora Tibbit ha conseguido que cualquier insignificancia sea objeto de burlas, de crueldad, como modo de diversión. Una vez, cuando me vio leyendo una carta (gracias a Dios no era de Alfred sino de la señora Townsend), insistió en que se la mostrara. Alegó que era su obligación controlar que sus subordinados no se comportaran indebidamente o mantuvieran relaciones indecorosas, porque el amo no lo admitiría.

En cierto modo tiene razón. En los últimos tiempos, Teddy se ha vuelto muy estricto con el personal de servicio. En el trabajo las cosas no marchan bien, y aunque no es por naturaleza una persona de mal carácter, tal parece que incluso el hombre más bonachón puede cambiar de humor cuando los problemas lo acosan. Comenzó a preocuparle la suciedad y adquirió el hábito de controlar a diario la higiene de nuestras uñas, algo que aprendió de su padre.

Ése es el motivo por el que los demás sirvientes no deben saber lo de Emmeline. Seguramente alguno hablaría, tratando de ganar su aprecio por haber sido el que dio la información. Ellos responden a Teddy, yo soy leal a Hannah.

Al llegar a la casa del número diecisiete, subo rápidamente por la escalera de servicio, ansiosa por no llamar la atención de la señora Tibbit.

Hannah me espera en su dormitorio. Desde que recibió la llamada de su padre, la semana anterior, la palidez no ha desaparecido de su rostro. Le entrego la carta y ella la abre inmediatamente. La lee y suspira aliviada.

—La han encontrado —anuncia sin levantar la vista del papel—. Gracias a Dios, está bien.

Luego sigue leyendo, inspira, menea la cabeza.

—Oh, Emmeline —exclama con la voz entrecortada.

Cuando termina de leer la carta, la deja a un lado y me mira. Con la boca cerrada asiente, como para sí misma.

—Debemos ir a buscarla inmediatamente, antes de que sea demasiado tarde.

Vuelve a poner la carta en el sobre agitadamente. Desde que visitó a la adivina ha estado permanentemente nerviosa y preocupada.

—¿Ahora mismo, señora?

—De inmediato, ya han pasado tres días.

—¿Pido al chófer que traiga el coche?

—No —se apresura a responder Hannah—. No puedo arriesgarme a que alguien lo descubra —afirma, refiriéndose a Teddy y su familia—. Conduciré yo misma.

—¿Cómo dice, señora?

—¿Te sorprende, Grace? No es tan extraordinario, considerando que mi padre y mi esposo son fabricantes de automóviles.

—¿Le traigo los guantes y la bufanda, señora?

Hannah asiente.

—Y los tuyos.

—¿Los míos, señora?

—Vendrás conmigo, ¿verdad? —ruega Hannah mirándome con ojos muy abiertos—. Si vamos nosotras dos tendremos más posibilidades de rescatarla.

Nosotras. La palabra me suena especialmente afectuosa. Por supuesto, iré con ella. Necesita mi ayuda. Estaré de regreso a tiempo para encontrarme con Alfred.

* * *

Él es un director de cine francés, que dobla en edad a Emmeline y, lo que es peor, está casado. Hannah me lo cuenta durante el viaje. Nos dirigimos a los estudios cinematográficos, al norte de Londres. El investigador asegura que Emmeline está allí.

Cuando llegamos a la dirección indicada, Hannah detiene el automóvil y nos quedamos dentro por un momento, mirando a través de la ventanilla. Estamos en una parte de la ciudad desconocida para las dos. Las casas son bajas y estrechas, de ladrillo oscuro. El reluciente Rolls Royce de Teddy no pasa desapercibido en ese lugar. Hannah saca la carta del detective y verifica la dirección. Me mira, alza las cejas, asiente.

Es una casa modesta. Hannah llama a la puerta. Una mujer rubia, con rulos, vestida con una sucia bata de seda color crema, se asoma.

—Buenos días, soy Hannah Luxton, la *señora* Hannah Luxton.

La mujer cambia de posición y la bata deja a la vista su rodilla. Abre los ojos.

—Claro, querida —responde. Su acento me recuerda al de una amiga de Deborah oriunda de Texas—. ¿Qué desea? ¿Viene por la audición?

Hannah parpadea.

—Vengo a buscar a mi hermana. Emmeline Hartford.

La mujer frunce el ceño.

—Es un poco más baja que yo —explica—, tiene el cabello claro, los ojos azules. —Saca de su bolso una fotografía y se la entrega a la mujer.

—Oh, sí, sí —dice la dueña de la casa y le devuelve la fotografía—. Esa niña, por supuesto.

Hannah suspira aliviada.

—¿Está aquí? ¿Se encuentra bien?

—Desde luego.

—Gracias a Dios. Entonces, quiero verla.

—Lo siento, cariño, es imposible. Está en pleno rodaje.

—¿Rodaje?

—Están filmando una escena. A Philippe no le gusta que lo molesten cuando trabaja. —La mujer cambia el peso de su cuerpo al otro lado, dejando a la vista la otra rodilla, e inclina la cabeza hacia un lado.

—Pueden esperar dentro, si lo desean.

Hannah me mira. Levanto los hombros en señal de impotencia y seguimos a la mujer hacia el interior de la casa.

Atravesamos un vestíbulo, subimos una escalera y llegamos a una pequeña habitación. En el centro hay una cama de matrimonio con las sábanas desordenadas. Las cortinas están cerradas para que no entre la luz del día. En cambio, hay tres lámparas encendidas, cubiertas con chales de seda roja.

Pegada a la pared hay una silla con una maleta. La reconocemos, es de Emmeline. Sobre una de las mesillas descubrimos un juego de pipas.

—Oh, Emmeline... —lamenta Hannah y enmudece.

—¿Quiere un vaso de agua, señora? —le pregunto.

Ella asiente como un autómata.

—Sí...

No me atrevo a bajar la escalera para encontrar la cocina. La mujer que nos acompañó hasta aquí ha desaparecido y desconozco qué peligros acechan más allá del vestíbulo. Pero encuentro un baño diminuto junto al rellano. Hay una mesa repleta de pinceles y lápices, de los que se usan para maquillar, polveras y pestañas postizas. La única taza que puedo distinguir es una pesada jarra mugrienta con una serie de círculos concéntricos en su interior. Trato de limpiarlo pero las manchas son persistentes. Regreso junto a Hannah con las manos vacías.

—Lo siento, señora...

Ella me mira y respira profundamente.

—Grace, no quiero alarmarte, pero creo que Emmeline está viviendo con un hombre.

—Sí, señora —respondo, tratando de ocultar mi horror, para no aumentar su inquietud—. Eso parece.

La puerta se abre y nos volvemos para mirar. Emmeline está de pie en el quicio. La observo atónita. Tiene el cabello rubio recogido y los rizos caen desde lo alto hacia las mejillas. Las largas pestañas negras hacen que sus ojos parezcan increíblemente grandes. Sus labios están pintados de rojo brillante y usa una bata de seda similar a la de la mujer que nos recibió. A pesar de los intentos por darle aspecto de mujer adulta, conserva una apariencia infantil. Es su expresión, carece de los artificios propios de la madurez. Está genuinamente sorprendida de vernos y no puede ocultarlo.

—¿Qué hacéis aquí? —pregunta.

—Gracias a Dios. —Hannah suspira aliviada y corre hacia Emmeline.

—¿Qué hacéis aquí? —insiste Emmeline. Ha recuperado su pose, los párpados caídos reemplazan a los ojos abiertos de asombro, y la pequeña «o» que dibujaban sus labios se ha convertido en una mueca de disgusto.

—Hemos venido a buscarte. Vístete rápido, nos vamos.

Emmeline camina lentamente hacia el tocador, muy ufana, y se hunde en la butaca. Extrae un paquete aplastado de cigarrillos, sujeta entre los labios el que sobresale y lo enciende. Después de soltar una bocanada de humo, contesta:

—No voy a ninguna parte. No puedes obligarme.

Hannah la toma del brazo y la levanta de golpe.

—Sí puedo, y vendrás conmigo. Nos vamos a casa.

—Ahora *ésta* es mi casa —replica Emmeline, soltándose—. Soy una actriz. Seré una estrella de cine. Philippe dice que tengo el carisma necesario.

—Por supuesto —asevera Hannah con tristeza—. Grace, recoge el equipaje de Emmeline mientras la ayudo a vestirse.

Hannah desata la bata de Emmeline y las dos ahogamos un grito. Debajo lleva puesto un negligé transparente. Los pezones rosados asoman bajo el encaje negro.

—¡Emmeline! —censura Hannah mientras yo me apresuro a tomar la maleta—. ¿Qué clase de película estás haciendo?

—Una historia de amor —responde, cubriéndose nuevamente con la bata mientras sigue fumando su cigarrillo.

Hannah le tapa la boca. Me mira. En sus redondos ojos azules percibo una mezcla de horror, ira y preocupación. Es peor de lo que habíamos imaginado. Las dos nos quedamos sin palabras. Saco de la maleta uno de los vestidos de Emmeline. Hannah se lo alcanza a su hermana.

—Vístete —logra decir.

Se oye un ruido, pesados pasos suben las escaleras. De pronto aparece en la puerta un hombre bajo con bigote, robusto y moreno, con un aire ligeramente arrogante. Viste un traje con chaleco de motas de color oro y bronce, que refleja la decadente opulencia de la casa. Del cigarro que sostiene entre sus labios rojos sale un humo gris.

—Philippe —anuncia Emmeline triunfante, librándose de Hannah.

—¿Qué es esto? —pregunta el hombre con marcado acento francés. Aparentemente, el cigarro no le impide hablar—. ¿Qué creen que están haciendo? —demanda a Hannah, mientras se ubica junto a Emmeline y la toma del brazo en actitud de propietario.

—La llevamos a casa —responde Hannah.

—¿Y quién es usted? —inquiere Philippe mirando a Hannah de arriba abajo.

—Soy su hermana.

La respuesta parece complacerlo. Arrastra consigo a Emmeline y ambos se sientan en el borde de la cama. En ningún momento deja de mirar a Hannah.

—¿Cuál es el problema? ¿Tal vez la hermana mayor quiera rodar algunas escenas junto a nuestra niña?

Hannah respira entrecortadamente. Cuando logra recuperar la compostura, contesta:

—Ciertamente, no. Nos vamos en este preciso instante.

—Yo no me voy —dice Emmeline.

Philippe se encoge de hombros como sólo un francés sabe hacerlo.

—Parece que no quiere irse.

—No es ella quien decide —replica Hannah. Luego se dirige a mí—. Grace, ¿has terminado con la maleta?

—Casi, señora.

Hasta ese momento Philippe no había advertido mi presencia.

—¿Una tercera hermana?

El cineasta alza una ceja en señal de admiración. Su injustificada atención me avergüenza. Me siento tan incómoda como si estuviera desnuda.

Emmeline ríe.

—Oh, Philippe. No bromees. Es Grace, la doncella de Hannah.

Aunque me halaga que me hayan tomado por una tercera hermana, agradezco que Emmeline le tire de la manga para que él deje de mirarme.

—Díselo —pide Emmeline—, cuéntale lo nuestro —agrega, mirando a Hannah con el incontrolable entusiasmo de sus diecisiete años—. Nos hemos fugado juntos porque vamos a casarnos.

—¿Y qué opina de eso su esposa, *monsieur*? —pregunta Hannah.

—Él no tiene esposa. No todavía.

—Debería avergonzarse, *monsieur*. Mi hermana apenas tiene diecisiete años.

Como impulsado por un resorte, Philippe aparta el brazo que rodeaba los hombros de Emmeline.

—Es edad suficiente para enamorarse —afirma Emmeline—. Nos casaremos cuando cumpla dieciocho, ¿no es así, Philly?

Philippe sonríe torpemente. Se pasa las manos por el pantalón y se pone en pie.

—¿Verdad que pensamos casarnos, tal como planeamos? —pregunta Emmeline alzando la voz—. Díselo.

Hannah arroja el vestido sobre el regazo de Emmeline.

—Sí, *monsieur,* dígamelo.

Una de las lámparas parpadea y la luz se apaga. Philippe se encoge de hombros. El cigarro cae de su labio inferior.

—Yo... eh..., bueno...

—Basta, Hannah —advierte Emmeline con voz trémula—. Vas a arruinarlo todo.

—Me llevo a mi hermana a casa —repite Hannah—. Y si intenta hacer esto más difícil de lo que ya es, mi esposo personalmente se asegurará de que no vuelva a filmar jamás una película. Tiene amistades en la policía y el gobierno. No dudo que estarán muy interesados en saber qué clase de películas hace.

Tras escuchar esas palabras, Philippe empieza a colaborar. Recoge algunas cosas de Emmeline que están en el baño y las guarda en su maleta, aunque según puedo apreciar, sin mucho cuidado. Él mismo lleva el equipaje de Emmeline al coche, y permanece en silencio mientras ella llora, recordándole cuánto lo ama, y rogando que le explique a Hannah que van a casarse. Por fin mira a Hannah, le preocupa que las palabras de Emmeline puedan causarle problemas. Teme que el esposo de Hannah intervenga.

—No sé de qué habla. Está loca. Me dijo que tenía veintiún años —alega por fin.

Durante todo el trayecto de regreso a casa, Emmeline llora lágrimas amargas. No escucha una sola de las aleccionadoras palabras de su hermana acerca de la responsabilidad y la reputación, y de que huir no es la solución.

—Él me ama —insiste cuando Hannah termina su sermón. Las lágrimas resbalan por su cara, sus ojos están enrojecidos—. Vamos a casarnos.

Hannah suspira.

—Ya basta, Emmeline, por favor.

—Estamos enamorados. Philippe me buscará y me encontrará.

—Lo dudo.

—¿Por qué tenías que venir a arruinar las cosas?

—¿Arruinar qué? —grita Hannah—. Te he rescatado. Puedes considerarte afortunada de que hayamos llegado antes de que estuvieras realmente en problemas. Él está casado. Te mintió para que aceptaras hacer sus repugnantes películas.

Emmeline la mira con el labio inferior tembloroso.

—No puedes soportar que yo sea feliz. Que esté enamorada. Que finalmente me haya sucedido algo maravilloso. Que alguien me ame a *mí* más que a nadie.

Hannah no responde. Hemos llegado a la casa del número diecisiete. El chófer se acerca para llevar el coche al garaje.

Emmeline cruza los brazos y deja de gimotear.

—Puede que hayas arruinado la película, pero sigo decidida a ser actriz. Philippe me esperará. Y las otras cintas serán exhibidas.

—¿Hay otras? —Hannah me mira por el espejo retrovisor. Sé lo que está pensando. Tendrá que decírselo a Teddy. Sólo él puede lograr que esas películas no salgan a la luz.

Las dos hermanas entran en la casa, mientras yo corro hacia la escalera de servicio. No tengo reloj de pulsera pero estoy segura de que son casi las cinco. El teatro comienza a las cinco y media. Cuando abro la puerta no es Alfred sino la señora Tibbit quien me espera.

—¿Y Alfred? —pregunto, casi sin aliento.

—Buen chico —dice, y la sonrisa le llega hasta el lunar—. Es una pena que tuviera que irse tan rápido.

Me invade la desazón. Miro el reloj.

—¿A qué hora se fue?

—Oh, hace un rato —responde la señora Tibbit dirigiéndose a la cocina—. Estuvo aquí sentado mirando el reloj, hasta que puse fin a su sufrimiento.

—¿Puso fin a su sufrimiento?

—Le dije que perdía el tiempo. Que habías salido a hacer uno de tus encargos *secretos* para la señora y que nadie podía adivinar cuándo estarías de regreso.

* * *

Otra vez estoy corriendo. Voy por Regent Street hacia Picadilly. Tal vez pueda alcanzarlo. Maldigo a la señora Tibbit, esa bruja entrometida. ¿Con qué intención le habrá dicho a Alfred que no regresaría? Y encima contarle que estaba haciendo un recado para Hannah en mi tarde libre. Es como si supiera cuál era la mejor manera de herirlo. Conozco a Alfred lo suficiente como para adivinar lo que pensó. Sus cartas están cada vez más cargadas de frustración debido a la «explotación feudal de esclavos y siervos» y arengas como «despertar al gigante dormido del proletariado». Sin embargo topa con mi incapacidad de comprender el trabajo como explotación. La señorita Hannah me necesita, le escribo una y otra vez. Me gusta mi trabajo. ¿Por qué debería considerarme explotada?

Cuando Regent Street desemboca en Picadilly el bullicio aumenta. Los relojes de Saqui and Lawrence marcan las cinco y media, hora de cierre de los comercios, y Picadilly Circus está sobrecargado de tráfico, peatonal y motorizado. Caballeros y empresarios, damas y mensajeros se empujan para pasar. Yo me deslizo entre un autobús y un taxi estacionado, y casi me aplasta un carro tirado por caballos, cargado con gruesos sacos de arpillera.

Corro por Haymarket. Salto por encima de un bastón extendido hacia adelante, despertando la ira de su dueño, un señor con monóculo. Camino pegada a los edificios, donde hay menos transeúntes, hasta que, sin aliento, llego al Teatro de Su Majestad. Me apoyo en la pared de piedra que está justo debajo de la marquesina buscando entre los rostros que pasan, serios, sonrientes, conversadores, con la esperanza de que mi vista reconozca la silueta familiar. Un hombre delgado y una dama aún más delgada se apresuran a subir las escaleras del teatro. Él muestra las dos entradas y los conducen al interior. A lo lejos un reloj —¿el Big Ben, tal vez?— señala el cuarto de hora. ¿Es posible que Alfred aún pueda llegar? ¿Habrá cambiado de idea? ¿O he llegado demasiado tarde y ya ha ocupado su asiento en el teatro?

Espero hasta que el Big Ben da la hora, y para más seguridad, el cuarto de hora. Nadie ha entrado o salido del teatro después de aquellos elegantes figurines. Estoy sentada en las escaleras. Mi respiración es serena y estoy resignada. No veré a Alfred esta tarde.

Cuando un barrendero me sonríe lascivamente, comprendo que es hora de partir. Me envuelvo con el chal, me acomodo el sombrero, y me dirijo a la casa del número diecisiete. Le escribiré a Alfred. Le explicaré lo ocurrido. Le hablaré de Hannah y la señora Tibbit. Puedo incluso contarle toda la verdad acerca de Emmeline y Philippe y del escándalo que logramos evitar. A pesar de todas sus ideas sobre la explotación y las sociedades feudales, Alfred lo entenderá.

* * *

Hannah le ha contado a Teddy lo de la película y él se ha puesto furioso. La ocasión no podía ser peor, explica, en vísperas de su candidatura para las próximas elecciones. Si se filtrara una sola palabra sobre ese turbio asunto estaría perdido, estarían todos arruinados.

Hannah asiente, vuelve a disculparse, le recuerda a Teddy que Emmeline es joven, ingenua, crédula. Que ya lo superará.

Teddy gruñe; lo hace con frecuencia en estos últimos tiempos. Se pasa una mano por el cabello oscuro, que está encaneciendo. Emmeline no ha tenido una guía, indica, ése es el problema. Las criaturas que crecen salvajemente se vuelven rebeldes.

Hannah le recuerda que Emmeline y ella se criaron en el mismo lugar. Teddy sólo levanta una ceja, le exige que su hermana se someta a su autoridad. Cuanto antes, mejor. Tiene que pasar más tiempo en su casa, donde Deborah le servirá de guía para su vida adulta.

Hannah no está de acuerdo. Opina que compartir el tiempo con Deborah es otra forma de aislarse, pero no lo dice. Necesita que Teddy recupere esas películas y no quiere disgustarlo.

Teddy resopla. No tiene tiempo para seguir conversando sobre el tema. Tiene que ir al club. Le pide a su esposa que le anote la dirección del cineasta y le recomienda no conservar nada que pueda relacionarles con él en el futuro. En un matrimonio no hay lugar para el secreto.

A la mañana siguiente, mientras ordeno el tocador de Hannah, encuentro una nota con mi nombre en el encabezado. Seguramente la ha dejado allí después de que la ayudara a vestirse. La abro, con los dedos temblorosos, aunque no por temor o inquietud sino por la expectativa, la excitación que provoca lo imprevisible.

Sin embargo, cuando la abro descubro que no está escrita en inglés. Es un conjunto de curvas, líneas y puntos, cuidadosamente dibujados en la página. Al observarlo comprendo que es taquigrafía. Me recuerda los cuadernos que encontraba en Riverton, hace años, cuando ordenaba el cuarto de Hannah. Me ha dejado una nota escrita en un código secreto, que no puedo descifrar.

No me separo de la nota en todo el día. Pero mientras me ocupo de la limpieza, la costura o el zurcido no puedo concentrarme en mis tareas. La mitad de mi mente se pregunta qué dice, tratando de encontrar el modo de saberlo. Busco los libros que me permitirían decodificarla, pero no los encuentro. Tal vez Hannah los dejara en Riverton.

Unos días más tarde, a la hora del té, cuando estoy recogiendo la mesa, Hannah se acerca a mí y me pregunta:

—¿Recibiste mi nota?

Le digo que sí.

—Es nuestro secreto —señala sonriente. Es la primera sonrisa que le he visto en mucho tiempo.

Se me cierra el estómago. Sus palabras confirman que es importante, un secreto. Y que soy la única persona a quien se lo ha confiado. Debo decirle la verdad o encontrar la manera de leerlo. Elijo lo último, por supuesto. Por primera vez en mi vida alguien me escribe una carta en un código secreto.

* * *

Días después llega la solución. Saco el ejemplar de *El regreso de Sherlock Holmes* que tengo debajo de la cama y dejo que se abra en el lugar donde hay un señalador. Allí, entre dos de mis cuentos favoritos, está mi lugar secreto. Entre las cartas de Alfred hay un pedazo de papel que he guardado durante un año. Por suerte lo he conservado, no porque me interese el domicilio que tiene escrito, sino porque es su letra. Solía mirarlo, olerlo y revivir el día en que me lo entregó, aunque no lo he hecho durante meses, no desde que él comenzó a escribirme regularmente cartas más afectuosas. Saco el papel con la dirección de Lucy Starling.

No la he visitado hasta ahora. No ha sido necesario. Mi trabajo me mantiene ocupada y en mis escasos ratos libres leo o escribo a Alfred. Por otra parte, hay algo más que me ha impedido ponerme en contacto con ella. Una pequeña llama de celos, ridícula pero poderosa, se encendió cuando Alfred pronunció su nombre de pila de forma tan espontánea aquella tarde en medio de la niebla.

Cuando llego al apartamento me asalta la duda. ¿Estaré haciendo lo correcto? ¿Vivirá aún allí? ¿Debería haberme puesto mi otro vestido, el bueno? Toco el timbre. Me atiende una anciana. Me siento aliviada y desilusionada.

—Lo siento, buscaba a otra persona.

—¿Sí?

—Una antigua amiga.

—¿Cómo se llama?

—Señorita Starling —le digo, aunque no es asunto suyo—. Lucy Starling.

Hago un gesto en señal de despedida y cuando me dispongo a irme, ella dice casi en un murmullo:

—Primer piso, segunda puerta a la izquierda.

Comprendo que la anciana es la casera. Me observa mientras subo la escalera cubierta por una alfombra roja. Aunque no puedo verla, siento sus ojos clavados en mí. Tal vez no sea así. Quizás haya leído demasiadas novelas de misterio.

Avanzo cautelosamente por el pasillo. Está oscuro. La única ventana, en el hueco de la escalera, está cubierta de polvo. Segunda puerta a la izquierda. Golpeo. Se oye un frufrú y sé que ella está allí. Respiro profundamente.

La puerta se abre. Es ella. Tal como la recordaba.

Me mira un instante.

—¿Sí? —pregunta parpadeando—. ¿Nos conocemos?

La casera sigue observando. Ha subido los primeros escalones para no perderme de vista. La miro y rápidamente vuelvo a dirigirme a la señorita Starling.

—Soy Grace, Grace Reeves. Nos conocimos en la mansión Riverton.

Cuando me reconoce su cara se ilumina.

—Grace, por supuesto. ¡Qué gusto verla! —exclama con el tono mesurado que usaba para mantener la distancia con los sirvientes de Riverton. Sonríe, se aparta de la puerta y me indica que pase.

No he pensado qué voy a decir. La idea de visitarla surgió súbitamente.

La señorita Starling me conduce a una pequeña sala, y espera a que yo tome asiento primero.

Me ofrece una taza de té. Me parece descortés no aceptar. Cuando desaparece en lo que presumo es la cocina, recorro con la vista la habitación. Es más luminosa que el pasillo, y advierto que las ventanas, como todo el apartamento, están escrupulosamente limpias. Ella ha logrado que su modesta condición luzca lo mejor posible.

Cuando regresa trae una bandeja cargada con una tetera, un azucarero y dos tazas.

—¡Qué agradable sorpresa! —dice. En su mirada advierto la pregunta que, por cortesía, no se atreve a formular.

—He venido a pedirle un favor —explico.

Ella asiente.

—¿De qué se trata?

—¿Sabe taquigrafía?

—Por supuesto —responde, con cierta preocupación—. Tanto el método Pitman como el Gregg.

Es mi última oportunidad de arrepentirme y partir. Puedo decirle que cometí un error, dejar la taza y dirigirme hacia la puerta. Bajar rápidamente las escaleras, salir a la calle y no regresar jamás. Pero si lo hago nunca lo sabré. Y debo saberlo.

—¿Podría descifrar algo para mí? —me oigo decir—. ¿Contarme qué dice?

—Por supuesto.

Le entrego la nota. Contengo la respiración. Espero haber tomado la decisión correcta.

Sus ojos claros recorren los renglones, con una lentitud atroz. Por fin se aclara la voz.

—Dice: «Gracias por ayudarme en el desafortunado asunto de la película. No sé qué habría hecho sin ti. T. se disgustó mucho al saberlo... como podrás imaginarte. No le he contado todo, por cierto, no le he dicho que estuvimos en ese horrendo lugar. Él no es indulgente con los secretos. Sé que puedo contar contigo, mi incondicional Grace. Eres más una hermana que una doncella».

La señorita Starling me mira.

—¿Tiene esto algún sentido para usted?

Asiento. No puedo pronunciar una palabra. Más una hermana... Una hermana. De pronto estoy al mismo tiempo en dos lugares: aquí, en la modesta sala de Lucy Starling, y muy lejos, en el tiempo y el espacio, en el cuarto de juegos de Riverton, contemplando ansiosamente desde la biblioteca a dos niñas con el mismo cabello y los mismos lazos. Los mismos secretos.

La señorita Starling me devuelve la nota sin hacer más comentarios sobre su contenido. De pronto advierto que las referencias a asuntos desafortunados y secretos pueden haber despertado sus sospechas.

—Es parte de un juego —me apresuro a decir y prosigo, más lentamente, deleitándome con la falsedad—, que jugamos a veces.

—¡Qué divertido! —contesta despreocupadamente la señorita Starling. Como secretaria, está acostumbrada a oír y olvidar las confidencias de los demás.

Terminamos nuestro té conversando sobre Londres y los viejos tiempos en Riverton. Me sorprende oírla decir lo nerviosa que se ponía cuando bajaba al comedor de los sirvientes y que el señor Hamilton le imponía más que el señor Frederick. Ambas reímos cuando le digo que nosotros estábamos tan nerviosos como ella.

—¿Por mí? —pregunta, secándose suavemente los ojos con un pañuelo.

—Era nuestra reacción ante cualquier extraño.

Cuando me pongo de pie para irme, me pide que vuelva a visitarla y prometo hacerlo. Lo digo sinceramente. Me pregunto por qué no lo hice antes. Es una persona agradable y ninguna de las dos tiene amistades en Londres. Me acompaña a la puerta y nos despedimos.

Ya en la puerta diviso algo sobre su escritorio. Me inclino para asegurarme. Es el programa de una función teatral. El nombre me resulta familiar.

—¿*Princess Ida*? —pregunto.

—Sí. —También ella mira hacia el escritorio—. La vi la semana pasada.

—Oh...

—Disfruté mucho del espectáculo. Si tiene oportunidad, no deje de ir.

—Sí, había planeado hacerlo.

—Ahora que lo pienso, es una verdadera coincidencia que haya venido a visitarme.

—¿Una coincidencia? —Un escalofrío me recorre la piel.

—Jamás adivinará con quién fui al teatro.

Me temo que sí.

—Alfred Steeple. ¿Recuerda a Alfred, de Riverton?

—Sí.

—Fue algo realmente inesperado. Él tenía una entrada de más. Alguien canceló su cita con él a última hora. Dijo que había decidido ir solo y que entonces recordó que yo estaba en Londres. Nos habíamos encontrado unos años antes y él todavía recordaba mi dirección, de modo que fuimos juntos. Habría sido imperdonable desperdiciar una entrada. Sabemos lo que cuestan en esta época.

¿Es mi imaginación o el color rosado que tiñe sus pálidas y pecosas mejillas la hace parecer torpe e infantil pese a tener al menos diez años más que yo?

Logro hacer un gesto de despedida cuando ella cierra la puerta a mis espaldas. A lo lejos suena la bocina de un automóvil.

Alfred, mi Alfred, llevó a otra mujer al teatro. Rió con ella, le pagó la cena y la acompañó a casa.

Comienzo a bajar las escaleras.

Mientras yo lo buscaba por las calles él estaba aquí, pidiéndole a la señorita Starling que lo acompañara en mi lugar, dándole la entrada que estaba destinada a mí.

Me detengo, me apoyo contra la pared. Cierro los ojos y aprieto los puños. No puedo apartar mi mente de esa imagen, la de ambos, del brazo, sonrientes mientras comentaban los sucesos de esa noche. Tal como yo lo había soñado. Es insoportable.

Siento un ruido cercano. Abro los ojos. La casera está al pie de las escaleras; su pálida mano descansa sobre el pasamanos, tras sus gafas sus pequeños ojos me observan. Y en su rostro leo una expresión de inexplicable satisfacción. Por supuesto, estuvo con ella, me indican. ¿Qué podría querer él con alguien como tú si puede tener a alguien como Lucy Starling? No estás en condiciones de aspirar a alguien como él. Deberías haber escuchado a tu madre, haber conservado tu lugar.

Siento ganas de abofetear su rostro cruel.

Bajo rápidamente los escalones que faltan, dejo atrás a la anciana y salgo a la calle.

Juro que no volveré a ver a la señorita Starling.

* * *

Hannah y Teddy discuten sobre la guerra. Parece que todos los habitantes de Londres discuten sobre la guerra en estos días. Ha pasado bastante tiempo y aunque el dolor no ha desaparecido, y nunca lo hará, la distancia permite una mirada más crítica.

Hannah está haciendo amapolas con papel de seda rojo y alambre negro, yo la ayudo. Pero mi mente no está concentrada en las flores. Todavía me aflige pensar en Alfred y Lucy Starling. Sigo desconcertada, disgustada, pero sobre todo dolida con él por haber trasladado su afecto con tanta facilidad. Le he escrito otra carta, aún espero su respuesta. Mientras tanto, me siento extrañamente vacía. Por la noche, en la oscuridad de mi habitación, soy presa del llanto. Durante el día es más fácil, me siento en condiciones de dejar a un lado las emociones, ponerme mi máscara de sirviente y tratar de ser tan buena doncella como sea posible. Debo hacerlo, porque sin Alfred, Hannah es todo lo que tengo.

Las amapolas son la nueva causa de Hannah. Según explica, las hace en recuerdo a los campos de amapolas de Flandes mencionadas en el poema de un médico canadiense que fue a la guerra y no sobrevivió. Es el modo en que recordaremos este año a los caídos en la guerra.

Teddy cree que no es necesario, que si bien los muertos hicieron un valioso sacrificio, es hora de mirar hacia adelante.

—No fue un sacrificio —corrige Hannah mientras termina otra amapola—. Fue un desperdicio, sus vidas fueron desperdiciadas. Tanto la de aquellos que murieron como las de los muertos en vida que vemos en las esquinas aferrados a botellas de licor y con aspecto de mendigos.

—Sacrificio, desperdicio, es lo mismo —opina Teddy—. No seas pedante.

Hannah replica que él es un obtuso. Sin mirarlo, agrega que sería bueno que él mismo llevara una amapola. Eso podría contribuir a detener los conflictos en las fábricas.

En los últimos tiempos ha habido numerosas huelgas en las fábricas Luxton. Comenzaron después de que Lloyd George concediera un título nobiliario a Simion por sus servicios durante la guerra. Aparentemente, muchos de sus obreros lucharon o perdieron en ella a padres o hermanos y no tienen en mucha estima el historial de guerra de Simion. No hay demasiado entusiasmo por tipos como Simion o Teddy, de quienes se cree que ganaron dinero a costa de la muerte de otros.

Teddy no responde, o por lo menos no claramente. Murmura algo sobre hombres ingratos, que deberían estar felices por tener un trabajo en una época como ésta, toma una amapola y curva su tallo de alambre negro. Durante un rato permanece en silencio, fingiendo estar absorto en la lectura del periódico. Hannah y yo continuamos enroscando el papel de seda y uniendo los pétalos a los tallos.

Teddy pliega su periódico y lo arroja sobre la mesa que está junto a él. Se pone de pie y se coloca la chaqueta. Anuncia que va al club. Se acerca a Hannah y enreda suavemente la amapola en su cabello. Sugiere que la lleve ella en su lugar, dado que le queda mejor. Teddy se inclina para besarla en la mejilla y luego atraviesa la habitación. Cuando llega a la puerta duda, como si hubiera recordado algo, y regresa.

—Hay un modo seguro de dejar de lado la guerra —sugiere— y es reemplazar las vidas que se perdieron con otras nuevas.

Esta vez le toca a Hannah callarse. Se pone tensa, aunque nadie lo notaría si no estuviera esperando esa reacción. Ella no me mira. Sus dedos se elevan y desprenden del cabello la amapola de Teddy.

Hannah todavía no ha conseguido quedarse embarazada. Nunca me ha hablado de ello y por eso ignoro cómo se siente al respecto. Al principio me preguntaba si utilizaría algún método para evitarlo. Pero no puedo confirmar esa suposición. Tal vez ella sea sencillamente una de esas mujeres poco propensas al embarazo. Las afortunadas, como mi madre solía decir.

* * *

En el otoño de 1921 recibo una oferta. Una amiga de Deborah, lady Pemberton-Brown, me acorrala durante un fin de semana en el campo y me ofrece empleo. Comienza alabando mi habilidad para la costura y acto seguido me dice que es difícil encontrar una buena doncella, y que le encantaría que trabajara para ella.

Me siento halagada: es la primera vez que alguien presta atención a mi trabajo. Los Pemberton-Brown viven en Glenfield Hall y son una de las familias más antiguas e importantes de toda Inglaterra. El señor Hamilton contaba historias sobre Glenfield, y como todos los mayordomos, la usaba como referencia para comportarse.

Agradezco las amables palabras de lady Pemberton-Brown pero le digo que no es probable que abandone mi puesto en casa de los Luxton. Ella me pide que lo piense. Dice que volverá al día siguiente para saber si he cambiado de idea.

Y lo hace, entre sonrisas y halagos.

Vuelvo a decir que no. Esta vez, con más firmeza. Le digo que tengo claro cuál es el lugar al que pertenezco. Que sé con quién y para quién quiero trabajar.

Unas semanas más tarde, nuevamente en la casa del número diecisiete, Hannah descubre lo ocurrido con lady Pemberton-Brown. Una mañana me llama al salón. En cuanto entro percibo que no está de buen humor, aunque todavía no sé por qué. La veo caminar de un lado a otro de la sala.

—¿Puedes imaginarte lo que significa descubrir, en medio de un almuerzo con siete mujeres que intentan hacerme quedar como una estúpida, que a mi doncella le han ofrecido trabajo en otra casa?

Inspiro. Me ha cogido desprevenida.

—Estaba sentada entre ellas, cuando comenzaron a hablar del asunto, entre risas por si fuera poco, fingiendo sorprenderse de que yo no lo supiera, de que algo así pudiera suceder delante de mis narices. ¿Por qué no me lo dijiste?

—Lo siento, señora.

—También yo. Necesito confiar en ti, Grace. Y pensé que podía hacerlo, después de tanto tiempo, después de todo lo que hemos pasado juntas.

Aún no he tenido respuesta de Alfred. El desánimo y la preocupación se apoderan de mi voz y le dan un matiz áspero.

—Rechacé la proposición de lady Pemberton-Brown, señora. No se me ocurrió mencionarlo porque no tenía intención de aceptar.

Hannah se detiene, me mira, suspira. Se sienta en el borde del sillón y menea la cabeza. Sonríe levemente, se la ve más pálida de lo habitual.

—Oh, Grace, perdona. Me he comportado de un modo detestable. No sé por qué he reaccionado así.

Durante un minuto guarda silencio, con la frente apoyada en una mano. Cuando levanta la cabeza me mira fijamente y me dice con voz baja y temblorosa:

—Todo es tan distinto a como había imaginado, Grace.

Se la ve tan endeble que de inmediato lamento haberle hablado tan duramente.

—¿A qué se refiere, señora?

—A todo —afirma, mirándome con desánimo—. Todo esto: esta habitación, esta casa, Londres, mi vida. Me siento totalmente desvalida. A veces trato de recapitular para comprender cuándo tomé la primera decisión errónea. —Su mirada se aparta de mí y se dirige a la ventana—. Siento que la verdadera Hannah Hartford huyó para vivir su verdadera vida y me dejó aquí en su lugar —confiesa, volviéndose hacia mí—. ¿Recuerdas que el año pasado fui a ver a una espiritista?

—Sí, señora —digo con recelo.

—No pudo decirme nada. —Por un instante me siento aliviada. Ella continúa—: No pudo. Lo intentó: me pidió que me sentara frente a ella y tomara una carta. Pero cuando se la entregué y la miró, volvió a meterla en la baraja y me pidió que eligiera otra. Por su expresión comprendí que era la misma carta y supe cuál era. La carta de la muerte. —Hannah se pone de pie y recorre la habitación—. Al principio no quiso decírmelo. Tomó mi mano y tampoco se atrevió a contarme lo que leía en ella. Se disculpó explicando que no comprendía el significado, que era confuso, que su visión era borrosa, pero sí me aseguró algo, dijo que la muerte me estaba rondando y que debía estar atenta. No podía precisar si se trataba de muertes del pasado o el futuro, pero había algo oscuro.

Me esfuerzo por demostrar convicción y le digo que no debe permitir que eso la inquiete, que tal vez fuera una maniobra para obtener más dinero de ella, para asegurarse de que regresaría, ansiosa por saber más. Que, después de todo, es una apuesta segura en esta época, dado que todos los habitantes de Londres han perdido algún ser querido, y en especial los que requieren los servicios de una espiritista. Pero Hannah menea la cabeza con impaciencia.

—Sé lo que quiso decir, lo he deducido por mí misma. He leído sobre el tema. Hablaba de una muerte simbólica. A veces el lenguaje de las cartas es metafórico. Soy yo. Interiormente estoy muerta. Lo he sentido durante largo tiempo. Es como si hubiera muerto y todo lo que me ocurre no es más que el extraño y horrendo sueño de otra persona.

No sé qué decir. Le asevero que no está muerta. Que todo es real.

Ella sonríe con tristeza.

—Ah, entonces es peor aún. Si ésta es la vida real, no me queda nada.

Extrañamente sé exactamente lo que debo decir. *Más una hermana que una doncella.*

—Me tiene a mí, señora.

Hannah me mira y coge mi mano. La aprieta casi bruscamente.

—No me dejes, Grace. Por favor, no me dejes.

—No lo haré, señora —afirmo, conmovida por su solemnidad—. Nunca lo haré.

—¿Lo prometes?

—Lo prometo.

Y para bien o para mal, cumplí mi palabra.

Capítulo 19

RESURRECCIÓN

Oscuridad. Silencio. Figuras sombrías. Esto no es Londres. No es la sala de estar del diecisiete de Grosvenor Square. Hannah se ha esfumado. De momento.

Oigo una voz, alguien se acerca a mí en la oscuridad.

—Bienvenida a casa.

Parpadeo lentamente, una y otra vez.

Conozco esa voz. Es Sylvia. Súbitamente me siento vieja y cansada. Incluso mis párpados parecen muertos, funcionan mal, como un par de cortinas con cuerdas gastadas.

—Ha estado dormida mucho tiempo. Nos ha dado un buen susto. ¿Cómo se siente?

Fuera de lugar, de época. De sobra.

—¿Quiere un vaso de agua?

Asiento con la cabeza. No puedo hablar porque tengo un tubito en la boca. Tomo un sorbo. Agua tibia. Algo familiar.

Me siento inexplicablemente triste. No, no es inexplicable. Estoy triste porque la balanza se ha desequilibrado y sé lo que se avecina.

* * *

Es sábado otra vez. Ha pasado una semana desde la feria de primavera. Desde mi colapso, como prefieren llamarlo. Estoy en mi habitación, en mi cama. Las cortinas están abiertas y el sol brilla a través de los arbustos. Es por la mañana, hay pájaros. Espero una visita. Sylvia ha estado aquí y me ha preparado para recibirla. Estoy apoyada en una pila de almohadas, como aquella muñeca de miss Polly en la canción. La sábana de arriba está prolijamente doblada, una franja amplia y lisa queda debajo de mis manos. Sylvia está decidida a que luzca presentable y no tengo deseos de resistirme. Que Dios se apiade de mí, incluso le he permitido que me peine y me maquille.

Golpean la puerta.

Ursula asoma la cabeza, comprueba que estoy despierta, sonríe. Hoy tiene el cabello peinado hacia atrás, su cara queda al descubierto. Una cara pequeña y redonda, que me atrae inexplicablemente.

Ahora está junto a la cama, con la cabeza inclinada. Me mira con esos grandes ojos oscuros, los ojos de una antigua pintura al óleo.

Hace la pregunta de rigor.

—¿Cómo está?

—Mucho mejor, gracias por venir.

Ella menea rotundamente la cabeza. Con su gesto parece decirme: «No diga tonterías».

—Tendría que haber venido antes, pero no lo supe hasta ayer, cuando llamé.

—Es mejor que no lo hiciera. He estado muy solicitada. Mi hija estuvo instalada aquí desde que sucedió. Le di un gran susto.

—Lo sé. La he visto en el pasillo —indica y me dedica una sonrisa cómplice—. Me pidió que no la alterara.

—Dios no lo permita.

Ursula se sienta en la silla, junto a mis almohadas, y deja su bolso en el suelo.

—La película —le digo—. Cuénteme cómo va el rodaje.

—Está casi lista. Ya hemos completado la edición final y estamos terminando la posproducción y la banda sonora.

—Banda sonora —repito. Por supuesto, la tragedia debe desarrollarse con música de fondo—. ¿De qué clase?

—Canciones de los años veinte, principalmente melodías de baile. Y algunas composiciones para piano, tristes, hermosas, románticas. Del estilo de Tori Amos.

Mi falta de expresividad hace que continúe, tratando de mencionar músicos que conozco.

—Hay algo de Debussy, de Prokofiev.

—¿Chopin?

Úrsula me mira sorprendida.

—¿Chopin? No. ¿Debería estar? No me diga que una de las chicas era fanática de Chopin.

—No, su hermano David tocaba obras de Chopin.

—Oh, menos mal. Él no es uno de los personajes principales. Murió demasiado pronto, no tuvo gran influencia en los hechos.

Es discutible, pero me callo.

—¿Qué tal ha quedado? ¿Es una buena película? —pregunto.

Ella se muerde el labio, suspira.

—Creo que sí, eso espero. Me preocupa que hayamos perdido la perspectiva.

—¿Es tal como la imaginó?

—Sí y no —responde, y acompaña su respuesta moviendo la cabeza de un lado a otro—. Es difícil explicarlo. —Úrsula suspira otra vez—. Antes de empezar, cuando todo estaba en mi cabeza, el proyecto tenía un potencial ilimitado. Ahora se ha convertido en una película y siento que está llena de limitaciones.

—Sospecho que es lo que ocurre con la mayoría de los proyectos.

Ella asiente.

—No obstante, tengo una gran responsabilidad para con ellos y su historia. Quería que la película fuera perfecta.

—Nada es perfecto.

—No —admite sonriendo—. A veces creo que no soy la persona indicada para contar la historia. ¿Cómo puedo saber si la he comprendido correctamente?

—Lytton Strachey solía decir que la ignorancia es el primer requisito para un historiador.

Ella frunce el ceño.

—La ignorancia aporta claridad. Selecciona y omite con serena perfección.

—La construcción de un buen relato deja de lado una porción considerable de verdad, ¿es eso lo que quiere decir?

—Algo por el estilo.

—¿Pero la verdad no es lo más importante? Especialmente en una película biográfica.

—¿Qué es la verdad? —pregunto, y si tuviera energía suficiente me encogería de hombros.

—Es lo que verdaderamente ocurrió. —Ursula me mira como si yo hubiera perdido el juicio—. Usted lo sabe, ha pasado años hurgando en el pasado. Buscando la verdad.

—Eso hice, y me pregunto si alguna vez la encontré.

Me estoy cayendo. Ursula lo advierte, me toma suavemente por los antebrazos y vuelve a sentarme. Antes de que ella pueda entrar en discusiones semánticas, yo continúo.

—Cuando era joven quería ser detective.

—¿De verdad? ¿Un detective de la policía? ¿Por qué cambió de idea?

—Los policías me ponen nerviosa.

—Habría sido un problema —señala sonriente.

—En cambio, me convertí en arqueóloga. En realidad no son ocupaciones tan distintas.

—La única diferencia es que las víctimas han muerto hace tiempo.

—Sí. Fue Agatha Christie quien me dio la idea. Uno de sus personajes. El que le dijo a Hércules Poirot: «Usted sería un buen arqueólogo, señor Poirot. Tiene el don de recrear el pasado». Lo leí durante la guerra, la segunda guerra. Por entonces había prometido no leer más relatos de misterio, pero una compañera enfermera tenía el libro, y es difícil abandonar las antiguas costumbres.

Ursula sonríe y de inmediato exclama:

—¡Oh! Eso me recuerda que le he traído algo. —Luego toma su bolso y saca una pequeña caja rectangular. Tiene el tamaño de un libro, pero hace ruido—. Son grabaciones de Agatha Christie. No sabía que había prometido abandonar los relatos de misterio —se disculpa, y se encoge de hombros avergonzada.

—No tiene importancia. Fue una promesa circunstancial, un frustrado intento de dejar atrás mi parte juvenil. Volví a mi antiguo hábito en cuanto la guerra terminó.

Ursula señala el *walkman* que está sobre mi mesilla.

—¿Podemos oírla antes de que me vaya?

—Sí, oigámosla.

Ella rasga el envoltorio de plástico, saca la primera casete y abre el *walkman*.

—Hay una casete dentro. —La toma y me la muestra. Es la cinta que grabo para Marcus—. ¿Es para él? ¿Para su nieto?

Asiento.

—Por favor, déjela sobre la mesilla, la necesitaré más tarde.

Es verdad. El tiempo se me está acabando. Lo percibo y estoy decidida a terminar mi tarea.

—¿Ha sabido algo de él? —pregunta Ursula.

—Todavía no.

—Pronto tendrá noticias, estoy segura.

Estoy demasiado cansada para tener fe, pero la suya es ferviente, y asiento de todos modos.

Ursula pone en marcha la cinta de Agatha y la deja sobre la mesilla. Se cuelga el bolso al hombro dispuesta a marcharse.

Estrecho su mano muy suavemente.

—Quiero pedirle algo, un favor, antes de que Ruth...

—Por supuesto, lo que sea —asiente Ursula con gesto inquisidor. Ha detectado la urgencia en mi voz—. ¿De qué se trata?

—Riverton. Quiero ver Riverton. Quiero que usted me lleve.

Ella cierra la boca, frunce el ceño. La he puesto en un aprieto.

—No sé, Grace, ¿qué dirá Ruth?

—Dirá que no, por eso se lo pido a usted.

Ursula mira hacia la pared. La he perturbado.

—Tal vez pueda traerle algunas de las escenas que filmamos. Las he grabado en vídeo.

—No —descarto con firmeza—. Necesito volver. Pronto. Necesito ir allí pronto.

Sus ojos vuelven a mirarme y antes de que asienta con la cabeza sé que aceptará.

Le devuelvo el gesto en señal de gratitud. Luego señalo la casete.

—Tuve oportunidad de conocerla, ¿sabe? A Agatha Christie.

* * *

Finales de 1922. Teddy y Hannah recibían invitados para cenar en la casa del número diecisiete. Teddy y su padre tenían negocios en común con Archibald Christie, algo relacionado con un invento que él estaba interesado en desarrollar.

Durante esos primeros años de la década, el matrimonio Luxton recibía invitados con frecuencia. Pero recuerdo en particular esa cena por diversos motivos. Uno de ellos es la presencia de Agatha Christie. Hasta ese momento sólo había publicado un libro, *El misterioso caso de Styles,* pero en mi imaginación Hércules Poirot ya había reemplazado a Sherlock Holmes, mi amigo de la niñez, y formaba parte de mi nuevo mundo.

También Emmeline estaba allí. Había pasado un mes en Londres. Tenía dieciocho años y había sido presentada en sociedad en la casa del número diecisiete. A diferencia de lo ocurrido con Hannah, no se hablaba de la necesidad de encontrarle un esposo. Sólo habían pasado cuatro años desde el baile de Riverton, y sin embargo los tiempos habían cambiado, y también las chicas. Se habían liberado de los corsés para someterse voluntariamente a la tiranía de las dietas. Todas tenían las piernas largas, el pecho plano y la cabeza vaporosa. Ya no susurraban cubriéndose la boca, no se ocultaban detrás de tímidas miradas. Bromeaban, bebían, fumaban e insultaban en camaradería con los chicos. Los vestidos eran más sueltos, y las telas más livianas, así como también lo eran las pautas morales.

Tal vez eso explique la inusual conversación que tuvo lugar durante la cena, o quizá fue la presencia de la señora Christie lo que indujo a tratar esos temas, por no mencionar los artículos que los periódicos habían publicado en los últimos tiempos.

—Deberían colgarlos a los dos —sugirió Teddy con ímpetu—. A Edith Thompson y a Freddy Bywaters. Y también a ese otro tipo, que mató a su esposa a principios de año en Gales. No recuerdo su nombre, pero era miembro del ejército, ¿verdad, coronel?

—El mayor Herbert Rowse —apuntó el coronel Christie.

Emmeline se estremeció histriónicamente.

—Es inimaginable que alguien asesine a su propia esposa, a la que se supone que ama.

—La mayoría de los asesinatos son cometidos por personas que dicen amarse —señaló la señora Christie.

—En general, la gente se está volviendo más violenta —opinó Teddy, y encendió un cigarro—. Basta con abrir el periódico para comprobarlo. Poco ha ayudado la prohibición de llevar pistolas.

—Esto es Inglaterra, señor Luxton, la tierra de las cacerías de zorro. No es difícil conseguir un arma de fuego.

—Tengo un amigo que siempre lleva consigo un revólver —intervino Emmeline.

—No es cierto —replicó Hannah, meneando la cabeza. Luego se dirigió a la señora Christie—. Me temo que mi hermana ha visto demasiadas películas estadounidenses.

—Es verdad —aseguró Emmeline—. Este amigo al que frecuento, al que concederé el beneficio del anonimato, me contó que era tan sencillo como comprar un paquete de cigarrillos. Se ofreció a conseguir uno para mí cuando lo deseara.

—Apuesto a que es Harry Bentley —afirmó Teddy.

—¿Harry? —exclamó exageradamente Emmeline agitando las negras pestañas de rímel—. Harry es incapaz de matar una mosca. Tal vez te refieras a Tom, su hermano.

—Conoces a demasiada gente indeseable. Como recordarás, llevar armas es ilegal, además de peligroso.

Emmeline se encogió de hombros.

—Aprendí a disparar cuando era casi una niña. Todas las mujeres de mi familia saben usar armas. De lo contrario, la abuela nos habría repudiado. Pregúntale a Hannah. En una oportunidad trató de evitar la cacería, dijo que no le parecía correcto matar animales indefensos. La abuela le respondió sin vacilar, ¿no es así, Hannah?

Hannah alzó las cejas y tomó un sorbo de vino tinto, mientras su hermana continuaba.

—La abuela le dijo: «Es una tontería. Eres una Hartford. Llevas en la sangre la afición por la caza».

—Respeto su punto de vista, pero eso no modifica el mío —sentenció Teddy—. No habrá revólveres en esta casa. No quiero pensar lo que opinarían mis electores si supieran que no respeto la prohibición de tener armas de fuego.

—Futuros electores —precisó Hannah.

Emmeline puso los ojos en blanco.

—Tranquilízate, Teddy —le aconsejó Emmeline—. Si sigues así, tendrás un ataque al corazón y ya no necesitarás preocuparte por las armas de fuego. No he dicho que tenga intención de comprar un revólver. Sólo intentaba referirme a que una chica debe tener mucho cuidado hoy en día, cuando se oyen constantemente historias de esposos que se matan entre sí. ¿Está de acuerdo, señora Christie?

La señora Christie había estado atenta al diálogo con una expresión irónica, divertida.

—Me temo que no tengo mucho que decir sobre las armas. Mi especialidad son los venenos.

—Eso debe de ser inquietante, Archie —opinó Teddy, haciendo gala de un sentido del humor que yo no le conocía—. Una esposa aficionada al veneno.

Archibald Christie sonrió levemente.

—Es sólo una de las encantadoras aficiones de mi esposa.

Los esposos Christie se miraron a través de la mesa.

—No más encantador que tus sórdidas aficiones —replicó la señora Christie—, y mucho menos miserables.

* * *

Esa misma noche, ya tarde, después de que los invitados se retiraran, tomé mi ejemplar de *El misterioso caso de Styles* que tenía debajo de la cama. Era un regalo de Alfred y estaba tan absorta releyendo, una vez más, su dedicatoria, que no oí la campanilla del teléfono. Seguramente el señor Boyle había transferido la llamada a la habitación de Hannah. En ese momento no le di importancia. Comencé a preocuparme cuando el mayordomo llamó a mi puerta para decirme que la señora quería verme.

Hannah todavía tenía puesto su vestido de seda gris claro. El cabello rubio y ondulado le enmarcaba el rostro y una diadema de brillantes adornaba su cabeza. Estaba de pie, de espaldas a mí. Se volvió cuando entré en la habitación.

—Grace —dijo, tomando mis manos entre las suyas. El gesto me alarmó, era demasiado personal. Algo había ocurrido.

—Sí, señora.

—Siéntate, por favor —rogó, indicándome que tomara asiento en el sillón, junto a ella. Luego me miró, con sus ojos azules cargados de preocupación.

—¿Qué ocurre, señora?

—He recibido una llamada de tu tía.

En ese instante comprendí de qué se trataba.

—Mi madre.

—Lo siento mucho, Grace —comentó, meneando suavemente la cabeza—. Su hora había llegado. El médico no pudo hacer nada.

* * *

Hannah se ocupó de organizar mi viaje a Saffron Green. Al día siguiente, por la tarde, trajeron el coche del garaje. Viajé en el asiento de atrás. Fue muy amable de su parte, era mucho más de lo que yo esperaba, ya tenía previsto tomar el tren. Pero Hannah insistió, disculpándose por no poder acompañarme porque esa noche debía asistir a la cena en la que se proclamaría la candidatura de Teddy.

Miré por la ventanilla mientras el chófer avanzaba por distintas calles. Londres se fue transformando en una ciudad menos grandiosa, más sucinta y decrépita hasta que por fin desapareció detrás de nosotros. Salimos a la carretera, a ambos lados podía ver el campo. A medida que nos alejábamos hacia el este, el tiempo se volvió más frío. Una lluvia de aguanieve salpicaba las ventanillas del coche. El paisaje parecía adormecido. El invierno había despojado al mundo de su vitalidad y color. Los campos nevados se fundían con las nubes color malva. Poco a poco comenzaron a distinguirse los bosques de Suffolk, con sus tonos pardos y verde musgo.

Dejamos la carretera principal y seguimos por el camino a Saffron, que se abría en medio de pantanos fríos y solitarios. Los juncos plateados se estremecían bajo las ráfagas de viento helado, y algunas plantas herbáceas colgaban como encajes de los árboles desnudos. Yo contaba las curvas y, por algún motivo, contenía el aliento. Volví a respirar normalmente cuando dejamos atrás el desvío que llevaba a Riverton. El conductor siguió hacia el pueblo y se detuvo frente a la casita de piedra gris de Market Street, tan silenciosa, como siempre, entre otras dos, iguales a ella. El chófer me abrió la puerta y dejó mi pequeña maleta en la acera.

—Hemos llegado —anunció.

Le di las gracias.

—Pasaré a buscarla dentro de cinco días, tal como me ordenó la señora.

Me quedé observando cómo el automóvil desaparecía del camino, fui hacia Saffron High Street y sentí la imperiosa necesidad de pedirle que regresara, de rogarle que no me dejara allí. Pero era demasiado tarde. Permanecí en la penumbra, mirando la casa donde había pasado los primeros años de mi vida, el lugar donde mi madre había vivido y había muerto. Y no sentí nada.

Desde que Hannah me diera la noticia no había sentido nada. Durante todo el viaje había tratado de recordar: mi madre, mi pasado, yo misma. ¿Adónde habían huido los recuerdos de la infancia? Debían de ser muchos. Experiencias inéditas y definidas. Tal vez los niños están tan cautivados por lo que ocurre en el presente que no tienen tiempo o voluntad de conservar imágenes para el futuro.

Las luces de la calle se encendieron y tiñeron de un color amarillento el aire frío. Nuevamente comenzó a caer aguanieve. Vi las gotas a la luz de los faroles aun antes de sentir mis mejillas húmedas.

Recogí la maleta, saqué la llave. Mientras subía los escalones de la entrada, la puerta se abrió. Apareció mi tía Dee, la hermana de mi madre, sosteniendo una lámpara. Las sombras que se proyectaban en su cara le daban la apariencia de una mujer más vieja y encorvada de lo que era en realidad.

—Ya estás aquí —constató—. Entra.

Mi tía me llevó primero a la sala de estar. Me dijo que estaba usando mi antigua cama, por lo que yo podría dormir en el sofá. Dejé la maleta contra la pared y ella resopló.

—He preparado una sopa para la cena. Tal vez no se parezca a lo que sueles comer en la gran casa de Londres, pero será suficientemente buena para personas sencillas como yo.

—Me encantará la sopa.

Comimos en silencio. La tía ocupó la cabecera de la mesa. A sus espaldas la cocina irradiaba calor. Yo elegí el asiento de mi madre, junto a la ventana. La escarcha se había convertido en nieve y golpeaba contra los cristales de la ventana. Por lo demás, el único ruido perceptible era el que hacían nuestras cucharas y, ocasionalmente, el crepitar del fuego en la cocina.

—Supongo que quieres ver a tu madre —señaló mi tía cuando dimos por terminada la cena.

Mi madre estaba tendida en su colchón, con el cabello castaño suelto, echado hacia atrás. Yo estaba acostumbrada a verla con el pelo recogido. Pude apreciar que era muy largo y mejor que el mío. Alguien, quizá mi tía, la había cubierto con una manta liviana que le llegaba hasta el mentón, como si estuviera dormida. Parecía más ajada, más vieja, más consumida de lo que recordaba. Era difícil distinguir su silueta bajo la manta. Después de tantos años, el colchón se había ahuecado con la forma de su cuerpo. Incluso parecía que no estaba allí, que se había desintegrado.

Bajamos y mi tía preparó el té. Lo bebimos en la sala de estar sin apenas hablar. Después comenté que estaba cansada debido al viaje, y comencé a estirar sobre el sofá las sábanas y la manta que mi tía me había preparado, pero no pude encontrar el almohadón de mi madre, no estaba en su lugar. Mi tía me observaba.

—Si lo que buscas es el almohadón, lo tiré. Estaba raído y mugriento. Le descubrí un agujero en la parte de abajo. Y pensar que lo suyo era la costura. —Chasqueó la lengua—. Me gustaría saber qué hacía con el dinero que yo le enviaba.

Mi tía se fue a dormir en la habitación contigua a la de su hermana muerta. Oí el crujido del suelo de madera, y el chirriar de los muelles de la cama. Luego la casa quedó en silencio.

Tendida en el sofá, a oscuras, no podía conciliar el sueño. Imaginaba a mi tía observando con mirada crítica los objetos de mi madre, a quien la muerte había tomado desprevenida, sin darle la posibilidad de prepararse para dar mejor impresión. Debería haber llegado yo primero para ocuparme de eso. Por fin, lloré un poco.

* * *

La enterramos en el cementerio, cerca del prado de la feria. El cortejo fúnebre fue reducido pero respetable: la señora Rodgers, la propietaria de la tienda de vestidos del pueblo para quien mi madre hacía trabajos de costura. Y el doctor Arthur. Era un día gris, como correspondía a la ocasión. El aire estaba fresco y todos sabíamos que la nieve volvería a caer de un momento a otro. El vicario leyó rápidamente un pasaje de la Biblia, con un ojo atento al cielo. No supe si su mirada se dirigía a Dios o si le preocupaba el tiempo. Habló sobre el deber y la responsabilidad, y la dirección que imprimen al curso de la vida.

No puedo recordar los detalles, mi mente estaba dispersa. Seguía tratando de recordar cómo era mi madre durante mi infancia. Es gracioso. Ahora que soy vieja los recuerdos acuden a mi mente sin que los invoque: mi madre enseñándome cómo limpiar las ventanas para que no quedasen marcas; mi madre cociendo el jamón para Navidad mientras el vapor le quitaba vitalidad a su cabello; mi madre haciendo un gesto de desaprobación cuando la señora Rodgers le decía algo acerca de su esposo. Pero entonces sólo pude ver el rostro hundido de la noche anterior.

Una ráfaga de aire helado azotó mi falda, que se adhirió a las medias. Miré hacia el cielo, cada vez más oscuro, y distinguí una silueta en la colina, junto al antiguo roble. Era un hombre. Un caballero, hubiera asegurado. Tenía un largo abrigo negro y un sombrero rígido y brillante. Llevaba un bastón, o tal vez fuera un paraguas cerrado. En un primer momento no le presté demasiada atención. Supuse que era alguien que visitaba otra tumba. Era extraño que un caballero, que seguramente tendría un cementerio familiar en su propia finca, llorara a un difunto entre las tumbas del pueblo. Pero en aquel momento no lo pensé.

Cuando el vicario arrojó el primer puñado de tierra sobre el ataúd de mi madre, volví a mirar hacia el árbol. El caballero todavía estaba allí. Observándonos, según advertí. Había empezado a nevar, y miró hacia arriba. Pude ver su rostro.

Era el señor Frederick, aunque estaba muy cambiado. Como un personaje de cuento de hadas que ha sido víctima de una maldición, había envejecido súbitamente.

El vicario concluyó apresuradamente, y el hombre de la funeraria ordenó que, habida cuenta de las condiciones climáticas, la tumba se cubriera rápidamente.

Mi tía estaba junto a mí.

—Qué descaro —farfulló. Creí que se refería al sepulturero o incluso al vicario. Pero cuando seguí la dirección de su mirada comprobé que se refería al señor Frederick. Me pregunté cómo podía saber quién era. Supuse que mi madre le habría dicho quién era en alguna visita de mi tía a Riverton.

—Qué descaro. Presentarse aquí —repitió meneando la cabeza y apretando los labios—. Ni siquiera en esta ocasión puede comportarse correctamente, después de todo lo que hizo.

Para mí sus palabras no tenían sentido. Cuando quise preguntarle a qué se refería, ella ya había dado media vuelta y estaba sujetándose el sombrero mientras le daba las gracias al vicario por el servicio. Interpreté que culpaba a la familia Hartford por los problemas de salud de mi madre, aunque la acusación me parecía injusta. Porque si bien era cierto que los años de servicio habían debilitado su columna, la artritis y el embarazo habían sido los responsables de que perdiera su trabajo.

De pronto todos los pensamientos relacionados con mi tía se evaporaron. De pie junto al vicario, con un sombrero negro en la mano, estaba Alfred.

Desde el otro lado de la tumba me miró y me hizo una seña. Yo dudé y asentí torpemente. Me castañearon los dientes.

Él avanzó hacia mí. Yo no le quitaba los ojos de encima. Temía que, si lo hacía, él desaparecería. En un instante estuvo a mi lado.

—¿Qué tal lo llevas?

Asentí otra vez. Aparentemente era todo lo que lograba hacer. En mi cabeza las palabras se arremolinaban a toda velocidad, no podía controlarlas. Había pasado semanas de dolor, de tristeza, de confusión, esperando su carta, pasando noches en vela mientras imaginaba el momento en que nos reuniríamos y las explicaciones que le daría. Y finalmente...

—¿Estás bien? —preguntó. Su mano se extendió tímidamente hacia la mía, pero luego pareció recapacitar y volvió a posarla sobre el ala del sombrero.

—Sí —logré decir. Sentí la ausencia de su mano sobre la mía—. Gracias por venir.

—No podía dejar de hacerlo.

—¿No te causará problemas?

—Ninguno, Grace —aseguró, haciendo girar el sombrero entre los dedos.

Esas últimas palabras quedaron flotando, solitarias, entre nosotros. Mi nombre sonaba familiar y frágil en sus labios. Dejé que mi atención se dirigiera a la tumba de mi madre, observé el rápido trabajo del sepulturero. Alfred miró en la misma dirección.

—Siento lo de tu madre.

—Lo sé —me apresuré a responder.

—Estuve con ella la semana pasada...

—¿De verdad? —pregunté, dejando de mirar hacia la tumba.

—Le llevé un poco de carbón. El señor Hamilton dijo que no lo necesitábamos.

—¿Eso hiciste, Alfred? —exclamé con admiración.

—Una noche hizo mucho frío, no me agradaba la idea de que tu madre enfermara.

Me sentí llena de gratitud. Me habría considerado culpable si mi madre hubiera muerto a causa del frío.

Sentí que una mano aferraba mi muñeca. Mi tía estaba de pie junto a mí.

—Ya han terminado. Ha sido un buen funeral. No creo que ella hubiera tenido queja alguna —señaló. Yo no había manifestado disconformidad, por lo que no entendí su actitud defensiva—. Estoy segura de que he hecho todo lo que estaba a mi alcance.

Alfred nos observaba.

—Alfred, ésta es mi tía Dee, la hermana de mi madre.

Mi tía lo miró entrecerrando los ojos, con una infundada sospecha que era natural en ella.

—Encantada —saludó. Luego se dirigió a mí—: Tenemos que irnos, señorita —me ordenó, mientras se acomodaba el sombrero y se ajustaba la bufanda—. El propietario vendrá mañana a primera hora y la casa tiene que estar impecable.

Eché un vistazo a Alfred. Maldije el muro de incertidumbre que aún se erigía entre nosotros.

—Bueno, supongo que lo mejor será que...

—En realidad —me interrumpió Alfred— me preguntaba si... es decir, la señora Townsend había pensado que tal vez pudieras venir a tomar el té con nosotros.

Alfred miró a mi tía.

—¿Por qué motivo está tan interesada? —inquirió ella desdeñosamente.

Alfred se encogió de hombros. Sin dejar de mirarme, se balanceaba sobre sus talones.

—Sería una visita a sus antiguos compañeros. Un poco de cháchara, para recordar los viejos tiempos.

—No lo creo oportuno —contestó mi tía.

—Sí —respondí yo con firmeza, encontrando al fin las palabras.

—Muy bien —afirmó Alfred. Percibí alivio en su voz.

—Bueno, como quieras. No es asunto mío —declaró mi tía—. Pero no tardes mucho. No pienses que voy a hacer sola toda la limpieza.

* * *

Mientras Alfred y yo caminábamos por el pueblo, pequeños copos de nieve, demasiado livianos para cuajar, quedaban suspendidos en la brisa como motas en el agua estancada. Durante un rato anduvimos sin hablar. El húmedo camino de tierra amortiguaba el ruido de nuestros pasos. En las tiendas las campanillas sonaban para anunciar que un cliente entraba o salía. Ocasionalmente, algún automóvil atravesaba velozmente el camino.

Cuando ya estábamos cerca de Bridge Road, comenzamos a hablar de mi madre. Le conté a Alfred el episodio del botón enredado en la cartera de una transeúnte, del ahora lejano día en que vi el espectáculo de títeres, de la manera en que el destino me había librado del orfanato.

—Creo que tu madre fue muy valiente. Tiene que haber sido difícil afrontar todo sola.

—Nunca se cansaba de decírmelo —confesé, con más amargura de la que hubiera deseado.

—Tu padre debería avergonzarse por haberla abandonado de esa manera —opinó Alfred cuando dejamos atrás la calle donde estaba la casa de mi madre y el pueblo se transformó de pronto en campo.

Al principio creí que había oído mal.

—¿Mi qué?

—Tu padre. Su vergonzoso comportamiento no benefició a ninguno de los dos.

No pude contener mi ansiedad.

—¿Qué sabes sobre mi padre?

Alfred se encogió de hombros ingenuamente.

—Sólo lo que tu madre me contó. Dijo que ella era joven y lo amaba, pero que era un amor imposible, habló de las responsabilidades que él tenía para con su familia, pero en realidad no fue clara.

—¿Cuándo te lo contó? —le pregunté, con una voz tan tenue como la nieve.

—¿Qué?

—Lo de mi padre.

Me envolví en el chal, ciñéndolo firmemente alrededor de los hombros.

—En los últimos tiempos solía visitarla con frecuencia. Estaba muy sola desde que te fuiste a Londres. Cuando tenía un rato le hacía compañía y conversaba con ella.

Me preguntaba si era posible que, después de haberme ocultado celosamente sus secretos durante toda la vida, mi madre al fin hubiera hablado con tanta espontaneidad.

—¿Te dijo algo más?

—No —contestó Alfred—. No mucho. Nada más sobre tu padre. Para ser honesto, yo era quien más hablaba, ella era más dada a escuchar, ¿verdad?

Yo no sabía qué pensar. Todo lo ocurrido ese día era muy perturbador. El entierro de mi madre, la inesperada llegada de Alfred, la revelación de que él y mi madre se veían regularmente y habían hablado sobre mi padre. Un tema vedado para mí, sobre el cual ni siquiera osaba preguntar. Cuando llegamos a la entrada de Riverton apuré el paso, para liberarme de mis emociones. Agradecí estar en medio de la niebla que flotaba en el sendero largo y oscuro. Me dejé llevar por una fuerza que parecía atraerme inexorablemente.

Podía oír a Alfred que, detrás de mí, trataba de caminar más rápido para alcanzarme. Mis pasos hacían crujir las ramas caídas en el suelo. Los árboles parecían escuchar furtivamente nuestra conversación.

—Pensé escribirte, Grace —declaró de pronto—. Responder a tus cartas —continuó, ya junto a mí—. Intenté hacerlo muchas veces.

—¿Por qué no lo hiciste? —le pregunté, sin detenerme.

—No encontraba las palabras adecuadas. Ya sabes cómo funciona mi cabeza. Desde la guerra... —Alfred levantó una mano y se dio unos golpecitos en la frente—. Sencillamente, hay algunas cosas que ya no puedo hacer. No como antes. Las palabras y las cartas están entre ellas —señaló, acelerando el paso para no quedar rezagado—. Además —añadió, tratando de respirar más serenamente— hay cosas que sólo pueden decirse en persona.

Sentí el aire helado en las mejillas. Caminé más lentamente.

—¿Por qué no me esperaste el día del teatro? —pregunté suavemente.

—Lo hice, Grace.

—Pero regresé... apenas pasadas las cinco.

Alfred suspiró.

—Me fui a las cinco menos diez. Debimos de cruzarnos —señaló meneando la cabeza—. Habría esperado más, Grace, pero la señora Tibbit dijo que seguramente lo habías olvidado. Que habías salido a hacer un encargo y que tardarías horas en volver.

—¡Pero no era cierto!

—¿Por qué inventaría algo así? —preguntó Alfred, confundido.

Yo levanté los hombros con impotencia, y los dejé caer.

—Porque así es ella.

Habíamos llegado al final del sendero. Allí, en la colina, estaba Riverton, grande y oscura, el atardecer comenzaba a envolverla. Hicimos una pausa involuntaria antes de seguir hacia la fuente y dirigirnos a la zona del servicio.

—Fui a buscarte —expliqué cuando entramos en la rosaleda.

—No es posible. ¿Lo hiciste?

Asentí.

—Esperé delante del teatro hasta el final. Pensé que podría encontrarte.

—Oh, Grace, lo siento mucho —declaró Alfred, deteniéndose al pie de la escalera.

Yo también me detuve.

—Nunca debí escuchar a la señora Tibbit.

—No podías saberlo.

—Pero debía haber confiado en que regresarías. Es sólo que... —Alfred miró hacia la puerta de la zona del servicio, que estaba cerrada. Cerró la boca, luego suspiró—. Había algo rondando en mi cabeza, Grace. Algo importante de lo que me habría gustado hablar contigo. Ese día estaba alterado, hecho un manojo de nervios —reveló, y meneó la cabeza—. Cuando pensé que te habías olvidado de mí, me alteré tanto que no pude quedarme allí un minuto más. Salí de esa casa tan rápido como pude, caminé sin saber adónde iba.

—Pero Lucy... —dije serenamente, mientras observaba cómo la nieve se derretía en contacto con mis guantes—. Lucy Starling...

Alfred suspiró y miró por encima de mi hombro.

—Invité a Lucy Starling para darte celos, Grace. Admito que fui injusto, lo sé, contigo y con Lucy. —Alfred extendió tímidamente su mano y con un dedo me levantó el mentón para que mis ojos se encontraran con los suyos—. Fue la desilusión lo que me hizo actuar de ese modo, Grace. Durante todo el trayecto desde Saffron iba imaginando el momento de nuestro encuentro, ensayando las palabras que iba a decirte.

Sus ojos color avellana me miraban muy serios, su mandíbula estaba tensa.

—¿Qué ibas a decirme?

Él sonrió nerviosamente.

Se oyó el sonido de los goznes de hierro y la puerta de la zona trasera se abrió, dejando a la vista la gruesa silueta de la señora Townsend. Sus mejillas regordetas estaban rojas por haber estado junto al fuego y la boca dibujaba una «o» de emoción.

—¡Aquí están! ¿Qué hacéis ahí fuera con este frío? —exclamó, y dirigiéndose a los que estaban dentro dijo—: Ya les anuncié que eran ellos. —Se volvió para hablar con nosotros—. Le dije al señor Hamilton: «Oigo voces afuera». Él respondió que era sólo mi imaginación, porque no había razón para que alguien deseara estar a la intemperie en lugar de entrar en un lugar cálido y agradable. Yo contesté que no podía darle una explicación, pero que, salvo que mis oídos me engañaran, ahí estabais. Y así fue. Tenía razón, señor Hamilton —gritó la cocinera antes de extender su brazo e invitarnos a pasar—. Pasad, os vais a morir de frío ahí afuera.

Capítulo 20

LA ELECCIÓN

Había olvidado cómo era la zona de servicio de Riverton: la oscuridad, los techos bajos, el frío suelo de mármol. Había olvidado también el viento invernal que entraba desde el jardín, que silbaba a través de las grietas abiertas entre los bloques de piedra. La casa del número diecisiete, en cambio, contaba con los sistemas más novedosos de aislamiento y calefacción, instalados por iniciativa de Deborah.

—Pobrecita —dijo la señora Townsend abrazándome, invitándome a apoyar mi cabeza en su cálido pecho. Los hijos que nunca tuvo podrían haber disfrutado de una agradable sensación. Pero, como mi madre sabía de sobra, la familia era lo primero que un sirviente debía sacrificar—. Ven, siéntate. Myra, prepara una taza de té para Grace.

—¿Dónde está Katie? —pregunté sorprendida.

Todos se miraron entre sí.

—¿Qué ha ocurrido? Nada desagradable, supongo. Alfred me lo habría dicho.

—Se ha casado —reveló Myra con disgusto antes de dirigirse rápidamente a la cocina.

No podía creerlo. La señora Townsend bajó la voz y dijo velozmente:

—Un tipo del norte, que trabaja en las minas. Yo la había enviado al pueblo con un encargo, y allí lo conoció. Niña tonta. Todo ocurrió con una rapidez espantosa. No me sorprendería que hubiera un bebé en camino.

La cocinera se alisó el delantal, complacida con el efecto que sus palabras habían tenido sobre mí, y miró hacia la cocina.

—Trata de no hablar de eso delante de Myra, está verde de rabia, como los dedos de un jardinero, aunque ella asegure que no es así.

Asentí, demudada. ¿La pava de Katie casada? ¿Con un hijo en camino?

Mientras trataba de acostumbrarme a las importantes novedades, la señora Townsend seguía insistiendo en que me sentara junto al fuego, en que estaba demasiado delgada y pálida y que un poco de su budín de Navidad me ayudaría a restablecerme. Cuando salió para buscar una porción, sentí que todos me miraban atentamente. Aparté a Katie de mis pensamientos y me interesé por saber cómo estaban las cosas en Riverton.

Todos permanecieron en silencio, mirándose unos a otros, hasta que el señor Hamilton habló.

—En fin, Grace, las cosas no siguen como tú las recuerdas.

Le pregunté a qué se refería.

—Todo es mucho más tranquilo ahora —explicó alisándose la chaqueta—. Trabajamos a un ritmo más lento.

—Esto parece un castillo fantasma —comentó Alfred, inquieto. Desde que llegamos se había quedado junto a la puerta—. Los de arriba vagan de un lado a otro como almas en pena.

—¡Alfred! —le llamó la atención el señor Hamilton, aunque con menos vigor del que yo habría esperado—. Estás exagerando.

—No exagero, señor Hamilton. Grace es una de nosotros, podemos decirle la verdad. —Alfred me miró—. Es lo que te conté en Londres. Desde que la señorita Hannah se fue, el amo no ha vuelto a ser el mismo.

—Es cierto que estaba alterado, pero no sólo porque la señorita Hannah se había ido en malos términos con él, sino también porque perdió su fábrica y a su madre —aclaró Myra. Luego se inclinó hacia mí—. Si pudieras ver cómo están las cosas arriba... Todos ponemos nuestro mayor empeño, pero no es fácil. Él no permite que contratemos gente para hacer reparaciones, dice que el ruido de los martillos lo altera. Nos hemos visto obligados a clausurar la mayor parte de las habitaciones. Como asegura que ya no recibirá invitados, cree que no es necesario desperdiciar tiempo y energía en tareas de mantenimiento. Una vez me descubrió limpiando la biblioteca y estuvo a punto de pedir mi cabeza. —Myra echó un vistazo al señor Hamilton—. Ya nadie se ocupa de controlar las cuentas.

—Porque no hay una mujer que dirija la casa —sentenció la señora Townsend, que mientras regresaba con una porción de pudín se lamía la nata del dedo—. Siempre es así cuando falta una mujer.

—Él pasa la mayor parte del tiempo en el salón —prosiguió Myra—, fumando su pipa y mirando por la ventana. O escuchando viejas canciones. A veces da miedo.

—Ya es suficiente, Myra —interrumpió el señor Hamilton, con cierta impotencia—. No nos corresponde criticar al amo —concluyó, y se quitó las gafas para frotarse los ojos.

—Sí, señor Hamilton —respondió Myra. Luego me miró y dijo rápidamente—. Tendrías que verlo, Grace. No lo reconocerías. Ha envejecido en muy poco tiempo.

—Lo he visto —afirmé.

—¿Dónde? —preguntó el señor Hamilton algo alarmado y volvió a ponerse las gafas—. Espero que no haya estado vagando cerca del lago.

—Oh, no, señor Hamilton. Nada de eso —le aseguré—. Lo vi en el cementerio del pueblo, en el funeral de mi madre.

—¿Estuvo en el funeral? —exclamó Myra abriendo los ojos.

—Lo distinguí observando en la colina que está junto al cementerio. Desde allí podía verlo todo.

El señor Hamilton miró a Alfred pidiendo confirmación. Él se limitó a encogerse de hombros.

—Yo no lo vi.

—Pero estaba allí —aseguré con firmeza—. Estoy segura de haberlo visto.

—Espero que sólo haya salido a dar un paseo, a tomar un poco de aire —comentó el señor Hamilton sin convicción.

—No caminó demasiado —advertí vacilante—. Se quedó de pie, como desorientado, mirando hacia la tumba.

El señor Hamilton y la señora Townsend se miraron.

—Sí, bien, siempre tuvo predilección por tu madre, mientras trabajó aquí.

—¿Predilección? —exclamó la señora Townsend arqueando las cejas—. ¿Llama a eso predilección?

Los miré a ambos. En su expresión había algo que no podía comprender. Una información que yo desconocía.

—¿Y cómo van tus cosas, Grace? —se interesó súbitamente el señor Hamilton, apartando los ojos de la señora Townsend—. Ya hemos hablado bastante de nosotros. Háblanos de Londres. ¿Cómo está la joven señora Luxton?

Sus voces sonaban lejanas. En mi mente algo se estaba definiendo. Susurros, miradas, insinuaciones que habían revoloteado en ella durante largo tiempo, empezaban a tomar forma de manera reveladora.

—¿Y bien, Grace? —se impacientó la señora Townsend—. ¿Te ha comido la lengua el gato? ¿Qué noticias puedes darnos de la señorita Hannah?

—Lo siento, señora Townsend —me disculpé—. Estaba distraída.

Como todos me miraban ansiosos, les conté que Hannah estaba bien. Me pareció que era lo correcto. De otro modo, no habría sabido por dónde empezar: las discusiones con Teddy, la visita a la adivina, la inquietante afirmación de que ya estaba muerta. Decidí hablar, en cambio, de la hermosa casa, de los vestidos de Hannah y de sus elegantes invitados.

—¿Y respecto a tus quehaceres? —preguntó el señor Hamilton, irguiéndose en su asiento—. ¿Es muy diferente el ritmo de Londres? Supongo que habrá mucha actividad. ¿Sois muchos de servicio?

Le dije que la plantilla era numerosa, pero no tan eficiente como la de Riverton. Eso pareció agradarle. Y entonces le conté la oferta que había recibido de lady Pemberton-Brown.

—Confío en que la habrás puesto en su lugar, con cortesía, pero con firmeza, como siempre te he aconsejado.

—Sí, señor Hamilton, por supuesto. Eso es lo que hice.

—Ésa es mi chica —exclamó, sonriendo como un padre orgulloso—. Glenfield Hall, nada menos. Tu reputación tiene que ser excelente si gente de su nivel ha tratado de contratarte. No obstante, hiciste lo correcto. En nuestro trabajo, ¿qué es más valioso que la lealtad?

Todos asentimos, expresando nuestro acuerdo, salvo Alfred, según pude advertir.

También lo advirtió el señor Hamilton.

—Supongo que Alfred te ha contado sus planes —indicó, levantando una ceja encanecida.

—¿Qué planes? —pregunté, mirando a Alfred.

—Estaba tratando de encontrar la ocasión de decírtelo —comenzó a explicar Alfred, sonriéndome mientras se acercaba para sentarse junto a mí—. Me voy, Grace, se acabó el «Sí, señor» para mí.

Primero pensé que nuevamente se iría de Inglaterra, justo cuando comenzábamos a hacer las paces.

Mi expresión le hizo reír.

—No me iré lejos. Sólo dejo el servicio. Un amigo que conocí durante la guerra me ha propuesto que nos asociemos en un negocio.

—Alfred... —No supe qué decir. Estaba aliviada, pero también preocupada por él—. ¿Dejarás el servicio? ¿A qué clase de negocio te dedicarás?

—Mecánica. Mi compañero es increíblemente habilidoso. Me puede enseñar a reparar motores y ese tipo de cosas. Mientras tanto, me ocuparé de dirigir el garaje. Pienso trabajar mucho y ahorrar dinero, Gracie. Ya he logrado reunir algo. Algún día tendré mi propio negocio. Seré mi propio amo. Ya verás.

* * *

Más tarde, Alfred me acompañó de regreso al pueblo. La fría noche caía rápidamente sobre nosotros y caminábamos a toda velocidad para no congelarnos. Si bien me agradaba estar en compañía de Alfred, y me sentía aliviada porque habíamos resuelto nuestras diferencias, no hablé demasiado. Mi mente estaba ocupada tratando de unir fragmentos de información, y de encontrarle un sentido al resultado. Por su parte, Alfred parecía contento de poder caminar en silencio, su mente también parecía estar atareada aunque con otro tipo de pensamientos, totalmente diferentes.

Yo pensaba en mi madre. En su amargura siempre latente, su convicción, o al menos su idea, de que la suya era una vida desafortunada. Ésa era la madre que yo recordaba. Y sin embargo, desde hacía algún tiempo tenía indicios de que no siempre había sido así. La señora Townsend la recordaba con cariño. El señor Frederick, tan difícil de contentar, había tenido predilección por ella.

¿Pero qué había sucedido? ¿Qué había transformado a la joven criada con su sonrisa secreta? Comenzaba a sospechar que la respuesta era la clave para descubrir muchos de los misterios de mi madre. Y la solución estaba ante mis ojos. Acechaba, como un pez escurridizo. Sabía que estaba allí, podía percibirlo, vislumbrar su forma difusa, pero, cada vez que estaba a punto de alcanzar esa silueta borrosa, se esfumaba.

Sin duda era algo relacionado con mi nacimiento, mi madre nunca lo había ocultado. Y estaba segura de que el fantasma de mi padre estaba presente: había hablado de él con Alfred, pero nunca conmigo, del hombre al que había amado y con quien no había podido vivir. ¿Por qué motivo? Le había dicho a Alfred que era a causa de su familia, sus responsabilidades.

—Grace.

Mi tía sabía quién era, pero tenía la boca tan cerrada como mi madre. Sin embargo, yo sabía muy bien lo que pensaba de él. A lo largo de mi infancia había escuchado infinidad de conversaciones a media voz entre mi madre y mi tía, en las que ésta le reprochaba su mala elección, acusándola de haber caído en su propia trampa, no quedándole más opción que resignarse a vivir en ella. Mi madre lloraba cuando la tía Dee le daba unos golpecitos en el hombro a modo de brusca condolencia: «Es mejor que te hayas alejado. No habría salido bien. Te has librado de ese lugar». Ese lugar. Aun siendo una niña, sabía que se refería a la gran casa de Hastings Hill. Y sabía también que el desprecio que la tía Dee sentía hacia mi padre sólo era igualado por el que le provocaba Riverton. Las dos grandes catástrofes en la vida de mi madre, como le gustaba decir.

—Grace.

Un desprecio que, al parecer, incluía al señor Frederick.

«Qué descaro», había dicho al verlo durante el funeral. «No puede comportarse correctamente, después de todo lo que ha hecho». Me preguntaba cómo mi tía podía saber quién era el señor Frederick, y qué había hecho para que ella reaccionara de esa manera.

También me intrigaba saber qué estaba haciendo allí. Había tenido predilección por su empleada, pero eso no justificaba que Su Señoría apareciera en el cementerio, para presenciar el entierro de una criada que había trabajado en su casa hacía mucho tiempo.

—Grace.

A lo lejos, a través de la maraña de mis pensamientos, oí que Alfred me hablaba. Lo miré distraídamente.

—Hay algo que he tratado de decirte durante todo el día. Temo que, si no lo hago ahora, me volveré loco.

Y mi madre también había tenido predilección por Frederick. «Pobre, pobre Frederick», había dicho cuando supo que había perdido a sus padres. No se compadeció de lady Violet o de Jemina. Su solidaridad se centró exclusivamente en Frederick.

¿Pero acaso no era comprensible? Cuando mi madre trabajaba en la casa, el señor Frederick debía de ser un hombre joven; era natural que simpatizara con el miembro de la familia que tenía una edad más cercana a la suya. Algo similar me ocurría con Hannah. Además, aparentemente mi madre sentía una predilección similar por Penelope, la esposa de Frederick. «Frederick no volverá a casarse», aseguró cuando le conté que Fanny esperaba convertirse en su esposa. Tal vez el afecto que sentía por su antigua ama podía explicar la certeza con que descartó esa posibilidad, aun cuando insistí en que todos esperaban que el matrimonio se concretara.

—Me resulta difícil encontrar las palabras adecuadas, Grace, lo sabes tan bien como yo —estaba diciendo Alfred—, de modo que iré directo al grano. Como te dije, pronto me dedicaré a los negocios...

Asentí, no sé cómo pero logré asentir, a pesar de que mi mente estaba en otro lugar. Noté que el escurridizo pez estaba cerca. Creí adivinar el brillo de sus escamas ondulando entre los juncos, dispuesto a abandonar la oscuridad...

—Pero ése es sólo el primer paso. Ahorraré todo lo que pueda y un día, no muy lejano, tendré una empresa con el nombre de Alfred Steeple en la puerta, ya lo verás.

... y salir a la luz. ¿Era posible que el disgusto de mi madre no se debiera en absoluto al afecto que sentía por su antigua ama sino a que el hombre a quien había querido —que aún quería— pudiera volver a casarse? ¿Mi madre y el señor Frederick...? Tantos años atrás, cuando ella servía en Riverton...

—He esperado todo este tiempo, Grace, porque quería tener algo que ofrecerte. Algo más de lo que soy ahora.

Seguramente no. Habría sido un escándalo. La gente lo habría sabido. Yo lo habría sabido, ¿o no?

Recuerdos, retazos de alguna conversación, flotaban en mi memoria. ¿A eso se había referido lady Violet cuando le mencionó a lady Clementine «ese asunto infame»? ¿La gente lo supo? ¿Había surgido el escándalo en Saffron, veinte años atrás, cuando una mujer del lugar fue expulsada de la finca, preñada por el hijo de su ama?

Pero si hubiera sido así, ¿por qué lady Violet me había aceptado como criada? Sin duda yo era un indeseado recordatorio de lo sucedido.

A menos que mi empleo fuera una especie de recompensa. El precio que debía pagar a cambio del silencio de mi madre. Por eso ella se había mostrado tan segura, tan confiada en que habría un puesto para mí en Riverton.

Entonces lo supe. Era muy simple. El pez nadó hacia la claridad, sus escamas brillaron como nunca. ¿Cómo no lo había descubierto antes? La amargura de mi madre. La incapacidad del señor Frederick para volver a casarse. Todo adquiría sentido. Él también había amado a mi madre. Por eso había venido al funeral. Por eso me miraba de esa manera tan extraña, como si hubiera visto un fantasma. De ahí su alivio cuando me fui de Riverton, y que le dijera a Hannah que no era necesaria allí.

—Grace, me pregunto si... —continuó Alfred tomando mi mano.

Hannah. Nuevamente el descubrimiento me dejó atónita.

Ahogué una exclamación. Eso explicaba tantas cosas: la solidaridad, sin duda fraternal, que nos unía.

Las manos de Alfred sujetaron las mías, impidiendo que me desmayara.

—Vamos, Grace —dijo sonriendo nerviosamente—, no te desmayes ahora.

Mis piernas no me sostenían. Sentí que se quebraban en un millón de minúsculas partículas que caían como la arena cae de un cubo.

¿Lo sabía Hannah? ¿Sería ése el motivo por el que había insistido en que la acompañara a Londres, eligiéndome cuando sintió que todos los demás la abandonaban, y arrancándome la promesa de que nunca la abandonaría?

—Grace, ¿te sientes bien? —preguntó Alfred. Su brazo me servía de apoyo.

Asentí, tratando de hablar, sin conseguirlo.

—Bien, porque todavía no he dicho todo lo que quería. Aunque presiento que ya lo has adivinado.

¿Adivinado? ¿Lo que ocurrió entre mi madre y Frederick? ¿Lo que sucedió con Hannah? No, Alfred había estado hablando de... ¿de qué? De su nuevo negocio, de su amigo de la guerra...

—Grace —Alfred tomó mis manos entre las suyas, me sonrió y tragó saliva—, ¿me harías el honor de ser mi esposa?

Sentí una repentina ráfaga de lucidez. Parpadeé. No pude responder. Los sentimientos y pensamientos me avasallaban. Alfred me había pedido que me casara con él. Alfred, a quien adoraba, estaba de pie frente a mí, con el rostro congelado, esperando que le respondiera. Mi lengua trataba de modular palabras que mis labios no podían pronunciar.

—¿Grace? —repitió Alfred mirándome con los ojos muy abiertos, llenos de aprensión.

Sentí que en mi rostro aparecía una sonrisa, me oí reír. No podía parar. También estaba llorando. Las lágrimas humedecían mis mejillas. Supongo que era un ataque de histeria. En los últimos y breves instantes habían sucedido demasiadas cosas. Demasiadas para asimilarlas de golpe. El impacto de comprender la clase de relación que me unía al señor Frederick, a Hannah. La sorpresa y el deleite de la propuesta de Alfred.

—Grace, ¿significa eso que aceptas? —preguntó Alfred, observándome desconcertado—. Quiero decir, ¿que aceptas casarte conmigo?

Casarme con él. Yo. Era mi sueño secreto y sin embargo cuando se hacía realidad descubría que me encontraba totalmente desprevenida. Hacía tiempo que lo había catalogado como una fantasía juvenil. Había dejado de imaginar que alguna vez pudiera volverse realidad. Que alguien me haría esa proposición. Que Alfred me haría esa proposición.

Asentí, y logré dejar de reír. Me oí decir «sí». Fue apenas un susurro. Cerré los ojos. La cabeza me daba vueltas. Un poco más alto: «Sí».

Alfred dio un grito de alegría y yo abrí los ojos. Lo vi sonreír, rebosante de alivio. Una pareja que pasaba por la otra acera se volvió para mirarnos y Alfred les gritó: «¡Ha dicho sí!». Luego volvió a mirarme, y apretó los labios. Trataba de no sonreír para poder hablar. Aferró mis brazos. Estaba temblando.

—Tenía la esperanza de que aceptarías.

Asentí otra vez, sonreí. Pasaban demasiadas cosas.

—Grace —pronunció suavemente—, me preguntaba... ¿puedo darte un beso?

Supongo que dije «sí» porque a continuación él levantó una mano para sostener mi cabeza, se inclinó hacia mí y sentí la rara y placentera extrañeza del contacto de sus labios en los míos. Fríos, suaves, misteriosos.

El tiempo parecía transcurrir lentamente.

Alfred retrocedió y me sonrió, tan joven, tan apuesto a la luz del atardecer.

Luego enlazó su brazo con el mío —era la primera vez que lo hacía— y comenzamos a caminar por la calle. No hablábamos, simplemente caminábamos juntos, en silencio. Sentí a través de la tela de mi camisa el roce de su contacto. Me estremecí. Su calidez, su presión, eran una promesa.

Alfred acarició mi muñeca con los dedos enguantados y experimenté una excitación desconocida. Mis sentidos se habían agudizado, como si alguien me hubiera despojado de una gruesa capa de piel, lo que me permitía sentir más intensamente, más libremente. Me acerqué un poco más. Pensaba cuántas cosas habían cambiado en el transcurso de un día. Había descubierto el secreto de mi madre, había comprendido la naturaleza del vínculo que me unía a Hannah, Alfred me había pedido que me casara con él. Estuve a punto de contarle mis deducciones acerca de mi madre y el señor Frederick pero las palabras murieron en mis labios. Tendríamos tiempo de sobra más adelante. La revelación era demasiado reciente, quería disfrutar a solas, un poco más, del secreto de mi madre. Y quería saborear mi propia felicidad, de modo que permanecí en silencio y seguimos caminando, con los brazos entrelazados, en dirección a la casa de mi madre.

Momentos preciosos, perfectos, que he recordado en infinidad de ocasiones a lo largo de mi vida. A veces imagino que llegamos a la casa, entramos y hacemos un brindis a nuestra salud y nos casamos inmediatamente después. Y vivimos felices el resto de nuestra vida hasta hacernos viejos.

Pero no es lo que sucedió, como tú bien sabes.

Rebobino. Vuelvo a escuchar. Estábamos a mitad de camino, habíamos pasado la casa del señor Connelly —la brisa traía melancólicos acordes de música irlandesa— cuando Alfred dijo:

—Debes comunicarlo en cuanto regreses a Londres.

Miré a mi prometido.

—¿Comunicarlo?

—A la señora Luxton —afirmó sonriente—. Cuando nos casemos ya no tendrás que servirla. Nos mudaremos a Ipswich inmediatamente. Puedes trabajar conmigo si lo deseas, ocuparte de llevar la contabilidad. O si lo prefieres puedes hacer trabajos de costura.

¿Dar la noticia? ¿Dejar a Hannah?

—Pero, Alfred —objeté sinceramente—, no puedo dejar mi puesto.

—Por supuesto que puedes. —En su sonrisa se percibía cierto desconcierto—. Como yo.

—Pero es diferente... —Trataba de encontrar palabras para explicarlo, para que él comprendiera—. Soy una doncella. Hannah me necesita.

—Ella no te necesita a *ti,* necesita una esclava que le ordene los guantes. —Su voz se suavizó—. Eres demasiado buena para dedicarte a eso, Grace, mereces algo mejor. Ser dueña de ti misma.

Quise explicarle que sin duda Hannah encontraría otra doncella, pero yo era más que eso. Que estábamos unidas, ligadas, desde aquel día en el cuarto de los niños, cuando las dos teníamos catorce años, cuando yo me preguntaba cómo me sentiría si tuviera una hermana. Cuando le mentí a la señorita Prince para ayudar a Hannah, tan instintivamente que me asusté.

Decirle que le había hecho una promesa. Que le había dado mi palabra cuando me rogó que no la abandonara.

Que éramos hermanas. Hermanas secretas.

—Además —continuó Alfred—, viviremos en Ipswich, por lo que difícilmente podrás seguir trabajando en Londres —advirtió, y me dio un golpecito cariñoso en el brazo.

Yo miré de reojo su cara tan inconfundible, tan segura, tan libre de ambivalencia, y sentí que mis argumentos se desintegraban, se desvanecían, aun cuando yo misma los había construido. No había palabras que pudieran hacerle comprender en un instante lo que a mí me había llevado años.

Supe que jamás los tendría a ambos, a Alfred y a Hannah. Que debería elegir.

El frío corría bajo mi piel, se expandía como un líquido.

Me solté de su brazo, y le dije que lo lamentaba. Que había cometido un error, un terrible error.

Después me aparté rápidamente de él. No volví a mirarlo aunque sabía que seguía allí, inmóvil, bajo la fría luz amarilla de la calle. Que seguiría contemplándome mientras desaparecía en la oscuridad del sendero, mientras esperaba que mi tía me abriera la puerta, y me deslizaba dentro de la casa. Mientras cerraba entre nosotros la puerta a lo que hubiera podido ser.

* * *

El viaje de regreso a Londres fue una tortura. Hacía frío, las carreteras estaban resbaladizas a causa de la nieve, el trayecto parecía interminable. Pero mi propia compañía lo tornó especialmente doloroso. Estaba atrapada, a solas conmigo misma, inmersa en un debate inútil. Durante todo el viaje traté de convencerme de que había tomado la decisión correcta, que la única elección posible era quedarme junto a Hannah, como había prometido. Y cuando el automóvil llegó a la casa del número diecisiete, ya lo había logrado.

Además estaba convencida de que Hannah ya sabía cuál era nuestro vínculo. Que lo había adivinado, que había oído las murmuraciones, o que incluso se lo habían dicho. Porque sin duda eso explicaba el motivo por el cual siempre me había dedicado su atención, eligiéndome como su confidente, desde la mañana en que me topé con ella en el zaguán de la escuela de secretarias de la señorita Dove.

De modo que las dos ya lo sabíamos.

Y el secreto permaneció sin que ninguna lo confesara. Un vínculo silencioso de dedicación y devoción.

Me sentí aliviada de no haberle contado el secreto a Alfred. Él no habría comprendido mi decisión de no revelarlo. Habría insistido en que se lo dijera a Hannah, incluso en que exigiera algún tipo de recompensa. Aun tan amable y cariñoso como era, no habría percibido la importancia de conservar el statu quo. No habría comprendido que nadie más debía saberlo. ¿Qué habría ocurrido si Teddy o Deborah lo descubrían? Hannah habría sufrido, tal vez me habría despedido.

No. Era mejor dejarlo así. No había otra alternativa. Era el único modo de proceder.

LA CASA DE RIVERTON

PARTE

Capítulo 21

LA HISTORIA DE HANNAH

E s hora de hablar de cosas que no presencié. De dejar a un lado a Grace y sus asuntos y poner en primer plano a Hannah. Porque mientras estuve lejos de ella, algo sucedió. Lo supe nada más verla. Algo había cambiado, Hannah era diferente. Más brillante. Secreta. Más satisfecha consigo misma.

Fui comprendiendo gradualmente lo que había ocurrido en la casa del número diecisiete y buena parte de lo que sucedió ese último año. Aunque no había visto u oído nada que me permitiera confirmarlo, yo tenía mis sospechas. Sólo Hannah sabía exactamente lo que pasaba. Nunca había sido partidaria de confesiones fervientes. No era su estilo, siempre había preferido los secretos. Pero después de los terribles hechos de 1924, cuando ambas nos enclaustramos en Riverton, se volvió más comunicativa. Y yo fui una buena oyente. Esto es lo que me contó.

I

Fue el lunes posterior a la muerte de mi madre. Yo había partido hacia Saffron Green, Teddy estaba en el trabajo, y Deborah y Emmeline, almorzando. Hannah estaba sola en el salón. Había tratado de escribir cartas pero su carpeta languidecía en el sillón. Carecía de energía para redactar largas notas de agradecimiento a las esposas de los adeptos de Teddy y miraba por la ventana, tratando de adivinar qué clase de vida llevaría la gente que pasaba por la calle. Estaba tan absorta en su juego que no vio a un hombre acercarse a la puerta principal, ni oyó el timbre. Lo supo cuando Boyle llamó a la puerta de la sala de estar y lo anunció.

—Un caballero ha venido a verla, señora.

—¿Un caballero, Boyle? —preguntó Hannah, mirando a una niña que se había librado de su institutriz y corría hacia el helado parque. ¿Cuándo fue la última vez que corrió, tan rápido que podía sentir el viento golpeando en su cara, y su corazón martillando con fuerza su pecho hasta dejarla casi sin aliento?

—Ha dicho que tiene algo que le pertenece y que le gustaría devolvérselo.

Qué fastidio, pensó Hannah.

—¿No puede dejárselo a usted, Boyle?

—Por lo visto no, señora. Asegura que tiene que entregarlo personalmente.

—No creo haber perdido nada. —Hannah apartó con desgana los ojos de la niña y se alejó de la ventana—. Supongo que lo mejor será hacerlo pasar.

El señor Boyle dudó. Parecía estar a punto de decir algo.

—¿Alguna otra cosa?

—No, señora, es sólo que ese caballero... no creo que tenga mucho de caballero.

—¿A qué se refiere?

—Simplemente a que no parece del todo honorable.

—¿No estará desnudo, verdad?

—No, señora, está completamente vestido.

—¿Ha dicho alguna obscenidad?

—No, señora, es bastante cortés.

Hannah vaciló.

—¿Es un francés, bajo y con bigote?

—Oh, no, señora.

—Entonces, Boyle, ¿de qué forma se manifiesta su falta de honorabilidad?

El mayordomo frunció el ceño.

—No puedo precisarlo, señora. Es una sensación.

Hannah simuló tener en cuenta la sensación de Boyle, aunque lo cierto es que éste había despertado su curiosidad.

—Si el caballero afirma tener algo que me pertenece, lo mejor será que lo recupere. Si su comportamiento no fuera honorable, lo llamaré inmediatamente.

—Sí, señora —respondió solemnemente Boyle. Hizo una reverencia y salió de la sala. Hannah se alisó el vestido. Cuando la puerta se abrió nuevamente, Robbie Hunter estaba de pie frente a ella.

* * *

No lo reconoció de inmediato. Después de todo, apenas habían compartido unos momentos durante un invierno, diez años atrás. Cuando lo conoció en Riverton, él era un chico de piel suave y lisa, grandes ojos castaños y modales corteses. Y muy tranquilo. Ésa era una de las cualidades que enfurecían a Hannah. Con gran dominio de sí mismo, Robbie se había colado silenciosamente en sus vidas, la había inducido a decir cosas que no debía y le había arrebatado a su hermano.

El hombre que estaba de pie frente a ella ahora era alto, e iba vestido con un traje negro y una camisa blanca. Su ropa era bastante ordinaria, pero lo diferenciaba de Teddy y los otros empresarios que Hannah conocía. Tenía un rostro extraordinario, aunque demasiado delgado: los pómulos hundidos y marcadas ojeras. Advirtió la falta de porte a la que se había referido Boyle. Sin embargo, tuvo la misma dificultad para definirla.

—Buenos días.

Él la miró. Hannah sintió que los ojos del inesperado visitante penetraban en su esencia más íntima. Otros hombres la habían mirado antes, pero algo en su particular modo de observarla la ruborizó. Él sonrió.

—No ha cambiado.

Fue entonces cuando Hannah lo reconoció, por la voz.

—Señor Hunter —dijo incrédula. Volvió a observarlo, con un nuevo interés, sabiendo quién era. El mismo cabello oscuro, los mismos ojos castaños. La misma boca sensual, siempre sutilmente sonriente. Se preguntó cómo pudo no haberlo reconocido. Luego se irguió y trató de serenarse—. ¡Qué amable de su parte haber venido a visitarme!

En cuanto pronunció esas palabras, lamentó que fueran tan previsibles. Deseó que no hubieran salido de su boca.

Él sonrió, con algo de ironía, según pudo percibir Hannah.

—¿Quiere sentarse? —le ofreció, señalándole el sillón de Teddy.

Robbie tomó asiento formalmente, como un escolar que obedece una instrucción con la que no vale la pena discutir. Una vez más ella sintió el tedio de su propio convencionalismo.

Él seguía observándola.

Hannah se arregló el cabello con ambas manos, se aseguró de que las peinetas estuvieran en su lugar, acomodó las ondas rubias que le rozaban la nuca, y luego sonrió amablemente.

—¿Hay algo fuera de lugar, señor Hunter? ¿Algo que deba corregir?

—No. Su imagen no ha abandonado mi mente a lo largo de diez años. Sigue siendo la misma.

—No soy la misma, señor Hunter, se lo aseguro —replicó Hannah, tratando de que sus palabras no sonaran demasiado serias—. Cuando nos vimos por última vez yo tenía quince años.

—¿Era realmente tan joven?

Allí estaba otra vez la falta de señorío. No se debía tanto a lo que decía —su pregunta era absolutamente formal— sino a la manera en que lo decía. Como si ocultara un doble sentido que ella no lograba desentrañar.

—Pediré que nos traigan una taza de té, ¿le parece bien? —ofreció Hannah. De inmediato se arrepintió. Eso prolongaría inevitablemente la visita.

No obstante, se puso de pie, tocó el timbre del servicio y se quedó junto a la chimenea, recolocando algunos objetos y tratando de serenarse mientras esperaba que Boyle acudiera a su llamada.

—Tomaremos el té. El señor Hunter era un amigo de mi hermano —explicó Hannah—. Lucharon juntos en la guerra.

El mayordomo miró a Robbie con desconfianza.

—Ah... —exclamó Boyle—. Sí, señora. Le pediré a la señora Tibbit que prepare té para dos. —La deferencia del mayordomo confería a la invitación un carácter totalmente convencional.

Robbie observaba la sala de estar. El mobiliario *art déco* que había elegido Deborah («la última moda»), y que Hannah había tolerado. Su mirada pasó del espejo octogonal que estaba sobre el hogar a las cortinas estampadas con diamantes dorados y marrones.

—Muy moderno, ¿verdad? —comentó Hannah, esforzándose por parecer espontánea—. No podría decir con certeza que me agradan, pero la hermana de mi esposo sostiene que es el punto culminante de la modernidad.

Robbie no parecía oírla.

—David hablaba de usted a menudo. Siento como si los conociera de toda la vida. A usted, a Emmeline, a Riverton.

Ante la mención de su hermano, Hannah se sentó en el borde del sillón. Se había adiestrado a sí misma para no pensar en él, para no abrir el cofre donde guardaba sus tiernos recuerdos. E inesperadamente tenía frente a ella a la única persona con la cual podía hablar sobre él.

—Sí. Hábleme de David, señor Hunter. Me pregunto si estaba... —Hannah dejó inconclusa su interrogación—. Tengo la esperanza de que me haya perdonado.

—¿Perdonado?

—El último invierno que pasamos juntos, antes de que partiera, me comporté como una perfecta maleducada. Mi hermana y yo estábamos acostumbradas a tener a David sólo para nosotras. Temo que fui muy intransigente. No teníamos previsto que usted llegara con él. Pasé todo el tiempo ignorándolo, deseando que no estuviera en nuestra casa.

—No me di cuenta.

Hannah sonrió nostálgicamente.

—Entonces fue un esfuerzo inútil.

La puerta se abrió. Boyle traía la bandeja con el té. La dejó en la mesa, cerca de Hannah, y retrocedió unos pasos.

—Señor Hunter —continuó Hannah al ver que el mayordomo permanecía en la sala observando a Robbie—, Boyle me ha dicho que usted quiere devolverme algo.

—Sí.

Mientras Robbie buscaba en su bolsillo, Hannah le hizo un gesto al mayordomo para indicarle que todo estaba en orden y que podía retirarse. Cuando la puerta se cerró, el visitante sacó algo envuelto en una tela raída, con un cordel desgastado. A Hannah le pareció imposible que aquello pudiera pertenecerle. Al observarlo más detenidamente comprendió que era una vieja cinta, alguna vez blanca, ahora ocre. Robbie abrió el envoltorio con dedos temblorosos y le ofreció el contenido.

Hannah sintió un nudo en la garganta. Era un libro diminuto. Se inclinó para cogerlo, tomándolo con sumo cuidado. Observó la tapa, aunque sabía de sobra cuál era el título. *Viaje a través del Rubicón*.

La invadió una oleada de recuerdos. Las correrías en los jardines de Riverton, la excitación de la aventura, los secretos a media voz en el cuarto de los niños.

—Le entregué esto a David para que le diera suerte.

Robbie asintió.

—¿Por qué se lo apropió?

—No lo hice.

—David jamás se lo habría cedido.

—No, desde luego, y no lo hizo. Yo soy tan sólo su mensajero. Él quería que usted lo recuperara. Lo último que dijo fue «llévaselo a Nefertiti». Y eso he hecho.

Hannah evitó mirar a Robbie. Ese nombre, su nombre secreto. Él no la conocía lo suficiente. Apretó entre sus dedos el pequeño libro, cerró los ojos y se recordó a sí misma valiente, indómita y llena de proyectos. Alzó la cabeza para mirarlo.

—Hablemos de otra cosa.

Robbie asintió con un gesto suave y volvió a guardar el envoltorio en su bolsillo.

—¿De qué hablan dos personas que se reencuentran en una circunstancia como ésta?

—Hacen preguntas acerca de sus actividades habituales —sugirió Hannah, guardando el minúsculo libro en su escritorio—. Del rumbo que ha tomado su vida.

—En ese caso, podría preguntarle: ¿a qué se ha dedicado en los últimos tiempos, Hannah? Aun cuando tengo evidencia suficiente del rumbo que ha tomado su vida.

Hannah se irguió, sirvió una taza de té, la sostuvo en su mano algo temblorosa y se la pasó a su invitado.

—Estoy casada con un caballero llamado Theodore Luxton, seguramente ha oído hablar de él. Es empresario, trabaja junto a su padre. Dirigen algunas compañías, al menos eso creo.

Robbie la observaba sin dar indicios de que el nombre de Teddy le resultara familiar.

—Vivo en Londres, como sabe —continuó Hannah, tratando de sonreír—. Es una ciudad maravillosa, ¿no cree? Hay infinidad de cosas que visitar y hacer. Gente interesante. —La voz de Hannah sonaba insegura. Robbie la distraía. Mientras ella hablaba, él la observaba con la misma desconcertante intensidad con que había escrutado el Picasso, en la biblioteca, muchos años atrás—. Señor Hunter —exigió con cierta impaciencia—, me veo obligada a pedirle que deje de mirarme de ese modo. Es casi imposible...

—Tiene razón —señaló suavemente Robbie—. Ha cambiado. Su expresión es triste.

Hannah quiso responderle, asegurarle que se equivocaba. Que en todo caso, la tristeza que él percibía era la consecuencia de haber resucitado el recuerdo de su hermano. Pero algo en la voz de Robbie se lo impidió. Algo que la hacía sentir transparente, frágil, vulnerable. Sintió que no se conocía a sí misma tanto como él la conocía. No era una sensación agradable, pero comprendió que lo mejor era no discutir sobre el asunto.

—Bien, señor Hunter —indicó poniéndose de pie—, debo agradecerle que haya venido a devolverme el libro.

Robbie también se puso de pie.

—Hice una promesa.

—Le pediré a Boyle que lo acompañe.

—No se moleste. Conozco el camino.

Al abrir la puerta, Emmeline irrumpió como un remolino de seda rosa y cabello rubio. En sus mejillas resplandecía la dicha de la juventud y de tener una vida social en el círculo de los privilegiados. Se dejó caer en el sofá y cruzó las piernas. Hannah se sintió súbitamente vieja, y extrañamente desvaída, como una acuarela que por descuido queda bajo la lluvia hasta que sus colores se diluyen.

—Uff, estoy extenuada —anunció Emmeline—. ¿Ha quedado un poco de té?

En ese momento miró a su alrededor y advirtió que Robbie estaba allí.

—¿Recuerdas al señor Hunter, Emmeline? —preguntó Hannah.

Emmeline parecía desconcertada. Se inclinó hacia adelante y apoyó el mentón en su mano. Sus grandes ojos azules parpadeaban mientras observaba al visitante.

—El amigo de David —agregó Hannah—, lo conocimos en Riverton.

—Robbie Hunter —evocó Emmeline, sonriendo con deleite mientras dejaba caer su mano sobre el regazo—. Por supuesto, lo recuerdo. Me debe un vestido. Quizás esta vez no sienta la imperiosa necesidad de hacerlo jirones.

* * *

Ante la insistencia de Emmeline, empeñada en que era inconcebible dejarlo marchar tan pronto, Robbie se quedó a cenar. Por lo tanto, esa noche el inesperado visitante compartió la mesa con Teddy, Deborah, Emmeline y Hannah en el salón comedor de la casa del número diecisiete.

Hannah se sentó a un lado de la mesa, Deborah y Emmeline frente a ella, Teddy y Robbie en las cabeceras. Ambos parecían unas curiosas estatuas sujetalibros en un estante de biblioteca: Robbie, el arquetipo del artista desilusionado. Teddy, después de cuatro años de trabajo junto a su padre, una caricatura del poder y la prosperidad. Aún era un hombre apuesto —Hannah había podido comprobar que las esposas de algunos de sus colegas trataban de seducirlo, con escaso resultado—, pero tenía la cara más llena y el cabello canoso. Las mejillas habían adquirido el tinte rosado que suele conferir una vida opulenta. Teddy se apoyó en el respaldo de su silla.

—Y bien, señor Hunter, cuéntenos a qué se dedica. Mi esposa dice que no es empresario. —Era evidente que Teddy no concebía que existieran otras opciones.

—Soy escritor —declaró Robbie.

—Ah, escritor. ¿Escribe para *The Times*?

—Lo hice, además de para otras publicaciones.

—¿Y ahora?

—Escribo para mí. —Teddy sonrió—. Imaginé estúpidamente que sería más fácil complacerme a mí mismo.

—Puede considerarse afortunado —exclamó Deborah—, se permite dedicar su tiempo al ocio. Yo no sabría quién soy si no corriera todo el día de un lado a otro.

Deborah comenzó a monologar sobre un baile de máscaras que había organizado poco tiempo antes, dedicándole al invitado sonrisas voraces.

Hannah advirtió que trataba de seducirlo y miró a Robbie. Era apuesto, aunque en su estilo, lánguido y sensual. No era en absoluto el tipo de hombre que solía atraer a Deborah.

—¿Escribe libros? —preguntó Teddy.

—Poesía —respondió Robbie.

Teddy alzó las cejas histriónicamente y recitó:

—«Qué fastidio es detenerse, oxidarse sin brillo en lugar de resplandecer en el ejercicio».

Hannah sintió vergüenza ajena ante la inoportuna cita de Tennyson.

Robbie la miró y sonrió. Luego recitó:

—«Como si respirar fuera vivir».

—¿Sus versos tienen alguna similitud con los de Shakespeare? Es un autor al que siempre he admirado —comentó Teddy.

—Me temo que no puedo compararme con él —afirmó Robbie—. No obstante, sigo intentándolo. Es mejor morir en acción que consumirse en la desesperación.

—Exactamente —coincidió Teddy.

Hannah seguía observando a Robbie. De pronto, algo que había vislumbrado se definió con nitidez y respiró profundamente. Había descubierto quién era el hombre que estaba sentado a su mesa.

—Usted es R. S. Hunter.

—¿Quién? —preguntó Teddy, mirando alternativamente a Hannah y a Robbie. Por fin su mirada se dirigió a Deborah, pidiendo explicación. Ella alzó afectadamente los hombros.

—R. S. Hunter —repitió Hannah, sin dejar de observar a Robbie. No pudo contener la risa—. Tengo una antología de sus poemas.

—¿La primera o la segunda versión?

—*Progreso y desintegración*.

Hannah ignoraba que existiera otra recopilación.

—Ah —exclamó entonces Deborah, con ojos asombrados—, vi un artículo en el periódico. Usted ganó ese premio.

—*Progreso*... es la segunda antología —explicó Robbie sin apartar la vista de Hannah.

—Me gustaría leer la primera. Por favor, dígame cuál es el título, señor Hunter, para que pueda comprarla.

—Con mucho gusto le daré mi ejemplar. Me lo sé de memoria. Entre nosotros, el autor me resulta bastante aburrido.

Los labios de Deborah dibujaron una sonrisa. En sus ojos surgió una expresión familiar. Estaba evaluando a Robbie, repasando la lista de personas a las que podría impresionar si lo presentaba en alguna de sus veladas. Por el modo en que fruncía los labios, le asignaba un gran valor. Hannah sintió que quería arrebatarle algo que le pertenecía.

—¿*Progreso y desintegración?* —preguntó Teddy guiñando un ojo a Robbie—. ¿No será usted un socialista, verdad, señor Hunter?

Robbie sonrió.

—No, señor, no tengo posesiones para redistribuir ni deseo de obtenerlas.

La respuesta hizo reír a Teddy.

—Señor Hunter, me temo que le divierte burlarse de nosotros.

—Me estoy divirtiendo, pero no es mi intención burlarme de ustedes.

Deborah intentó que su sonrisa fuera seductora.

—Un pajarito me ha contado que usted no es el vagabundo que intenta parecer.

Hannah miró a Emmeline, que se cubría la cara para ocultar la risa. No era difícil determinar la identidad del pajarito al que había aludido Deborah.

—¿De qué hablas, Dobby? —preguntó Teddy—. Dilo de una vez.

—Nuestro huésped se ha estado burlando de nosotros —afirmó Deborah con tono triunfal—. Él no es el señor Hunter sino lord Hunter.

Teddy la miró desconcertado.

—¿Cómo? ¿De qué hablas?

Robbie hizo girar el pie de su copa entre los dedos.

—Es cierto que soy hijo de lord Hunter. Pero no uso el título.

Teddy apartó la vista de su plato de carne asada y miró a Robbie. Era incapaz de comprender que alguien renegara de un título. Él y su padre habían luchado tenazmente para que Lloyd George los honrara nombrándolos nobles.

—¿Está seguro de que no es socialista? —volvió a demandar.

—Basta de política —interrumpió de pronto Emmeline, poniendo los ojos en blanco—. Está claro que Robbie no es un socialista. Es uno de nosotros y no lo hemos invitado para que se aburra mortalmente. —A continuación miró fijamente a Robbie y apoyó el mentón en la palma de la mano—. Cuéntenos por dónde ha viajado, Robbie.

—¿Últimamente? Por España.

—España —repitió Hannah para sí—. Qué maravilla.

—Qué primitivo —señaló Deborah entre risas—. ¿Para qué demonios fue a ese país?

—Para cumplir una promesa hecha hace largo tiempo.

—¿Estuvo en Madrid? —quiso saber Teddy.

—Pasé por allí camino de Segovia.

—¿Para qué fue a Segovia?

—Para conocer el Alcázar.

Hannah sintió que se le erizaba la piel.

—¿Ese fuerte antiguo y derruido? —preguntó Deborah con una amplia sonrisa—. No puedo imaginar algo peor.

—Oh, no —refutó Robbie—. Fue algo inolvidable. Mágico. Como ingresar en un mundo diferente.

—¿Podría ser más explícito? —pidió Deborah.

Robbie vaciló. No encontraba las palabras adecuadas.

—Sentí que podía ver el pasado. Cuando llegaba la noche y estaba solo, casi podía oír los murmullos de los muertos. Antiguos secretos rondaban por allí.

—Qué morboso —opinó Deborah.

—¿Por qué se marchó de España? —preguntó Hannah.

—Sí, ¿qué lo trajo de vuelta a Londres, señor Hunter? —quiso saber Teddy.

Robbie miró a Hannah. Sonrió, y se dirigió a Teddy.

—Sospecho que fue la divina providencia.

—Un largo viaje —declaró Deborah con esa voz seductora que Hannah le conocía—. Usted debe de tener algo de gitano.

Robbie sonrió, pero no dijo nada.

—O eso o, por el contrario, nuestro invitado tiene cargo de conciencia —afirmó Deborah inclinándose hacia Teddy, y bajando jocosamente la voz—. ¿Es eso, señor Hunter? ¿Es usted un fugitivo?

—Sólo escapo de mí mismo, señorita Luxton —declaró Robbie.

—Según vaya envejeciendo deseará establecerse en un lugar —sentenció Teddy—. Yo tenía espíritu aventurero. Me gustaba conocer el mundo, coleccionar objetos y acumular experiencias. —Por el modo en que apoyó las palmas sobre el mantel, a cada lado del plato, Hannah supo que su esposo iba a dar un sermón—. Pero en el transcurso de su vida adulta el hombre asume cada vez más responsabilidades. Adquiere hábitos. Lo imprevisto, si bien solía estimularlo cuando era joven, comienza a irritarlo. Yo adoraba París, pero esa ciudad va camino de la ruina. No hay respeto por las tradiciones. Basta con ver el modo en que se visten las mujeres. —Teddy meneó la cabeza—. Yo no permitiría bajo ningún concepto que mi esposa tuviera esa apariencia.

Hannah no se atrevió a mirar a Robbie. Sin apartar la vista de su plato, jugueteó con la comida y dejó el tenedor.

—Sin duda viajar nos permite comprender otras culturas —afirmó Robbie—. En el lejano Oriente conocí una tribu cuyos hombres tallan los rostros de sus mujeres con diversos diseños.

—¿Con un cuchillo? —preguntó espantada Emmeline.

Teddy, cautivado por el comentario, tragó un bocado de carne sin masticar.

—¿Por qué hacen algo así?

—Las esposas son consideradas meros objetos de placer, que sus esposos se complacen en exhibir. Creen que tienen el derecho de decorarlas como les parezca adecuado.

—Bárbaros —espetó Teddy meneando la cabeza. Luego le hizo una seña a Boyle para que volviera a llenar su copa—. Y se preguntan por qué es necesario que nosotros los civilicemos.

* * *

Después de aquella noche, Hannah no volvió a ver a Robbie durante varias semanas. Pensó que había olvidado la promesa de prestarle su libro de poesía. Sospechaba que era propio de él seducir a sus anfitriones haciendo promesas vanas y luego desaparecer sin haberlas cumplido. Ella no estaba ofendida, tan sólo descontenta consigo misma por haber tomado en serio sus palabras. No debía seguir pensando en ello.

No obstante, quince días después, mientras visitaba una pequeña librería de Drury Lane, en la sección H-J —allí estaban los libros de los autores cuyo nombre empezaba con esas letras— encontró un ejemplar de la primera antología de poemas y lo compró. Después de todo, había admirado sus poemas mucho antes de comprender que él era un hombre capaz de hacer promesas vanas.

Poco después murió su padre, y por su cabeza dejaron de rondar pensamientos relacionados con Robbie Hunter. Al recibir la noticia, Hannah sintió que el ancla que la afirmaba a tierra se había roto, que la habían arrojado desde aguas tranquilas a una tempestad, y estaba a merced de olas caprichosas e imprevisibles. Era ridículo, por supuesto, no había visto a su padre durante largo tiempo. Él se había negado a recibirla desde que se casó, y ella no había logrado persuadirlo de que depusiera su actitud. Pero, de todos modos, mientras su padre estuvo vivo se sintió ligada a algo, a alguien fuerte y sólido. Ya no. Sentía que él la había abandonado. Es cierto que a menudo peleaban, era parte de su peculiar relación, pero Hannah siempre supo que ella era su preferida. Y se había ido sin decirle una palabra. Sus noches se llenaron de sueños sobre océanos tenebrosos, barcos que naufragaban, implacables olas marinas. Y durante el día volvió a rumiar acerca de las visiones de la espiritista sobre tinieblas y muerte.

Se decía a sí misma que tal vez todo cambiaría cuando Emmeline se instalara de forma permanente en la casa del número diecisiete. Después de la muerte de su padre quedó decidido que Hannah sería una especie de guardiana de su hermana. Teddy opinaba que era necesario vigilarla, teniendo en cuenta el episodio con el cineasta. Cuanto más lo pensaba, más se entusiasmaba Hannah con la perspectiva de acoger a Emmeline en su casa. Tendría una aliada, alguien que la comprendería. Estarían despiertas hasta tarde, conversando y riendo, compartiendo secretos como hacían cuando eran más jóvenes.

Sin embargo, Emmeline llegó a Londres con otra idea. Era una ciudad en la que se sentía a sus anchas y se arrojó de lleno a la vida social que tanto la atraía. Cada noche asistía a fiestas de todo tipo —animadas con artistas de circo, reuniones en las que todos los invitados debían vestirse de blanco o disfrazarse de criaturas del fondo del mar...—, eran tantas que Hannah había perdido la cuenta. Participaba en sofisticadas búsquedas del tesoro que involucraban el robo de recompensas, desde el platillo de un mendigo a la gorra de un agente de policía. Bebía y fumaba en exceso y consideraba que la noche había sido un fracaso si al día siguiente no figuraba su nombre en las páginas de sociedad del periódico.

Una tarde, Hannah encontró a Emmeline reunida con un grupo de amigos en la sala de estar. Habían movido los muebles, que estaban contra las paredes, y la costosa alfombra berlinesa de Deborah estaba enrollada junto a la chimenea. Una joven con un vestido de *chiffon* verde claro, a quien Hannah jamás había visto, estaba sentada sobre la alfombra y fumaba displicentemente, dejando caer las cenizas al suelo, mientras miraba cómo Emmeline trataba de enseñar a bailar el *shimmy* a un joven con rostro infantil y dos pies izquierdos.

—No, no —decía Emmeline riendo—, tienes que girar cuando cuente tres, Harry querido, y no dos. Vamos, cógete de mis manos y te lo mostraré. —Se acercó al gramófono para hacer sonar otra vez la canción.

Hannah avanzó bordeando las paredes. La naturalidad con que Emmeline y sus amigos habían invadido la sala —su sala, después de todo— la había sorprendido tanto que no recordaba el motivo por el cual estaba allí. Mientras ella simulaba buscar algo en el escritorio, Harry se desplomó en el sofá.

—Basta, Emme, vas a matarme.

Emmeline también se dejó caer en el sofá, junto a él, y le rodeó los hombros con el brazo.

—Como quieras, Harry, pero si no aprendes los pasos, no esperes que baile contigo en la fiesta de Navidad. El *shimmy* es el ritmo de moda y pienso bailarlo toda la noche.

—Y toda la mañana —agregó la chica del vestido de *chiffon*.

Tenía razón, pensó Hannah. Cada vez era más frecuente que las veladas nocturnas de su hermana concluyeran en reuniones matutinas. No contenta con bailar toda la noche en el Berkley, ella y sus amigas habían adquirido el hábito de seguir la fiesta en casa de alguna de ellas. Los sirvientes comenzaban a murmurar. Unos días antes, mientras limpiaba el vestíbulo, la nueva criada había visto llegar a Emmeline a las seis de la mañana. Por fortuna, Teddy y Deborah lo ignoraban. Hannah se había asegurado de que así fuera.

—Jane afirma que esta vez Clarissa habla en serio —dijo la joven vestida de *chiffon*.

—¿Realmente crees que seguirá adelante con esa idea? —preguntó Harry.

—Lo sabremos esta noche —contestó Emmeline—. Clarissa ha amenazado con cortarse el pelo desde hace meses. Sería una tontería, con esa estructura ósea; su cráneo va a parecer el de un sargento alemán —agregó riendo.

—¿Llevarás ginebra?

—O vino. Da igual. Clarissa tiene pensado vaciar todas las botellas en la bañera para que la gente pueda llenar allí sus copas —le explicó Emmeline a Harry.

Una «fiesta de bebidas», pensó Hannah. Estaba al tanto de la existencia de esa clase de festejos. Teddy solía leerle los artículos del periódico mientras desayunaban. Y recordaba que al encontrar esa noticia había bajado el periódico meneando la cabeza en señal de desaprobación y había dicho:

—Escucha esto. Otro de esos festejos. Esta vez en Mayfair.

Dicho lo cual, le había leído el artículo, palabra por palabra, describiendo con sumo placer los nombres de los que se habían colado sin estar invitados, los adornos indecentes y las numerosas intervenciones de la policía. Teddy se preguntaba por qué las fiestas de los jóvenes ya no eran como las de su época, cuando en los bailes se ofrecía una cena, los sirvientes eran los encargados de llenar las copas de vino y las muchachas tenían su carné de baile.

Las palabras de Teddy la horrorizaron, sugerían que ella ya no se contaba entre los jóvenes. Y aunque sintió que Emmeline era una especie de sacrílega que danzaba sobre las tumbas de los difuntos, no se lo dijo.

Hannah hizo todo lo necesario para asegurarse de que Teddy no supiera que su hermana acudía a esa clase de fiestas, y menos aún, que las organizaba. Se volvió experta en inventar excusas sobre las actividades nocturnas de Emmeline.

Pero esa noche, cuando subía la escalera para dirigirse al estudio de Teddy, con la intención de darle una ingeniosa explicación, una verdad a medias, sobre la devoción de Emmeline por su amiga Clarissa, advirtió que su esposo no estaba solo. Las voces de Teddy y Deborah le llegaron a través de la puerta cerrada. Estaba a punto de irse, decidida a volver más tarde, cuando oyó el nombre de su padre. Entonces, conteniendo la respiración, se quedó para escuchar.

—Fuera cual fuera tu opinión sobre ese hombre, deberías sentir pena por él —señaló Teddy—. Murió de un ataque cerebral antes de cumplir cincuenta años.

—¿Ataque cerebral? Yo diría que fue la bebida —replicó Deborah. Hannah escuchaba con los labios apretados—. Sin duda durante algún tiempo hizo todo lo posible por destruir su hígado. Lord Gifford me contó que uno de los sirvientes lo encontró cuando fue a llevarle el desayuno, hundido entre las almohadas, con una botella de whisky vacía a su lado. El lugar apestaba a alcohol, parecía una destilería.

Mentiras, pensó Hannah indignada.

—¿Es cierto eso?

—Eso dice lord Gifford. Los sirvientes trataron de ocultarlo, pero él les recordó que como defensor de la familia necesitaba conocer los hechos para poder cumplir con su deber.

Hannah oyó el chorro del jerez vertiéndose en las copas y el entrechocar de los cristales.

—Todavía estaba vestido —murmuró maliciosamente Deborah—, la habitación era un caos, había papeles por todas partes. —Luego rió—. Esto te encantará: ¿sabes qué tenía sobre las rodillas?

—¿Su testamento?

—Una fotografía. Una de esas fotografías antiguas y formales que solían hacerse a finales del siglo pasado, donde posaban la familia y los sirvientes.

Hannah advirtió que Deborah había enfatizado las últimas palabras, pero no pudo comprender el motivo. Sabía a qué tipo de fotografías se refería, aquellas que constituían un rito obligado para su abuela. No le parecía extraño que su padre, en los últimos tramos de su vida, encontrara consuelo observando los rostros de sus seres queridos.

—Lord Gifford tuvo dificultades en encontrar el testamento de Frederick —continuó Deborah.

—Supongo que finalmente lo encontró —se apresuró a decir Teddy—. Y que su contenido concuerda con lo previsto.

—Así es. Cumplió con lo prometido.

—Excelente.

—¿Vas a vender esa propiedad?

Hannah oyó un ruido: Teddy se acomodó en su sillón antes de responder.

—No creo. Siempre he fantaseado con la idea de tener una casa en el campo.

—Podrías presentarte a un escaño por Saffron. Los campesinos tienen devoción por su amo.

Hannah contuvo el aliento. Se oyeron pasos. Después de un instante, Teddy declaró:

—¡Por Dios, Dobby, eres un genio! Llamaré inmediatamente a lord Gifford. —Teddy parecía exultante. Desde el otro lado de la puerta se oyó como llamaba por teléfono—. Le pediré que consiga apoyo para mi candidatura.

Hannah se alejó de la puerta. Había oído suficiente.

Esa noche no habló con Teddy. Afortunadamente, Emmeline llegó a las dos de la madrugada, una hora relativamente decorosa. Hannah estaba en su cama, todavía despierta, cuando oyó que su hermana entraba en casa. Se dispuso a dormir, cerró los ojos y trató de no pensar en lo que había dicho Deborah acerca de su padre y la manera en que había muerto, acerca de su desdicha, su soledad, las tinieblas que lo acechaban. De no pensar en las cartas que intentó escribirle y nunca logró completar.

En la soledad del dormitorio que Deborah había decorado para ella, mientras oía los ronquidos de Teddy, que llegaban desde la habitación contigua, y los ruidos nocturnos de la ciudad que atravesaban su ventana, soñó con aguas tenebrosas, barcos abandonados flotando hacia playas desiertas mientras, a lo lejos, se oían sus sirenas solitarias.

II

Robbie regresó. No dio explicaciones acerca de los motivos de su ausencia. Sencillamente, se sentó en el sillón de Teddy, como si el tiempo no hubiera pasado, y le entregó a Hannah su primer volumen de poesía. Ella estuvo a punto de decirle que ya había comprado un ejemplar cuando él sacó otro libro del bolsillo de su abrigo. Era pequeño, con tapas de color verde.

—Para usted —declaró, extendiendo su brazo hacia ella.

Hannah sintió que sus latidos se aceleraban cuando vio el título: era el *Ulises* de Joyce, que estaba prohibido.

—Pero ¿dónde lo ha...?

—Un amigo en París.

Hannah recorrió con sus dedos la cubierta del *Ulises*. Conocía el tema de la novela: la agonizante relación física de un matrimonio. Había leído —en realidad, Teddy le había leído— las críticas publicadas en el periódico. Su esposo había dicho que se trataba de un libro indecente y ella había asentido, para manifestar su acuerdo. Lo cierto es que el tema le resultaba extrañamente conmovedor, pero podía adivinar cuál habría sido el comentario de Teddy si lo hubiera confesado. Probablemente la habría tomado por chiflada, obligándola a consultar con un médico. Tal vez tuviera razón.

Sin embargo, aun cuando la posibilidad de leer la novela le resultaba estimulante, no podía definir la sensación que le provocaba el hecho de que Robbie se la hubiera regalado. ¿Pensaría que ella era una mujer para quien esos temas eran algo común? O peor aún, ¿se estaba riendo de ella? ¿Creía que era una mojigata? Estaba a punto de preguntárselo cuando él añadió, con suma sencillez y delicadeza:

—Lamento la muerte de su padre.

Antes de que pudiera decir una sola palabra acerca del *Ulises*, Hannah descubrió que estaba llorando.

* * *

Nadie prestó demasiada atención a las visitas de Robbie. No al principio. En verdad, nada sugería que Hannah y él tuvieran una relación indecorosa. Hannah habría sido la primera en negarlo. Todos sabían que Robbie había sido amigo de su hermano, que había estado con él hasta el final. Si bien su aspecto tenía algo fuera de lo común, algo poco honorable —Boyle seguía insistiendo en ello— parecía lógico atribuirlo a las cruentas experiencias vividas durante la guerra.

Era imposible prever en qué momento llegaría Robbie, pero Hannah comenzó a esperar sus visitas, a anhelarlas. Algunas veces lo recibía a solas, en otras ocasiones Emmeline o Deborah la acompañaban. No le molestaba. Para ella, Robbie era su tabla de salvación. Hablaban de libros, de viajes. De ideas extravagantes y lejanos lugares. Él parecía saberlo todo sobre ella. Era casi como tener a David en casa otra vez. Descubrió cuánto necesitaba de su compañía, se inquietaba cuando sus visitas se espaciaban, ninguna otra cosa lograba entretenerla.

Si Hannah no hubiera estado tan preocupada, tal vez habría advertido que las visitas de Robbie no sólo despertaban su interés. Habría observado que Deborah pasaba cada vez más tiempo en casa. Pero no lo hizo.

Para su sorpresa, un día, estando todos en el salón, Deborah dejó a un lado sus crucigramas y declaró:

—Estoy organizando una fiesta para la semana próxima, señor Hunter. He estado tan ocupada que ni siquiera he tenido tiempo de conseguir un compañero de baile —apuntó, sonriente, exhibiendo su blanca dentadura y sus labios pintados de rojo.

—Dudo que tenga dificultades para conseguirlo —contestó Robbie—. Seguro que hay montones de hombres esperando la oportunidad de introducirse en las fiestas de la alta sociedad.

—Por supuesto —aseguró Deborah, sin comprender la ironía de Robbie—, pero de todos modos temo que ya no me quede tiempo para invitarlos.

—Seguramente lord Woodall aceptará —sugirió Hannah.

—Lord Woodall está de viaje —se apresuró a decir Deborah—. Y no puedo ir sola —agregó, dirigiendo una sonrisa a Robbie.

—Según dice Emmeline, ahora la última moda es ir sin pareja.

Deborah fingió no haber oído las palabras de Hannah y pestañeó seductoramente mirando a Robbie.

—A menos que... —insinuó, meneando la cabeza con una timidez que no concordaba con su personalidad—. No, por supuesto...

Robbie no dijo una palabra.

Deborah frunció los labios.

—A menos que usted acepte ser mi compañero, señor Hunter.

Hannah contuvo la respiración.

—¿Yo? —exclamó Robbie—. No, no, imposible.

—¿Por qué no? —preguntó Deborah—. Podríamos pasar una estupenda velada.

—No sé comportarme en sociedad. Sería un pez fuera del agua.

—Soy muy buena nadadora. Lo mantendré a flote.

—De todos modos, no.

No era la primera vez que el comportamiento de Robbie desconcertaba a Hannah. Su indiferencia ante las formalidades de rigor no tenía el menor parecido con la afectada vulgaridad de las amistades de Emmeline. Su actitud era genuina, y asombrosa.

—Le ruego que reconsidere su respuesta —insistió Deborah. En su voz se percibía un matiz de ansiedad—. Todas las personalidades importantes estarán presentes en esa fiesta.

—No me divierten esas veladas de la alta sociedad —aseguró con rotundidad Robbie—, donde todo el mundo derrocha su dinero en impresionar a unos cuantos estúpidos que no entienden cuál es el juego.

Deborah abrió la boca y la cerró inmediatamente.

Hannah apenas logró contener la risa.

—Si está seguro... —dijo Deborah.

—Completamente seguro —aseveró alegremente Robbie—. Gracias, de todos modos.

Deborah agitó el periódico que había dejado sobre el regazo, y simuló reanudar sus crucigramas.

Robbie miró a Hannah, levantó las cejas y le hizo una mueca graciosa. Ella no pudo contener la risa.

Deborah les miró a uno y otro con gesto adusto. Hannah conocía esa expresión —heredada, junto con la ambición de poder, de Simion—, ese rictus de amargura que le provocaba la derrota.

—Usted que se considera un forjador de palabras, dígame, señor Hunter —inquirió Deborah con frialdad—: ¿qué palabra de cinco letras que comienza con «e» significa razonamiento equivocado?

* * *

Unos días después, en la cena, Deborah se vengó de Robbie.

—He sabido que el señor Hunter estuvo hoy aquí —declaró, pinchando un trozo de su hojaldre.

—Me trajo un libro. Pensó que podía interesarme —replicó Hannah.

Deborah miró a Teddy, que estaba sentado a la cabecera de la mesa, diseccionando su pescado.

—Me pregunto por qué motivo las visitas del señor Hunter perturban tanto a los sirvientes.

Hannah dejó los cubiertos.

—No hay razón para que los sirvientes se sientan perturbados por las visitas del señor Hunter.

—No, claro—prosiguió Deborah, irguiéndose en su asiento—, debí suponer que ésa sería tu respuesta. Nunca has asumido verdaderamente tu responsabilidad en lo que concierne a dirigir esta casa. —Entonces, se tomó su tiempo para pronunciar lenta y detenidamente cada palabra—. Los sirvientes son como niños, mi querida Hannah. Necesitan rutinas, es casi imposible que funcionen sin ellas. Y a nosotros, sus superiores, nos corresponde proporcionárselas. Como sabes, las visitas del señor Hunter son imprevisibles. Tal como él mismo ha admitido, desconoce los modales que conlleva el comportamiento en sociedad. Ni siquiera llama por teléfono para avisar de su llegada. Para la señora Tibbit es una complicación servir el té para dos cuando tenía todo preparado para servir sólo uno. No es razonable. ¿Estás de acuerdo, Teddy?

—¿De qué hablas? —preguntó Teddy, desviando la vista de su plato de pescado.

—Estaba diciendo que, lamentablemente, en los últimos tiempos los sirvientes están alterados.

—¿Los sirvientes están alterados? —exclamó. Por supuesto, había heredado de su padre el temor de que la servidumbre algún día se rebelara.

—Hablaré con el señor Hunter, y le pediré que en adelante avise por teléfono cuando venga a visitarnos —repuso Hannah.

Deborah simuló reflexionar sobre sus palabras.

—No —refutó, meneando la cabeza—. Me temo que ya es un poco tarde. Tal vez lo mejor sea que deje de visitarnos.

—Un poco exagerado, ¿no te parece, Dobby? —opinó Teddy. Un tierno afecto por su esposo invadió a Hannah—. El señor Hunter da la impresión de ser inofensivo. Bohemio, sin duda, pero sólo eso. Si anuncia su visita por teléfono, seguramente los sirvientes...

—Hay otros aspectos que merecen ser considerados —le espetó Deborah—. No queremos que nadie haga suposiciones equivocadas, ¿verdad, Teddy?

—¿Suposiciones equivocadas? —repitió Teddy, frunciendo el ceño. Luego se echó a reír—. Oh, Dobby, no estarás sugiriendo que alguien puede pensar que Hannah y el señor Hunter... que mi esposa y un tipo como él...

Hannah entrecerró los ojos.

—Por supuesto que no —respondió bruscamente Deborah—. Pero a la gente le encanta hablar y las habladurías no son buenas para los negocios, y para la política.

—¿Para la política?

—Las elecciones, Tiddles. La gente nunca confiará en que sepas manejar al electorado si no eres capaz de controlar a tu esposa —afirmó y se llevó a la boca el tenedor, con gesto triunfal, evitando tocar sus labios pintados.

Teddy parecía preocupado.

—No lo había visto de esa manera.

—Y no tienes por qué hacerlo —intervino serenamente Hannah—. El señor Hunter era un buen amigo de mi hermano. Sus visitas son mi única oportunidad de hablar sobre David.

—Lo sé, mi niña —reconoció Teddy con una sonrisa que era señal de disculpa. Luego se encogió de hombros con impotencia—. De todos modos, Dobby tiene razón. Lo comprendes, ¿verdad? No podemos permitir que la gente malinterprete las cosas.

* * *

Desde entonces Deborah vigiló permanentemente a Hannah. Robbie la había rechazado y para resarcir la ofensa quería asegurarse de que se le comunicaran las nuevas normas y de que comprendiera quién las había dispuesto. De modo que cuando volvió a visitar la casa, encontró nuevamente a Deborah sentada junto a Hannah en el sofá del salón.

—Buenos días, señor Hunter —saludó, y le dedicó una amplia sonrisa. Luego siguió desenredando el pelo de *Bunty,* su perrito maltés—. Qué agradable volver a verlo. ¿Cómo le va? ¿Bien?

Robbie asintió.

—¿Y a usted?

—Sigo en la lucha —contestó Deborah.

Robbie le sonrió a Hannah.

—¿Qué le pareció?

Hannah tenía junto a ella el borrador de *La tierra perdida*. Se lo entregó.

—Me ha encantado, señor Hunter. Me conmovió infinitamente.

—Me imaginé que así sería —alegó Robbie sonriente.

Hannah echó un vistazo a Deborah, que abrió exageradamente los ojos.

—Señor Hunter, hay algo de lo que quisiera hablar con usted —empezó y le señaló la silla de Teddy.

Robbie tomó asiento y la miró con sus ojos oscuros.

—Mi esposo... —comenzó Hannah, sin saber cómo seguir—, mi esposo...

Entonces miró a Deborah, que fingía estar absorta peinando a su sedosa mascota y se aclaró la voz. Hannah se transfiguró mientras observaba sus dedos largos y delgados, sus uñas puntiagudas.

Robbie siguió la dirección de su mirada.

—¿Qué quiere decirme sobre su esposo, señora Luxton?

—Mi esposo preferiría que dejara de visitarnos.

Deborah dejó a *Bunty* en el suelo y se cepilló el vestido.

—¿Comprende, señor Hunter? —preguntó Deborah.

Boyle entró en la sala con la bandeja del té. La dejó sobre la mesa, miró a Deborah y salió.

—¿Se queda a tomar el té, verdad? —preguntó Deborah con una voz tan dulce que a Hannah se le erizó la piel—. Por última vez —agregó, mientras servía una taza y se la alcanzaba a Robbie.

Deborah ofició de alegre animadora. Los tres mantuvieron una torpe conversación acerca de las divergencias en la coalición que gobernaba el país y el asesinato de Michael Collins. Hannah apenas prestaba atención. Todo lo que deseaba era hablar unos minutos a solas con Robbie, darle una explicación. Pero sabía que era lo último que Deborah estaría dispuesta a permitir.

Mientras pensaba si tendría alguna vez la oportunidad de volver a hablar con él, y reflexionaba acerca de la dependencia que le había creado su compañía, la puerta de la sala se abrió y Emmeline apareció como una tromba. Regresaba de un almuerzo con sus amigos.

Ese día estaba especialmente hermosa, con su cabello rubio y ondulado, y su nuevo chal terracota, el color de moda, que resaltaba la blancura de su piel. Como solía hacer, espantó a *Bunty,* que se metió debajo del sofá, y se dejó caer despreocupadamente en un extremo, apoyando ostensiblemente las manos sobre el vientre.

—Uff —resopló, indiferente a la tensión que se percibía en la habitación—. Me han cebado como a un ganso de Navidad. Creo que jamás volveré a comer. —Luego se dirigió a Robbie—. ¿Cómo va todo? —le preguntó y sin esperar respuesta, se puso súbitamente de pie y exclamó—: Adivinad a quién vi la otra noche en la fiesta de lady Sybil Colefax. Yo estaba allí sentada, conversando con el querido lord Berners que me contaba lo del piano que ha instalado en su Rolls Royce, cuando de pronto veo llegar nada menos que a los Sitwell, a los tres, más alegres que nunca. El querido Sachy, con sus chistes tan inteligentes, y Osbert, con esos versitos de rimas tan graciosas.

—Epigramas —masculló Robbie.

—Es tan agudo como Oscar Wilde —declaró Emmeline—. Pero quien más me impresionó fue Edith. Recitó uno de sus poemas y nos hizo llorar a todos. Como sabéis, lady Colefax es una admiradora de los intelectuales, y no pude evitarlo, Robbie querido, mencioné que lo conocía y casi se mueren de envidia, me atrevería a decir que no me creyeron, que pensaron que tenía gran talento para inventar historias. No sé por qué. Pero verá, si viene a la fiesta de esta noche, les demostraré que estaban equivocados.

Emmeline hizo una pausa y con un gracioso movimiento tomó un cigarrillo de su pitillera y lo encendió. Después soltó una bocanada de humo.

—Les prometí a todos que vendría, Robbie. Una cosa es que la gente dude cuando verdaderamente miento y otra muy distinta que lo haga cuando digo la verdad.

Robbie consideró la oferta durante unos instantes.

—¿A qué hora paso a buscarla?

Hannah parpadeó incrédula. Esperaba que se excusara, como lo hacía cada vez que Emmeline lo invitaba a alguno de sus bailes. Creía que ella y Robbie tenían una opinión similar acerca de las amistades de su hermana. Quizá su desdén no se hiciera extensivo a personas como lord Berner y lady Sybil. Tal vez el atractivo de los Sitwell era irresistible.

—A las seis en punto —indicó Emmeline con una amplia sonrisa—. ¡Qué emoción!

Robbie llegó a las cinco y media. Hannah pensó que, irónicamente, un hombre que tenía por costumbre llegar sin previo aviso era exageradamente correcto cuando debía encontrarse con una persona aún menos fiable que él.

Emmeline todavía estaba vistiéndose, por lo que Robbie tomó asiento en el salón, donde estaba Hannah. Ella agradeció la posibilidad de explicarle lo ocurrido con Deborah, la manera en que había manipulado a Teddy para hacer su voluntad.

Robbie le dijo que no tenía importancia, que había supuesto que se trataba de algo por el estilo. Después hablaron de otras cosas y sin que lo advirtieran el tiempo voló, porque, de pronto, apareció frente a ellos una joven elegantemente vestida preparada para salir. Robbie se despidió de Hannah y partió en compañía de Emmeline.

* * *

Durante un tiempo las cosas siguieron de esa manera. Hannah veía a Robbie cuando éste pasaba a buscar a Emmeline. Deborah poco podía hacer al respecto. Una vez hizo un tímido intento, pero Teddy se encogió de hombros y señaló que le parecía lo correcto que la señora de la casa recibiera a los invitados de su hermana menor. Habría sido descortés que lo dejara esperando a solas en el salón.

Hannah trataba de contentarse con esos preciosos y fugaces momentos, pero a menudo se descubría pensando en Robbie. Nunca había especulado acerca de lo que él hacía cuando no estaba con ella. Ni siquiera sabía dónde vivía. Comenzó a imaginar, siempre había sido buena para dejar volar su imaginación.

Afortunadamente, logró eludir el hecho de que él pasaba muchos momentos junto a Emmeline. De todos modos, eso no parecía relevante. Emmeline tenía un grupo de amigos muy numeroso. Robbie era sólo uno más.

Una mañana, mientras ella y Teddy tomaban el desayuno, su esposo señaló el periódico que estaba leyendo y exclamó:

—¿Qué me dices de tu hermana?

Hannah se preguntó qué desastre habría provocado Emmeline en esa ocasión y cogió el diario que su esposo le pasó a través de la mesa.

Había una pequeña fotografía de Robbie y Emmeline saliendo de un club nocturno la noche anterior. Un fiel retrato de Emmeline, riendo, con el mentón en alto, del brazo de Robbie. El rostro de él era menos claro, en el momento en que lo fotografiaron había mirado hacia otro lado. Hannah le devolvió el periódico a Teddy, y él leyó el epígrafe en voz alta.

—La honorable señorita Emmeline Hartford, una de las jóvenes más elegantes de la alta sociedad, fotografiada junto a un extraño y sombrío acompañante. Se dice que el misterioso personaje es el poeta R. S. Hunter. Algunas fuentes aseguran que la señorita Hartford ha comentado que no tardará en anunciar su compromiso.

Teddy dejó el diario sobre la mesa y comió un bocado de huevos revueltos.

—Muy astuta. No creí que Emmeline fuera capaz de guardar un secreto. Supongo que podría ser peor. Podría haber perdido la cabeza por ese Harry Bentley. —Teddy se limpió el bigote manchado de huevo—. Hablarás con él, ¿verdad? Asegúrate de que todo esté en orden. No quiero escándalos.

* * *

Esa noche, cuando Robbie fue a buscar a Emmeline, Hannah lo recibió como de costumbre. Conversaron un rato, como solían hacer, hasta que Hannah no pudo contenerse.

—Señor Hunter —comenzó, acercándose a la chimenea—, debo hacerle una pregunta. ¿Hay algo que quiera decirme?

Robbie volvió a sentarse y sonrió.

—Sí, pero ya lo he hecho.

—¿Hay algún otro tema que desee comentarme?

La sonrisa de Robbie se desvaneció.

—Creo que no.

—¿Desea preguntarme algo?

—Si me dice en qué está pensando, tal vez.

Hannah suspiró. Tomó el periódico que estaba en el escritorio y se lo entregó.

Él lo hojeó rápidamente y se lo devolvió.

—¿Y?

—Señor Hunter —dijo Hannah en voz baja. No quería que los sirvientes la oyeran, tal vez estuvieran en el vestíbulo—, yo soy la tutora de mi hermana. Si usted desea comprometerse con ella, sería muy cortés de su parte que conversara primero conmigo sobre sus intenciones.

Robbie sonrió, pero advirtió que para Hannah la situación no era divertida y recuperó su expresión seria.

—Lo tengo presente, señora Luxton.

—¿Y bien, señor Hunter?

—¿Perdón, señora Luxton?

—¿Hay algo que quiera pedirme?

—No —respondió Robbie riendo—. No tengo intención de casarme con Emmeline. Jamás. Pero le agradezco que lo haya preguntado.

—Oh —se limitó a decir Hannah—. ¿Emmeline lo sabe?

Robbie se encogió de hombros.

—No hay razón alguna para que ella imagine otra cosa. No le he dado motivos.

—Mi hermana es una romántica. Tiene mucha facilidad para establecer vínculos.

—Entonces tendrá que deshacerlos.

En ese momento Hannah sintió compasión por Emmeline, pero también experimentó otra sensación. Se odió a sí misma cuando comprendió que era alivio.

—¿Qué ocurre? —preguntó Robbie. Sin que ella hubiera advertido sus movimientos, lo tenía muy cerca.

—Me preocupa Emmeline —confesó Hannah, dando un paso hacia atrás—. Ella cree que sus sentimientos son más profundos.

—¿Qué puedo hacer? Ya le he dicho que no es así.

—Debe dejar de verla —sugirió serenamente Hannah—. Dígale que no le interesan esas fiestas. Seguramente no le costará demasiado. Usted mismo me ha dicho que le aburre conversar con sus amistades.

—Así es.

—En ese caso, si no siente nada por Emmeline, sea honesto con ella. Por favor, señor Hunter. Termine con esa relación. De otro modo, ella resultará herida y no puedo permitirlo.

Robbie miró a Hannah. Alargó un brazo y, muy suavemente, ordenó un mechón de su cabello que se había soltado. Ella se quedó petrificada, sin tener conciencia de nada. Sólo podía ver sus ojos oscuros, pensar en la tibieza de su piel, la suavidad de sus labios.

—Lo haré. Inmediatamente. —Robbie estaba cada vez más cerca. Hannah podía percibir el ritmo de su respiración—. Pero entonces ¿cómo haré para verla a usted? —inquirió suavemente.

* * *

Después de esa conversación las cosas cambiaron. Por supuesto. Tenían que cambiar. Lo implícito se había vuelto explícito. Hannah comenzaba a salir de las tinieblas. Se estaba enamorando de Robbie, aunque al principio no lo comprendía. Le parecía imposible, pero nunca había estado enamorada, no tenía con qué comparar ese sentimiento. Se había sentido atraída por algunos hombres, había sentido esa súbita, inexplicable excitación que una vez le despertara Teddy. Pero encontrar atractivo a un hombre y disfrutar de su compañía no era lo mismo que estar irremediablemente enamorada.

Los encuentros ocasionales que ella tan ansiosamente esperaba, los breves diálogos con Robbie cuando él iba a buscar a Emmeline ya no eran suficientes. Hannah deseaba verlo en otro lugar, a solas, donde pudieran hablar libremente. Donde no existiera siempre la posibilidad de que otra persona interrumpiera su compañía.

La oportunidad surgió una tarde, a principios de 1923. Teddy estaba en los Estados Unidos, en un viaje de negocios, Deborah pasaba el fin de semana en el campo y Emmeline había salido con sus amigos. Iría a escuchar un recital de poesía de Robbie. Hannah tomó una decisión.

Cenó a solas en el comedor, después se sentó en la sala de estar, tomó su café y se retiró a su habitación. Cuando fui a ponerle su camisón, estaba en el baño, sentada en el borde de la tina. Llevaba puesta una delicada enagua de satén que Teddy le había traído de uno de sus viajes al continente y tenía un objeto de color negro en la mano.

—¿Le gustaría darse un baño, señora? —pregunté. Si bien no era lo habitual, tampoco era extraordinario que se bañara después de la cena.

—No —contestó.

430

—¿Le traigo su camisón?

—No —volvió a decir—. No voy a acostarme, Grace, voy a salir.

Su respuesta me confundió.

—¿Cómo dice, señora?

—Que voy a salir. Necesito tu ayuda.

Hannah no quería que los otros sirvientes se enteraran. Me explicó con toda naturalidad que eran espías de Deborah y que no deseaba que su esposo y su cuñada, ni tampoco Emmeline, estuvieran al tanto de que ella había salido. Debían creer que se había quedado en casa.

Me preocupó que saliera sola de noche, y que le ocultara algo así a Teddy, y peor aún, a Deborah. Y me pregunté adónde iría, y si se atrevería a decírmelo. A pesar de todo, acepté ayudarla. Por supuesto. Me lo había pedido.

No hablamos mientras la ayudé a ponerse el vestido que ya había elegido: seda celeste, el escote bordeado con flecos que le rozaban los hombros desnudos. Hannah se sentó frente al espejo y observó cómo le sujetaba el cabello mientras jugueteaba con la cadena de su relicario y se mordía el labio. Después me alcanzó una peluca de cabello negro y corto que Emmeline había usado unos meses antes para un baile de disfraces. Me sorprendió, no solía usar pelucas. En cuanto la tuvo puesta retrocedí para mirarla. Era otra persona, se parecía a Louise Brooks.

Entonces tomó un frasco de perfume Chanel número 5 —otro de los regalos que Teddy le había traído de París el año anterior—, pero cambió de idea. Dejó el perfume en su lugar y se miró en el espejo. Fue entonces cuando vi el pedazo de papel sobre su tocador. «Recital de Robbie, *El gato callejero*, Soho, sábado, 10 de la noche». Nuestras miradas se encontraron en el espejo. Ella tomó el papel, lo metió en su bolso y lo cerró. ¿Cómo no lo había adivinado? ¿Qué otra persona podía ser motivo de tanta precaución, de tanto nerviosismo, de tanta excitación?

Me adelanté para asegurarme de que los sirvientes estuvieran abajo. Luego le dije al señor Boyle que había visto una mancha en el cristal de la ventana del vestíbulo. No era cierto, pero no podía correr el riesgo de que algún miembro del servicio oyera que la puerta de entrada se abría sin motivo.

Volví a subir y le hice una seña a Hannah, que estaba en uno de los descansillos de la escalera. Abrí la puerta y ella salió. Se volvió hacia mí y me sonrió.

—Tenga cuidado, señorita —pedí, acallando mis malos presentimientos.

Ella asintió.

—Gracias por todo, Grace.

Hannah desapareció en la oscuridad de la noche, con los zapatos en la mano para no hacer ruido.

* * *

Al doblar la esquina Hannah consiguió un taxi y le pidió que la llevara al club donde Robbie leería sus poemas. Estaba tan excitada que le costaba respirar. Taconeó un par de veces sobre el suelo del automóvil para cerciorarse de que todo aquello era real.

No le había resultado difícil conseguir la dirección del lugar. Emmeline tenía un diario íntimo donde guardaba artículos, avisos e invitaciones. Un trabajo innecesario, porque en cuanto dijo el nombre del club el chófer no precisó de mayores instrucciones. El Gato Callejero era uno de los clubes más famosos del Soho, un lugar de reunión de artistas, traficantes de droga, magnates y encumbrados miembros de la aristocracia, aburridos y ociosos, deseosos de librarse de los grilletes que les imponía su noble cuna.

El conductor detuvo el taxi y le aconsejó que tuviera cuidado. Hannah pagó y bajó. Él meneó la cabeza. Al volverse hacia él para darle las gracias, vio reflejado en el automóvil negro el cartel de neón rojo con el nombre del club y sintió un escalofrío.

Jamás había visitado un lugar como aquél. Se detuvo a observar la fachada de ladrillo, el cartel luminoso y la multitud de gente que reía mientras salía a la calle. A eso se refería Emmeline cuando hablaba de los clubes. En tugurios como ése pasaba las noches junto a sus amigos. Hannah tembló, y entró con la cabeza gacha, sin permitir que el hombre del guardarropa se llevara su abrigo.

El lugar era diminuto, apenas más que una habitación, los cuerpos que se apiñaban en su interior entibiaban el ambiente. El aire olía a humo y a ginebra. Hannah se quedó cerca de la entrada, jun-

432

to a una columna, y recorrió el local con la mirada, tratando de encontrar a Robbie.

Estaba sobre el escenario, si podía denominarse así al pequeño rincón que quedaba libre entre el gran piano y la barra. Sentado en un banco, con un cigarrillo entre los labios, fumaba perezosamente. Su chaqueta estaba colgada en el respaldo de la silla. Iba vestido con el pantalón de su traje negro y una camisa blanca, con el cuello desabotonado. Tenía el cabello despeinado. Hojeaba un cuaderno.

Frente a él estaban sus oyentes, sentados en torno a pequeñas mesas redondas, en taburetes junto a la barra, o de pie, apoyados en las paredes.

Hannah distinguió a Emmeline, sentada entre sus amigos. Fanny estaba con ella, era la señora del grupo. El matrimonio la había desilusionado. Una institutriz algo tediosa se había apropiado de sus hijos, su esposo pasaba el día pensando en qué nuevo alimento le haría daño. No eran demasiadas las cosas que pudieran despertar su interés. ¿Quién podía culparla por buscar diversión junto a sus antiguos amigos? Ellos la toleraban porque verdaderamente quería divertirse, y porque era mayor y podía solucionarles todo tipo de problemas. Era especialmente hábil para convencer dulcemente a la policía que los acosaba durante sus rondas nocturnas.

En esa mesa todos bebían cócteles en copas de Martini. Uno de ellos extendió una línea de polvo blanco sobre la mesa. En otra ocasión, Hannah se habría preocupado por su hermana, pero esa noche estaba en paz con el mundo entero.

Hannah se acercó más a la columna, aunque no era necesario que se molestara. Todos estaban tan entretenidos que no tenían oportunidad de mirar hacia atrás. El tipo del polvo blanco le susurró algo a Emmeline y ella rió libremente, sin moderación, dejando a la vista la blancura de su cuello.

Por el leve movimiento del cuaderno, Hannah percibió que a Robbie le temblaban las manos. Dejó el cigarrillo en un cenicero que estaba en la barra y comenzó a leer, sin más preámbulos, un poema que hablaba de historia, misterio y recuerdos. «La niebla inconstante».

Era uno de los favoritos de Hannah. Ella lo observaba. Era la primera oportunidad en que se podía permitir que sus ojos recorrieran ese rostro, ese cuerpo, sin que él lo supiera. Y lo escuchaba. Se había conmovido al leer esos versos, pero al oírlos de labios de Robbie pudo apreciar sus sentimientos más profundos.

Cuando concluyó, el auditorio aplaudió. Alguien gritó, se oyeron risas y él detuvo sus ojos en ella. Su rostro permaneció inmutable, pero supo que la había mirado, reconociéndola a pesar de su disfraz.

Por un instante estuvieron a solas.

Robbie volvió a buscar en su cuaderno, pasó algunas páginas y se detuvo en el poema siguiente.

Y le habló a ella. Un poema tras otro. Sobre lo conocido y lo ignorado, la verdad y el sufrimiento, el amor y el deseo. Ella cerró los ojos, y con cada palabra sintió que las tinieblas desaparecían.

El recital llegó a su fin y todos aplaudieron. Los camareros de la barra entraron en acción. Prepararon cócteles americanos y sirvieron copas. Los músicos tomaron asiento en el escenario y comenzaron a tocar jazz. Algunos de los presentes, alcoholizados y sonrientes, improvisaron una pista de baile entre las mesas. Hannah vio que Emmeline le hacía una seña a Robbie para que se sentara junto a ella. Robbie le señaló su reloj. Ella hizo un gesto exagerado para mostrar su decepción, pero de inmediato uno de sus compañeros la invitó a bailar.

Robbie encendió otro cigarrillo, se puso la chaqueta y guardó el cuaderno en el bolsillo interior. Le dijo algo a un hombre que estaba detrás de la barra y atravesó el salón en dirección a Hannah.

Ella, a punto de desfallecer, lo veía acercarse lentamente. Sintió vértigo, como si hubiera estado de pie al borde de un precipicio, azotada por el viento, sin otra alternativa más que dejarse caer.

Sin decir una palabra, él la tomó de la mano y la condujo hacia la puerta.

* * *

Eran las tres de la mañana cuando Hannah bajó por la escalera de servicio de la casa del número diecisiete. Yo la estaba esperando, como había prometido. Con el estómago atenazado por los nervios. Llegó más tarde de lo que me esperaba. La oscuridad y la inquietud se habían aliado para llenar mi cabeza de escenas horripilantes.

—Gracias a Dios —exclamó Hannah, deslizándose a través de la puerta que yo había abierto—. Temía que lo hubieras olvidado.

—Por supuesto que no, señora —dije ofendida.

Hannah recorrió inadvertida la sala de los sirvientes y entró de puntillas en la zona principal, con los zapatos en la mano. Cuando comenzó a subir la escalera para ir hacia el segundo piso reparó en que yo la seguía.

—No es necesario que me acompañes, Grace, es muy tarde. Además, deseo estar sola.

Asentí, me detuve y me quedé al pie de la escalera, con mi camisón blanco, como una niña desorientada.

—Señora... —dije rápidamente.

Hannah se volvió para responderme.

—¿Qué, Grace?

—¿Fue agradable la velada?

Hannah sonrió.

—Oh, Grace. Mi vida ha comenzado esta noche.

III

Nunca se encontraron en su casa. Por lo que Hannah sabía, Robbie no tenía un hogar. Se veían en lugares prestados, en los que él estaba de paso. Eso aumentaba la sensación de aventura. Para ella, resultaba emocionante refugiarse en otras casas, en la vida de otras personas. Los momentos de intimidad en lugares extraños tenían algo delicioso.

La manera de arreglar los encuentros era muy simple. Cada vez que Robbie iba a buscar a Emmeline, aprovechaba la espera para entregar secretamente a Hannah una nota con la dirección, la hora, el día. Hannah la leía con disimulo, y asentía en señal de acuerdo. A veces no podía cumplir con lo acordado: Teddy requería su presencia en un acto político o Deborah le pedía su colaboración en alguno de sus comités. En esas ocasiones, no tenía manera de decírselo, y sufría al imaginarlo esperándola en vano.

Pero en la mayoría de los casos lograba inventar excusas: que almorzaría con una amiga, o que iría de compras. Nunca desaparecía durante demasiado tiempo. Estaba muy atenta. Más de dos horas de ausencia podían despertar sospechas. El amor le impuso la necesidad de ser astuta y pronto se volvió experta. Si inesperadamente veía a un conocido en algún lugar inusual, lo esquivaba velozmente. Un día se topó con lady Clementine en Oxford Circus. Ella le preguntó dónde estaba su chófer y Hannah le respondió que, dado que el clima era tan agradable, había sentido deseos de salir a caminar. Pero lady Clementine no había nacido ayer. Entrecerró los ojos, asintió y le recomendó a Hannah que tuviera cuidado, la calle tenía ojos y oídos.

Después de aquel episodio, Hannah se aseguró de volver a casa con alguna compra —un sombrero, un par de guantes, una entrada para una exposición—, cualquier cosa que sirviera para demostrar dónde había estado, y por qué llegaba más tarde de lo esperado.

Y de ese modo podían encontrarse. Ella salía de la casa del número diecisiete para acudir al lugar indicado en la nota más reciente, con la precaución de no cruzarse con alguno de los espías de Deborah. Unas veces la cita era en una zona conocida; otras, tenía que viajar hasta lejanos suburbios londinenses y buscar la calle y luego la casa o el apartamento. Después de asegurarse de que nadie la observaba, conteniendo la respiración, tocaba el timbre.

Él siempre acudía al instante. Abría la puerta y la hacía pasar. Subían las escaleras, lejos del mundo de los demás, inmersos en su propio mundo. A veces no subían inmediatamente. Antes de que ella pudiera decir una palabra, él cerraba la puerta y la besaba.

—Te he esperado tanto tiempo —le decía mientras estaban allí, de pie, uno frente al otro—. Creí que nunca llegarías.

Entonces ella apoyaba un dedo sobre sus labios, le recordaba que debían ser silenciosos y luego subían la escalera.

* * *

Un día, mientras yacían juntos en la cama después de hacer el amor, ella se preguntó qué clase de persona viviría en la casa donde estaban. A juzgar por los estantes llenos de libros, habría dicho que se trataba de un escritor.

—Él debe de ser escritor.

—¿Él?

—O ella. ¿Es una mujer?

Hannah miraba a Robbie, celosa de esa mujer fantasma que tenía su propio apartamento, que era amiga de Robbie y lo veía cuando ella no podía verlo.

Él se rió.

—Te estás inventando esa historia.

—Bueno, es un hombre, pero no es escritor, es médico.

—¿Médico?

—Sólo un médico puede tener un estante lleno de libros de anatomía —aseguraba triunfante, convencida de haber acertado.

—Es verdad, aunque él también podría ser un artista. Un artista debe saber de anatomía.

Hannah asentía con gran seriedad.

—Eso me agrada. Un artista. —Y añadía sonriente—: Tenía razón. ¡Ja! Has dicho «él». *Es* la casa de un hombre.

* * *

Al cabo de un tiempo dejaron de jugar a las adivinanzas y comenzaron a jugar a vivir juntos. Un día, en una diminuta habitación amueblada de Hampstead, Hannah preparaba una taza de té para Robbie y él se entretenía mirándola mientras se preguntaba en voz alta si las hebras de té, tan secas y crujientes, todavía servirían.

—Si viviéramos aquí tendría que trabajar en algún lugar para pagar el alquiler —comentó Hannah.

—En un taller de costura —replicó Robbie, que sabía de la escasa afición de Hannah por esa tarea.

—En una librería —replicó ella mirándolo con dureza—. Y tú... tú escribirías hermosos poemas todo el día, sentado aquí, junto a la ventana, y me los leerías cuando yo regresara a casa.

—Nos iríamos a España para escapar del invierno —propuso Robbie.

—Sí, y yo me convertiría en un torero enmascarado. El mejor de toda España —fantaseó Hannah. Luego dejó la taza con las hojas de té flotando en la superficie y se sentó junto a él—. Todos estarían intrigados, tratarían de descubrir mi identidad.

—Pero sería nuestro secreto.

—Sí, sería nuestro secreto.

* * *

Un lluvioso día de octubre, Robbie y Hannah estaban acurrucados en la cama, en un apartamento oscuro y diminuto que pertenecía a un amigo de Robbie. Hannah miraba el reloj que estaba sobre el hogar, contando los minutos que le quedaban. Por fin, cuando el minutero dio la hora, ella se incorporó. Buscó el par de medias que había quedado en un extremo de la cama y comenzó a estirarlas. Robbie le acariciaba la espalda.

—No te vayas.

Ella enrolló una media y la deslizó sobre su pie derecho.

—Quédate.

Hannah ya estaba de pie. Dejó caer su enagua a través de la cabeza y la enderezó alrededor de sus caderas.

—Sabes que me quedaría para siempre si pudiera.

—En nuestro mundo secreto.

—Sí. —Hannah sonrió, se arrodilló junto a la cama y extendió el brazo para acariciar la cara de Robbie—. Me gusta. Nuestro propio mundo. Un mundo secreto. Me encantan los secretos —declaró, y suspiró. Había estado pensando en ello. No sabía por qué deseaba tanto compartirlos con él—. Cuando éramos niños, solíamos jugar un juego.

—Lo sé —asintió Robbie—. David me habló de El Juego.

—¿Lo hizo?

Robbie asintió.

—Pero El Juego era secreto —replicó Hannah impulsiva—. ¿Por qué te lo contó?

—Tú misma estabas a punto de contármelo.

—Sí, pero es diferente. Tú y yo… Es diferente.

—Entonces, háblame de El Juego. Olvida que ya lo sé.

Hannah miró el reloj.

—En realidad, debería irme.

—Pues entonces cuéntame algo rápido.

Ella le habló de Nefertiti, de Charles Darwin, de Emmeline y su reina Victoria, y de sus aventuras, a cual más extraordinaria.

—Tendrías que haber sido escritora —le dijo Teddy mientras acariciaba su brazo.

—Sí —contestó ella muy seria—. Podría viajar y vivir aventuras mientras las escribo.

—Todavía estás a tiempo. Puedes empezar a escribir ahora.

Hannah sonrió.

—Ahora no lo necesito. Te tengo a ti, viajo a través de tus palabras.

* * *

A veces Robbie compraba vino y lo bebían en copas que pertenecían a otras personas, envueltos en las sábanas de esas mismas personas. Comían pan y queso, y si había un gramófono, escuchaban música. Y en ocasiones, después de asegurarse de que las cortinas estuvieran cerradas, bailaban.

Una tarde lluviosa, Robbie se durmió. Ella bebió el vino que quedaba en su copa y estuvo un rato tendida junto a él, oyendo su respiración, tratando de acompasarla con la propia. Finalmente, logró igualar el ritmo. Pero no pudo dormir, la enorme curiosidad que le provocaba tenerlo tan cerca se lo impedía. Se arrodilló en el suelo y observó su cara. Nunca antes lo había visto dormido.

Estaba soñando. Los músculos que rodeaban sus ojos se contraían ante las escenas que se desarrollaban detrás de sus párpados cerrados. Las contracciones se hicieron más fuertes mientras ella lo observaba. Pensó en despertarlo. No le agradaba verlo así, con su bello rostro crispado.

Entonces Robbie comenzó a gritar. A Hannah le preocupó que alguien pudiera oírlo desde un apartamento contiguo, que algún inoportuno vecino pidiera ayuda, o llamara a la policía.

Apoyó su mano en el brazo de Robbie, pasó suavemente sus dedos por la cicatriz que le resultaba tan familiar. Él seguía durmiendo, y gritando. Ella lo sacudió suavemente, lo llamó por su nombre. Le dijo: «Robbie, estás soñando, mi amor».

De pronto él abrió los ojos, redondos y oscuros, y antes de que Hannah pudiera comprender lo que sucedía se encontró en el suelo; él estaba encima de ella apretándole el cuello con las manos. La estaba asfixiando, apenas podía respirar. Trató de decir su nombre, de pedirle que se detuviera, pero no pudo. Fue sólo un instante, luego algo en él volvió a funcionar y recuperó la conciencia. Comprendiendo lo que había hecho, dio un salto hacia atrás.

Ella se puso de pie, y retrocedió velozmente hasta que su espalda chocó con la pared. Lo miraba impresionada, preguntándose qué le había sucedido. Con quién la había confundido.

Él también estaba de pie, contra la pared opuesta, con los hombros encorvados y la cara oculta entre las manos.

—¿Estás bien? —le dijo sin mirarla.

Ella asintió, preguntándose qué había sucedido.

—Sí —respondió por fin.

Entonces él se acercó y se arrodilló junto a ella. Seguramente ella se alejó involuntariamente, porque él tomó sus manos, las puso sobre sus propios hombros y dijo:

—No te haré daño.

Luego levantó el mentón de Hannah para ver su garganta.

—Oh, Dios —exclamó.

—Estoy bien —aseguró ella, esta vez con más firmeza—. ¿Y tú...?

Robbie apoyó un dedo sobre sus labios. Su respiración todavía era agitada. Meneó la cabeza, ausente. Hannah comprendió que intentaba dar una explicación. No podía.

Él le acarició una mejilla. Ella inclinó la cara hacia su mano. Miró fijamente esos ojos oscuros, llenos de secretos no compartidos. Ella anhelaba conocerlos, todos, estaba decidida a lograr que él se los contara. Y cuando él besó su cuello, tan suavemente, se abandonó en sus brazos, como siempre hacía.

Después de aquel suceso, Hannah tuvo que usar chales durante una semana, pero no le importó. En cierto modo, le agradaba tener una marca de Robbie. Hacía más tolerable el tiempo que pasaba sin verlo. Era un recordatorio privado de que él realmente existía, de que ambos realmente existían. En su mundo secreto. A veces miraba esa marca en el espejo, como una flamante esposa mira repetidamente su anillo de boda. Le recordaba quién era. Sabía que, si se lo contaba, él se quedaría horrorizado.

* * *

Al principio, en las historias de amor sólo existe el presente, el instante. Pero llega un momento en el cual reaparecen el pasado y el futuro. Para Hannah ése fue el momento. Robbie tenía facetas desconocidas. Cosas que hasta entonces ella ignoraba. La maravillosa sorpresa de estar junto a él la había avasallado, sin dejar espacio para nada más que la felicidad inmediata. Pero cuanto más pensaba en esa faceta sobre la que tan poco sabía, más frustrada se sentía. Y más decidida a saberlo todo.

Una fresca tarde de abril, en un cuarto amueblado en Islington, miraban hacia la calle sentados en la cama, junto a la ventana, mientras le atribuían nombres e historias a las personas que pasaban. Así estuvieron un rato, contentos sólo con observar la procesión desde su mirador secreto, hasta que Robbie saltó de la cama.

Ella permaneció en su lugar. Se volvió para mirarlo mientras se sentaba en la silla de la cocina, con una pierna flexionada y la cabeza inclinada sobre el cuaderno. Estaba tratando de escribir un poema. Lo había intentado durante todo el día. Había estado distraído, el juego amoroso no lo había estimulado. A Hannah no le importaba. Inexplicablemente, eso lo volvía más atractivo.

Desde la cama, Hannah observaba los dedos de Robbie: aferraban el lápiz y dibujaban círculos y curvas en la página hasta que se detuvieron, dudaron y luego tacharon furiosamente lo escrito. Robbie arrojó el cuaderno y el lápiz sobre la mesa y se frotó los ojos.

Ella no dijo nada. Sabía que era lo mejor. No era la primera vez que lo veía comportarse de esa manera. Se sentía frustrado por no poder encontrar las palabras adecuadas. Peor aún, estaba asustado. No se lo había dicho, pero ella lo sabía. Lo había observado y había leído sobre el tema, en la biblioteca, en revistas y periódicos. Era lo que los médicos llamaban trauma de guerra. La creciente falta de memoria, la obnubilación del cerebro debido a experiencias traumáticas.

Deseaba ayudarlo, hacer que olvidara. Habría dado cualquier cosa para combatir el permanente temor de que Robbie enloqueciera. Él apartó la mano de sus ojos, tomó una vez más el lápiz y el papel. Comenzó a escribir nuevamente, se detuvo, tachó las palabras que había escrito. Ella se puso boca abajo y se dedicó a mirar a la gente que pasaba por la calle.

* * *

En el invierno él consiguió un apartamento con chimenea. Era poco más que una sala de estar, con un sillón y una nevera. Sentados en el suelo frente al hogar, donde ardía el fuego, se calentaban, disfrutando de la tibieza de sus cuerpos y del vino tinto.

Hannah miraba el fuego, y de pronto dijo:

—¿Por qué no hablas nunca de la guerra?

Robbie no respondió. Encendió un cigarrillo.

Ella había leído lo que Freud decía sobre la represión, y creía que si lograba que Robbie hablara podría curarse. Dudó antes de hacer la pregunta.

—¿Es porque mataste a alguien?

Robbie miró el perfil de Hannah, dio una calada a su cigarrillo, exhaló el humo y meneó la cabeza. Después empezó a reír, sin ganas. Extendió su mano y acarició suavemente la mejilla de Hannah.

—¿Es eso? —susurró ella, sin mirarlo.

Él no respondió y ella hizo otro intento.

—¿Qué ves en tus sueños?

Robbie apartó su mano.

—Conoces la respuesta. Sólo sueño contigo.

—Espero que no sea así, tus sueños no son muy agradables.

Robbie dio otra calada a su cigarrillo.

—No me hagas preguntas.

—Es el trauma de guerra, ¿verdad? —preguntó Hannah girando hacia él—. He leído sobre ello.

Robbie la miró con sus ojos oscuros, húmedos como pintura fresca, llenos de secretos.

—Trauma de guerra. Siempre me he preguntado quién ha inventado eso. Supongo que era necesario encontrar un nombre adecuado, con el que las damas honorables pudieran describir lo inexplicable cuando sus maridos volvieran a casa.

—¿Te refieres a damas honorables como yo?

—Tú no eres una dama honorable —se burló Robbie.

Ella se ofendió. No estaba de humor para tolerar comentarios despectivos. Se puso de pie y comenzó a vestirse. Primero la enagua, después las medias.

Él suspiró. No quería que Hannah se fuera así, disgustada con él.

—¿Has leído a Darwin?

—¿Charles Darwin? Por supuesto.

—Debí haberlo adivinado. Una chica inteligente como tú.

—Pero ¿qué tiene que ver Darwin con...?

—Adaptación. La supervivencia es el resultado de una buena adaptación. Algunos son más aptos que otros.

—¿Adaptación a qué?

—A la guerra. A vivir gracias a tu ingenio. A las nuevas reglas de juego.

Hannah se detuvo a pensar en lo que Robbie le decía.

—Estoy vivo —señaló francamente— tan sólo porque algún otro cabrón no lo está. Miles de ellos.

Por fin Hannah obtuvo la respuesta que buscaba. Se preguntó cómo se sentiría ella misma en esas circunstancias.

—Me hace feliz que estés vivo —declaró, pero sintió un profundo estremecimiento. Y cuando los dedos de Robbie tocaron su muñeca, ella la apartó involuntariamente.

—Ése es el motivo por el cual nadie habla de ello —continuó Robbie—. Saben que si lo hacen la gente los verá tal como en realidad son: seres envilecidos, moviéndose entre personas comunes, como si aún pertenecieran a su bando. Como si no fueran monstruos que regresan de una excursión criminal.

—No digas eso —pidió Hannah bruscamente—. Tú no eres un criminal.

—Soy un asesino.

—Es diferente, era una guerra. Lo hiciste para defenderte. Y para defender a otros.

Él se encogió de hombros.

—De todos modos, una bala atravesó el cerebro de un hombre.

—Basta —rogó Hannah—. No me gusta que hables así.

—Entonces no deberías haber preguntado.

* * *

No le gustaba pensar en Robbie de esa manera, pero no podía evitarlo. Alguien que conocía íntimamente, cuyas manos habían recorrido suave, lentamente, su cuerpo, alguien en quien confiaba, había matado. Eso lo hacía todo diferente. Lo hacía diferente a él. No para peor. Ella no lo amaba menos, pero lo veía de una manera distinta. Él había matado a un hombre. A muchos hombres. No importaba el número, los nombres.

Hannah meditaba sobre eso una tarde, mientras lo observaba deambular por el apartamento de un amigo en Fulham. Tenía puestos los pantalones, pero su camisa aún estaba sobre la cama. Ella miraba sus brazos delgados y musculosos, sus hombros desnudos, sus manos hermosas y brutales. Fue entonces cuando sucedió.

Llamaron a la puerta.

Los dos quedaron petrificados, mirándose el uno al otro.

Se oyó otro golpe en la puerta, más impaciente que el anterior. Luego, una voz.

—Hola, Robbie. Ábreme. Soy yo.

Era la voz de Emmeline.

Hannah se apartó del borde de la cama y rápidamente recogió su ropa.

Robbie puso un dedo sobre sus labios y de puntillas se acercó a la puerta.

—Sé que estás ahí —señaló Emmeline—. Un anciano adorable que vive abajo me ha dicho que te vio llegar y que no has salido en toda la tarde. Déjame entrar. Hace un frío espantoso aquí afuera.

Robbie le indicó a Hannah que se escondiera en el baño.

Hannah asintió, atravesó la habitación de puntillas y cerró rápidamente la puerta del baño, con el corazón galopante. Se puso rápidamente el vestido y se arrodilló para espiar por el ojo de la cerradura.

Robbie abrió la puerta.

—¿Cómo supiste que estaba aquí?

—Sin duda estás encantado de verme —saludó Emmeline entrando hasta el centro de la habitación. Hannah advirtió que usaba su nuevo vestido amarillo—. Desmond se lo dijo a Freddy, y él se lo contó a Jane. Ya sabes cómo son esos chicos. —Hizo una pausa y observó detenidamente todo lo que había a su alrededor. Simple, pero acogedor. Emmeline se encogió de hombros al ver las sábanas desordenadas. Miró a Robbie, que no estaba completamente vestido, y sonrió—. ¿He interrumpido algo?

Hannah contuvo la respiración.

—Estaba durmiendo —contestó Robbie.

—¿A las cuatro menos cuarto?

Él se encogió de hombros, buscó su camisa y se vistió.

—Me preguntaba qué habrías hecho durante todo el día. Pensaba que estarías escribiendo poemas.

—Así es —dijo Robbie masajeándose la nuca. Luego resopló disgustado—. ¿Qué quieres?

La dureza de su voz estremeció a Hannah. Emmeline le había hablado de poesía a Robbie, que no había logrado escribir un poema en varias semanas. Sin embargo, su hermana no percibió esa alteración de su tono y siguió hablando con normalidad.

—Quería saber si vendrías esta noche a casa de Desmond.

—Ya te dije que no iría.

—Lo sé, pero pensé que podrías cambiar de idea.

—No he cambiado de idea.

Durante un instante los dos permanecieron en silencio. Robbie miró hacia la puerta. Los ojos de Emmeline recorrieron anhelantes la habitación.

—Tal vez podría... —insinuó Emmeline.

—Debes irte —declaró Robbie—, estoy trabajando.

—Pero podría ayudarte —sugirió tocando el borde de un plato sucio— a ordenar, o...

—He dicho que no. —Robbie abrió la puerta.

Hannah vio que Emmeline sonreía forzadamente.

—Estaba bromeando, querido. No habrás creído seriamente que en una tarde encantadora como ésta no tengo mejores cosas que hacer que limpiar una casa.

Robbie no le respondió.

Emmeline fue hacia la puerta. Se acomodó el cuello.

—¿Irás a casa de Freddy?

Él asintió.

—Ven a buscarme a las seis.

—De acuerdo —repuso Robbie, y cerró la puerta en cuanto Emmeline se fue.

Hannah salió del baño. Se sentía sucia, como una rata saliendo de su escondite.

—Tal vez sería mejor que dejemos de vernos por un tiempo, una semana...

—No —refutó Robbie—. Le dije claramente a Emmeline que no viniera a visitarme de improviso. Se lo diré de nuevo. Tendrá que comprender.

Hannah estuvo de acuerdo. Se preguntaba por qué se sentía tan culpable. Se recordó a sí misma, como solía hacer, que las cosas no podían ser de otra manera. Que Emmeline no sufría, ya que Robbie le había explicado desde el principio que no la amaba. Él le contó como ella se había reído, sorprendida; respondiéndole que no comprendía por qué él le adjudicaba ciertos sentimientos. Sin embargo, un momento antes había percibido cierta afectación en la voz de Emmeline, su forzada frivolidad ocultaba algo. Y se había puesto el vestido amarillo, su favorito.

Hannah miró el reloj de pared.

—Debería irme —dijo, aunque todavía le quedaba media hora.

—No, quédate.

—En realidad...

—Unos minutos por lo menos. Para asegurarnos de que Emmeline ya esté lejos de aquí.

Ella asintió. Robbie se acercó. Con ambas manos le sujetó la nuca y acercó los labios de Hannah a los suyos.

Un beso repentino, estremecedor, le hizo perder el equilibrio y silenció la insistente voz de la duda.

* * *

Una tarde de diciembre, mientras los dos estaban metidos en ambos extremos de una profunda bañera, Hannah anunció:

—No podremos vernos durante dos semanas. Teddy recibe invitados de los Estados Unidos. Estarán hospedados en casa los próximos quince días —agregó pasando una esponja por el tobillo de Robbie—, y debo hacer el papel de buena esposa, recibirlos, entretenerlos.

—Detesto imaginarte en ese papel —declaró Robbie—, lisonjeando a tu esposo.

—Te aseguro que no me dedico a adular, Teddy se sentiría desconcertado si lo hiciera.

—Sabes a qué me refiero. Vives con él, duermes con él.

—No es así. Lo sabes.

—Pero la gente sí lo cree. Piensan que sois una pareja.

Ella se acercó para tocar sus dedos, sumergidos en el agua jabonosa que se estaba enfriando rápidamente.

—Yo también detesto todo eso. Haría cualquier cosa por no tener que apartarme de ti jamás.

—¿Cualquier cosa?

—Casi cualquier cosa.

Hannah se puso de pie. Tembló cuando sintió el aire frío en la piel mojada. Salió de la bañera y se envolvió en una toalla.

—Trata de acordar una cita con Emmeline la semana próxima —propuso, sentándose en un taburete de madera junto a la ventana—, y déjame una nota con el lugar y el día en que podemos encontrarnos después de Año Nuevo.

Robbie se sumergió más profundamente en el agua. Sólo su cabeza quedaba a la vista.

—Quiero dejar de salir con Emmeline.

—No —rogó Hannah, abruptamente—. Aún no. ¿Cómo haríamos entonces para vernos? ¿Cómo sabría dónde encontrarte?

—No tendríamos ese problema si vivieras conmigo. Siempre sabríamos dónde encontrarnos. No podría ser de otro modo.

—Lo sé, lo sé —contestó Hannah dejando caer la enagua sobre su cuerpo—. Pero mientras tanto... ¿cómo puedes pensar en alejarte de Emmeline?

—Tienes razón, ella está muy ligada a mí.

—No, ella es apasionada, es su modo de ser. Pero ¿qué te ha llevado a decir eso?

Robbie meneó la cabeza.

—¿Qué sucede?

—Nada. Tienes razón, tal vez no tenga importancia.

—Estoy segura —insistió Hannah con firmeza. En ese momento creía en lo que decía, aunque lo habría dicho de todos modos. Porque el amor es así, urgente y demandante y arrasa con todas nuestras virtudes.

Hannah ya estaba vestida. A su vez, Robbie ocupó el taburete envuelto en una toalla. Ella se arrodilló frente a él y le ayudó a ponerse la manga izquierda de la camisa.

—Estás helado. Vístete rápido.

Robbie se puso la otra manga de la camisa. Ella comenzó a abotonarla y, sin mirarlo, dijo:

—Teddy quiere que nos mudemos a Riverton.

—¿Cuándo?

—En marzo. Para entonces la casa estará restaurada. Está construyendo un pabellón de verano. Se ve a sí mismo como el custodio de ese lugar —comentó secamente Hannah.

—¿Por qué no me lo dijiste?

—No quería pensar en ello —repuso ella con desánimo—. Tenía la esperanza de que cambiaría de idea. —Hannah desabotonó el cuello de la camisa, introdujo su mano por debajo y la apoyó en el pecho de Robbie—. Tienes que mantenerte en contacto con Emmeline. Ella puede invitarte a pasar unos días en Riverton. Y suele salir a menudo, la invitan a fiestas en el campo o a pasar el fin de semana en casa de sus amigos.

Robbie asintió sin mirarla.

—Por favor, hazlo por mí. Dime que vendrás.

—¿Y seremos una de esas parejas que se encuentran en las casas de campo?

—Sí.

—Como tantas parejas antes que nosotros, jugaremos a ser corteses pero distantes durante el día y nos deslizaremos en la oscuridad para encontrarnos por la noche.

—Sí —dijo ella serenamente.

—Ésas no son nuestras reglas.

—Lo sé.

—No es suficiente.

—Lo sé.

—Está bien, lo haré sólo porque tú me lo pides.

* * *

Acordaron verse una tarde, a principios de 1924. Teddy estaba de viaje por asuntos de negocios, y Deborah había salido para visitar a unos amigos.

Se habían citado en un lugar de Londres que Hannah no conocía. Mientras el taxi avanzaba por las intrincadas calles de la zona este, Hannah miraba por la ventanilla. Ya era de noche y en general había pocas cosas interesantes que ver: edificios grises, carromatos tirados por caballos iluminados con faroles; de vez en cuando, niñas de mejillas rosadas vestidas con gruesos delantales de lana señalaban el taxi mientras jugaban. Y luego, al llegar a una calle, la sorpresa de las luces de colores, la muchedumbre, la música.

Hannah se inclinó hacia el conductor.

—¿Qué es esto? ¿Qué ocurre aquí?

—Es la verbena de Año Nuevo —explicó. Su acento indicaba que había nacido en el barrio—. Aunque deberían estar a resguardo del invierno.

Hannah observaba fascinada mientras el taxi seguía su camino. Una hilera de luces se extendía a lo largo de los edificios. La banda de músicos de cuerda, además de un acordeón, había congregado a una multitud que reía y aplaudía. Los niños se mezclaban con los adultos, agitaban serpentinas y hacían sonar silbatos. Hombres y mujeres se reunían en torno a grandes tambores de metal donde se cocían castañas y bebían cerveza en jarras. El conductor del taxi tocó la bocina para que le permitieran pasar.

—Están todos locos —exclamó cuando el automóvil llegó a la esquina y dobló para seguir por una calle a oscuras—. Como cabras.

A Hannah le parecía haber pasado por un lugar de fantasía. Cuando por fin el conductor se detuvo frente al domicilio indicado, corrió a encontrarse con Robbie para contarle lo que había visto. Le rogó, y finalmente lo convenció. Irían juntos a la verbena. Salían muy poco, indicó. ¿Cuándo tendrían otra oportunidad de ir juntos a un festejo? Allí nadie los conocía. Era un lugar seguro.

Ella lo guió, confiando en su memoria, aunque temía que la fiesta hubiera desaparecido como un bosque habitado por las hadas. Pero de pronto oyó los sonidos del violín, los silbatos de los niños, las voces joviales, y supo que estaban cerca.

Unos minutos después ya habían doblado la esquina del país de las maravillas y comenzaban a recorrer la calle del festejo. El viento frío traía el aroma de las castañas asadas, mezclado con el sudor y la algarabía. Había personas asomadas a las ventanas que hablaban a gritos con los que estaban en la calle, cantaban, brindaban por el nuevo año y despedían el anterior. Hannah, del brazo de Robbie, miraba deslumbrada todo aquel panorama. Le señaló las cosas que le llamaron la atención, rió alegremente al ver que algunas personas comenzaban a bailar en una improvisada pista.

Decidieron dejar de ser observadores y unirse a la muchedumbre. Se sentaron en una tabla de madera apoyada sobre cajones de leña. Una mujer con las mejillas coloradas y abundantes bucles negros se sentó en un banco junto a los músicos para cantar y batir un tamboril que sostenía entre sus mullidos muslos. El auditorio la alentaba con sus gritos, las faldas ondeaban al ritmo de la música.

Hannah estaba fascinada. Jamás había visto semejante jolgorio. Había ido a numerosas fiestas, pero, comparadas con ésta, le parecían artificiales, excesivamente civilizadas. Aplaudió, rió, apretó con vehemencia la mano de Robbie.

—Son maravillosos —exclamó, incapaz de apartar la vista de las parejas que bailaban. Hombres y mujeres de todas las edades y tamaños giraban con los brazos enlazados, y aplaudían—. ¿No son absolutamente maravillosos?

El volumen aumentaba, el ritmo se aceleraba. La música hacía vibrar la piel, entraba por los poros, fluía por la sangre; aceleraba el ritmo del corazón.

—Tengo sed, vamos a buscar algo para beber —le susurró Robbie al oído.

Ella casi no le oía. Meneó la cabeza. Advirtió que respiraba agitadamente.

—No, no. Ve tú. Yo quiero mirar.

Robbie dudó.

—No quiero dejarte sola.

—Estaré bien.

Hannah apenas advirtió que la mano de Robbie apretó fuertemente la suya por un instante y la soltó después. No lo miró mientras se alejaba. Había muchas otras cosas que ver, oír y sentir.

Más tarde se preguntó si había pasado por alto algún indicio en la voz de Robbie, si el ruido, la agitación, la muchedumbre le habían resultado opresivos. Pero en ese momento no lo pensó, estaba cautivada.

El lugar de Robbie fue ocupado inmediatamente. Otro muslo tibio se apretó contra el suyo. Hannah miró de reojo. Era un hombre bajo y fornido, de patillas pelirrojas y un sombrero de fieltro marrón.

El hombre la miró, se acercó más y le señaló con el dedo la pista.

—¿Bailamos?

Su aliento olía a tabaco. Los ojos celestes se detuvieron en ella.

—Oh, no —se disculpó Hannah con una sonrisa—. Gracias, pero estoy con una persona.

Miró hacia atrás buscando a Robbie entre la multitud. Le pareció verlo en el otro extremo de la calle, fumando junto a un tonel humeante.

—No tardará en volver.

El hombre ladeó la cabeza.

—Vamos, sólo una pieza. Para entrar en calor.

Hannah volvió a mirar hacia el lugar donde creía haber visto a Robbie. No había rastro de él. ¿Le había dicho adónde iba, cuánto tiempo tardaría?

—¿Y bien? —insistió el hombre. Ella lo miró. La música invadía el lugar. Recordó una calle de París algunos años atrás, en su luna de miel. Se mordió el labio. ¿Qué daño podía hacer bailar un poco? ¿Qué sentido tenía desperdiciar las oportunidades que la vida le brindaba?

—De acuerdo —accedió Hannah. Tomó la mano del hombre y sonrió nerviosamente—. Pero no estoy segura de saber los pasos.

El hombre sonrió y la llevó al centro de la pista, donde se arremolinaban los bailarines.

Y Hannah se encontró bailando. Y aunque no recordaba saber los pasos, guiada por su compañero se defendió bastante bien. Giraron y se dejaron llevar por el frenesí de las otras parejas. Los violines sonaban, las botas taconeaban, las manos aplaudían. Ella y su pareja se tomaron del brazo, codo con codo, y comenzaron a girar. Hannah no pudo contener la risa. Nunca se había sentido tan libre. Miró el cielo nocturno, cerró los ojos, sintió el aire frío en los párpados y las mejillas tibias. Al abrirlos buscó a Robbie. Anhelaba bailar con él. Trató de encontrarlo en medio de esa multitud de caras. Se preguntó si siempre habían sido tantas. Pero giraba demasiado rápido. Eran una masa de ojos, bocas y sonidos.

—Yo... —Estaba sin aliento. Se pasó una mano por la nuca sudorosa—. Tengo que irme. Mi amigo volverá en cualquier momento —anunció Hannah. El hombre no pareció oírla. Ella le dio un golpecito en el hombro para que dejara de girar—. Ya he tenido bastante. Gracias —le gritó al oído.

Por un instante creyó que no iba a detenerse, que seguiría girando y jamás la dejaría ir. Luego sintió una desaceleración, un vahído, y se encontró nuevamente sentada en el banco de madera. Estaba ocupado por nuevos espectadores, pero entre ellos no vio a Robbie.

—¿Dónde está su amigo? —preguntó el hombre, pasando su mano por un mechón de cabello rojo. Había perdido el sombrero mientras bailaba.

Hannah buscó a Robbie entre rostros extraños, parpadeando fuertemente para enfocar la vista.

—Regresará enseguida.

—No tiene sentido que se quede aquí sentada mientras lo espera, se resfriará.

—Gracias. Lo esperaré aquí.

El hombre aferró la muñeca de Hannah.

—Venga, sea mi pareja.

—No —objetó Hannah con firmeza—. Ya basta.

El hombre la soltó. Se encogió de hombros, se pasó la mano por las patillas y por la nuca. Se disponía a marcharse cuando de pronto algo surgió de la oscuridad y cayó sobre ellos. Era Robbie.

Con el codo golpeó el hombro de Hannah, que perdió el equilibrio.

Se oyó un grito. ¿Lo dio Robbie?

¿El hombre? ¿Ella?

Hannah cayó sobre un corro de espectadores.

La banda y los bailarines siguieron con lo suyo. Desde el suelo Hannah miró hacia arriba. Robbie atacó al hombre, le dio un puñetazo, otro, y otro. Ella sintió pánico, calor, miedo.

—¡Robbie! —le gritó—. ¡Robbie, basta!

Con dificultad, Hannah se abrió paso entre una infinidad de personas.

La música había cesado. La gente se había congregado en torno a los hombres que peleaban. Ella logró meterse entre ambos y aferrar la camisa de Robbie.

Él la apartó. La miró un instante con los ojos inertes, sin verla.

En ese momento el puño del contrincante dio en la cara de Robbie. El hombre cayó sobre él. Brotó la sangre.

—¡No! —gritó Hannah—. Suéltelo, por favor, suéltelo. ¡Que alguien me ayude! —pidió llorando.

Nunca supo exactamente cómo terminó la pelea. No supo el nombre del hombre que acudió en su ayuda. Pero recordaba que apartó al tipo de las patillas, arrastró a Robbie hacia la pared, trajo vasos de agua y luego de whisky. Por fin le dijo que se llevara a su amigo y lo obligara a quedarse en cama.

Quienquiera que fuera, los hechos de esa noche no lo sorprendieron. Riendo, les dijo que no había un sábado por la noche

—o un viernes, o un jueves, lo mismo daba— en que dos tipos no se pelearan. Y después se encogió de hombros, agregando que Red Wycliffe no era un mal tipo, pero había estado en la guerra, y desde entonces no había vuelto a ser el mismo, eso era todo.

Robbie se apoyó en Hannah para caminar y se alejaron de allí.

Nadie los miró mientras avanzaban por la calle, dejando atrás el baile, la diversión, el ruido.

Más tarde, de regreso en el apartamento de Robbie, él se sentó en un taburete de madera y ella, arrodillada frente a él, le limpió la cara. Casi no habían hablado desde que abandonaron la verbena. Ella había preferido no hacer preguntas. ¿Qué sentimiento se había apoderado de él? ¿Por qué había atacado a ese hombre? ¿Dónde había estado? Suponía que Robbie se hacía las mismas preguntas, y estaba en lo cierto.

—¿Qué hubiera sucedido? —preguntó él por fin—. ¿Qué hubiera sucedido?

—Shhh —le calló ella, presionando su mejilla con el paño húmedo—. Ya pasó.

Robbie meneó la cabeza. Cerró los ojos. Pero sus pensamientos no se detuvieron. Su voz era apenas audible cuando dijo:

—Lo habría matado. Dios mío, lo habría matado.

* * *

No volvieron a salir después de aquel episodio. Hannah se culpaba, se reprochaba no haber oído sus argumentos, haber insistido en que fueran a ese lugar. Las luces, el ruido, la multitud. Había leído acerca del trauma de guerra, debería haberlo previsto. Decidió que en el futuro cuidaría mejor a Robbie, tendría presente las experiencias que había vivido, lo trataría con amabilidad y nunca le recordaría aquel día. Ya había pasado y no volvería a suceder. Ella se aseguraría que así fuera.

Aproximadamente una semana después, estaban juntos en la cama, jugando, imaginando que vivían en un pueblo minúsculo y solitario en la cumbre del Himalaya, cuando Robbie se incorporó y dijo:

—Estoy cansado de este juego.

Hannah se reclinó sobre un costado.

—¿Qué te gustaría hacer?

—Quiero que sea realidad.

—También yo. Supongamos que...

—No —la interrumpió Robbie—. ¿Por qué no podemos hacerlo realidad?

—Querido —señaló suavemente Hannah, acariciando la cicatriz de su mejilla derecha—, no sé si lo has olvidado, pero ya estoy casada. —Trataba de ser frívola, de hacerlo reír, pero no lo consiguió.

—Las personas se divorcian.

Ella se preguntó a qué clase de personas se refería.

—Sí, pero...

—Podemos irnos a otro lugar, lejos de aquí, lejos de todas las personas que conocemos. ¿No es lo que quieres?

—Sabes que sí.

—Con la nueva ley, sólo es necesario probar que se ha cometido adulterio.

—Pero Teddy no es un adúltero.

—No, claro —ironizó Robbie—. En todo el tiempo que...

—Él no es así.

—Pero cuando dijiste que tú y él... supuse que...

—Es algo en lo que no piensa, nunca le ha interesado demasiado —explicó Hannah pasando un dedo por los labios de Robbie—. Ni siquiera cuando estábamos recién casados. Cuando te conocí me di cuenta de que... —Hannah hizo una pausa y lo besó—. Entonces comprendí.

—Es un estúpido —exclamó Robbie mirándola intensamente, acariciando suavemente su brazo desde el hombro hasta la muñeca—. Debes dejarlo.

—¿Qué?

—No vayas a Riverton —pidió Robbie, que se había sentado y aferraba las muñecas de Hannah. Estaba más guapo que nunca—. Huye conmigo.

—No hablas en serio —repuso Hannah desconcertada—. Estás bromeando.

—Nunca he hablado más seriamente.

—¿Hablas de desaparecer, sencillamente?

—Sencillamente desaparecer.

Durante un momento ella se quedó pensativa, en silencio. Por fin dijo:

—No puedo. Lo sabes.

Él la soltó bruscamente, se levantó de la cama y encendió un cigarrillo.

—Hay muchos motivos. Emmeline...

—Al diablo con Emmeline.

—Ella me necesita.

—Yo te necesito.

Ella sabía que era cierto. Que la necesitaba terriblemente.

—Ella estará bien —aseguró Robbie—, es más fuerte de lo que crees.

Hannah suspiró.

—No es tan simple. Soy responsable de ella.

—¿Quién ha dicho eso?

—David, mi padre. Es algo tácito.

Robbie se había sentado frente a la mesa. Fumaba. A Hannah le pareció que había adelgazado. Se preguntó por qué no lo había notado antes.

—Teddy y su familia me encontrarían. Y me lo harían pagar de por vida —alegó Hannah y se estremeció.

—Yo no lo permitiría.

—No los conoces.

—Podríamos ir a un lugar remoto, donde nunca se les ocurriera buscarnos. El mundo es muy grande.

Robbie parecía tan frágil allí sentado. Solo. Ella era todo lo que tenía. Hannah se puso de pie detrás de él y lo abrazó. Él apoyó la cabeza en su vientre.

—No puedo vivir sin ti —declaró Robbie—. Antes preferiría morir.

Sus palabras eran tan sinceras que hicieron temblar a Hannah, quien, al mismo tiempo, se sintió culpable por alegrarse.

—No digas eso.

—Es verdad.

—Estás tratando de disgustarme.

—Necesito estar contigo —reconoció sencillamente Robbie—. Sin ti, moriré.

—Déjame pensarlo —le pidió Hannah. Sabía que cuando Robbie se empecinaba, lo mejor era no discutir con él.

* * *

Hannah dejó que él planificara la gran huida. Robbie dejó de escribir poesía. En su cuaderno sólo anotaba las posibilidades que iban surgiendo en su mente. Ella incluso lo ayudaba a veces. Se decía que era un juego, como los que solían jugar. Eso le hacía feliz, y además, a veces, a ella también le despertaba curiosidad imaginar los lugares donde podrían vivir, las cosas que podrían ver, las aventuras en las que podrían participar. Un juego que jugaban en su mundo secreto.

Ella no sabía, no podía saber, adónde conduciría todo aquello.

Si lo hubiera sabido —me confesó después— lo habría besado por última vez, habría dado media vuelta y se habría marchado, tan rápido y tan lejos como fuera posible.

Capítulo 22

EL PRINCIPIO DEL FIN

C omo he dicho muchas veces: antes o después los secretos encuentran el modo de salir a la luz. Hannah y Robbie consiguieron guardar los suyos durante bastante tiempo, desde finales de 1922 hasta comienzos de 1924. Pero como todos los amores imposibles, el suyo estaba destinado a terminar.

Los sirvientes habían comenzado a murmurar. Caroline, la nueva criada, fue quien encendió la mecha. Era una fisgona que había servido en la casa de la infame lady Penthrop (de quien se rumoreaba que se había liado con la mitad de los caballeros más codiciados de Londres). Le habían permitido dejar su puesto con una brillante recomendación y una importante suma de dinero, obtenidas después de que sorprendiera a su ama en una situación muy comprometida. Pero, irónicamente, en casa de los Luxton nadie pidió sus referencias. Su reputación era conocida y fue su talento para espiar, más que la eficiencia con que hacía sus tareas, lo que motivó la elección de Deborah.

Para quien sabe mirar, siempre hay señales. Y Caroline sabía cómo hacerlo. Papeles con extrañas direcciones rescatados del fuego antes de que se consumieran, ardientes notas guardadas en un cuaderno, bolsas de compras que no contenían más que antiguas entradas de teatro. Y no era difícil alentar a los demás sirvientes a hablar. En una oportunidad invocó el fantasma del Divorcio y les recordó que si se producía un escándalo era probable que todos ellos perdieran su empleo. Así logró que estuvieran especialmente comunicativos.

Ella sabía que no debía hacerme preguntas, y finalmente tampoco necesitó hacerlo. Descubrió por sí misma el secreto de Hannah. Me siento culpable por ello, debí estar más atenta. Si mi mente no hubiera estado ocupada con otras cosas, habría descubierto lo que Caroline tramaba y habría alertado a Hannah. Pero me temo que por entonces yo no era una buena doncella, cumplía negligentemente mis responsabilidades para con Hannah. Estaba distraída, había sufrido una desilusión. Desde Riverton habían llegado noticias de Alfred.

Finalmente, una noche en que asistirían a la ópera, Deborah entró en el dormitorio de Hannah. Yo la había ayudado a ponerse una enagua de seda francesa, ligeramente rosada, y estaba rizando el cabello alrededor de su cara cuando oí que alguien golpeaba la puerta.

—Estoy casi lista, Teddy —gritó Hannah poniendo los ojos en blanco para que yo la viera en el espejo. Teddy era religiosamente puntual. Yo sujeté con una horquilla un bucle especialmente rebelde.

La puerta se abrió y Deborah irrumpió en la habitación, con un impresionante vestido de seda roja con mangas en forma de alas de mariposa. Se sentó en el borde de la cama y cruzó las piernas, haciendo revolotear la seda roja.

Hannah me miró. Este tipo de visitas no eran usuales.

—¿Ansiosa por ver *Tosca*? —preguntó Hannah.

—Enormemente. Adoro Puccini —contestó Deborah. Luego tomó de su bolsito una polvera con espejo, se retocó los labios hasta que parecieron un perfecto ocho y verificó que no quedaran restos de maquillaje en las comisuras—. Es triste que los amantes tengan una separación tan trágica.

—Las óperas no suelen tener final feliz.

—No, y me temo que tampoco las historias de la vida real.

Hannah guardó silencio y permaneció a la expectativa.

—Como comprenderás —continuó Deborah, mirando su espejito mientras se cepillaba las cejas—, me importa un bledo saber con quién compartes tu cama cuando el tonto de mi hermano no te vigila.

Hannah y yo nos miramos. La sorpresa me volvió torpe y dejé caer una horquilla al suelo.

—Lo que me preocupa son los negocios de mi padre.

—No comprendo cuál es la relación entre los negocios de tu padre y yo —respondió Hannah. Su voz intentaba parecer despreocupada, pero pude advertir que su respiración estaba agitada.

—No te hagas la tonta —advirtió Deborah, cerrando ruidosamente su polvera—. Sabes que eres parte de todo esto. La gente invierte en nuestras empresas porque representamos lo mejor de los dos mundos: nueva tecnología y enfoques empresarios sumados a la garantía que implica el linaje de tu familia. Progreso y tradición a la vez.

—¿Tradición progresista? —exclamó Hannah—. ¡Qué curioso, siempre sospeché que Teddy y yo formábamos una pareja armoniosamente incompatible!

—Muy ocurrente. Tú y los tuyos os habéis beneficiado tanto como nosotros con la unión de nuestras familias, después de la desastrosa gestión de tu padre con su herencia.

—Mi padre hizo todo lo que pudo —afirmó Hannah con las mejillas encendidas.

Deborah levantó las cejas.

—¿Y lo mejor que supo hacer fue llevar su empresa a la ruina?

—Papá perdió su empresa porque se incendió. Fue un accidente.

—Por supuesto —se apresuró a decir Deborah—. Un desafortunado accidente. No obstante, no tenía muchas alternativas, ¿verdad? No tenía más opción que vender a su hija al mejor postor, —Deborah rió. Se acercó a Hannah y me obligó a apartarme para quedarse de pie detrás de ella. Luego se inclinó sobre su hombro para hablarle—. No es un secreto que él no quería que te casases con Teddy. ¿Sabes que una noche vino a ver a mi padre? Sí, le dijo que sabía cuáles eran sus intenciones y que podía olvidarse, porque tú nunca aceptarías. —Deborah se irguió y esbozó una sonrisa sutilmente triunfal al ver que Hannah apartaba la vista de ella—. Pero lo hiciste. Porque eres una chica inteligente. Traicionaste a tu padre, pero sabías tan bien como él que no tenías otra opción. Hiciste lo correcto. ¿Dónde estarías ahora si no te hubieras casado con mi hermano? ¿Con tu poeta?

Yo estaba de espaldas al guardarropa. No podía salir de la habitación, pero habría deseado estar en cualquier otro lugar. Vi que las mejillas de Hannah habían perdido su rubor. Su cuerpo estaba rígido, como si se preparara para recibir un golpe que podía llegar desde cualquier dirección.

—¿Y qué me dices de tu hermana, la pequeña Emmeline?

—Emmeline no tiene nada que ver con esto —replicó Hannah.

—Lamento discrepar. ¿Dónde estaría si no fuera por mi familia? Una huerfanita cuyo padre perdió la fortuna de la familia; cuya hermana tiene una relación amorosa con uno de sus novios; lo único que podría empeorar su situación es que esas asquerosas películas salieran a la luz.

Hannah se puso rígida.

—Sí —afirmó Deborah—, estoy al tanto de ese asunto. ¿Creías que entre mi hermano y yo caben los secretos? —preguntó sonriente, expandiendo las fosas nasales—. Sabe que no le conviene, somos una familia. Por no mencionar que sin mi consejo no es capaz de tomar la mitad de las decisiones que su posición requiere.

—¿Qué pretendes, Deborah?

Deborah sonrió levemente.

—Tan sólo quiero que veas, que comprendas, cuánto podríamos perder todos nosotros si fuéramos víctimas de un escándalo. Por qué debes poner fin a esa relación.

—¿Y si no lo hago?

Deborah suspiró, y tomó el bolso de Hannah, que estaba sobre la cama.

—Si no dejas de ver a ese hombre por tu propia voluntad, me aseguraré personalmente de que no vuelvas a verlo —sentenció. Luego cerró bruscamente el bolso y se lo entregó a Hannah—. Los hombres como él, los artistas, los traumatizados a causa de la guerra, desaparecen continuamente, pobrecitos. Nadie se detiene a pensar en los motivos, —Deborah se alisó el vestido y fue hacia la puerta—. Si no te libras de él, lo haré yo por ti.

* * *

Ese invierno, Hannah se encontró con Robbie por última vez en la sala egipcia del Museo Británico. Yo entregué el mensaje. Él se desconcertó al verme a mí en lugar de Hannah, no le agradó en absoluto. Estaba despeinado y no se había afeitado, su cara tenía una barba incipiente. A juzgar por el olor de su cuerpo no se había bañado. Tomó la carta desganadamente, recorrió con la vista el vestíbulo para asegurarse de que no hubiera otras personas, y se apoyó en el marco de la puerta para leerla, moviendo los labios suavemente, diciendo para sí las palabras de Hannah.

No había visto jamás un hombre en una actitud menos afectada. No supe dónde mirar. Me concentré en la pared que estaba junto a él. Cuando terminó de leer me observó con sus ojos oscuros y desesperados. Parpadeé, miré hacia otro lado y me fui tan pronto confirmó que iría a la cita.

Así lo hizo. Una lluviosa mañana de marzo de 1924, yo simulaba leer los nuevos artículos sobre Howard Carter mientras Hannah y Robbie estaban sentados en los extremos opuestos de un banco, frente a la momia de Tutankamón. A los ojos de cualquiera que pasara por allí, no eran más que dos extraños que compartían su afición por la egiptología.

* * *

Unos días después, a petición de Hannah, ayudé a Emmeline a hacer sus maletas. Se mudaría a casa de Fanny. Durante su estadía en la casa del número diecisiete, las pertenencias de Emmeline habían acabado diseminadas por varias habitaciones; sin duda no lograría ponerlas en orden ella sola. Por eso tuve que ayudarla a vaciar los estantes de sus accesorios de invierno. Hannah apareció para supervisar nuestra tarea.

—Deberías colaborar, Emmeline, en lugar de esperar que lo haga todo Grace.

La voz de Hannah sonaba tensa, como era habitual desde aquel día en el museo, pero Emmeline no lo advirtió. Estaba muy entretenida hojeando su diario íntimo. Había pasado toda la tarde sentada en el suelo, con las piernas cruzadas, mirando antiguos dibujos, fotografías, entradas y fervientes garabatos juveniles.

—Escucha esto —dijo de pronto Emmeline—. Es de Harry. «Ven a casa de Desmond. De lo contrario seremos sólo tres chicos: Dessy, este servidor y Clarissa». ¿No es desternillante? Pobre Clarissa, no debería haberse cortado el cabello.

Hannah se sentó en un extremo de la cama.

—Voy a echarte de menos.

—Lo sé —asintió Emmeline, alisando una página arrugada de su diario—. Pero debes comprender que no puedo ir contigo a Riverton. Sencillamente, me moriría de aburrimiento.

—Lo sé.

—Eso no significa que me aburra contigo, querida. Sabes que no quiero decir eso —aclaró de inmediato Emmeline, al advertir que sus palabras podrían haber sonado ofensivas. Luego sonrió—. Es gracioso el rumbo que han tomado las cosas, ¿verdad?

Hannah abrió los ojos.

—Me refiero a que cuando éramos niñas siempre eras tú la que anhelaba irse de allí. Recuerdo que incluso hablabas de convertirte en oficinista. —Emmeline rió—. Olvidé preguntártelo, ¿alguna vez llegaste a pedirle autorización a papá?

Hannah meneó la cabeza.

—Me pregunto qué habría dicho. Pobre papá. Lo recuerdo todavía, espantosamente disgustado cuando te casaste con Teddy y me dejaste con él. No tengo muy claro por qué. —Emmeline suspiró—. Las cosas han cambiado, ¿no es cierto?

—Eres feliz en Londres, ¿verdad?

—¿Tienes alguna duda? Estoy en la gloria.

—Eso es bueno. —Hannah se puso de pie. Se disponía a salir de la habitación pero dudó y volvió a sentarse—. Y sabes que si algo me sucediera...

—¿Si los marcianos te llevaran a su planeta?

—No estoy bromeando.

—No es necesario que lo digas. Has estado amargada toda la semana.

—Siempre puedes contar con lady Clementine y Fanny, lo sabes.

—Sí, ya lo has dicho en otras ocasiones.

—Lo sé, es que dejarte sola en Londres...

—Tú no me estás dejando, he sido yo la que he decidido quedarme. Y no estaré sola. Viviré con Fanny. Todo irá bien —concluyó Emmeline, enfatizando su afirmación con un ademán.

—Lo sé —repuso Hannah. Luego me miró pero apartó rápidamente la vista—. Te dejo seguir con tus cosas.

Estaba junto a la puerta cuando Emmeline comentó:

—No he visto a Robbie últimamente.

Hannah se puso rígida, pero no se volvió a mirarla.

—¿No? Es verdad ahora que lo dices, no ha estado por aquí desde hace unos días.

—Deborah me contó que se ha marchado.

—¿Sí? ¿Adónde?

—No lo sé. Dice que tú deberías saberlo.

—¿Cómo podría saberlo? —preguntó Hannah. Había cambiado de posición, estaba frente a Emmeline, pero evitaba mirarme.

—Eso es lo que yo le dije. ¿Por qué Robbie te lo diría a ti y no a mí? ¿Por qué tendría que marcharse, sin decir nada?

Hannah se encogió de hombros.

—Así es él, imprevisible, poco fiable, ¿no crees?

—Lo encontraré —declaró decididamente Emmeline—. Ya lo he logrado en otras ocasiones.

—Oh, no, Emmeline, no lo busques.

—Debo hacerlo.

—¿Por qué?

Emmeline miró a su hermana con sus grandes ojos azules.

—Porque lo amo, por supuesto.

—Oh, no, Emme, no es cierto.

—Sí, estoy enamorada de él, desde siempre, desde el día en que llegó a Riverton y me vendó el brazo.

—Tenías once años.

—Por supuesto, y por entonces era sólo un enamoramiento infantil. Pero ahí comenzó. A todos los hombres que he conocido los he comparado con Robbie.

—¿Qué me dices del director de cine? ¿O de Harry Bentley, o de la media docena de jóvenes de los que te has enamorado tan sólo durante este año? Has estado comprometida al menos con dos de ellos.

—Robbie es diferente.

—¿Y qué siente él por ti? —preguntó Hannah, sin atreverse a mirar a Emmeline—. ¿Te ha dado motivos para creer que está enamorado de ti?

—Sin duda. Jamás ha perdido una oportunidad de salir conmigo. Sé que no se debe a que le agradan mis amigos. No es un secreto que para él son un puñado de chicos consentidos y ociosos —explicó Emmeline—. Estoy segura de que me ama y voy a encontrarlo —agregó luego con gran determinación.

—No lo hagas —declaró Hannah, con una firmeza que sorprendió a su hermana—. Él no es para ti.

—¿Cómo lo sabes? Apenas lo conoces.

—Sé cómo son esa clase de hombres. Es culpa de la guerra. Muchos jóvenes absolutamente normales volvieron cambiados, destruidos.

Recordé a Alfred, aquella noche, en la escalera de Riverton, cuando sus fantasmas lo acosaban, pero me obligué a alejar de mi mente ese recuerdo.

—No me importa —insistió obstinadamente Emmeline—. A mí me parece romántico. Me gustaría cuidar de él. Curarlo.

—Los hombres como Robbie son peligrosos. No es posible curarlos. Son lo que son —afirmó Hannah y suspiró con un dejo de frustración—. Tienes muchos otros candidatos. Tu corazón puede descubrir que ama a alguno de ellos.

Emmeline meneó la cabeza tercamente.

—Sé que puedes. ¿Me prometes que lo intentarás?

—No quiero.

—Debes hacerlo.

Emmeline dejó de mirar a su hermana. En sus ojos percibí una expresión distinta, más dura, más firme.

—No es asunto tuyo, Hannah —replicó francamente—. Tengo veinte años, no necesito tu ayuda para tomar decisiones. A mi edad tú ya estabas casada y Dios sabe que no consultaste a nadie antes de tomar esa decisión.

—Eso es totalmente diferente...

—No necesito una hermana mayor que vigile todo lo que hago. Ya no. —Emmeline suspiró y volvió a mirar a Hannah—. Hagamos un trato. Desde ahora cada una de nosotras elegirá libremente la clase de vida que desea. ¿De acuerdo?

Era evidente que Hannah no tenía muchas opciones. Asintió en señal de conformidad y salió de la habitación. La puerta se cerró detrás de ella.

* * *

En vísperas de nuestra partida a Riverton empaqué los últimos vestidos de Hannah. Mientras la luz del día se apagaba, ella, sentada junto a la ventana, miraba hacia el parque. Cuando el alumbrado de la calle se encendió se giró hacia mí y me preguntó:

—¿Has estado enamorada alguna vez, Grace?

Su pregunta me desconcertó; especialmente por el momento que había elegido para formularla.

—Yo... no lo sé, señora.

Puse su abrigo de zorro en el fondo del baúl que solía utilizar cuando viajaba en barco.

—Oh, si hubieras estado enamorada, no lo dudarías.

Evité mirarla y traté de parecer indiferente. Pensé que de ese modo cambiaría de tema.

—En ese caso, señora, debo decir que no.

—Tal vez hayas sido afortunada. El verdadero amor es como una enfermedad —declaró, volviendo a mirar hacia la ventana.

—¿Una enfermedad, señora? —pregunté. Yo me había sentido indudablemente enferma alguna vez.

—Antes no lo comprendía. Cuando leía relatos o poemas, cuando veía obras de teatro, no entendía por qué motivo personas inteligentes, razonables, de pronto hacían cosas extravagantes, irracionales.

—¿Y ahora, señora?

—Sí, ahora lo comprendo —contestó suavemente—. Es una enfermedad que te ataca cuando menos lo esperas. No tiene remedio y a veces, en los casos más graves, es fatal.

A punto de perder el equilibrio, cerré los ojos por un instante.

—¿De verdad cree que puede ser fatal, señora?

—No, tal vez esté exagerando, Grace —concedió, y me sonrió—. ¿Lo ves? Yo soy un buen ejemplo. Estoy comportándome como la protagonista de un folletín. —Hannah permaneció un rato en silencio, pero aparentemente siguió pensando en el tema, porque de pronto inclinó la cabeza inquisitivamente y dijo—: ¿Sabes, Grace? Siempre pensé que tú y Alfred...

—Oh, no, señora —refuté con suma presteza—. Alfred y yo sólo éramos amigos —aseguré, mientras sentía que miles de agujas se clavaban en mi piel.

—¿De verdad? Me pregunto qué es lo que me hace suponer lo contrario.

—No podría decirlo, señora.

Ella me miró mientras trajinaba con sus vestidos y sonrió.

—Te he molestado.

—No, de ningún modo, señora. Es sólo que... justamente estaba pensando en una carta que llegó hace unos días, de Riverton. Es una coincidencia que precisamente ahora me haya preguntado por Alfred.

—Oh...

—Sí, señora —proseguí, aceleradamente—. ¿Recuerda a la señorita Starling, la secretaria de su padre?

Hannah frunció el ceño.

—¿Aquella mujer delgada, de cabello deslucido, que solía rondar por la casa con una máquina de escribir?

—Sí, señora, la misma. Ella y Alfred se casaron el mes pasado. Viven en Ipswich. Alfred se dedica ahora a la mecánica —comenté, como si el tema me resultara indiferente. Luego cerré el baúl, y sin mirar a Hannah, hice una reverencia—. Con su permiso, señora, creo que el señor Boyle me necesita.

Salí de la habitación y cerré la puerta. Estaba a solas. Me llevé la mano a la boca. Apreté los ojos. Sentí que mis hombros se estremecían, tenía un nudo en la garganta. No podía sostener el peso de mi cuerpo. Me apoyé en la pared, deseando desaparecer en el aire, entre los muros, bajo el suelo, para que mis sentimientos no me agobiaran.

Me quedé allí, inmóvil. Con el leve temor de que Deborah o Teddy me encontraran al irse a dormir y llamaran al señor Boyle para que se ocupara de mi despido. Había perdido la noción de la vergüenza y del deber. ¿Qué importaba todo eso? Ya nada me importaba.

Entonces oí un ruido de cubiertos y platos rotos que venía del piso de abajo.

Inspiré. Abrí los ojos. Ella me necesitaba más que nunca. La realidad me avasalló, me devolvió la vitalidad.

Por supuesto, todo aquello tenía la misma importancia de siempre. Y Hannah me necesitaba más que nunca. Volvía a Riverton, había perdido a Robbie.

Suspiré aliviada. Enderecé los hombros y tragué saliva. Debía controlarme. Si me permitía ser débil, si me compadecía de mí misma, no podría concentrarme en mis obligaciones, no sería capaz de ayudarla.

Me alejé de la pared. Me alisé la falda, enderecé los puños y me sequé los ojos.

Yo era una doncella. No una simple criada. Hannah confiaba en mí. No podía ser indulgente conmigo misma y perder la compostura.

Volví a inspirar profunda y deliberadamente. Me insuflé ánimos y empecé a dar pasos largos, decididos.

Cuando subía las escaleras para ir a mi habitación, me obligué a cerrar la terrible puerta que mi imaginación había abierto, a través de la cual había vislumbrado el esposo, el hogar, los hijos que podría haber tenido.

Capítulo 23

DE REGRESO A RIVERTON

Ursula ha cumplido su promesa. Conduce su coche por el camino serpenteante que lleva hacia el pueblo de Saffron Green. En cualquier momento nos toparemos con una curva, y a continuación veremos los carteles que dan la bienvenida a Riverton. Miro a Ursula, ella me sonríe y vuelve a prestar atención al camino. Ha dejado de lado las dudas acerca de lo atinado de nuestra excursión. Aunque con cierto recelo, Sylvia accedió a no decírselo a la supervisora y entretener a Ruth si fuera necesario. Sospecho que todos quieren regalarme una última oportunidad. Es demasiado tarde para pensar en preservarme para el futuro.

Las grandes puertas de hierro están abiertas. Ursula avanza por el sendero en dirección a la casa. El túnel de árboles está tan oscuro, quieto y silencioso como siempre, atento a lo que sucede. Doblamos la última curva y la casa aparece frente a nosotras. La miro, como tantas veces antes: como aquel primer día en Riverton, a los catorce años, cuando estaba tan verde como las manos de un jardinero; como el día del recital, cuando llegué casi corriendo desde la casa de mi madre, llena de ansiedad; como la noche en que Alfred me propuso matrimonio; o la mañana de 1924, cuando dejamos Londres para volver a Riverton. De alguna manera, hoy regreso a mi hogar.

Ahora hay un espacio para que los visitantes aparquen sus automóviles, con suelo de cemento. Está al final del sendero, antes de la fuente de Eros y Psique. Ursula abre la ventanilla cuando nos acercamos a la taquilla donde venden las entradas. Susurra algo al guardián, que nos permite entrar. A causa de mi fragilidad le han dado una autorización especial para que pueda bajar del coche frente a la puerta. Gira en torno a la rotonda —el camino ya no es de grava, está pavimentado— y se detiene en la entrada. Junto al portón hay un banco de hierro. Ursula me lleva hasta allí, me ayuda a sentarme, y vuelve al coche.

Estoy sentada, recordando al señor Hamilton, preguntándome cuántas veces habrá abierto esa puerta antes de sufrir el ataque al corazón en la primavera de 1934..., cuando de pronto sucede.

—Me alegra verte nuevamente por aquí, joven Grace.

Entorno los ojos, mirando hacia el cielo, algo nublado (¿serán mis ojos los que se han nublado?) y allí está, de pie, en el escalón superior.

—Señor Hamilton —llamo. Sé que es una alucinación, pero de todos modos me parece una grosería ignorar a un antiguo compañero de trabajo, sin importar que haya muerto hace sesenta años.

—La señora Townsend y yo nos preguntábamos cuándo volveríamos a verte.

La señora Townsend murió poco después que él, a causa de un súbito ataque cerebral, mientras dormía.

—¿Me han tenido presente?

—Oh, sí. Nos gusta que los jóvenes regresen. Nos sentimos un poco solos. No hay familia a la que servir, sólo muchos ruidos, martillazos y huellas de zapatos polvorientos. —El señor Hamilton menea la cabeza y mira hacia arriba, en dirección al arco de la puerta principal—. Sí, la antigua casa está muy cambiada. Ya verás lo que han hecho con mi despacho —anuncia sonriendo—. Cuéntame cosas de ti, Grace —me pide amablemente.

—Estoy cansada, señor Hamilton. Muy cansada.

—Ya lo sé, muchacha. No será por mucho tiempo.

¿Qué sucede? Ursula está a mi lado. Guarda el tique del aparcamiento en su bolso.

—¿Está cansada? —me pregunta con cierta preocupación—. Trataré de conseguir una silla de ruedas. Una de las reformas ha sido la de instalar ascensores.

Le digo que seguramente será lo mejor, y echo un vistazo al señor Hamilton. Ya no está.

* * *

En el vestíbulo, una vivaracha mujer vestida como la esposa de un terrateniente de la década de 1940 nos da la bienvenida y nos explica que nuestra entrada incluye la visita guiada que está a punto de comenzar. Sin darnos tiempo a rehusar, nos incluye en un grupo formado por siete integrantes distraídos: una pareja de excursionistas que vienen desde Londres, un escolar que investiga la historia del lugar, y una familia de turistas estadounidenses. Los padres y el hijo usan el mismo calzado deportivo e idénticas camisetas, con la inscripción «¡Yo escapé de la torre!». La hija adolescente, alta, pálida y seria, va totalmente vestida de negro. Nuestra guía se presenta —dice llamarse Beryl y nos muestra su placa de identificación para confirmarlo—, ha vivido siempre en el pueblo de Saffron Green y podemos preguntarle lo que nos interese saber.

El recorrido comienza por el sótano. El lugar más importante de todas las casas de campo inglesas, declara Beryl, con una ensayada sonrisa y un guiño. Ursula y yo cogemos un ascensor instalado en el lugar donde estaba el armario de los abrigos. Cuando llegamos abajo encontramos al grupo en torno a la mesa de cocina de la señora Townsend, riendo mientras Beryl les lee una lista de los platos tradicionales ingleses del siglo XIX.

La sala de los sirvientes no ha sido objeto de grandes remodelaciones. Sin embargo, la veo infinitamente distinta. Ha perdido su familiar atmósfera sofocante. Advierto que se debe a la iluminación. La electricidad ha destruido la luz titilante, los rincones recogidos. Durante largo tiempo Riverton no tuvo luz eléctrica. Si bien Teddy había instalado la electricidad a mediados de los años veinte, la iluminación no tenía comparación con ésta. Añoro la penumbra, aunque supongo que no es posible conservar aquella iluminación, ni siquiera a efectos de una reconstrucción histórica. Ahora hay leyes que reglamentan ese tipo de cosas, en defensa de la salud y la seguridad, de la responsabilidad pública. Nadie quiere enfrentarse a una demanda porque un visitante tropiece por accidente en una escalera a media luz.

—Síganme —gorjea Beryl—. Saldremos a la terraza por la puerta de servicio, pero no teman, ¡no les pediré que se pongan el uniforme!

* * *

Estamos en el jardín desde donde se ve la rosaleda de lady Ashbury. Asombrosamente, está muy similar a la que guardo en la memoria, aunque se han construido rampas entre las hileras de arbustos. Beryl nos explica que ahora un equipo de jardineros se ocupa constantemente del mantenimiento del jardín. Hay muchas cosas que atender: los parterres, el césped, las fuentes, los diversos edificios de la finca. La casa de verano.

El pabellón de verano fue una de las primeras modificaciones que introdujo Teddy cuando Riverton cayó en sus manos, en 1923. Según él, era una pena que un lago tan hermoso, lo mejor de la finca, no se aprovechara. Imaginaba fiestas acuáticas y por las noches, reuniones en las que observar los astros. De inmediato encargó los planos y cuando llegamos desde Londres, en abril de 1924, la construcción estaba casi acabada, los únicos contratiempos habían sido el retraso en el envío de mármol italiano y las lluvias veraniegas.

Llegamos una mañana lluviosa. Una lluvia, incesante y torrencial, había comenzado a caer al pasar por los últimos pueblos de Sussex y no cedía. Los pantanos estaban a rebosar; los bosques, anegados; y para cuando los automóviles consiguieron llegar al final del enfangado camino que conducía a Riverton, la casa no estaba. No a primera vista. Una densa niebla la envolvía haciendo que fuera delineándose gradualmente, como una visión fantasmal. Cuando estuvimos suficientemente cerca, pasé la palma de la mano por la empañada ventanilla y a través de la bruma traté de distinguir los cristales de la ventana del cuarto de los niños. Tuve la angustiosa sensación de que, en algún lugar de esa casa grande y oscura, la Grace que había sido cinco años antes estaba ocupada poniendo la mesa, vistiendo a Hannah y a Emmeline, recibiendo las últimas instrucciones de Myra. Que estaba aquí y allá, antes y ahora, simultáneamente, a merced de los caprichos del tiempo.

El primer automóvil se detuvo. El señor Hamilton surgió de la puerta principal con un paraguas negro, para ayudar a bajar a Hannah y Deborah. El segundo coche continuó hasta la parte trasera de la casa. Me puse el impermeable encima del sombrero, despedí al conductor, y fui corriendo hasta la puerta de servicio.

Tal vez fuera a causa de la lluvia, quizá si hubiera sido un día claro —si el cielo hubiera estado azul, los gorriones se hubieran posado en los aleros y la luz del sol hubiera sonreído a través de las ventanas— el deterioro de la casa no habría sido tan impactante. A pesar de que el señor Hamilton y su equipo se habían esforzado —según dijo Myra habían estado limpiando sin parar—, el edificio estaba en condiciones lamentables. Su aspecto instaba a reparar sin dilación el abandono al que la había condenado el señor Frederick.

Hannah fue la más afectada. Me pareció natural. El estado deprimente de la casa le recordó la soledad de su padre y revivió la antigua culpa de no haber logrado restablecer los lazos que los unían.

—Cuando pienso que él vivió en estas condiciones... —me confesó esa misma noche, antes de dormir— y que mientras viví en Londres no lo supe... Emmeline bromea a menudo sobre ello, pero nunca imaginé mi padre fuera tan infeliz. —Hannah hizo una pausa—. Esto demuestra lo que ocurre cuando una persona no puede expresar su verdadera naturaleza —concluyó.

—Sí, señora —repuse, sin entender que ya no estábamos hablando de nuestro padre.

* * *

Si bien la magnitud del deterioro de Riverton le sorprendía, Teddy no estaba abrumado. Había planeado una renovación total.

—Será muy útil modernizar este antiguo lugar con los adelantos del siglo XX —declaró sonriendo benevolentemente a su esposa una semana después de que llegaran.

Había dejado de llover y él estaba de pie en una esquina del dormitorio de Hannah, inspeccionando la soleada habitación. Ella y yo, sentadas en la *chaise longue,* colocábamos sus vestidos.

—Como prefieras —fue la poco comprometida respuesta de Hannah.

Teddy la miró desconcertado. No comprendía que la restauración del hogar de sus antepasados le resultara indiferente. Todas las mujeres esperaban la oportunidad de poner el toque femenino en su hogar.

—No repararé en gastos —afirmó Teddy.

Hannah lo miró y le sonrió pacientemente, como si se tratara de un pertinaz tendero.

—Lo que tú creas más conveniente.

Sin duda, a Teddy le habría agradado que ella compartiera el entusiasmo de Deborah, se reuniera con los diseñadores, discutiera con ellos las bondades de una u otra tapicería, que se deleitara con la idea de tener en su casa la réplica de un salón del palacio real. Pero no discutió. Para entonces ya se había acostumbrado a no entender a su esposa. Se limitó a menear la cabeza, acariciar la de ella y olvidar el tema.

Si bien Hannah no estaba interesada en las reformas, su estado de ánimo mejoró notablemente a su regreso a Riverton. Yo había supuesto que dejar Londres, y a Robbie, la destruiría y estaba preparada para lo peor. Pero me equivoqué. Por el contrario, estaba más animada que de costumbre. Mientras las obras avanzaban, pasaba mucho tiempo al aire libre. Solía pasear por la finca, llegar hasta los terrenos más lejanos y regresar para el almuerzo con briznas pegadas en la falda y las mejillas radiantes.

Pensé que se había resignado a perder a Robbie. Que si bien era su amor verdadero, había decidido vivir sin él. Un poco ingenuo, lo reconozco. Mi único ejemplo era mi propia experiencia y yo había renunciado a Alfred, había regresado a Riverton y me había acostumbrado a su ausencia. Suponía que Hannah había hecho lo mismo. Que también había optado por el deber.

Un día tuve que ir a buscarla. Teddy había sido elegido como candidato por Saffron, y Deborah había organizado un almuerzo con lord Gifford que comenzaría en media hora. Hannah aún no había regresado de su caminata. Por fin la encontré en la rosaleda. Estaba sentada en un banco de piedra bajo la pérgola, el mismo donde Alfred se había sentado aquella noche, unos años antes.

—Gracias a Dios que la he encontrado, señora —exclamé casi sin aliento mientras me acercaba—. Lord Gifford llegará en cualquier momento y aún no se ha vestido.

Hannah me miró por encima del hombro y sonrió.

—Podría jurar que llevo puesto mi vestido verde.

—Ya sabe a qué me refiero, señora. Todavía no se ha vestido para el almuerzo.

—Lo sé —admitió abriendo los brazos y haciendo girar las muñecas—. Es un hermoso día, sería una lástima comer dentro. Tal vez pueda convencer a Teddy para que almorcemos en la terraza.

—No lo sé, señora. No sé si al señor Luxton le agradará la idea. Ya sabe cómo reacciona cuando hay insectos.

Ella rió.

—Tienes razón, por supuesto. Bueno, era sólo una idea.

Hannah se puso de pie, apretando la carpeta y la pluma contra su pecho. De la parte de arriba sobresalía un sobre sin sello.

—¿Quiere que el señor Hamilton lleve la carta al correo, señora?

—No, Grace —contestó sonriendo—. Te lo agradezco, pero iré yo misma al pueblo esta tarde y la enviaré.

Es fácil comprender por qué me parecía tan feliz. Lo estaba, y no porque hubiera renunciado a Robbie. Me había equivocado. Ni tampoco porque hubiera descubierto un nuevo interés por Teddy o por haber vuelto al hogar familiar. No, era feliz por otro motivo. Hannah tenía un secreto.

* * *

Beryl nos lleva a recorrer el Camino Largo. Es un trayecto irregular para recorrerlo en silla de ruedas, pero Ursula es cuidadosa. Cuando llegamos a la segunda verja vemos un cartel. Beryl explica que la parte trasera del jardín orientado al sur está cerrada por reformas. Están trabajando en el pabellón de verano, por lo que hoy no podemos verlo de cerca. No podemos ir más allá de la fuente de Ícaro. Ella abre la cancela y comenzamos a pasar.

* * *

El banquete fue idea de Deborah. Era conveniente recordar a la gente que el hecho de que los Luxton ya no vivieran en Londres no significaba que hubieran desaparecido de la escena social. Teddy lo consideró una magnífica propuesta. Las reformas más importantes ya estaban casi terminadas y era una excelente oportunidad de mostrarlas. Hannah estuvo increíblemente complaciente. Más aún, colaboró en la organización de la fiesta. Teddy, tan sorprendido como satisfecho, sabía que lo mejor era no hacer preguntas. Deborah, en cambio, poco habituada a compartir las planificaciones, no estaba tan gratamente sorprendida.

—Seguramente no desearás supervisar todos los detalles —señaló una mañana, mientras tomaban el té.

Hannah sonrió.

—Todo lo contrario, tengo muchas ideas. Podríamos poner faroles chinos, ¿qué opinas?

A instancias de Hannah, la fiesta no fue una reunión íntima para un grupo selecto sino algo espectacular. Ella redactó la lista de invitados y sugirió que montaran una pista de baile para la ocasión. Le dijo a Teddy que la fiesta de celebración del verano había sido, en su día, una institución en Riverton, y podrían revivirla.

Teddy estaba fascinado. Siempre había soñado con ver a su esposa y su hermana trabajando juntas. Le concedió a Hannah absoluta libertad y ella la aprovechó. Tenía sus motivos. Ahora lo sé. Es mucho más sencillo pasar desapercibida en medio de una multitud que en una reunión íntima.

* * *

Ursula empuja lentamente la silla de ruedas alrededor de la fuente de Ícaro. La han limpiado. Los azulejos turquesa brillan y el mármol reluce como nunca, pero Ícaro y sus tres ninfas siguen inmóviles en su escena de rescate. Cuando parpadeo, las dos figuras fantasmales vestidas con delantales blancos sentadas en el borde de la fuente desaparecen.

—«¡Soy el rey del mundo!» —El chico norteamericano ha trepado hasta la cabeza de la ninfa que toca el arpa y está de pie sobre ella con los brazos extendidos.

Beryl borra de su cara el gesto de desaprobación y sonríe complaciente.

—Baja de allí, la fuente no fue diseñada para escalar sino para ser contemplada —le espeta, señalando el sendero que conduce al lago—. Daremos un paseo por aquí. No puedes atravesar las vallas, pero podrás ver el famoso lago.

El joven salta desde el borde de la fuente y aterriza junto a mis pies haciendo un ruido sordo. Inseguro, me dirige una mirada desdeñosa y luego sigue su camino, escoltado por sus padres y su hermana. El sendero es demasiado angosto para la silla de ruedas, pero necesito ver. Es el mismo que recorrí aquella noche. Le pido a Ursula que me ayude a caminar, ella duda.

—¿Está segura?

Asiento.

Me lleva en la silla hasta el comienzo del sendero. Luego me apoyo en ella para levantarme. Ursula espera hasta que me equilibro y comenzamos a avanzar lentamente. Siento pequeños guijarros bajo mis pies, la hierba alta me roza la falda, los dientes de león se dispersan en el cálido aire.

Hacemos una pausa mientras la familia americana regresa a la fuente lamentando a viva voz que la restauración les impida el paso.

—En Europa todo está rodeado de andamios —protesta la madre.

—Deberían reembolsarnos el dinero de la entrada —declara el padre.

—Sólo hago esta excursión para ver dónde murió —explica la chica de las gruesas botas negras.

Ursula me dirige una sonrisa irónica y seguimos adelante. A medida que avanzamos el ruido de los martillos se vuelve más intenso. Por fin, después de muchas pausas, llegamos a la valla que marca el final del sendero. Está en el mismo lugar que aquella otra, muchos años atrás.

Me apoyo en la valla y miro hacia el lago. Allí está, a lo lejos veo sus suaves olas. El pabellón de verano está oculto, pero los ruidos de la construcción se oyen con claridad. Como en 1924, cuando los albañiles se apresuraban a tenerlo listo para la fiesta. Un esfuerzo inútil, porque debido a un conflicto portuario el mármol estaba retenido en Calais. Para gran desilusión de Teddy, no llegó a tiempo. Él tenía la esperanza de instalar su nuevo telescopio para que los invitados fueran hasta el lago y observaran el cielo. Hannah lo reconfortó.

—No importa, es mejor esperar a que esté terminado. Entonces podrás hacer otra fiesta. Una especialmente dedicada a contemplar los astros.

En ningún momento empleó el plural, no dijo «podremos» sino «podrás». Había dejado de considerarse parte del futuro de Teddy.

—Tal vez —repuso Teddy, con la entonación de un chico caprichoso.

—Será lo mejor —opinó Hannah—. De hecho, no estaría de más poner vallas a ambos lados del sendero que va hacia el lago. Para que la gente no se acerque demasiado. Podría ser peligroso.

—¿Peligroso?

—Ya conoces a los albañiles. Es probable que hayan dejado algunas cosas sin rematar. Es mejor esperar hasta que todo esté en orden.

Sin duda el amor puede volver artera a una persona. Hannah convenció a Teddy con bastante facilidad. Utilizó el fantasma de las demandas judiciales y la publicidad malintencionada. Teddy le pidió al señor Boyle que encargara carteles y vallas para mantener a los invitados lejos del lago. Haría otro festejo en agosto, para su cumpleaños. Un almuerzo en la casa de verano, con botes, juegos y tiendas de lona rayada. Como en las pinturas de ese francés, dijo, ¿cómo se llamaba?

Por supuesto, nunca tuvo su fiesta. En agosto de 1924 una fiesta así era algo inconcebible. Salvo para Emmeline, pero la suya era una exuberancia social aparte, una reacción al horror y la sangre, no una forma de indiferencia.

La sangre, mucha sangre. ¿Quién habría imaginado que sería tanta? Desde aquí puedo ver el lugar, a la orilla del lago, donde ellos estaban. Donde él estaba justo antes de...

La cabeza me da vueltas, las piernas no me sostienen. Los brazos de Ursula aferran los míos, y me sostienen en pie.

—¿Se siente bien? —pregunta. Hay preocupación en sus ojos—. Está muy pálida.

La cabeza me da vueltas. Tengo calor. Estoy mareada.

—¿Quiere que vayamos adentro un rato?

Asiento.

Ursula me guía de regreso por el sendero, me sienta en la silla de ruedas y le explica a Beryl que me llevará a la casa.

Es el calor, indica Beryl. Lo sabe porque a su madre le ocurre lo mismo. Es un calor exagerado para la estación. Luego se inclina hacia mí. Me sonríe y sus ojos desaparecen.

—Es eso, ¿verdad, querida? El calor.

Asiento. No tiene sentido discutir. No tengo modo de explicarle que no me agobia el calor sino el peso de una antigua culpa.

* * *

Ursula me lleva al salón principal. No podemos recorrerlo. Han colocado un cordón rojo que atraviesa la habitación, a un par de metros de la puerta de entrada. Supongo que con la intención de evitar que la gente pasee libremente dejando las huellas de los dedos en el sofá. Ursula vuelve a colocarme contra la pared y se sienta junto a mí en un banco instalado para los visitantes.

Los turistas se detienen, señalan la mesa dispuesta con tanta sofisticación, lanzan exclamaciones de admiración al ver la piel de tigre en el respaldo del sofá. Me pregunto si alguno de ellos percibe que esa habitación está llena de fantasmas.

* * *

Fue en este mismo salón donde la policía realizó los interrogatorios. Pobre Teddy, estaba tan desconcertado...

—Era un poeta —explicó al policía, aferrando la manta que le cubría los hombros, por encima del traje de etiqueta que aún llevaba puesto—. Él y mi esposa se conocieron cuando eran muy jóvenes. Era una buena persona: un artista, pero inofensivo. Formaba parte del grupo de amistades de mi cuñada.

Esa noche la policía nos interrogó a todos. Salvo a Hannah y a Emmeline. Teddy se aseguró de que así fuera. Convenció a los agentes de que bastante desgracia habían presenciado como para encima tener que revivir todo aquello. Supongo que accedieron porque Teddy era un hombre influyente.

Por lo que a ellos concernía no había problema. Ya era muy tarde, y estaban ansiosos por volver cuanto antes junto a sus esposas y acostarse. Habían oído todo lo necesario. La historia no era tan extraordinaria. Como la propia Deborah decía, no sólo en Londres, sino en todo el mundo, había jóvenes incapaces de adaptarse a la vida cotidiana después de lo que habían vivido en la guerra. Y el hecho de que fuera un poeta lo hacía más previsible. Los artistas eran propensos a mostrar conductas temperamentales, irracionales.

* * *

El grupo se ha reunido con nosotros. Beryl nos ofrece ir a la biblioteca.

—Es una de las pocas habitaciones que no destruyó el incendio de 1938 —señala taconeando ostentosamente por la sala—, una bendición, se lo aseguro. La familia Hartford tenía una valiosa colección de libros antiguos. Más de nueve mil volúmenes.

Puedo dar fe de que es así.

Nuestro variopinto grupo sigue a Beryl y se dispersa en la biblioteca. Los cuellos se estiran para apreciar el techo con la cúpula de vidrio y los estantes de libros que llegaban hasta el nivel del ático. El Picasso de Robbie ya no está. Supongo que se exhibirá en algún museo. Ya ha pasado la época en que cada familia inglesa colgaba en las paredes de su casa obras de grandes maestros de la pintura.

Aquí fue donde Hannah pasó la mayor parte del tiempo después de la muerte de Robbie. Días enteros encorvada en una silla en medio de la habitación silenciosa. No leía, sólo estaba allí sentada. Reviviendo el pasado reciente. Durante un tiempo fui la única persona con quien hablaba, obsesivamente, compulsivamente, de Robbie. Me contaba los detalles de su romance, cada uno de los episodios. Y cada relato terminaba con el mismo lamento.

—Yo lo amaba, Grace —decía con una voz tan suave que apenas podía oírla.

—Lo sé, señora.

Y mirándome con ojos vidriosos agregaba:

—No pude... no fue suficiente.

Al principio Teddy y Deborah comprendieron su aislamiento. Les parecía una consecuencia natural por haber sido testigo del suceso. Pero a medida que las semanas fueron pasando, su dificultad para ser un ejemplo de flema inglesa empezó a volverse menos tolerable.

Ambos tenían su propia opinión acerca de la conducta que debía adoptar, de lo que debía hacer para recuperar la vitalidad. Una noche, después de la cena, escuché una conversación al respecto.

—Necesita encontrar algo nuevo que la entretenga —sugirió Deborah encendiendo un cigarrillo—. Sin duda, debe de ser impactante ver que un hombre se vuela la tapa de los sesos, pero la vida continúa.

—¿Qué podría entretenerla? —preguntó Teddy con el ceño fruncido.

—Tal vez el bridge —declaró Deborah dejando caer la ceniza en un plato—. Una buena partida tiene la virtud de mantener la mente alejada casi de cualquier cosa.

Estella, que estaba pasando una temporada en Riverton para «echar una mano», estuvo de acuerdo en que Hannah necesitaba distraerse, pero tenía otras ideas: en su opinión lo que necesitaba era un hijo. Como cualquier mujer. Teddy tenía que hacer lo posible por darle uno.

Teddy prometió hacer cuanto estuviera a su alcance. Y tomando la docilidad de Hannah por consentimiento, lo cumplió.

Para delicia de Estella, tres meses después el médico declaró que Hannah estaba embarazada. No obstante, lejos de sacarla de su aislamiento, la noticia pareció acentuar su indiferencia. Día tras día me hablaba menos de su romance con Robbie y finalmente dejó de pedirme que fuera a la biblioteca. Me sentí decepcionada, pero sobre todo preocupada. Había alentado la esperanza de que la confesión la liberaría del exilio que se había impuesto. Creía que si me lo contaba todo, encontraría el camino de regreso hacia los suyos. Pero no fue así.

Por el contrario, comenzó a alejarse cada vez más de mí. Se vestía sola, me miraba de un modo extraño, casi con disgusto, si le ofrecía ayuda. Yo trataba de hablarle, de recordarle que no era su culpa, que ella no podía haberlo salvado, pero ella sólo me miraba con una expresión desconcertada. Como si no supiera de qué le hablaba, o incluso dudara de los motivos por los cuales le decía esas cosas.

Esos últimos meses vagó por la casa como un fantasma. Myra decía que el señor Frederick parecía haber vuelto. Teddy estaba cada día más preocupado. No sólo Hannah estaba en peligro. Su hijo, el heredero de los Luxton, merecía algo mejor. Consultó con infinidad de médicos. Todos ellos habían tratado pacientes que regresaron de la guerra y coincidieron en que era una conmoción producto de la atrocidad que había presenciado.

Uno de ellos, después de la consulta, habló a solas con Teddy y le informó:

—Un verdadero caso de conmoción, muy interesante. Está completamente aislada del mundo que la rodea.

—¿Cómo se cura? —preguntó Teddy.

—Ésa es la pregunta del millón de dólares.

—El dinero no es problema.

El médico asintió.

—¿Hay otros testigos?

—La hermana de mi esposa.

—Hermana —anotó el médico—. Bien. ¿Tienen una relación estrecha?

—Sí, están muy unidas.

El doctor apuntó con el dedo a Teddy.

—Tráigala a esta casa. Deben hablar: así se resuelven estos casos de histeria. Su esposa tiene que vivir con una persona que haya experimentado la misma conmoción.

Teddy aceptó el consejo del médico y le hizo repetidas invitaciones a Emmeline. Pero ella no aceptó. No podía. Estaba muy ocupada.

—No lo entiendo —comentó Teddy a Deborah una noche después de la cena—. ¿Cómo puede ignorar a su propia hermana, después de todo lo que Hannah ha hecho por ella?

—Yo en tu lugar no me preocuparía —aconsejó Deborah—. Por lo que he oído, es mejor que esté lejos. Dicen que se ha convertido en una persona vulgar. Es la última en irse de todas las fiestas y a menudo en compañía de gente poco recomendable.

Era cierto: Emmeline estaba inmersa en la vertiginosa vida social de Londres. Se había convertido en el alma de las fiestas, interviniendo como actriz en películas de amor y terror; encajaba perfectamente en el papel de mujer fatal.

Los miembros de la alta sociedad murmuraban que era una pena que Hannah no pudiera recuperarse. Que era extraño que lo sucedido la hubiera dañado más profundamente que a su hermana. Después de todo, era Emmeline la que se exhibía con ese hombre.

* * *

No obstante, para Emmeline no fue fácil afrontar la realidad, simplemente lo hizo a su manera. Reía histéricamente y bebía desaforadamente. Cuando su coche se estrelló contra un árbol en Preston's Gorge, circularon rumores de que la policía había encontrado una botella de brandy en el asiento del acompañante. Teddy trató de acallar los comentarios. Si había algo que el dinero podía comprar en aquella época era precisamente a la policía. Tal vez sea así todavía, no lo sé.

No se lo dijeron inmediatamente a Hannah. Deborah consideró que era muy arriesgado y Teddy estuvo de acuerdo, faltaba poco para el nacimiento del bebé. Convocaron a los representantes legales para que prestaran declaración en nombre de Teddy y Hannah.

La noche posterior al accidente, Teddy bajó al sótano. Parecía fuera de lugar en la salita de los sirvientes, como un actor que está en un plató equivocado. Era tan alto que tenía que agachar la cabeza para no chocar con la viga del techo que estaba sobre el último escalón.

—Señor Luxton —exclamó el señor Hamilton—, no le esperábamos...

Su voz se fue apagando, recuperando la compostura: nos miró, aplaudió suavemente, alzó los brazos y, como si dirigiera una orquesta interpretando algo alegre, nos puso en movimiento. Logró que nos alineáramos y permaneciéramos de pie con las manos a la espalda, esperando que el amo hablara.

Lo que dijo fue simple: Emmeline había sido víctima de un desgraciado accidente automovilístico en el que había perdido la vida. Myra aferró mi mano. La señora Townsend chilló y se dejó caer en la silla, con una mano en el pecho.

—La pobrecita niña —lamentó, temblando.

—Ha sido una terrible conmoción para todos nosotros, señora Townsend —prosiguió Teddy mirando a los sirvientes uno por uno—. No obstante, debo pedirles algo.

—Si me permite hablar en nombre de todos —intervino el señor Hamilton con el rostro ceniciento—, nos reconfortaría poder brindar nuestra ayuda en lo que sea necesario en estos terribles momentos.

—Gracias, señor Hamilton —señaló Teddy asintiendo con gesto grave—. Como ustedes saben, la señora Luxton ha sufrido terriblemente desde el episodio del lago. Creo que sería una deferencia hacia ella que, por ahora, no pongamos en su conocimiento esta tragedia. La alteraría aún más. No se lo diremos hasta que dé a luz. Cuento con ustedes.

Todos permanecimos en silencio. Teddy continuó.

—Les pido entonces que eviten hablar de la señorita Emmeline y del accidente. Que pongan especial cuidado en que no queden a la vista periódicos que pudieran comentar el tema. —Teddy hizo una pausa para mirarnos a cada uno de nosotros—. ¿Lo comprenden?

El señor Hamilton pareció volver en sí.

—Desde luego, señor.

—Bien. —Teddy no tenía más que decir. Con una sonrisa lúgubre, se retiró.

—Pero... ¿nos ha pedido que le ocultemos todo a la señorita Hannah? —le preguntó la señora Townsend al señor Hamilton cuando Teddy desapareció.

—Eso parece, señora Townsend. Por ahora.

—Pero es su propia hermana quien ha muerto.

—Ésas fueron sus instrucciones, señora Townsend. —El señor Hamilton suspiró y se rascó la nariz—. El señor Luxton es quien manda ahora en esta casa, como antes lo hizo el señor Frederick.

La señora Townsend abrió la boca para discutir esa afirmación pero el señor Hamilton la interrumpió.

—Sabe tan bien como yo que las instrucciones del amo deben ser cumplidas. —Luego se quitó las gafas y las lustró impetuosamente—. Sin importar lo que pensemos de ellas, o de él.

Más tarde, cuando el señor Hamilton estaba en el comedor sirviendo la cena, la señora Townsend y Myra se acercaron a mí, que estaba sentada en el comedor de servicio, arreglando el vestido plateado de Hannah. Se sentaron a ambos lados de la mesa, como dos guardianes encargados de llevarme a la horca.

Myra echó un vistazo a la escalera y dijo:

—Debes decírselo tú.

La señora Townsend meneó la cabeza.

—No es correcto. Se trata de su hermana. Tiene que saberlo.

Enhebré la aguja con hilo plateado y comencé a coser.

—Eres su doncella —alegó Myra—. Ella te tiene cariño. Tienes que decírselo.

—Lo sé —contesté serenamente—. Lo haré.

A la mañana siguiente la encontré, según lo previsto, en la biblioteca, sentada en el sillón que estaba en un extremo, mirando a través de los enormes ventanales hacia el cementerio. Estaba concentrada en algún punto lejano y no oyó que me acercaba. Me quedé en silencio junto al sillón vecino. La luz de la mañana atravesaba los cristales y bañaba su rostro dándole un aspecto casi etéreo.

—Señora —llamé suavemente.

Sin desviar la vista, Hannah declaró:

—Has venido a contarme lo que le ha sucedido a Emmeline. Sorprendida, tragué saliva. Me pregunté cómo lo sabía.

—Sí, señora.

—Sabía que lo harías, aun cuando él te ordenara lo contrario. Después de todo este tiempo, te conozco bien, Grace —afirmó Hannah, aunque su tono de voz me desorientaba.

—Señora, lamento lo ocurrido con la señorita Emmeline.

Ella asintió ligeramente, sin apartar sus ojos de aquel lejano lugar del cementerio. Permanecí allí un momento, y cuando no hubo duda de que Hannah no deseaba estar acompañada, le pregunté si necesitaba algo, si deseaba que le sirviera el té o le acercara un libro. No me respondió inmediatamente. Parecía no haber oído. Y luego, dijo algo aparentemente fuera de contexto:

—No sabes taquigrafía.

No era una pregunta sino una afirmación, por lo que nada dije.

Más tarde comprendí a qué se refería, por qué en ese momento me habló de taquigrafía. Pero sólo después de muchos años. Aquella mañana todavía no sabía el papel que mi engaño había desempeñado.

Ella se movió suavemente, acercó las piernas al sillón.

—Puedes retirarte, Grace —indicó. Su tono era tan frío que estuve a punto de llorar.

No supe qué decir. Asentí y salí de la sala, sin saber que sería la última conversación que mantendría con ella.

* * *

Por fin Beryl nos lleva a la habitación que ocupaba Hannah. Cuando lo anuncia, vacilo. ¿Seré capaz de seguir adelante? Pero está diferente, la han pintado y amueblado con muebles victorianos que nada tienen que ver con el mobiliario original de Riverton. No es el mismo dormitorio donde nació el bebé de Hannah.

La mayoría de la gente creyó que había muerto a causa del parto, del mismo modo que su madre murió cuando nació Emmeline. Fue algo tan repentino, explicaron, meneando la cabeza, pero yo sabía que sólo era una excusa, una oportunidad. Sin duda fue un parto difícil, pero ella no tenía deseos de vivir. Lo ocurrido junto al lago, la muerte de Robbie y, poco después, la de Emmeline, ya la habían matado, mucho antes de que su bebé se encajara en la pelvis.

Yo había estado junto a ella en esa habitación desde el principio, pero cuando las contracciones se hicieron más intensas y frecuentes, y el bebé comenzó a esforzarse por salir, Hannah fue cayendo progresivamente en el delirio. Me miraba con temor y con ira, me gritaba que me fuera, que era mi culpa. El médico sugirió que hiciera lo que me pedía, alegando que no era raro que las mujeres perdieran el control en el parto y dijeran cosas sin sentido.

Pero no podía dejarla, no en ese estado. Me alejé de la cama pero no abandoné la habitación. Cuando el médico comenzó a cortar, pude ver desde mi lugar, junto a la puerta, su expresión: dejó caer la cabeza y suspiró con una especie de pavoroso alivio. Se rindió. Sabía que, si no luchaba, podría irse. Que todo habría terminado.

La suya no fue una muerte súbita. Había estado agonizando durante meses.

* * *

La muerte de Hannah me dejó destrozada. Me sentía despojada de todo. No sabía quién era. Como suele suceder cuando alguien entrega su vida al servicio de otra persona, yo dependía enteramente de Hannah y sin ella no sabía qué hacer.

No era capaz de sentir. Estaba vacía, como un pez al que han abierto para sacarle las vísceras. Realizaba mis tareas como un autómata, aunque sin Hannah no tenía mucho que hacer. Así pasé un mes, yendo de un lado a otro, hasta que un día le anuncié a Teddy que me marchaba.

Él me pidió que me quedara. Cuando me negué, insistió en que lo pensara con calma, ya no por él sino por honrar la memoria de Hannah, que como yo sabía, me había tenido especial cariño y habría deseado que acompañara a su hija, Florence.

Pero no pude. Fui insensible a sus ruegos, a todo. Me resultó indiferente la desaprobación del señor Hamilton, las lágrimas de la señora Townsend. Ignoraba cuál sería mi futuro. Pero tenía la certeza de que no permanecería en Riverton.

Si hubiera tenido en ese momento la capacidad de experimentar alguna sensación, el hecho de abandonar Riverton, dejar el servicio, podría haberme causado un temor indescriptible. El miedo se habría impuesto al dolor atándome para siempre a la casa de la colina. Porque nada sabía acerca de la vida fuera del servicio. La independencia me daba terror. Tenía que reunir valor para enfrentarme a lugares desconocidos, hacer las cosas más simples, tomar mis propias decisiones.

No obstante, encontré un pequeño apartamento en Marble Arch, donde me instalé. Acepté todo tipo de trabajos: hice de limpiadora, costurera, camarera. Me resistía a entablar vínculos estrechos, me alejaba cuando la gente empezaba a hacer demasiadas preguntas, a esperar de mí más de lo que podía dar. Así pasé diez años. Esperando, sin saberlo, la próxima guerra. Y a Marcus, cuyo nacimiento consiguió lo que mi propia hija no había logrado: devolverme lo que la muerte de Hannah me había quitado.

Durante todo ese tiempo apenas pensé en Riverton. En todo lo que había perdido. En realidad debería decir: me negué a pensar en Riverton. Si en algún momento de inactividad descubría que mi mente vagaba por el cuarto de los niños, merodeando por los escalones de la rosaleda de lady Ashbury o balanceándose en el borde de la fuente de Ícaro, rápidamente buscaba cómo distraerme.

Pero me intrigaba saber qué habría sido de la pequeña Florence. Después de todo era casi una sobrina. Recordaba a la recién nacida, con el cabello claro, como el de Hannah, aunque sus ojos eran diferentes: grandes y castaños. Tal vez cambiarían cuando creciera, pero sospechaba que seguirían castaños, como los de su padre. Porque era hija de Robbie.

Durante años estuve dándole vueltas a eso. Por supuesto, es posible que pese a la dificultad para quedarse embarazada de Teddy, finalmente hubiera ocurrido sencilla e inesperadamente en 1924. Cosas más raras suceden. Pero al mismo tiempo, me parecía una explicación demasiado conveniente. Teddy y Hannah no solían compartir lecho en los últimos años de su matrimonio. Teddy había deseado un hijo desde el comienzo y la dificultad para concebirlo sugería que alguno de los dos tenía un impedimento. Pero, como demostró Florence, no era Hannah.

Por eso imaginé que lo más probable era que la niña fuera hija de Robbie, que hubiera sido concebida junto al lago. Que después de haber pasado tantos meses separados, cuando Hannah y Robbie se encontraron esa noche, en el pabellón de verano, no pudieran contenerse. Las fechas concordaban con mi hipótesis. Deborah abrigaba la misma sospecha. Lo supo al ver esos profundos ojos castaños.

No sé si fue ella quien se lo dijo a Teddy. O si tal vez lo descubrió por sí mismo. En cualquier caso, Florence no permaneció mucho tiempo en Riverton. No podía esperarse que la conservaran, habría sido un constante recordatorio de que Teddy había sido engañado por su esposa. La familia Luxton estuvo de acuerdo en que lo mejor sería dejar atrás aquella lamentable historia. Establecerse definitivamente en Riverton, y organizar su retorno a la política.

Según me dijeron, enviaron a Florence a los Estados Unidos. Jemina aceptó criarla y fue una hermana para Gytha. Ella siempre había deseado tener otro hijo. Creo que Hannah habría preferido que su hija fuera una Hartford y no una Luxton.

* * *

La visita llega a su fin, y volvemos al vestíbulo. A pesar del interés con que Beryl nos alienta a conocer la tienda de regalos, Ursula y yo obviamos la visita.

Vuelvo a esperar en el banco de hierro mientras ella busca el coche.

—No tardaré —promete.

Le digo que no se preocupe. Mis recuerdos me harán compañía.

—¿Volverás a visitarnos? —me pregunta el señor Hamilton desde la entrada.

—No, no lo creo, señor Hamilton —le respondo.

Él parece comprender. Sonríe.

—Le transmitiré tus saludos a la señora Townsend.

Le hago un gesto de asentimiento y él desaparece. Se disuelve como una acuarela en un rayo de luz.

Ursula me ayuda a subir al coche. Ha comprado una botella de agua en la máquina que está junto a la caja del aparcamiento. En cuanto estoy instalada, la abre, introduce una pajita y me la alcanza. Rodeo con las manos la superficie fría de la botella. Ella enciende el motor y partimos, lentamente. Percibo vagamente que atravesamos el túnel frondoso de la entrada, que es la última vez que recorreré ese trayecto, pero no miro hacia atrás.

Durante un rato viajamos en silencio. De pronto oigo la voz de Ursula:

—Grace, hay algo que siempre me ha intrigado. Las hermanas Hartford vieron cómo él se disparaba, ¿verdad? —Ursula me mira de soslayo y continúa—: Pero ¿qué hacían junto al lago cuando se suponía que debían estar en la fiesta?

No respondo. Ella vuelve a mirarme. Tal vez piensa que no he oído.

—¿Cómo ha resuelto esa situación en la película? —le pregunto.

—Ellas desaparecen de la fiesta, lo siguen hasta el lago y tratan de detenerlo. —Ursula se encoge de hombros—. Busqué por todas partes pero no pude encontrar ninguna declaración policial de Hannah o Emmeline. De las posibilidades que barajé, ésta parecía la más verosímil. Además, los productores creyeron que se conseguiría una escena de suspense más efectiva que si se topaban con él por casualidad.

Asiento con un gesto.

—Podrá juzgarlo usted misma cuando vea la película.

En algún momento pensé asistir al estreno, pero ahora algo que está más allá de mi voluntad me lo impide. Ursula parece saberlo.

—Le llevaré una copia en vídeo en cuanto pueda —propone.

—Me gustaría mucho.

El coche atraviesa la entrada de Heathview.

—¿Lista para recibir el sermón?

Ruth está allí, de pie, esperándome. Me preparo para verla con la boca fruncida en señal de reprobación, pero está sonriendo. Siento que retrocedo cincuenta años, y la veo como cuando era niña. Antes de que la vida tuviera ocasión de desilusionarla. Tiene algo en la mano. Lo agita. Es una carta. Entonces comprendo. Sé quién la ha enviado.

Capítulo 24

FUERA DEL TIEMPO

É l está aquí. Marcus ha regresado a casa. La semana pasada ha venido a visitarme todos los días. Unas veces, en compañía de Ruth. Otras, solos él y yo. No siempre hablamos. A menudo él se sienta junto a mí y me toma de la mano mientras dormito. Me gusta que lo haga. Es el más entrañable de los gestos: la infancia brindando consuelo a la ancianidad.

Mi muerte se acerca. Nadie me lo ha dicho, pero lo veo en sus caras. En sus expresiones suaves y complacientes, en sus ojos tristes aun cuando sonríen, en los susurros y miradas que intercambian. Y lo siento dentro de mí.

Algo se acelera.

Me alejo del tiempo. Su medida deja de tener sentido: segundos, minutos, horas, días, al cabo de toda una vida no son más que palabras. Todo lo que tengo son instantes.

* * *

Marcus trae una fotografía. Me la entrega. Aun antes de mirarla sé cuál es. Mi favorita, tomada en una excavación arqueológica hace muchos años.

—¿Dónde la encontraste?

—La llevaba conmigo —responde tímidamente, pasando su mano por el cabello aclarado por el sol—. Me ha acompañado durante todo el tiempo que estuve de viaje. Espero que no te moleste.

—Me alegra.

—Quería tener una foto tuya. Cuando era niño, ésta me encantaba. Se te ve muy feliz.

—Lo era. La más feliz del mundo.

Miro la foto un momento más, luego se la devuelvo. Él la deja en la mesilla para que pueda verla cuando lo desee.

* * *

Cuando me despierto Marcus está junto a la ventana, mirando hacia el jardín. Al principio pienso que Ruth está con nosotros en la habitación, pero la figura que veo junto a las cortinas no es la suya. Es una presencia muy distinta que descubrí hace poco. Desde entonces ha estado siempre allí. Sólo yo puedo verla. Me espera, lo sé, y estoy casi lista. Esta mañana, temprano, grabé la última cinta para Marcus. Ya está todo dicho. He roto mi promesa y él conocerá mi secreto.

Marcus advierte que estoy despierta. Me mira y sonríe, con esa sonrisa amplia, gloriosa.

—Grace —pregunta alejándose de la ventana—, ¿quieres algo, un vaso de agua?

—Sí.

Observo su delgada figura, su ropa informal, vaqueros y camiseta, el uniforme de los jóvenes de hoy. En su rostro veo el niño que fue, el que me seguía a todas partes, haciéndome preguntas, pidiéndome que le contara cosas sobre los lugares que había conocido, los objetos que había desenterrado, la antigua casa de la colina y el misterioso juego de los niños Hartford. Veo al joven que me embelesó cuando declaró que quería ser escritor y me pidió humildemente que leyera alguna de sus obras y le diera mi opinión. Veo al adulto, atrapado en su telaraña de dolor, desesperanzado. Sin deseos de que le consuelen.

Me muevo suavemente, carraspeo. Hay algo que debo preguntarle.

—Marcus...

Él me mira a través de un mechón de cabello castaño.

—Sí, Grace.

Observo sus ojos, espero que me diga la verdad.

—¿Cómo estás?

Mi pregunta no le molesta. Se sienta, acomoda las almohadas para que me incorpore, me acaricia el cabello y me acerca un vaso de agua.

—Creo que estaré bien —responde.

Son muchas las cosas que desearía decirle, pero estoy demasiado débil y cansada. Sólo puedo asentir moviendo la cabeza.

* * *

Ursula entra en la habitación. Me besa en la mejilla. Quiero abrir los ojos, agradecerle su interés por los Hartford, por recordarlos, pero no puedo. Marcus se ocupa de atenderla. Oigo cuando ella le entrega el vídeo, y él le da las gracias asegurando que me agradará verlo. Que he hablado elogiosamente de ella. Le pregunta qué tal fue el estreno.

—Fue genial —contesta Ursula—. Nunca había estado tan nerviosa pero todo salió a pedir de boca. Incluso hemos tenido un par de críticas favorables.

—Las he leído —afirma Marcus—. Un artículo *muy* bueno en el *Guardian.* La calificaron de «inquietante» y «de poseer una belleza sutil». Mis felicitaciones.

Ursula se lo agradece. Veo su sonrisa tímida y feliz.

—Grace lamenta mucho no haber podido asistir.

—Lo sé. También yo. Me habría encantado haberla visto allí —asegura Ursula. Luego su voz se vuelve alegre—. Mi abuela vino de Estados Unidos para el estreno.

—Eso es auténtica devoción —declara Marcus.

—En realidad es más bien un gesto poético —afirma Ursula—. Ella fue quien despertó mi interés por la historia. Guarda un parentesco lejano con las hermanas Hartford. Creo que es prima segunda. Nació en Inglaterra pero su madre se marchó a los Estados Unidos cuando ella era pequeña, después de que su padre muriera en la Primera Guerra Mundial.

—Es genial que haya podido ver lo que ella inspiró.

—Aunque lo hubiera intentado, no podría haberla detenido —comenta Ursula riendo—. La abuela Florence nunca acepta que le digan «no».

Ursula se acerca, lo percibo. Toma la fotografía que está sobre la mesilla.

—No la había visto antes. Grace está muy guapa. ¿Quién es el hombre que está junto a ella?

Marcus sonríe, lo advierto en su voz.

—Es Alfred —contesta—. Mi abuela no es una mujer convencional —agrega cariñosamente después de una pausa—. A pesar de la abierta desaprobación de mi madre, a los sesenta y cinco años tuvo un amante. Evidentemente se habían conocido muchos años atrás. Él le siguió el rastro y volvieron a encontrarse.

—Un romántico —dice Ursula.

—Sí —afirma Marcus—. Alfred era genial. No se casaron, pero vivieron juntos casi veinte años. Grace solía decir que lo había dejado ir una vez y que no volvería a cometer el mismo error.

—Muy propio de Grace.

—Alfred siempre bromeaba sobre ello. Decía que era una suerte que ella fuera arqueóloga porque a medida que envejecía lo iba encontrando más interesante.

Ursula ríe.

—¿Qué fue de él?

—Murió mientras dormía. Hace nueve años. Fue entonces cuando Grace vino a vivir aquí.

* * *

Una cálida brisa entra por la ventana abierta, la siento en mis párpados cerrados. Creo que ya es de tarde.

Marcus está aquí, desde hace un rato. Puedo oírlo, está cerca, escribiendo. A menudo suspira, se pone de pie, camina hacia la ventana, hacia el baño, hacia la puerta.

Más tarde llega Ruth. Está junto a mí. Me acaricia, besa mi frente. Puedo oler la fragancia floral de su maquillaje. Se sienta.

—¿Estás escribiendo algo? —pregunta tímidamente a Marcus, con la voz tensa.

Por favor, sé generoso con ella, Marcus, se está esforzando.

—No lo sé. Todavía estoy rumiándolo.

Oigo la respiración de ambos. Ruego que alguno de los dos hable.

—¿Otra aventura del inspector Adams?

—No —se apresura a responder Marcus—. Estoy considerando la posibilidad de escribir algo distinto.

—Oh.

—Grace me envió unas casetes.

—¿Casetes?

—Como cartas, pero con su voz.

—No lo sabía. ¿Y qué cosas te cuenta?

—Todo tipo de cosas.

—Ella... ¿habla de mí?

—Algunas veces. Habla de su vida cotidiana, pero también del pasado. Su vida ha sido apasionante, ¿no crees?

—Sí.

—Un siglo. Del servicio doméstico al doctorado en arqueología. Quiero escribir sobre ella. —Marcus hace una pausa—. ¿No te molesta, verdad?

—Por supuesto que no. ¿Por qué podría molestarme?

—No lo sé... Sencillamente tuve esa sensación.

—Tienes que escribir esa obra —declara Ruth con firmeza—. Quiero leerla.

—Será un cambio para mí, algo diferente.

—¿Nada de misterio?

—No, sólo una buena historia, sin intrigas —responde Marcus, riendo.

Ah, querido mío, eso es lo que tú crees.

* * *

Estoy despierta. Marcus está sentado en la silla, junto a mí, escribiendo en una libreta. Me mira.

—Hola, Grace —saluda, sonriendo. Deja el cuaderno—. Me alegra que estés despierta. Quiero darte las gracias.

—¿Darme las gracias? —repito sorprendida.

—Por las cintas. Los relatos que me enviaste. —Marcus me coge la mano—. Había olvidado cuánto me gustan los relatos: leerlos, escucharlos, escribirlos. Desde que Rebecca... Fue un gran golpe. Sencillamente no podía... —Tras un profundo suspiro, sonríe y prosigue—. Había olvidado cuánto necesito los relatos.

Me siento feliz, incluso diría que esperanzada. Quiero alentarlo. Explicarle que el tiempo nos enseña a mirar las cosas desde otra perspectiva. Es un maestro desapasionado, pero asombrosamente eficiente. Por lo visto he tratado de responderle, porque me dice suavemente:

—No hables.

Siento que su mano acaricia suavemente mi frente.

—Descansa, Grace.

¿Cuánto tiempo he estado con los ojos cerrados? ¿Habré dormido? Cuando vuelvo a abrirlos, digo:

—Hay una más. —Tengo la voz ronca por falta de ejercicio—. Una cinta más. —Señalo la cómoda y él va a buscarla. Encuentra la casete junto a las fotografías.

—¿Es ésta?

Asiento.

—¿Dónde está el reproductor?

—No —me apresuro a decir—. Ahora no. Es para después.

Marcus está algo desconcertado.

—Para después —repito.

No me pregunta «¿después de qué?». No es necesario. Guarda la cinta en el bolsillo de la camisa y le da unos golpecitos. Me sonríe y se acerca para acariciar mi mejilla.

—Gracias —dice amablemente—. ¿Qué voy a hacer sin ti, Grace?

—Estarás bien.

—¿Me lo prometes?

Ya no hago promesas. Pero, con toda la energía de que soy capaz, estrecho su mano.

* * *

Está oscuro. Me doy cuenta por la luz roja. Ruth está en la puerta de mi dormitorio, con el bolso bajo el brazo. Los ojos muy abiertos hablan de su preocupación.

—No llego demasiado tarde, ¿verdad?

Marcus se pone de pie, le coge el bolso y la abraza.

—No, no es tarde.

Vamos a ver la película de Ursula todos juntos. Un acontecimiento familiar que Ruth y Marcus han organizado. Me gusta verlos juntos, haciendo planes. No quiero interferir.

Ruth me besa y acerca una silla para sentarse junto a mi cama. Alguien golpea la puerta. Es Ursula.

Otro beso en la mejilla.

—Me alegra que hayas venido.

Es la voz de Marcus. Habla con alegría.

—No me lo perdería por nada en el mundo. Gracias por invitarme —declara Ursula y se sienta al otro lado de la cama.

—Voy a bajar las cortinas. ¿Estáis preparadas?

La habitación queda a oscuras. Marcus se sienta junto a Ursula. Le dice al oído algo que la hace reír. Me invade la grata sensación de llegar al final.

Se oye música, la película comienza. Ruth aferra mi mano. A lo lejos vemos un coche que avanza por un camino rural. Un hombre y una mujer ocupan los asientos delanteros. Fuman. La mujer lleva un vestido con lentejuelas y una boa de plumas. Llegan a la entrada de Riverton, recorren el sendero hasta que frente a ellos aparece la casa. Enorme y fría. Ursula ha captado a la perfección su carácter, extravagante y decadente. Un lacayo les da la bienvenida. Ahora vemos la sala de los sirvientes. Lo sé por el suelo, los ruidos, las copas de champán, el nerviosismo. Alguien sube la escalera. La puerta se abre, atraviesa el salón y sale a la terraza.

La escena de la fiesta es asombrosa. Los faroles chinos de Hannah destacan resplandecientes en la oscuridad. La banda de jazz, el sonido del clarinete. Las personas que bailan alegremente el *shimmy*.

* * *

Se oye un estruendo. Me despierto. Es la película. El disparo. Me he quedado dormida y no he visto el momento culminante. No tiene importancia. Sé cómo termina: junto al lago de la finca Riverton, con dos bellas hermanas siendo testigos de cómo Robert Hunter, veterano de guerra y poeta, se suicida.

Y, por supuesto, sé que no es eso lo que realmente ocurrió.

Capítulo 25

EL FINAL

P or fin, después de noventa y nueve años, mi vida termina. Los secretos que han rondado persistentemente en mi cabeza, y que con el paso del tiempo comenzaron a clamar, a golpear en mi mente ansiosos por salir a la luz, se han apaciguado. La última hebra que me sujeta se ha soltado y el viento del norte me lleva lejos de aquí. Me desvanezco hasta convertirme en nada.

Todavía puedo oírlos. Percibo vagamente que están aquí. Ruth me toma de la mano. Marcus está tendido a los pies de mi cama, siento su tibieza en los pies.

Hay alguien más en la ventana. Finalmente avanza, sale de las sombras, y veo un hermoso rostro: es el de mi madre, y el de Hannah, pero al mismo tiempo ninguno de los dos.

Sonríe, tendiéndome la mano. Es todo piedad, perdón y paz.

Agarro su mano.

Estoy junto a la ventana. Veo mi cuerpo, viejo, frágil y pálido, en la cama. Los dedos se crispan, los labios se mueven pero no pueden pronunciar las palabras. El pecho sube y baja.

Se oye un gemido.

Ruth contiene el aliento. Marcus me mira.

Pero ya no estoy allí.

Doy media vuelta y no miro hacia atrás.

Mi final ha venido a buscarme, y no me importa en absoluto.

Capítulo 26

LA GRABACIÓN

P robando, uno, dos, tres. Cinta número cuatro, para Marcus. Ésta es la última que grabaré. Estoy llegando al final y ya no me queda nada más que decir.

* * *

Veintidós de junio de 1924. Solsticio de verano, el día de la fiesta de San Juan en la mansión Riverton.

Abajo, la cocina era un alboroto. La señora Townsend había encendido todos los fogones y bramaba sus instrucciones a tres mujeres del pueblo contratadas para ayudar en la ocasión. Se acomoda el delantal sobre el talle generoso y vigila a sus subordinadas mientras rocían con mantequilla cientos de pequeñas tartaletas.

—Una fiesta. Ya era hora —me dice sonriendo mientras paso velozmente a su lado. Luego aparta de la cara un mechón de cabello que se ha soltado del moño—. Lord Frederick, que Dios lo tenga en su gloria, no era muy aficionado a las celebraciones, y tenía sus motivos. Pero, en mi humilde opinión, una casa debe organizar recepciones de vez en cuando, para que la gente no se olvide de su existencia.

—Tiene razón —señala la más enjuta de las pinches—. ¿Vendrá el príncipe Eduardo?

—Todo el que se considere alguien estará aquí —contesta la señora Townsend, sacando con desaprobación un pelo de la mujer que ha caído sobre una tartaleta—. Los dueños de esta casa están muy bien relacionados.

A media mañana, Dudley ha cortado el césped. Los decoradores han llegado de Londres. El señor Hamilton está en la terraza, agitando los brazos como un director de orquesta.

—No, no, señor Brown —espeta, señalando hacia la izquierda—. La pista de baile debe instalarse en el ala oeste. Al este no hay manera de protegerse de la niebla que viene del lago por la noche. —Luego retrocede un poco y protesta—. No, no, ahí no. Ése es el sitio reservado para la escultura de hielo. Se lo expliqué claramente a su compañero.

El compañero, subido a una empinada escalera, está colgando los faroles chinos desde los rosales trepadores hasta la casa, y no puede defenderse.

Yo pasé la mañana recibiendo a los invitados que se alojarían en la casa durante el fin de semana, y no pude evitar contagiarme de su entusiasmo. Jemina, que había viajado desde los Estados Unidos para pasar sus vacaciones, llegó con su nuevo esposo y la pequeña Gytha. A juzgar por su apariencia, la vida en aquel país le sienta bien; está bronceada y más oronda. Lady Clementine y Fanny llegaron juntas desde Londres. La anciana se había resignado a la perspectiva de que una fiesta al aire libre en junio sin duda agudizaría su artritis.

Emmeline llegó después del almuerzo con un nutrido grupo de amigos causando gran revuelo. Habían formado toda una caravana desde Londres que se anunció haciendo sonar sus bocinas a lo largo del sendero hasta la entrada. En uno de los automóviles, sobre el capó, iba sentada una mujer con un brillante vestido de *chiffon* rosado y un flameante chal amarillo. Myra la vio cuando iba hacia la cocina con las bandejas del almuerzo y se detuvo horrorizada al comprobar que era la propia Emmeline.

No obstante, como nuestro tiempo era escaso y precioso, no pudimos desperdiciarlo cuchicheando sobre la decadencia de los jóvenes ingleses. La escultura de hielo había llegado desde Ipswich, los floristas desde Saffron, y lady Clementine insistía en tomar el té en la sala de estar, para recordar los viejos tiempos.

Al caer la tarde llegó la banda de músicos. Myra los guió a través de la entrada de servicio hacia la terraza.

—¡Negros! —exclamó la señora Townsend con los ojos asombrados y temerosos—. Aquí, en Riverton. Lady Ashbury debe de estar revolviéndose en su tumba.

—¿A qué lady Ashbury se refiere? —le preguntó el señor Hamilton, inspeccionando al personal contratado.

—Diría que a todas ellas —aseguró la señora Townsend sin salir de su asombro.

La tarde llegó a su fin y comenzó a deslizarse hacia la noche. El aire estaba más fresco y brumoso, y en la oscuridad comenzaron a brillar los faroles verdes, rojos y amarillos.

Encontré a Hannah junto a la ventana del salón borgoña. Estaba arrodillada en el sillón mirando hacia el jardín sur. Aparentemente, supervisaba desde allí los preparativos.

—Es hora de vestirse, señora.

Ella dio un respingo. Respiró profundamente. Había estado así todo el día, inquieta como un gato, dedicándose a una tarea tras otra, sin completar ninguna.

—Un minuto, Grace —pidió.

Se demoró allí un momento, mientras el sol del ocaso teñía sus mejillas de rojo.

—No comprendo cómo no había notado hasta ahora que la vista desde aquí es maravillosa. ¿No crees?

—Sí, señora.

—Me pregunto cómo no me he dado cuenta antes.

—Supongo que habrá influido su estado de ánimo.

Una vez en su habitación, le puse los rulos, una tarea algo engorrosa. Ella no podía quedarse quieta mucho tiempo, por lo que me resultaba difícil ajustarlos, y tuve que rehacer el trabajo varias veces. Con los rulos colocados, bastante decorosamente, la ayudé a ponerse el vestido de seda plateada, ceñido al cuerpo, con finos flecos que terminaban en un amplio escote en «V» en la espalda. Hannah tiró del dobladillo, que casi tocaba las rodillas, para enderezarlo. Yo le alcancé los zapatos con finas tiras de satén plateado. La última moda de París, un regalo de Teddy.

—No, ésos no —dijo ella—. Usaré los negros.

—Pero, señora, éstos son sus zapatos favoritos.

—Los negros son más cómodos —indicó, mientras se inclinaba hacia adelante para ponerse las medias.

—Pero no quedan bien con el vestido.

—Por Dios, he dicho que usaré los negros. No me obligues a repetirlo, Grace.

Sin decir nada, me llevé el par de zapatos plateados y traje los negros.

Hannah se disculpó de inmediato.

—Lo siento, no debí hablarte así. Estoy nerviosa.

—No se preocupe, señora. Es natural que esté nerviosa.

Le quité los rulos y su cabello cayó en doradas ondas sobre los hombros. Lo cepillé, y lo sujeté con un broche de diamantes.

Hannah se inclinó hacia adelante para coger los pendientes de perlas, maldiciendo cuando una uña quedó atrapada en el broche.

Estaba colocando largos collares de perlas alrededor de su cuello cuando oímos el ruido de los primeros coches por el sendero de grava. Acomodé los collares para que cayeran entre sus omóplatos y siguieran el dibujo del escote.

—Bien. Ya está lista.

—Eso espero, Grace —comentó, irguiéndose para mirarse en el espejo—. Espero no haber olvidado nada.

—No lo creo, señora.

Con los dedos se peinó las cejas, bajó un poco más su collar de perlas, luego volvió a subirlo, y bufó ruidosamente.

De pronto se oyó un clarinete.

Hannah apoyó una mano en su pecho y exclamó:

—¡Ay, Dios mío!

—Será una fiesta emocionante, señora —aseguré cautelosa—. Por fin verá su trabajo hecho realidad.

Hannah me lanzó una penetrante mirada. Me pareció que iba a decirme algo, pero no lo hizo. Sus labios pintados de rojo permanecieron cerrados por un instante. Luego dijo:

—Tengo algo para ti, Grace. Un regalo.

—No es mi cumpleaños —repuse desconcertada.

Ella sonrió y se apresuró a abrir un cajón de su tocador. Giró hacia mí, con los dedos apretados. Sostenía el objeto por la cadena, y lo dejó caer en mi palma.

—Pero, señora, es su relicario.

—Era. Era mi relicario. Ahora es tuyo.

Traté de devolvérselo rápidamente. Los regalos inesperados me ponían nerviosa.

—Oh, no, señora, gracias, pero no puedo.

Ella apartó mi mano con firmeza.

—Insisto. Es mi manera de agradecerte todo lo que has hecho por mí.

¿Detecté entonces que esas palabras anunciaban que algo llegaba a su fin?

—Sólo cumplo con mi deber, señora.

—Acepta el relicario, Grace. Por favor.

Antes de que pudiera seguir discutiendo, Teddy apareció en la puerta. Alto y elegante con su traje negro. En el lustroso cabello todavía se apreciaban las marcas del peine. Los nervios dibujaban arrugas en su amplia frente.

Aferré el relicario.

—¿Estás lista? —le preguntó a Hannah, atusándose inquieto el bigote—. Abajo hay una amiga de Deborah, Cecil, la fotógrafa. Quiere retratar a la familia antes de que llegue el grueso de los invitados. —Teddy golpeó el marco de la puerta con la palma un par de veces—. ¿Dónde demonios está Emmeline? —inquirió antes de salir.

Hannah acomodó la cintura de su vestido. Noté que le temblaban las manos.

—Deséame suerte, Grace —me pidió, sonriente y ansiosa.

—Buena suerte, señora.

Entonces hizo algo que me sorprendió: se acercó a mí y me dio un beso en la mejilla.

—Y buena suerte para ti, Grace.

Hannah me estrechó ambas manos y corrió detrás de Teddy, dejándome allí con el relicario.

* * *

Durante un rato estuve observando por la ventana. Los caballeros y las damas, vestidas de verde, de amarillo, de rosa, bajaban la escalera de piedra de la terraza hacia el jardín. La música flotaba en el ambiente. Los faroles chinos se balanceaban con la brisa. Los camareros que el señor Hamilton había contratado llevaban en alto enormes bandejas de plata con burbujeantes copas de champán, haciendo equilibrio entre la creciente muchedumbre. Emmeline, con un deslumbrante vestido rosa, guiaba hacia la pista a un hombre que reía para bailar con él un *shimmy*.

Yo seguía con el relicario en la mano, jugueteaba con él, mirándolo sin parar. Preocupada como estaba por los nervios de Hannah, no advertí entonces que algo hacía ruido en su interior. Desde aquellos lejanos días, después de su visita a la adivina, no la había vuelto a ver tan nerviosa.

—Por fin te encuentro. —Myra apareció en el vano de la puerta, con las mejillas rojas, casi sin aliento—. Una de las ayudantes de la señora Townsend se ha desmayado del cansancio y necesitamos alguien que espolvoree con azúcar los *strudels*.

* * *

A medianoche pude por fin retirarme a dormir. La fiesta todavía estaba en su esplendor, pero la señora Townsend me dispensó en cuanto pudo. Hannah me había contagiado su nerviosismo y una cocina sobrecargada de trabajo no era lugar para cometer torpezas. Subí lentamente la escalera, con los pies doloridos. Después de tantos años de trabajar como doncella se habían vuelto delicados. Una noche de pie en la cocina era suficiente para que se llenaran de ampollas. La señora Townsend me había dado un paquete de bicarbonato y me disponía a remojarlos en agua tibia.

No había manera de aislarse de la música. Esa noche impregnaba el aire y las paredes de piedra de la casa. A medida que pasaban las horas se volvía más estridente, para adecuarse al estado de ánimo de los invitados. Incluso en el ático el ruido frenético de la batería retumbaba en mi estómago. Todavía hoy, la música de jazz me hiela la sangre. Al llegar a la buhardilla, pensé ir directamente a llenar la bañera, pero decidí que sería mejor pasar primero a buscar el camisón y las cosas de tocador.

Cuando abrí la puerta de mi dormitorio, una ráfaga de aire caliente, acumulado durante el día, me rozó la cara. Encendí la luz y abrí la ventana.

Me quedé un momento disfrutando del aire fresco, con leve aroma a humo de cigarrillos y perfume. Respiré lentamente. Era hora de darme un baño largo y tibio. Pronto llegaría el merecido descanso. Tomé el jabón del tocador y me acerqué a la cama para recoger mi camisón.

Entonces vi las cartas. Eran dos, estaban sobre mi almohada.

Una estaba dirigida a mí. La otra, tenía el nombre de Emmeline. Estaban escritas con la letra de Hannah.

En ese momento tuve un presentimiento. Un raro momento de inconsciente lucidez.

Instantáneamente supe que allí dentro estaba la explicación de su extraña conducta.

Dejé el camisón y tomé el sobre que decía «Grace». Lo abrí con dedos temblorosos. Desplegué el papel. Cuando mis ojos recorrieron el texto me invadió una profunda desazón. Estaba escrita en taquigrafía.

Me senté en el borde de la cama, contemplando la hoja de papel como si mi concentración pudiera obrar el milagro de descifrar el mensaje. El hecho de que estuviera escrita en código confirmaba que su contenido era importante.

Tomé el segundo sobre, el que estaba dirigido a Emmeline. Pasé el dedo por los bordes.

Lo pensé sólo un segundo. No tenía otra opción.

Rogando el perdón de Dios, lo abrí.

* * *

Bajé la escalera corriendo, con los pies doloridos y el corazón palpitante, tratando de respirar al ritmo de la música, hacia la terraza.

Me detuve, sin aliento, y busqué a Teddy entre la gente. No pude distinguirlo en medio de las sombras irregulares y los rostros borrosos.

No había tiempo. Tenía que ir sola.

Me abrí paso entre la multitud rozando los rostros de labios rojos y ojos maquillados, las bocas que reían ostentosamente, esquivando cigarrillos y copas de champán bajo los coloridos faroles, alrededor de la escultura de hielo que se derretía, hacia la pista de baile. Codos, rodillas, zapatos, manos que se agitaban. Colores. Movimiento. La sangre palpitando en mi cabeza. El nudo en la garganta.

Entonces distinguí a Emmeline. En lo alto de la escalera de piedra, con un cóctel en la mano. Reía con la cabeza echada hacia atrás mientras con su collar de perlas enlazaba a su compañero por el cuello. El abrigo de él le caía sobre los hombros.

Dos personas podrían más que una.

Me detuve. Traté de respirar normalmente.

Ella se irguió, me miró con los párpados entornados.

—Pero Grace —exclamó, pronunciando las palabras con esfuerzo—, ¿n-n-no has encontrado un v-vestido mejor para venir a la fiesta? —Y se echó a reír.

—Debo hablar con usted, señorita.

El hombre que la acompañaba murmuró algo y ella le besó graciosamente la nariz.

—Es algo urgente...

—Estoy intrigada.

—... por favor... necesito hablarle en privado.

Ella suspiró teatralmente, soltó a su amigo, le pellizcó las mejillas y con un mohín le dijo:

—No te vayas lejos, Harry querido.

Luego se puso de pie, y entre chillidos y risitas histéricas bajó la escalera tambaleándose.

—Es Hannah, señorita... va a hacer algo... algo horrendo... junto al lago.

—¡No! —ironizó Emmeline, acercándose tanto a mí que pude oler su aliento a ginebra—. Espero que no se le haya ocurrido nadar a medianoche, sería e-escandaloso.

—Creo que va a matarse, señorita. Es lo que intenta hacer.

Los ojos de Emmeline se abrieron desmesuradamente. Su sonrisa se desvaneció.

—¿Qué?

—Encontré una nota, señorita —se la entregué.

Ella tragó saliva, se balanceó, su voz subió una octava.

—Pero... tú... Teddy...

—No hay tiempo, señorita.

La tomé de la muñeca y la arrastré hacia el Camino Largo.

* * *

Los setos habían crecido y superaban nuestra altura. Todo estaba en la más absoluta oscuridad. Corrimos, tropezamos, apartamos las ramas para abrirnos paso. A medida que avanzábamos los sonidos de la fiesta nos parecían más irreales. Pensé que lo mismo habría sentido Alicia al caer en la madriguera del conejo.

Ya habíamos llegado al jardín Egeskov cuando Emmeline tropezó y cayó al suelo. Estuve a punto de caer sobre ella. Me detuve a tiempo, y traté de ayudarla a levantarse.

Ella apartó mi mano, se puso de pie y siguió corriendo.

Oímos un ruido en el jardín, nos pareció que una de las esculturas se movía. Pero no se trataba de una escultura animada sino de una pareja de amantes furtivos. Nos ignoramos mutuamente.

La segunda verja estaba entreabierta y corrimos hacia la fuente. Bajo la luz de la luna llena Ícaro y sus ninfas tenían un resplandor fantasmal. Habíamos dejado atrás los setos. La banda de jazz y el alboroto de la fiesta volvieron a oírse con claridad, como si estuvieran muy cerca.

Alumbradas por la luna, pudimos correr más rápido por el sendero, hacia el lago. Llegamos a la valla, vimos el cartel que prohibía el paso, y por fin el lugar donde la senda terminaba en el lago.

Las dos nos detuvimos, ocultas en un recoveco del camino, respirando agitadamente, y observamos la escena que se desarrollaba ante nosotras. Las aguas del lago brillaban silenciosas. El pabellón de verano y la orilla pedregosa estaban bañados por una luz plateada.

Emmeline inspiró profundamente.

Yo seguí la dirección de su mirada.

Los zapatos negros de Hannah, los mismos que se había calzado con mi ayuda unas horas antes, estaban sobre los guijarros de la orilla.

Emmeline ahogó un grito y se precipitó hacia ellos. Se la veía muy pálida a la luz de la luna; parecía pequeña con esa chaqueta de hombre, demasiado grande para su delgada figura. Desde la casa de verano se oyó un ruido. Una puerta que se abría.

Emmeline y yo miramos en esa dirección.

Vimos a una persona. Estaba viva. Era Hannah.

Emmeline tragó saliva.

—Hannah —gritó. En su voz ronca se percibía una mezcla de alcohol y pánico. El eco se propagó por el lago.

Hannah se detuvo, tensa. Titubeó, miró hacia el pabellón y luego a Emmeline.

—¿Qué estáis haciendo aquí? —chilló.

—Hemos venido a salvarte —contestó Emmeline, y comenzó a reír como una enajenada. Aliviada, por supuesto.

—Marchaos —exigió Hannah con impaciencia—. Debéis iros.

—¿Y dejarte aquí para que te ahogues?

—No pienso ahogarme —repuso Hannah y volvió a mirar hacia el pabellón.

—Entonces, ¿qué haces aquí? ¿Ventilas tus zapatos? —Emmeline los levantó del suelo y los dejó caer nuevamente—. He visto tu nota.

—No era en serio. La carta era... una broma —tragó saliva—, un juego.

—¿Un juego?

—Se suponía que la leerías más tarde —afirmó Hannah con voz más serena—. Tenía planeado un juego para mañana, para que nos divirtiéramos.

—¿Algo como una búsqueda del tesoro?

—Algo así.

Sentí un nudo en la garganta. La nota no iba en serio. Era parte de un juego. ¿Qué diría la que estaba dirigida a mí? ¿Hannah me pedía ayuda? ¿Justificaba eso su nerviosismo? ¿No era el resultado de la fiesta sino del juego lo que le preocupaba?

—Precisamente ahora estaba escondiendo algunas pistas.

Emmeline parpadeó asombrada. Tuvo un acceso de hipo.

—Un juego —repitió lentamente.

—Sí.

Emmeline comenzó a reír y dejó caer los zapatos al suelo.

—¿Por qué no lo dijiste? Adoro los juegos. Muy inteligente de tu parte, querida.

—Volved a la fiesta —pidió Hannah—. Y no le digáis a nadie que me habéis visto.

Emmeline giró un interruptor imaginario en sus labios. Dio media vuelta y emprendió el regreso por el borde pedregoso hacia el sendero. Al llegar al lugar donde yo estaba me reprochó mi comportamiento. El maquillaje se le había estropeado.

—Lo siento, señorita —murmuré—. Creí que era real.

—Por suerte no lo has estropeado todo —añadió, sentándose en una roca y cubriéndose con la chaqueta—. Bastante tengo con quedarme aquí sentada mientras me repongo del tobillo hinchado. Espero no perderme también los fuegos artificiales.

—Me quedaré con usted, la ayudaré a volver.

—Creo que es lo que corresponde.

Estuvimos allí sentadas un momento. Desde lejos llegaba la música que animaba la fiesta, en la que se intercalaban exclamaciones de algarabía. Emmeline se masajeaba el tobillo, apoyándolo en el suelo y tratando de comprobar si soportaba su peso.

La niebla de la madrugada comenzaba a surgir de los pantanos y avanzaba hacia el lago. Se avecinaba otro día caluroso, pero la noche era fresca, gracias a la niebla.

Emmeline tembló, abrió uno de los lados de la chaqueta, hurgó en el bolsillo interior. A la luz de la luna algo brilló: dentro del forro había un pequeño objeto negro. Inspiré: era un arma.

Al advertir mi reacción, Emmeline dijo:

—No me dirás que nunca antes has visto un revólver. Eres una ingenua, Grace. —Acto seguido lo sacó de la chaqueta, jugueteó con él y me lo ofreció—. Toma, ¿quieres tenerlo un rato?

Me negué, mientras ella reía. Deseé no haber encontrado jamás esas cartas. Por una vez, habría preferido que Hannah me ignorara.

—Quizá sea lo mejor —reflexionó Emmeline—. Las fiestas y las armas no son una buena combinación. —Dejó nuevamente el revólver en el bolsillo y siguió buscando, hasta que por fin encontró una petaca plateada. Desenroscó la tapa, inclinó la cabeza hacia atrás y dio un buen trago.

—Querido Harry. Prepárate para lo que sea —exclamó, y después de beber otra vez, guardó la petaca en la chaqueta—. Vamos, ya no me duele.

La ayudé a ponerse de pie, incliné la cabeza para que pudiera apoyarse en mis hombros.

—Así está bien —indicó—. Si tú no...

Esperé un instante.

—¿Perdón?

Ella ahogó un grito y yo levanté la cabeza. Seguí su mirada, que volvía a dirigirse al lago. Hannah estaba en la glorieta, y no estaba sola. Había un hombre con ella. Un cigarrillo pendía de su labio inferior. Tenía una pequeña maleta.

Emmeline lo reconoció antes que yo.

—Robbie —señaló, olvidando el dolor de su tobillo—. Por Dios, es Robbie.

* * *

Emmeline se acercó cojeando a la orilla del lago. Yo me quedé más atrás, en las sombras.

—¡Robbie! —gritó y lo saludó con la mano—. ¡Robbie, aquí!

Hannah y Robbie se quedaron petrificados, mirándose el uno al otro.

—¿Qué haces aquí? —preguntó Emmeline emocionada—. ¿Y por qué demonios no has entrado por la puerta principal?

Robbie dio una calada a su cigarrillo y jugueteó con el filtro mientras soltaba el humo.

—Ven a la fiesta, te conseguiré algo para beber.

Robbie miró algo que estaba al otro lado del lago, en los terrenos más alejados. Miré en la misma dirección y distinguí un brillo metálico. Era una motocicleta.

—Ya sé, has estado ayudando a Hannah con el juego —declaró de pronto Emmeline.

Hannah se adelantó hasta su hermana.

—Emme...

—Vamos. Volvamos a la casa. Busquemos un lugar para que Robbie pueda dejar su equipaje.

—Robbie no va a ir a casa —declaró Hannah.

—Lo hará, por supuesto. Seguramente no tiene previsto pasar aquí toda la noche. Aunque estemos en junio, hace un poco de frío, queridos míos —agregó Emmeline con una sonora carcajada.

Hannah miró a Robbie. Entre ellos pasaba algo.

Emmeline también lo vio. En ese momento, mientras el pálido brillo de la luna iluminaba su rostro, su emoción se transformó en desconcierto, y el desconcierto, a su vez, en dolorosa claridad. Los meses en Londres, la llegada siempre anticipada de Robbie a recogerla en casa, el modo en que la habían utilizado.

—No hay tal juego, ¿verdad?

—No.

—¿Y la carta?

—Un error —reconoció Hannah.

—¿Por qué la escribiste? —preguntó Emmeline.

—No quería que averiguaras adónde me marchaba. —Hannah miró a Robbie y él asintió—. Adónde nos marchábamos.

Emmeline la observaba en silencio.

—Vamos. Se hace tarde —señaló Robbie. Luego tomó cuidadosamente la maleta y comenzó a caminar hacia el lago.

—Por favor, compréndeme, Emme. Es como tú dijiste. Cada una de nosotras debe permitir que la otra elija cómo quiere vivir su vida. —Hannah vaciló. Robbie le pedía que se apresurara. Comenzó a caminar detrás de él—. No puedo explicártelo ahora, no hay tiempo. Te escribiré, te diré dónde encontrarnos. Podrás visitarnos.

Hannah dio media vuelta, y después de mirar por última vez a su hermana, siguió a Robbie, que bordeaba la brumosa orilla del lago.

Emmeline no se movió del sitio. Hundió las manos en los bolsillos de la chaqueta. Se balanceó, y de pronto se estremeció.

—No. —La voz de Emmeline era tan suave que apenas podía oírla—. No —gritó después—. Esperad.

Hannah se volvió para mirar a su hermana. Robbie tomó su mano y la arrastró, tratando de retenerla junto a él. Ella dijo algo, fue hacia Emmeline.

—No te dejaré ir.

Hannah estaba cerca de ella. Su voz era serena, firme.

—Debes hacerlo.

Emmeline movió las manos dentro de los bolsillos. Tragó saliva.

—No lo haré.

Sacó la mano del bolsillo. Algo brillaba en su mano. El revólver.

Hannah ahogó un grito. Robbie corrió hacia ella.

Mi corazón estaba desbocado.

—No dejaré que te lo lleves —declaró Emmeline con la mano temblorosa.

Hannah, pálida a la luz de la luna, respiraba agitadamente.

—No seas estúpida. Deja eso.

—No soy estúpida.

—Deja eso.

—No.

—No quieres usarlo.

—Sí quiero.

—¿A cuál de nosotros vas a disparar?

Robbie estaba junto a Hannah. Emmeline los miraba a uno y a otro, con los labios temblorosos.

—No vas a disparar a nadie, ¿verdad?

El rostro de Emmeline se desfiguró y comenzó a llorar.

—No.

—Entonces baja el revólver.

—No.

Ahogué un grito cuando Emmeline levantó la mano y apuntó el arma a su propia cabeza.

—¡Emmeline! —gritó Hannah.

Emmeline sollozaba estremecedoramente.

—Dame el revólver. Vamos a hablar. Solucionaremos esto.

—¿Me devolverás a Robbie o te quedarás con él, como has hecho con todos ellos, con papá, con David, con Teddy?

—Las cosas no son como dices.

—Es mi turno.

De pronto se oyó un terrible estruendo. Los fuegos artificiales. Todos dieron un respingo. Un resplandor escarlata bañó sus rostros. Millones de motas rojas se desparramaron por la superficie del lago.

Robbie se cubrió la cara con las manos.

Hannah dio un salto hacia adelante, le arrebató a Emmeline el arma y volvió a retroceder.

Emmeline se abalanzó sobre ella con la cara embadurnada de lágrimas y carmín.

—¡Dámelo, dámelo o gritaré! No os iréis. Se lo diré a todo el mundo. Les diré que os habéis fugado, Teddy te encontrará y...

¡Bang! Se oyó una explosión y el cielo se tiñó de verde.

—... Teddy no dejará que te vayas, se asegurará de que no puedas hacerlo y no volverás a ver a Robbie y...

¡Bang! Un resplandor plateado.

Hannah fue hacia una loma que había junto al lago. Emmeline la siguió, llorando. Los fuegos seguían explotando.

La música de la fiesta resonaba en los árboles, el lago, las paredes del pabellón de verano.

Robbie estaba encorvado, se tapaba los oídos con las manos. Tenía el rostro pálido, los ojos muy abiertos.

No podía oírlo pero lo veía mover los labios. Señalaba a Emmeline y le gritaba algo a Hannah.

¡Bang! Otra vez rojo.

Robbie se encogió. El pánico le desfiguraba el rostro. Seguía gritando.

Hannah vaciló, mirándole desorientada. Había oído lo que decía. Algo en ella se desmoronó.

Los fuegos artificiales habían concluido. Desde el cielo llovían ascuas.

Entonces, yo también lo oí.

—¡Dispárale a ella! —gritaba él—. ¡Dispárale a ella!

Se me heló la sangre.

Emmeline quedó paralizada, con un nudo en la garganta.

—Hannah... —su voz parecía la de un chiquillo asustado—. ¿Hannah?

—Dispárale —repitió él, corriendo hacia Hannah—. Lo arruinará todo.

Hannah lo observaba sin comprender.

—¡Dispárale a ella! —gritó desaforadamente.

Las manos de Hannah temblaban.

—No puedo —dijo por fin.

—Entonces dame el arma. Yo lo haré.

Se acercaba a toda velocidad. Yo sabía que lo haría. La desesperación y la determinación podían leerse en su rostro.

Emmeline se sacudió. Comprendió. Comenzó a correr hacia Hannah.

—No puedo —insistió Hannah.

Robbie trató de quitarle el arma. Hannah apartó su brazo, cayó de espaldas, siguió subiendo por la loma.

—Hazlo —ordenó Robbie— o lo haré yo.

Hannah llegó al punto más alto. Robbie y Emmeline se acercaban a ella. No había escapatoria. Los miró.

El tiempo pareció detenerse.

Dos puntos de un triángulo, que atados a un tercero, se habían ido alejando tensando la cuerda hasta el límite.

Contuve el aliento. La cuerda no se rompió.

En ese instante, se contrajo.

Los puntos volvieron a juntarse, en un choque de lealtad, de sangre, de infortunio.

Hannah apuntó el arma y accionó el gatillo.

* * *

El después. Porque siempre hay un después. La gente suele olvidarlo. Sangre en abundancia. En los vestidos, en las caras, en el cabello.

El arma estaba en el suelo. Había chocado ruidosamente contra las piedras donde reposaba inmóvil.

Hannah siguió tambaleándose en lo alto de la loma.

El cuerpo de Robbie yacía en el suelo, más abajo. Su cabeza se había transformado en un montón de huesos, sangre y masa cerebral.

Yo estaba conmocionada, los latidos de mi corazón retumbaban en mis oídos, tenía frío y calor a la vez. De pronto, y sin poder evitarlo, vomité.

Emmeline estaba de pie, petrificada, con los ojos apretados. No lloraba, ya no. Hacía un ruido espantoso, que jamás he podido olvidar. Cada vez que inspiraba el aire quedaba atrapado en su garganta.

El tiempo pasaba aunque no podía medirlo. En el sendero, detrás de mí, oí voces y risas.

—Es por aquí, un poco más adelante. Ya verá, lord Gifford. Las escaleras no están terminadas, esos malditos franceses y sus conflictos portuarios, pero creo que coincidirá conmigo en que el resto es bastante impresionante.

Me limpié la boca, y corrí desde mi escondite hacia la orilla del lago.

—Teddy viene hacia aquí —anuncié en medio de mi conmoción, de la conmoción general.

—Llegas demasiado tarde —espetó Hannah, golpeándose frenéticamente la cara, el cuello, la cabeza—. Llegas demasiado tarde.

—Teddy viene hacia aquí, señora —balbuceé.

Emmeline abrió repentinamente los ojos. La luz de la luna les daba un reflejo plateado. Se sacudió. Se irguió y me señaló la maleta de Hannah.

—Llévala a casa —ordenó con voz áspera—. Ve por el camino más largo.

Yo vacilé.

—Corre.

Asentí, tomé la maleta y corrí hacia el bosque. No podía pensar con claridad. Me detuve en medio de la oscuridad y miré hacia atrás, me castañeaban los dientes.

Teddy y lord Gifford habían llegado al final del sendero e iban hacia la orilla del lago.

—Dios santo —exclamó Teddy deteniéndose abruptamente—. Qué demonios...

—Teddy querido, gracias a Dios estás aquí —dijo Emmeline. Luego se giró hacia Teddy y alzó la voz—. El señor Hunter se ha pegado un tiro.

LA CARTA

Esta noche muero y mi vida comienza.

Te lo digo a ti y sólo a ti. Me has acompañado largo tiempo en esta aventura, y quiero que sepas que, en los días que se avecinan, buscarán un cuerpo en el lago y nunca lo encontrarán. Yo estaré a salvo.

Primero iremos a Alemania; desde allí, no sé hacia dónde seguiremos. ¡Finalmente podré ver la máscara funeraria de Nefertiti!

Te he dejado otra nota dirigida a Emmeline. Es la nota de una suicida anunciando una muerte que nunca se hará realidad. Ella debe encontrarla mañana. No antes. Cuida de ella, Grace. Estará bien. Tiene muchos amigos.

Hay un último favor que quiero pedirte. Es algo de suma importancia. Pase lo que pase, esta noche debes mantener a Emmeline lejos del lago. Robbie y yo partiremos desde allí. No puedo arriesgarme a que nos descubra. No lo comprendería. No todavía.

Me pondré en contacto con ella más adelante. Cuando no sea peligroso.

Y por último. Tal vez hayas descubierto que el relicario que te entregué no está vacío. Dentro hay una llave, la llave secreta de un cofre de seguridad en Drummonds, en Charing Cross. Está a tu nombre y todo lo que contiene es para ti. Sé lo que piensas sobre los regalos, pero te ruego que lo aceptes y que no mires atrás. ¿Es muy presuntuoso de mi parte decir que es tu billete para una nueva vida?

Adiós, Grace. Te deseo una larga vida, llena de aventura y amor. Deséame lo mismo.

Sé lo buena que eres guardando secretos.

AGRADECIMIENTOS

Me gustaría dar las gracias a las siguientes personas:
Primero y sobre todo a Kim Wilkins, buena amiga y colega, por su apoyo práctico, profesional y emocional.

A Davin por su paciencia, empatía e inquebrantable fe.

A Oliver por ampliar las fronteras emocionales de mi vida y curarme de mis bloqueos como escritora.

A mi familia por entenderme y quererme. Y, en particular, a mi madre Diane cuyo coraje, gracia y belleza me inspiraron.

A Herbert y Rita, amigos entrañables, por contarme las mejores historias. ¡Sé brillante!

A mi fabulosa agente literaria, Selwa Anthony, cuyo compromiso, cuidados y talento no tienen precio.

A Selena Hanet-Hutchins por sus esfuerzos en beneficio mío.

A los descarados forofos de ciencia-ficción por su apoyo profesional.

A la encantadora gente de Mary Ryan de Paddington por adorar los libros y hacer un magnífico café.

A todos los de Allen&Unwin, especialmente a Annette Barlow, Catherine Milne y Christa Munns.

A Julia Stiles por ser todo lo que hubiera soñado tener como editora.

A Dalerie y Lainie por su ayuda con Oliver (¿hubo alguna vez un niño pequeño tan querido?) y por darme el precioso regalo del tiempo.

Por razones prácticas: gracias a Mirko Ruckels por responder mis preguntas sobre música y ópera, a Drew Whitehead por contarme la historia de Miriam y Aaron, y a Elaine Rutherford por proporcionarme información de naturaleza médica.

La casa de Riverton es una obra de ficción. Aunque he tratado de mantenerme fiel a los hechos históricos, cualquier tergiversación de la verdad histórica es solamente mía. Para aquellos interesados en estas cosas, he incluido una lista de fuentes en mi página web: www.katemorton.com.

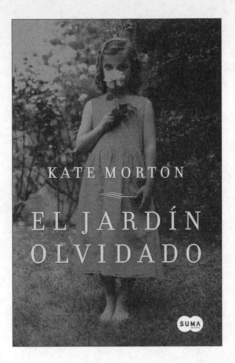

KATE MORTON

EL JARDÍN OLVIDADO

UNA NIÑA DESAPARECIDA EN EL SIGLO XX...
En vísperas de la Primera Guerra Mundial, una niña es abandonada en un barco con destino a Australia. Una misteriosa mujer llamada la Autora ha prometido cuidar de ella, pero la Autora desaparece sin dejar rastro.

UN TERRIBLE SECRETO SALE A LA LUZ...
En la noche de su veintiún cumpleaños, Nell O'Connor descubre que es adoptada, lo que cambiará su vida para siempre. Décadas más tarde, se embarca en la búsqueda de la verdad de sus antepasados, que la lleva a la ventosa costa de Cornualles.

UNA MISTERIOSA HERENCIA QUE LLEGA EN EL SIGLO XXI...
A la muerte de Nell, su nieta Casandra recibe una inesperada herencia: una cabaña y su olvidado jardín en las tierras de Cornualles, que es conocido por la gente por los secretos que esconde. Aquí es donde Casandra descubrirá finalmente la verdad sobre la familia y resolverá el misterio, que se remonta un siglo, de una niña desaparecida.